KB058509

시티
오브
미러
2

저스트 크로닌 지음

박한진 옮김

시티
오브
미러 2

THE
CITY
OF
MIRRORS

arte

차례

6부

제로의 시간

꺼진 것처럼 보이는 불길도
종종 잿더미 아래에 잠들어 있는 것뿐이라네.

- 밀턴, 『로도권』

49장
───────

날이 밝자마자 케일럽은 어깨를 흔들어 핌을 깨웠다.

테이텀 씨의 집에 무슨 일이 생긴 것 같아.

핌이 바로 깨서 정신을 차리고 일어나 앉았다. 무슨 일?

케일럽은 양손의 손가락을 벌려서 자기 가슴 앞에 두고 빙글빙글 돌리는 동작을 해 보였다. 화재.

핌이 담요를 옆으로 밀어젖혔다. 나도 같이 가.

아냐, 집에 있어. 내가 보고 올게.

테이텀 씨 부인은 내 친구야.

핌이 말하는 친구는 당연히 도리를 얘기하는 거였다.

알았어. 케일럽이 수화를 했다.

아이들은 아직 세상모르고 깊은 잠에 빠져 있었다. 핌이 옷을 챙겨 입는 동안 케일럽은 케이트를 깨우고는 벌어지고 있는 일에 관해서 얘기해주었다.

"그게 무슨 뜻이야?" 케이트의 목소리는 아직 잠에 취해 있었지만 눈빛은 또렷하게 빛났다.

"나도 잘 모르겠어." 케일럽이 허리춤에서 리볼버 권총을 꺼내 케이트에게 건네주었다. "이거 잘 갖고 있어."

"내가 이걸로 뭐를 쏴야 하는 건지 힌트라도 줄 수 있어?"

"내가 알면 말해줬겠지. 집 안에만 있어 ― 나와 핌이 시간이 많이 걸리지는 않을 거야."

케일럽은 정원에서 기다리고 있는 핌에게 갔다. 핌은 엉덩이에 손을 댄 채 산등성이 쪽을 응시하고 있었다. 멀리서 여름의 구름색과 같은 두껍고 하얀 연기 기둥이 피어오르는 중이었다. 하얀 연기가 피어오른다는 건 불이 꺼졌다는 거였다.

"젭은?" 핌이 수화로 물었다.

젭은 쓰러진 곳에 그대로 누워 있었다. 핸섬은 젭의 사체와 거리를 두고 방목장의 끝으로 어슬렁어슬렁 걸어가 있었다.

"젭은 어젯밤에 죽었어."

핌의 얼굴에 걱정이 가득했다. 어쩌다가?

아마도 결장colic*이 문제였던 것 같아. 당신을 속상하게 하고 싶지 않았어.

나는 당신의 아내야. 핌이 몹시 화를 냈다. 케이트에게 총을 주는 걸 봤어. 무슨 일인지 말해 줘.

케일럽은 핌의 물음에 아무 대답도 하지 않았다.

테이텀의 농장에 남아 있는 거라고는 검게 그을린 목재들과 아직 불씨가 다 꺼지지 않은 재뿐이었다. 열기가 얼마나 강했는지 창문의 유리도 다 녹아내려 버렸다.

---

* 큰창자의 막창자와 곧창자 사이에 있는 부분.

케일럽은 뼈와 치아 외에 남은 것이 있을지 의심스러웠지만, 시신이라도 찾아볼 수 있으려면 몇 시간 어쩌면 하루는 기다려야 할 것 같았다.

테이텀 씨 부부가 불길을 피해 빠져나왔을 것 같아? 핌이 물었다.

케일럽은 고개를 저을 수밖에 없었다. 어떻게 이런 일이 일어난 거지? 난로에서 불씨가 날리기라도 한 건가? 아니면 등잔이 옆으로 쓰러져서? 이유가 뭐든 시작은 작았겠지만, 지금은 모든 게 타 없어지고 말았다.

그런데 뭔가 케일럽의 눈에 띄는 게 있었다. 방목장이 비어 있는 것이다. 방목장의 문이 열려 있고, 누군가 말을 죽인 후에 사체를 질질 끌고 나간 것처럼 땅바닥에 자국이 남아 있었다. 이게 뭐를 의미하는 거지?

헛간을 확인해봐야겠어. 케일럽이 수화를 했다.

케일럽이 먼저 안으로 들어갔고, 눈이 어둠에 적응하는 데 시간이 좀 걸렸다. 헛간 뒤쪽 깊은 그림자 속 바닥에 뭔가 둥근 덩어리가 있는 것이 보였다.

도리가 태아처럼 몸을 웅크리고 바닥에 누워 있었다. 머리는 불에 타버렸고, 눈썹들과 속눈썹이 없어지고 얼굴은 부어오르고 불에 그슬렸다. 잠옷도 군데군데 불에 탔으며 일부는 녹아 살에 들러붙은 부분들도 눈에 띄었다. 오른쪽 팔과 양쪽 다리는 바삭해 보일 정도로 심하게 불에 탔다. 몸의 다른 부분들은 안에서 몸이 끓어오른 것처럼 피부에 물집이 잡혀 있기도 했다.

피터는 그녀의 옆에 무릎을 꿇고 앉았다. "도리, 저희 케일럽과 핌이에요."

도리가 아주 힘겹게 오른쪽 눈을 가늘게 떴다. 다른 쪽, 왼쪽 눈은 살이 녹아내려 용집한 것처럼 붙어버린 것 같았다. 도리가 케일럽 쪽으로 시선을 획 돌렸다. 그녀의 목에서 반은 신음 같고 반은 물이 꾸르륵거리는 것 같은 소리가 났다. 케일럽은 그녀가 얼마나 고통스러울지 상상도 안 되었다.

핌이 들통과 국자를 가져와서는, 도리의 옆에 무릎을 꿇고 앉아 머리를 손으로 받쳐 조금 들어 올리고 국자를 입에 가져다 댔다. 도리가 가까스로 받아 마신 물을 조금 목뒤로 넘기고 나머지는 모두 입 밖으로 뿜어 뱉어버렸다.

우리, 도리를 데리고 나가야만 해. 핌이 수화를 했다. 케이트는 뭘 어떻게 해야 할지 알 거야.

도리가 그렇게 오래 숨이 붙어 있을 것 같지는 않았지만, 그래도 그녀가 아직까지 살아 있다는 건 기적이었다. 그렇기에 케일럽과 핌은 서둘러 움직여야만 했다. 외바퀴 손수레 한 대가 벽에 기대어 세워져 있었다. 케일럽이 그 손수레를 굴려서 가져오고 마구통에서 안장 패드 한 쌍을 가져다 수레의 바닥에 깔아놓았다.

도리의 다리를 잡아줘.

케일럽이 도리의 뒤에 자리를 잡고 팔꿈치를 그녀의 어깨 밑으로 집어넣었다. 도리가 비명을 지르며 허리를 구부리기 시작했다. 케일럽의 인생에서 가장 긴 5초가 지나고, 그와 핌은 도리를 가까스로 손수레로 옮겨놓았다. 케일럽의 맨 팔뚝에서 끈적거리는 무언가가 떨어져 나갔는데, 도리의 피부 조각들이었다.

도리의 울음소리가 잦아들기는 했지만, 숨소리가 얕고 빨랐다. 도리가 케일럽과 핌의 집까지 가는 길을 견뎌내지 못할 것 같았다. 손수레가 흔들릴 때마다 새로운 고통이 몰려와 도리를 힘들게 할 것이기 때문이다. 그리고 케일럽이 손수레의 손잡이를 잡고 들어 올리자 새로운 문제점이 눈에 들어왔다. 도리는 덩치가 작은 여자가 아니었다. 손수레가 쓰러지지 않도록 균형을 유지하기 위해서 그는 젖 먹던 힘까지 쥐어짜내야 할 것 같았다.

내가 한쪽 손잡이를 들게. 핌이 수화를 했다.

케일럽이 단호하게 고개를 저었다. 당신 배 속의 우리 아기는 어떻게 하고.

힘들면 그만둘게.

케일럽은 내키지 않았지만 핌이 물러설 것 같지 않았다. 둘은 도리를 문으로 싣고 나갔다. 햇빛이 도리를 비추자 온몸을 움츠렸고 손수레가 위험할 정도로 한쪽 옆으로 기울었다.

눈 때문일 거야. 핌이 수화를 했다. 눈에 화상을 입은 게 틀림없어.

핌이 헛간으로 돌아가 덮을 천을 갖고 와서 들통에 집어넣어 물에 흠뻑 적신 다음 도리의 얼굴 위쪽 반을 가렸다. 그러자 도리의 몸에 긴장이 풀리며 안정을 되찾는 것이 보였다.

가자. 핌이 수화를 했다.

둘이 도리를 집으로 싣고 돌아오는 데 거의 한 시간이나 걸렸고, 그때쯤에는 도리도 다행스러운 건지 정신을 잃은 상태였다. 케이트가 그들을 맞으러 집 밖으로 뛰어나왔다가, 도리를 보고는 다시 집 문으로 돌아갔다. 이 모든 긴박한 상황이 궁금한지, 엘르와 버그가 경계심 가득한 모습으로 지켜보며 서 있었기 때문이다. 아기 테오는 버그의 다리 사이에서 강아지처럼 낑낑거리며 소리를 냈다.

케이트가 아이들에게 말했다. "어서 집 안으로 들어가. 너희 사촌 테오도 데리고 가고."

"우리도 보고 싶다고!" 엘르가 떼를 썼다.

"당장 들어가."

아이들이 집 안으로 사라졌다. 케이트가 도리의 옆에 웅크리고 앉았다. "맙소사."

"헛간에서 발견했어." 케일럽이 설명했다.

"남편분은?"

"아저씨는 흔적이 안 보였어."

케이트가 핌을 올려다봤다. 내 딸들이 보면 안 될 것 같아.

핌이 고개를 끄덕였다. 내가 뒤로 데리고 나갈게.

"방수포나 두꺼운 담요가 필요해." 케이트가 케일럽에게 말했다. "도리를 아이들과 떨어뜨려서 뒷방에 있도록 해야 할 거야."

"도리가 살 수 있을까?"

"케일럽, 상태가 아주 안 좋아. 내가 할 수 있는 게 많지 않아."

케일럽이 말들에게 쓰던 무거운 양모 담요 중 하나를 가져와 손수레 옆의 땅바닥에 펼쳐놓았다. 케일럽과 케이트는 도리를 들어 올려 담요 위에 내려놓고 담요의 네 귀퉁이를 단단히 묶은 후, 임시로 어깨걸이를 만들기 위해 다시 담요 모퉁이들을 2대4의 길이로 서로 엮어 묶었다. 둘이 도리를 들어 올리자 도리가 목이 졸린 것처럼 목뒤에서 비명 소리를 냈다. 그런 비명을 더 참고 들을 수 없던 케일럽은 몸서리쳤다. 둘은 도리를 집 안으로 옮긴 후 엘르와 버그 두 아이가 잠을 자던 작은 창고 방으로 메고 들어가 임시로 만들어 쓰던 침대 위에 올려놓았다. 케일럽이 작은 창문에 안장 패드 한 장을 대고 못질을 해 햇빛이 들어오는 것을 막았다.

"도리가 입고 있는 저 잠옷을 벗겨야 하는데." 케이트가 심각한 표정으로 케일럽을 쳐다보며 말했다. "그게 정말…… 힘든 일이 될 거야."

케일럽이 침을 꿀꺽 삼켰다. 그는 더 이상 도리의 모습을 쳐다볼 수가 없었다. 그녀의 피부와 살이 불에 검게 타 녹아내리고 부풀어 올랐기 때문이다.

"나 이런 일들에 익숙하지 않은데." 케일럽이 그렇게 자기 뜻을 내비쳤다.

"케일럽, 누구나 마찬가지야."

그리고 케일럽은 다른 사실 한 가지를 깨달았다. 그는 너무 오래 기다리는 중이었다. 이제 그들은 도리가 죽기를 기다리며 이러지도 저러지도 못하는 상황에 놓이게 된 것 말이다. 핸섬 한 마리로는 짐마차를 사용해 도리를 미스틱으로 데려갈 수도 없었으며, 핌도 도리 곁을 떠나지 않을 거라는 것이 문제였다.

"깨끗한 천들과 알코올 한 병 그리고 가위가 필요해." 케이트가 말했다. "끓는 물에 가위를 소독하고 난 후에는 만지지 말고 천 위에 올려두기만 해. 그러고 나서는 가서 아이들을 돌봐줘. 여기는 핌이 도우면 될 거야. 아이들은 좀 오랫동안 집에서 멀리 떨어져 있게 해줘."

케일럽은 기분이 나쁘기는커녕 고마운 생각이 들었다. 그는 케이트가 요구한 물건들을 방에 가져다 두고 핌과 교대했다. 여자아이들은 부엌 옆 정원에서 나뭇잎과 나뭇가지들로 침대를 만들어가며 인형들을 가지고 놀았고, 아기 테오는 그 주위를 아장아장 걸어 다녔다.

"얘들아, 이리 와. 강가로 산책하러 가자."

케일럽은 아기 테오를 엉덩이에 걸쳐 안고 엘르의 손을 잡았고, 엘르는 배운 대로 여동생 버그의 손을 잡아 하나의 띠를 만들었다. 그리고 그들이 상가로 반쯤 갔을 때 날카로운 비명이 공기를 칼로 내리쳐 자르는 것처럼 선명하게 들려왔고, 그 소리는 케일럽의 가슴을 총알처럼 순식간에 꿰뚫고 지나갔다.

　루시어스, 기어이 그 일이 시작됐어요. 지금 나는 당신이 필요해요.

　그리어는 동트기 전부터 운전하는 중이었다. "당장 배를 준비시켜." 그리어는 로어에게 그렇게 말해두고 나왔다. 등 뒤에서 태양이 솟아오르기 시작할 때, 그는 어둠 속에서 로젠버그를 지나 북쪽으로 달려 10번 고속도로를 타고 있었다.

　그는 4시, 늦어도 5시면 커빌에 도착할 것이다. 어둠이 무엇을 선물하려는 거지?

　에이미, 내가 가고 있어요.

50장

어둠 속에서 마이클이 정신을 차리고 깨어났다. 침대에 누운 채 손가락으로 자기 머리에 난 상처를 만지작거렸다. 말라붙은 피에 딱딱하게 굳은 머리카락들이 만져졌다. 군인들이 두개골을 깨놓지는 않았으니 운이 좋은 거였다. 어쨌든 그는 대통령의 집무실에 무장한 채 침입한 범죄자였기에 머리에 개머리판으로 제대로 한 방 먹는 것은 당연한 일이었다. 하룻밤 푹 쉬는 방법으로 이상적이지는 않았지만 그렇다고 완전히 반기지 못할 일은 아니었다.

마이클은 잠을 좀 더 자고 일어났고, 그가 깼을 때는 강하지 않은 햇빛이 창문을 통해 방으로 들어왔다. 자물통이 쿵쿵거리는 소리가 들리더니 DS 장교 둘이 들어왔는데, 그중 한 명이 쟁반을 들고 있었다. 다른 한 명이 지키고 서 있는 가운데 그가 바닥에 쟁반을 내려놨다.

"자네들에게 폐를 끼쳐서 미안하군."

두 장교가 자리를 떴다. 아마도 둘은 마이클과 아무 얘기도 하지 말라는 지시를 받았을지도 몰랐다. 마이클은 쟁반을 들어 침상 위에 올려놓았다. 뜨겁게 끓인 귀리죽 한 그릇과 계란 스크램블 그리고 복숭아 한 개. 그가 지난 며칠간 먹은 식사보다 좋은 상차림이었다. 쟁반에는 숟가락만 있었다 — 그래 포크는 물론 안 되겠지. 그래서 마이클은 숟가락으로 계란을 먼저 먹고 죽을 먹은 다음 복숭아를 마지막으로 먹었다. 입 안에서 터진 과즙이 턱을 타고 흘러내렸다. 신선한 과일이네! 마이클은 신선한 과일을 먹는다는 것이 어떤 건지 잊고 있었다.

조금 더 시간이 흐르고 그는 복도에서 발소리와 사람들 목소리가 들려오는 것을 들었다. 피터가 누군가 다른 사람을 뒤에 데리고 함께 오는 것이 확실해 보였다. 아프가인가? 조만간 대화의 폭을 넓혀야만 했다.

하지만 찾아온 건 피터가 아니었다.

문 앞에는 사라가 서 있었다. 그동안 마이클이 생각했던 것보다 사라의 모습은 크게 변한 게 없었다. 물론 좀 더 나이가 들기는 했지만, 세월의 흐름에 맞서 싸우지 않고 받아들이는 몇몇 여자들에게 가능한 방식으로 우아하게 나이가 든 모습이었다.

"내가 두 눈으로 보고 있는 걸 믿을 수가 없어."

"안녕, 사라."

자기 누나가 안으로 들어오자 마이클이 일어나 앉았다. 사라는 작은 가죽 가방 하나를 몸에 지니고 있었다. 경비병이 곤봉을 든 채 그녀의 뒤로 다가와 섰다.

"마이클, 너 미쳤구나." 사라가 그와 거리를 두고 서 있었다.

"알아." 한심한 대답이었다. 그게 뭘 의미하는 거지? 내가 사라에게 상처를 줬다는 걸 안다는 거였나? 이 장면이 어떻게 보일 거라는 걸 안다는 말이었나? 내가 세상에서 최악의 동생이라는 걸 인정하는 말이었나?

"내가 너 때문에 화가 나서…… 폭발할 지경이라고."

"그럴 만도 해."

사라가 한쪽 눈썹을 치켜올렸다. "할 말이 그게 다야?"

"미안하다고 하면 되려나."

"지금 나를 놀리니? 미안하다고?"

"좋아 보이네, 누나. 보고 싶었어."

"꿈도 꾸지 마. 그리고 너는 아주 꼴이 엉망진창이야."

"오, 이런, 오늘은 나쁘지 않은 하루일 것 같은 예감이 드네."

"마이클 여기서 뭘 하는 거야? 나는 너를 다시는 못 보는 줄 알았다고."

마이클이 사라의 얼굴을 찬찬히 살폈다. 누나가 알고 있는 건가? "피터가 뭐라고 얘기했어?"

"네가 체포됐고 머리에 상처를 입었다고만 했어." 사라가 들고 온 가방을 조금 들어 보이며 말했다. "여기 네 상처를 꿰매주려고 온 거야."

"그럼 피터가 다른 얘기는 아무것도 안 한 거구나."

사라가 의심스럽다는 표정을 지어 보였다. "어떤 얘기를 말하는 거야, 마이클? 어쩌면 네가 교수형을 당할지도 모른다는 얘기? 피터가 그런 얘기를 할 필요는 없다고."

"걱정하지 마. 아무도 교수형은 안 당할 테니까."

"21년이야, 마이클." 사라가 가방을 들지 않은 오른손으로 마치 마이클을 한 대 때릴 것처럼 주먹을 꽉 쥐었다. "21년 동안 어떤 전갈이나 편지나 소식 한번 전하지 않았다고. 이걸 내가 이해할 수 있게 얘기해봐.”

“지금 당장은 설명 못 해. 하지만 그럴 만한 이유가 있었다는 건 알아줘야 해.”

“너 내가 뭘 했어야만 했는지 알아? 알기는 해? 10년 전에 내가 '끝이야. 마이클은 절대 돌아오지 않을 거야'라고 말했고, '어쩌면 죽었을지도 몰라'라는 말을 했고, 나는 너를 땅에 묻었다고, 마이클. 너를 땅속에 내려놓고 너를 잊었다고.”

“내가 끔찍한 짓을 했어, 누나.”

마침내 사라의 눈에 눈물이 흘렀다. “내가 너를 돌봤어. 너를 키웠다고. 너 그건 생각해봤어?”

마이클이 침대에서 일어났다. 사라는 가방을 바닥에 떨어뜨리고 두 주먹을 올려 그의 가슴을 때리기 시작했다. 그녀는 진심으로 북받쳐 울었다.

“나쁜 놈.” 사라가 말했다.

마이클이 사라를 꼭 안아줬다. 그녀는 마이클의 품을 벗어나려고 힘을 쓰더니 이내 그가 자신을 안도록 내버려 뒀다. 경비병이 둘을 주의 깊게 지켜보자, 마이클이 그를 매섭게 쏘아봤다. 물러서, 참견하지 마.

“네가 어떻게 나에게 이럴 수 있는 거지?” 사라가 훌쩍였다.

“사라, 나는 누나 마음을 다치게 하려고 그런 게 아니야.”

“너는 꼭 부모님이 그랬던 것처럼 나를 떠났어. 네가 엄마 아빠보다 나은 게 하나도 없다고.”

“알아.”

“젠장 빌어먹을, 마이클, 망할 놈의 마이클.”

마이클은 사라를 오랫동안 안아주었다.

"그거 정말 대단한 이야기군요."

오전 늦은 시간이었고, 피터는 사무실을 비우고 아프가와 함께 체이스를 기다리며 회의 테이블에 앉아 있었다. 피터는 '체이스에게는 정말 짧은 사임 기간이 되고 말겠군'이라고 생각했다.

"그렇죠, 저도 그렇게 생각합니다." 피터가 대답했다.

"마이클을 믿으십니까?"

"장군님은 믿으세요?"

"마이클을 잘 아는 사람은 제가 아니라 대통령님이시죠."

"그것도 20년 전의 일입니다."

드디어 체이스가 문 앞에 나타났다. "피터, 이게 다 무슨 일이에요? 모두 다 어디에 있는 거예요? 이거 꼭 무덤에 들어온 것 같잖아요." 체이스는 청바지에 작업용 셔츠를 입고 자신이 되겠다고 얘기한 목축업자의 무거운 부츠를 신고 있었다.

"와서 앉아요, 포드." 피터가 말했다.

"시간이 오래 걸릴 일인가요? 올리비아가 나를 기다리거든요. 은행에서 사람들을 만나기로 한 약속이 있어요."

피터는 이런 대화를 얼마나 많이 해야만 하는 건지 궁금해졌다. 이 이야기는 사람들을 낭떠러지로 데려가 앞에 펼쳐진 광경을 보여주며 그들을 떠밀어버리는 것과 같았기 때문이다.

"아마도 시간이 좀 걸릴 것 같습니다." 피터가 대답했다.

알리시아의 눈에 프레데릭스버그 바깥쪽에 바로 붙어 있는 첫 번째 개미총들이 들어왔다. 인간 키 높이쯤 되는 세 개의 흙더미들이 피칸 나무 그늘 속에서 땅 위로 솟아올랐다. 말을 타고 가던 알리시아는 가장 외곽에 있는 농장으로 향했다. 흙먼지가 두껍게 쌓인 농장의 마당에 이르러 말에서 내렸지만, 농가에서는 인기척이나 소리가 들려오지 않았다. 그녀가 집 안으로 들어서자, 뒤집힌 가구들과 바닥에 나뒹구는 가재도구들과 총 한 자루 그리고 폭탄 맞은 것처럼 흩뜨려진 침대들이 보였다. 이 집에 살던 사람들은 잠든 사이에 바이러스에 감염된 거였고, 이제는 피칸 나무 그늘 아래의 땅속에서 잠들어 있는 거였다.

알리시아는 말구유 통에 있는 물로 솔저의 목을 축이게 하고 가던 길을 계속 갔다. 바위투성이의 언덕이 오르락내리락 이어졌다. 얼마 안 가 더 많은 집들이 보였는데, 그중에는 땅이 주름 잡히듯 적당히 솟아오른 곳에 신경 써 지은 집들도 있었지만 그 외의 다른 집들은 새로이 힘겹게 일구어 얻은 경작지에 둘러싸인 평지에 지어졌다. 그리고 그 집들을 더 자세히 들여다볼 필요는 없었는데, 집들 가운데 흐르는 정적이 이미 알리시아에게 모든 상황을 설명해줬기 때문이다. 하늘도 지칠 대로 지쳐 그녀의 머리 위에 간신히 매달려 있는 것처럼 보이기만 했다. 사실 그녀는 외곽 지역에 처음 이르렀을 때부터 이런 상황이 벌어졌으리라고 예상했다. 첫 번째 농가가 희생된 후 점점 더 많은 농가의 인간들을 흡수하며, 바이럴들은 도시를 향해 다가가는 동안 바이러스를 전파하고 자신들의 군세를 확장해 나가고 있는 거였다.

마을은 버려졌다. 알리시아는 먼지가 자욱하게 앉은 마을의 긴 주도로를 말을 타고 가며, 작은 가게들과 집들을 지나쳤다. 일부는 새로 지은 것들도 있었지만 나머지는 과거의 오래된 집들을 복구해놓은 것들이다. 며칠 전만 해도 사람들은 이곳에서 가족들을 부양하고, 사업과 거래를 하며, 이런저런 사소한 이야기들을 나누고, 술에 취하기도 하고, 카드 게임을 하며 속임수를 쓰고, 말다툼

하고 주먹질하고 싸우며, 섹스하고, 현관 앞에 앉아 지나가는 같은 마을 사람들과 인사를 주고받았다. 그들은 무슨 일이 일어날지 알았을까? 첫 번째 사람이 실종되고 아무도 그 일에 관심을 두지 않을 때 다른 누군가가 또 실종되며 그 의미가 분명해질 때까지 현실이 마을 사람들을 슬금슬금 궁지로 몰아갔을까, 아니면 하룻밤의 공포 속에 바이럴들이 밀물처럼 들이닥쳐 마을을 휩쓸고 갔을까? 마을의 남쪽 끝자락에서 알리시아는 벌판으로 들어섰다. 알리시아는 숫자를 세기 시작했다. 20개의 개미총, 50개, 72개, 100개, 그녀는 바이럴들이 만들어놓은 은신처, 개미총을 세는 일을 그만두었다.

51장

하루가 다 지나갔고, 도리는 아직 죽지 않고 살아 있었다.

도리가 누워 있는 방에서 들려오는 소리 가운데 케일럽이 들을 수 있는 유일한 소리는 끙끙대는 신음과 중얼거림 그리고 의자를 옮기며 바닥에 끌리는 소리같이 작은 소리가 전부였다. 케이트나 핌 둘 중 하나가 작은 기구들을 좀 가지고 가기 위해 아니면 천을 더 물에 삶기 위해 잠시 방을 나올지도 모르는 일이었다. 엘르와 버그 그리고 아기 테오와 재미있게 놀아줄 기운이 남아 있지 않았지만, 그래도 케일럽은 아이들과 마당에 앉아 있었다. 케일럽이 아직 마치지 못한 일상의 일들을 떠올리기 시작했지만 어디선가 다른 목소리가 들려와 그런 생각은 다 무익하다고 말하는 것 같았다. 그들은 곧 그곳을 떠나게 될 것이고, 그가 자랑스럽게 여기던 모든 꿈은 물거품이 될 거라고 말이다.

케이트가 방 밖으로 나와 그의 옆에 앉았다. 아이들은 낮잠을 자러 집으로 들어가 보이지 않았다.

"그래서 어때?" 케일럽이 물었다.

케이트는 눈을 가늘게 뜨고 오후 햇살을 바라봤다. 금발의 머리카락 한 가닥이 그녀의 젖은 이마에 헝클어진 채 붙어 있었고, 케이트는 손가락으로 집어 떼어냈다. "어찌 되었건, 도리는 아직 살아 있어."

"얼마나 버틸까?"

"도리는 이미 죽었어야 맞아." 케이트가 그를 쳐다봤다. "그녀가 내일 아침까지도 여전히 살아 숨 쉬면 너와 핌은 애들을 데리고 당장 여기서 떠나야 해."

"여기 누군가 남아 있어야 한다면 그건 나야. 그냥 내가 뭘 어떻게 해야 하는지만 말해줘."

"케일럽, 나도 상황을 수습할 수 있어."

"네가 그럴 수 있다는 건 알아. 하지만 우리 모두를 이 난장판으로 끌어들인 건 나야."

"뭘 어떻게 할 건데? 남은 말 한 마리는 아프고, 사람들은 없어지고, 집은 불에 타 무너지고. 누가 그게 너와 관련되었다고 말할 수 있겠어?"

"그래도 너를 여기 혼자 남겨둘 수는 없어."

"그리고 나를 믿어보라고. 말이라도 그렇게 해준 건 고마워. 나는 시골에 대해 잘 아는 시골 여자도 아니고, 지금 이곳이 소름 끼치게 무서워. 하지만 이건 내 일이야, 케일럽. 내가 하게 해줘. 그러면 우린 다 괜찮아질 거야."

잠시 둘은 말없이 가만히 앉아 있었다. 그리고 케일럽이 입을 열었다. "네가 뭘 좀 도와줬으면 좋겠어."

죽은 말 젭의 몸은 부풀어 오른 채 딱딱하게 굳었다. 둘은 젭의 뒷다리를 밧줄로 묶고 핸섬에게 쟁기 마구를 씌워서, 젭의 사체를 들판 먼 가장자리 쪽으로 천천히 끌고 가기 시작했다. 집에서 충분히 멀리까지 젭의 사체를 끌고 나오자, 둘은 핸섬을 방목장의 쉼터로 데려다 놓은 후 연료 통을 갖고 사체가 있는 곳으로 돌아왔다. 케일럽은 숲에서 죽은 나무들을 끌고 와 사체 위에 덮어 장작더미를 만들었다. 그러고 나서 등유를 그 위에 뿌리고 연료 통의 뚜껑을 다시 닫은 후 뒤로 물러섰다.

케이트가 물었다. "애를 왜 젭이라고 불렀던 거야?"

케일럽이 어깨를 으쓱했다. "이 녀석은 처음부터 이름이 젭이었어. 내게 올 때부터."

더 할 말이 남지 않았다. 케일럽은 성냥을 그어서 앞으로 던졌다. 훅, 하는 소리와 함께 장작더미에 불길이 일어났다. 이렇다 할 만한 바람 한 점 불지 않았고, 펑펑 터지는 불꽃 소리로 가득한 연기는 곧장 하늘로 솟아올랐다. 한동안 메스꺼운 냄새가 나더니 이후에는 다른 냄새가 나기 시작했다.

"이렇게 다 끝인 것 같군." 케일럽이 말했다.

케일럽과 케이트 둘이 집으로 돌아왔다. 집으로 점점 가까워져 가는데 문 앞에 픰의 모습이 나타났고, 지진이라도 난 것처럼 그녀의 눈이 아주 동그랗게 커졌다.

뭔가 이상한 일이 일어나고 있어. 픰이 수화를 했다.

방은 서늘하고 어두웠으며, 오직 얼굴만 내밀고 있을 뿐 도리의 몸은 삶아서 소독한 담요에 완전히 덮여 있었다.

"테이텀 부인," 케이트가 그녀를 불렀다. "제 목소리 들리세요? 지금 어디인지 아시겠어요?"

하지만 천장만 응시할 뿐, 도리는 케이트나 픰이나 케일럽을 전혀 알아보지 못하는 것 같았다. 그리고 놀라운 변화가 일어난 모습이었다. 놀랍기도 했지만 충격적인 변화이기도 했다. 화상을 입어 흉하게 일그러졌던 얼굴의 피부가 한결 부드럽게 가라앉았고, 피부의 색도 이제는 거의 분홍색에 이슬에 젖은 듯 촉촉해 보였으며, 몸의 다른 부분들의 피부도 분가루처럼 하얗게 변해 있었다. 도리가 침대에서 몸을 조금 움직이자 덮고 있던 천과 담요 아래에서 왼쪽 손과 팔뚝이 밖으로 드러나 보였다. 이전에는 불에 구운 고깃덩어리에 붙은 섬뜩한 발톱과 같은 모습으로 망가진 손이었는데, 이제는 다시 확연히 사람의 손처럼 보이는 모습으로 돌아왔다. 물집도 없어져 보이지 않았고, 떨어져 나간 불에 탄 피부 조각들 아래에서는 장밋빛 새살들이 돋아났다.

케이트가 핌을 쳐다봤다. 아줌마가 깨어난 지 얼마나 된 거야?

오래되지 않았어. 방금 일어난 일이야.

"테이텀 부인," 케이트가 조금 더 강한 명령조의 어투로 말했다. "저는 의사예요. 부인께서는 화재 사고를 겪으셨고요. 지금은 잭슨 씨의 농장에 와 계세요. 지금 저하고 핌과 케일럽이 옆에 함께 있어요. 무슨 일이 있었던 건지 기억이 나세요?"

도리의 시선이 산만하게 방 안을 헤매다가 케이트의 얼굴을 찾아냈다.

"화재?" 그녀가 힘없이 웅얼거렸다.

"네, 맞아요. 아줌마 집에 불이 났어요."

"어떻게 불이 나게 됐나를 아는지 물어봐." 케일럽이 말했다.

"불," 도리가 같은 말을 반복했다. "불."

"그래요, 불에 대해서 기억나는 게 있으세요?"

핌이 한 걸음 앞으로 나서 침대 옆에 무릎을 꿇고 앉았다. 핌이 도리의 담요 밖으로 드러난 손을 조심스럽게 들어 올리고는 자기 검지를 도리의 손바닥에 대고 글자를 쓰기 시작했다.

"핌." 도리가 핌의 이름을 말했다.

하지만 그게 다였다. 도리의 눈동자에서 빛이 사라지더니 그녀가 다시 눈을 감았다.

"케일럽, 나 아줌마를 검진해야 할 것 같아." 케이트가 그렇게 말하고는 핌에게로 돌아서서 수화를 했다. 여기 같이 있으면서 나를 좀 도와줘.

케일럽은 부엌에서 기다렸고, 다행히 아이들은 여전히 잠에 곯아떨어졌다. 몇 분이 지나고 핌과 케이트가 방에서 나왔다.

케이트가 뒷문을 가리키며 수화를 했다. 밖에 나가서 얘기하자.

해가 저물며 저녁이 다가오는 중이었다. "도리에게 무슨 일이 벌어지고 있는 거야?" 수화와 함께 케일럽이 케이트에게 물었다.

"아줌마 상태가 호전되고 있어, 그게 다야."

"그게 어떻게 가능해?"

"내가 이유를 안다면 조용히 있었겠지. 화상은 아직도 상태가 안 좋아 — 아직 고비를 넘긴 거는 아니야. 하지만 이렇게 회복이 빠른 사람은 여태껏 본 적이 없어. 내 생각에는 사고의 충격만으로도 죽을 수 있었거든."

"도리가 그런 식으로 깨어난 건 어떤 것 같아?"

"핌을 알아보는 건 예후가 좋은 거지. 도리가 다른 건 잘 이해하지 못하는 것 같지만 말이야. 앞으로도 그건 마찬가지일 거야."

"네 말은 아줌마의 상태가 지금과 같을 거라는 뜻이구나?"

"그런 일들이 일어나는 걸 봐왔어." 케이트가 자신의 언니를 보며 바로 수화를 했다. 언니는 도리 아줌마와 함께 있어야 할 거야. 아줌마가 다시 눈을 뜨고 깨면 얘기하도록 해봐.

어떤 얘기를?

아무거나 일상적인 편한 이야기들. 아줌마가 화재 사고에 관한 생각을 안 하도록 해야 해.

핌은 집으로 돌아갔다.

"이 일로 모든 게 달라지겠구나." 케일럽이 말했다.

"내 생각도 그래. 내가 생각했던 것보다 도리를 빨리 옮길 수 있을 것 같아. 미스틱에서 차량을 수배할 수 있을 것 같아?"

케일럽은 엘라쿠아의 마당에서 보았던 픽업트럭이 생각났다.

케이트가 놀란 것 같았다. "브라이언 엘라쿠아?"

"맞아, 그 사람."

"그 늙은 술주정뱅이, 어떻게 됐는지 궁금했었는데."

"그 사람에 대한 내 경험도 비슷했어."

"그래도 내 생각에 엘라쿠아는 분명히 우리를 도와줄 거야."

케일럽이 고개를 끄덕였다. "내일 아침에 말을 타고 다녀올게."

사라가 가방들을 가지고 현관 가에서 기다리는데 홀리스가 서글퍼 보이는 암말을 타고 나타났다. 홀리스는 다른 남자 하나와 함께였다. 그는 해먹처럼 등이 굽고 끈적끈적한 눈물이 흐르며 나이 들어 보이는 눈을 가진 거세된 검은 말을 타고 있었다.

"내가 지금 뭘 보고 있는 거지?" 사라가 말했다. "아, 내가 본 말 가운데 최악의 말 두 필이야."

두 남자가 말에서 내렸다. 홀리스와 같이 온 땅딸막해 보이는 남자는 상하의가 하나인 작업복을 입고 있었는데 셔츠는 입지 않았다. 남자는 홀리스와 몇 마디를 주고받더니 악수하고 걸어서 돌아갔다.

"같이 왔던 남자는 누구야?" 사라가 물었다.

홀리스가 말들의 고삐를 현관 가의 난간에 묶으며 말했다. "그냥 옛날부터 아는 친구야."

"남편, 내 생각에는 우리가 말이 아니라 트럭을 얘기했던 것 같은데."

"어…… 그래, 그게 말이야, 트럭은 돈이 상당히 많이 들더라고. 그리고 넣어야 할 기름도 없고. 긍정적으로 보자면, 도미니크가 공짜로 줬기 때문에 우리가 엄밀히 말해서 현재 완전히 무일푼은 아니라는 것도 있어."

"도미니크, 그게 셔츠도 안 걸친 당신 친구의 이름이구나."

"뭐 말하자면 나에게 신세 진 게 있는 친구지."

"내가 무슨 일이었는지 물어보기라도 해야 하는 거야 지금?"

"모르는 게 좋을 거야."

둘은 집 안으로 돌아와 짐의 무게를 줄이고 나머지 것들은 안장의 가방에 집어넣고 짐들을 말에 단단히 묶어 맸다. 홀리스가 암말을 타고 사라가 거세된 검은 말에 올라탔다. 대단한 수고는 아니었지만, 사라는 최선을 다하고 있었다. 마지막으로 말을 탄 지 오랜 시간이 흘렀지만 자연스럽게 느낌이 되살아났고 몸의 근육들이 기억해냈다. 말안장에 앉은 채 몸을 앞으로 숙이며 사라는 말의 목 옆을 세 번 두드려줬다. "너 그렇게 형편없이 늙은 말이 아니었네, 그렇지? 내가 너를 너무 야박하게 평가했나 보다."

홀리스가 고개를 들어 사라를 봤다. "저기 미안한데, 지금 나한테 뭐라고 말했어?"

"저, 저 또." 사라가 말했다.

둘은 말을 타고 출입구로 가 언덕을 내려갔다. 흩어져 있는 일꾼들이 늦은 오후의 햇살을 받으며 들판에서 열심히 일하는 중이었다. 여기저기에 아직도 깃대에 하드박스의 위치를 알리는 삼각기들이 걸린 채 휘날렸고, 계곡의 바닥에는 지난 세월 동안 병력이 배치되지 않은 채 버려진 감시탑들이 여전히 경고 경적기들과 저격수 사격대가 튀어나온 모습 그대로 서 있었다.

오렌지 존의 외곽 가장자리에서 길이 강가의 정착촌들로 이어지는 서쪽 길과, 컴포트와 오일 로드로 향하는 동쪽 길로 갈라졌다. 홀리스가 말을 멈추고 허리에 찬 벨트에서 수통을 꺼내 물을 마시더니 사라에게 건네줬다. "우리 연로하신 친구는 어떤 것 같아?"

"완벽한 신사 같은데." 사라가 손등으로 입가를 닦고 손에 수통을 든 채 동쪽을 가리켰다. "누가 굉장히 급한 일이 있나 봐."

홀리스도 그 장면을 보고 있었다. 커빌을 향해 질주해 오는 차량의 먼지기둥이 끓어오르는 것처럼 공중에 날렸다.

"차 주인에게 차랑 말을 맞바꿀 생각이 있는지 물어봐도 될까." 홀리스가 진지함이라고는 손톱만큼도 없는 말을 흘렸다.

사라가 눈을 위아래로 휙휙 움직이며 홀리스를 살피더니 말했다. "당신 그러고 있으니까 좀 날쌔 보이네. 옛날 생각이 난다."

홀리스가 앞으로 몸을 숙이고 안장 머리 위에 올린 두 손에 몸무게를 싣고 앉아 있었다. "그거 알아? 옛날에 당신이 말 타는 모습을 지켜보는 걸 좋아했어. 내가 장벽 위에서 주간 근무를 서게 되는 날이면 종종 당신이 가축 떼를 몰고 올 때까지 기다리고는 했었다고."

"정말이야? 나는 몰랐었는데."

"내가 좀 이상했다는 건 인정할게."

사라는 갑자기 기분이 좋아지며 며칠 만에 처음으로 얼굴에 미소가 돌았다. "오, 당신이 뭐를 할 수 있었을까?"

"나 혼자만 그런 건 아니야. 가끔 당신을 보려고 남자들이 꽤 많이 기다리기도 했으니까."

"그럼 당신 운이 좋은 거네. 모든 일들이 제대로 이뤄진 거니까." 사라는 수통의 뚜껑을 잠그고 홀리스에게 다시 돌려줬다. "자, 그럼 이제 우리 애들을 보러 가자."

52장

"어이, 모두 좋은 오후야."

영창의 바깥쪽 방에는 두 명의 DS 장교들이 있었다. 그중 하나는 자신의 책상에 앉아 있었으며 나이가 훨씬 많은 다른 장교는 카운터 뒤에 서 있었다. 그리어는 나이 많은 장교를 바로 알아보았는데, 그가 바로 오래전 자신을 관리하던 교도관 중의 한 사람이었기 때문이다. 이름이 윈스롭이었나? 아냐, 윈필드였어. 그때는 그냥 애송이였는데 말이야. 그리어와 눈이 마주치자 그의 눈 뒤에서 일련의 수많은 계산이 빠르게 일어나고 있는 것이 루시어스의 눈에 보였다.

"돌아버리겠네, 진짜." 윈필드가 말했다.

윈필드의 손이 자신의 권총을 향해 움직였지만 놀라고 당황한 그의 어설픈 손동작은 그리어가 코트 아래에 숨기고 있던 산탄총을 꺼내 들어 그의 가슴을 겨누는 데 충분한 시간을 주고 말았다. 철컥하는 커다란 소리와 함께 그리어가 약실에 탄약을 장전했다.

"쉿쉿쉿."

윈필드는 얼어버렸고, 그보다 젊어 보이는 장교는 동그라진 눈으로 여전히 책상 뒤에 앉아 멀뚱멀뚱 쳐다보았다. 그리어가 산탄총을 그에게 겨누며 말했다. "너, 바닥에 무기를 내려놔. 윈필드, 너도. 빨리 끝내자고."

윈필드와 그의 동료가 바닥에 갖고 있던 권총을 내려놓았다. "이 사람 누구예요?" 젊은 장교가 윈필드에게 물었다.

"이거 오랜만이야, 62번." 윈필드가 오래전 그리어의 수감 번호를 부르며 인사라도 하듯 말했다. 그런 모습은 마치 기대에 부응하는 삶을 살아낸 달갑지 않은 평판을 지닌 옛 친구를 만나기라도 한 것처럼, 화났다기보다는 오히려 즐거워하는 것처럼 보였다. "바쁘게 지낸다는 말은 들었는데. 그래, 덩크는 잘 있나?"

"마이클 피셔," 그리어가 그의 말을 잘랐다. "지금 여기에 있어?"

"아하, 여기에 있지, 알겠군."

"건물 안에 둘 말고 DS 인원들이 더 있어? 우리 헛소리는 하지 말자고, 문제를 만들 필요는 없잖아."

"진심이야? 나는 이리되든 저리되든 상관없는데 말이야. 램지, 열쇠 좀 줘."

윈필드가 영창의 독방 동으로 가는 문을 열었고, 그리어는 두 DS 장교의 등 뒤에 산탄총을 겨눈 채 몇 걸음 뒤에서 그들을 따라갔다. 침대에 누워 있던 마이클은 감방 문이 열리자 팔꿈치에 힘을 주어 상체를 일으켰다.

"이렇게 갑자기 오시다니요." 마이클이 그리어를 보고 말했다.

그리어가 윈필드와 램지에게 감방 안으로 들어갈 것을 명령하고 마이클의 얼굴을 봤다. "그럼, 갈까?"

"다시 얼굴을 봐서 반가웠어, 62번." 윈필드가 마이클과 그리어 뒤에 대고 큰 소리로 말했다. "넌 조금도 변한 게 없네, 나쁜 자식."

그리어가 문을 닫고 잠금장치를 돌려 잠근 뒤 열쇠를 주머니에 넣었다. "조용히 해." 그리어가 식사용 쟁반이 드나드는 구멍에 대고 소리를 질렀다. "나는 여기 다시 돌아오고 싶지 않다니까." 그러고는 마이클을 향해 돌아섰다. "머리에는 무슨 일이야? 아플 거 같은데."

"고맙지 않은 건 아닌데 말이죠, 소령님이 여기에 오셨다는 건 안 좋은 소식이 있는 것 같은데요."

"우리 플랜 B로 계획을 바꿔야 해."

"어라, 우리에게 그런 게 있는지도 몰랐는데요."

그리어가 마이클에게 윈필드의 권총을 건네주었다. "가는 길에 내가 설명해주지."

피터와 아프가 그리고 체이스가 마이클이 남기고 간 탑승자 명단을 확인하는 중에 갑자기 복도에서 고함이 터져 나오는 것이 들리기 시작했다. "총 버려! 총 내려놔!"

뭔가 부서지는 소리와 함께 총성이 들렸다.

피터가 책상 서랍에 손을 뻗어 넣어두었던 권총을 꺼내 들었다. "군나르 장군, 가지고 계신 무기가 있나요?"

"아무것도 없습니다."

"포드?"

체이스가 고개를 저었다.

"내 책상 뒤로 오세요."

문손잡이가 마구 흔들렸다.

피터와 아프가 벽에 기대어 문 양쪽으로 위치를 잡고 대기했다. 누군가가 문을 세게 걷어찼고, 나무로 된 문이 박살 났다.

문이 획 열렸다.

첫 번째 남자가 들어오자 아프가 뒤에서 그를 붙잡고 늘어졌다. 남자가 든 산탄총이 바닥에 미끄러지고, 아프가 한 손으로 남자의 목을 잡고서 무릎으로 못 움직이게 밀어붙인 후 다른 한 손을 들어 주먹으로 때리려다 주춤하고 멈췄다.

"그리어?"

"장군, 오랜만입니다."

"마이클," 피터가 겨누고 있던 총구를 내리며 말했다. "이게 다 무슨, 젠장."

군인 셋이 소총을 겨눈 채 방안으로 급히 뛰어 들어왔다.

"발포 금지!" 피터가 고함을 질렀다.

불확실해 보이는 눈앞의 상황에도 군인들은 명령에 따랐다.

"마이클, 바깥에서 들린 총소리는 뭐였어?"

마이클이 대충 손을 저으며 말했다. "아, 그거, 빗나간 거야. 우리는 괜찮아."

피터는 화가 부글부글 끓어올랐다. "거기 제군들 셋," 그가 군인들을 보며 말했다. "자리를 좀 비켜주게."

군인 셋은 방을 나갔고, 아프가도 그리어를 놓아주었다. 한편 체이스는 그제야 피터의 책상 뒤에서 나와 모습을 드러냈다.

마이클이 체이스를 가리키며 말했다. "저 사람 괜찮아?"

"어떤 의미에서 묻는 거야?"

"그러니까 저 사람도 알고 있는 거야?"

"아, 그거." 체이스가 간단하게 정리했다. "나도 알아요."

피터는 여전히 화가 가라앉지 않았다. "두 사람, 도대체 둘이 무슨 짓을 벌인 건지나 아는 거야?"

"모든 상황을 고려할 때, 우리는 깔끔하게 정면 승부를 보는 게 최선이라고 생각한 거지." 그리어가 대답했다. "우리가 밖에 차를 준비해놨어. 피터, 우리와 함께 가줬으면 좋겠는데. 그리고 우리는 지금 바로 출발해야만 하기도 하고."

피터의 인내심이 바닥나 버렸다. "저는 아무 데도 안 갑니다. 지금 말도 안 되는 소리를 하고 있잖아요. 제가 직접 소령님을 영창에 처넣고 열쇠는 갖다 버릴 거라고요."

"내 생각에는 상황이 이미 바뀐 것 같은데 말이야."

"뭐요, 그래서 결국 바이럴들은 오지 않는다는 겁니까? 이거 전부 헛소리에 장난이었습니까?"

"상황은 그 반대인 것 같네." 그리어가 말했다. "바이럴들은 이미 여기에 와 있어."

53장

에이미가 이곳을 그리워하게 될 것이 분명했다.

카터와 에이미는 그날의 남은 일거리들을 끝내지 않은 채 그대로 남겨두기로 결정했다. 이제는 그 일들을 마무리한다는 게 의미가 없어 보였기 때문이다. 때로는 정원 스스로 자리를 잡아가게 내버려 둬야 하기도 해요. 카터가 에이미에게 말했다.

에이미는 열이 오르며 몸이 아파오는 것만 같았다. 내가 감당할 수 있을까? 내가 그를 죽일 수 있을까? 물은 어떡하지?

제로가 했던 것처럼 당신도 똑같이 해야 해요. 카터가 에이미에게 말했다. 과거의 당신으로 돌아갈 다른 방법은 없어요.

집안에서는 우드 부인의 딸들이 영화를 보고 있는데, 에이미 역시 자신이 어린 여자아이였던 시절부터 알던 영화였다. 오즈의 마법사. 토네이도와 양귀비 벌판 그리고 녹색의 매끈한 피부를 가진 사악한 마녀와 하늘을 날아다니는 벨맨bellman 모자를 쓴 날개 달린 원숭이 군대가 나오는 그 영화는 그녀를 겁먹게 만들기는 했지만, 에이미가 좋아하는 영화였다. 에이미는 엄마와 함께 살았던 모텔에서 그 영화를 봤었다.

에이미의 엄마는 고속 도로변으로 나서기 위해 짧은 치마와 몸에 딱 붙는 윗옷을 입고서, 모텔 방을 나가기 전에 기름진 것이 든 가방 그러니까 먹을 것과 함께 에이미를 TV 앞에 앉혀놓고 이렇게 말하고는 했다. 여기 꼼짝 말고 가만히 앉아 있어. 엄마가 곧 돌아올게. 방문은 아무에게도 열어주지 말고. 에이미는 엄마의 눈에 스민 죄책감을 읽을 수 있었고, 어린아이를 혼자 두고 방을 나가는 일은 엄마가 하면 안 되는 일이라는 것을 알았다. 하지만 그래도 에이미의 마음은 항상 엄마를 향해 있었다. 에이미는 엄마를 사랑했으며, 엄마는 낙심만이 계속되는 인생을 멈추기 위해 할 수 있는 것이 아무것도 없는 것처럼 항상 후회와 슬픔에 절어 있었기 때문이다. 때때로 엄마는 하루 종일 침대 밖으로 나오지도 못했고, 그러다가 밤이 되면 다시 짧은 치마와 몸매가 그대로 드러나는 웃옷을 입고 TV를 켜놓은 다음, 다시 에이미를 방에 혼자 남겨두고 밖으로 나가고는 했다.

〈오즈의 마법사〉를 봤던 날 밤이 에이미와 엄마가 모텔에서 보냈던 마지막 밤이었다. 아니 어쩌면 에이미의 기억이 그럴 뿐일지도 몰랐다. 에이미는 한동안 만화 프로그램들을 보았고, 만화가 끝나자 게임쇼를 봤고, 그러다 채널을 돌려가며 구경했는데, 그때 그 영화 오즈의 마법사에 눈길을 사로잡혔다. 영화의 화면 색깔이 너무 강렬해 이상하다고 생각했는데, 그게 그 영화에 대한 에이미의 첫인상이었다. 땀과 향수와 확실히 에이미 자신의 냄새가 뒤범벅되어 엄마의 냄새가 나는 침대에 누워 자리를 잡고 영화

를 봤다. 그녀는 도로시가 못된 미스 굴치_{Miss Gulch}의 손아귀에서
자기 개를 구해내고 폭풍우로부터 도망치는 부분부터 영화를 보
기 시작했다. 토네이도는 도로시를 휙 낚아채 어디론가 데려갔고,
도로시는 그녀가 자신들의 행복한 삶을 노래 부르고 있는 먼치킨
_{Munchkin}*의 땅에 와 있는 걸 알게 된다. 그러나 물론 발이라는 문젯
거리가 있었다. 토네이도에 날아간 도로시의 집 아래에 튀어나와
있는 사악한 동쪽 마녀의 발 말이다.

  이야기는 거기서부터 계속 이어졌고, 에이미는 완전히 이야기
에 집중했으며 도로시가 얼마나 집으로 돌아가고 싶어 하는지 이
해했다. 그게 이야기의 핵심이었고, 에이미에게도 이해되는 부분
이었다. 에이미가 아주 오랫동안 집을 떠나와 있었기에, 집이라는
곳이 거의 기억나지도 않았으며 단지 몇몇 방에 대한 어렴풋한 기
억들만이 남았기 때문이다. 영화가 끝나가는 마지막 부분에 이르
러, 도로시가 차렷 자세로 똑바로 서서 딱 소리를 내며 발뒤꿈치
를 맞부딪치자 그녀가 자기 집으로 돌아가 가족들에게 둘러싸인
채 깨어나는 장면이 나왔다. 이를 본 에이미는 자신도 도로시처럼
해보기로 마음먹었다.

  에이미에게 루비 구두는 없었지만, 엄마가 신는 높고 뾰족한 굽
의 부츠가 한 켤레 있었다. 에이미가 부츠에 양발을 넣어 신자, 부
츠는 어린 여자아이인 에이미의 키를 가량이 높이만큼 더해놓은
것처럼 쑥 밀어 올렸다. 굽이 정말 정말 높아서 에이미는 걷는 게
불가능할 정도였다. 그녀는 감을 잡고 부츠에 익숙해지기 위해 방
안을 살금살금 걸어 다녔고, 이윽고 신고 있는 부츠에 익숙해지자

---

* 〈오즈의 마법사〉에 나오는 난쟁이족.

두 눈을 감고서 발뒤꿈치를 딱딱딱 세 번 소리를 내 부딪치고는 주문을 외웠다. 세상에 집처럼 좋은 곳은 없어, 세상에 집처럼 좋은 곳은 없어, 세상에 집처럼 좋은 곳은 없어…….

자신이 따라 한 마법의 동작들과 주문의 힘을 완전히 확신했던 에이미는 두 눈을 떠보았지만, 아무 일도 일어나지 않았다는 사실에 그만 충격받고 말았다. 그녀는 여전히 더러운 카펫과 움직이지 못하게 고정된 칙칙한 가구들이 놓인 모텔의 방 안에 있었기 때문이다. 그녀는 엄마의 부츠를 힘껏 당겨 벗어서 냅다 방의 반대편으로 집어 던진 후, 침대 위에 몸을 던져 엎드린 채 울기 시작했다. 그리고 에이미는 그대로 잠이 들었던 게 틀림없었다. 그다음에 그녀의 눈에 들어온 건 자신의 눈앞에 희미하게 떠오른 엄마의 겁먹은 얼굴이었으니까. 엄마는 에이미의 어깨를 거칠게 흔들어 딸을 깨웠다. 엄마의 웃옷은 더럽게 얼룩졌고 찢겨 있었다. 어서 일어나, 에이미, 엄마가 말했다. 깨서 일어나야 해, 아가야. 우리 지금 당장 떠나야만 한다고.

카터는 수영장 물 위에 떠다니는 쓰레기들을 걷어내고 있었다. 바싹 마른 갈색의 첫 번째 낙엽들이 졌다.

"우리 오늘은 그냥 쉬기로 한 줄 알았어요." 에이미가 말했다.

"맞아요, 오늘 우리 쉬기로 했어요. 그냥 이것들만 치우려고요. 도저히 보고 그냥 놔둘 수가 없네요."

에이미는 파티오에 그대로 앉았고, 집안에서는 우드 부인의 딸들이 도로시와 친구들이 에메랄드 시티 안으로 들어가는 부분을 보는 중이었다.

"아이들이 소리를 좀 낮춰야 할 것 같아요." 카터가 말했다. 그는 수영장 가장자리를 스키머*로 훑어가며 작은 쓰레기 조각들을 망으로 걷어내고 있었다.

"우드 부인 딸들의 귀가 다 망가지고 말 거예요."

그래, 에이미는 이 정원이 그리울 것이 분명했다. 이곳이 주는 편안함과 초록의 시원함을 잊을 수 없었다. 그들의 기다림의 나날들을 채워준 소소한 일거리들도. 카터가 스키머를 수영장 데크에 내려놓고 에이미의 맞은편에 자리를 잡고 앉았다. 둘은 한동안 집 안에서 들려오는 영화 소리를 들었다. 사악한 마녀가 녹아내리는 장면에서 아이들이 기쁨의 비명을 질러댔다.

"아이들이 저 영화를 얼마나 많이 본 거죠?" 카터가 물었다.

"진짜, 꽤 많이 봤죠."

"내가 꼬맹이였을 때 거의 언제나 TV에서 저 영화를 볼 수 있었던 거 같아요. 무서워서 간 떨어지는 줄 알았어요." 카터가 잠깐 말을 멈췄다. "항상 저 영화가 마음에 들기는 했지만."

그들은 험비에 연료 통들을 실었다. 험비의 짐칸에는 그리어가 가져온 밧줄과 도르래, 투망, 렌치 두 개, 담요 그리고 평범한 면직 작업복 같은 보급품이 든 플라스틱 통들이 실려 있었다.

"사라도 함께 데려가면 더 좋을 것 같은데." 피터가 말을 꺼냈다. "뭘 어떻게 해야 할지 우리보다는 잘 알 것 같으니까."

그리어가 뒷문 위로 물병을 들어 올렸다. "지금은 좋은 생각이 아니야. 당장은 인원을 최소로 줄여야 하거든."

"정착촌 주민들에게도 소식을 알려야 합니다." 피터가 아프가에게 말했다. "사람들이 피할 곳이 필요합니다. 지하실이든 실내

---

* 더껑이를 걷어내는 데 사용하는 도구.

의 어떤 공간이든 뭐가 되었든지 간에요. 아침이 되면 차량들을 보내서 가능한 한 많은 사람을 데리고 와야만 합니다."

"처리해놓겠습니다."

피터가 체이스를 봤다. "포드? 이제 당신이 모든 책임을 맡아야 합니다."

"알고 있어요."

피터가 다시 아프가에게 말했다. "내 아들과 그의 가족들……."

아프가가 피터의 말을 끊었다. "루켄바흐에 무전을 쳐서 그쪽으로 몇 명을 보내도록 하겠습니다."

"케일럽은 농장에 하드박스를 갖고 있습니다."

"그 내용도 전달해놓겠습니다."

그리어는 운전석에 앉아 기다렸고 마이클은 산탄총을 실어 날랐다. 피터가 뒷자리에 올라탔다.

"가죠." 그가 말했다.

18시 30분, 두 시간 뒤면 해가 질 시간이었다.

54장

사라와 홀리스는 즐거운 시간을 보냈다. 그들은 정착촌 헌트와 잉그램 사이에 뻗어 있는 텅 빈 도로, 모두가 갭the Gap이라고 부르는 지역에 들어왔고, 이제는 얕은 여울이 경쾌하게 콸콸 소리를 내며 흐르는 과달루페강을 끼고 따라갔다. 몸통이 굵은 참나무들의 우거진 가지들로 덮힌 도로가 계속되다가 탁 트인 곳이 나오며, 저물고 있는 낮게 뜬 태양의 햇살이 그들의 얼굴을 비췄다. 그러더니 다시 더 많은 나무가 늘어서 있고 더 짙은 그늘에 가려진 길이 이어졌다.

"이 녀석을 좀 쉬게 해야 할 것 같아." 사라가 말했다.

사라와 홀리스는 말에서 내려 말들을 데리고 강가로 갔다. 홀리스가 타고 온 암말은 강둑에 서서 망설임 없이 자신의 긴 얼굴을 물속에 담갔다. 하지만 사라의 거세된 수말은 주저하듯 머뭇거리는 것처럼 보였고, 사라가 부츠를 벗고 바지 단을 걷어 올린 후 말에게 물을 먹이러 얕은 곳으로 이끌고 갔다. 물은 놀라울 정도로 차가웠고, 강바닥은 매끄러운 석회암으로 이루어져 발밑이 단단하게 느껴졌다.

말들이 양껏 물을 마시게 한 후, 사라와 홀리스는 잠시 말들이 주변을 돌아다니게 놔두었다. 둘은 물 밖으로 튀어나온 바위의 노두 위에 앉았다. 강둑에는 버드나무, 피칸, 참나무, 메스키트 덤불 그리고 천년초 같은 식물들이 무성하게 자라나 있었다. 그리고 저녁 곤충들이 빛 조각들이 떠오르는 것처럼 물에서 알을 깨고 나오는 중이었다. 상류 쪽으로 90여 미터쯤 떨어진 강폭이 넓어지는 곳에는 깊은 물웅덩이가 보였다.

"여기 참 평화로운 것 같아." 사라가 말했다.

홀리스가 만족한 표정 가득히 고개를 끄덕였다.

"이런 풍경에 익숙해질 수 있을 것 같아."

사라는 과거의 어느 한 곳을 머릿속에 떠올렸다. 그녀와 홀리스 그리고 친구들 모두가 에이미와 함께 콜로라도를 향해 동쪽으로 길을 떠났던 건 아주 오래전의 일이었다. 출산을 위해 농장에 남은 테오와 모스와도 이때 헤어졌다. 그들은 라살산맥을 넘어 키 큰 풀들과 파란 하늘이 보이는 넓은 계곡으로 내려와 쉬기 위해 멈췄다. 공기는 여전히 온화했지만 멀리서 눈 쌓인 록키산맥의 봉우리들이 어렴풋이 보였다. 단풍나무 아래 그늘에 앉아 있던 동안, 사라는 그때까지 전혀 느껴보지 못했던, 세상이 아름답다는 생각을 경험하기도 했었다. 실제로 정말 아름다웠기 때문이다. 나무와 햇살과 풀이 바람에 흔들리는 모습 그리고 반짝이는 산의 빙벽들, 어떻게 이전에는 내가 알아보지 못했던 거지? 그리고 내가 알아보았다 하더라도, 왜 달라 보이고 좀 더 평범하고 삶의 고단함이 덜 느껴졌던 거지? 그리고 사라는 홀리스와 사랑에 빠졌고,

자신이 단풍나무 아래 그늘에 친구들과 함께 앉아 있었던 것도 홀리스 때문이었다는 것을 알게 되었다. 사실, 마이클은 산탄총을 솜을 채워 넣은 아동용 동물 인형처럼 가슴에 꼭 안은 채 잠에 빠졌기는 했었지만 말이다. 그건 사랑이었고, 자신을 눈 뜨게 한 유일한 사랑이었다.

"이제 가는 게 좋겠어." 홀리스가 말했다. "곧 어두워질 거야."

둘은 말들을 데려와 올라탔다.

아프가는 커빌의 장벽 위에 서서 계곡 위로 길게 늘어지는 그림자들을 보고 있었다.

그가 시간을 확인했다. 20시 15분, 이제 해가 떨어질 시간이 얼마 남지 않았다. 마지막 수송 행렬이 들판에서 일하던 일꾼들을 데리고 언덕을 올라왔고, 아프가의 모든 병력이 장벽 위에 위치를 잡고 대기했다. 군인들은 모두 새 총과 따끈따끈한 새 탄약들을 가졌지만 수가 적었다. 커빌을 방어하기는커녕 10킬로미터에 이르는 주변 지역을 감시하기에도 턱없이 모자란 숫자였다. 아프가는 신을 믿지 않았고, 기도라는 걸 한 지 아주 오랜 세월이 흘렀다. 좀 바보 같다는 생각이 들기는 했지만, 인제 기도를 한번 해보기로 했다. 신이여, 그는 생각했다, 당신이 듣고 있다면, 단어가 마음에 들지 않을지는 모르겠지만, 그게 큰 문제가 되지 않는다면 이 모든 게 헛소리로 끝나게 해주소서.

성벽의 통로에서 그에게 다가오는 발소리가 들렸다.

"상병, 무슨 일인가?"

상병의 이름은 랫클리프로 통신병이었다. 계단을 마구 뛰어 올라온 그는 숨이 차 헉헉거렸으며, 허리를 숙이고 양 무릎에 손을 대 몸을 지탱한 채 말하는 사이사이마다 숨을 크게 들이마셨다.

"장군님, 그러니까, 장군님께서 말씀하신 대로 메시지를 전달했습니다."

"루켄바흐에서는 뭐라고 하던가?"

랫클리프가 여전히 땅바닥을 향해 얼굴을 숙인 채 고개를 끄덕였다. "네, 루켄바흐에서 분대 병력을 보내겠다고 했습니다." 랫클리프가 말을 멈추더니 기침을 했다. "그런데 그게 문제가 있습니다. 루켄바흐만이 유일하게 통신에 응답했습니다."

"숨을 좀 골라보게, 상병."

"네, 장군님, 죄송합니다."

"자, 이제 무슨 말인지 설명해보게."

랫클리프가 똑바로 몸을 일으켜 차렷 자세를 취했다. "말씀드린 대로입니다. 헌트, 컴포트, 보니, 로젠버그 ― 이들로부터는 응답이 전혀 없습니다. 통신 접수 확인까지, 아무 응답이 없습니다. 루켄바흐 말고는 어떤 부대도 연락이 안 됩니다."

마지막 버스가 장벽 출입구를 통과해 들어왔고, 아래 집결지에서는 일꾼들이 줄지어 돌아가고 있었다. 일부는 얘기하고 농담하며 웃었고, 다른 이들은 서둘러 무리에서 떨어져 나와 밤을 보낼 자신들의 집을 향해 빠른 걸음으로 사라졌다.

"메시지 전달해준 것 고맙네, 상병."

아프가는 랫클리프가 휘청거리며 돌아가는 모습을 지켜보다가 다시 계곡 쪽을 바라보았다. 들판에 어둠이 드리워지고 있었다. 그는 생각했다. 그래, 이걸로 다 끝인 것 같군. 조금 더 시간을 끌 수 있다면 그걸로 충분할 거야. 그는 계단을 내려와 장벽의 출입구 아래로 걸어갔다. 군인 두 명이 얼룩으로 더러워진 작업복을 입고 대형 망지만 한 렌치를 든 마흔 살 정도로 보이는 민간인 남자 한 명과 함께 기다리는 중이었다.

민간인 남자가 뭔가 덩어리를 땅바닥에 뱉어냈다. "인제 출입구가 제대로 작동할 겁니다, 장군님. 기름칠도 모두 제대로 해두었고요. 문을 여닫을 때 고양이처럼 조용할 겁니다."

아프가가 군인 중 한 명에게 물었다. "수송 차량은 모두 장벽 안으로 들어왔나?"

"저희가 아는 한 그렇습니다."

아프가가 고개를 들어 하늘을 봤다. 어둠 속에서 빛을 반짝이며 첫 번째 별들이 이미 하늘에 떠 있었다.

"좋아, 제군들," 그가 말했다. "이제 문을 닫고 잠가."

케일럽은 날이 저물어가는 것을 보며 앞 계단에 앉아 있었다.

그날 오후 그는 몇 달 동안 들여다보지 않았던 하드박스를 점검해놓았다. 당시에는 바보짓처럼 보였지만, 단지 아버지를 기쁘게 하겠다는 생각 하나로 지어놓았던 거였다. 토네이도가 발생하면 물론 몇몇 사람들이 죽게 된다. 하지만 그럴 확률이 얼마나 될까? 케일럽은 하드박스 입구 위에 쌓인 나뭇잎들과 다른 잡다한 잔해들을 치우고, 사다리를 타고 하드박스 안으로 내려갔다. 그 안은 서늘하고 어두웠다. 등유 등잔과 연료 통이 벽 한쪽을 따라 세워져 있었고, 하드박스 입구의 뚜껑은 안에서 한 쌍의 강철 빗장으로 잠그게 되어 있었다. 케일럽이 자신이 만든 대피소 하드박스를 핌에게 보여주었던 건 그들이 함께 농장에서 두 번째 밤을 보내던 날이었다. 사실 그때 케일럽은 돈이 많이 들고 불필요한 사치품처럼 보이던 하드박스 때문에 좀 당황스러워했다. 자신들의 낙관적인 미래의 계획과는 완전히 어울리지 않는 면이 있었기 때문이다. 하지만 핌은 하드박스를 당연한 것으로 받아들였다. 당신의 아버지는 빈틈없는 분이야, 핌이 수화를 했었다. 사과 그만해. 당신이 시간을 내서 하드박스를 만들어놔서 기뻐.

그리고 이제 서쪽을 보며, 그는 햇살을 가늠해봤다. 태양의 아래 테두리가 막 산등성이의 꼭대기와 맞닿았다. 그리고 언제나 그랬듯이 마지막 순간에 해가 더 빠르게 졌다.

내려간다, 내려간다, 사라졌다.

케일럽은 공기가 바뀌는 것을 느꼈다. 그의 주변 모든 것들이 멈추어 선 것처럼 보였지만 다음 순간 뭔가 그의 눈길을 사로잡았다. 숲 가장자리에 있는 피칸 나무 꼭대기의 바스락거리는 소리가 들리는 것 같은 흔들림이었다. 내가 보고 있는 게 뭐지? 새들은 아니었다. 새라고 하기에는 그 움직임이 너무 둔했다. 케일럽이 앉아 있던 자리에서 일어났다. 나무가 다시 흔들렸다. 두 번째였다. 그리고 세 번째.

케일럽은 옛날에 들었던 말 한 구절이 떠올랐다. 그들이 공격할 때는, 위에서 덮친다.

케일럽이 소총의 약실에 탄약을 하나 장전하는 순간 등 뒤 집 안에서 그의 이름을 다급하게 부르는 고함이 들렸다.

"잠깐 멈춰." 홀리스가 말했다.

군용 트럭 한 대가 도로에 옆으로 넘어간 채 누웠고, 뒷바퀴 하나가 여전히 삐거덕 소리를 내며 돌아갔다.

사라가 잽싸게 말에서 내렸다. "누가 다쳤을지도 몰라."

홀리스가 그녀의 뒤를 따라 트럭에 다가갔는데, 운전석은 비어 있었다.

"어쩌면 군인들이 걸어서 여기를 빠져나갔는지도 모르겠군." 홀리스가 말했다.

"아냐, 방금 일어난 사고야." 사라가 길을 쭉 훑어보고는 한 지점을 손으로 가리켰다. "저기."

군인 하나가 등을 대고 도로에 누워 있었다. 군인은 빠르게 숨을 몰아쉬며 눈을 뜬 채 하늘을 바라보았다. 사라가 그의 옆에 가 무릎을 꿇고 앉았다. "군인 아저씨, 나를 봐요. 말할 수 있어요?" 군인은 아직 피가 흐른 자국은 보이지 않았지만 마치 중상을 입은 사람처럼 행동했고, 몸의 어디가 부러지거나 한 것 같지도 않았다. 그의 군복 소매에는 상병임을 나타내는 두 줄 계급장이 붙어 있었다. 그가 사라를 향해 고개를 돌리자, 그의 목 아래에 핏빛 자국이 선명한 작은 상처가 드러났다.

"도망쳐요." 그가 껵껵거리며 쉰 것 같은 거친 목소리로 말했다.

케일럽이 집 안으로 뛰어 들어왔고, 핌은 아기 테오를 안은 채 도리가 누워 있는 방의 문으로부터 멀찌감치 뒤로 물러나 있었다. 버그와 엘르도 핌의 양쪽 다리를 하나씩 잡고 착 달라붙어 있었다.

케이트의 목소리가 들렸다. "케일럽, 빨리 와!"

도리가 입에서 침을 뿜어내며 침대를 때려 부수는 중이었다. 재채기같이 들리는 소리와 함께 그녀의 입에서 이빨이 뻗어 나왔고, 케이트는 리볼버 권총을 손에 쥔 채 침대 가에 서 있었다.

"도리를 쏴!" 케일럽이 소리를 질렀다.

케이트가 그의 말을 못 들은 것 같았다. 무언가 으스러지는 것 같은 소름 끼치는 소리와 함께 도리의 손가락들이 길어지며 그 끝에서 하얗게 반짝이는 짐승의 발톱들이 뻗어 나왔다. 도리의 몸에서 빛이 나기 시작하며 턱이 크게 벌어지고 입이 확 열리며 끝이 뾰족뾰족한 이빨들이 드러났다.

"당장 도리를 쏴 죽여!"

케이트는 그 자리에 얼어붙었다. 케일럽이 소총을 들어 올려 겨누자, 도리가 몸을 똑바로 일으켜 세웠다가 다시 몸을 말아 웅크리더니 케이트와 케일럽을 향해 튀어 올랐다. 몸이 뒤엉켜 난장판이 되었다. 도리는 케이트에게 돌진해 부딪치고, 케이트는 튕겨 케일럽을 쓰러뜨리고, 케이럽이 들고 있던 소총이 바닥에 떨어져 미끄러지며 뒹굴었다. 케일럽은 손과 무릎을 써 다시 총을 잡으려 기어갔다. 핌은 케일럽의 목소리를 들을 수 없는데도, 그녀에게 도망치라고 소리를 질렀다. 케일럽이 총을 다시 손에 쥐는 바닥에 등을 대고 몸을 굴렸다. 케이트는 반대편 벽을 향해 그녀의 몸을 밀어냈고, 도리는 턱을 이리저리 풀면서 손가락들을 쫙 편 채 팔을 공중에 휘두르며 케이트의 몸 위에 서 있었다. 케일럽은 바닥에서 등을 떼고 일어나 양쪽 무릎을 벌리고 두 손으로 총을 받쳐 도리를 겨누었다.

"도리 테이텀!"

자기 이름을 부르는 소리에 이상한 기분이라도 든 것처럼 도리의 몸이 굳었다.

"당신은 도리 테이텀이야! 필이 당신의 남편이고! 나를 봐!"

도리가 상체를 노출하며 그를 향해 돌아섰다. 한 방이야, 케일럽은 시야에 들어온 그녀의 가슴 중앙을 노리며 생각했다. 그리고 방아쇠를 당겼다.

군인이 온몸을 떨기 시작했다. 매의 발톱처럼 구부러진 군인의 손가락들이 떨리기 시작하다가, 목 깊은 곳에서부터 끙끙거리는 신음이 터져 나오고, 경련이 온몸으로 번지며 심해지더니 척추가 크고 둥글게 휘며 침이 입술까지 거품을 일으키며 끓어올랐다. 사라가 화들짝 놀라 몸을 일으켜 뒤로 물러섰다. 그녀는 자신이 보고 있는 것이 뭘 의미하는지 알았다. 불가능한 일이라고 생각했지만 버젓이 눈앞에서 일어나고 있는 일이었다. 사라는 머리 위에서 뭔가 움직인다는 것을 느꼈지만 들어본 적이 없을 정도로 빠르게 몸의 변화를 일으키는 군인에게서 눈을 뗄 수가 없었다.

"사라, 정신 차려! 우리 여기서 도망쳐야 해!"

그들이 타고 온 말 두 마리 중 한 마리가 히힝 울며 사라의 곁을 쏜살같이 지나갔다. 도로 위를 15미터쯤 달렸을까, 빛을 내는 물체가 말을 빠르게 내리 덮치더니 단숨에 때려눕혔다. 살을 찢어버리는 소리와 함께 턱이 말의 목 속으로 파고 들어갔다.

순간 사라의 정신이 되돌아오며 주변 상황을 확실히 깨닫게 되었다. 홀리스가 그녀의 손목을 잡고 끌어당겼다. 강이야! 홀리스가 소리를 질렀다. 우리 강으로 들어가야만 해! 홀리스가 거세게 그녀의 손목을 잡아채 당기며, 그녀를 나뭇가지들이 얽혀 있는 곳 밑으로 끌어들였고 둘은 힘껏 뛰기 시작했다. 그들 주위로 빛나는 물체들이 머리 위 공중으로 튀어 올랐다. 나뭇가지들이 사라의 얼굴과 팔을 사정없이 후려갈겼다. 강이 흐르는 곳에 도착하면 목숨을 부지할 수 있을까? 흐르는 물소리는 들렸지만 어둠 속에서 강이 어느 쪽에 있는지 방향을 잡을 수가 없었다.

"뛰어내려!"

공중에 몸이 붕 뜨고서야 사라는 무슨 일이 일어나고 있는지 깨달았다. 홀리스와 그녀는 절벽에서 뛰어내린 거였다. 그녀의 몸이 강의 수면을 내리치자 새로운 더 깊은 어둠, 수면 아래의 어둠이 그녀를 둘러쌌다. 물속 깊이 가라앉는 것을 멈출 수 없을 것만 같았지만, 마침내 그녀의 발이 강바닥에 닿았고 사라는 발을 힘차게 밀어 수면 위로 물을 뚫고 나왔다.

"홀리스!" 그녀가 물속에서 몸을 이리저리 틀며 아무것도 안 보이는 어둠 속에서 홀리스를 찾았다. "홀리스, 어디 있어?"

"이쪽이야, 목소릴 낮춰."

사라는 목소리가 들려오는 곳을 찾기 위해 미친 듯이 몸을 돌려가며 주위를 둘러봤다. "당신이 안 보여."

"거기 가만히 있어."

홀리스가 물속에 선 채 사라 옆의 물살을 헤치며 나타났다. "다친 데는 없어?"

내가 다쳤나? 그녀가 자기 몸을 이곳저곳 둘러봤다. 다친 데가 있는 것 같지는 않았다.

"무슨 일이 벌어지고 있는 거지? 바이럴들이 어디에서 나타난 거야?"

"나도 모르지."

"나 혼자 놔두지 마."

"사라, 숨을 쉬어."

사라는 자신을 진정시키려고 애썼다. 숨을 들이마시고, 뱉고, 들이마시고, 뱉고.

"절벽 밑에 구멍들이 있는 것 같아." 홀리스가 말했다. "우리 그쪽으로 헤엄쳐 가자. 할 수 있겠어?"

사라가 고개를 끄덕였다. 물이 얼음장같이 차가웠고, 그녀의 이가 서로 부딪치며 딱딱 소리를 냈다.

"옆에 딱 붙어."

평영으로 홀리스가 미끄러지듯 헤엄치기 시작했고 사라도 그 뒤를 따랐다. 사라의 머리 위로 절벽의 모습이 드러났다. 6미터 정도 높이로, 사라가 생각했던 것만큼 높지는 않았지만 물웅덩이 위로 외팔보처럼 튀어나온 옅은 석회암의 고르지 않은 돌출부들이 있어 모양이 불규칙했다. 물이 좀 더 얕아졌고, 그녀는 물속에 발을 딛고 일어설 수 있다는 걸 알아차렸다. 홀리스가 그녀를 노두의 아래로 데리고 갔다. 위가 편평한 바위가 물 위로 나와 있었다. 홀리스는 사라가 바위 위로 올라갈 수 있도록 도왔다.

"오늘 밤은 여기 있으면 안전할 거야." 그가 말했다.

사라는 추위에 몸을 덜덜 떨면서 홀리스에게 기댔고, 홀리스는 그녀의 몸에 팔을 두른 채 가까이 당겨 끌어안았다. 사라는 저 어둠 속 어딘가에 있을 자기 아이들을 생각했다. 그녀는 홀리스의 가슴에 얼굴을 묻고 울기 시작했다.

도리는 줄이 끊어진 꼭두각시 인형처럼 바닥에 녹아내렸다. 케일럽이 도리의 시체 위에 발을 내디뎠다. 케이트는 충격과 공포에 몸이 마비된 채 아직 벽에 몸을 기대고 있었다.

"밖에 놈들이 더 있어." 케일럽이 말했다. "우리 하드박스로 몸을 숨겨야 해."

케이트가 초점을 잃은 눈으로 그를 쳐다봤다.

"케이트, 정신 차려."

케일럽은 기다리고만 있을 수가 없었다. 그는 케이트의 손목을 잡고 그녀를 문밖으로 밀어냈다. 핌은 아이들과 난로 옆에 옹기종기 모여 있었다. 케일럽은 핌이 총소리는 못 들었더라도, 문과 창틀의 흔들림을 통해 무슨 일이 있었는지 느꼈다는 걸 알았다.

케일럽이 핌에게 수화를 했다. 가자.

케일럽이 총을 내려놓은 뒤 버그와 엘르를 올리고, 그의 양쪽 엉덩이 위에 하나씩 받쳐 안았다. 핌은 아기 테오를 안았다. 그들은 마당으로 통하는 뒷문을 향해 달렸다. 핌은 케일럽의 앞에 있었고 케이트는 뒤따라왔다. 어둠이 깨어나는 중이었다. 나무 꼭대기들이 다가오는 폭풍우 바람에 흔들리는 것처럼 휘청거렸다. 핌과 아기 테오가 대피소에 먼저 도착했고, 케일럽이 두 여자아이를 내려놓은 뒤 하드박스의 문을 잡아당겨 열었다. 핌이 사다리를 빠르게 타고 내려가 팔을 올려 아기 테오를 받은 다음 여자아이들이 내려갔고, 케일럽이 그 뒤를 따라 내려갔다.

그가 사다리 위를 내려오다 말고 멈췄다. 케이트가 9미터쯤 떨어진 곳에 서 있었기 때문이다.

"케이트, 빨리 와!"

케이트가 입고 있던 상의의 옷깃을 옆으로 비스듬히 내렸다. 그녀의 목 아래에 난 상처에 피가 맺혀 있었다. 케일럽의 가슴이 철렁 내려앉으며, 정신이 멍해졌다.

"문을 잠가." 그녀가 말했다.

그녀는 손에 리볼버 권총을 쥐고 있었다. 그는 몸을 움직일 수가 없었다.

"케일럽, 제발!" 케이트가 무릎을 꿇고 주저앉았다. 그녀의 몸이 심하게 떨렸고, 무릎 위에 놓인 권총을 들어 올리려고 애썼다. 두 번째 경련이 그녀의 몸을 흔들어놓자, 케이트는 하늘을 향해 고개를 젖혔다. "제발 부탁이야!" 케이트가 흐느꼈다. "네가 나를 사랑한다면, 문을 잠가!"

케일럽은 목이 메어 숨을 쉴 수가 없었다. 케이트 뒤로 나무 위에서 빛나는 물체들이 땅에 쏜살같이 내려오고 있었다. 케일럽이 머리 위로 손을 뻗어 문고리를 움켜쥐었다.

"미안해." 그가 나지막하게 속삭였다.

문을 잡아당겨 자신과 핌과 아이들을 어둠 속에 가두고 빗장을 걸어 잠갔다. 아이들이 울고 있었다. 그는 손을 더듬어 등잔을 찾은 후 주머니에서 성냥갑 하나를 꺼냈다. 등잔의 심지에 불을 붙이는 그의 손이 떨렸다. 핌은 아이들을 데리고 벽에 기대 함께 모여 있었다.

핌의 눈이 휘둥그레졌다. 케이트는 어디 있어?

밖에서 총성 한 방이 울렸다.

7부

각성

둥근 지구의 상상 속 네 모퉁이에서, 불어라
너희의 나팔들을, 천사들아, 그리고 일어나라, 일어나라
죽음으로부터, 너 가늠할 수 없는 무한함이여
영혼들의

- 존 던, 「성시」

55장

───────

달그락거리며 험비의 옆을 긁는 나뭇가지들 소리에 피터가 잠이 깼다. 그가 무지근함을 털어내고 일어나 앉았다.

"우리 어디쯤이에요?"

"휴스턴," 그리어가 말했다. 마이클은 조수석에서 자고 있었다. "이제 멀지 않았어."

몇 분쯤 지나고 그리어가 차를 세웠다. 동쪽에서부터 어둠이 걷혀갔다.

"자 서두르도록 하지." 그리어가 말했다.

피터와 마이클이 차에서 장비들을 내렸다. 그들은 석호의 가장자리에 있었으며, 동쪽으로는 믿기지 않는 높이의 고층 건물들이 별빛이 사그라지는 하늘에 검은 직사각형 구멍을 파놓은 것처럼 그 형체를 드러내고 있었다. 그리어가 노를 저어야 하는 보트 한 척을 얕은 물가로 끌고 왔고, 마이클이 뱃머리에 피터가 선미에 그리고 그리어가 뒤쪽을 바라보고 그 중간에 앉았다. 거의 보트의 양측 가장자리까지 배가 수면 아래로 내려앉았다.

"이렇게 될까 봐 좀 걱정했는데." 그리어가 당황스러워했다.

그는 능숙한 솜씨로 시원하게 노를 저으며 마이클과 피터를 데리고 석호를 가로질러 나아갔다. 피터는 도시 중심부의 규모가 뚜렷이 드러나는 모습을 지켜봤다. 마리너호의 크고 넓은 선미가 수면 위로 높이 솟아 있는 모습이 눈에 들어왔다. 원 알렌 센터 안으로 들어간 그들은 배를 묶고, 가져온 물품들을 모아 정리한 후 건물을 오르기 시작했다.

10층에 있는 창문을 통해 그들은 갑판으로 내려왔다. 새벽이 밝기까지는 시간이 몇 분 정도 남았다. 그리어는 한때 배의 측면으로 화물을 내리기 위해 사용되었을 작은 기중기를 손보고 개조해놨다. 그는 기중기 아래에 그물망을 펼쳐놓고, 스피너 조인트의 용수철을 조이고는 기중기의 팔 끝에 달린 도르래 사이의 밧줄에 연결했다. 두 번째 밧줄은 기중기의 팔을 물 위에서 이동시키는 데 사용될 것이다. 그리어가 첫 번째 밧줄을 잡고, 마이클이 두 번째 밧줄을 잡고 조정할 거였다. 피터가 할 역할은 미끼였는데, 그리어의 생각에 에이미가 피터를 죽이려고 할 확률이 가장 낮았기 때문이다.

그리어가 그에게 렌치를 주며 말했다. "기억해, 그녀는 우리가 알던 그 에이미가 아니야."

세 사람 다 각자의 위치를 잡았고, 피터는 렌치의 끝을 첫 번째 볼트의 주위에 맞물려놨다.

"그들이 여기 와 있어요." 에이미가 말했다.

카터는 그녀의 테이블 건너편에 앉아 있었다. "나도 느껴져요."

에이미의 심장이 빨리 뛰기 시작했고, 약간의 어지러움을 느꼈다. 마치 그녀가 투석기의 돌덩어리처럼 이 세계에서 다음 세계로 갑자기 방출되는 물리적인 가속의 느낌과 함께 항상 이런 일이 일어났다.

"나와 함께 가줬으면 좋겠어요." 에이미가 말했다.

"내가 여기 있는 한 당신은 안전해요. 당신도 알고 있잖아요."

그랬다. 에이미는 알았다. 만약 카터가 죽는다면, 도피들과 그의 많은 무리도 함께 죽게 될 것이다. 그리고 그들이 없다면 에이미와 카터에게는 어떤 기회도 없었다.

에이미는 마지막으로 작별 인사를 하며 정원을 둘러보았다. 그리고 지그시 눈을 감았다.

한쪽에 하나씩, 볼트가 두 개 있었다. 피터는 첫 번째 볼트를 느슨하게 풀어놓은 뒤 제자리에 그대로 놔두었다. 그리고 렌치에 두 번째 볼트를 물렸을 때 거인의 주먹 같은 거대한 힘이 해치의 반대편을 강타했다. 충격으로 피터 무릎 아래의 갑판이 흔들렸다.

"에이미! 나야! 나 피터라고!"

또다시 강한 충격이 이어지고, 느슨하게 풀어놓았던 볼트가 튀어나와 갑판을 가로지르며 튕겼다. 피터에게는 몇 초 정도의 시간밖에 없었다. 마지막 볼트를 힘껏 당겨 풀어놓은 후 피터는 뛰어 도망치기 시작했다.

해치가 공중으로 날아올랐다.

에이미가 파충류 같은 모습으로 몸을 웅크리며 갑판 위에 내려앉았다. 그녀의 몸은 크리스털처럼 피부 껍질 아래에 단단한 근육이 강화되어 반들반들 윤이 났으며 다부져 보였다. 피터는 바로 그물망 너머에 서 있었다. 잠시 그녀는 주변 상황에 당황한 것처럼 보였다. 그러고는 피터에게 시선을 고정하며 잽싸게 달려 나가는 듯한 모습으로 머리가 기울어지더니, 앞으로 허둥지둥 달려 나왔다. 그는 에이미의 눈에서 그녀가 자신을 알아보지 못한다는 걸 깨달았다.

"에이미," 피터가 에이미를 향해 한 손을 들어 올리며 손가락을 폈다. "나 피터야."

그물망을 몇 센티미터 앞에 두고 에이미가 멈춰 섰다.

"나 피터라고."

몸을 일으키며 에이미가 앞으로 걸어오자, 그리어가 밧줄을 잡아당겼다. 그물망이 그녀를 집어삼키며 위로 솟아올랐고, 그녀의 몸무게가 회전 장치의 브레이크를 풀어버렸다. 그물망이 점점 더 빨리 빙빙 돌기 시작했다. 그물망에 갇힌 채 에이미가 마구 몸부림쳤다. 마이클이 두 번째 밧줄을 잡아당기자 기중기의 팔이 배의 옆쪽으로 휙 돌아갔다.

그리고 그리어가 잡고 있던 줄을 놓았다. 밧줄이 삐걱거리는 소리를 내며 도르래 사이를 미끄러져 나갔다. 피터가 배의 난간을 향해 뛰면서, 에이미가 기름이 둥둥 떠다니는 물속으로 사라지기 전에 일어나는 물보라를 놓치지 않고 확인했다.

깜깜한 어둠 속.

그녀의 몸이 빙글빙글 돌고 뒤틀리며 가라앉았다. 물에서 역겹고 끔찍한 화학 약품의 맛이 강하게 느껴졌다. 더러운 물이 에이미의 입 안에 가득 차며 코와 눈과 귀에 쏟아져 들어오고, 완전한 죽음의 손아귀에 갇혀버리게 되었다. 그녀의 몸이 더러운 바닥에 닿았다. 에이미의 몸에 엉겨 붙은 그물망이 그녀의 몸을 단단히 옭아맸다. 에이미는 숨을 쉬어야만 했다. 숨을 쉬어야 해! 몸을 뒤척이고 잡아당기고 쥐어뜯었지만 그물망을 벗어날 수가 없었다. 그녀의 입에서 첫 번째 공기 방울이 솟아 나왔다. 에이미가 생각했다. 안 돼, 숨 쉬지 마! 폐를 열고 공기를 들이마시는 간단한 일이 몸에는 절실했다. 두 번째 물방울이 솟아오르고 에이미의 목이 열리고 물이 그녀의 몸 안으로 쏟아져 들어왔다. 에이미는 숨이 막히기 시작했다. 세상이 무너져 내리고 있었다. 아니, 무너져 내리는 건 에이미 자신이었다. 몸이 더 이상은 자신의 통제를 따르지 않는 것 같았다. 그녀의 것이 아닌 분리된 다른 존재인 것처럼 말이다. 그녀의 심장 박동이 느려지기 시작했다. 몸 안에서 퍼져 나오는 새로운 어둠이 그녀를 덮쳤다. 이런 거였구나, 에이미는 생각했다. 공포와 고통 그리고 포기. 죽는다는 건 이런 거였어.

그리고 에이미는 어딘가 다른 곳에 와 있었다.

그녀는 피아노를 치는 중이다. 이상한 일이었다. 그녀는 한 번도 피아노를 배운 적이 없었으니까. 그러나 여기서는 그녀가 피아노를 칠 줄 알았고, 그냥 잘 치는 정도가 아니라 전문가처럼 손가락들이 의기양양하게 건반 위를 종횡무진 누비며 연주했다. 에이미의 앞에는 악보도 없었고 곡조는 모두 머릿속에서 나왔다. 슬프고 아름다운 노래, 인생의 부드러움과 달콤한 슬픔으로 가득 찼다. 완전히 처음 듣는 것 같으면서도 어째서 마치 꿈속에서 들어봤던 것처럼 기억나는 거지? 피아노를 연주하면서 그녀는 음표의 패턴을 이해하기 시작했다. 음표 간의 관계는 임의적인 것이 아니라, 구분이 가능한 주기를 갖고 진행되었다. 각 주기는 조금씩 변형된 곡의 감정적 무게 중심을 담고 있었는데, 가락은 전체적으로 이질감 없이 줄에 쭉 널어놓은 빨래들처럼 나머지 부분들을 받쳐 주었다. 정말 놀라웠다! 에이미는 자신이 마치 가장 깊은 곳에 감춰진 진실을 전달할 수 있는, 일상적인 대화보다 훨씬 더 섬세하고 풍부한 표현력을 가진 전혀 새로운 언어를 사용하는 것같이 느껴졌다. 그 사실에 그녀는 행복했다. 그것도 아주 많이. 에이미는 계속 연주했고, 손가락들은 현란하게 건반 위에서 춤췄으며, 그녀의 영혼은 기쁨으로 하늘 높이 날아올랐다.

곡이 막바지를 넘어갔고, 에이미는 연주가 곧 끝날 거라는 걸 느꼈다. 마지막 음표들이 떨어졌다. 음표들이 공중에 먼지 티끌처럼 매달려 있더니 사라졌다.

"정말 훌륭했어."

피터가 그녀의 뒤에 서 있었고, 에이미는 머리를 뒤로 젖혀 그의 가슴에 기대었다.

"당신이 들어오는 소리를 못 들었어요." 에이미가 말했다.

"당신을 방해하고 싶지 않았어. 당신이 피아노 치는 걸 얼마나 좋아하는지 아니까 말이야. 다른 곡 하나 더 연주해줄래?" 피터가 부탁했다.

"다른 곡을 더 듣고 싶어요?"

"그럼 물론이지," 그가 대답했다. "아주 많이."

"줄을 당겨서 에이미를 꺼내요!" 피터가 소리를 질렀다.

그리어는 시계를 보고 있었다. "아직 아니야."

"이런 빌어먹을, 에이미가 죽겠어요!"

그리어가 화날 정도의 인내심을 보이며 계속 시계만 보았다. 마침내 그가 고개를 들었다.

"됐어." 그가 말했다.

에이미는 한 곡이 끝나면 또 다른 곡을 시작하며 한동안 계속 피아노를 연주했다. 첫 번째 곡은 익살스러운 에너지가 넘치는 가벼운 곡이었다. 그녀는 파티가 계속되면서 창밖의 어둠이 짙어지고 자정을 지나 새벽까지 이어지는 가운데, 친구들과 함께 모두가 웃고 떠들며 즐기는 것만 같았다. 다음 곡은 좀 더 진지한 곡이었다. 그 곡은 건반들 중 저음의 끝에 있는 조금 기분 나쁜 깊은 울림의 화음으로 시작되는 곡이었다. 되돌릴 수 없는 실수들, 그 기억나지 않는 행동들에 대한 후회의 마음을 실은 곡이었다.

다른 곡들도 있었다. 하나는 불을 보는 것 같았고, 다른 건 눈이 내리는 것 같았으며, 세 번째는 말들이 푸른 가을 하늘 아래에서 키가 큰 풀밭을 질주하는 듯했다. 에이미는 연주하고 또 연주했다. 세상에는 너무나도 많은 감정이 존재했다. 너무 많은 슬픔, 너무 많은 갈망, 너무 많은 기쁨, 모두 영혼을 갖고 있었다. 꽃잎, 들판의 쥐, 구름과 비 그리고 나무의 벌거벗은 나뭇가지. 이 모든 것들과 다른 많은 것들이 연주되는 곡 속에 존재했다. 피터는 여전히 그녀의 뒤에 서 있었고, 에이미가 연주하는 곡은 그를 위한 것이었으며 사랑의 선물이었다. 그녀는 편안함을 느꼈다.

그들은 배의 측면 난간 위로 그물망을 끌어당겨 선체 안쪽으로 가져온 후 갑판 위에 내려놓았다. 그리어가 칼을 꺼내 거미줄처럼 연결된 끈들을 자르기 시작했다.

그물망 안에 있는 건 여자의 몸이었다.

"서둘러요." 피터가 말했다.

그리어가 끈들을 마구 잘라 구멍을 만들었다. "에이미의 발을 잡아."

마이클과 피터가 그물망에서 에이미를 끌어내 얼굴을 위로 향하게 하고 갑판에 눕혔다. 태양이 떠오르는 중이었다. 푸르스름한 빛이 도는 그녀의 몸이 축 늘어졌다. 그녀의 머리에는 검은색 머리카락이 흩어져 들러붙었다.

에이미가 숨을 쉬지 않았다.

피터가 무릎을 꿇고 앉았고, 마이클이 그녀의 허리 위에 다리를 벌리고 올라앉아 포개 얹은 손바닥을 에이미의 흉골 위에 올려놓았다. 피터가 기도를 열기 위해 에이미의 목 밑에 왼손을 집어넣어 살짝 들어 올렸고, 다른 손으로는 코를 꽉 쥐어 막았다. 피터가 그녀의 입을 자기 입으로 맞대어 막고 공기를 불어 넣었다.

"에이미."

그녀의 손가락들이 일시에 멈추며, 방 안에 갑자기 정적이 감돌았다. 에이미가 손가락은 다 펴고 손바닥을 편평하게 한 채로 건반 위로 손을 들어 올렸다.

"당신이 나를 위해 해줬으면 하는 일이 있어." 피터가 말했다.

에이미가 자신의 어깨너머로 손을 뻗어 피터의 왼손을 잡아 자기 뺨에 갖다 댔다. 그의 손은 차가웠고 그가 시간을 보내기 좋아하는 강물 냄새가 났다. 이 모든 게 얼마나 멋진가. "말해봐요."

"에이미, 나를 떠나지 마."

"뭣 때문에 내가 어딘가로 떠날 거로 생각하는 거죠?"

"아직 때가 안 됐어."

"이해가 안 돼요."

"지금 당신이 어디에 있는지 알아?"

에이미는 피터의 얼굴을 보기 위해 몸을 돌리려 했지만 그렇게 할 수가 없었다. "알죠, 나는 내가 어디에 있는지 안다고 생각해요. 우리는 농장에 있어요."

"그러면 당신이 왜 거기에 머무를 수 없는지도 알겠군."

그녀는 갑자기 한기를 느꼈다. "하지만 나는 머물고 싶어요."

"그 이야기를 하기에는 아직 시기상조야, 미안해."

에이미가 기침하기 시작했다.

"당신이 나와 함께 있어줬으면 좋겠어." 피터가 말했다. "우리가 해야만 하는 일들이 있어."

에이미의 기침이 점점 더 심해졌고, 기침할 때마다 에이미의 몸 전체가 흔들렸다. 그녀의 사지가 얼음장처럼 차가웠다. 나에게 무슨 일이 일어나고 있는 거지?

"에이미, 돌아와."

에이미는 숨이 막혔고 토할 것 같았다. 방이 희미해지며 사라지기 시작했고, 다른 것이 그 자리를 메꾸고 있었다. 그리고 가슴에 주먹을 맞은 것 같은 날카로운 통증이 그녀의 신경을 강타했다. 그 충격을 몸을 웅크리고 견뎠다. 에이미의 입에서 더러운 맛이 나는 물이 쏟아져 나왔다.

"에이미, 돌아와. 내게 돌아와……."

"돌아와."

에이미의 얼굴이 축 처졌고, 몸도 움직이지 않았다. 마이클은 가슴 압박 횟수를 셌다. 15, 20, 25.

"이런 쌍, 소령님!" 피터가 소리를 질렀다. "에이미가 죽어요!"

"멈추지 말고 계속해."

"소용없다고요!"

피터가 다시 한번 얼굴을 에이미의 얼굴에 갖다 대고, 코를 막고 공기를 불어 넣었다. 그녀의 몸 안에서 뭐가 철컥거리는 소리가 들렸다. 에이미의 입이 크게 열리고 헐떡이며 숨을 쉬자 피터가 몸을 뗐다. 피터가 그녀의 몸을 굴려 몸통 아래에 팔을 집어넣고 살짝 들어 올리고는 등을 두들겼다. 그러자 헛구역질하는 소리와 함께 에이미의 입에서 갑판으로 물이 뿜어져 나왔다

얼굴 하나가 보였다. 그게 에이미가 알아챈 첫 번째 일이었다. 얼굴 하나, 하지만 그 형태는 희미했고 그 뒤로는 하늘만 보였다. 내가 어디에 있는 거지? 무슨 일이 일어났던 거야? 공중에 얼굴이 붕 뜬 채 나를 보고 있는 이 사람은 누구지? 에이미가 눈의 초점을 맞춰보려 애쓰며 눈을 깜박였다. 서서히 얼굴의 모습이 보이기 시작했다. 코, 구불구불한 귀의 형태, 활짝 웃는 입과 그 위의 눈물로 반짝이는 눈, 온전한 행복감이 폭발하는 별처럼 그녀의 가슴을 가득 채웠다.

"아, 피터," 에이미가 한 손을 그의 뺨에 갖다 대며 말했다. "당신을 보게 돼서 기뻐요."

8부

봉쇄

가을 낙엽들처럼 휘몰아치는 모래바람처럼 빼곡한,
진격 중인 함대가 바닷가를 온통 까맣게 뒤덮었도다.

- 호메로스, 『일리아드』

56장

밤새도록 바이럴들이 입구의 해치를 두들겨댔다.

폭발하듯 일어난 일이었다. 5분, 10분, 바이럴들의 주먹과 몸이 문에 거세게 쇄도해 두드려대고 — 잠시 조용했다가는 다시 시작되고는 했다.

결국 그러한 공격의 간격이 길어졌다. 엘르와 버그는 울다 지쳐 핌의 무릎에 얼굴을 파묻고 잠들었다. 시간이 더 흘러 마침내 밖에서 아무 소리도 들리지 않았고, 바이럴들이 돌아오지 않았다.

케일럽은 기다렸다. 새벽은 언제 밝아오는 거지? 언제 문을 열어야 안전한 거지? 핌 역시도 이제는 잠에 곯아떨어졌다. 밤 동안계속된 공포에 모두 기진맥진했다. 케일럽도 벽에 머리를 기대고두 눈을 감았다.

케일럽은 밖에서 나직하게 들려오는 사람들 목소리에 잠이 깼다. 도와줄 사람들이 도착한 거였다. 그 사람들이 누구든지 간에 해치를 두드리기 시작했다.

핌도 잠에서 깼다. 엘르와 버그는 아직 자고 있었다. 핌이 수화로 간단한 물음표를 만들어 보였다.

사람들이야. 케일럽이 대답했다.

그래도 해치의 빗장을 푸는 케일럽의 마음은 약간 불안했다. 그가 해치를 조금 들어 올리자 한 줄기 밝은 햇살이 눈을 따갑게 비췄다. 그가 문을 활짝 다 열고 쏟아지는 햇빛에 눈을 깜박거렸다.

그의 눈앞에 서 있던 사라가 무릎을 꿇고 털썩 주저앉았다.

"오 맙소사, 감사해라." 사라가 말했다.

홀리스도 사라와 함께 있었는데 둘 다 맨발에 온몸이 뼛속까지 물에 흠뻑 젖었다.

"우리도 너희를 보러 오는 길에 바이럴들에게 습격당했어." 홀리스가 설명했다. "우리는 강물에 들어가 숨어 있었단다."

핌이 아이들을 들어 올려 밖으로 내보내고 나서 자신도 밖으로 나왔다. 사라가 울면서 그녀를 껴안았다. "하느님 감사합니다, 감사해요." 그녀가 무릎을 꿇고 몸을 낮추고는 아이들을 팔로 끌어안았다. "너희도 무사하구나, 내 아이들도 무사해."

그 순간 케일럽의 안도감이 한 번에 사라져버리고 말았다. 이제 곧 무슨 일이 있을지 깨달았기 때문이다.

"케이트," 사라가 고함을 질렀다. "당장 나와!"

케일럽과 핌 누구도 아무 말을 하지 않았다.

"케이트는?"

홀리스가 케일럽을 쳐다봤고, 케일럽은 고개를 가로저었다. 홀리스의 몸이 굳으며 서 있는 두 발이 떨리고 얼굴에 핏기가 가셨다. 잠시 케일럽은 장인이 쓰러질지도 모른다는 생각이 들었다.

"사라, 이리 와." 홀리스가 말했다.

"케이트?" 사라의 목소리가 제정신이 아닌 것 같았다. "케이트, 밖으로 나오라고!"

홀리스가 사라의 허리를 붙잡았다.

"케이트! 대답해!"

"케이트는 하드박스 안에 없어, 사라."

사라는 홀리스의 품에서 벗어나려고 몸부림쳤다. "홀리스 이거 놓으라고. 케이트!"

"사라, 케이트는 죽었어. 우리 딸 케이트는 죽었어."

"그런 말 하지 마! 케이트, 나 네 엄마야, 당장 여기로 나와!"

그녀의 기운이 다 떨어졌고, 사라가 무릎을 꿇고 주저앉았다. 홀리스는 여전히 그녀의 허리를 꽉 안고 있었다. "오 이런, 맙소사." 사라가 끙끙 앓는 소리를 냈다.

홀리스도 괴로운 나머지 두 눈을 질끈 감고 있었다. "그 아이는 죽었어. 우리 딸 케이트는 죽었어."

"아 제발, 안 돼. 그 아이는 안 돼."

"우리가 사랑하는 딸은 죽었어."

사라가 고개를 하늘을 향해 들고 짐승처럼 울부짖었다.

낮고 물기 많아 보이는 구름이 해를 가렸고, 햇빛은 부드럽고 평범했다. 피터는 에이미를 안아 차의 짐칸으로 옮기고 담요를 덮어주었다. 그녀의 얼굴에 혈색이 돌아왔다. 에이미는 잠자는 건 아니었지만 두 눈을 감고 있었다. 그녀는 마치 마음이 세상의 기슭들을 스치고 지나가는 해류를 따라 흐르는 것처럼 불가사의한 상태에 놓여 있었다.

그리어가 단호하게 말했다. "빨리 움직이는 게 좋겠어."

피터는 에이미와 함께 뒷자리에 탔다. 흙길은 덤불로 가득 찼고, 가는 길은 더뎠다. 피터는 지형지물을 기억하지 못했다가, 이제야 그 모습들이 눈에 들어왔다. 사람이 살 수 없는 석호의 늪지대와, 덩굴 식물들이 타고 올라간 무너진 구조물들 그리고 무언가 녹은 것처럼 형체마저 분명하지 않은 땅들. 때로는 깊이를 알 수 없는 고인 물에 도로가 보이지 않았고, 그리어는 그 길을 헤치고 나아갔다.

나뭇가지와 나뭇잎들이 사라지기 시작하고, 고가도로들이 어지럽게 얽혀 있는 고속도로가 나타났다. 그리어가 고속도로 아래의 쓰레기 더미들을 통과해 램프를 찾아 올라갔다.

한동안 고속도로를 따라가다 그리어가 방향을 틀었다. 험비의 심한 흔들림에도 불구하고 에이미는 여전히 움직이지 않았다. 그들은 붕괴된 고가도로들이 있는 두 번째 지역을 우회한 다음 강기슭으로 올라가 다시 고속도로를 탔다.

마이클이 앉은 자리에서 몸을 돌리고 말했다. "여기서부터는 가는 길이 좀 더 쉬워질 거야."

비가 내리기 시작했고, 빗방울들이 차 앞 유리를 두들겼다. 그리고 구름이 걷히더니 강한 텍사스의 태양이 모습을 드러냈다. 잠을 깼는지 에이미가 한숨을 내쉬었고, 피터는 그녀가 눈을 뜨고 있는 것을 보았다. 에이미가 피터를 보며 깜박이더니, 화들짝 놀라며 눈을 가늘게 뜨면서 자신의 두 팔로 가렸다.

"햇빛이 너무 밝아요." 그녀가 말했다.

"뭐라고?" 앞자리에 앉은 그리어가 말했다.

"에이미가 햇빛이 너무 밝대요."

"에이미가 지난 20년 동안 어둠 속에만 있었으니까 — 한동안 햇빛이 성가시기는 할 거야."

그리어가 몸을 앞으로 숙여 좌석 밑으로 손을 뻗었다. "에이미에게 이걸 줘."

그리어는 어깨너머로 피터에게 검은 안경을 하나 건네주었다. 안경 렌즈에는 긁힌 상처들과 함께 파인 자리들이 보였고, 안경테도 철사들을 납땜해 연결한 거였다. 피터는 안경테를 에이미의 귀에 조심스럽게 걸고 얼굴에 안경을 씌워줬다.

"좀 괜찮아?"

에이미가 고개를 끄덕이고는 다시 두 눈을 감았다. 그리고 그녀가 중얼거렸다. "너무 힘들어요."

피터가 운전석 쪽으로 몸을 숙였다. "얼마나 더 가야 해요?"

"해가 지기 전에 가야만 하지만 이제 곧 도착할 거야. 연료를 다시 채워 넣기도 해야 하고. 썰리의 서쪽에 있는 하드박스에 연료가 좀 있어야 할 텐데."

그들은 아무 말 없이 묵묵히 계속 길을 갔다. 긴장감에도 불구하고 피터는 자신이 잠에 빠져드는 것을 느꼈다. 그는 그렇게 두 시간 동안 잤고, 깨어나서는 차가 멈춰 선 것을 알았다. 그리어와 마이클이 하드박스에서 무거운 플라스틱 연료 통 두 개를 가져왔다. 피터는 머리가 무겁고 어지러웠다. 팔다리도 액체가 가득 차 있는 것처럼 무겁고 둔하기만 했다. 그의 몸 이곳저곳에서 자신이 늙었다는 게 느껴졌다.

피터가 차 문을 열고 나오자 마이클이 그를 쳐다봤다. "에이미는 어때?"

"아직 자고 있어."

그리어가 트럭의 연료 탱크에 깔때기를 끼우고 기름을 부었다.

"에이미는 괜찮을 거야. 지금 그녀에게 잠이 필요한 것 뿐이고."

"이제 제가 운전대를 잡을게요." 피터가 나섰다. "여기부터는 저도 길을 압니다."

그리어가 연료 통의 뚜껑을 닫으려 몸을 숙이고 셔츠에 손을 닦았다. "지금은 마이클이 운전하는 게 나을 거야. 가는 길에 운전하기 힘든 곳이 몇 군데 있어."

케이트의 시신은 숲의 가장자리에서 발견되었다. 그녀의 손에는 아직 권총이 쥐어졌고, 케이트의 손가락도 여전히 방아쇠울 안에 걸려 있었다. 급소를 관통한 단 한 방, 케이트는 최후까지 확실히 해두고 싶었던 거였다.

케이트를 땅에 묻어줄 만한 시간이 없었기에, 시신을 집 안으로 가져가 케일럽과 핌이 쓰던 침대 위에 눕혀놓기로 했다. 그들은 두 번 다시는 그곳으로 돌아오지 않을 생각이었으니까. 홀리스와 케일럽이 케이트의 시신을 안으로 옮겼다. 그리고 케이트의 시신을 피로 얼룩진 옷을 입은 채로 남겨두어서는 안 될 것 같기에, 핌과 사라가 케이트의 옷을 벗기고 몸을 깨끗이 닦아준 후 부드러운 면으로 만들어진 핌의 파란색 잠옷을 입혔다. 케이트의 머리를 베개로 받치고 시신을 담요로 폭 덮어주기도 했다. 핌은 여동생의 머리를 쓸어 넘겨주며 소리 없이 울었다. 마지막 고민거리가 있었다. 케이트의 딸들이 엄마의 마지막 모습을 보게 해줘야 하는 걸까? 사라는 그렇게 해야 한다고 생각했다. 케이트는 엘르와 버그의 엄마였으니까, 딸들과 엄마가 작별 인사를 하는 것이 당연한 일이었다.

케일럽은 밖에서 기다렸고, 시간은 오전의 중반쯤 되었다. 잔인하다 싶을 정도로 햇빛이 밝게 빛나고 있었다. 자연이 그를 조롱하며 무시하는 것 같았다. 산들바람이 솔솔 경쾌하게 부는 가운데 새들이 지저귀고, 머리 위의 구름은 신난 듯 하늘을 거침없이 내달리고, 태양은 자신에게 주어진 운명의 길을 언제나 그렇듯 호를 그리며 느긋하게 움직였다. 케일럽의 말 핸섬도 죽은 채 들판에 누웠고, 한 떼의 대머리수리들이 큰 날개를 퍼덕이며 핸섬의 사체에 머리를 쿡쿡 박아 넣으며 그들을 위한 살덩어리의 향연을 즐기고 있었다. 모든 것이 폐허로 변했지만 세상은 그 사실을 알거나 신경을 쓰지도 않는 것 같았다. 케일럽은 침실에서 케이트에게 자신이 그녀를 소중하게 아꼈다고 말하고 이마에 입을 맞췄다. 케이트의 피부가 소름 끼칠 정도로 차갑기는 했지만, 그를 가장 힘들게 한 건 그게 아니었다. 케일럽은 마음 한구석에서 케이트가 뭐라고 한마디라도 해주기를 기대했다는 걸 깨달았다. 그렇게 많이 아프지는 않았어. 혹은, 케일럽 괜찮아, 네 탓이 아니야. 너는 네가 할 수 있는 최선을 다했어, 그런 말들. 어쩌면 케이트는 빈정거리듯 말했을지도 몰랐다. 정말 이럴 거야? 나를 이렇게 침대에 눕혀놓겠다고? 이거 봐, 나는 어린애가 아니라고. 너에게는 이게 정말 재미있어 보이나 봐, 케일럽. 하지만 그는 아무 말도 들을 수가 없었다, 당연히. 케이트의 육체는 아직 존재했지만 그녀를 다른 사람들과 구별되게 했던 모든 것들이 부재했다. 그녀의 목소리도 사라졌고, 두 번 다시는 들을 수가 없는 것이 되어버렸다.

핌이 엘르와 버그를 데리고 먼저 방을 나왔다. 엘르는 훌쩍이며 조용히 울고 있었고, 버그는 모든 게 당황스럽고 혼란스러운 듯 보였다. 몇 분이 더 지나자 홀리스와 사라도 방에서 나왔다.

"준비되셨으면, 이제 움직여야 합니다." 케일럽이 말했다.

홀리스는 고개를 끄덕였지만, 사라는 떨어져 서서 숲 쪽을 바라보고 있었다. 마치 생명의 본질적인 원소 하나가 사라진 것처럼 사라의 눈은 멀쩡고 흐릿했지만, 그녀의 얼굴은 부자연스러울 정도로 고요하고 침착했다. 사라가 목을 고르고는 입을 열었다.

"남편, 나를 위해서 뭐를 좀 해줄 수 있겠어?"

"물론이지."

사라가 홀리스의 눈을 똑바로 바라봤다. "저 망할 것들 한 놈도 남기지 말고 마지막 녀석까지 다 죽여줘."

가는 길의 속도가 더디기만 했다. 얼마 안 지나서 세 아이 모두 업거나 안고 가야만 했다. 버그는 케일럽의 어깨에, 엘르는 외할아버지 홀리스의 등에 그리고 아기 테오는 삼각 포대기에 넣어 핌과 사라가 교대로 안았다. 그들은 꽤 늦은 오후가 되어서야 마을에 도착했다. 마을의 거리에는 생명의 흔적이 보이지 않았다. 그리고 엘라쿠아의 집 정원에서 트럭을 찾아냈는데, 여전히 케일럽이 봤던 그 모습 그대로 주차되어 있었다. 케일럽은 차에 열쇠가 꽂혀 있기를 바라며 운전석에 올라탔지만 열쇠는 보이지 않았다. 운전석을 뒤져봐도 소용없자 포기하고 차에서 내려 밖으로 나왔다.

"차 열쇠 없이 점화 장치를 쇼트시켜서 트럭에 시동을 걸 줄 아세요?"

"모르는데."

케일럽이 엘라쿠아의 집 쪽을 쳐다봤다. 위층의 유리창이 창틀로부터 바깥쪽으로 박살 났다. 깨진 유리와 쪼개진 나뭇조각들이 그 아래 땅바닥에 흩어져 있었다.

"누군가가 안에 들어가서 찾아봐야 할 것 같아요."

"내가 하겠네." 홀리스가 말했다.

"이건 제 일입니다. 여기 계세요."

케일럽은 소총을 홀리스에게 건네주고 리볼버를 챙겼다. 집 안의 공기가 너무 고요하게 정적만 흘러서 숨을 쉬지 않는 것처럼 느껴질 정도였다. 케일럽은 이 방에서 저 방으로 살금살금 발걸음을 옮기며 서랍과 장들을 뒤져보았지만 열쇠는 보이지 않았다. 그는 계단을 올라갔다. 위에는 좁은 복도를 사이에 두고 문이 닫힌 방이 두 개 있었다. 케일럽이 첫 번째 방의 문을 열었다. 엘라쿠아와 그의 아내가 잠을 자던 침실이었다. 침대 위가 어지럽게 흐트러졌고, 침대 옆으로 깨진 창문을 통해 들어오는 바람에 레이스 커튼이 조금 흔들렸다. 그는 모든 서랍을 다 열어보고 창가로 가 아래를 향해 손을 흔들었다. 홀리스가 궁금하다는 표정으로 위를 올려다봤고, 케일럽은 고개를 저어 보였다.

방 하나를 더 확인해야 했다. 만약 차 열쇠를 찾지 못하면 어떻게 하지? 케일럽은 마을에서 다른 차를 본 적이 없었다. 그렇다고 마을에 다른 차가 전혀 없다는 건 아닐 수도 있겠지만, 케일럽의 일행은 시간에 쫓겼다.

케일럽이 심호흡하고 방문을 발로 밀어 열었다.

엘라쿠아가 옷을 다 차려입은 채 침대에 누워 있었다. 방 안에는 오줌과 음식 썩은 악취가 진동했고, 케일럽은 처음에는 그가 죽었다고 생각했다. 그런데 엘라쿠아가 축축한 콧방귀를 뀌며 옆으로 굴렀다. 침대 옆 바닥에는 빈 위스키병이 세워져 있었다. 그는 죽은 게 아니었다. 그는 죽을 만큼 취한 상태인 거였다.

케일럽이 그의 어깨를 거칠게 흔들었다. "정신 차려요."

엘라쿠아는 여전히 눈을 감은 채로 어설프게 케일럽의 손을 때려댔다. "귀찮게 하지 마." 그가 흥얼거렸다.

"엘라쿠아 박사님, 저 케일럽 잭슨이에요. 정신 차리세요."

엘라쿠아의 입 안에서 혀가 둔하게 움직이고 있었다. "너 이…… 자식."

케일럽은 무슨 일이 있었던 건지 짐작이 갔다. 부부의 침대에서 쫓겨난 엘라쿠아는 술을 진탕 마시고 정신을 잃고서는 사건의 모든 과정을 놓치게 된 거였다. 아마도 그는 처음부터 술에 취했을 것이고, 그래서 그의 아내가 그를 내쫓아버렸을 것이다. 어찌 된 일이었건 간에, 좀 과장해 말하면 케일럽은 짜증 날 정도로 그가 부럽기만 했다. 재앙이 말도 안 되게 그를 피해 갔기 때문이다. 어떻게 바이럴들이 그를 놓치고 놔둘 수 있었던 거지? 혹시 그에게서 너무 역한 악취가 났기 때문일지도 몰랐다. 그리고 그게 해결책일 수도 있었다. 어쩌면 그들 모두 술에 절어 그렇게 뻗어 있으면 될지도 모르는 일이었다.

그는 다시 엘라쿠아를 흔들어 깨웠다. 그의 눈꺼풀들이 가볍게 떨리더니 눈을 떴다. 그의 눈이 길을 잃은 듯 방황하더니 마침내 케일럽의 얼굴을 보았다.

"너 이 녀석, 대체 누구야?"

그는 이미 맛이 갈 대로 갔고, 그에게 상황을 설명하는 건 의미가 없는 일이었다. "엘라쿠아 박사님, 저를 보세요. 박사님 트럭의 차 열쇠가 필요해요."

케일럽은 그에게 세상에서 가장 이해하기 어려운 질문을 하는 것인지도 몰랐다. "열쇠?"

"네, 박사님의 열쇠요. 어디 있어요?"

그의 눈에 초점이 보이지 않았다. 그가 다시 눈을 감더니 머리카락이 온통 헝클어진 머리를 베개 위에 편안히 댄 채로 뻗어버렸다. 케일럽은 집 안에서 자신이 뒤져보지 않은 곳이 오직 한 군데뿐이라는 걸 깨달았다. 엘라쿠아의 바지는 오줌에 완전히 젖었는데, 그건 어찌할 도리가 없는 일이었다. 케일럽은 그의 몸을 더듬어 열쇠를 찾기 시작했다. 그의 왼쪽 앞주머니 밑 부분에서 뭔가 뾰족한 것이 만져지자, 케일럽은 손을 집어넣어 그걸 꺼냈다. 작은 금속 고리에 매달려 있는, 세월에 색이 변해버린 열쇠 하나.

"찾았다."

그 순간 케일럽의 모든 생각이 마을 거리를 따라 들려오는 시끄러운 엔진 소리에 깨져버렸다. 케일럽이 창가로 가 보니 사라와 함께 모두가 미친 듯이 소리가 들려오는 쪽을 향해 고함을 지르고 손을 흔들어대는 것이 보였다. "여기요! 여기라고요!"

세 대의 5톤 군용 트럭이 집 앞에 멈추어 섰을 때 케일럽도 현관으로 걸어 나왔다. 가슴이 넓어 보이는 군복을 입은 남자가 첫 번째 트럭의 운전석 쪽에서 내려왔다. 군나르 아프가였다.

"케일럽, 이런 맙소사."

아프가와 케일럽 둘은 악수했고, 홀리스와 사라도 그들과 함께 자리했다. 아프가가 케일럽 일행을 보며 말했다. "일행이 이게 전부인 건가?"

"집 안에 한 명이 더 있습니다만, 그를 데리고 나오려면 도움이 좀 필요합니다. 그가 상당히 취했거든요."

"농담이겠지." 케일럽이 아무 대답을 하지 않자, 아프가가 두 번째 트럭에서 내린 군인 둘을 향해 이렇게 말했다. "빨리 남자를 이리로 데려오도록."

군인들이 계단을 빠르게 올라갔다.

"우리는 사람들을 찾아 서쪽으로 가는 길일세." 아프가 말을 이어갔다.

"생존자를 몇 명이나 찾으셨습니까?"

"자네 일행이 전부야. 심지어 시신 한 구도 찾지 못했어. 바이럴들이 사람들을 끌고 갔거나 아니면 사람들이 감염돼 바이럴로 변하고 만 거겠지."

홀리스가 아프가에게 물었다. "커빌은 어떻게 되었습니까?"

"커빌에는 아직 바이럴들의 흔적이 보이지는 않습니다. 무슨 일이 벌어지든 간에, 여기에서 먼저 일어나고 있는 거죠." 아프가의 표정이 갑자기 어두워지더니 잠시 말을 멈췄다. "그리고 자네가 알아야 할 게 있네만, 케일럽, 자네 아버지의 일이야."

세귄의 동쪽 지역에 이르러 피터가 운전대를 잡았다. 에이미도 오후 중반쯤에 마실 물을 부탁하며 잠시 잠에서 깨어났다. 여전히 기력을 다 회복하지 못한 채 두통을 호소하기는 했지만, 열도 내렸고 햇빛에 의한 눈의 고통도 나아졌다. 그녀가 곁눈질로 창문 밖을 내다보며 앞으로 얼마나 더 가야 하는지를 물었다. 에이미는 머리와 어깨에 담요를 숄처럼 걸치고 있었다. 그리어가 세 시간은 더 가야 할 거라며 네 시간 정도 걸릴 수도 있다고 대답했다. 에이미가 그 대답을 듣고 생각에 잠기더니 아주 부드러운 목소리로 말했다. "우리 서둘러야겠어요."

그들은 과달루페강을 건너 북쪽으로 방향을 틀었다. 그들이 만난 첫 번째 정착촌은 오래된 도시인 보니의 바로 동쪽에 있는 곳이었다. 인구가 많은 곳은 아니었지만 전신국이 있었다. 그들이 차를 몰고 크지 않은 중앙 광장으로 들어갔을 때는 해가 지기까지 두 시간 정도의 시간이 남았을 때였다.

"여기 기분 나쁠 정도로 너무 조용한데." 마이클이 말했다.

마을의 거리가 텅 비어 있었는데, 피터는 이 시간의 상황이라고 하기에는 기괴하다는 생각이 들었다. 그들은 유령의 마을 같은 고요함 속에 차에서 내렸다. 마을이라고 해봤자 단지의 몇 개 건물들이 있는 게 다였다. 잡화점과 정착촌 사무실 그리고 성당과 다른 몇몇 허접하게 지어진 건물들이 눈에 들어왔는데, 그중 일부 건물들은 건축하던 사람들이 중도에 건물 짓는 일에 흥미를 잃어버리기라도 한 듯 반쯤 짓다 만 채로 버려졌다.

"아무도 없어요?" 마이클이 소리를 질렀다. "이거 봐요?"

"으스스한 게 기분이 이상해." 그리어가 말했다.

마이클이 험비 안으로 손을 뻗어 홀더에 꽂아둔 산탄총을 꺼냈고, 피터와 그리어도 자신들의 권총 상태를 확인했다.

"나는 에이미와 여기에 남아 있을게." 그리어가 말했다. "둘은 가서 전신국을 찾아봐."

피터와 마이클은 광장을 가로질러 정착촌 사무실로 갔다. 그런데 여기마저도 기이하게 사무실의 문이 열린 채 조용하기만 했다. 사무실 안은 특별히 뭐라 할 게 없이 정상적인 모습이었지만, 여기도 마찬가지로 인기척은 느껴지지 않았다.

"그래서 이 빌어먹을 마을 사람들은 다 어디로 간 거야, 도대체?" 피터가 말했다.

전신기는 건물 뒤 작은 방에 있었다. 마이클이 전신 기사 자리에 앉아서 가죽으로 제본된 커다란 통신 일지를 살펴보았다.

"여기서 마지막으로 보낸 전신은 금요일 오후 5시 20분에 밴데라 전신국으로 보낸 메시지였고, 그 메시지의 수신인은 닐스 그라스 부인이었어."

"메시지의 내용은 뭐였는데?"

"생일 축하해, 로티 이모로부터." 마이클이 고개를 들어 피터를 봤다. "그 이후로는 아무것도 없어. 적어도 누군가가 귀찮아도 기록해둔 건 말이야."

오늘은 일요일, 피터의 생각으로는 무슨 일이 일어났더라도 지난 48시간 중에 일어난 게 틀림없었다.

"커빌에 메시지를 보내줘." 피터가 마이클에게 부탁했다. "아프가에게 우리가 가고 있다는 걸 알려야지."

"모스 부호를 쳐본 지 오래되었는데 말이야. 어쩌면 아프가에게 샌드위치를 만들어달라고 메시지를 보낼지도 몰라."

마이클이 패널의 전원을 키고 모스 부호를 치기 시작했지만, 몇 초 정도 후 전신을 보내던 그가 메시지 보내는 것을 멈췄다.

"왜 그래, 뭐가 잘못됐어?"

마이클이 손가락으로 패널을 가리켰다. "이 미터기 보여? 전기판이 닿을 때마다 바늘이 움직여야 하거든."

"그런데?"

"그래서 내가 여기 앉아서 혼잣말하는 거나 마찬가지라는 거지. 전신망은 작동을 안 하고, 응답이나 회신은 오지 않을 거라고."

피터는 그런 전신망이나 전기에 관한 것들은 아는 게 없었다. "마이클 네가 고치거나 해결할 수 있는 문제야?"

"안 될 것 같아. 전신망에 끊긴 곳이 있다는 말인데, 그게 여기 정착촌과 커빌 사이의 어느 곳에서나 일어날 수 있거든. 폭풍우가 전신주를 쓰러뜨렸을 수도 있고, 전신주가 번개를 맞았을 수도 있어. 그렇게 일어나기 힘든 일은 아니야."

마이클과 피터 둘은 뒷문으로 건물을 빠져나왔다. 바퀴의 차축이 부러지고 키 큰 풀이 바닥 사이로 높게 자라난 짐마차와 녹슨 픽업트럭 옆에, 오래된 발전기 하나가 괴물이 잡초 사이에 웅크리고 앉은 것처럼 버려져 있었다. 건축 폐기물들과 부서진 화물 포장용 나무상자들 그리고 이음매가 터져 사이가 벌어지는 바람에 못 쓰게 된 나무통들, 온갖 잡동사니와 쓰레기가 마당에 어지럽게 놓여 있었다. 쓸모가 없어지는 순간 문밖으로 내동댕이쳐진 변경 정착촌의 잔해들이었다.

"다른 건물들도 확인해보도록 하자." 피터가 말했다.

둘은 가장 가까운 집 안으로 들어갔는데, 방이 두 개 있는 단층의 주택이었다. 더러운 접시들이 테이블에 쌓였고, 그 위로 공중에 파리 떼가 꼬여서 날아다녔다. 뒷방에는 작은 탁자 위에 세숫대야가 놓여 있고, 옷장과 퀼트로 덮인 커다란 깃털 침대가 있었다. 튼튼해 보이는 침대는 정성을 들여 만든 것으로 보였는데, 머리판에는 맞물린 꽃들의 모습이 꽤 섬세하게 조각되어 있었다. 누군가가 많은 시간을 써가며 만든 게 틀림없었다. 피터는 그 침대가 결혼 첫날밤을 위한 것이라고 짐작했다.

하지만 사람들이 다 어디로 간 거지? 식탁 위의 더러운 접시들을 치울 여유도 없이 정착민들이 사라져야만 했던 까닭이 무엇이었을까? 그리어가 집 안으로 들어오자 피터와 마이클도 안방으로 돌아갔다.

"왜 이렇게 오래 걸려?"

"전신기가 작동이 안 돼요." 마이클이 말했다.

"뭐가 잘못된 건데?"

"전신망 어딘가가 고장이 났어요."

그리어가 피터에게 시선을 돌렸다. "우리 진짜 움직여야만 해."

우리가 못 보고 있는 게 뭐지? 이 유령이 나올 것 같은 집은 나에게 뭐를 말해주려고 하는 거지? 그때 피터의 눈이 마룻바닥에 떨어진 무언가에 꽂혔다.

"피터, 내가 한 말 들은 거야?" 그리어가 재촉했다. "어두워지기 전에 도착하려면, 지금 당장 떠나야 해."

피터가 마룻바닥에 떨어진 물건을 자세히 보려고 웅크리고 앉으며 동시에 테이블을 손짓으로 가리켰다.

"나한테 행주 좀 줘."

행주의 끝 쪽으로 피터가 그 물건을 집어 들었다. 유백색의 진줏빛 바이럴의 이빨은 프리즘같이 빛을 받는 특성이 있었다. 그 끝은 매우 날카로워서 희미하게 사라지는 것처럼 보였고, 너무 작아서 육안으로는 알아보기도 힘들었다.

피터가 말했다. "내 생각에는 제로가 자신의 무리를 움직이는 게 아니야."

"그럼 제로가 뭐를 하는 건데?" 마이클이 물었다.

피터가 그리어를 쳐다봤고, 늙은 소령의 표정은 그도 같은 생각을 한다는 걸 말해줬다.

"그는 자기 무리의 숫자를 키우고 있어."

57장

그 시각, 거의 7시가 다 되어 호송대는 커빌에 도착했다. 모두가 트럭에서 내려 봉쇄 상태에 들어갔다. 장벽의 꼭대기를 따라 군인들이 급하게 이리저리 뛰어다니며 탄창과 다른 물품들을 나눠주었다. 장벽의 출입구 양쪽에는 50구경 기관총 두 정이 배치되었고, 운전석에서 내린 아프가는 포드 체이스와 함께 조명등 가운데 하나를 가리키며 서 있었다. 체이스가 자리를 떠나자 케일럽이 아프가에게 다가갔다.

"장군님, 군으로 복귀하고 싶습니다."

아프가가 얼굴에 인상을 썼다. "내가 말을 안 할 수가 없군. 이런 일은 처음이야. 군대로 돌아오겠다고 하는 사람은 아무도 없어."

"이등병으로 강등하셔도 괜찮습니다 — 저는 상관없습니다."

아프가는 케일럽의 어깨 너머로 사라 그리고 아이들과 함께 있는 핌을 바라봤다.

"자네 아내와 얘기한 거야?"

"핌이 이 일에 대해 기쁘게 생각한다고 말하면 그건 거짓말이 겠죠. 하지만 아내는 이해하고 있습니다. 아내는 지난밤에 여동생을 잃었습니다."

아프가 출입구들에 인원을 배치하고 있는 부사관에게 손짓했다. "상사, 이 친구를 무기고로 데려가서 장비를 챙겨줘. 놋쇠 막대기 하나 챙겨주라고."

"감사합니다, 장군님." 케일럽이 말했다.

"자네, 이 문제는 나중에 다시 생각해봐도 돼. 그리고 자네 아버지가 이 문제로 나에게 한바탕해댈 거야."

"무슨 소식이라도 들으신 거 있으세요?"

아프가 고개를 저었다. "자네, 걱정하지 말게. 자네 아버지는 이거보다도 더 험한 상황들도 이겨낸 사람이야. 플랫폼에 있는 헤네만 대령에게 가게. 그럼 자네가 어디로 가야 할지 말해줄 거야."

케일럽은 핌에게 가 그녀와 포옹했다. 그는 자기 손바닥을 불러오는 핌의 배에 가져다 댄 후 아기 테오의 이마에 입을 맞췄다.

조심해, 핌이 수화를 했다.

"우리는 병원으로 가 있을 거야." 사라가 말했다. "그곳 지하에 하드박스가 있어. 환자들을 하드박스로 옮길 거야."

상사가 더 이상 기다릴 수 없는지 발걸음을 옮겼다. "우리 지금 가야만 합니다."

케일럽이 마지막으로 가족들을 둘러봤다. 그는 마치 늘어나는 터널의 끝에서 가족들을 보고 있는 것처럼 거리가 멀어지는 것을 느꼈다.

사랑해, 핌이 수화를 했다.

나도 사랑해.

케일럽이 돌아서서 뛰어갔다.

보니에서 그리어가 다시 운전대를 잡았다. 그들은 이제 태양을 바라보고 가는 중이며, 마이클은 조수석에 그리고 피터와 에이미는 뒷자리에 타고 있었다.

여전히 다른 차량은 한 대도 눈에 띄지 않았고, 어디에도 생명의 존재가 느껴지지 않았다. 세상은 죽은 것처럼 보였으며 외계의 어느 곳쯤 되는 듯 낯설어 보이기만 했다. 나지막한 산들의 그림자들이 길어지며 밤이 가까이 다가오고 있었다. 눈에 거슬리는 거친 햇빛에 눈을 찡그린 그리어의 얼굴은 매우 강렬한 인상을 풍겼지만, 손으로 핸들을 꽉 움켜쥔 그의 팔과 등은 나무처럼 뻣뻣하게 굳어 있었다. 피터는 그리어의 턱 근육들이 단단하게 뭉쳐 있는 것을 보았다. 그리어가 이를 가는 거였다.

그들은 컴포트를 통과했다. 지난 시대 건물들의 폐허, 식당과 주유소와 호텔들이 골조까지 드러낸 채 모래를 뒤집어쓰고 고속도로를 따라 줄지어 서 있었다. 그리어의 일행이 지난 세상의 잔해로부터 멀리 떨어진 도시의 서쪽에 있는 정착촌에 이르렀지만, 그곳도 보니와 마찬가지로 마을이 버려졌고 그들은 잠시도 멈추지 않고 그대로 계속 내달렸다.

이제 24킬로미터만 더 가면 된다.

사라와 그녀의 일행은 병원의 문 앞에서 제니를 만났는데, 제니는 극단적인 공황 상태에 빠지기 일보 직전이었다.

"이게 무슨 일이에요? 사방에 군인들이 깔렸어요. 험비 한 대가 확성기로 모두 대피하라고 경고하며 돌아다녔다니까요."

"곧 공격이 있을 거야. 우리는 여기 환자들을 지하로 옮겨야만 해. 병동에 환자들이 얼마나 있지?"

"공격이라니요? 그게 무슨 말이에요?"

"제니, 바이럴들 말이야."

제니의 얼굴이 순식간에 하얗게 질리며 아무 말도 하지 못했다.

"잘 들어." 사라가 제니의 손을 잡고 그녀가 자신에게 집중하도록 했다. "우리 시간이 많지 않아. 환자가 몇 명이나 있어?"

제니가 정신을 차리고 생각을 집중하려는 듯 머리를 살짝 흔들었다. "열다섯 명 정도요?"

"아동은?"

"단 두 명요. 한 아이는 폐렴에 걸렸고, 다른 아이는 손목이 부러졌는데 방금 고정해놨어요. 출산을 기다리는 산모가 하나 있는데, 조산이에요."

"그리고 한나는 어디에 있어?"

한나는 열세 살이 된 제니의 딸이었고, 그녀의 아들은 다 자라서 이미 독립했다. 제니와 그녀의 남편은 헤어진 지 오래되었다.

"아마 집에 있을 거예요."

"당장 가서 한나를 데려와. 자기가 올 때까지 여기 병원 상황은 내가 통제할 수 있어."

"이런 맙소사, 사라."

"당장 서두르라고."

제니가 쏜살같이 병원 밖으로 뛰쳐나갔다. 핌은 아기 테오를 안고 엘르와 버그와 함께 서 있었다. 사라가 엘르와 버그 앞에 웅크리고 앉았다. "지금 바로 핌 이모를 따라서 가야만 해."

엘르는 겁에 질려 정신을 못 차리는 것처럼 보였고, 아이의 코에서는 콧물이 흐르고 있었다. 사라가 셔츠 아랫단 끝자락으로 아이의 콧물을 닦아주었다.

"우리 어디로 가는 거예요?" 엘르가 슬픔에 가득 찬 목소리로 물었다.

간호사들과 의사들 그리고 들것을 든 조무사들이 다급하게 뛰며 그들 곁을 지나갔다. 사라가 고개를 들어 핌을 쳐다보고는 다시 자기 손녀의 얼굴을 보았다. "계단을 내려가서 지하로 갈 거야." 사라가 손녀의 물음에 그렇게 대답했다. "거기에 있으면 안전할 거야."

"나 집에 가고 싶어요."

"잠깐이면 될 거야, 오래 있지 않을 거야."

그녀는 엘르를 안아준 후, 엘르의 동생 버그도 안아주었다. 핌이 아이들을 데리고 계단으로 갔고, 그들이 계단을 내려가자 사라는 자기 남편을 돌아봤다. 남편의 표정은 낯설지 않았다. 그가 자신에게 그 쪽지를 보여줬던, 빌이 죽고 난 다음 날 밤에 짓던 표정과 똑같은 표정을 하고 있었다.

"괜찮아." 그녀가 말했다.

"확실해?"

"나 여기서 할 일들이 있어. 내 마음이 바뀌기 전에 가."

더 이상의 말은 필요가 없었다. 홀리스는 그녀에게 입을 맞추고, 성큼성큼 걸어 문밖으로 나갔다.

그들은 10번 고속도로를 벗어났다. 여기부터 도시까지는 남쪽으로 곧게 뻗은 직진 자갈길이었다. 도로의 움푹 파인 자리들을 쿵쾅거리며 지날 때마다 트럭이 미친 듯이 흔들렸다. 열린 창문으로 바람이 빠르게 휘몰아쳐 들어왔고, 밝은 햇살이 그들의 오른쪽 어깨를 낮게 가로지르며 차 안으로 쏟아졌다.

"마이클, 핸들이 돌아가지 않게 좀 잡고 있어줘." 그리어가 좌석 밑으로 손을 뻗어 넣었다. "피터, 에이미에게 이거 줘."

피터가 권총을 받기 위해 앞으로 몸을 숙였다. 약실에는 이미 한 발이 장전되어 있었다.

"조준할 만큼의 시간은 없을 거야." 그가 에이미에게 말했다. "그냥 손가락으로 가리키는 것처럼 겨누고 방아쇠를 당겨야 해."

에이미가 그에게서 총을 받아 들었다. 그녀의 표정에 확신이 없어 보였지만 그래도 그녀가 권총의 손잡이를 단단히 쥐고 있는 것처럼 보였다.

"총알은 15발이야. 가까이에서 쏴야만 해 — 멀리서 쏴서 맞히려고 하지 마."

"산탄총을 장전해." 그리어가 말했다.

마이클이 산탄총을 빼 들고 준비했다. 총신 아래를 따라 연장된 탄알집이 달렸고, 총알 여덟 발이 그 안에 들어 있었다. "여기에 뭐가 있는데요?" 그가 그리어에게 물었다.

"민달팽이들, 아주 큰 놈들이야. 여유를 부릴 틈은 없지만 빨리 떼어낼 수는 있을 거야."

멀리서 도시의 모습이 나타났다. 낮은 산 위에 서 있는 그 모습이 장난감처럼 보였다.

"아슬아슬하겠군." 그리어가 말했다.

1층에서 마지막 환자들이 옮겨지는 중이고, 제니는 클립보드를 들고 하드박스 앞에 서서 명단을 확인하고 있었다. 그동안 사라와 다른 간호 인력들은 간이침대 사이를 움직이며 모두가 편안히 있도록 하기 위해 최선을 다했다.

사라는 제니가 말했던 조산을 앞둔 산모가 있는 침대 쪽으로 갔다. 숱이 많은 검은 머리의 산모는 어렸다. 사라는 산모의 맥박을 확인하면서 잽싸게 그녀의 의무 기록을 확인했다. 한 간호사가 한 시간 전에 그녀의 상태를 확인했는데 자궁 경관은 아직 거의 열리지 않은 상태였다. 그녀의 이름은 그레이스 알바도였다.

"그레이스, 닥터 윌슨이에요. 출산하게 될 아이가 첫째 아이인가요?"

"예전에도 한 번 임신했는데, 그때는 시간이 안 걸렸어요."

"몇 살이죠?"

"스물하나예요."

사라가 말을 멈췄다. 나이는 맞아떨어졌다. 이 여자가 그 그레이스가 맞는다면, 사라는 이 여자를 태어난 지 하루밖에 안 되었던 날 마지막으로 본 거였다.

"부모님의 이름이 카를로스와 샐리 히메네스가 맞나요?"

"저희 부모님을 아세요?"

사라는 하마터면 미소를 지어 보일 뻔했는데, 오늘과 다른 상황이었다면 그렇게 했을지도 몰랐다. "이 이야기를 듣고 놀랄지도 모르지만, 당신이 태어나던 날 내가 함께 있었어요."

사라는 침대의 반대편에 놓인 포장용 나무상자 위에 앉아 있는 소녀의 배우자를 쳐다봤다. 몇 달을 기다린 끝에 갑자기 찾아온 출산에 갓 아기 아빠가 된 다른 많은 남자와 마찬가지로 조금 당황한 듯 보이기는 했지만, 산모보다 나이가 많고 거칠어 보이는 모습의 그는 마흔쯤 된 것 같았다.

"당신이 알바도 씨인가요?"

"쟈크라고 부르세요. 모두 그렇게 불러요."

"그레이스가 편안히 있도록 해주세요, 쟈크. 숨을 깊이 쉬고 아직 배에 힘주지 않도록 도와주세요. 그렇게 해주실 수 있죠?"

"네, 그렇게 할게요."

제니가 뒤쪽에서 사라에게 다가와 말했다. "모두 들어왔어요."

사라는 그레이스 팔에 손을 얹어놓으며 말했다. "아이를 낳는 데만 집중해요, 알았죠?"

지하실의 문은 무거운 강철로 만들어졌고, 두꺼운 콘크리트 벽에 고정되어 있었다. 사라가 막 그 문을 닫으려 하자 하드박스 안이 깊은 어둠에 빠져들기 시작했다. 불안함에 떠는 사람들의 목소리가 들리더니 이내 소리를 질러대기 시작했다.

"모두 진정해요, 제발!" 사라가 말했다.

"전깃불은 어떻게 됐어요?" 어둠 속에서 누군가가 고함을 질렀다.

"군대가 전기를 모두 장벽의 조명등으로 돌린 것뿐이에요, 그게 다예요."

"그건 바이럴들이 온다는 거잖아요!"

"우리는 그건 몰라요. 모두, 그냥 진정하고 조용히 있도록 노력해봐요."

사라의 옆에 서 있던 제니가 조용히 물었다. "정말 그들이 그렇게 하고 있는 거예요?"

"나라고 알겠어? 가서 창고에 등잔과 초를 확인해줘."

몇 분 후 돌아온 제니가 들고 있는 등잔들에 불이 밝혀져 있었다. 등잔들은 하드박스 안 곳곳에 배분되었다. 사람들의 고성이 속삭임으로 잦아들더니 곧 어둠 속에서 긴장한 침묵이 흐르기 시작했다.

"제니, 나 좀 도와줘."

문의 무게는 180킬로그램이나 되었는데, 사라와 제니 둘이 문을 닫고 잠금장치를 걸기 위해 문의 핸들을 돌려 잠갔다.

아프가의 병력 4분의 1은 장벽의 출입구 500미터 안에 위치를 잡았으며, 나머지 병력은 장벽을 따라 일정한 간격을 두고 무전기로 교신하며 대기했다. 케일럽은 열두 명으로 구성된 분대 하나를 지휘했다. 열두 명의 분대원 가운데 여섯 명은 요새가 바이럴들에게 점령당했을 때 하드박스로 몸을 피한 소규모 파견대 병력의 일부로, 루켄바흐에 주둔하던 군인들이었다. 장교들 가운데 살아남은 자가 없었기에, 그들은 지휘 계통상 떠돌이 병력이 되었으며, 이제 케일럽의 부대가 된 것이다.

한 남자가 발소리를 쿵쿵 울리며 장벽의 난간 통로를 따라 케일럽에게 다가왔다. 홀리스는 군복을 입지 않았지만, 상체 앞쪽으로 군 표준 군장을 갖춰 착용했으며, 군장에는 여분의 탄창 여섯 개와 칼집에 긴 칼이 꽂혀 있는 것이 보였다. 그의 넓은 가슴을 가로지르는 멜빵에는 총구가 아래로 향한 채 M4 소총이 매달려 있었고, 그의 허벅지 권총집에는 권총이 꽂혀 있었다.

홀리스가 힘차게 경쾌한 목소리로 경례했다. "분대장님, 이등병 윌슨입니다."

장인인 홀리스가 사위인 케일럽에게 이렇게 말하다니, 말도 안 되는 일이었다. 그 모습은 마치 홀리스가 연기하는 것처럼 보일 정도였다. "지금 저에게 장난치시는 거겠죠."

"여자들과 아이들은 안전합니다. 분대장님 분대에 배속을 명받았습니다."

홀리스의 얼굴은 이전에 케일럽이 한 번도 본 적 없는 단호하고 엄숙한 표정이었다. 책을 수집하기 좋아하며 아이들에게 책을 읽어주는 걸 행복해하는 이 덩치 큰 신사가 전사가 되었다니.

"저는 약속했습니다, 중위님." 홀리스가 케일럽의 기억을 상기시켰다. "중위님도 그때 그곳에 계셨던 것을 기억하고 있습니다."

조명등에 불이 켜졌다. 장벽 아래에 삭막할 정도의 강렬한 하얀 빛이 쏟아지며 방어선에 흘러넘쳤다. 무전기들에서 딱딱거리며 신호가 잡히기 시작했고, 에너지의 떨림이 장벽의 난간 통로를 따라 오르내리기 시작했다.

명령이 떨어졌다. "눈 똑바로 뜨고 전방 경계!"

철컥거리며 탄약을 장전하는 소리가 요란하게 들려왔다. 케일럽도 장벽 너머로 소총을 겨누고 안전장치를 풀었다. 케일럽이 홀리스가 사격 자세를 취하고 서 있는 오른쪽을 흘깃 훔쳐봤다. 보폭을 넓게 하고, 개머리판을 어깨에 딱 붙이고, 눈도 완벽하게 정렬된 상태로 총구를 따라 조준하고 있었다. 그의 몸은 긴장했으면서도 아닌 듯 보였고, 결의에 차 있으면서도 편안해 보였다. 그 모습에서는 필요할 때는 특별한 노력 없이도 자연스럽게 수면 위로 드러나는 본능처럼 뼛속까지 배인 능숙함이 느껴졌다.

바이럴들이 어느 쪽에서 오는 거지? 얼마나 많이 몰려오는 거야? 그의 가슴이 불규칙적으로 뛰었고, 시야도 부자연스러울 정도로 제한되었다. 그는 억지로 숨을 깊고 길게 들이마셨다. 생각하지 마, 그는 스스로 다그쳤다. 생각이란 걸 해야 할 상황이 있지만, 지금은 아니야.

멀리 정북 쪽에서 빛을 발하는 점 하나가 나타났다. 아드레날린이 그의 심장을 강타했고, 그는 개머리판을 어깨에 더 밀착시켰다. 빛이 까닥거리며 흔들리는 것 같더니 세포가 분열하는 것처럼 나누어졌다. 바이럴들이 아니었다. 차량의 헤드라이트 불빛이었다.

"접근 중!" 누군가가 소리를 질렀다. "우측 30도! 거리 200미터!"

"접근 중! 좌측에 20!"

20년이 넘는 시간이 지나고서야 다시 경보 사이렌이 요란하게 울리기 시작했다.

그리어가 가속 페달을 차 바닥 끝까지 밟아 밀어 넣었다. 속도계가 휘잉 올라가자 들판의 모습이 흐릿해지면서 휙휙 지나갔다. 엔진이 천둥소리를 내며 울어대고 트럭 차체가 몸서리치듯 떨리기 시작했다.

"바이럴들이 바로 우리 뒤에 붙었어!" 마이클이 소리를 질렀다.

피터가 자리에서 몸을 돌려 뒤를 봤다. 여러 개의 불빛이 들판에서 뛰어오르고 있었다.

"조심해!" 그리어가 소리쳤다.

피터가 때맞춰 몸을 돌리자 바이럴 셋이 차의 전조등 불빛 속으로 뛰어드는 게 보였다. 그리어가 바이럴들을 향해 돌진해 녀석들을 갈라놓으며 바이럴 무리를 통과했다. 바이럴들이 차의 보닛 위로 떨어져 구르는 충격에 피터의 몸이 앞으로 급하게 쏠려 나갔다가 다시 자리로 튕겨 돌아왔다. 그가 다시 앞을 보자, 바이럴 한 마리가 트럭의 보닛에 매달려 있는 것이 보였다.

마이클이 차 안의 대시보드 위로 산탄총을 겨누고 방아쇠를 낭겼다.

유리가 산산조각이 나며 그리어가 왼쪽으로 핸들을 휙 꺾었다. 피터의 몸이 문 쪽으로 날아가고 에이미가 그의 몸 위로 쓰러졌다. 그들은 출입구를 향해 장벽을 따라 달리며 엔진의 모든 출력을 짜내어 콩밭을 질주해 통과하고 있었다. 그리어가 운전대를 반대쪽으로 꺾었고, 차가 왼쪽으로 기울며 차체가 넘어가 구를 것같이 위태롭더니 다음 순간 차 바퀴들이 쾅 하고 지면을 내리쳤다. 그리어의 몸이 붕 떠오르고, 트럭도 다시 도로 위로 돌아와 달리기 전까지 잠깐 공중에 뜬 채 앞으로 날아갔다. 차 아래쪽에서 쨍그랑하는 불길한 소리가 들리더니 그들이 타고 있는 트럭의 속도가 느려지기 시작했다.

피터가 그리어에게 소리를 질렀다. "뭐가 잘못된 거예요?"

차의 엔진 방열판 쪽에서 연기가 쏟아져 나왔고, 엔진이 아무 소용없이 헛돌며 요란하게 으르렁거렸다. "어딘가에 부딪힌 게 틀림없어 — 변속기가 터졌어. 네 오른쪽!"

피터가 몸을 돌렸고, 시야에 들어온 바이럴을 향해 방아쇠를 당겼지만 완전히 빗나가고 말았다. 다시 그리고 또다시 방아쇠를 당겼다. 자신이 뭐라도 맞추고 있기나 한 건지 알지 못했다. 권총의 슬라이드가 뒤로 밀려나 잠겼고 탄창에는 남은 총알이 없었다. 강렬한 불빛이 쏟아지는 방어선도 아직 90미터나 남았다.

"탄약이 없어!" 마이클이 소리를 질렀다.

트럭이 멈춰 서자, 장벽의 난간 통로 쪽에서 조명탄들이 그들의 머리 위로 밝은 불빛과 연기의 비행운으로 호를 그리며 날아왔다. 피터가 몸을 돌려 에이미를 봤다. 그녀는 문에 기대 쓰러졌고, 그녀의 손에는 발사되지 않은 권총이 매달려 있었다.

"그리어," 피터가 그리어를 불렀다. "저 좀 도와주세요."

그는 에이미를 차에서 끌어 내렸다. 그녀의 몸놀림은 몽유병 환자처럼 무겁고 어설펐다. 조명탄들이 하늘에서 밝은 빛을 내뿜으며 천천히 내려오기 시작했다. 트럭에서 에이미의 다리까지 빠져나와 펴지자, 그리어는 산탄총의 탄창에 새 탄약들을 끼워 넣으며 차 앞쪽으로 돌아갔다. 그러고는 산탄총을 피터의 손에 던져주고서 자신의 오른쪽 어깨를 에이미의 팔 아래로 넣어 부축했다.

"우리를 엄호해." 그리어가 말했다.

케일럽은 무기력하게 트럭이 장벽을 돌진해 오는 것을 지켜보았다. 바이럴들은 여전히 운이 가장 좋은 사격조차도 가늠할 수 없는 거리에 있었다. 장벽 위아래로 바이럴들이 사거리 안에 들어올 때까지 사격을 중지하라는 고함들이 터져 나왔다.

그는 트럭이 멈춰 서는 것과, 차 밖으로 나오는 네 명의 모습도 봤다. 그 네 명 중 뒤쪽에 있던 한 남자가 돌아서더니 다가오는 바이럴들 무리의 가운데를 향해 산탄총을 발사했다. 한 발, 두 발, 세 발, 어둠 속에서 총알이 발사되는 총구에 불꽃이 피어올랐다.

케일럽은 산탄총을 쏘고 있는 남자가 자신의 아버지 피터라는 걸 알았다.

그는 자신이 무엇을 하고 있는지 깨닫기도 전에 레펠용 안전벨트에 발을 집어넣고 잠금 고리들을 끼워 넣었다. 무의식의 반사적인 행동이었다. 계획 같은 건 없었다. 오직 본능뿐이었다.

"케일럽, 무슨 짓을 하는 거야?"

홀리스가 그를 쳐다보고 있었다. 케일럽이 장벽 위로 껑충 뛰어 올라가 들판을 등지고 돌아섰다.

"아프가 장군에게 보행자 출입구에 한 개 분대가 필요하다고 말해주세요. 어서 가세요."

홀리스가 뭐라고 말하기도 전에 케일럽이 장벽을 발로 밀어 몸을 공중에 띄웠다. 그의 몸이 장벽에서 떨어진 채 긴 호를 그리며 아래로 하강했고, 신고 있는 부츠가 장벽의 콘크리트 벽에 닿았다. 그가 다시 한번 발로 자기 몸을 밀어냈고, 두 번 더 발로 몸을 밀어 점프하고 나서야 땅 위에 착지했다. 케일럽은 안전벨트를 풀자마자 소총을 겨누고 주위를 살폈다.

케일럽의 아버지 피터가 다른 사람들과 함께 산등성이를 뛰어 올라왔고, 막 하얀 불빛이 쏟아지는 방어선 안으로 뛰어들었다. 바이럴들이 방어선 언저리에 뭉쳐 있는데, 몇몇 바이럴들은 자기 눈을 가렸다. 다른 바이럴들은 공처럼 몸을 둥글게 말고 낮은 자세로 땅바닥에 웅크리고 앉아 있었다. 잠시 망설이는 동안, 바이럴들의 안에서 본능이 갈등을 일으키며 불같이 일어났다. 강렬한 하얀 조명 불빛이 과연 바이럴들의 발을 묶어놓을 수 있을까?

바이럴들이 튀어 오르며 돌진했다.

기관총들이 일제히 불을 뿜었다. 빗발치는 총알이 쉬익쉬익 소리를 내며 케일럽의 머리 위를 스치듯 날아가자 그는 반사적으로 급히 몸을 숙였고, 총알들은 척척한 살갗을 꿰뚫고 들어가는 소리를 내며 바이럴들의 몸을 가르고 지나갔다. 사방으로 피가 튀고, 뼈에서 살점들이 쪼개져 떨어지고, 바이럴들의 몸 전체가 찢겨 나가 사방으로 흩어졌다. 그 모습은 바이럴들이 단순히 죽는 것이 아니라 분해되어 사라지는 것처럼 보였다. 기관총이 멈추지 않고 계속해서 쿵쿵 요동치며 총알을 퍼부었다. 살육이었다. 그런데도 멈추지 않고 더 많은 바이럴들이 불빛 속으로 뛰어들었다.

"보행자 출입구요!" 케일럽이 소리를 질렀다. 그러고는 45도 각도로 장벽 쪽을 향해 뛰기 시작하며 머리 위로 손을 흔들었다. "보행자 출입구로 가요!"

케일럽이 한쪽 무릎을 꿇고 총을 쏘기 시작했다. 아버지가 나를 봤을까? 여기 장벽 밖에 나와 총을 쏘고 있는 게 누구인지 아버지가 알아봤을까? 노리쇠가 후퇴돼 잠겼다. 순식간에 탄약 30발이 사라졌다. 다 쓴 탄창을 빼내고 가슴에 두른 탄띠에서 새 탄창을 꺼내 탄창 삽입구에 밀어 넣었다.

무언가가 뒤에서 그를 덮쳤다. 호흡, 시야, 생각, 모두 그를 떠났다. 거의 허공을 맴도는 것처럼 자신의 몸이 떠다니는 것을 느꼈다. 굉장히 이상해 보이는 일이었다. 몸이 떠 있는 시간은 다른 것들에 비해 자기 몸이 얼마나 가벼운지에 대해 놀라고도 남을 만큼 길었다. 그리고 몸이 점점 무거워지더니 땅바닥으로 곤두박질치고 말았다. 그의 몸은 경사면을 굴렀고 멜빵에 매달린 소총도 덩달아 나뒹굴고 있었다. 멈춰보려고 애썼지만, 몸은 언덕을 따라 거칠게 굴러떨어졌다. 그의 손이 소총의 아랫부분에 닿았지만, 검지가 방아쇠울에 엉켜 있었다. 그는 다시 가슴으로 굴러갔고, 소총은 몸과 땅바닥 사이에 꼈으며 멈춰 설 방법이 없었다. 그리고 총성이 울리며 총알이 발사되었다.

고통스러웠다! 마침내 그의 가슴 위에 소총이 올려진 채 땅바닥에 등을 대고 멈춰 서게 됐다. 내가 쏜 총에 내가 맞은 거야? 등 아래에서 빙빙 돌아가는 땅이 정지하기를 거부했다. 그는 눈을 깜박이며 조명등 불빛 안을 쳐다봤다. 총을 맞은 사람이 느낄 거라고 상상해왔던 것들이 느껴지지 않았다. 그의 몸 두 곳에서 통증이 느껴졌다. 한 곳은 총이 발사될 때 충격을 받은 가슴이었고, 다른 한 곳은 오른쪽 눈썹의 바깥쪽 언저리 이마의 한 부분이었다. 그는 피가 흐를 거로 생각하며 통증이 느껴지는 부위에 손을 대봤지만, 손가락은 아무것도 묻지 않은 채 건조하기만 했다. 무슨 일이 일어난 건지 이해됐다. 땅에 부딪혀 튕겨 오른 총에서 분리된 탄창이 쨍 소리와 함께 그의 얼굴을 향해 날아왔고, 아슬아슬하게 그의 눈을 비켜 나간 것이다. 너 이 자식, 지독하게도 운이 좋은 거야, 케일럽 잭슨. 그가 생각했다. 정말 이건 아무도 못 봤으면 좋겠는데.

그때 그의 몸 위로 그림자 하나가 드리워졌다.

케일럽이 소총을 들어 올렸지만, 왼손이 조준을 위해 총열을 받쳐 드는 순간 탄창을 잃어버렸다는 사실을 깨달았다. 그는 살면서 다양한 시기에 걸쳐 자신이 죽는 순간을 상상해봤다. 하지만 그런 상상 가운데 이렇게 바이럴이 자신을 찢어발기는 동안 탄창을 잃어버린 빈 소총을 들고 땅바닥에 등을 대고 누워 있는 모습은 없었다.

그는 아마도 모두가 그럴 거라고 생각했다. 그래 분명 이런 건 생각 안 해봤을 거야. 케일럽은 소총을 던져버렸다. 이제 그가 희망을 걸어볼 건 권총뿐이었다. 내가 권총을 마구 다루지는 않았나? 내가 권총의 안전장치를 풀어야 한다는 걸 기억하고 있나? 권총이 제자리에 붙어 있기는 할까? 아니 소총의 탄창처럼 내 몸에서 떨어져 나가고 없는 건 아니야? 그림자가 인간의 외형과 같은 형태를 하고 있었지만 그건 인간이 아니었다. 전혀 아니었다. 머리는 곤추섰고 발톱은 길게 뻗어 나왔다. 입술은 뒤로 말려 젖혀져 삐죽삐죽한 이빨들이 주렁주렁 매달린 시커먼 동굴 같은 목구멍을 그대로 드러냈다. 케일럽은 권총을 손에 쥐고 들어 올렸다.

폭발하듯 피가 터져 나왔고, 그 기괴한 생명체는 가슴 중앙에 생긴 구멍을 감싸 쥐었다. 바이럴은 애정 어린 몸짓으로 발톱이 길게 돋아난 손을 뻗어 상처를 만졌다. 바이럴이 담담한 표정으로 고개를 들었다. 나 죽는 건가? 네가 그런 거야? 하지만 케일럽이 그런 게 아니었다. 심지어 그는 방아쇠를 당기지도 않았다. 총알은 케일럽의 어깨 너머에서 날아왔다. 아주 짧은 순간 케일럽과 죽어가는 기괴한 생명체는 서로를 응시했다. 그리고 두 번째 인물이 케일럽의 오른쪽에서 앞으로 나서더니 산탄총의 총구를 바이럴의 얼굴에 쑤셔 넣고서 방아쇠를 당겼다.

아버지였다. 아버지와 함께 친절한 수녀들이 입는 평범한 드레스를 입은 맨발의 여자였다. 그녀의 머리카락은 머리에서 짙은 검은색의 그윽한 멋을 숨김없이 드러냈다. 그녀가 뻗은 팔에는 첫번째의 치명적인 총격을 가하기 위해 썼던 권총이 들려 있었다.

에이미.

"피터……." 그녀가 피터의 이름을 부르고는 털썩 무릎을 꿇고 주저앉았다.

그리고 그들은 뛰기 시작했다.

케일럽이 나중에 생각해보니 그들 중 누구도 말하지 않았다. 아버지는 어깨로 에이미를 부축했고, 그들과 함께 온 다른 두 남자 중 한 명은 아버지가 버린 산탄총을 들고 있었다. 보행자 출입구가 열린 상태였고, 그 앞에는 여섯 명으로 구성된 한 개 분대가 사격 선을 구축하고 있었다.

"엎드려!"

홀리스의 목소리였다. 그들 모두가 땅바닥에 몸을 던져 엎드렸다. 총알들이 날카롭게 휘잉 소리를 내며 그들 위를 지나가더니 갑자기 총성이 멈췄다. 케일럽이 고개를 들어 앞을 봤다. 그의 총열 너머로 홀리스가 그들에게 손을 흔들었다.

"엉덩이 들고 일어나서 빨리 뛰어!"

케일럽의 아버지와 에이미가 먼저 들어가고, 케일럽이 그 뒤를 따라 들어갔다. 그들의 뒤에서 일제히 총성이 터졌다. 군인들이 서로에게 소리를 질러댔다 ― 네 왼쪽! 너의 오른쪽이야! 움직여, 가! ― 계속 총을 쏘면서 한 명씩 등을 돌린 채 뒷걸음질 치면서 좁은 보행자 출입구로 들어왔다. 홀리스가 마지막으로 들어왔고, 총을 던져버린 후 문을 밀고서 한 번만 돌리면 잠기는 잠금 핸들을 움켜쥐고 문을 닫기 시작했다. 문의 가장자리까지 문틀과 끝 선을 맞추며 닫히려는 순간 문이 멈춰 섰다.

"여기 좀 도와줘!"

홀리스가 어깨로 문을 받치고 있었다. 케일럽이 앞으로 뛰어나가 홀리스를 도왔고 다른 사람들도 그렇게 했다. 그런데도 닫히지 않는 문틈이 넓어지기 시작했다. 1인치, 그리고 2인치 더. 여섯 명의 사람이 문에 달라붙었다. 케일럽이 몸을 돌려 등으로 문을 밀며 버티기 시작했고, 신고 있는 부츠의 뒷굽들을 땅속에 박아 넣었다. 하지만 이렇게 한다 해도 그 끝은 정해졌다. 사람들이 몇 분 더 문이 열리지 않도록 밀며 버티더라도 결국은 바이럴들의 힘이 사람들을 압도해버릴 것은 너무 분명한 일이다.

그에게 방법이 떠올랐다.

케일럽이 손을 벨트로 가져갔다. 그는 수류탄을 싫어했는데, 저절로 터져버릴지도 모른다는 두려움을 떨쳐낼 수 없었기 때문이다. 그랬기에 벨트에서 수류탄 하나를 떼어내 핀을 뽑는 데는 상당한 심리적인 노력이 필요했다. 안전 손잡이를 움직이지 않게 꽉 쥐고, 얼굴을 돌려 닫히지 않는 문틈 쪽을 바라봤다. 수류탄을 던지기 위해서는 문틈이 좀 더 벌어져야 했다. 문과 문틀 사이의 틈이 너무 좁았다. 아무도 지금 그가 하려는 일을 좋아하지 않을 것 같았지만, 그걸 설명할 시간이 없었다. 그가 문에서 물러나자, 문이 안쪽으로 15센티미터 정도 휘청이며 밀려 들어왔다. 문 가장자리에 손 하나가 나타났고, 뭔가를 찾듯 발톱이 길게 뻗은 손가락이 문의 가장자리를 더듬었다. 사람들이 일제히 소리를 질렀다. 뭐하는 거야? 와서 이 빌어먹을 문을 밀라고! 케일럽이 수류탄을 쥔 손의 힘을 느슨하게 풀며 안전 손잡이를 놓았다.

"이거나 받아." 그렇게 말하고는 수류탄을 벌어진 틈 사이로 밀어 넣었다.

그리고 그는 자기 어깨를 문에 밀어붙였다. 눈을 감고, 기도하듯 시간을 쟀다. 원 미시시피, 투 미시시피, 쓰리 미시시피……

쿵.

탱, 수류탄 파편이 날아가는 소리가 들리고.

흙먼지가 떨어지고 있었다.

58장

"여기 지금 당장 위생병이 필요해!"

피터가 에이미를 땅바닥에 내려놨다. 그녀의 입술이 더듬더듬 움직였고, 에이미가 작은 소리로 물었다. "우리 장벽 안으로 들어온 건가요?"

"모두 다 안전해요."

에이미의 피부가 창백했고 눈은 무겁게 감겨 있었다. "미안해요, 나는 내가 혼자 걸을 수 있을 것으로 생각했거든요."

피터가 고개를 들었다. "내 아들은 어디 있어? 케일럽!"

"아버지, 저 여기 있어요."

케일럽은 피터의 뒤에 서 있었다. 피터가 일어나 그를 자기 쪽으로 당기더니 격하게 꽉 끌어안았다.

"너 장벽 밖에서 무슨 짓을 한 거야?"

"아버지를 데리러 간 거죠." 그의 팔과 얼굴에 긁힌 상처가 났고, 한쪽 팔꿈치에서는 피가 흘렀다.

"핌과 아기 테오는?" 피터도 어쩔 수 없었다. 그는 허겁지겁 말하고 있었다.

"둘 다 무사해요. 우리는 여기 몇 시간 전에 도착했어요."

피터가 갑자기 몸을 가누지 못하고 휘청거렸다. 그의 머릿속에 사방에서 온갖 생각들이 밀려들었다. 그는 지쳤고, 마실 물이 필요했고, 도시는 공격받았고, 그의 아들과 그 가족들은 안전했다. 위생병 두 명이 들것을 들고 나타나자, 그리어와 마이클이 에이미를 들것 위로 옮겼다.

"내가 에이미와 야전 응급 구호소로 가겠네." 그리어가 말했다.

"아뇨, 제가 가겠습니다."

그리어가 팔을 팔꿈치 위로 들어 올리고 똑바로 쳐다봤다. "에이미는 괜찮을 거야, 피터 — 우리가 해냈잖아. 자네는 가서 자네 할 일을 해."

그들이 에이미를 데리고 갔다. 피터가 고개를 들어보니 아프가와 체이스가 그에게 걸어오는 것이 보였다. 그들의 머리 위에서는 산발적인 총성이 들려왔다.

"대통령님," 아프가가 말했다. "앞으로는 이렇게 아슬아슬하게 시간에 딱 맞춰 와주시지 않으면 감사하겠습니다."

"우리 상황은 어떻습니까?"

"공격은 북쪽에서만 감행된 것으로 보입니다. 그것 말고는 장벽에서 관측된 것은 아직 없습니다."

"정착촌들에서는 무슨 연락이 온 것이 있습니까?"

아프가가 대답하기를 주저했다. "아무것도 없습니다."

"아무것도 없다니요, 그게 무슨 말입니까?"

"모두 교신이 안 됩니다. 오늘 아침에 서쪽으로 헌트까지, 남쪽으로 밴데라, 북쪽으로 프레데릭스버그까지 순찰대를 보냈지만, 생존자가 없습니다. 그리고 시체도 거의 찾지 못했습니다. 현재로서는 정착촌들이 모두 공격당해 점령됐다고 봐야 합니다."

피터는 할 말이 없었다. 20만 명 이상의 사람들이 사라졌다.

"대통령님?"

아프가가 그를 바라보고 있었다. 피터는 침을 삼키고 말했다. "우리 지금 이 장벽 안에 사람들이 얼마나 있는 거죠?"

"군인까지 포함해서, 4,000 아마도 최대 5,000명 정도 될 겁니다."

"지협 쪽은 어떻습니까?" 마이클이 아프가에게 물었다.

"사실, 한두 시간 전에 그들로부터 연락이 왔습니다. 로어라는 사람이 당신이 어디에 있는지 궁금해하더군요. 그들은 지난밤의 공격에 대해서는 아무것도 몰랐습니다. 그래서 추측하기로는 아마도 드랙들이 그들을 놓치고 지나친 것 같습니다. 그게 아니면 드랙들이 너무 똑똑해서 지협을 건너갈 생각을 하지 않은 거겠죠."

그들 머리 위의 총성이 멈췄다.

"어쩌면 오늘 밤은 이게 다인가 보군." 체이스가 말했다. 그러고는 희망적이라는 듯 함께 모여 있는 사람들의 얼굴을 둘러보았다.

하지만 피터는 그렇게 생각하지 않았고, 아프가 장군 역시 그렇다는 것도 알아챘다.

"우리는 결정해야 해, 피터." 마이클이 끼어들었다. "우리에게 남은 기회가 빠르게 줄어드는 중이야. 여기서 사람들을 데리고 나갈 방법에 관해 얘기해야 해."

갑자기 마이클의 생각이 황당하다는 생각이 들었다. "나는 이 사람들을 무방비 상태로 남겨두고 떠나지는 않을 거야. 이미 일은 벌어졌어. 나는 쇠스랑을 들 수 있는 사람이면 모두 저 장벽 위에 올려 보낼 거야."

"너 잘못 생각하고 있는 거야, 실수하는 거라고."

그때 장벽 위에서 외치는 소리가 들렸다. "접근 중! 2킬로미터!"

처음 그들의 눈에 들어온 건 멀리 보이는 한 줄기의 빛이었다.

"병사, 자네 망원경 좀 주게."

경계병이 망원경을 넘겨주었고, 피터는 망원경을 받아 눈에 갖다 댔다. 경계 초소 위에 서 있는 피터의 옆에서 마이클과 아프가도 북쪽 지역을 훑어보았다.

"저기 저거 숫자가 얼마나 될지 짐작되세요?" 피터가 아프가에게 물었다.

"숫자를 알아보기에는 너무 멀리 있습니다." 아프가가 그의 벨트에서 무전기를 빼 들고 입에 댔다. "모든 경계 초소는 들어라, 뭐가 보이는가?"

지지직거리는 잡음이 들리더니 "1번 초소, 이상 없습니다."

"2번 초소, 특이 사항 없습니다."

"3번 초소, 마찬가지입니다. 아무것도 보이지 않습니다."

그리고 각 경계 지역마다 같은 보고가 이어졌다. 더 가까이 접근하는 것처럼 보이지는 않았지만, 한 줄기로 다가오던 빛이 옆으로 늘어서기 시작했다.

"저것들이 무슨 꿍꿍이수작을 부리는 거지?" 아프가가 말했다. "바이럴들이 그냥 저기서 기다리고 있잖아."

"잠깐만요." 마이클이 손으로 가리키며 말했다. "좌측으로 30도요."

피터도 그의 손이 가리키는 곳을 봤다. 두 번째 대형이 만들어지는 중이었다.

"저기 또 하나가 더 있어요." 아프가가 말했다. "오른쪽으로 40도, 숲 경계선 부근. 무리의 숫자가 많아 보이는데요. 북쪽에서도 더 많은 숫자가 오고 있습니다."

본진의 길이가 이제는 수백 미터에 이르렀고, 모든 방향에서 바이럴들이 본진을 향해 이동했다.

"저건 정찰대가 아닙니다." 피터가 말했다.

아프가가 목이 터져라 고함을 질렀다. "주자走者들, 움직일 준비해!" 그가 피터를 향해 돌아섰다. "대통령님을 안전한 곳으로 모셔야 할 것 같습니다."

피터가 경계병들 중 한 명에게 말했다. "상병, 내게 자네의 M16을 주게."

"피터, 제발, 이건 좋은 생각이 아니라고."

병사가 피터에게 소총을 건넸다. 피터는 탄창을 빼내 탄창 맨 위 탄약에 앉은 먼지를 털기 위해 입으로 바람을 훅 불었다. 그러고는 다시 탄창을 삽입구에 껴 넣은 다음 장전 손잡이를 당겼다.

"군나르, 그거 아세요? 제 기억이 맞다면 10년 만에 처음으로 저를 제 이름으로 부르셨어요."

그 대화는 거기에서 끝났다. 낮고 우르릉거리는 소리가 바윗덩어리가 굴러오듯 그들의 귀에 들려왔다. 일초 일초 지날 때마다 그 소리의 밀도가 점점 커졌다.

"이게 무슨 소리야?" 마이클이 말했다.

그건 발로 땅을 차는 소리였다. 그 소리는 점점 커졌고, 거대하게 부풀어 오르는 소리가 장벽에 있는 그들을 향해 몰려들었다. 그 여파 때문인 걸까, 하늘 높이 먼지구름이 피어올랐다.

"맙소사," 피터가 말했다. "전부 다 온 거였어."

아프가가 목청을 끌어올려 들려오는 그 소리보다 더 크게 말했다. "바이럴들이 사거리 안에 들어올 때까지 기다려!"

바이럴들이 300미터 밖에서 빠르게 다가오고 있었다. 그 모습은 군대라기보다는 산사태나 허리케인이나 홍수 같은 거대한 자연재해의 한 광경처럼 보였다. 경계 초소도 바이럴들이 돌진해 오는 지진이 난 것 같은 엄청난 충격으로 나사와 리벳마저 떨리면서 윙윙거리는 소리를 내기 시작했다.

"장벽의 문이 버틸 수 있을까요?" 피터가 아프가에게 물었다. 아프가 역시도 망원경은 던져놓은 채 총을 들고 있었다.

"이 정도 규모의 공격에요?"

200미터. 피터가 들고 있는 소총의 개머리판을 자신의 쇄골에 밀착시켰다.

"사격 준비!" 아프가가 고함을 질렀다.

100미터.

"조준!"

갑자기 모든 것이 멈췄다.

바이럴들이 조명들의 불빛이 비추는 방어선 가장자리 너머에 꼼짝 안 하고 멈춰 섰다. 그냥 멈춰 선 정도가 아니라, 마치 어떤 스위치가 켜진 것처럼 그 자리에 얼어붙었다.

"이게 무슨 엿 같은……?"

바이럴들이 길을 만들며 둘로 나뉘기 시작했다. 뒤쪽에서부터 만들어지기 시작한 길은 양쪽에 잔물결을 일으키듯 바이럴들을 비켜 세우며 한가운데로 뻗어 내려왔다. 그 움직임은 마치 위대한 왕이 군중 사이를 지나갈 때, 왕에게 고개를 숙여 절하며 그가 지나가도록 길을 비켜주는 모습처럼 어떤 면에서는 경건함이 느껴지기도 했다. 검은 형체 하나가 무수히 많은 바이럴 무리의 가운데를 지나 앞으로 나오는 중이었다. 어떤 동물인 것처럼 보이기도 했는데, 아주 화날 정도로 그 앞에 펼쳐진 길을 느릿느릿 걸어 다가왔다. 장벽 위 모든 군인의 총구가 그것이 모습을 드러내게 될 지점을 조준했다. 100미터, 50, 20. 앞에 벽을 이룬 바이럴들이 말 위에 탄 사람의 충격적일 정도로 평범한 모습을 드러낼 길을 여는 것처럼 갈라지며 앞을 열어줬다.

"저게 그자야?" 아프가 말했다. "저게 제로야?"

말을 탄 기수가 앞으로 나와 방어선 불빛 속으로 들어왔다. 장벽의 출입구까지 반쯤 온 그가 말을 세우고 안장에서 내려왔다. '제로'가 아니라는 걸 피터는 알아봤다. 조명등의 강렬한 빛이 그녀의 얼굴 위쪽 반을 가린 검은 안경의 렌즈에 반사되었다. 그녀는 등에 긴 총이나 검 같은 무기가 든 것으로 보이는 칼집을 비스듬히 멨으며, 앞쪽 상체에는 X자로 탄띠 두 개를 가로질러 두르고 있었다.

저 탄띠들.

"이런 맙소사." 마이클이 숨을 내쉬었다.

피터의 마음이 시간의 깊은 구멍 속으로 굴러떨어졌다. "사격 금지!" 그가 머리 위로 손을 높이 벌려 들었다. "모두 총구 내려!"

그녀가 등을 꼿꼿이 세우고 얼굴을 비스듬히 돌려 장벽 위를 바라보며 말했다. "나는 원정대의 대위 알리시아 도나디오다! 피터 잭슨은 어디 있나?"

59장

30분이 지나도록 여전히 모두가 자신의 위치를 지키고 있었다. 문 뒤로 물러서며 피터가 혜네만에게 고개를 끄덕였다.

"문을 열게, 대령."

혜네만이 잠금 핸들을 돌려 문을 열고 뒤로 물러났다. 터널의 안쪽에서 느긋한 말발굽 소리가 들려왔다. 문을 향해 늘어선 군인들의 긴장감이 잔물결처럼 퍼졌다. 군인들은 모두 총을 들어 조준한 채, 눈은 총열 위를 매섭게 노려보았다. 터널 벽을 가로지르며 그림자 하나가 길게 늘어지는 것이 보였고, 곧 알리시아의 모습이 나타났다. 한 손은 말의 굴레에 달린 짧은 밧줄을 잡고 다른 한 손은 옆에 편안히 내려놓았다. 눈에 확 띄는 빨간 머리는 머리 위까지 팽팽하게 당겨놨고, 촘촘하게 땋아 내린 머리는 그녀의 등 중간까지 내려온 상태였다. 알리시아는 민소매 티셔츠를 입었는데 근육질의 팔과 어깨가 드러나 보였으며, 아래에는 허리에 단단히 동여맨 헐렁한 바지와 가죽 부츠를 신었다. 알리시아는 모여 있는 사람들을 빠르게 훑어보았다. 대기 구역에 쏟아지는 불빛은 그녀가 쓴 안경에 마치 탐조등처럼 반사되어 나왔다. 그녀는 한 발자국 더 앞으로 나온 후 지시를 기다리며 멈춰 섰다.

"앞으로 와," 피터가 말을 했다. "천천히."

알리시아가 6미터쯤 앞으로 더 나오자 피터가 멈추라고 했다.

"단검들 먼저 앞으로 던져봐."

"할 말이 그게 전부인 거야?"

그는 갑자기 모든 게 다 비현실적이라는 생각이 들었다. 마치 그가 유령에게 말하는 것 같은 기분이 들었기 때문이다.

알리시아가 피터의 오른쪽을 쳐다봤다. "마이클, 난 네가 거기 서 있는 걸 미처 알아보지도 못했어."

"안녕, 리시."

"그리고, 아프가 대령님." 알리시아가 턱을 움직여 빠르게 고개를 까닥이며 인사했다. "이렇게 다시 뵙게 되어서 반갑습니다."

"이제는 '장군'이라고 불러야 한다네, 도나디오." 아프가는 가슴 위로 팔짱을 꼈고, 얼굴도 험하게 굳은 모습이었다. "대통령님, 말씀만 하시면 됩니다."

"'대통령'이라고?" 알리시아가 인상을 쓰며 말했다. "피터, 너 출세했구나."

그 익숙한 정감 어린 농담과 장난기 가득한 말투, 속임수인 걸까? "단검들을 내려놓으라고 했어."

피터가 긴장하지 않도록 알리시아가 끈을 풀고 탄띠들을 땅바닥에 툭 던져놓았다.

"그리고 장검도." 피터가 말했다.

"난 여기 얘기하러 온 것뿐이야, 그게 다라고."

피터가 장벽의 꼭대기를 향해 목소리를 높여 말했다. "저격수들! 말을 조준해!"

그러고는 알리시아에게 돌아서서 말했다. "말 이름이 솔저였지, 안 그래?"

피터가 그녀를 흔들어놨을지라도, 알리시아는 아무런 내색을 하지 않았다. 그럼에도 불구하고 그녀는 머리 위로 칼집을 벗어 앞으로 휙 던져놓았다.

"이제 안경을 벗어." 피터가 말했다.

"난 적이 아니야, 피터. 나는 메신저일 뿐이라고."

그가 잠자코 있었다.

"좋아, 원하는 대로 하지."

안경을 벗자 그녀의 두 눈이 드러났다. 눈의 오렌지빛이 더 짙어졌고 날카롭게 빛났다. 알리시아의 시간은 멈춰진 채, 하나도 늙지 않은 모습이었다. 그럼에도 뭔가 달라졌지만, 구름이 몰려오기 한참 전에 폭풍우가 다가오는 소리에 귀를 쫑긋 세우는 것처럼 느껴질 만큼 알아채기 힘든 것이었다. 그녀의 시선은 흐트러짐 없이 피터를 똑바로 주시했다. 이제 얼굴이 감춰진 것 없이 드러났지만, 그녀의 도전적인 표정에는 상처받기 쉬운 그녀의 발가벗겨진 무언가가 있었다. 그녀의 자신감이야말로 속임수였으며, 불확실성에 대한 불안이 그 밑에 숨어 있었다.

"불을 켜."

그의 뒤에는 세 개의 이동용 나트륨 등이 준비되었다. 총을 쏜 것처럼 등의 불빛이 알리시아의 얼굴을 내리쳤다. 그녀가 손을 위로 올리자 여섯 명의 군인이 앞으로 달려 나와 그녀의 얼굴부터 땅에 처박아버렸다. 커다란 울음소리와 함께 솔저가 뒷발로 몸을 일으켜 세워 허공을 앞발로 거세게 찼다. 군인 한 명이 권총을 알리시아의 두개골에 밀착해 겨누고 있는 동안 다른 군인들이 그녀를 일으켜 세웠다.

"누가 저 말 좀 어떻게 해봐." 피터가 버럭 소리를 질렀다. "저 짐승이 조금이라도 문제를 일으키면, 그냥 쏴버려."

"솔저는 그냥 놔둬!"

"헤네만 대령, 저 죄수에게 족쇄를 채워."

군인 두 명이 말을 데리고 사라지자, 헤네만이 권총을 총집에 집어넣고 앞으로 나와 알리시아의 손목과 발목에 사슬을 묶었다. 세 번째 사슬은 그녀의 등 뒤에 있는 족쇄에 연결되었다.

"일어나서 나를 봐." 피터가 말했다.

알리시아가 무릎을 꿇은 자세에서 상반신을 일으켜 세웠다. 그녀는 두 눈을 꼭 감았고 강렬한 불빛을 피해 고개를 돌려 날아오는 주먹을 피하는 사람처럼 얼굴을 아래로 향했다.

"피터, 나는 사람들 목숨을 구하려고 하는 것뿐이야."

"너는 그걸 굉장히 재밌는 방식으로 증명해 보이는구나."

"너, 내가 하려는 말을 귀 기울여 들어야만 해."

"그럼 말해봐."

잠깐 쉬었다가 그녀가 말하기 시작했다. "남자가 하나 있어─사람 이상의 존재인 남자. 일종의 바이럴이지만 모습은 우리와 똑같아. 이름은 패닝이고, 뉴욕에 있는 그랜드 센트럴이라고 불리는 건물에 있어. 그가 나를 보낸 자야."

"그러니까 네가 지금까지 그 많은 시간 동안 그곳에 있었다는 말이구나?"

알리시아가 고개를 끄덕였다. "피터, 네가 알지 못하는 이야기들이 있어. 내가 너에게 말할 수 없었던 것들이야. 나의 나머지 반이 되어버린 바이럴의 생명력은 너희에게 털어놓았던 것보다도 언제나 더 강했어. 그리고 그 충동은 점점 더 나빠지기만 했고 ― 나는 그 충동을 그다지 오래 통제하지 못하리라는 걸 알았어. 아이오와를 떠난 직후, 내 머릿속에 패닝의 목소리가 들리기 시작했지. 그게 내가 뉴욕으로 향한 이유야. 나는 패닝을 죽이려고 했어. 아니면 그가 나를 죽일 수도 있고 말이야. 어느 쪽이 되었건 상관없었어. 그냥 모든 게 끝나기를 바랐던 거니까."

"그런데 왜 그렇게 안 했지?"

"난 진심이었어, 믿어줘. 정말 그렇게 하고 싶었다고. 내가 얼마나 그 망할 패닝의 머리를 조각내고 싶어 했었는데. 하지만 그렇게 할 수 없었어. 콜로라도에서 나를 물었던 바이럴은 뱁콕의 무리 중 하나가 아니었어. 패닝의 무리였던 거지. 내 몸에 있는 바이러스는 패닝의 것이야. 나는 그에게 종속되어 있다고, 피터."

나는 그에게 종속되어 있다고. 소름 끼치는 오싹한 말이었다. 아프가가 알리시아의 이야기를 모두 이해했는지 보기 위해 피터가 힐끗 쳐다봤다. 장군은 그 의미를 다 이해하고 있었다.

"패닝과 나는 거래를 했어. 내가 함께 머물기만 한다면, 그는 너희를 건들지 않고 내버려 둘 거야."

"패닝의 마음이 바뀐 거 같은데."

그녀가 단호하게 고개를 저었다. "나는 그 일과는 아무런 상관이 없어. 내가 패닝이 무슨 일을 하려는 건지 알았을 때는, 그의 계획을 멈추게 하기에는 너무 늦었어. 그는 줄곧 사람들이 흩어지고 방어 능력이 떨어지기를 기다렸던 거야. 패닝이 원하는 건 에이미야. 내가 에이미를 데려가면, 모든 계획을 취소할 거야."

그래 바로 그거였다. "패닝이 왜 에이미를 원하는 건데?"

"그건 나도 몰라."

"나에게 거짓말하지 마."

"피터, 에이미는 어디에 있어?"

"나도 몰라. 지난 20년이 넘는 시간 동안 에이미를 본 사람이 아무도 없어."

알리시아의 목소리가 바뀌었다. 그녀의 목소리에서 느껴지던 허세와 같은 느낌이 없어졌다. "제발 내 얘기를 들어. 이걸 멈추게 할 방법은 없어. 패닝이 뭐를 할 수 있는지 봐왔잖아. 그는 다른 바이럴들과는 달라, 다른 것들은 아무것도 아니었던 거라고."

"우리에게는 장벽이 있어. 바이럴들이 싫어하는 강한 불빛도 있고. 게다가 전에도 그들과 싸워본 경험이 있지. 돌아가서 패닝에게 그렇게 전해."

"피터, 너 이해하지 못하는구나. 패닝은 아무것도 안 해도 돼. 네게 있는 건, 뭐, 몇천 명의 군대? 식량은 얼마나 있지? 기름은 얼마나 있어? 패닝에게 그가 원하는 걸 넘겨줘. 이게 네게 남은 마지막 기회야."

"윌슨 일병, 앞으로 나와주게."

홀리스가 불빛 속으로 들어섰다.

"리시, 홀리스를 기억하겠지. 안 그래? 인사라도 하지 그래."

알리시아는 고개를 숙이고 있었다. "너 왜 나에게 그런 것까지 물어보는 거지?"

"아, 홀리스의 딸 케이트는 어때? 기억해? 네가 케이트를 마지막으로 봤을 때는 그저 쪼그마한 여자애였을 텐데 말이야."

알리시아가 고개를 끄덕였다.

"아니, 말을 하라고. 너도 케이트를 기억하고 있다고 말해."

"그래, 나도 기억해."

"좋아, 네가 그 아이를 기억한다니 나도 기쁘다. 케이트가 자라서 의사가 됐어, 자기 엄마 사라처럼 말이야. 그리고 딸 둘도 낳았지. 그런데 네 친구들 중 하나가 어젯밤에 그 아이를 물었어, 케이트를. 그다음에 무슨 일이 일어났는지 알고 싶어?"

알리시아가 말이 없었다.

"알고 싶어?"

"그냥 얘기해, 피터."

"좋아, 그러지. 그 어린 여자아이를 기억해? 케이트가 총으로 자신을 쏴버렸어."

그녀의 침묵이 그를 격앙시키고 말았다. 알리시아에게 무슨 일이 일어났던 거지? 쟤가 도대체 어떻게 된 거지?

"너 할 말이 아무것도 없어?"

"내가 무슨 말을 하기를 바라? 유감이라는 말? 미안하다는 말? 나한테는 네가 하고 싶은 대로 할 수 있어. 하지만 그런다고 멈출 수 있는 건 아무것도 없어."

피터의 맥박이 쿵쾅거리며 빠르게 뛰었고, 주먹을 꽉 쥐었다. 그가 그녀를 가리키며 삿대질했다. "홀리스를 좀 보라고. 나는 사라를 여기로 불러올 거야, 아니 케이트의 딸들도 데리고 올 거야. 그들에게 네 입으로 얼마나 미안해하는지 직접 말해보라고."

알리시아가 아무 말도 하지 않았다.

"20만 명의 사람들이야, 리시. 그런데 너는 여기 와서 우리 보고 항복하라고? 패닝 그가 너의 친구라도 돼?"

그녀의 어깨가 흔들렸다. 알리시아가 우는 건가?

"내가 다시 물을게. 패닝이 에이미에게 원하는 게 뭐야?"

알리시아가 좌우로 고개를 흔들었다. "나도 몰라."

"군나르, 내게 권총 좀 줘요."

아프가 자신의 권총을 뽑아 손안에서 빙그르르 한 바퀴 돌려서 피터에게 건네주었다. 피터가 탄창을 빼 탄약이 들어 있는지 확인하고 큰 소리가 나도록 거칠게 밀어 제자리에 끼워 넣었다.

마이클이 입을 열었다. "피터, 너 미쳤어? 뭐 하는 거야?"

"여기 이 여자는 바이럴이야. 우리의 적과 한편이지."

"알리시아야! 우리의 친구라고!"

피터가 앞으로 성큼성큼 걸어 나가더니 알리시아의 관자놀이에 총구를 겨누었다.

"이런 빌어먹을, 말해."

"에이미가 여기 있다는 거 알아." 알리시아가 작은 목소리로 말했다. "네 목소리에서 다 느껴져."

그가 엄지손가락으로 공이치기를 뒤로 젖히고 이를 악물고 말했다. 머릿속의 모든 이성적인 사고들은 지워진 채, 불같이 일어난 맹목적인 분노로 인해 이제는 본능만을 따라 폭주했다. "내 질문에 대답해. 안 그러면 네 머릿속에 총알을 박아 넣을 테니까."

"기다려요."

에이미가 그리어의 팔을 꽉 붙잡고 힘겹게 몸을 가누며 사람들이 둥글게 모여 있는 자리의 가장자리에 서 있었고, 피터가 그녀를 향해 몸을 돌렸다.

"루시어스 소령님, 에이미를 여기서 데리고 나가주세요."

군인 둘이 루시어스와 에이미의 앞을 가로막았고, 군인 하나가 루시어스의 가슴에 한쪽 손을 올려 밀며 제지했다. 루시어스가 신경이 날카로워지며 긴장하는 것 같더니, 이내 마음이 바뀐 듯 군인의 제지를 내버려 두었다.

"내가 알리시아와 얘기하게 해줘요." 에이미가 말했다.

터무니없는 생각이었다. 바람 한 번만 혹 불어도 무릎을 꿇고 주저앉을 것처럼 보이는 그녀는 간신히 서 있기도 힘든 상태였기 때문이다.

"소령님, 에이미를 데리고 돌아가세요. 정말입니다."

"당신이 화난 건 알아요." 에이미가 말했다. "하지만, 이건 당신 생각보다 훨씬 중요한 일이에요."

그녀는 위험한 동물이나 바닥이 보이지 않는 심연 위 낭떠러지 끝에 선 사람을 달래듯 그에게 말했다. 갑자기 피터는 손에 쥔 권총이 미끄러져 떨어질 것처럼 무겁게 느껴졌다.

"루시어스 소령님은 여기 이 자리에 있게 해도 돼요." 에이미가 말했다. "그렇지만 당신이 답을 알고 싶다면, 내가 알리시아와 얘기할 수 있게 그쪽으로 가게 해줘요."

피터가 눈을 돌려 알리시아를 봤다. 포로라도 된 듯 수그린 그녀의 고개는 축 늘어졌으며, 그런 모습은 작고 연약하며 상처받은 것처럼 보였다. 내가 정말로 알리시아의 머리를 쏴서 날려버릴 생각이었던 걸까? 그건 불가능한 일로 보였지만, 그럼에도 그 순간 만큼은 뭔가가 자신을 통제할 수 없도록 만들어버렸다.

"피터, 제발."

시간이 점점 길어지며 모두가 그를 쳐다보았다.

"좋아," 피터가 말했다. "에이미가 이쪽으로 오게 해줘."

군인들이 뒤로 물러났고, 겁에 질린 알리시아에게 다가가는 에이미의 그림자가 땅 위에 길게 늘어졌다. 자신의 몸으로 알리시아

에게 쏟아지는 불빛을 가로막으며, 에이미가 그녀 앞에 웅크리고
앉았다.

"나의 자매, 잘 지냈어요? 다시 당신을 보게 되어서 기뻐요."

"에이미, 미안해." 그녀의 어깨가 흔들렸다. "미안해."

"그러지 말아요." 에이미가 손가락 끝으로 조심스럽게 알리시
아의 턱을 들어 올렸다. "내가 당신을 얼마나 자랑스러워하는지
알아요? 지금까지 강인하게 잘 버텨왔잖아요."

먼지투성이가 된 알리시아의 얼굴에 허연 자국을 남기며 뺨을
타고 눈물이 흘러내렸다. "어떻게 나에게 그런 말을 해줄 수 있는
거지?"

에이미가 그녀에게 미소를 지었다. "당신은 나의 자매잖아요,
안 그래요? 나의 피의 자매요. 내 마음이 당신에게서 멀리 떠났던
적이 없어요, 알잖아요."

알리시아는 아무 말도 하지 않았다.

"패닝이 당신을 위로해줬죠, 그렇죠?"

알리시아의 입술도 눈물에 젖었고, 눈물은 턱을 타고 계속 흘러
내렸다. "맞아."

"그가 당신을 받아주고 돌봐줬어요. 그는 당신이 혼자라는 생
각이 안 들게 해줬죠."

알리시아가 속삭임보다 조금 클까 말까 한, 제대로 들리기도 힘
든 목소리로 말했다. "그랬어."

"이제 알겠죠? 그게 내가 당신을 자랑스럽게 생각하는 이유예
요. 당신은 포기하지 않았으니까요, 당신 마음속으로는요."

"아냐, 난 포기했어."

"나의 자매, 아니에요. 나는 혼자라는 게, 외롭다는 게 어떤 건지

알아요. 장벽의 바깥에 있다는 거 말이에요. 하지만 이제 다 끝났어요." 알리시아에게서 시선을 떼지 않은 채 에이미가 모여 있는 사람들을 향해서 목소리를 높여 말했다. "모두 다 내 얘기 듣고 있어요? 총을 내려놔도 돼요. 이 여자는 우리 친구예요."

"모두 멈춰." 피터가 명령을 내렸다.

에이미가 고개를 휙 돌려 그를 쳐다봤다. "피터, 내 얘기 못 들었어요? 알리시아는 우리 편이에요."

"죄수에게서 이제 그만 물러나 줬으면 좋겠어."

에이미는 혼란스러워하며 알리시아를 보고 다시 피터를 돌아봤다.

"괜찮아," 알리시아가 말했다. "피터가 하라는 대로 해."

"리시……."

"피터는 자기가 해야 할 일을 하는 것뿐이야. 이제는 에이미가 뒤로 물러나야만 해."

확신이 서지 않은 채 시간이 흐르고, 마침내 에이미가 일어났다. 다시 잠시 주저하다가 자신 없이 머뭇거리는 표정으로 뒤로 물러났다. 알리시아가 고개를 떨어뜨렸다.

피터가 다음 명령을 내렸다. "대령, 계속하게."

알리시아의 뒤에서 헤네만이 다가갔다. 헤네만은 두 손에 두꺼운 고무장갑을 끼고 손에 구리철사가 감긴 금속 막대를 들었는데, 구리철사의 한쪽 끝은 조명등의 불빛을 밝히는 발전기에 길게 연결되어 있었다. 그가 막대기의 끝을 알리시아의 목 아랫부분에 갖다 대자, 마치 날카롭고 두꺼운 창이 몸을 꿰뚫기라도 한 듯 그녀의 어깨가 뒤로 활짝 젖혀지고 가슴은 앞으로 밀려 나오며, 알리시아가 순간적으로 몸을 확 일으켰다. 하지만 그녀는 신음 한마디도 내뱉지 않았다. 몸의 모든 근육이 팽팽하게 당겨진 채 그 상태로 몇 초 동안을 그대로 있었다. 그러다가 그녀의 입에서 공기가 몸 밖으로 새어 나오는 소리가 들리더니 얼굴부터 흙바닥에 떨어지며 쓰러졌다.

"죄수가 정신을 잃었나?"

혜네만이 신고 있는 부츠의 끝으로 그녀의 옆구리 갈비뼈들을 쿡쿡 찔러봤다. "그런 것 같습니다."

"피터, 도대체 왜 이렇게까지?"

"에이미, 미안해. 하지만 나는 알리시아를 믿을 수 없어."

트럭 한 대가 그들을 향해 후진해 들어왔다. 트럭의 짐칸 쪽에서 남자 두 명이 뛰어내리더니 짐칸의 문을 풀어 열었다.

"좋아, 제군들," 피터가 말했다. "이 여자를 영창에 집어넣어. 그리고 조심들 해. 이 여자의 실체가 무엇인지 잊지 말라고."

60장

5시 30분, 피터는 장벽의 통행로에서 날이 밝아오는 걸 보며 아프가와 함께 서 있었다. 새벽이 밝기 한 시간 전 바이럴 떼가 물러났다. 거대하고 조용히 퇴각하는 모습이 마치 파도가 해안을 때리고 난 후 바다의 짙고 어두운 몸통 속으로 자신을 포개 얹어 숨기는 것처럼 보였다. 남아 있는 건 짓밟혀 뭉개진 들판과 엉망으로 망가진 옥수수밭의 거대한 흔적뿐이었다.

"오늘 밤은 이걸로 일단락된 것 같군요." 아프가가 말했다.

장군의 목소리가 무겁고 착잡했다. 둘은 아무 말도 하지 않고 각자의 생각에 잠긴 채 기다렸다. 몇 분이 지나고 경보 해제를 알리는 사이렌 소리가 울렸다. 엄청난 양의 공기를 들이마신 후 참지 못하고 내뱉는 것처럼 잔뜩 팽창된 소리가 길고 긴 한숨 소리처럼 계곡을 훑고 사라져버렸다. 곧 도시 전역의 사람들이 겁에 질린 채 지하실에서 그리고 대피소에서 그리고 옷장 안에서 침대 밑에서 기어 나올 것이다. 노인들과 이웃들과 아이들까지 있는 가족들이 몰려나올 것이다. 그러고는 걱정스러운 눈빛으로 눈을 동그랗게 뜨고서 서로 쳐다보며 말하겠지. 끝난 거야? 우리 안전해? 괜찮은 거야?

"가서 좀 주무셔야 할 것 같습니다." 아프가 말했다.

"장군께서도 마찬가지죠."

그럼에도 둘 다 아직 움직이지 않았다. 피터의 빈 배 속이 쓰려왔다. 그는 마지막으로 식사한 게 언제였는지 기억도 나지 않았다 — 거의 그 무게조차 느껴지지 않을 정도로 몸의 다른 부분들도 아무 감각이 없었다. 그의 얼굴도 마른 종이처럼 푸석푸석하기만 했다. 세상이 곧 끝장날 수 있는데도, 생리적 요구는 피할 수 없을 것이다. 어쩔 수 없이 사람들은 소변을 봐야만 할 거다.

"있잖습니까," 아프가 하품이 나오는 입을 주먹으로 틀어막으며 말했다. "제 생각에는 체이스가 뭔가를 알아낸 것 같습니다. 아마도 그걸 아이들이 선별하고 분류해내도록 해야만 할 것 같습니다."

"흥미로운 생각이네요."

"그건 그렇고, 정말로 알리시아를 총으로 쏘실 생각이었습니까?"

그렇지 않아도 피터는 그 일 때문에 밤새 힘들었다. "잘 모르겠습니다."

"글쎄요, 너무 자책하지는 마십시오. 저라면 그게 아무 문제도 되지 않았을 테니까요." 잠시 말을 멈추더니 이어 말했다. "도나디오가 한 가지만큼은 옳았습니다. 우리가 바이럴들을 어떻게든 저지한다고 하더라도, 우리에게는 조명등을 며칠 이상 밝힐 만큼의 연료가 없습니다."

피터가 성벽으로 걸어갔다. 희뿌옇게 아침이 밝아왔다. 잿빛의 아침, 햇빛마저도 냉담하고 지친 듯 느껴졌다. "내가 이런 일이 일어나게 만든 겁니다."

"우리가 모두 이렇게 만든 겁니다."

"아뇨, 이건 저의 책임입니다. 우리는 절대 저 문들을 열고 사람들을 정착촌으로 내보내면 안 되는 거였습니다."

"그러면 어떻게 하려고 했습니까? 사람들을 여기에 영원히 묶어둘 수는 없었습니다."

"저를 한 번도 그냥 눈 감아 주시지를 않는군요."

"저는 단지 현실을 말하고 있는 것뿐입니다. 다른 사람을 비난하고 싶다면, 비키를 비난하세요. 이런 제기랄, 저를 비난하십시오. 정착촌을 개발하기로 한 건 대통령께서 직무를 맡기 훨씬 오래전에 결정되었던 사항입니다."

"그 일에 대해 모든 책임을 지고 있는 사람이 저입니다, 군나르. 막았을 수도 있었습니다."

"그래요, 대통령님 손으로 일대 혁명을 일궈낸 겁니다. 일단 드랙들이 사라지고 나면, 이건 이미 얘기가 끝난 거나 마찬가지였던 일이었습니다. 저는 오히려 우리가 이곳을 이렇게 오랫동안 유지하고 지켜냈다는 게 놀랍기만 합니다."

군나르가 뭐라고 말하든지 간에 피터는 진실을 알고 있었다. 전쟁과 바이럴들, 일하는 오랜 전통적 방식들 모두 과거의 일이라고 믿으며 그는 방심했고, 그 때문에 20만 명의 사람들이 사라지게 된 거였다.

헤네만과 체이스가 쿵쿵거리며 장벽 통행로를 걸어왔다. 체이스는 다리 밑 어디에선가 잠을 잔 것처럼 보였지만, 외모에 엄격

할 정도로 집착이 심한 헤네만은 어떻게든 머리 한 올도 뻗치지 않게 밤을 지새운 것 같았다.

"장군님, 무슨 명령이라도 내리실 것이 있으십니까?" 대령이 물었다.

아직 경계를 풀기에는 시간이 일렀지만, 군인들은 휴식이 필요했다. 아프가는 군인들을 네 시간씩 교대 근무를 시켰다. 3분의 1은 장벽 위에 있었고, 다른 3분의 1은 방어선 주변을 순찰했으며, 나머지 3분의 1은 침대에서 잠을 자며 쉬도록 했다.

"그래서 이제 어떻게 할까요?" 헤네만이 자리를 뜨자 체이스가 물었다.

그러나 피터의 귀는 닫혔고, 그의 마음 한구석에는 다른 생각이 자리를 잡고 있었다. 아주 오래된 기억, 과거로부터의 기억 같은 거였다.

"대통령님?"

피터가 얼굴을 돌려 두 사람을 쳐다봤다. "군나르, 우리의 약점이 뭐죠? 출입구 외의 다른 것들요."

아프가가 잠시 생각했다. "장벽은 튼튼합니다. 댐은 기본적으로 뚫고 들어올 수가 없는 곳이고요."

"그러면 여전히 출입구가 문제군요."

"그렇게 말할 수밖에 없겠습니다."

가능할까? 그럴지도 몰랐다.

"여러분," 피터가 말했다. "두 시간 뒤에 제 집무실에서 보도록 하죠."

"문을 열어주겠나."

장교가 잠금장치에 열쇠를 넣었고, 피터가 안으로 들어갔다. 알리시아는 감옥의 바닥에 앉아 있었다. 그녀의 양팔과 양다리의 앞쪽에 족쇄가 채워졌고, 손에 감긴 세 번째 사슬이 벽의 육중한 쇠고리에 연결된 상태였다. 두꺼운 천이 창문을 가려 햇빛이 들어오지 않게 막았다.

"그래, 그럼 그렇지." 알리시아가 능청스럽게 말했다. "네가 나를 잊어버린 건 아닌가 하는 생각이 들던 참이었어."

"볼일이 끝나면 내가 문을 두드리겠네." 피터가 경비원에게 말했다.

경비원이 알리시아와 피터 둘을 남겨두고 자리를 비켰다. 피터가 알리시아를 마주 보고 침상에 앉았다. 둘 다 말없이 둘 사이에 놓인 실제의 물리적인 거리보다 더 먼 거리감을 실감하며 서로를 바라보았다.

"몸은 어때?" 그가 물었다.

"아하, 글쎄 너도 알 텐데." 괘념치 않는다는 듯 알리시아가 어깨를 으쓱해 보였다. "머리에 총알이 박힌 것처럼 깨질 듯 아프기는 해. 너 때문에 잠깐 저세상에 갔다 온 기분이야."

"내가 화가 났었어. 그리고 아직도 그렇고."

"그래 뭐, 그 정도는 알아." 그녀가 그의 얼굴을 찬찬히 살펴봤다. "이제야 네 얼굴을 제대로 볼 기회가 생기네. 그래, 그리고 네가 잘 버티고 있다는 말을 안 해줄 수가 없네. 대통령의 자리가 너에게 잘 어울려."

그도 슬쩍 웃고 말았다, 아주 조금. "너는 변한 게 하나 없는 모습이고."

그녀가 상자같이 좁은 방 안을 둘러보았다. "그리고 지금 너 혼자 일을 처리하려고 여기에 온 거야? 대통령의 자리와 그에 따라오는 모든 책임이겠군."

"그렇다고 볼 수 있지."

"이렇게?"

"지난 며칠 동안은 상황이 그렇게 심각하지 않았어."

이런 짜증 나는 고약한 대화는 마치 둘만의 귀에 들리는 음악에 맞춰 춤추는 것과 비슷했고, 그도 어떻게 할 수 없는 일이었다. 그리고 그는 이런 대화가 그리웠다.

"너는 나를 곤경에 빠뜨렸어, 리시. 지난밤에 너는 꽤 큰 성공을 거둔 거지."

"가장 좋은 타이밍은 아니었지."

"우리 정부가 보기에 너는 배신자야."

그녀는 고개를 들었다. "그러면 너 피터 잭슨의 생각은 어떤데?"

"너는 오랜 세월 동안 보이지 않았고, 에이미는 네가 우리 편이라고 생각하는 것 같고, 하지만 에이미는 결정권자가 아니야."

"나는 너희들 편이야, 피터. 하지만 그 사실이 상황을 바꾸지는 않아. 결국 너는 에이미를 포기하게 될 거야. 너는 그를 이길 수가 없어."

"보라고, 바로 이게 문제라는 말이야. 나는 여태껏 네가 무슨 일이 되었든지 간에 그런 식으로 말하는 걸 들어본 적이 없어."

"이건 다른 문제야. 패닝은 달라. 처음부터 그가 모든 걸 조정해 왔어. 우리가 트웰브를 죽일 수 있었던 건 단지 그가 그렇게 되도록 내버려 두었기 때문이란 말이야. 우리는 모두 체스판 위에 올려져 있는 그의 말이라고."

"대체 왜 이제 와서 그를 신뢰하는 건데?"

"아마도 내가 말을 분명하게 하지 않은 탓이겠지. 나는 그를 믿지 않아."

"'그는 너를 위로해줬어.', '그는 너를 돌봐줬어.', 내가 정확히 기억하고 있는 거 맞지?"

"그가 그렇게 한 것은 맞아, 피터. 하지만 그건 그런 게 아니야, 달라."

"그 정도로는 안 돼, 너는 설명을 충분하게 잘해야 할 거야."

"왜? 그러면 나를 믿어준다고? 내가 보기에 너에게는 선택의 여지가 없어."

"여기서 내가 누구와 이야기하고 있는 거지? 너야 아니면 패닝이야?"

그녀의 눈빛이 분노로 날카롭게 빛났다. 그의 말이 정곡을 찌른 거였다. "피터, 나는 맹세했어. 너도 했고, 아프가도 한 그리고 어젯밤 장벽 위의 모든 군인이 했던 것과 같은 맹세 말이야. 나는 패닝이 커빌만은 건들지 않고 놔둘 거라고 믿었기에 그와 함께 있었어. 그래, 그가 나에게 잘해주기는 했어. 그가 안 그랬다고 말한 적은 없어. 믿든지 말든지 간에, 그의 실체가 무엇인지 다시 기억해내기 전까지는 사실 그가 불쌍하다고 생각했었어."

"그래서 그가 뭔데?"

"적."

알리시아가 거짓말하고 있는 걸까? 그 순간 그런 건 중요한 게 아니었다. 그녀는 피터가 자신을 그가 사용할 수 있는 지렛대라고 믿어주기를 원했다.

"우리가 무엇과 맞서고 있는 건지 말해봐. 저 밖에 얼마나 많은 드랙들이 있는 건지 말이야."

"지난밤에 봤잖아."

"다르게 말하면, 패닝의 나머지 무리는 뉴욕에 있잖아. 그가 나머지를 예비로 대기시키고 있는 거잖아."

알리시아가 고개를 끄덕였다. "네가 말하는 의미가 그런 거라면, 나를 따라오는 다른 무리는 없었어. 나머지는 도시 아래의 터널 속에 있어."

"그리고 너는 그가 에이미에게 원하는 게 무엇인지 모른다는 거야?"

"알면, 너에게 말했겠지. 패닝을 이해하려는 건 바보짓이야. 그는 복잡한 사람이야, 피터. 그와 20년이라는 시간을 함께 있었지만 나도 그를 완전히 알지 못해. 그는 자신이 어떤 존재인지도 알고, 그걸 싫어하면서도 그 안에서 정당성 같은 걸 찾아. 적어도, 그러고 싶어 해."

피터가 인상을 썼다. "이해가 안 되는데."

알리시아가 잠시 그녀의 생각을 정리했다. "기차역에 말이야, 시계가 하나 있어. 아주아주 오래전, 패닝은 그곳에서 어떤 여자를 만나기로 했었어." 알리시아가 피터를 올려다봤다. "이거 긴 이야기인데. 너에게 그 얘기를 다 들려줄 수 있기는 한데 그러면 몇 시간은 걸릴 거야."

"짧게 얘기해봐."

"그 여자의 이름은 리즈야. 조나스 리어의 아내였지."

피터는 뒤통수를 맞은 것 같았다.

"그래, 그건 내게도 놀라운 사실이었어. 그들은 서로 아는 사이였지. 패닝은 젊어서부터 그녀를 사랑했어. 그녀가 리어와 결혼했을 때, 그는 거의 모든 걸 포기했어. 사실 그렇지도 않았지만 말이야. 그리고 그녀는 병에 걸려 죽어갔어. 그녀도 역시 그를 사랑했던 것으로 밝혀졌지. 그녀도 처음부터 그랬던 거야. 그녀와 패닝은 둘이 도망가서 그녀에게 남은 시간을 같이 보내기로 했지. 피터, 이 얘기는 패닝에게 직접 들었어야 하는 건데 말이야. 그러면 네 심장이 다 찢어졌을 거라고. 시계는 그들이 만나기로 한 약속 장소였고, 리즈는 결국 나타나지 않았어. 그녀는 그를 만나러 오는 길에 죽었는데, 패닝은 그걸 몰랐기에 그녀가 마음을 바꾼 것으로 생각했어. 그날 밤 그는 어떤 바에서 취할 때까지 술을 마시고 어떤 여자와 함께 그녀의 집에 갔지. 그녀는 그가 모르던 사람이었는데, 그 여자를 죽이고 말았어."

"그러니까 다른 말로 하면 그는 살인자군."

알리시아가 그게 아니라는 표정을 지었다. "글쎄, 그의 말에 따르면 그건 일종의 사고 같은 거였어. 그는 반쯤 정신이 나간 상태에서, 자기 인생은 다 끝났다고 생각했지. 여자가 칼을 꺼내 그에게 겨누었고, 둘은 몸싸움을 벌였어. 그러던 중에 여자가 그의 몸 위로 넘어진 거야."

"다른 트웰브들처럼 그도 사형수 감방에 들어갔겠군."

"아니, 그는 도망쳤어. 그리고 사실 그는 그 모든 일에 대해 끔찍하다고 생각했어. 신경 쇠약의 기미가 있다고나 할까, 그가 꽤 복잡하기는 하지만 그렇다고 냉혈한의 살인자는 아니야. 적어도 이 이야기의 여기까지는. 그가 리어와 함께 바이러스의 근원지인 남아메리카로 갔던 건 그 후의 일이야. 리어는 수년에 걸쳐 바이러스를 찾았는데, 그 바이러스가 자기 아내를 구할 수 있다고 생각했기 때문이지. 그게 바로 문제가 되는 부분이지만 말이야. 패닝은 그가 완전히 거기에 정신이 나갔다고 하더라고."

"그게 패닝이 바이러스에 감염된 이유야?"

알리시아가 고개를 끄덕였다. "패닝의 이야기를 통해서 내가 알게 된 바로는 그래. 그는 리어에게 책임이 있다고 생각하지만, 우연히 일어난 일이었어. 패닝이 감염되고 나서, 리어는 그를 콜로라도로 데리고 왔어. 그는 여전히 그 바이러스를 일종의 만병통치약으로 사용하고 싶어 했거든. 그런데 군이 개입한 거야. 군은 그걸 초인적인 병력을 만들어내는 일종의 무기로 활용하고자 했어. 그게 열두 명의 수감자들을 데려온 때였지."

피터가 잠시 생각을 정리했고, 마침내 생각들이 명확해졌다. "그럼 에이미는? 군은 왜 에이미를 만들어낸 거지?"

"군이 에이미를 만들어낸 게 아니야. 그건 리어였어. 그리고 리어는 패닝의 것과는 다른 바이러스를 사용했어. 그게 에이미가 여타의 실험체들과 다른 이유야. 게다가, 에이미는 아주 어리기도 했고. 내 생각에는 리어가 아마도 모든 일이 잘못되어버린 걸 알았고, 그래서 모든 걸 바로 잡으려고 노력했던 것 같아."

"잘못된 걸 바로잡는 방식으로는 이상하군."

"이미 말한 것처럼, 패닝은 리어가 정신이 나갔다고 생각했어. 어찌 됐건, 패닝의 생각에 에이미는 도망친 물고기인 거야. 트웰브를 죽이는 건 시험이었어. 하지만 우리를 위한 시험은 아니었어. 우리는 트웰브에 맞서 이길 가능성이 아예 없었으니까. 패닝은 에이미를 시험했던 거야. 패닝이 트웰브 모두를 한곳에 모아두었는데, 왜 내가 그때는 그 생각을 못 했는지 모르겠어. 완곡하게 말하자면, 패닝은 트웰브를 특별히 마음에 들어한 적이 한 번도 없었어. 그는 그들을 한 무더기의 정신병자들이라고 하더라고."

"그러면 패닝은 정신병자가 아니라는 말인가?"

알리시아가 어깨를 으쓱했다. "네가 어떻게 정의하느냐에 따라 다르겠지. 네가 패닝이 옳고 그름을 분간하지 못한다는 뜻으로 말하는 거라면, 글쎄 내 생각은 절대로 그렇지 않아. 사실 그는 그 문제에 대해서는 상당히 정통한 전문가라고 할 수 있어. 그게 패닝에 대해 가장 이상한 점이야. 내가 결코 이해할 수 없는 부분이기도 하고. 네가 아는 일반적인 드랙은 뭐가 어떻게 되든지 별로 신경을 안 써 — 그냥 닥치는 대로 기계처럼 먹어 치울 뿐이지. 하지만 패닝은 모든 걸 다 고려해. 마이클이라면 그의 생각을 따라잡을 수 있을지도 모르지만, 나는 절대 그렇게 못 해. 그와 얘기한다는 것은 마치 말에 질질 끌려가는 기분이야."

"그러면 에이미는 왜 시험해본 거야? 그가 뭘 알려고 했던 거지?"

알리시아가 잠깐 시선을 돌리더니 말했다. "내 생각에 패닝은 에이미가 다른 트웰브들과 정말로 다른지 알고 싶었던 것 같아. 그가 에이미를 죽이고 싶어 하는 것 같지는 않아. 그건 정말 분명해 보여. 추측해보자면, 그건 패닝의 리어에 대한 감정의 문제일 것 같다는 게 내가 말할 수 있는 전부야. 패닝은 리어를 증오했어. 정말 뼈저리게 증오했지. 리어가 패닝에게 한 일 때문만은 아니야. 그거보다는 좀 더 깊은 사연이 있어. 리어는 에이미를 상황을 바로잡아 정리하기 위한 도구로 만들었어. 그리고 패닝은 아마도 그 꼴을 가만히 앉아서 보고 있을 수가 없는 거고. 내가 말한 것처럼, 그는 대개 비참해 보이는 모습으로 있어. 마치 세상의 시간이 리즈가 나타나지 않았던 그 시각에 멈춰버린 것처럼 그 기차역에 앉아 있기만 해."

피터는 알리시아가 이야기를 더 들려주기를 기다렸지만 알리시아는 얘기를 거기에서 멈췄다. "지난밤에 너는 그를 가리켜서 남자라고 불렀어."

그녀가 고개를 끄덕였다. "몇 가지 다른 점이 있기는 하지만, 적어도 그의 모습이 그렇게 보이니까. 그는 나보다도 훨씬 더 빛에 민감해. 잠도 안 자고, 아니 거의 안 잔다는 게 맞을지도 모르겠다. 따뜻한 저녁 식사를 좋아하고, 그리고"― 그녀가 엄지와 검지를 사용해 자기 앞니를 가리켰다 ―"그는 이것들이 있어."

피터가 인상을 찌푸렸다. "송곳니를 말하는 거야?"

그녀가 고개를 끄덕였다. "딱 두 개만."

"패닝은 처음부터 그런 모습을 하고 있었던 거야?"

"사실, 그렇지 않았지. 처음에는 그도 정확히 다른 트웰브들과 똑같은 모습이었어. 하지만 뭔가 일이 일어났어, 사고 말이야. 그가 물이 가득 차오른 채석장 속으로 떨어지는 일이 생겼어. 그가 노아 프로젝트 실험실을 탈출해 나오고 며칠 뒤인 비교적 초기에 발생한 일이야. 우리 가운데 누구도 수영을 못하는 것과 마찬가지로, 그도 물이 차오른 채석장의 바닥으로 가라앉고 말았지. 그런데 그가 정신을 차렸을 때, 그는 물 밖 채석장 가장자리에 누워 있었고 지금의 모습으로 변했던 거야." 그녀가 마치 무슨 생각이 번뜩 떠올랐다는 듯이 눈을 가늘게 뜨며 그의 얼굴을 쳐다봤다. "에이미에게도 똑같은 일이 일어났던 거지?"

"비슷한 일이지."

"그런데 너는 내게 얘기를 안 하겠다는 거구나."

피터는 거기에 대해서는 아무 대답도 하지 않았다. "패닝에게 속한 무리에게도 물에 의한 변화가 가능한 거야?"

"패닝은 아니라고 했어. 오직 그만 가능했다고."

침대에서 일어나던 피터는 한차례 현기증을 느꼈다. 그는 정말 그게 단지 몇 분에 지나지 않더라도 잠을 자야만 하는 상태였다. 그러나 알리시아에게 자신이 얼마나 지쳤는지 티를 내지 말아야만 할 것 같았다. 그건 알리시아와 그가 함께 콜로니의 파수꾼이던 시절부터 이어져 온 서로를 이겨 먹으려던 오래된 버릇 같은 것이었다. 나는 이렇게 할 수 있는데, 너도 할 수 있어?

"그 쇠사슬은 미안해."

알리시아가 덤덤한 표정으로 자기 손목을 들어 올려서, 마치 자기 손목이 아닌 남의 손목을 보듯 살펴보았다. 그러고는 어깨를 으쓱해 보이더니 다시 무릎 위에 올려놓았다. "신경 쓰지 마. 내가 네 일을 쉽게 만들어주는 것 같지도 않은데."

"필요한 거 없어? 음식이나 물이라도?"

"요즘 내 식습관이 조금 달라졌는데."

피터가 그 말을 알아들었다. "내가 그거 어떻게 해결해줄 수 있는지 알아볼게."

그 상황의 어색함 때문에 알리시아와 피터 둘 사이에 침묵이 흘렀다.

"네가 나를 믿고 싶어 하지 않는 건 알아." 알리시아가 말했다. "젠장, 나라도 그렇겠지. 하지만 너에게 모두 사실만을 말했어."

피터가 잠자코 가만히 있었다.

"우리는 친구였어, 피터. 그 많은 시간 동안, 너는 내가 믿고 의지할 수 있는 유일한 사람이었어. 우리는 서로를 지켜줬다고."

"그래, 그랬지."

"그게 아직도 중요한 의미가 있다고 말해줄래."

그가 그녀를 바라보는 동안, 그의 마음이 아주 오래전 에이미와 함께 산에 오르기 전날 밤, 콜로라도 요새에서 서로에게 작별 인사를 하던 날 밤으로 되돌아갔다. 그들이 얼마나 젊고 어렸던가. 사병 막사 밖에 서서, 살을 에는 칼바람이 둘을 할퀴고 가는데도 그는 평생 다른 누구를 사랑해본 적이 없는 것처럼 그녀를 격렬하게 사랑했었다. 그의 부모도, 앤티도, 그의 형 테오도, 그 누구도 그렇게 사랑하지 않았다. 그건 여자를 향한 남자의 사랑도 아니었고, 누이를 생각하는 오빠의 마음도 아니었으며, 본질적으로는 그런 것보다 조금은 가벼운 것이었다. 뭐라고 딱히 부를 말이 없는 아원자 에너지subatomic energy 같은 유대감이라고 하면 될까?

서로가 서로에게 뭐라고 했었는지 피터는 더 이상 기억조차 나지 않았다. 오직 눈 위의 발자국 같은 인상만이 남아 있을 뿐이다. 그 순간은 여전히 삶 자체와, 주어진 삶을 살아간다는 것이 무엇을 의미하는지 이해할 수 있을 것 같았던 시간 가운데 하나였고 — 그는 그때까지는 그런 것들을 믿을 만큼 많이 어렸다 — 마치 그가 알리시아의 용기라는 보호 등불 아래 머물던 춥고 아득한 시간 이후로 30년이라는 시간은 흐른 적이 없이 멈춘 것처럼, 그런 기억들은 당시의 감정들을 생생하게 되살려냈다. 하지만 다음 순간 그 기억들이 깜빡거리며 희미해지더니 그의 생각도 현실로 돌아와 제자리를 찾으며, 그의 가슴 속에는 무거운 바위 같은 슬픔만이 남게 되었다. 20만 명의 영혼들이 사라졌고 그 중심에 알리시아가 있었다.

"그래," 그가 말했다. "아직도 의미가 있고 중요하지. 하지만 그렇다고 지금 뭐가 달라질 건 없는 것 같다."

그가 감옥의 문을 세게 세 번 두드렸고, 잠금장치가 돌아가더니 경비원이 문을 열었다.

"바보 같은 짓 하지 마, 피터. 패닝은 내가 말한 그대로야. 네가 무슨 계획을 갖고 있는지 모르지만, 하지 마."

"고맙네," 그가 경비원에게 말했다. "여기서의 일은 끝났네."

알리시아가 그녀의 손목과 벽에 연결된 쇠사슬을 힘껏 잡아당기자, 사슬이 철커덩하고 울리는 소리가 감옥 안에 가득 울렸다. "빌어먹을, 내 말을 들어! 그와 싸우는 건 좋은 생각이 아니야!"

하지만 그런 그녀의 외침은 그의 귀에 미처 가닿지도 못했다. 피터는 이미 복도를 걸어 내려가고 있었다.

61장

자, 알리시아, 이제 너는 그들과 함께 있게 되었구나.

내가 그걸 어떻게 아냐고? 내가 다른 모든 걸 아는 것과 마찬가지로 알 뿐인데, 할 말이 없군. 내가 곧 백만 개의 영혼이며, 백만 개의 역사이고, 백만 개의 떠다니는 두 눈이야. 나의 알리시아, 나는 모든 곳에 존재하며 너를 지켜보고 있어. 나는 처음부터 너를 관찰하고 준비하면서, 너를 지켜봤어. 네가 이 세상에 태어나던 날 내가 너의 탄생을 알았다면 너무 과한 과장일까 ― 축축한 피부의 찡찡거리는 핏덩어리, 이미 저항의 피가 너의 혈관을 타고 콸콸 흘렀던 걸까? 물론 불가능한 이야기지만, 그럼에도 그랬던 것처럼 보여. 그런 게 매혹적인 섭리의 방식이겠지 ― 순방향을 따라 살펴봐도 그리고 역으로 따라가 보아도 모든 것이 알려지고 정해져 있는 것처럼 보이니까 말이야.

정말 멋지게 안으로 들어갔어! 대담한 선언이었고, 대단한 연출이었으며, 굉장히 권위적인 모습으로 도시의 불빛 속으로 발을 들여놓고서 멋지게 너의 주장을 펼쳤어! 어떻게 포위당한 도시의 주민들이 드라마 같은 너의 도착에 매료되고도, 너의 마법에 빠져들지 않았던 거지? 나는 알리시아 도나디오, 원정대의 대위다! 용서해, 알리시아, 이렇게 들떠 수다스러운 상상의 나래를 펼치는 걸 말이야. 내 기분이 지금 웅장해졌거든. 위대한 아킬레스가 거대한 트로이의 흉벽 없이 서 있던 날 이후로 우리의 창조의 주머니는 너와 비슷한 것조차도 만들어낸 적이 없어. 그 벽들 안에서는 틀림없이 위대한 의회가 열릴 거야. 토론들과 칙령들 그리고 위협과 반격 — 포위된 도시에서 의례적으로 벌어지는 재치 있는 말싸움이라고 해야 할까. 싸울까? 도망가야 하나? 진지하고 존경스러운 장면들이지만 — 그래, 이런 비유는 용서해줘 — 그런 논의들은 물이 튀면 익사해 죽는 것과 같은 결과를 낳을 뿐이야. 모든 일이 더 빨리 일어나도록 만들 뿐이라는 뜻이지.

알리시아, 네가 없는 동안을 얘기하자면, 나는 네 일기장의 첫 페이지를 열어봤어. 밤마다 어둠이 손짓하며 나를 부르더군. 내 발걸음이 다시 나를 거대한 고담*의 거리를 방황하게 만들더란 말이야. 결국 이 망명자의 섬에도 여름이 오더군. 나뭇가지 위에서 새들이 고운 소리로 지저귀고, 교배를 위해 나무와 꽃들이 날려 보낸 배설물들은 미풍을 타고 공중에 가득하고, 새로 태어난 생명들은 잔디 위에서 그들의 불안한 첫 모험을 시작해. (지난밤에는 내 건강에 대한 너의 염려를 기억해내고서, 너를 위해 한배에서 난 여섯 마리의 새끼 토끼들을 집어삼켰어.) 내 안에서 일어나는 낯선 불안감은 무엇일까? 그래, 강철과 유리와 돌로 이루어진 맨해튼의

---

* 뉴욕시의 속칭.

미로를 배회하며 너와 더 가까워진 느낌이 들더군.

  그리고 그것 말고도 다른 일도 있었어. 과거에 대한 의식이 불길처럼 강하게 타올라 사실상 환각 상태에 빠진 것과 다름없었지. 어쨌든, 나의 친구 루세시의 장례식에 참석하기 위해 뉴욕으로 갔던 것도 여름이었고, 이 도시가 나에게 처음으로 사랑의 손길을 건네준 것도 그때였어. 나는 눈을 감았고, 그곳에 그녀, 나의 리즈와 함께 있었어. 그녀와 잊을 수 없는 그곳, 변한 것 하나 없이 똑같았어. 시계가 약속된 시간을 가리키고, 우리는 일찍 찾아온 계절의 후텁지근한 인간의 열기 속에 휩쓸려 들어갔지. 갈라진 비닐 의자에 앉아 백만 명쯤은 될 이전의 승객들이 남기고 간 자취가 고스란히 맴돌고 있는 택시 안에 갑작스럽게 갇혔어.

  거리와 인도를 꽉 메운 엄청난 인파의 행렬, 짜증에 습관적으로 울려대는 경적들과 교미 중인 고양이들의 날카로운 비명 같은 사이렌 소리, 저녁 시간에 기를 쓰고 타오르는 불빛으로 반질반질 빛나는 미드타운의 거대한 건물들, 사랑하는 그녀와 영원히 떼어놓고 생각할 수 없는 뒤죽박죽 뒤섞인 나의 선명한 기억들이 머릿속에 몰려드는 고통스러운 모든 것들에 대한 인식, 햇살에 눈부시게 빛나고 있는 그녀의 어깨.

  사방이 꽉 막힌 택시 안. 그녀의 땀에서 느껴지는 희미한 여자의 체취. 죽음의 손길이 느껴지는 풍부한 표정의 창백한 그녀의 얼굴과 사물을 좀 더 깊이 들여다보는 그녀의 근시안적인 시선. 수백만의 사람들 가운데 우리만. 어두운 밤거리를 함께 걷고 있을 때 내 손에 쥐어진 그녀 손의 완벽함. 고대에는 오직 하나의 성별만이 있었다고 하지. 신이 벌로써 인간을 둘로 나눌 때까지 인간은 더없이 행복한 상태로 살았다는 거야. 다시 온전해지기 위해

각각의 반쪽이 짝을 찾아 세상을 영원히 빙빙 돌게 만드는 잔인한 체세포 분열이었던 거지, 그 벌이라는 게 말이야.

알리시아, 그녀의 손은 내 손안에서 그렇게 느껴졌어. 마치 세상의 모든 남자 중에 내가 그 손을 발견한 것 같은 느낌이었어.

내가 자고 있을 때, 그날 밤 그녀가 나에게 키스한 걸까? 그냥 꿈이었던 걸까? 그런데 그게 무슨 차이가 있어? 사람이라면 꿈꾸는 키스잖아. 한때 많은 사람의 것이었던 것처럼 이런 게 바로 나의 뉴욕인 거라고.

알리시아, 너의 로즈의 도시, 네가 사랑하는 도시처럼 모든 것이 없어지고 모두가 사라졌어. 패닝에게 연락해. 내 친구 루세시가 그렇게 써놓았지. 패닝에게 전화해서 말해줘. 사랑이 전부고, 사랑은 고통이며 사랑은 사라진다고. 도대체 몇 시간이나 그가 목이 매달린 채 있었던 걸까? 엄마는 며칠 낮과 밤을 고통의 바다 위를 방황하며 목숨을 이어갔던 걸까? 그리고 나는 어디 있었던 거지? 우리는 대단한 바보들이야. 우리 인간들은 정말 바보 같은 거라고.

그렇게 심판의 시간이 다가오고 있어. 그리고 나에게는 신에게 늘어놓을 정당한 불만거리가 하나 있지. 아기 침대 위의 화사하게 색칠된 장난감처럼, 잔인하게도 우리의 눈앞에 사랑이라는 걸 매달아놓은 작자가 그가 맞는지 따져 묻고 싶다고. 그는 아무것도 없는 무에서 이 비통에 가득 찬 세상을 만들어내더니, 세상을 아무것도 없는 무의 상태로 되돌아가게 만들어놓았어.

에이미가 여기에 있다는 걸 알아. 네가 그렇게 말했지. 네 목소리에서 다 느껴져.

그리고 너의 목소리 속에 내가 있어, 나의 알리시아. 내가 너의 목소리 속에 살아 있다고.

62장

***

    정원의 작은 길 끝에는 어깨에 소총을 멘 군인 둘이 서 있었다. 피터가 가까이 가자 그들은 차렷 자세를 취하며 몸이 경직된 채 빠르게 손을 올려 경례했다.

    "아무 일 없나?" 피터가 물었다.

    "잠시 전에 윌슨 박사가 안에 들어갔습니다."

    "다른 사람은?" 그는 혹시 군나르나 그리어가 다녀갔는지 궁금했다.

    "저희가 교대하고 나서는 아무도 없었습니다."

    그가 현관으로 올라가자 문이 열렸고, 작은 가죽 왕진 가방을 든 사라가 보였다. 피터가 이야기를 들어 알고 있다는 듯 사라와 눈을 마주쳤다. 그는 잠시 사라와 포옹하고 난 후 뒤로 물러섰다.

    "뭐라고 말해야 할지 모르겠어." 피터가 먼저 입을 열었다. 그녀의 젖은 머리카락이 이마에 엉켜 붙었고, 두 눈은 퉁퉁 붓고 빨갛게 충혈된 상태였다. "우리 모두 그 아이를 사랑했어."

"고마워, 피터." 그녀의 목소리에는 기운이 없고 아무런 감정도 느껴지지 않았다. "알리시아에 관한 이야기가 사실이야?"

그가 고개를 끄덕였다.

"알리시아를 어떻게 할 건데?"

"현재로서는 잘 모르겠어. 알리시아는 지금 영창에 있어."

사라는 아무 말도 하지 않았다. 사실 그녀가 뭐라고 할 이유도 없었고, 모든 건 그녀의 얼굴에 쓰여 있었다. 우리는 그녀를 믿었어, 그런데 이게 뭐야.

"에이미는 어때?" 피터가 물었다.

사라가 한숨을 몰아 내쉬었다. "네가 직접 가서 봐도 괜찮을 거야. 확실하게 말하기는 좀 어려운 일이지만, 내가 판단하기로는 에이미는 괜찮아. 인간으로서는 괜찮다는 말이야. 영양 상태가 좀 안 좋고, 체력도 많이 약한 상태지만 열은 내렸어. 네가 그녀를 여기로 데려와 놓고서 누구인지 말해주지 않았다면, 나는 분명 그녀가 독감을 호되게 겪고 난 아주 건강한 20대 중반의 여자라고 말했을 거야. 누가 이 상황을 내게 설명 좀 해줬으면 좋겠어."

피터가 사라에게 최대한 간단하게 베르겐스피요르드호와 그리어의 환상과 에이미에게 일어났던 몸의 변화에 관한 이야기들을 설명했다.

"어떻게 할 생각인 거야?" 사라가 물었다.

"고민 중이야."

사라가 멍한 표정을 지었지만, 피터가 들려준 이야기들이 이해되기 시작하는 것 같았다. "아무래도 내가 마이클에게 사과해야 할 것 같아. 이런 상황에서 사과할 생각을 하니 우습다."

"내 집무실에서 07시 30분에 회의가 있을 거야. 너도 거기에 와

쳤으면 좋겠어.”

“나는 왜?”

회의에 사라가 와야 할 이유는 많았지만, 그는 가장 간단하게 설명했다. “너도 이 모든 일의 시작의 일부였으니까.”

“그럼 이제는 종말의 일부가 되는 셈이네.” 사라가 각오가 되었다는 듯이 말했다.

“그렇지 않기를 바라야지.”

사라가 잠깐 잠자코 있더니 말했다. “어제 산통으로 한 여자가 병원에 왔어. 초기 단계였다면 그냥 집으로 돌려보냈을지도 몰라. 그런데 경보 사이렌이 울렸을 때 산모와 남편이 병원에 있었어. 오전 3시쯤 되었을 때인가, 산모는 아기를 낳기로 했지. 이런 난장판 한가운데에서 아기라니.” 사라가 피터를 똑바로 바라봤다. “내가 산모에게 뭐라고 말해주고 싶었는지 알아?”

그가 고개를 저었다.

“모르겠어.”

침실 문이 열려 있고 피터는 문턱에서 발걸음을 멈췄다. 커튼이 쳐진 방 안은 옅은 노란색 빛으로 물들어 있었다. 에이미는 눈을 감고 한쪽 팔을 베개 밑에 구겨 넣은 채 편안한 얼굴로 돌아누운 상태였다. 그가 돌아서 나가려는 때 그녀의 눈이 파르르 떨리며 떠졌다.

“아.” 그녀의 목소리가 매우 부드럽게 들렸다.

“괜찮아, 더 자도록 해. 그냥 확인하러 들어왔던 것뿐이야.”

“아니에요, 그냥 있도록 해요.” 그녀는 잠이 덜 깬 모습으로 방 안을 둘러보았다. “지금 몇 시예요?”

"잘 모르겠는데, 아직 이른 아침이라는 것 말고는."

"사라가 왔었어요."

"알아, 사라가 떠나는 걸 봤어. 기분은 어때?"

그녀가 수심에 잠긴 표정으로 인상을 찌푸렸다. "잘…… 모르겠어요." 그러더니 떠오른 어떤 생각에 깜짝 놀란 듯 눈이 동그랗게 커졌다. "배가 고픈 것 같은데요?"

굉장히 평범한 일상적인 욕구였다. 피터는 고개를 끄덕였다. "내가 뭘 해줄 수 있는지 알아볼게."

부엌으로 온 그는 등유 난로의 불을 켜고 — 지난 몇 달 동안 그 난로를 사용해본 기억이 없었다 — 밖으로 나가 군인들에게 몇 가지 재료를 가져다 달라고 부탁했다. 그는 기다리는 동안 씻고 나왔다. 군인들이 작은 바구니를 들고 돌아올 때쯤 되자 난로의 불은 요리해도 될 만큼 달아올랐다. 버터밀크와 계란, 감자 하나와 밀도가 높아 빡빡하고 거무스름한 빵 한 덩어리 그리고 여러 종류의 베리로 만든 잼이 든, 밀랍으로 밀봉된 병 하나. 그는 다른 일들로부터 머리를 식힐 수 있는 이런 소소한 일을 하게 된 것을 기뻐하며 요리하기 시작했다. 주철 팬에 감자를 튀긴 다음 계란프라이를 만들고, 빵은 두껍게 썰어 잼을 발라놓았다. 내가 다른 사람을 위해 식사 준비를 한 지가 얼마나 오래된 거지? 아마도 케일럽이 어린 소년이었을 때가 끝이었을 거야. 아주 오래전 말이야.

그는 쟁반에 에이미의 아침 식사와 버터밀크 한 잔을 가지런히 챙겨 침실로 가져갔다. 피터는 그가 자리를 비운 동안 그녀가 다시 잠에 빠진 것은 아닌지 궁금했지만, 그녀는 정신을 차리고 일어나 앉아 있었다. 그녀는 창의 커튼을 옆으로 걷어놓았고, 더 이상 햇빛이 그녀에게 문제가 되지 않는 게 분명해 보였다. 쟁반을 든 채로 문가에 웨이터처럼 서 있는 그를 보자 그녀의 얼굴에 미소가 피어올랐다.

"와." 그녀가 가벼운 탄성을 내뱉었다.

그가 그녀의 무릎 위에 쟁반을 내려놓았다. "내가 그렇게 요리를 잘하지는 못해."

그녀는 몇 년간 감옥에 갇혔다 풀려난 죄수처럼 음식들을 쳐다보았다. "뭐부터 먹어야 할지 모르겠어요. 감자? 빵?" 그러고는 마음을 정한 듯 웃어 보였다. "아뇨, 우유부터 마셔야겠어요."

그녀는 우유 한 잔을 다 비우고서는, 농장의 노동자처럼 음식을 포크로 콕콕 찔러 집으며 나머지 음식들도 먹기 시작했다.

피터가 침대 옆으로 의자 하나를 끌어다 앉았다. "좀 천천히 먹어야 할 것 같은데."

그녀가 고개를 돌려 그를 보며 계란을 가득 물고 있는 입 한쪽으로 말했다. "당신은 식사 안 해요?"

그도 배가 고팠지만 식사하는 그녀를 지켜보는 것이 더 좋았다. "나는 조금 있다 먹도록 할게."

피터는 부엌으로 가서 그녀의 잔에 우유를 다시 채워 왔고, 그가 침실로 왔을 때는 그녀가 접시의 음식들을 싹 비우고 식사를 끝낸 후였다. 그는 잔을 건네주고 그녀가 잔을 깨끗이 비워내는 것을 지켜봤다. 그녀의 양 볼에 혈색이 돌아오는 것이 보였다.

"와서 앉아봐요." 그녀가 말했다.

피터가 쟁반을 치워놓고 침대 가에 걸터앉았고, 에이미가 손을 그의 손 위에 얹으며 잡았다. "보고 싶었어요." 그녀가 말했다.

여기 이 자리에 앉아 에이미와 이야기하고 있다니 현실이 아닌 것 같았다. "미안해, 내가 너무 늙어버려서."

"오 이런, 그 문제라면 내가 당신보다 더 미안할 거 같은데요."

그는 거의 웃음을 터뜨릴 뻔했다. 그에게는 그녀에게 말하고 들려주고 싶은 이야기가 정말 많았다. 그녀는 그가 꿈속에서 본 모습과 똑같았고, 유일한 차이점이라면 짧은 단발머리였다. 그녀의 두 눈과, 따뜻한 미소 그리고 목소리까지 모든 게 똑같았다.

"배 안에서는 어땠어?"

고개를 떨어뜨린 그녀가, 그의 손등에 자신의 엄지를 갖다 대고 부드럽게 문지르기 시작했다.

"외롭고 이상했어요. 하지만 루시어스가 나를 돌봐줬어요." 그녀가 다시 그의 얼굴을 쳐다봤다. "미안해요, 피터. 당신은 모를 거예요."

"왜, 뭐가?"

"나는 당신이 당신의 인생을 살아가기를 바랐으니까요. 당신이 행… 복해지길요. 케일럽이 당신을 '아버지'라고 부르는 것을 들었어요. 두 사람 덕분에 내 마음이 기뻐요."

"케일럽이 결혼했어. 그의 아내 이름은 핌이라고 하고."

"핌." 에이미가 그 이름을 말해보고 미소를 지었다.

"둘 사이에 아들도 생겼어. 둘이 아들 이름을 테오라고 지었어."

에이미가 잡고 있는 그의 손에 살며시 힘을 주었다. "그래요, 바로 거기에 삶이 있는 거예요. 또 다른 뭐가 당신을 행복하게 했어요? 알고 싶어요."

당신이야, 당신이 나를 행복하게 했어. 피터는 생각했다. 당신이 사라진 뒤로 매일 밤 나는 당신과 함께했어. 나는 평생을 당신과 함께 살아온 거야, 에이미. 하지만 그는 이걸 설명할 말을 찾을 수가 없었다.

"아이오와에서의 그날 밤 말이야." 그가 이야기를 시작했다.

"그거 모두 다 진짜였던 거지, 그렇지?"

"나는 이제 뭐가 진짜인지조차도 더는 모르겠어요."

"내 말은, 그날 일어났던 일 말이야. 그건 꿈이 아니었어."

에이미가 고개를 끄덕였다. "네."

"왜 나에게 왔던 거야?"

그 기억이 그녀를 고통스럽게 한 듯, 그녀가 시선을 휙 돌렸다. "잘 모르겠어요. 나는 혼란스러웠고, 그 변화는 매우 빠르게 일어났어요. 아마도 나는 그러지 말았어야 했던 것 같아요. 내가 무엇이었던 건지 생각하면 창피하기만 해요."

"왜 그렇게 생각하는 거야?"

"나는 괴물이었어요, 피터."

"나한테는 그렇지 않아."

둘은 서로의 눈을 응시한 채 가만히 있었다. 그녀의 손이 따뜻하다는 생각이 들었지만, 열 때문은 아니었다. 그건 생명의 온기였다. 수천 번쯤 잡아본 그녀의 손이었음에도, 이번에 처음 잡아본 것 같은 느낌이었다.

"알리시아는 괜찮아요?" 에이미가 물었다.

"아, 알리시아는 괜찮은 정도 이상으로 건강해. 내가 알리시아를 어떻게 했으면 좋겠어?"

"그건 내가 결정할 게 아닌 것 같아요."

"아니기는 하지만, 그래도 나는 당신의 생각을 듣고 싶어."

"이건 그녀에게 결코 간단한 일이 아니에요. 그녀는 그와 오랜 시간 동안 함께 있었어요. 내 생각에는 그녀가 우리에게 말하지 않는 것들이 많을 것 같아요."

"예를 들면 어떤 것들?"

에이미가 잠시 생각하더니 고개를 저었다. "나도 알 수가 없어요. 그녀는 지금 매우 슬퍼요. 그녀 안에 자물쇠가 단단히 채워진 상자가 존재하는 것 같은데, 나는 그 안을 들여다볼 수가 없어요." 다시 둘의 눈이 마주쳤다. "피터, 알리시아는 당신이 그녀를 믿어주기를 원해요. 내가 그녀의 다른 한 면이고, 패닝이 또 다른 한 면이에요. 그리고 우리 사이에 당신이 있어요. 그녀가 여기서 정말 만나고 싶어 하는 건 바로 당신이에요. 그녀는 자신이 누구인지 알아야만 해요. 단지 그녀가 누구인지 아는 게 아니라, 그녀가 무엇인지를요."

"그래서, 알리시아가 무엇인 거지?"

"그녀가 변함없이 늘 그랬던 그것. 이 일의 일부, 우리의 일부요. 피터, 당신은 그녀의 가족이에요. 처음부터 당신은 그녀의 가족이었어요. 그녀가 당신이 아직도 가족인 것을 알아야만 해요."

피터는 에이미의 말이 사실인 것을 느꼈다. 하지만, 뭔가를 아는 것과 그것을 이해하는 일은 다른 일이었고, 피터에게 그건 최악의 일이라는 생각이 들었다.

"당신이 알리시아와 함께 떠나는 일은 없을 거야." 그가 말했다. "내가 허락할 수 없어."

"그 문제에 대해서는 당신에게 선택의 여지가 없을지도 몰라요. 알리시아의 말이 맞아요. 커빌이 영원히 버틸 수는 없어요. 조만간 나는 그를 봐야만 해요."

"상관없어. 나는 이미 당신을 한 번 잃었어. 두 번 다시 잃을 수는 없어."

밖에서 발걸음 소리가 들려왔다. 피터가 돌아보자 문가에 케일럽의 모습이 보였고 그의 뒤에 있는 핌의 모습도 눈에 들어왔다.

잠시 피터 아들의 얼굴이 어안이 벙벙한 것처럼 보이더니, 그의 눈에 따뜻한 온기가 돌았다.

"정말 수녀님이 맞군요." 그가 말했다.

에이미가 웃어주었다. "케일럽, 너를 한번 안아줘야겠어."

피터가 뒤로 물러나 앉자, 케일럽이 침대 위로 몸을 숙이며 팔꿈치로 몸을 일으켜 세우는 에이미를 끌어안으며 포옹했다. 포옹을 마치고도 둘은 여전히 서로 팔꿈치를 붙잡고서 기쁨으로 환히 웃는 얼굴을 마주 보았다. 피터는 그런 둘의 모습이 충분히 이해되었다. 에이미와 케일럽이 공유하는 깊은 유대감은 에이미가 아이오와로 떠나기 전 고아원에서 아들을 돌보면서 쌓인 것이다.

"정말 어른이 되신 것처럼 보여요." 케일럽이 웃으며 말했다.

에이미 역시 웃으며 말했다. "너 역시 그래 보여."

자기 아내를 향해 돌아선 케일럽이 말과 수화를 동시에 섞어가며 에이미와 핌 두 사람을 서로에게 소개했다. "에이미 수녀님, 이쪽은 저의 아내 핌이고요. 핌, 이 분이 에이미 수녀님이야."

어때요, 핌? 에이미가 수화를 했다.

아주 잘 지내요, 고맙습니다, 핌이 대답했다.

에이미의 손이 전문가처럼 빠르게 움직였다. 예쁜 이름이에요. 내가 상상한 모습 그대로예요.

마찬가지세요.

케일럽이 두 여자를 지켜보았고, 그때야 피터는 자신이 목격한 두 여자 사이의 그런 대화는 사실상 불가능하다는 걸 깨달았다.

"에이미 수녀님," 케일럽이 말했다. "어떻게 그렇게 하신 거예요?"

에이미가 자신의 벌려진 손가락들을 보며 얼굴을 찌푸렸다.

"그러게, 내가 수화를 알았던 것 같지는 않은데 말이야. 틀림없이 다른 수녀님들이 내게 가르쳐줬던 게 아닐까 싶어."

"다른 수녀님들은 수화를 할 줄 몰라요."

에이미가 양손을 무릎 위에 내려놓고는 고개를 들고 말했다. "글쎄, 누군가 분명 가르쳐주기는 했을 거야. 그렇지 않으면 내가 어떻게 수화를 할 수 있겠어?"

더 많은 발걸음 소리가 들려왔고, 아프가가 직업적인 씩씩함을 그대로 드러내며 침실로 들어왔다.

"대통령님, 방해해서 죄송합니다만 아무래도 여기 계실 것 같아서 이렇게 찾아왔습니다." 그가 침대 쪽을 향해 고개를 살짝 틀더니 말했다. "부인께도 실례가 많습니다. 좀 어떠신가요?"

이제는 에이미도 자세를 고쳐 무릎 위에 양손을 포개고 똑바로 앉아 있었다. "훨씬 좋아졌어요. 고맙습니다, 장군님."

아프가의 관심이 케일럽에게 쏠렸다. "중위, 자네는 지금 침상에서 쉬고 있어야 하는 것 아닌가?"

"피곤하지 않습니다, 장군님."

"내가 그걸 물어본 게 아니지 않나. 그리고 자네 아버지를 쳐다보지 말라고―자네 아버지는 관심도 없다고."

케일럽이 에이미의 손을 마지막으로 힘주어 꽉 잡았다. "기운 빨리 차리세요, 알았죠?"

"그럼, 이제 잭슨 대통령님."

케일럽이 핌과 급하게 알아볼 수 없는 수화를 주고받고 방을 나갔다. "여기서 일이 끝나셨다면," 아프가가 말했다. "시간이 됐습니다. 사람들이 기다리고 있습니다."

피터가 에이미에게로 몸을 돌리고 말했다. "내가 가봐야 할 것 같군."

하지만 에이미는 그의 말을 듣지 못한 것처럼 보였고, 그녀의 눈은 핌의 눈에 꽂혀 있었다. 두 여자가 마치 다른 이들에게는 들리지 않는 비밀스러운 둘만의 대화라도 하는 것처럼, 서로를 마주보는 시간이 탁탁거리는 소리와 함께 곧 폭탄이라도 터질 것 같은 긴장감 속에서 점점 길어졌다.

"에이미?"

에이미가 깜짝 놀라며 정신을 차렸다. 그녀가 자신의 주위 환경을 인식하는 데 잠시 시간이 걸리는 듯했다. 그러고 나서 그녀가 매우 차분한 목소리로 말했다. "그럼요."

"당신, 어디 안 가고 여기에 있을 거지?" 피터가 물었다.

또 다른 미소, 하지만 같은 미소가 아니었다 — 진심이 어려 있는 것이라기보다는 좀 더 상대를 안심시키려는 것에 가까운 행동 같아 보이는 미소였다. 심지어 억지로 지어 보이는 웃음인 것처럼 무언가 공허함이 느껴지는 미소였다.

"당연하죠."

63장

"거울이라고요?" 체이스가 다시 한번 말했다.

회의 테이블 주위 피터의 왼쪽 시계 방향 순으로 그의 전시 내각 참모라 할 수 있는 아프가와 헤네만 그리고 사라와 마이클과 그리어가 앉아 있었다.

"반드시 거울일 필요는 없습니다. 빛을 반사하고 물체를 투영할 수 있는 거라면 무엇이든 효과가 있을 거예요. 그들이 자기 모습을 볼 수만 있다면 말이에요."

체이스가 길게 숨을 들이마시고 두 손을 테이블 위에 올려놓았다. "이건 내가 살면서 들어본 이야기 중 가장 미친 짓이에요."

"절대 미친 짓이 아니에요. 30년 전 라스베이거스에서 리시와 나는 바이럴 셋에 쫓겨 도망치다가 어느 부엌에서 궁지에 몰리게 됐죠. 총알도 다 떨어진 상태였고, 거의 무방비 상태나 마찬가지였어요. 수많은 냄비와 프라이팬들이 천장에 걸려 있었는데, 나는 그중 하나를 곤봉처럼 휘두를 생각으로 손에 집어 들었어요. 그런데 내가 손에 든 걸 첫 번째 바이럴의 눈앞에 들이미는 순간, 그 망할 자식이 마치 최면에 걸린 것처럼 얼어붙었습니다. 그런데 내 손에 들고 있던 건 그냥 구리 냄비였을 뿐이었어요. 마이클, 여기부터는 네가 나를 좀 도와줘."

"이 친구의 말이 맞습니다. 제 눈으로 직접 봤으니까요."

아프가가 마이클에게 질문했다. "그래서 그게 바이럴들에게 어떤 영향을 미쳤다는 겁니까? 구리 냄비가 어떻게 바이럴들의 움직임을 느리게 했다는 거죠?"

"단정하기는 어렵지만, 제 추측으로는 아직 그들에게 남아 있는 잔존 기억 때문이 아니었을까 생각합니다."

"무슨 말이죠?"

"즉, 바이럴들은 자신들의 눈에 보이는 것을 좋아하지 않는다는 말이죠. 왜냐하면, 바이럴들의 눈에 들어온 그들의 모습이 자신들의 또 다른 자아상과 일치하지 않으니까요." 그가 피터를 향해 몸을 돌렸다. "너 티프티의 케이지에서 바이럴과 싸웠던 거 기억하지?"

피터가 고개를 끄덕였다.

"그 암컷 바이럴을 죽인 후에, 네가 티프티에게 뭐라고 했었어. '그녀의 이름은 에밀리였어요. 그녀의 마지막 기억은 한 소년과 키스하고 있는 거였습니다.' 너 그걸 어떻게 알았던 거야?"

"그건 아주 오래전의 일이야, 마이클. 사실은 나도 제대로 설명할 수 없어. 그 바이럴은 나를 쳐다보고 있었고, 그냥 그렇게 일어난 일이었으니까."

"그냥 바라봤던 게 아니야. 그 바이럴은 뚫어져라 응시하고 있었어. 너도, 그 바이럴도. 바이럴이 사람을 반으로 찢어놓으려고 하는 순간에 바이럴의 눈을 쳐다보는 사람은 아무도 없어. 그런 순간에 자연스러운 반응은 눈을 돌려버리는 거지. 그런데 너는 그러지 않았어. 그리고 마치 거울처럼, 그게 그 암컷 바이럴을 완벽하게 멈춰 세운 거야." 마이클이 잠시 말을 멈췄다가 좀 더 깊은 확신을 갖고 이어갔다. "그 일을 생각하면 할수록 말이 된다고. 그게 많은 것들을 설명하고 있어. 어떤 사람이 납치되었을 때, 그 사람에게 처음 드는 생각은 집에 가고 싶다는 거야. 죽어가는 사람도 똑같이 느껴. 사라 누나, 내가 말한 이거 맞지?"

사라가 고개를 끄덕였다. "사실이야. 때때로 사람들이 마지막으로 하는 말이 그거니까. '나 집에 가고 싶어.' 내가 그 말을 얼마나 많이 들었는지 말할 수조차 없을 정도야."

"그러니까 바이럴은 바이러스에 감염된, 힘이 세고 매우 공격적인 사람이라는 거지. 하지만 그들 마음속 깊은 곳 어딘가에, 자신들이 누구였는지에 대한 기억이 남아 있는 거야. 말하자면, 변화가 일어나는 과도기 동안 기억은 묻혀버리지만, 완전히 사라지는 않고 남아 있는 거지. 씨앗의 알맹이에 지나지 않을 뿐이지만 없어지지 않고 있는 거라고. 눈동자도 거울처럼 피사체를 반사시켜. 그들이 자기 모습을 보는 순간 기억이 수면 위로 떠오르고, 바이럴들을 혼란스럽게 만드는 거야. 일종의 향수 같은 게 그들을 멈춰 세우는 셈이지. 그들이 인간이었던 삶을 기억하는 고통과 현재 자신의 모습을 보는 고통이 말이야."

"그거 굉장한…… 가설인데요." 헤네만이 말했다.

마이클이 어깨를 으쓱했다. "아마도요. 어쩌면 터진 목구멍이라고 내가 헛소리하고 있는 것인지도 모르지만, 그렇다고 이게 처음은 아닐 거예요. 하지만 대령님, 내가 뭐 하나 물어봐도 될까요?

나이가 어떻게 되세요?"

"네, 뭐라고요?"

"예순? 아니면 예순셋인가요?"

헤네만이 눈살을 찌푸렸다. "쉰여덟 살입니다, 대단히 고맙네요."

"제가 실수했군요. 거울을 본 적이 있나요?"

"될 수 있으면 안 보려고 합니다."

"그게 정확히 제가 말하려는 겁니다. 대령님의 마음속에, 대령님의 모습은 언제나 하나로 똑같습니다. 이런, 누군가 제 귀에 대고 '너는 여전히 열일곱 살 먹은 소년처럼 보여.'라고 말하는 소리가 들리네요. 하지만 현실은 다르죠. 보기만 해도 우울해 미칠 지경이죠. 여기 이 자리에는 20대라고는 한 명도 보이지 않지만, 저처럼 생각하는 사람이 저 하나는 아닐 거예요."

피터가 몸을 돌려 비서실장을 쳐다봤다. "포드, 우리에게 거울처럼 피사체를 반사해 보여주는 게 뭐가 있죠? 출입구 전체를 그걸로 덮어야 할 것 같아요. 양쪽 끝으로 길이가 100미터 정도 되고, 할 수 있다면 더 많으면 좋고요."

포드가 잠시 생각에 잠겼다. "제 생각에는 아연도금 금속지붕 마감재가 효과가 있을 것 같네요. 꽤 반짝이는 물건이거든요."

"우리에게 재고가 얼마나 있죠?"

"상당히 많은 양이 이미 정착촌들로 공급되어 나가기는 했지만, 아직 틀림없이 꽤 많은 양이 남았을 겁니다. 모자란다면, 일부집들의 지붕에서 벗겨내 쓸 수도 있고요."

"그럼 바로 작업에 들어가도록 하죠. 또 출입구의 방어도 강화해야 합니다. 기술자들에게 말해서 필요하다면 용접해서 아예 봉해버리도록 하세요. 보행자 출입구도 마찬가지고요."

체이스가 얼굴을 찡그렸다. "사람들을 어떻게 밖으로 나가게 하려고요?"

"지금 당장은 '밖으로' 나가는 게 문제가 아닙니다. 앞으로 당분간은 사람들이 밖으로 나가지 못할 겁니다."

"대통령님, 괜찮다면 제가 한마디," 헤네만이 끼어들었다. "이 모든 게 효과가 있다고 가정하고 — 제 생각으로는 그럴 가능성은 작아 보이지만 — 그럼에도 여전히 저 장벽 밖은 수십만의 바이럴들이 자유롭게 활보하며 휘젓고 다니고 있습니다. 우리가 영원히 장벽 안에 머물 수는 없습니다."

"대령, 자네의 생각을 반박하기는 싫지만, 그게 정확히 우리가 캘리포니아에서 했던 일일세. 퍼스트 콜로니는 거의 한 세기 동안을 아주 적은 자원들을 갖고 버텼어. 우리의 커빌도 이제 수천 명 정도 규모로 인구가 줄었고, 우리가 관리만 잘한다면 살아남을 수 있는 인구야. 이 장벽 안에는 작물을 심고 가축들을 키우는 데 충분한 경작지가 있어. 강은 우리에게 음용수 그리고 농사와 가축들에 필요한 양질의 물을 지속적으로 대주고 있지. 조금의 개선만 이루어지면 우리는 여전히 좀 더 적은 물량으로 프리포트로부터 계속 기름을 공급받을 수 있고, 정유 시설은 스스로 방어해낼 수 있어. 신중하게 분배한다면, 정제된 석유를 모두 조명등을 밝히는 데 쓰면서 우리는 아주 긴 시간 동안 살 수 있을 거야."

"그럼 무기는?"

"한동안은 티프티의 벙커에서 조달할 수 있을 거고, 아마 최소한 앞으로 몇 년 동안은 우리가 재생산할 수도 있을 거야. 그 후에는, 석궁과 그보다는 길고 큰 장궁 그리고 소이탄을 사용할 거야. 퍼스트 콜로니에서도 그것들을 사용했고, 효과가 있었어. 여기서도 그렇게 할 거야."

회의 테이블 위로 정적이 흘렀고, 모두가 같은 생각을 하고 있었다. 그리고 피터도 그걸 알았다. 결국 이렇게 되고 마는군.

"너에게는 미안한데," 마이클이 입을 열었다. "하지만, 이거 다 헛소리야. 너도 그걸 알잖아."

피터가 몸을 돌려 마이클을 봤다.

"그래, 아마도 거울들이 바이럴들의 행동을 늦춰놓기는 하겠지. 패닝은 여전히 저 밖에 있고. 만약 알리시아가 말한 게 사실이라면, 어젯밤 우리가 본 바이럴들은 단지 빙산의 일각에 지나지 않을 뿐이야. 패닝은 그의 병력이라고 할 수 있는 무리 전체를 대기해놓고 기다리는 거라고."

"그 문제는 내가 걱정할게."

"그런 식으로 나를 무시하지 마. 나는 이 문제에 대해 지난 20년 동안이나 고민해왔다고."

아프가가 인상을 썼다. "피셔 씨, 말씀 그만하시지요."

"왜요? 그럼 피터가 우리 모두를 죽이게 내버려 두려고요?"

"마이클, 네가 내 얘기를 주의 깊게 들어줬으면 좋겠어." 피터는 마이클이 반대할 거라는 걸 알았기에, 화내지 않았다. 지금 중요한 건 모든 사람이 한배를 타고 함께 움직이게 하는 거였다. "네 기분은 알아. 너는 그동안 다가올 상황들에 대해 분명하게 지적해왔어. 하지만 사태가 발전됐어."

"시간이 앞당겨졌을 뿐이야, 그게 전부라고. 지금 우리는 여기 빙 둘러앉아서 기회를 날려버리고 있는 거란 말이야. 지금 당장 버스에 사람들을 태워야만 한다고."

"상황이 벌어지기 전이었다면 어쩌면 가능했을지도 모르지. 하지만 이 상황에서 지금 700명의 사람을 도시 밖으로 빼내려고 한다면, 폭동이 일어날 거야. 그러면 해가 떠 있는 대낮 동안 사람들을 지협으로 옮길 방법이 없어. 버스들이 모두 무방비 상태에서 발이 묶여버릴 거야. 그들이 도시를 빠져나갈 가능성이 없을 거란 말이야."

"우리에게 어차피 가능성이라는 건 없어. 베르겐스피요르드호가 우리에게 남은 가능성의 전부야. 루시어스, 가만히 앉아만 있지 말고 뭐라고 말 좀 해봐요."

그리어의 얼굴은 차분해 보였다. "이건 우리가 결정할 수 있는 게 아니야. 결정하고 책임지는 건 피터의 몫이야."

"제기랄, 지금 무슨 말을 하는 거예요. 내 귀를 믿을 수가 없어요." 마이클이 방을 둘러보더니, 다시 피터에게 포문을 열었다.

"이런 쌍, 너는 고집이 세서 네가 한 방 맞았다는 것도 인정 못하는 거야."

"피셔 씨, 그 정도면 충분합니다. 그만해요." 아프가가 경고했다.

마이클이 자신의 누나를 향해 몸을 돌렸다. "사라 누나, 누나는 이거 믿으면 안 돼. 아이들을 생각하라고."

"나도 아이들을 생각해. 모든 사람도 생각하고. 나는 피터의 말에 찬성이야. 그는 한 번도 우리를 잘못 이끈 적이 없어."

"마이클, 나는 네가 우리와 뜻을 같이하는지 알아야겠어." 피터가 말했다. "간단한 문제야. '예'인지 '아니요'인지만 말해."

"그래, 좋아. 나는 아니야."

"그럼 이 방에서 나가줘. 문은 저쪽이야."

다음 순간 무슨 일이 일어날지 피터는 확신할 수 없었다. 몇 초 동안 마이클이 죽일 듯 피터의 눈을 똑바로 바라봤다. 그러더니 분노 가득한 한숨을 내쉬며 회의 테이블에서 일어났다.

"좋아, 네가 오늘 밤을 무사히 넘기거든 내게 알려줘. 소령님, 지금 저와 같이 가실 거예요?"

그리어가 양쪽 눈썹을 치켜뜨고는 피터를 힐끗 쳐다봤다.

"괜찮습니다," 피터가 그런 그를 보고 말했다. "누군가는 쟤를 돌봐줘야 하잖아요."

마이클과 그리어 두 사람은 방을 나갔다. 피터가 목청을 가다듬고 이야기를 이어갔다. "중요한 건 오늘 밤을 버텨내는 겁니다. 몸을 움직일 수 있는 모든 사람은 장벽에 배치되어야 할 겁니다. 그리고 나머지 사람들은 대피소에 대피시켜야만 합니다. 포드?"

체이스가 일어나 피터의 책상으로 가서 둥글게 말려 있는 종이를 갖고 돌아와, 회의 테이블 위에 펼치고 종이의 네 모서리를 눌러 고정시켰다.

"이건 건축가들의 설계도 원본들 가운데 하나입니다. 여기에 하드박스들이 만들어졌죠." 그가 손가락으로 가리켰다 — "여기와 여기, 세 개 모두 도시 초창기에 건축되었습니다. 그리고 수십년 동안 사용되지 않았습니다. 부활절 습격 사건 이후로는 말이에요. 지금 상태가 좋을 것 같지는 않습니다만, 손을 좀 봐서 보강하면 일단 유사시 사용이 가능합니다."

"얼마나 많은 사람이 그 안에 들어갈 수 있죠?" 피터가 물었다.

"많지는 않습니다. 기껏해야 몇백 명 정도요. 자, 그럼 여기," 체이스가 계속 설명했다. "우리에게는 병원이 있고, 아마도, 아, 또 백 명 정도는 더 들어갈 수 있을 겁니다. 그리고 좀 더 작은 또 다른 하드박스가 이 건물 아래에 있습니다. 오래된 은행 금고인데 서류들과 다른 쓰레기들로 가득 차 있습니다만, 기본적으로 상태는 좋습니다."

"지하 공간들은 어떻습니까?"

"그렇게 많지는 않습니다. 몇몇 상업용 건물들과 일부 오래된 아파트 단지들의 아래에 있기는 하지만, 그나마도 거의 확실히 몇 개는 개인의 소유로 넘어갔을 것으로 생각됩니다. 그리고 도시가 지어진 방식을 보면, 거의 모든 것이 기초 판이나 기둥 위에 올려져 있습니다. 강가의 흙이 대부분 진흙이라서 지하실들이 없습니다. 그런 상태가 H타운에서 장벽의 남쪽까지 쭉 이어집니다."

피터에게 안 좋은 상황이라는 생각이 들었다. 지금까지 대피소가 수용할 수 있는 인원이라고는 1,000명도 채 못 됐다.

"자, 그리고 여기에 최고의 걸작이 있습니다." 체이스가 모두의 주의를 "HB1"이라고 표시된 고아원으로 돌렸다. "오스틴에서 정부를 옮겼을 때, 사람들이 커빌을 선택한 이유 중의 하나가 바로 이것 때문이었습니다. 장벽이 건설되는 동안, 일꾼들과 정부의 인력들이 밤을 보낼 수 있는 안전한 곳이 필요했죠. 커빌의 이쪽 끝은 커다란 석회암층 위에 있는데, 이 석회암층에는 수많은 동굴이 있습니다. 그리고 가장 큰 공간이 바로 고아원 아래에 있습니다. 땅 아래로 최소 9미터 깊이에 있죠. 오래된 기록에 따르면, 원래 이 공간은 지하 철도 구간으로 남북전쟁 전에 수녀들이 도망친 노예들을 숨기기 위해 사용했던 곳이었다고 합니다."

"우리가 그곳까지 내려갈 방법이 있습니까?" 아프가가 물었다.

"오늘 아침에 제가 직접 가서 확인했습니다. 해치는 식당 마룻바닥 밑에 있습니다. 상당히 삐걱거리고 흔들리기는 하지만 사용이 가능한 계단이 아래로 동굴까지 이어집니다. 무덤처럼 눅눅하고 축축해도 공간은 큽니다. 그곳에 사람들을 모아 넣으면, 적어도 500명은 추가로 더 대피시킬 수 있습니다." 체이스가 고개를 들어 사람들을 봤다. "자 이제 누가 물어보기 전에 말하자면, 제가 지난밤에 인구조사 자료를 검토했습니다. 추산이기는 하지만, 상황은 이렇습니다. 장벽 안에 있는 열세 살 미만 어린이들의 숫자는 1,100명입니다. 군인을 제외한 나머지 인구는 남녀의 성비가 거의 비슷하게 나타나지만, 노령층의 인구가 좀 더 많은 것으로 보입니다. 예순 살 이상의 인구가 상당히 많아요. 그들 중에는 바이럴들과 싸우기를 원하는 사람들이 있겠지만, 솔직히 말해서 얼마나 도움될지는 모르겠습니다."

"그 밖의 인구 구성은 어떤가요?" 피터가 물었다.

"나머지 인구 중에서, 전투가 가능한 연령대 남성의 수는 대략 1,300명 정도로 보고 있습니다. 여자의 숫자도 그보다는 조금 작지만 거의 같은 것으로 보입니다. 여자들 중에서도 장벽을 지키겠다고 나설 사람들이 있을 것으로 보이고, 여자라서 전투에 참여하면 안 될 이유는 없죠. 문제는 사람들을 어떻게 무장시키느냐 하는 건데, 우리가 현재 가진 무기로는 500명 정도의 민간인만 무장할 수 있습니다. 아마도 장벽 밖에는 여기저기에 버려진 무기들이 상당하겠지만, 얼마나 되는지 알 방법은 없습니다. 때가 되면 무슨 일이 벌어질지 기다리다가 지켜봐야 할 것 같습니다."

피터가 아프가를 봤다. "탄약의 상황은 어떻습니까?"

장군의 표정이 좋지 않았다. "별로 좋지 않습니다. 지난밤에 탄약 소비가 상당히 많았습니다. 대부분 구경이 9밀리미터와 .45구경 그리고 5.56구경이기는 하지만 각종 구경의 탄약을 다 합쳐서, 아마 현재 가지고 있는 탄약의 재고는 2만 발 정도일 겁니다. 산탄총 탄약은 꽤 많이 있습니다만, 이건 근접전이나 백병전에서만 사용이 가능합니다. 대형 구경의 총기용으로는 .5구경의 실탄이 1만 발 정도가 있습니다. 만약 드랙들이 출입구를 돌파하려고 한다면, 우리가 가진 탄약이 얼마 오래 가지 못할 겁니다."

상황이 당황스러울 정도로 안 좋았다. 아마도 장벽 위에서 천 명 정도의 병력이 현재의 탄약으로는 기껏해야 몇 분 정도밖에 버티지 못할 것이며, 하드박스에 대피할 수 있는 인원이 1,000명 그리고 나머지 비무장 시민 2,000명은 대피할 곳이 어디에도 없었다.

"우리가 사람들을 대피시킬 수 있는 곳이 어딘가에 분명히 있을 겁니다." 피터가 말을 했다. "누가 뭐라도 생각을 좀 해봐요."

"사실," 체이스가 말을 꺼냈다. "그 문제에 대해 생각을 좀 해본 게 있습니다." 그가 다른 지도를 하나 더 펼쳐놓았다. 댐의 설계도였다. "우리가 사용하는 배수관이 여섯 개가 있습니다. 각각 길이가 30미터, 그러니까 배수관 하나에 150명씩 들어갈 수 있습니다. 물이 빠져나가는 하류 쪽의 입구는 쇠창살들로 막혀 있고, 지금까지 어떤 바이럴들도 뚫고 들어온 적이 없습니다. 물이 들어오는 상류 쪽에 접근할 수 있는 유일한 방법은 수로를 통과하는 것뿐이며, 배수관들과 외부 사이는 세 개의 육중한 철문들이 가로막고 있습니다. 더욱이 배수관의 이점은 드랙들이 장벽을 뚫고 들어온다고 하더라도 배수관 안을 들여다볼 생각을 할 이유가 없다는 겁니다. 배수관 안의 사람들은 완전하게 은폐되는 거죠."

일리가 있는 말이었다. "포드, 방금 이번 한 달 치 급여는 벌어가신 것 같아요. 장군의 생각은?"

입술을 오므린 채 아프가 고개를 끄덕였다. "사실, 정말 기가 막히게 좋은 생각입니다."

"다른 사람들도 모두 동의하는 건가요?"

방 안에서 동의하는 사람들의 목소리가 들렸다.

"좋아요, 그럼 이건 해결된 겁니다. 체이스, 민간인들에 대한 관리를 맡아줘요. 가능한 한 빨리 사람들을 대피소로 옮겨야 합니다. 마지막 순간에 다급하게 시간에 쫓기지 않게 말이죠. 가장 나이가 적은 아이들부터 시작해서 열세 살 미만의 아동들은 고아원으로 보내죠. 사라, 병원에는 환자들이 몇 명이나 있지?"

"많지는 않아, 스무 명이나 그 정도쯤."

"도시 서쪽에 있는 하드박스들과 함께, 병원 지하의 하드박스는 대피소에 자리를 찾지 못한 초과 인원들을 위해 사용할 수 있을 거야. 군나르, 이 모든 대피소에 보안 병력을 붙여주세요. 대피소에는 아이들만 그리고 어린아이들의 엄마들만 들어갑니다. 남자는 아무도 대피소에 들여보내지 않습니다. 걷기만 하면 전투를 할 수 있습니다."

"하지만 그들이 싸우지 않겠다면요?"

"계엄령은 계엄령입니다. 만약 남자들이 장군의 명령을 따르지 않는다면, 나는 장군의 결정을 지지해드릴 겁니다. 다만 일을 크게 만들지 않기를 바랍니다."

피터의 말뜻을 이해한 듯 아프가가 힘주어 고개를 끄덕였다.

"싸우고 싶어 하지 않는 나머지 사람들은 배수관으로 보냅니다. 모든 시민이 18시까지 각각 주어진 대피소로 이동이 완료되게 하세요. 다만 공포를 최소화하기 위해 이 과정은 질서 정연하게 이루어져야 합니다. 대령, 자네는 민병대를 조직하는 일을 감독해주게. 몇 개 분대 병력을 집집마다 보내서 추가적인 무기들을 모아보도록 하고. 그래도 사람들이 자신과 가족들을 위해서 소총한 자루나 권총 하나 정도는 가질 수 있게 해주고, 나머지는 무기재분배를 위해 모두 무기고로 집어넣는 거야. 지금 이 순간부터 작동되는 모든 화기火器는 텍사스군의 소유가 됩니다."

"그렇게 되도록 마무리 짓겠습니다." 헤네만이 말했다.

피터가 함께 모인 사람들을 보며 말했다. "우리가 저것들을 얼마나 오래 막아내야 하는지 모릅니다. 몇 분일 수도 있고, 몇 시간 아니면 밤이 새도록 막아내야 할지도 모릅니다. 어쩌면 공격하지 않고 장벽 밖에서 기다리며 우리가 나가떨어지기를 기다릴지도 모릅니다. 하지만 드랙들이 장벽 안으로 들어온다면, 고아원이 우리가 후퇴할 후방 진지가 됩니다. 우리는 아이들을 지킵니다. 아셨습니까?"

회의 테이블에 앉은 사람들 모두 말없이 고개만 끄덕였다.

"그럼 회의는 이것으로 마칩니다. 내일 15시에 여기서 다시 보도록 하죠. 장군님은 잠깐만 남아 계시죠. 할 말이 있습니다."

둘은 모두가 방을 나갈 때까지 기다렸다. 아프가는 팔꿈치를 테이블에 대고 깍지를 낀 자신의 손 너머로 피터를 바라봤다. "그래서 어떤?"

피터가 자리에서 일어나 창가로 갔다. 돌아다니는 사람이 없는 광장은 여름의 더위로 모든 것이 조용하고 잠잠하기만 했다. 모두 어디로 간 거지? 아마도 밖으로 나오기가 무서워 자기 집에 틀어박혀 숨었겠군. 피터에게 그런 생각이 들었다.

"패닝을 처리해야만 합니다." 그가 말했다. "그러지 않으면 이 상황이 결코 끝나지 않을 거예요."

"뉴욕에 가겠다는 말이 이 대화의 내용 중 하나인 것 같군요."

피터가 돌아섰다. "소수의 지원 병력이 필요할 것 같습니다 ― 예를 들어 스물네 명 정도의 병력 말입니다. 멀리 북쪽으로 텍사캐

나 정도까지는 저와 같이 간 병력이 휴대용 군용 장비를 사용할 수 있을 겁니다. 연료가 떨어지기 전까지 어쩌면 그보다는 좀 더 멀리 갈지도 모르죠. 그 후로 우리는 걸어서 겨울까지 뉴욕에 도착해야만 합니다."

"그건 자살 행위입니다."

"전에도 해본 적이 있습니다."

아프가가 비난하는 듯한 신랄한 눈빛으로 피터를 바라봤다. "네, 그때는 운이 말도 안 될 정도로 억세게 좋으셨죠. 제 결례를 이해해주신다면 그렇게밖에 말씀을 못 드리겠습니다. 대통령님께서는 이제 그때보다도 서른 살이나 나이가 더 드셨고, 뉴욕이 커빌에서 3,200킬로미터나 떨어져 있다는 건 생각도 안 하시는군요. 도나디오의 말로는 뉴욕에 드랙들이 우글거리고 있답니다."

"알리시아를 데리고 갈 생각입니다. 리시는 그 지역에 대해 잘 알고, 바이럴들도 그녀를 공격하지는 않을 겁니다."

"어젯밤의 사태 이후에도요? 진지하게 생각해보시죠."

"우리가 그를 죽이지 못하면 커빌은 버티지 못합니다. 조만간 출입구는 뚫리고 말 겁니다."

"저도 대통령님의 생각과 다르지 않습니다. 하지만 스물네 명의 병력으로 패닝을 처리하겠다는 건 계획도 아닌 것같이 들립니다."

"그럼 다른 대안이 있으신가요? 에이미를 그냥 넘겨줄까요?"

"대통령님께서 저를 그 정도밖에 모르고 계신다고 생각하지 않습니다. 게다가 도나디오에게 에이미를 넘겨주고 나면 우리에게는 남는 것이 아무것도 없게 되죠. 우리가 갖고 흔들 패가 없게 됩니다."

"그럼 그래서 뭐죠?"

"글쎄요, 피셔의 배에 대해서는 더 해본 생각이 없으신 겁니까?"

피터는 할 말을 잃었다.

"오해하지는 마십시오." 아프가가 말을 계속했다. "저는 더 이상 그를 조금도 믿지 않습니다. 그리고 대통령님께서 그를 이 방에서 쫓아내셔서 얼마나 다행이라고 생각하는지 모릅니다. 저는 시민들을 등급으로 나누어 차별하는 것을 참을 수가 없습니다. 또한, 그 배가 정말 물에 뜨기나 할지도 모르겠습니다."

"제 귀를 의심하지 않을 수가 없는데요."

아프가가 잠시 말을 쉬었다. "대통령님, 아니, 피터. 나는 자네의 군 참모고, 또 자네의 친구이기도 해. 나는 자네를 안다고. 자네가 어떤 식으로 생각하는지 말이야. 자네다운 일이고, 자네에게 도움이 됐지. 하지만 지금은 상황이 달라. 내가 자네의 자리에 있었다면 말이야, 사람들에게 바이럴을 하나라도 더 죽이고서 죽으라고 할 거야. 그런 태도가 상징적인 효과가 있을 수는 있어. 하지만 상징성은 나 같은 늙은 노병들에게나 중요한 거야. 나는 그런 게 싫고 이제껏 항상 싫어했어. 그러나 무슨 수를 써도 이 상황은 좋게 끝날 수 있는 일이 아니야. 좋건 싫건 자네는 텍사스 공화국의 마지막 대통령이야. 그리고 그건 자네가 인류의 운명에 대해 전적으로 책임을 지고 있다는 것과 같은 말이지. 어쩌면 피셔가 터무니 없는 소리를 하는 건지도 모르지. 그러나 자네는 그 친구를 잘 알잖아, 그러니까 이건 자네가 판단할 일이지. 하지만 여전히 700명의 생존자가 인간의 멸종보다는 좋은 선택이겠지."

"이 도시가 분열하게 될 겁니다. 그렇게 되면 우리가 똘똘 뭉쳐서 커빌을 방어해낼 수 없습니다."

"아냐, 아마 그렇지는 않을 거야."

피터가 창문을 향해 돌아섰다. 창밖은 정말 불안할 정도로 으스스하게 조용하기만 했고, 마치 자신이 먼 미래로 가 커빌의 모습을 관찰하고 있는 것 같은 불길한 기분이 들었다. 텅 빈 버려진 건물들에는 말라죽은 나뭇잎들이 굴러다니고, 거리에는 바람과 먼지와 세월만이 켜켜이 쌓여가는 모습, 생명의 영원한 침묵마저 멈추고 모든 인간의 목소리들이 사라진 것 같았다.

"내가 반대하는 건 아니지만," 아프가 말했다. "이름을 부르는 거 말이야, 버릇될까?"

"제가 필요할 때는요, 네."

그의 눈 아래로, 한 떼의 아이들 모습이 보였다. 아이들 가운데 가장 나이가 많아 보이는 녀석이라고 해도 열 살을 넘었을 것처럼 보이지 않았다. 쟤네들 밖에서 뭐 하고 있는 거지? 그리고 바로 그 모습이 이해되었다. 아이들 가운데 하나가 공을 갖고 있었다. 아이가 광장의 중앙에서 공을 바닥에 내려놓고 발로 차자, 나머지 아이들이 허둥지둥 공을 쫓아갔다. 그리고 5톤 트럭 두 대가 광장으로 들어왔다. 트럭에서 내린 군인들이 테이블을 한 줄로 늘어놓기 시작했고, 더 많은 군인이 시민 민병대에게 나눠 줄 무기들과 탄약들이 든 상자들을 꺼내고 있었다. 아이들은 놀이의 형식에 방해되는 것은 아무것도 없는 자신들만의 게임에 빠져 건성으로 주의를 하는 둥 마는 둥 했다. 규칙도 없고 게임을 위한 공간의 경계도 없었으며, 점수를 기록할 방법도 없었고 무엇보다도 점수를 기록하고자 하는 생각도 없어 보였다. 공을 잡는 아이들마다 자기 친구 중에서 누군가가 공을 채어가기 전까지는 다른 아이들에게 공을 안 뺏기려고 애썼으며, 그렇게 아이들의 열띤 추격전은 계속 반복되었다. 그리고 아이들의 그런 모습은 피터의 생각을, 케일럽과 친구들이 처음으로 전염성 강한 자신들의 생기 넘치는 에너지를 발산하며 몇 시간을 정신없이 뭔지도 모를 게임을 즐겼던 아주 오래전 옛날로 이끌고 갔다 ─ 5분만 더요, 아빠. 아직 해가 지려면 한참 남았다고요. 제발요, 한 게임만 더요 ─ 그러고는 자신의 어린 시절의 기억으로 그의 마음이 흘러갔다. 자신이 역사의 흐름과 무겁게 쌓인 삶의 무게에서 벗어나 완전한 망각의 여유로움 속에 존재하던 짧고 순수했던 시절로 말이다.

그가 창가에서 돌아섰다. "비키가 저에게 일자리를 제안하러 그녀의 사무실로 불렀던 날이 기억나세요?"

"아니, 기억이 잘 안 나는데."

"제가 그녀의 사무실을 나가려는데, 비키가 다시 불러 세우더라고요. 그리고 케일럽에 관해 물어봤죠, 몇 살이냐고요. 그리고 이렇게 말했어요 ─ 제가 그 말을 제대로 기억하고 있다고 생각하는데 ─ 우리가 이러는 건 다 '아이들'을 위한 거죠. 우리는 그들을 훨씬 앞서 세상을 떠나겠지만, 우리가 내리는 결정들이 아이들이 어떤 세상에서 살아가게 될지를 결정할 거예요."

아프가 천천히 고개를 끄덕였다. "생각해보니, 기억나는 것 같군. 비키가 영악한 여자이기는 했어. 그건 인정해. 용인술의 거장이었지."

"거절할 방법이 없었어요. 비키에게 두 손 들고 항복하는 건 시간문제였죠."

"그래서 자네가 하고 싶은 말의 요점이 뭔가?"

"제 말의 요점은, 장군님, 이 땅은 우리 것이 아니라는 겁니다. 이 땅은 그들의 것이에요. 퍼스트 콜로니는 죽어갔고, 그곳의 사람들은 이미 모두 포기해버린 상태였어요. 하지만, 여기 텍사스는 그렇지 않았죠. 그게 지금까지 커빌이 살아남은 이유입니다. 이곳 사람들은 입 다물고 조용히 있기를 거부했기 때문이죠."

"우리는 지금 인류라는 종의 생존에 관해 이야기하는 거라고."

"압니다. 하지만 우리는 그럴 권리를 획득해야만 하고, 그리고 그렇더라도 700명의 생명을 구하기 위해 3,000명의 목숨을 포기하는 건 제가 받아들일 수 있는 방식이 아닙니다. 어쩌면 모든 게 여기서 끝나게 될 수도 있겠죠. 최악의 경우에는 오늘 밤에요. 하지만 커빌, 이 도시는 우리의 것입니다. 이 대륙도 우리의 것이고요. 뭐가 되었든지 간에 우리가 도망치면, 패닝이 이기게 되는 겁니다. 아마 비키도 저처럼 똑같이 말했을 겁니다."

잠깐 대화가 끊긴 둘이 서로 얼굴을 응시한 채 시간이 흘렀다.

"좋은 연설이었어." 아프가가 먼저 말했다.

"네 뭐, 장군님은 제가 그렇게 생각이 깊은 사람인 줄 모르셨을 거예요."

"그래서 그게 끝이야?"

"네, 그게 다예요." 피터가 대답했다. "제 마지막 다짐이죠. 우리는 도망가지 않고 싸웁니다."

64장

————————

사라가 계단을 내려가 지하로 가자, 그레이스가 두 번째 줄 끝에 있는 침대에 앉아 아기를 무릎 위에 올려두고 달래는 모습이 보였다. 피곤해 보이는 속에서도 안도감이 느껴졌다. 사라가 다가가자 그레이스는 빙그레 웃으며 그녀를 맞이했다.

"아들이 좀 투정을 부리고 있어요." 그레이스가 말했다.

사라가 그레이스의 아들을 받아 들어, 옆 침대에 눕히고 진찰을 위해 아기에게 싸매놓은 담요를 벗겼다. 검은 곱슬머리의 크고 건강한 남자 아기였고, 아기의 심장 역시 크고 튼튼했다.

"제 아버지의 이름을 따서 카를로스라고 부르기로 했어요." 그레이스가 말했다.

밤새도록 그레이스가 사라에게 자기 이야기를 들려줬다. 15년 전 그녀의 부모는 정착촌으로 이주해, 보니에 자리를 잡았다. 하지만 그녀의 아버지는 농사일에 운이 따라주지 않아 전신국에 일자리를 얻었고, 다른 직원들과 함께 한번 일을 나가면 몇 달씩 가족을 떠나서 지냈다고 했다. 아버지가 전신주에서 일하다가 떨어져 죽은 후에는, 그레이스와 그녀의 엄마도 — 그녀의 두 오빠는 이미 이사해 나간 지 오래된 상황이었다 — 친척들과 함께 살기 위해 커빌로 돌아오게 되었다. 그레이스가 자세한 사연까지 들려주지는 않았지만, 둘의 생활은 어려웠고 그녀의 엄마마저 숨을 거두었다. 열일곱 살에 그레이스는 불법 주점에서 일하게 되고 — 그레이스가 그곳에서 자신이 했던 일에 관해 모호하게 말하기도 했지만, 사라도 그 일에 관해서 알고 싶지 않았다 — 그곳에서 쟈크를 만났다. 그레이스의 말로는 둘이 매우 사랑했다고 하지만 축복받은 시작이라고 할 수는 없었고, 그녀가 임신하게 되자 쟈크는 태아의 아빠로서 마땅히 해야 할 행동을 했다는 거였다.

사라가 다시 아기 몸을 담요로 감싸서 산모에게 안겨주며, 아기는 건강하다고 말해주었다. "모유가 나올 때까지는 아기가 좀 보챌 거예요. 하지만 걱정하지 말아요. 별일 아니니까요."

"그런데 월슨 박사님, 이제 우리 어떻게 되는 거예요?"

그레이스의 질문은 사라가 대답해주기에 너무 벅찬 것이었다. "아기를 잘 보살펴주세요, 그러면 돼요."

"저도 그 여자에 관한 얘기를 들었어요. 사람들이 그 여자가 바이럴 같은 거라고 하더라고요. 어떻게 그럴 수가 있는 거예요?"

사라가 허를 찔렸다 — 그래, 사람들이 당연히 입방아를 찧어대겠지. "어쩌면요 — 나는 모르겠어요." 사라가 그레이스의 어깨에 팔을 올려놓았다. "쉬도록 해요. 군대는 자신들이 할 일을 잘 알고 있어요."

사라는 창고에서 붕대와 양초와 담요 그리고 물 같은 병원 물품의 재고 목록을 작성하는 제니를 만나러 갔다. 더 많은 상자가 1층으로부터 옮겨져 벽에 쌓여 있었다. 제니의 딸 한나가 엄마를 돕는 중이었다. 주근깨가 있는 얼굴에 사람의 마음을 무장 해제시키는 초록색 눈의 망아지처럼 긴 다리를 가진 열세 살 소녀였다.

"한나야, 엄마와 내가 잠깐 얘기 좀 할 수 있을까? 혹시 위층 사람들이 필요한 건 없는지 보고 와줄래."

한나가 둘을 남겨두고 창고를 나갔다. 사라가 빠르게 계획을 점검했다. "여기 우리가 몇 명이나 수용할 수 있을까?" 사라가 제니에게 물었다.

"여하튼, 100명 정도일 거예요. 빼곡하게 밀어 넣으면 그보다는 좀 더 많을 거고요."

"사람들 숫자를 세어야 하니까 앞문에 책상을 하나 갖다 놓자. 여기는 남자는 아무도 들어올 수 없고, 여자와 아이들만 수용할 수 있어."

"만약에 남자들이 힘으로 밀고 들어오려고 하면요?"

"그건 우리의 문제가 아니야. 군인들이 알아서 처리할 거야."

사라는 환자 넷을 더 진찰했고— 폐렴에 걸린 소년 하나와, 심장 마비를 걱정했으나 공황 증상이었던 호흡 곤란으로 들이닥쳤던 사십 대의 여자 그리고 밤에 급성 설사와 고열로 몸져누운 쌍둥이 자매들— 그러고는 병원으로 들어오는 5톤 트럭 두 대를 확인하기 위해 시간에 맞춰 1층으로 돌아가 그들을 맞이하려고 밖으로 나갔다.

"사라 윌슨?"

"맞습니다."

군인이 대기하고 있는 첫 번째 트럭을 향해 돌아섰다. "됐어, 짐 내려."

둘씩 짝지어 군인들이 모래주머니를 입구로 옮기기 시작했다. 동시에 지붕에 .5구경 기관총이 설치된 험비 2대가 뒤로 후진해 들어와, 문의 양쪽 측면에 자리를 잡았다. 사라는 그 모습을 멍하니 바라보았고, 병원에 어울리지 않는 낯선 그 모든 기괴함이 그녀를 휘어 감았다.

"다른 입구들도 보여주시겠습니까?" 군인이 사라에게 물었다.

사라는 그를 병원의 뒤와 양쪽 옆에 있는 입구들로 안내했다. 그러고 나서 군인들이 합판들을 가져와 입구의 문틀마다 못질해 문을 막기 시작했다.

"합판으로 문을 막는다고 드랙들이 안으로 들어오는 것을 막지는 못해요." 사라가 말했다. 군인들은 병원 건물의 앞쪽에 서 있었고, 더 많은 합판들을 창문마다 못질해 막는 데 사용했다.

"합판으로 막는 건 드랙들을 막기 위한 게 아닙니다."

사라에게 떠오른 단어는 하나였다. 세상에, 맙소사.

"가지고 계신 무기가 있습니까?"

"중사님, 여기는 병원이에요. 우리는 주위에 총이 굴러다니게 내버려 두지 않아요."

그가 첫 번째 트럭으로 가더니 소총과 권총을 갖고 돌아와 사라에게 내밀었다. "편한 걸 고르세요."

그가 내민 것들이 모두 사라의 비위에 거슬리기만 했다. 병원이 아직은 뭔가 중요한 것을 의미했기 때문이다. 그러다 케이트 생각이 났다.

"좋아요, 권총을 갖고 있을게요." 사라가 권총을 받아 들어 허리춤에 밀어 넣었다.

"권총을 사용해보신 적이 있습니까?" 중사가 그녀에게 물었다.

"원하시면 기본적인 것들을 알려드릴게요."

"그러지 않으셔도 돼요."

영창에서 알리시아는 쇠사슬의 힘을 가늠해보는 중이었다.

벽에 박힌 볼트 정도는 아무것도 아니지만 ― 힘껏 한 번만 당기면 처리할 수 있었다 ― 족쇄들은 그렇게 만만하지 않았는데, 일종의 경화 합금으로 만들어졌기 때문이다. 아마도 티프티의 벙커에서 나온 물건인 것 같았다. 티프티는 말하자면 바이럴을 제압하는 방법을 체계화한 인물이었으니까 말이다. 그런 까닭에, 벽에 연결된 쇠사슬들의 구속에서 벗어난다 해도 알리시아는 여전히 도살장에서 차례를 기다리는 돼지처럼 꼼짝 못 하게 묶여 있을 수밖에 없었다.

잠을 자고 싶다는 생각이 그녀를 유혹하며 흔들고 있었다. 단순히 시간을 지워버리고 싶은 마음 말고도 자신의 시끄러운 생각들도 털어내고 싶었기 때문이다. 하지만 언제나 똑같은 그녀의 꿈들역시 다시는 반복해 꾸고 싶지 않은 것들이었다. 환하게 불이 켜진 도시가 어둠 속으로 스며들며 모습이 희미해지고, 행복에 겨운 생기발랄한 고함들도 잦아들다가 어느 순간 들리지 않고, 문이 인정사정없이 사라지는 꿈.

게다가 다른 문제도 있었는데, 알리시아는 혼자가 아니었다.

희미하게 전달되는 느낌이었지만, 그녀는 패닝이 아직도 자신의 곁에 함께한다는 걸 알았다. 마치 자신의 마음속 수면 위에 잔물결을 일으키며 훑고 지나가는 미풍처럼 소리라기보다는 촉감에 가까운 저음의 윙윙거림이 그녀의 머릿속에서 느껴지는 거였다. 그 기분 나쁜 느낌은 그녀를 화나게 만들고, 괴롭히고 또 모든 것에 짜증이 일게 하더니, 다 끝낼 준비가 되었다는 생각까지 들도록 만들었다.

내 머릿속에서 꺼지라고, 쌍. 내가 너에게 부탁했잖아? 나를 좀 혼자 내버려 두라고.

약속받은 식사도 배달되지 않았다. 피터가 약속을 잊었거나 아니면 나 알리시아가 배를 채우고 기력까지 회복하는 것보다는 굶주려 힘을 제대로 쓰지 못하는 편이 낫다고 생각했기 때문이겠지. 나를 고분고분하게 만들려는 수작일 수도 있고. 식사가 오는 중이야, 아니 잠깐만 그게 아니었네. 어찌 된 일이든, 그녀의 반은 여전히 그 식사라는 것을 싫어했기에, 짓궂게도 묘한 기쁨을 느꼈다. 그녀의 턱이 살을 파고들고, 뜨거운 피가 입천장을 향해 터져 나오면 그녀의 머릿속은 혐오스럽다는 충격에 휩쓸려 시달리고는 했다. 내가 무슨 짓을 하고 있는 거지? 그럼에도 불구하고 배가 부를 때까지 피를 들이마셨고, 스스로 혐오하면서도 알리시아는 나른함에 뒤로 벌렁 누워 포만감을 즐기기도 했다.

시간이 한없이 늘어져 천천히 흐르는 것 같더니, 마침내 그녀가 갇힌 감옥의 문이 벌컥 열리는 일이 벌어졌다.

"깜짝 선물이야."

감옥 안으로 마이클이 들어왔다. 마이클이 작은 금속 새장 하나를 가슴에 바짝 붙인 채 들고 있었다.

"피셔 씨, 5분입니다." 경비원이 그 말을 내뱉고는 그의 등 뒤로 쾅 소리가 나게 문을 닫아버렸다.

마이클이 새장을 바닥에 내려놓고는 침대에 걸터앉아 알리시아를 똑바로 바라봤다. 새장 안에는 갈색 토끼 한 마리가 들어 있었다.

"어떻게 들어온 거야?" 알리시아가 물었다.

"아, 여기 사람들과 꽤 잘 알아."

"너 뇌물 먹였구나."

마이클의 표정이 무척이나 즐거워 보였다. "그래 뭐, 약간의 돈이 오가기는 했어. 이렇게 어려운 상황에서도 가장들은 가족들을 생각해야 하거든. 그것도 그렇지만, 나 말고 다른 사람은 너에게 아침 식사를 가져다줄 배짱이 없다는 말이지." 그가 고개를 끄덕여 새장을 가리켰다.

"확실한 건, 이 작은 털 뭉치가 누군가의 애완동물이었다는 거야. 이름이 오티스라고 하던데."

알리시아가 마이클의 얼굴을 오랫동안 자세히 들여다봤다. 그녀가 알던 소년의 모습은 보이지 않고, 작은 체구지만 단단한 근육질의 능력 있어 보이는 중년 남자가 앞에 앉아 있었다. 얼굴이 흠잡을 데 없이 조각처럼 날렵해 보였다. 그의 눈은 여전히 경계심에 쫓기듯 반짝거렸지만, 더 많은 진실을 꿰뚫고 있는 깊은 어둠이 두 눈에 깃들어 있었다. 그의 삶에서 많은 일들을 겪고 보아온 경험 많은 남자의 눈이었다.

"마이클 너 많이 변했구나."

그가 크게 관심이 없다는 듯 어깨를 으쓱해 보였다. "이미 많이 들어본 말이야."

"어떻게 살아온 거야?"

"글쎄, 너 나를 잘 알잖아." 그가 한쪽 입꼬리를 삐죽 올리며 웃어 보였다. "그냥 불이 꺼지지 않게 지키며 살았지."

"로어는?"

"잘됐다는 말은 못 하겠다."

"그렇다니 물어본 내가 미안하네."

"너도 그게 그렇다는 걸 알잖아. 나는 화초가 심어진 화분을 가져가고, 그녀는 집을 가져가고, 그런 거지. 그게 최선이었어, 정말로." 그가 다시 한번 고개로 바닥을 가리켰다. 새장 안에 든 토끼가 불안한 듯 바쁘게 볼을 씰룩댔다. "안 먹을 거야?"

알리시아는 먹고 싶었다. 그것도 아주 미치도록. 중독성 강한 따뜻한 살덩어리의 흥분되는 냄새에서 느껴지는 온혈 동물의 생명력. 마치 알리시아가 귀에 조가비를 바짝 갖다 대고 있는 것처럼 혈관들 사이로 피가 솟구쳐 후욱후욱 고동치며 흐르는 소리가 들렸다. 알리시아의 기대감이 한층 고조되며 부풀어 올랐다.

"보기 좋은 모습이 아니야." 그녀가 대답했다. "기다렸다가 너가고 나면 먹는 게 제일 나을 것 같아."

마이클과 알리시아 둘은 몇 초간 서로의 얼굴을 빤히 쳐다보고만 있었다.

"지난밤에 내 편 들어줬던 거 고마워." 알리시아가 말했다.

"고마워하지 않아도 돼. 피터가 선을 너무 넘은 거였으니까."

그녀가 그의 얼굴을 찬찬히 살폈다. "마이클, 너는 왜 나를 안 미워하는 거야?"

"내가 왜 너를 미워해야 하는데?"

"다른 사람들은 모두 나를 미워하는 것 같아서."

"그럼 나는 다른 모든 사람이 아닌 거네. 그런 부분들에 있어서는 나도 사람들에게 인기가 없다는 걸 너도 알게 될 거야."

"그 말을 믿을 수가 없는데."

"오 이런, 그냥 믿어. 나도 내가 저 복도 끝에서 살지 않는 덕분에 운이 좋다고 생각한다고."

그녀의 입술에 숨길 수 없는 웃음이 피어올랐고, 친구와 얘기하는 것이 좋기만 했다. "재밌네."

"맞아, 딱 맞는 말이야." 뭔가 중요한 말을 하려는 듯 마이클은 손가락 끝을 맞대어 모았다. "나는 언제나 네가 저 바깥 어딘가에 있다는 걸 잊지 않았어. 다른 사람들은 너를 포기했을지 몰라도, 나는 그러지 않았어."

"고마워, 서킷. 그건 의미 있는 일이야. 아주 큰 의미가."

그가 씩 웃었다. "그래, 네가 이렇게 눈앞에 있는 걸 봤으니까 내 별명을 부른 건 모른 척해줄게."

"피터와 얘기해봐, 마이클."

"내 생각은 이미 말해줬어."

"어떻게 할 생각이래?"

그가 어깨를 으쓱했다. "피터야 늘 하던 대로 하겠지. 문제를 뚫고 해결할 때까지 모든 상황 한가운데에 자신을 던져 넣고서 방법을 찾겠지. 나도 걔를 좋아해, 하지만 피터는 좀 얼간이란 말이야."

"그게, 이번에는 피터의 방식이 통하지 않을 거야."

"그래, 이번에는 통하기 힘들 거라고 생각해."

마이클이 알리시아를 유심히 쳐다보았지만, 피터의 시선과는 다르게 의혹과 의심으로 가득 찬 눈길이 아니었다. 그녀는 절친한 친구였고, 공모자였으며 그의 세계에서 신뢰할 수 있는 부분 중 하나였다. 그의 눈과, 목소리의 어조 그리고 공간을 메우고 있는 그의 태도 모두 부정할 수 없는 힘의 기운을 내뿜고 있었다.

"리시, 그동안 나는 너에 대해 많은 생각을 했어. 정말 긴 시간 동안 너를 사랑했다고 생각해. 또 모르지 지금도 너를 사랑하고 있는지. 이런 내 말이 너를 당황하게 만들지 않았으면 좋겠다."

알리시아는 너무 놀란 나머지 말을 할 수가 없었다.

"네 표정을 보니까 전혀 생각도 못 했던 일이었나 보구나. 그냥 칭찬이라고 생각하고 받아들이도록 해. 내 말뜻도 그런 거니까. 내가 하고 싶은 말은 너는 내게 굉장히 중요한 사람이라는 말이야, 항상 그래왔던 것처럼. 네가 다시 나타난 어젯밤에 깨달은 게 있어. 그게 뭐였는지 알고 싶어?"

알리시아가 할 말을 잃은 채 고개만 끄덕였다.

"내가 끊임없이 너를 기다렸다는 거야. 그냥 기다린 게 아니야. 고대하고 있었어." 마이클이 잠시 말을 멈췄다. "우리가 마지막으로 봤던 때 기억해? 병원에 입원한 나를 보러 온 날이었는데."

"물론 기억해."

"말로 설명할 수 없을 정도로 아주아주 오랫동안 궁금했어. 왜 나였지? 알리시아가 다른 사람 모두를 제쳐두고, 왜 그 순간에 나를 선택했을까? 나는 그게 피터였어야 한다고 생각했거든. 그리고 어느 날 예전에 네가 했던 말을 되뇌어보다가 답이 떠올랐어. '언젠가 쟤가 우리 목숨을 구해줄 거야.'"

"우리가 꼬맹이였을 때 이야기를 하고 있어."

"그래, 맞아. 하지만 우리는 그거보다는 더 많은 얘기를 했던 거야." 그가 앞으로 몸을 숙였다. "심지어 그때 리시 너도 알았어. 어쩌면 몰랐을 수도 있고. 그러나 너는 나와 마찬가지로 앞으로 다가올 사건의 전조를 분명히 느꼈어. 정확히 지금 내가 하고 있는 것. 20년이라는 시간이 지난 후에 여기에 앉아서 너와 이야기하고 있는 것 말이야. 자, '왜'라는 이유는 또 다른 문제지. 거기에 대한 답은 나도 몰라. 그리고 그 답을 찾으려고 애쓰는 것도 그만뒀고. 지난 24시간이 가리키는 사건의 전개 방향을 돌아볼 때, 나는 그렇게 낙관적인 입장은 아니야. 하지만 낙관적이건 비관적이건, 나는 네가 없으면 이 일을 할 수가 없어."

잠금장치가 돌아가는 소리가 들리고, 문가에 경비원이 나타났다. "피셔, 5분이라고 말했잖아. 당장 거기서 나오라고."

마이클이 셔츠 주머니에 손가락을 집어넣더니 지폐 뭉치를 꺼내 어깨 너머로 흔들어 보이자, 경비원은 그것을 잽싸게 낚아채서는 슬그머니 돌아서 가버렸다. 마이클은 그런 모습 따위는 돌아볼 신경조차 쓰지 않았다.

"맙소사, 한심한 녀석들." 그가 한숨을 쉬었다. "저것들은 내일 이맘때쯤에도 저 돈이 가치가 조금이라도 있을 것으로 생각하는 걸까?" 그가 다시 셔츠 주머니에 손을 넣어 접힌 종이 한 장을 꺼냈다. "여기, 이거 받아."

알리시아가 종이를 받아 펼쳐보니, 마이클이 손으로 급하게 그려놓은 지도였다.

"때가 되면 로젠버그 로드를 따라 남쪽으로 와. 수비대의 주둔지 너머에 왼쪽으로 물탱크가 있는 오래된 농장 하나가 나올 거야. 그러면 농장 뒤의 길을 따라 곧장 동쪽으로 84킬로미터 정도를 오도록 해."

알리시아가 지도에서 눈을 떼고 고개를 들었다. 마이클의 눈이 새롭게 뭔가 달라 보였는데, 일종의 광기 어린 야성과 같은 것이 번뜩였다. 그 스스로 지배하고 있는 힘의 아우라가 그대로 드러나는 잘 다듬어진 육체 안에 확신으로 불타오르는 한 남자가 숨어 있었다.

"마이클, 이 길의 끝에 뭐가 있는 거야?"

알리시아는 또다시 혼자 남겨졌고, 그녀는 방황했다. 그래, 결국 마이클에게는 여자가 있었던 거야. 그의 배, 그의 베르겐스피요르드호.

우리는 유배자들이야. 헤어지면서 마이클이 그녀에게 남긴 말이다. 우리는 언제나 진실을 이해하고 알았던 사람들이고, 그건 우리 삶의 고통이야. 도대체 마이클이 나를 얼마나 잘 알고 있는 거야.

마이클이 놓고 간 토끼가 그녀를 조심스럽게 쳐다보고 있었다. 깜박이지도 않는 토끼의 검은 눈동자가 잉크 방울을 떨어뜨린 것처럼 반짝였다. 그리고 그녀는 동그란 원 모양인 토끼의 눈동자 위에 비친 유령 같은 자기 얼굴, 곧 그림자 같은 자아를 보았다. 알리시아는 자신의 볼이 축축하게 젖었다는 것을 깨달았다. 대체 왜 눈물이 그치지 않는 거야? 그녀는 다급하게 새장을 향해 가서 빗장을 풀고 안으로 손을 뻗어 넣었다. 손안에 들어온 부드러운 털이 한가득 느껴졌다. 토끼는 도망치지 않고 가만히 있었다. 마이클이 말한 대로 순한 녀석이거나 아니면 너무 겁먹은 나머지 움직일 생각조차 못 하는 것일지도 몰랐다. 알리시아는 토끼를 꺼내 자기 무릎 위에 올려놓았다.

"괜찮아, 오티스," 그녀가 말했다. "나는 네 친구야." 그러고는 토끼의 털을 어루만지면 그렇게 아주 오랫동안 있었다.

65장

발걸음 소리와 함께 삐거덕 문이 열리는 소리가 들렸고, 에이미가 눈을 떴다.

핌, 안녕.

그녀가 입구에서 멈춰 섰다. 표현력이 풍부해 보이는 눈에 동그스름한 얼굴의 키가 큰 그녀는 파란색의 간단한 면 드레스를 입고 있었다. 부드럽게 흘러내리는 천 아래로 임신한 그녀의 배가 활처럼 불룩하게 부풀어 오른 모습이었다.

핌이 다시 나를 보러 와줘서 기뻐요. 에이미가 수화를 했다.

깊은 불안감에 휩싸인 표정으로 핌이 에이미의 침대 곁으로 다가섰다.

괜찮을까요? 에이미가 물었다.

핌이 고개를 끄덕였다. 둥글게 솟아오른 천 위로 에이미가 배를 감싸듯 손을 올려놓았다. 핌의 배 안에 자리 잡은 너무나 새롭기만 한 생명은 오염되지 않은 있는 그대로의 생동감을 발산했다.

그 느낌을 색깔로 펼쳐놓자면 여름의 하얀 구름 떼와 같을 듯했다. 그러나 또한 많은 질문으로 가득 차 있었다. 나는 누구야? 나는 뭐야? 이게 세상이라는 건가? 나는 전부인 거야 아니면 일부야?

나머지도 볼 수 있게 해줘요. 에이미가 수화를 했다.

핌이 침대에 앉아 고개를 돌렸다. 에이미는 그녀의 드레스 단추들을 풀고 드레스 깃을 옆으로 젖혔다. 핌의 등에 있던 채찍질과 화상의 자국들이 없어진 건 아니었지만 희미해졌다. 시간은 그 자국들을 뿌리가 흙 속을 파고 뻗어 내려가 이랑이 생긴 것처럼 만들어놓았다. 에이미가 손가락 끝으로 그 자국들을 훑으며 따라 내려갔다. 에이미의 손끝이 닿지 않는 곳, 곧 고통의 흔적이 없는 핌의 피부는 부드러웠고 고동치는 혈관의 온기가 느껴졌지만, 그 아래의 근육들은 그녀에게 아로새겨진 고통의 기억이 거세게 두드려 단조해놓은 것처럼 딱딱하기만 했다.

에이미는 핌의 드레스 단추를 채워줬고, 침대에 앉아 있는 핌은 고개를 돌려 에이미를 봤다.

나는 계속 당신 꿈을 꿔왔어요, 핌이 수화를 했다. 나는 당신을 지금까지 평생 알고 지내온 것 같아요. 그리고 나와 당신.

핌의 눈에는 말로는 다 형용할 수 없는 감정들이 담겨 있었다. 심지어는 그때도…….

에이미가 그런 핌의 마음을 달래주려고 그녀의 두 손을 잡아주었다. 그래요, 그녀가 대답했다. 심지어 그때도.

핌이 드레스 주머니에서 공책 하나를 꺼냈다. 작은 크기였지만 빳빳한 양피지들을 함께 꿰매놓은 것 같은 두께감이 느껴지는 노트였다. 이걸 가져왔어요.

에이미가 노트를 받아들고 부드러운 가죽으로 쌓인 겉표지를 열었다. 여기에 있었다. 페이지마다, 그림들이, 글들이, 별 다섯 개의 그 섬이.

이거 또 다른 누가 봤어요? 에이미가 수화를 했다.

당신뿐이에요.

케일럽도 못 본 거예요?

핌이 고개를 가로저었고, 그녀의 두 눈에 눈물이 차올랐다. 그녀는 말로 다 못 할 복잡한 감정들에 압도당한 것처럼 보였다. 이런 것들을 내가 어떻게 알고 있는 거예요?

에이미가 공책을 닫았다. 나는 말해줄 수 없어요.

그럼 이게 무슨 의미인 거예요?

내 생각에는 당신은 살아남을 거라는 거예요, 당신의 아기도요. 잠시 대화가 멈추고는, 핌 나를 도와줄 수 있어요?

그녀가 거실에서 펜과 종이를 찾아 메모를 적은 후 종이를 세 번 접어서 핌에게 주었고, 핌은 급히 어디론가 갔다. 다시 혼자 있게 된 에이미는 복도 끝에 있는 욕실로 갔다. 세면대 위에는 작고 동그란 거울이 있었다. 그녀에게 일어난 변화는 보여지는 것이라기보다는 느껴지는 것이고, 그녀는 아직 자기 모습을 제대로 보지 못했다. 에이미는 거울에 가까이 다가섰다. 눈에 들어온 얼굴은 자신의 것이 아닌 것같이 보이기도 했지만, 그럼에도 동시에 오랫동안 스스로 그러리라고 느껴왔던 모습이기도 했다. 각을 재가며 날카롭게 조각해놓은 듯한 얼굴은 아니지만 잘 다듬어진 이목구비에 잡티 없이 깨끗하고 창백한 피부와 깊은 눈을 가진 검은 머릿결의 여인이 거울 안에 있었다. 그녀의 두상을 그대로 드러내 보여주는, 소년들의 머리처럼 짧은 단발인 그녀의 머리는 빗자루 끝처럼 만지기에 뻣뻣해 보였고, 거울 속 그 모습은 불안할 정도로 평범하기만 했다. 그녀는 단지 군중들 속의 또 하나의 여자일 수도 있지만, 그녀의 모든 생각과 통찰력 즉 그녀의 자아가 바로 그 얼굴과 몸 안에 살고 있었다. 에이미는 거울 속 그 모습을 만져 보고 싶은 강한 충동에 손을 뻗어 거울에 댔다. 손가락이 거울에 닿자 거울에 비친 모습도 동일한 동작으로 반응을 보이며 변화가 일어났다. 이게 너야. 그녀의 마음속에서 속삭이는 소리가 들렸다. 이게 진짜 에이미의 모습이야.

시간이 되었다.

마음을 가라앉히고 미동도 없는 상태에 이르게 하는 것 ─ 그것이 요령이었다. 에이미는 호수를 이용하는 것을 좋아했다. 그 수역은 상상의 것이 아니었다. 그건 울가스트가 에이미와 산장에서 보낸 첫날, 그가 그녀에게 수영을 가르쳐주었던 오레곤에 있는 바로 그 호수였다. 에이미가 두 눈을 감고 그곳으로 가겠다고 마음 먹고 집중하자 점점 그곳의 광경이 그녀의 마음속에 떠올랐다.

첫 번째 별들이 밤의 앞단을 따라 검푸른 하늘을 뚫고 나타나기 시작했고, 솔 향기 그득한 키 큰 소나무들의 그림자 벽이 바위투성이의 호수 가장자리를 따라 당당하게 늘어섰다. 호수의 물은 차갑고 맑고 아릿한 맛이 났으며, 바늘 같은 소나무 잎들이 솜털처럼 수북이 쌓여 바닥을 뒤덮었다. 이렇게 만들어진 머릿속 상상의 광경 속에서 에이미 자신은 호수이기도 했으며 동시에 호수에서 수영을 즐기는 자신이기도 했다. 그녀가 몸을 움직일 때마다 수면을 따라 잔물결이 일어나 바깥쪽으로 흘러갔다. 그녀는 숨을 깊이 들이마시고 여태 본 적 없는 물속의 새로운 세상으로 뛰어들었고, 바닥이 가까이 다가오자 바닥을 따라 부드럽게 미끄러져 나갔다. 머리 저 위에서는 그녀가 입수한 자리를 중심으로 물결이 동심원을 그리며 수면 위에 퍼져 나갔다. 이런 소란함의 마지막 가닥까지 호숫가에 이르고 나자, 호수의 수면이 그녀가 원하던 완벽한 균형을 되찾았다.

잔잔한 물결이 일었고, 호수는 고요하기만 했다.

내 말이 들려요?

아무 응답이 없었다. 그러더니.

네, 에이미 양.

내 생각에 나는 이제 준비가 된 것 같아요, 앤서니. 마침내 내가 준비된 것 같아요.

마이클이 출입구에서 거의 한 시간을 기다렸다. 도대체 소령님은 어디 간 거야? 10시 반이 다 되어가는 중이었고, 사람들은 낭비하는 시간 없이 움직였다. 남자들이 철제 빔들을 올려놓을 육중한 받침대들을 제 위치에 용접했고, 더 많은 숫자의 남자들이 출입구 문의 바깥쪽 면에 아연 도금된 지붕 마감용 금속판을 못질해 박아 넣었다. 만약 그리어가 조만간 나타나지 않는다면 마이클과 그리어 둘은 다른 사람처럼 장벽 안에 갇히게 될 수도 있었다.

마침내 그리어가 바깥쪽에서 성큼성큼 힘차게 걸으며 문을 통과하는 모습이 보였다. 그는 트럭에 올라타 앞 유리창 쪽으로 고개를 끄덕여 보였다. "가지."

"그녀는 자신을 속이고 있어요."

그리어가 그 얘기는 하지 말라는 얼굴로 마이클을 쳐다봤다.

마이클이 트럭의 시동을 걸며 얼굴을 창밖으로 내밀고 작업반장에게 소리를 질렀다, "지나갑니다!" 하지만 작업반장이 쳐다보지도 않자 경적을 울렸다. "이거 봐요! 우리 나가야 한다고!"

경적이 작업반장의 이목을 끌었고, 그가 트럭의 운전석을 향해 성큼성큼 걸어왔다. "이런 미친, 지금 그 경적 나에게 울린 거야?"

"당신 친구들에게 길에서 비키라고 말 좀 해."

작업반장이 땅바닥에 침을 뱉었다. "어이, 아무도 밖으로 못 나가게 되어 있을뿐더러, 우리가 일하고 있는 게 눈에 안 보여?"

"어 그래, 우리는 다르니까. 저 친구들에게 길에서 비키거나 아니면 차에 치이라고 얘기해줘. 어때?"

작업반장이 막 뭐라고 말하려던 순간 그만 입을 다물고는 출입구 쪽을 향해 몸을 돌렸다. "어이, 이 자식에게 길을 좀 열어줘."

"신세 많이 졌네." 마이클이 말했다.

작업반장이 또다시 침을 뱉었다. "인마, 이게 네 장례식이다."

네 장례식이기도 해. 마이클이 생각했다.

66장

16시 30분. 하드박스마다 사람들이 꽉 찼고, 마지막 피난민들이 댐으로 이동 중이었다. 얼마 안 남은 민병대 징집자들이 임무가 배정되기를 기다렸다. 몇 건의 사건들이 발생해, 여러 명의 사람들이 체포되는 일도 생겼으며 심지어 몇 발의 총성이 들리기도 했다. 하지만 사람들은 대개 그들의 목숨이 경각에 달렸다는 것과 자신들에게 무엇이 요구되고 있는지를 알았다.

그러나 징집병들을 처리하는 데는 예상보다 많은 시간이 걸렸다. 길게 늘어선 줄, 무기에 대한 혼란 그리고 누가 누구를 지휘하게 할 것인가에 대한 문제와 장비의 분배 및 임무의 배정 등, 피터와 아프가는 반나절 만에 부대 하나를 만들어내려고 애썼다. 어떤 사람들은 총을 어떻게 쥐는지조차도 몰랐으며, 총을 장전하고 쏠 줄 아는 사람들은 더더욱 적었다. 탄약은 최상품이었지만 사격 연습장은 모래주머니를 후방 방어벽으로 광장에 쌓아 올려 만들었다. 풋내기들을 위한 특별훈련이었고, 잘 쏘건 못 쏘건 세 발의 사격후 신참 징집병들은 장벽으로 보내졌다.

남은 무기도 얼마 안 되었는데 그것마저도 권총뿐이었다. 소총들은 예비로 남겨둔 몇 정을 빼고는 모두 소진되었다. 모두가 불타듯 뜨거운 태양 아래에 몇 시간씩 서 있는 탓에 인내심마저 바닥났다. 피터는 아프가와 함께 수속 처리대 옆에 서서 마지막 남은 몇 사람이 절차를 마치는 것을 지켜보았고, 홀리스는 이름을 확인하고 있었다.

뺨에 오래된 여드름 상처가 있는, 이마가 둥글게 꽤 벗겨진 40대 남자 하나가 수속 처리대 앞으로 다가왔다. 걸음을 옮겨놓는 그의 모습은 순탄하지 않았던 삶의 무게가 어깨를 짓누르는 듯 몸이 앞으로 많이 수그러지고 처졌다. 어깨에 사냥용 소총을 하나 멨는데, 피터가 그를 알아보는 데는 시간이 좀 걸렸다.

"쟈크, 맞지?"

쟈크가 고개를 끄덕였는데, 피터가 보기에 그 모습이 겁먹은 것처럼 소심해 보였다. 20년이라는 시간이 지났는데도 아직 그날 지붕 위에서 있었던 일의 기억이 그를 괴롭히고 있는 것 같았다. "제 기억에 고맙다는 말을 미처 못 했던 것 같아요, 대통령님."

아프가가 피터를 힐끗 쳐다봤다. "무슨 일이 있었던 겁니까?"

쟈크가 대신 대답했다. "제 목숨을 구해주셨죠. 그게 대통령님이 하셨던 일입니다." 그러고는 피터에게 말했다. "그날 일을 잊어본 적이 없습니다. 두 번 다 대통령님에게 투표했습니다."

"자네는 어떻게 지냈어? 지붕 일은 다시는 안 했을 테고 말이야."

쟈크가 어깨를 으쓱해 보였고, 그의 일상에 대한 기억이 다른 사람들과 마찬가지로 과거로 되돌아가고 있었다.

"주로 기계공으로 일했죠. 얼마 전에는 결혼도 했고요. 지난밤에 아내가 아이를 낳았습니다.”

사라가 들려줬던 이야기가 피터에게 기억이 났다. 그가 쟈크가 메고 있는 레버-액션 .30-30을 손으로 가리켰다. “어디, 자네 총을 좀 보도록 하지.”

쟈크가 피터에게 자신의 소총을 건네주었는데, 총의 작동이 뻑뻑하다 못해 덜그럭거렸고 방아쇠는 뭉개진 죽처럼 질척이는 느낌에다가 조준경은 렌즈가 파이고 구멍까지 나 있었다.

“이 총 마지막으로 쏴본 게 언제야?”

“이 총은 사용해본 적이 없어요. 몇 년 전에 아버지에게 받은 겁니다.”

홀리스가 고개를 들고 말했다. “우리 .30-30은 남은 게 없는데.”

“이 총 총알은 얼마나 가지고 있어?” 피터가 쟈크에게 물었다.

쟈크가 펼치고 있는 손바닥을 내밀어 아주 오래된 탄창 네 개를 보여줬다.

“이 총은 아무 쓸모없어. 홀리스, 이 친구에게 적당한 총 한 자루 골라줘.”

새 총이 상자에서 나왔다. 티프티의 반짝이는 새 M16 가운데 하나였다.

“결혼 선물이야.” 피터가 그렇게 말하며 쟈크에게 총을 건넸다. “사격장으로 가서 보고해. 그러면 탄약을 주고 어떻게 사용하는지도 알려줄 거야.”

쟈크가 깜짝 놀라 고개를 들어 피터를 봤다. 누구도 그에게 그런 선물을 준 사람이 없었기에, 그의 얼굴에는 고마워하는 기색이 역력했다. “감사합니다, 대통령님.” 그리고 짧게 고개를 끄덕여 인사하고는 사격장을 향해 갔다.

"좋습니다. 뭐, 하지만 둘 사이에 무슨 일이 있었던 겁니까?" 아프가 물었다.

피터의 눈은 계속 사격장을 향해 가는 쟈크의 뒷모습을 바라보았다. "자네의 행운을 빌어." 피터가 말했다.

고아원에서는 여자들과 아이들의 마지막 무리가 대피소의 계단을 내려가고 있었다. 오로지 다섯 살 미만의 자녀를 둔 여자들만이 자녀와 함께 고아원의 대피소로 이동하도록 결정되었기 때문에, 곳곳에서 눈물겹고 고통스러운 이별의 장면들이 목격되었다. 적지 않은 숫자의 엄마들이 한눈에 보기에도 다섯 살이 넘어 보이는 자신의 아이들이 다섯 살이 안 되었다며 항의하며 고집부렸는데, 케일럽은 다섯 살쯤 되었거나 다섯 살과 별로 차이가 안 나게 보이면 엄마와 아이를 통과시켜줬다. 그에게는 엄마와 아이를 막아서고 갈라놓을 용기가 없었기 때문이다.

대피소에 사람들이 빠르게 가득 차기 시작했기에, 케일럽은 핌이 걱정되었다. 그리고 마침내 도착한 핌은 케이트와 빌의 집에서 아이들과 함께 아침 시간을 보냈다고 설명했다. 집의 구석구석에 케이트의 흔적이 남았기에 핌에게는 고통스러운 순례의 길과 같은 일이었지만, 익숙한 방에서 손에 익은 장난감을 갖고 논 몇 시간은 아이들의 공포를 잠시나마 지울 수 있어 도움되는 시간이었다. 핌의 말로는 아이들이 자신들의 오래된 침대 위에 올라가 30분 동안이나 경중경중 뛰며 즐거워했다고 했다.

하지만 뭔가 이상했고, 케일럽은 핌이 말하지 않는 게 있다는 걸 알아차렸다. 둘은 아직 열려 있는 해치 옆에 서 있었고, 아래쪽 단 위에 선 수녀 하나가 아이들을 받아 내리기 위해 위로 손을 뻗어 올렸다. 아기 테오가 첫 번째, 그다음은 케이트의 두 딸이 내려 갔다. 핌의 차례가 되었을 때 케일럽이 그녀의 팔꿈치를 잡았다.

뭐야?

그녀가 머뭇거렸다. 그래, 뭔가 있었다.

핌?

그녀의 눈에 불안한 눈빛이 일어났다가 사라지더니, 핌이 마음을 가라앉히고 진정하는 거 같았다. 사랑해, 조심해.

케일럽은 더 이상 캐묻지 않았다. 그럴 만한 시간이 없었다. 해치는 여전히 열린 상태였고, 모두가 기다리고 있었다. 페그 수녀가 그런 둘의 모습을 옆에서 지켜보았다. 케일럽은 이미 페그 수녀에게 지하 대피소로 피한 아이들과 함께 있을지 확인했기에, 그녀의 답은 알았다. "중위," 페그 수녀가 책망하는 표정으로 케일럽에게 말했다. "나는 여든한 살 먹은 노인네라는 걸 잊지 말게."

케일럽이 아내와 포옹하고 그녀가 아래로 내려가는 것을 도왔다. 핌이 상단 가로대를 잡으며 마지막으로 한 번 더 눈을 들어 그를 봤다. 그의 시린 가슴이 쿵 떨어지는 것 같았다. 그녀는 그의 삶자체였다.

우리 아이들을 안전하게 지켜줘. 그가 수화를 했다.

더 많은 아이가 아래 대피소로 내려갔다. 그러더니 갑자기 대피소가 더는 어떻게 할 수 없을 정도로 꽉 차버렸다. 건물 밖에서 울부짖는 소리가 커지더니 확성기에서 사람들에게 돌아가라고 명령하는 소리가 들려왔다.

헤네만 대령이 복도를 성큼성큼 걸어 들어오는 것이 보였다. "잭슨, 여기를 자네에게 맡기겠네."

이건 정말 케일럽이 원치 않는 일이었다. "제가 장벽에 있다면 좀 더 도움이 될 겁니다, 대령님."

"자네와 토론하자는 게 아니야."

케일럽은 보이지 않는 손의 존재를 느꼈다. "제 아버지가 이 결정과 관계 있습니까?"

헤네만이 케일럽의 물음에는 대꾸도 하지 않았다. "지붕 위와 건물 주변에 병력을 배치하고, 건물 내부에도 두 개 분대를 배치해두게. 알았나? 그 외의 누구도 안에 들어오게 해서는 안 돼. 이걸 어떻게 달성할지는 자네의 결정에 달렸어."

끔찍한 말이었다. 그리고 피할 수 없는 일이었다. 사람들은 살아남기 위해 무슨 짓이라도 하려고 들 것이기 때문이다.

67장

마이클과 그리어가 로젠버그 북쪽에서 차에 태운 첫 번째 생존자들은 넋이 나가고 굶주린 군인 세 명이었다. 그들의 카빈 소총과 권총의 탄약은 다 쓰고 남은 것이 없었다. 이틀 밤 전, 바이럴들이 병영을 습격했다고 했다. 바이럴들이 토네이도처럼 그들의 부대를 휩쓸고 갔는데, 차량과 장비 그리고 발전기와 무전기를 다 파괴했으며 퀀셋식 막사의 지붕을 고기 통조림 뚜껑을 열듯 갈기갈기 뜯어놓았다고 했다.

다른 사람들도 차에 태웠다. 덩크의 여자들 가운데 한 명도 있었다. 그녀는 검은 머리에 하얀 줄무늬 치장을 했는데, 쓰러질 듯 굽 높은 구두를 손가락 끝에 걸고 흔들며 맨발로 걷는 중이었고, 펌프실에 숨어 있었다고 했다. 전신국 중 한 곳에서 일하던 남자 두 명. 그리고 윈치라는 이름의 정유공은 — 마이클은 옛날에 정유 시설에서 같이 일하던 그를 기억해냈다 — 길가에서 다리를 꼬고 앉아 15센티미터 길이의 칼로 땅바닥에 아무 의미 없는 모양들을 그려가며 알아들을 수 없는 말을 주절거렸다. 윈치의 얼굴은 먼지로 하얗게 뒤덮였고, 그의 작업복도 자기 피는 아니었지만 말라붙은 피로 검게 더러워진 모습이었다. 겁에 질려 입을 꾹 다물고 트럭의 짐칸에 자리를 잡고 앉은 사람들 가운데 누구도 그들이 어디로 가는 중인지 묻지도 않았다.

"이 사람들은 세상에서 가장 운이 좋은 사람들이에요." 마이클이 말했다. "그런데 그 사실조차도 몰라요."

그리어는 빼곡하게 차오른 해안가 모래톱에 갇혀 말라 죽은 덤불들의 풍경이 트럭의 창가를 스치고 지나가는 모습을 바라보았다. 지난 24시간 동안 이어진 격렬한 긴장감 탓에 까마득하게 고통을 느꼈지만, 이제는 머릿속에 두서없이 온갖 생각들이 떠오르면서 포효하는 것 같은 고통이 찾아왔다. 겨우 참아낸 토하고 싶은 충동이 그의 속을 뒤흔들어놨다. 걸죽해진 그의 침에서 놋쇠를 핥은 것 같은 쓴맛이 나고, 드러나지 않게 꽉 차오른 그의 방광이 거세게 고동치며 열나고 거대하게 부풀어 올랐다. 그들이 한 여자를 태우기 위해 차를 세웠을 때, 그리어가 시원하게 소변보려고 덤불 사이로 들어갔지만, 가까스로 쏟아낸 건 애처로워 보이는 진홍빛 오줌 몇 방울이 전부였다.

로젠버그의 남쪽에서, 그들은 수로 쪽을 향해 동쪽으로 방향을 틀었다. 그들이 탄 트럭 뒤로는 흙탕물이 마구 튀었고, 트럭이 길이 파여 고랑이 진 자리를 쾅쾅 소리를 내며 지날 때마다 주먹에 한 대 세게 맞은 것처럼 새로운 고통에 소스라치게 놀라야만 했다. 그리어는 입 안에 도는 기분 나쁜 쓴맛을 씻어낼 수만 있다면 미친 듯이 물을 마실 수 있을 것 같았다. 하지만 마이클이 의자 밑에서 수통을 꺼내 물을 충분히 마신 다음 건넸을 때, 그는 계속 차 앞 유리 밖만 바라보며 손을 휘휘 저어 거절했다. 확실해요? ─ 그렇게 묻기라도 하듯 마이클이 곁눈질하며 쳐다봤고, 잠시였지만 마이클이 뭔가 아는 걸로 보였다. 적어도 의심하는 것처럼 보였다. 하지만 그리어가 아무 말도 하지 않자, 마이클이 수통을 다리 사이에 끼워 고정하고는 어깨를 으쓱해 보이며 뚜껑을 돌려 닫았다.

트럭 안의 공기가 바뀌었고, 하늘도 달라졌다. 마이클과 그리어가 탄 트럭이 수로에 다가가고 있었다.

"이런 염병할, 나 여기서 빠져나온 지 얼마 안 됐다고." 덩크의 여자들 중 하나였던 여자가 말했다.

8킬로미터를 더 달리자 마침내 둑길이 나왔고, 패치와 그의 일행들이 병목 지점에서 기다리고 있었다. 칼날같이 날카로운 금속 조각들이 붙어 있는 철조망이 길을 가로질러 막았다. 트럭이 미끄러지듯 멈춰 서자 패치가 운전석 창 쪽으로 걸어왔다.

"이렇게 빨리 돌아올 줄은 몰랐는데요."

"로어가 뭐라고 했는데?" 마이클이 물었다.

"뭐 나쁜 이야기들이죠. 바이럴들이 여기에는 코빼기도 안 보였지만 말이죠." 그러고는 패치가 트럭 뒤 짐칸을 힐끗 쳐다봤다. "새 친구들을 데려오셨네요."

"로어는 어디에 있어?"

"배에 있을 거예요. 랜드 말로는 로어가 배 밑에서 작업자들을 모두 돌아버리게 만들고 있다는데요."

마이클이 짐칸에 태워 온 사람들을 향해 고개를 돌렸다. "거기 세 명," 그가 군인들을 불렀다. "여기서 내려."

군인 셋은 당황했는지 주위를 두리번거렸다. "우리가 뭘 하기를 바라는 건데요?" 그들 중 계급이 가장 높은 상병이 물었다. 그의 눈은 소처럼 공허해 보였고, 그의 얼굴은 아직도 젖살이 빠지지 않은 부드러운 살결의 열다섯 살 소년처럼 보였다.

"잘 모르겠어." 마이클이 건성으로 대답했다. "군인답게 행동해야 하지 않을까? 뭐라도 총으로 쏘고 말이야."

"우리는 탄약이 다 떨어졌다고 말했잖아요."

"패치?"

패치가 고개를 끄덕였다. "장비를 갖춰줄게."

"이쪽은 패치야." 마이클이 군인 셋에게 패치를 소개했다. "너희들의 새 대장이지."

군인들이 어안이 벙벙해서 서로의 얼굴을 번갈아가며 쳐다봤다. "당신들, 말하자면 범죄자들 아니에요?" 상병이 말했다.

"지금 여기에서 솔직히 그런 게 중요하다고 생각하는 거야?"

"당장 내려." 패치가 끼어들었다. "좋은 동료가 되자고, 어. 그리고 저 신사분이 말한 대로 하란 말이야."

군인들끼리 서로 곁눈질하면서 트럭의 짐칸에서 내렸다. 패치와 그 일행들이 길을 막고 있던 철조망을 끌어서 옆으로 치우자, 마이클이 엔진의 속도를 높여 굉음을 내며 둑길을 빠르게 달려갔다. 창고에서 랜드가 마이클과 그리어를 만났다. 랜드는 웃통을 벗고 땀에 범벅이 된 채 머리에는 기름투성이의 천을 매듭지어 묶고 있었다.

"우리 상황은 어때?" 마이클이 트럭에서 내리며 물었다. "독dock에 물은 채웠고?"

"문제가 있어. 로어가 선체에서 또 불량인 부분을 찾아냈어. 거기 곳곳에 약한 부분들이 있어."

"어느 부분인데?"

"우현 활."

"제기랄." 마이클이 서로 꼭 붙어서 어리둥절한 표정으로 쳐다보고 서 있는, 트럭 짐칸에 타고 온 나머지 사람들을 가리켰다.

"저 사람들 어떻게 할 건지 생각 좀 해봐."

"어디에서 데려온 사람들인데?"

"오다가 길에서 발견한 사람들이야."

"저건 윈치 아니야?" 랜드가 물었고, 윈치는 자신의 옷깃에 입을 대고 뭐라고 중얼거리고 있었다. "윈치에게 무슨 일이 있었던 거야?"

"무슨 일이 있었든지 간에, 좋은 일은 아니었어." 마이클이 대답했다.

랜드의 눈빛이 어두워지며 그가 다시 물었다. "정착촌들에 관한 얘기가 사실이야? 정착촌 사람들이 모두 당했다는 거?"

마이클이 고개를 끄덕였다. "그래, 살아남은 건 우리가 다인 것 같아."

그리어가 둘의 대화에 끼어들었다. "마이클, 내 생각에는 둑길에 인원을 더 보강해줘야 할 것 같아. 몇 시간 있으면 밤이 될 테니까 말이야."

"랜디, 네 생각에는 어때?"

"몇 명쯤은 더 보낼 수도 있을 거야. 롬바르디하고 걔네 몇 명 말이야."

"너희 둘," 랜디가 전신국에서 일했다는 남자들을 불렀다. "나를 따라와. 그리고 너도." 그가 여자를 보고 말했다. "너 할 줄 아는 거 뭐 있어?"

여자의 눈썹이 둥글게 치켜 올라갔다.

"남자랑 그 짓 하는 거 말고 말이야."

여자가 잠시 생각하더니 말했다. "요리를 좀 하는 거 같은데?"

"조금이라도 요리할 줄 알면 지금 우리가 먹는 것보다는 낫겠군. 너 방금 일자리가 생겼어."

마이클이 배가 있는 곳을 향해 경사로를 성큼성큼 걸어 내려갔다. 기중기 하나가 독의 뱃머리 쪽으로 옮겨져 있고, 남자 여섯이 로프에 매달린 작업용 의자에 앉아 뱃머리 옆에서 일하는 것이 보였다. 둑의 저쪽 끝에서는 용접 마스크를 쓰고 두꺼운 장갑을 낀 남자들이 전동식 원형 톱을 사용하여 불꽃을 튀며 커다란 철판에서 교체품으로 사용할 크기의 철판을 잘라내고 있었다.

작업 난간에 서 있던 로어가 마이클을 보고 내려왔다. "마이클, 미안해." 그녀는 윙윙거리며 돌아가는 톱의 소리보다 자신의 목소리가 더 잘 들리게 하려고 고함을 질렀다. "타이밍이 안 좋다는 건 나도 알지만 말이야."

"로어, 이게 다 무슨 난리야?"

"너, 배가 침몰하기를 원했던 거야? 배가 침몰할 수도 있어서 이러는 거야. 작업이 잘못된 걸 놓친 사람은 내가 아닌데 말이지. 네가 나한테 고마워해야 해."

이건 출발이 조금 지연되는 수준의 문제가 아니라, 완전히 재난이나 마찬가지인 상황이었다. 선체가 완벽하게 밀폐되기 전까지는 독에 물을 채울 수가 없었고, 독에 물을 채우기 전까지는 엔진을 가동할 수도 없었다. 독에 물을 채워 넣는 데만 여섯 시간이나 더 걸리는 일이었다. "이것들을 교체하는 데 시간이 얼마나 걸릴 것 같아?"

"철판들을 자르고, 예전 철판들을 떼어내고, 새 철판들의 위치를 잡고 리벳 작업을 하고, 용접하고, 최소 열여섯 시간은 걸릴 것 같은데.”

로어에게 따져 물어본다는 게 무의미한 상황이었고, 서두른다고 되는 일도 아니었다. 마이클이 발길을 돌려 독을 향해 내려갔다.

“어디 가는 거야?” 로어가 마이클 등 뒤에다 대고 소리를 질렀다.

“저 빌어먹을 쇳덩어리를 잘라내야 할 거 아니야.”

68장

　17시 30분, 세 시간 후면 태양이 질 것이다. 당장은 피터가 할 수 있는 모든 걸 최선을 다해놓았다. 잠을 잘 필요를 크게 느끼지는 못했지만 잠시라도 정신을 추스르고 싶었다. 피터는 집으로 가는 길에 쟈크를 생각했다. 그렇다고 그가 쟈크에게 특별히 유대감을 느끼거나 그런 건 아니었다. 오히려 그는 그날 지붕 위에서 피터를 죽을 뻔하게 만들었던 머리에 피도 안 마른 기분 나쁜 풋내기였다. 그에게 새로 내준 소총은 아마도 버린 거나 마찬가지겠지만, 피터는 지붕 위에서 사고가 났던 날이 전환점이 되었으리라 생각했고, 두 번째 기회라는 것에 대한 믿음이 있었다.

　보안 특무대원들이 보이지 않았다.

　피터가 계단을 쏜살같이 올라가 집안으로 뛰어 들어가서 에이미의 이름을 불렀다. "에이미?"

　대답이 없었다. 그리고 잠깐 뒤 그녀의 목소리가 들렸다. "여기 있어요."

에이미는 침대에 앉아 손은 무릎 위에 모아놓고서 문을 바라보고 있었다.

"괜찮은 거야?" 피터가 물었다.

그녀가 고개를 들어 그를 봤다. 그런데 그녀의 얼굴이 달라졌고, 피터에게 우울한 미소를 지어 보였다. 그리고 기이한 고요함이 방안을 가득 메우고 있었는데, 그건 단순히 소리의 부재라기보다는 훨씬 더 깊이 있고 두려운 느낌을 주는 무엇이었다. "네, 나는 괜찮아요." 에이미가 매트리스를 손바닥으로 두드렸다. "와서 옆에 앉아요."

피터가 옆에 가서 앉았다. "뭔데 그래? 뭐가 잘못된 거야?"

에이미가 그의 손을 잡았지만, 얼굴을 보고 있지는 않았다. 피터는 에이미가 뭔가 말을 꺼내려 한다는 걸 알았다.

"내가 물속에 있었을 때, 어딘가를 다녀왔어요." 그녀가 말했다. "그러니까 적어도, 내 마음이 그랬던 거죠. 내가 이걸 잘 설명할 수 있을지 확실하지는 않지만, 그곳에서 행복했어요."

피터는 그녀가 말하고 있는 곳이 어디인지 알아차렸다. "그 농장을 말하는 거군."

에이미가 피터의 눈을 바라봤다.

"나 역시도 거기에 가본 적이 있어." 이상하게도 피터는 놀랍다는 생각이 전혀 들지 않았다. 그 이야기를 할 수 있기를 기다려왔기 때문이다.

"나는 피아노를 연주하고 있었어요."

"그래."

"그리고 우리 둘이 함께 있었죠."

"맞아, 그랬어. 우리 둘만 있었어."

그 말을 할 수 있어서, 그 이야기를 할 수 있다니 얼마나 좋은가. 그런 꿈을 꾼 게 결코 자신 혼자가 아니라는 걸 알게 되어서, 그리고 존재한다는 것만 알 뿐 꿈 안에 숨겨진 현실이 무엇인지 알지는 못했지만, 그 꿈에 어떤 현실이 담겨 있었다는 걸 알게 되어서 말이다. 그가 존재했으며, 에이미가 존재했다. 그 농장과 그곳에서 둘이 나누었던 행복이 존재했던 거였다.

"오늘 아침에 내게 왜 아이오와에 있는 당신에게 갔었는지 물었잖아요." 에이미가 말했다. "나는 당신에게 진실을 말하지 않았어요. 어떻게 보면, 적어도 전부를 얘기하지는 않았어요."

피터는 그녀의 이야기를 기다렸다.

"모습이 변하면, 한 가지를 간직할 수 있어요. 한 가지 기억을요. 무엇이든 가슴에 가장 남는 기억 하나를요. 모든 평생의 기억들 가운데, 그것 딱 한 가지를." 그녀가 고개를 들어 그를 봤다. "내가 간직하고 싶었던 건 당신이었어요."

에이미가 훌쩍이듯 희미하게 울고 있었고, 작은 보석 같은 그녀의 눈물이 나뭇잎에 매달린 이슬방울처럼 속눈썹 끝에 매달렸다. "피터, 내 부탁 하나 들어줄 수 있어요?"

피터가 고개를 끄덕였다.

"나에게 키스해줘요, 제발."

피터가 에이미에게 입을 맞췄는데, 그가 에이미에게 키스한다기보다는 그녀의 세상에 빠져드는 것만 같았다. 시간이 느려지고, 멈추고, 부두 주변을 맴도는 파도처럼 천천히 두 사람의 주위를 빙빙 돌며 움직였다. 피터의 감각들이 예민해졌다. 그리고 그의 마음이 둘로 나뉘어 이 세상과 동시에 또 다른 세상에 존재했다. 공간과 시간을 넘어선, 오직 둘만이 함께하는 그 농장이 있는 세상 말이다.

둘의 몸이 떨어졌다. 하지만 얼굴은 불과 몇 인치 사이로 마주하고 있었다. 에이미가 피터의 양쪽 볼을 두 손으로 받쳐 들고, 두눈을 그의 두 눈에 고정했다.

"피터, 미안해요."

이상한 말이었다. 그리고 그녀의 시선이 점점 더 그윽하게 깊어져 갔다.

"나는 당신이 무엇을 하려는지 알아요." 에이미가 말했다. "하지만, 그러면 당신은 살아남지 못해요."

피터는 몸 안에서 뭔가 나사가 풀려나가는 듯한 느낌이 들었고, 그와 동시에 몸에서 모든 기운이 빠져나가 버렸다. 말해보려고 했지만, 말할 수가 없었다.

"당신은 지쳤어요." 에이미가 그 말을 뱉었다.

그리고 그녀가 쓰러지는 피터의 몸을 받쳐 들었다.

에이미는 피터를 침대에 눕히고, 바깥쪽 방으로 나와서 입고 있던 옷을 머리 위로 벗어 던지고 그리어가 가져다줬던 옷으로 갈아입었다. 주머니들이 있는 두꺼운 캔버스 천으로 만든 바지와 가죽부츠, 소매가 찢어지고 어깨에 원정대의 휘장이 있는 황갈색의 셔츠로 복장을 바꿔 입었다. 옷과 신발에서 노동과 생명의 냄새가, 따뜻한 인간의 냄새가 났다. 누가 이전에 이 물건들을 소유하고 썼는지는 모르지만 작은 사이즈라 에이미에게 거의 딱 맞는 것들이었다. 뒤쪽 현관에서는 군인들이 볼 밑에 두 손을 밀어 넣어 받치고, 모든 근심을 잊은 아기처럼 깊이 잠들었다. 에이미가 그들중 하나에게서 조심스럽게 권총 한 자루를 빼내 자기 등뼈에 받쳐

지도록 바지 뒤로 쑤셔 넣었다.

다가올 폭풍에 대비하기 위해 모두가 숨어버린 거리에는 깊은 정적이 흘렀다. 에이미가 마을의 중심을 향해 걸어가자, 군인들이 그녀가 있다는 걸 알아차리고 주목하기는 했지만 아무도 뭐라고 하지는 않았다. 그들의 마음은 다른 곳에 가 있었다. 여자 하나가 뭐 대수겠어? 영창의 바깥쪽을 지키는 병력은 없었다. 에이미가 문을 향해 당당하게 성큼성큼 걸어가 안으로 들어갔다.

군인 세 명이 보였다. 카운터 뒤에 있는 담당 장교가 힐끗 눈을 들어 그녀를 쳐다봤다.

"도와드릴까요, 여러분?"

잠금장치가 돌아가는 소리가 들리자, 알리시아가 눈을 들어 문 쪽을 바라봤다. 에이미가?

"자매님, 안녕."

알리시아가 에이미의 등 너머를 살폈다. 에이미 혼자였다.

"여기서 뭐하는 거야?" 알리시아가 물었다.

에이미가 알리시아에게 채워진 족쇄들을 풀고, 그녀의 고글을 건네주었다. "설명은 가면서 해줄게요."

바깥에는 경비원들이 바닥에 누워 잠들었다. 그리어가 알려준 대로, 에이미와 알리시아는 뒷길과 쓰레기가 널려 있는 골목들을 이용해 H타운으로 향했다. 얼마 가지 않아 남쪽 장벽이 눈에 들어왔고, 에이미는 오두막보다 조금 큰 집으로 들어갔다. 집 안에 가구라고는 하나도 보이지 않았고, 안방으로 간 그녀는 사다리가 있는 해치를 찾기 위해 닳아빠진 깔개를 옆으로 끌어당겨 치웠다. 알리시아는 그럴 거라고 이미 눈치챘지만, 에이미가 암시장의 은닉처 가운데 하나라는 설명을 잊지 않고 해주었다. 둘은 사다리를 타고 썩은 과일 냄새가 가득한 서늘하고 축축한 공간으로 내려갔다.

"저기." 에이미가 손가락으로 가리키며 말했다.

술이 가득 채워진 선반이 보였고, 선반을 당겨 치우자 터널이 나타났다. 터널의 끝에는 또 다른 사다리가 있었고, 3미터 위 콘크리트 천장 속에 금속 해치가 설치된 것이 보였다. 에이미가 둥근 개폐 손잡이를 돌려 해치를 열었다.

에이미와 알리시아는 도시 밖으로 나와 장벽에서 90미터 떨어진 잡목림 안에 있었다. 솔저와 다른 말 한 필이 나무에 묶인 채 세상모르고 풀을 뜯었다. 알리시아가 사다리를 타고 해치 밖으로 나와 모습을 드러내자, 솔저가 머리를 들어 그녀가 있는 쪽을 쳐다봤다. 아하, 거기 있었군. 나도 막 네가 어떻게 된 건지 궁금해지기 시작하던 참이었어.

알리시아의 탄띠와 장검도 솔저의 안장에 걸려 있었다. 에이미가 관목들로 해치를 덮어 감추는 동안 그녀는 자신의 칼들을 다시 탄띠에 묶었다.

"네가 이 녀석 솔저를 타는 게 좋을 것 같아." 알리시아가 그렇게 말하며, 장검을 에이미에게 내밀었다.

에이미가 잠시 고민하더니 말했다. "알았어요, 그렇게 하죠."

에이미가 알리시아의 장검을 어깨 뒤로 둘러메고, 솔저의 등 위에 휙 올라탔다. 알리시아도 아직 꽤 어린 말임에도 맹렬한 인상을 풍기는 두 번째 짙은 암갈색의 종마에 올라탔다. 늦은 오후였지만 태양이 하얗게 작열하고 있었다.

둘이 말을 타고 떠났다.

농장이 나오는 꿈이 이번에는 달랐다. 피터가 침대에 누워 있는 방 안에 달빛이 가득 찼고, 달빛에 벽들도 빛나는 것처럼 보였다. 침대 시트가 차갑게 느껴졌고, 그 차가움 때문에 피터가 깨어 일어났다. 피터는 자신이 아주 오랫동안 깊은 잠에 빠졌던 것 같은 느낌이 들었다.

에이미가 있어야 할 침대 옆자리가 비었다.

피터가 그녀의 이름을 불러보았지만, 어둠 속에서 그의 목소리는 힘없이 약하게만 들렸다. 거의 느껴지지도 않는 정도라고 해야 할까, 그랬다. 그는 침대에서 일어나 창가로 갔고, 에이미가 집을 향해 등을 돌린 채 마당에 서 있는 것이 보였다. 서 있는 그녀의 자세가 뭔가를 암시하는 듯했고, 피터는 덜컥 겁이 났다. 걸어가기 시작하는 에이미의 모습이 집에서, 피터로부터 그리고 두 사람이 알고 있던 삶으로부터 멀어져 갔다. 달빛에 희미하게 윤곽이 드러나 보이는 에이미의 모습이 점점 작아졌다. 피터는 몸을 움직일 수도, 소리를 지를 수도 없었다. 마치 몸 안에서 그의 영혼이 뒤틀리는 것만 같았다. 나를 떠나지 마, 에이미…….

화들짝 놀라며 잠에서 깬 피터의 몸이 땀에 젖어 번들거렸다. 그리고 두 눈에 초점이 돌아오며 아프가의 모습이 보였다.

"대통령님, 문제가 생겼습니다."

아프가가 나머지를 설명할 필요가 없었다. 피터가 바로 알아들었기 때문이다. 에이미가 사라졌다는 거니까.

9부
—

함정

피가 폭포처럼 흐르고, 온 대지를 적시었도다,
트로이인들과 그들을 돕던 이방의 조력자들이 죽은 날에.
여기 비통한 죽음에 제압당한 사람들이 누웠으니
그들의 피가 위로부터 아래까지 도시를 뒤덮었도다.
- 퀸투스 스미르네우스, 「트로이의 몰락」

69장

─────

시끄럽게 돌아가던 톱들이 멈춰 서고, 강철판들을 필요한 크기 대로 잘라내는 일이 끝났다. 배의 우현 측면에서 발견된 크게 벌어진 구멍을 통해서는 선체 안에 숨겨 있던 갑판들과 통로들이 드러나기도 했다. 태양이 저무는 중이었고, 수로의 수면이 지는 햇살에 반짝였다. 때를 맞춰 조명등에는 이미 불이 밝혀졌다.

랜드는 기중기를 작동시켰고, 독의 바닥에서는 마이클이 첫 번째 철판이 받침대에 실려 내려오는 것을 보고 있었다. 경기장에서 공을 주고받듯 독 여기저기에서 목소리들이 터져 나왔고, 그중에서도 로어가 감독하고 있는 배의 갑판 위에서 더 요란하게 목소리들이 들려왔다.

작업을 위한 높이에 다다르자, 남자들이 벨트에 걸려 있는 망치와 뉴매틱 건*이 덜렁거릴 정도로 철판을 향해 빠르게 달려갔다.

─────

* 공기압을 이용한 공구로, 에어 타카라고도 함.

다른 사람들은 선체 내부에서 철판이 자리를 잡을 수 있도록 위치를 조정했다. 선체와 철판의 두 거대한 금속이 부딪쳐 울리는 쩽하는 소리가 들렸다. 마이클이 계단을 올라가 통로를 가로질러 갑판으로 갔다.

"지금까지는 아주 좋아." 로어가 말했다.

그들은 희한하게도 일정에 맞춰 나가고 있었다. 흘러가는 시간이 깔때기처럼 그들을 하나의 순간에 집중하도록 만들었다. 또 다른 기회는 없었기에 모든 결정은 확고하게 실행되었다.

로어가 작업 난간으로 가서 윙윙거리는 시끄러운 소리와 함께 돌아가는 뉴매틱 건과 발전기의 굉음에 목소리가 묻히지 않게 하려고 목이 터져라 큰 소리로 폭격하듯 작업 지시를 퍼부었다. 마이클이 그녀의 옆에 가서 섰다. 첫 번째 철판이 선체 측면과 수평으로 나란히 놓였다. 아직도 그렇게 옮겨야 할 철판이 여섯 개나 더 남아 있었다.

"그들이 어떻게 그렇게 할 수 있었는지 알고 싶어?"

로어가 이상하다는 듯이 마이클을 쳐다봤다.

"승객들이 어떻게 자살했는지 말이야."

마이클이 굳이 그 일에 관해 이야기하려는 의도가 있었던 것은 아니었다. 그냥 그 순간에 불현듯 떠오른 생각인 것처럼 보였고, 사실 그건 그가 지워버리고 싶었던 또 하나의 비밀이기도 했다.

"좋아, 그래 말해봐."

"배에 탄 사람들이 연료를 따로 챙겨놓았어. 많은 양은 아니었지만, 뭔가를 하기에는 충분한 양이었지. 그들은 문들을 빈틈없이 막고서, 엔진의 배기가스가 배의 환기구로 들어가게 공조 시스템을 바꿔놓았어. 아마 깊은 잠에 빠져드는 것 같았을 거야."

로어의 얼굴에 아무런 표정의 변화가 없었다. 그리고 잠시 뒤 고개를 작게 끄덕였다. "네가 중요한 걸 말해줘서 고마운데."

"어쩌면 말하지 않는 게 나았을지도 몰라."

"사과할 일은 아니야."

그는 그제야 왜 자신이 로어에게 그 이야기를 했는지 깨달았다. 자신들에게도 그런 선택이 필요한 순간이 오면, 똑같이 할 수 있기 때문이었다.

70장

해가 저물고 있었다.

주자들은 이미 지휘소에서 난간 통로들을 이리저리 뛰어다니기 시작했고, 이를 냉철하게 바라보는 피터는 자신들의 방어선이 얼마나 허술한지 그대로 느꼈다. 10킬로미터에 이르는 지역에, 사람들은 제대로 훈련도 받지 못한 상태지만 적들은 다른 어떤 적과도 다르게 두려움이라고는 전혀 없는 존재들이었다.

이 문제에 대해 아프가는 한마디도 언급하지 않았지만, 피터는 그의 생각을 충분히 읽을 수 있었다. 아마도 에이미는 자신을 넘기려 알리시아와 함께 떠났을 것이며, 어쩌면 결국 드랙들은 오지 않을지도 모를 일이다. 어찌 되었건 종국에는 드랙들이 들이닥칠 수도 있고, 그게 문제의 핵심이었다. 피터는 자신의 꿈을 기억하고 있었다. 꿈속에서 보았던, 뒤를 한 번 돌아보지도 않고 걸어가는 에이미의 모습이 달빛 속에서 멀어져 가던 모습 말이다. 그리고 피터를 계속 버티게 한 것은 앞으로 몇 시간 후에 벌어질 일에 대한 확신이었다. 그에게는 자신이 감당해야 할 역할이 있고, 그는 그 역할을 해낼 것이다.

체이스가 그가 있는 곳으로 왔지만, 그는 자신의 비서실장조차 거의 제대로 알아보지를 못했다. 경의를 표하기 위함이었는지 휘장을 떼어버리기는 했지만, 체이스가 장교 유니폼을 입고 있었다. 서둘러 떼어낸 듯 휘장을 떼어낸 자리가 거칠어 보였다. 체이스는 어떤 특정한 모습으로 비춰지고 싶었는지 소총을 들고 있었다. 총이 벽난로 위에 오랫동안 걸려 있던 것처럼 보였다. 피터가 그에게 뭔가를 말하려다가 멈췄다. 아프가가 피터를 말리듯 한쪽 눈썹을 치켜떴기 때문이었고, 거기까지였다.

"올리비아는 어디에 있어요?" 피터가 결국 물었다.

"대통령의 하드박스에요." 하지만 체이스의 표정으로 보아 확실해 보이지는 않았다. "괜찮았으면 좋겠어요."

세 사람은 모든 초소로부터 들어오는 무전에 귀를 기울였다. 모두가 공격에 대비해 일어나 준비 중이었다. 계곡에 그림자가 길게 늘어졌다. 아름다운 여름의 저녁 풍경이었고, 하늘의 구름도 붉게 익어갔다.

71장

　에이미가 그 장소에 대해 알 필요는 없었다. 때가 되면 그곳이 어디인지 깨닫게 되리라는 걸 그녀는 알았다.

　그들은 말을 달려 태양으로부터 멀리 도망쳤고, 그들이 탄 말 아래로 땅바닥이 휙휙 지나갔다. 말발굽에 흙덩어리들이 튀어 오르고, 자갈이 섞인 먼지구름이 일어났다. 그녀의 마음 안에 어떤 느낌이 만들어지기 시작했다. 길을 가면 갈수록 그 느낌이 강렬해졌고, 마치 무선 신호가 강해지는 것처럼 그들을 앞으로 불러내고 있었다. 솔저가 강하고 부드럽게 땅을 박차고 나갔다.

　너, 네 친구를 정말 훌륭하게 보살펴왔구나, 에이미가 솔저에게 말했다. 너는 정말 용감하고, 또 강한 친구야. 너는 언제나 기억될 거야. 초록 들판이 너를 기다리고, 너는 너와 같은 종족과 고귀한 영생을 누리게 될 거야.

　마구 질주하던 솔저가 걷기 시작했다. 에이미와 알리시아는 말들을 멈춰 세운 후 내렸다. 솔저가 많이 지쳤는지 입에서 하얀 거품이 끓어올랐고, 짙은 색 몸통 옆구리는 땀으로 번들거렸다.

"여기." 에이미가 말했다.

알리시아가 고개를 끄덕이기는 했지만 말하지는 않았고, 에이미는 친구가 공포를 느끼기 시작했다는 것을 감지했다. 그녀가 물러서서 조용히 기다렸다. 바람이 그녀의 귓가를 스쳐 머리를 훑고는, 흔적도 없이 사라져버렸다. 모든 것이 얼어붙고, 거대한 고요 속에 밀봉된 것 같았다. 마지막 남은 밝은 햇살의 오후 몇 분도 금세 흘러갔다. 그녀가 서 있는 대지 위에 그녀의 그림자가 늘어지더니 점점 더, 더 길어졌다. 그녀는 태양과 대지가 하나가 되는 순간을 느꼈으며, 그 둘의 결합이 산등성이들을 만지작거리며 훑고 지나가는 소리가 한숨처럼 귓가에 들렸다. 그녀는 두 눈을 감고서 자신의 마음을 어둠 속으로 뛰어들게 하였다. 자신의 마음 위 저 높은 곳 호수의 수면에서 물결이 일어나 퍼져 나갔다.

앤서니, 나 여기 있어요.

처음에는 아무 답이 없었다. 잠시 후.

네, 에이미. 그들 모두 준비됐어요. 이제 그들은 당신 것이에요.

밤이 다가오고 있었다.

모두 내게 와요. 그녀가 생각했다.

밤이 세상을 덮었다.

72장

그들은 도피라고 불렸다. 하지만 그들의 이전의 삶에서, 그들은 여러 가지 다양한 존재들이었다.

그들은 대륙의 모든 지역과 주와 도시로부터 모여들었다. 워싱턴주의 시애틀, 뉴멕시코주의 앨버커키, 앨라배마주의 모빌. 뉴올리언스의 유동성 화학 늪과 캔자스시티의 강한 바람이 부는 평지 그리고 시카고의 얼음으로 뒤덮인 협곡. 하나의 집단으로서 그들은 북미 제국의 거주자들을 대표하는 완벽한 표본으로서 통계학자의 꿈이라고 할 수 있을 정도였다. 그들은 농장과 작은 마을과 특징 없는 교외 지역과 제멋대로 뻗어 나간 대도시로부터 왔고, 모든 인종과 신념들이었으며, 이동식 트레일러와 주택과 아파트와 바다 전경이 보이는 저택에서 살아왔다.

인간이었을 때 그들은 각자가 독립된 자아를 갖고 있었다. 그들은 희망하고, 미워하고, 사랑하고, 고통받고, 노래하고, 눈물을 흘렸다. 그들은 상실이라는 걸 알았으며, 물건들로 자신들을 둘러싸고 위로하기도 했으며, 자동차를 운전하며 다니기도 했다. 그들은 개들을 산책시키기도 했으며, 그네에 앉은 아이들의 등을 밀어주기도 했고, 식료품점에서 줄을 서 차례를 기다리기도 했다. 바보 같은 소리를 하기도 했다. 그들은 비밀을 지키기도 했고, 원한을 키우기도 했으며 후회의 불씨를 날려버리기도 했다. 다양한 신들을 섬기기도 했으며, 전혀 신을 섬기지 않는 사람들도 있었다. 빗소리에 밤에 잠에서 깨어 일어나기도 했다. 그들은 사과하기도 했다. 다양한 행사에 참석했다. 그들은 자신들의 이야기를 정신과 의사들과 성직자들과 연인과 술집에서 만난 낯선 이들에게 털어놓기도 했다. 그들은 예상하지 못했던 순간에, 그 무엇에도 얽매여 있지 않은 듯 저 위로부터 오는 것처럼 보이는 순수한 기쁨의 불꽃을 경험하기도 했다. 그들은 자신들이 알려지기를 원했고, 때때로 거의 그렇게 되기도 했다.

트웰브 중의 트웰브 앤서니의 바이럴 혈통의 계승자들, 그들은 그들의 상대에 비하여 본질적으로 피에 덜 굶주렸다. 그리고 이런 사실은 인간 관찰자들에 의해 여러 번 확인되었는데, 도피들은 기쁨이라고는 찾아볼 수 없는 의무에 가까운 태도로 그들의 식성을 충족시켰으며, 바이럴들 중 비교적 죽이기 쉬웠던 것도 이런 특징 때문이다. 도피처럼 바보 같다. 그 말이 바로 이를 가리키는 말이다. 이 말이 사실이기는 했지만, 그 말 안에는 더 중요한 진실이 숨겨 있었다. 사실 도피들은 그 짓을 좋아하지 않았다. 무고한 사람들을 죽이는 일은 그들을 불안하고 힘들게 만들었다. 그러나 그런 그들 안에는 드러나 보이지 않는, 인간이 미처 보지 못한 흉포함이 감춰져 있었다. 1세기 이상 그들은 이런 그들의 감춰진 힘을 발산할 수 있는 날이 오기를 기대하며 기다려왔던 거였다.

그들의 삶에서, 그들은 많은 것으로 살아왔다. 그리고 그들은 또 다른 존재가 되었고, 이제는 하나의 군대를 이루었다.

처음에는 황혼에서, 그리고 어둠 속에서, 텍사스의 별 아래에서, 그들은 소음과 먼지의 벽인 서쪽을 향해 포효했다. 뾰족한 창끝 같은 무리의 앞머리에서 말을 탄 두 사람이 대열을 이끌었다. 알리시아에게 그 느낌은 그녀를 움직이는 온전한 힘이 되어주었다. 원시적 무력에 합류하게 된 그녀는 자신이 이끌리는 것만큼 그들을 이끌고 있었다. 그리고 에이미에게는 내적으로 영혼들이 결집하는 확대의 느낌으로 다가왔다. 카터가 자신의 무리에 대한 통제권을 에이미에게 넘긴 순간, 그들은 더 이상 그녀와 별개인 존재가 아니었다. 그들은 곧 에이미의 지각과 의지의 확장으로, 이제는 에이미의 다수, 즉 다수의 에이미를 의미했다.

나와 함께 가요. 나와 함께 가는 거예요. 나와 함께하는 거예요. 나와 함께해보는 거예요…….

눈앞에 멀리 보이는 해안의 불빛처럼 포위된 도시가 나타났다.

"총 들어!"

장벽의 보행통로를 따라, 탄창을 끼워 넣는 소리, 노리쇠가 딸깍거리는 소리 그리고 탄약들이 약실에 들어가 장전되는 소리가 들렸다. 마지막 그림자까지 사라지고 어둠에 잠겼다.

시간이 오래 걸리지 않았다.

동쪽에 한 줄의 빛이 나타났고, 시간이 지날수록 두께가 두꺼워지며 들판에 퍼져 나갔다. 숙명이랄까, 운명이라는 느낌이 안개처럼 드리워졌다. 그리고 그 앞에 있는 도시는 보잘것없어 보였다.

"적들이 온다!"

바이럴 떼가 무시무시한 속도로 우르릉 땅을 울리며 그들을 향해 돌진해왔다. 공기를 가르는 산발적인 총소리들이 들렸는데, 공포에 질린 나머지 총을 쏴야겠다는 충동을 억제하지 못했기 때문이었다.

피터가 무전기를 입에 갖다 댔다. "총 쏘지 마! 사거리 안에 들어올 때까지 기다려!"

쇄도해오는 바이럴들이 일으키는 거대한 먼지구름에 하늘의 별빛마저도 가려 사라져갔다. 바이럴 떼는 화살촉 같은 뾰족한 대형을 이루고 있었다.

"협상할 여지는 없어 보이는군요." 아프가 말했다.

겁에 질린 나머지, 주체를 못 하고 방아쇠를 당기는 이들이 쏘아대는 총소리가 더 많이 들렸고, 바이럴들은 계속 다가오는 중이었다. 바이럴들의 기세가 장벽의 출입구를 화살로 과녁의 한복판을 꿰뚫듯 반으로 쪼개며 곧장 밀고 들어올 것만 같았다.

"잠깐만요," 쌍안경으로 상황을 지켜보던 아프가 말했다. "뭔가 이상한데."

그가 말하기를 주저하다가 입을 열었다. "저것들의 움직임이 좀 다릅니다. 나이 든 이들이 하는 것처럼, 짧은 보폭으로 뛰면서 그 사이사이에 성큼성큼 큰 걸음으로 걷고 있습니다." 그가 망원경에서 눈을 뗐다. "제 생각에 저건 도피들 같은데요."

무언가 일이 일어나고 있었다. 몰려오던 무리의 속도가 줄어드는 중이었다.

경계 초소에서 누군가가 소리를 질렀다. "말을 탄 사람들이 보입니다! 200미터 밖입니다!"

모두 준비해요.

에이미가 솔저의 속도를 줄여 보통 속도로 걷게 하더니, 다시 빠른 속도의 걸음으로 몰았다.

우리가 이 도시를 지켜낼 거예요. 나의 혈육이 된 형제자매들이여, 우리가 이 출입구를 방어할 거예요.

액체가 흘러 번져 나가듯 그녀의 군대가 흩어졌고, 에이미도 그들 가운데에서 함께 움직였다. 그녀는 감히 두려움을 드러내지 않았다. 그녀의 용기가 곧 그녀의 군대가 된 그들의 용기였기 때문이다. 에이미는 등을 꼿꼿이 세우고, 한 손에는 솔저의 고삐를 가볍게 쥐고, 다른 한 손은 그의 신자들을 축복하는 성직자처럼 곧게 뻗어 내밀고 있었다.

그들도 한때 당신들처럼 인간이었어요. 하지만 그들은 다른 주인인 제로를 따르고 있어요.

대열의 좌우 양 끝까지가 1,000, 앞에서 뒤까지가 300, 에이미의 군대가 북쪽 장벽을 따라 방어선을 형성하고 들판을 향해 돌아섰다. 동쪽으로, 달의 가장 바깥쪽 테두리가 산등성이 위로 얼굴을 빠끔히 내밀었다.

망설이지 말아요, 그들은 절대 망설이지 않을 겁니다. 나의 형제자매들이여, 그들을 죽이세요. 다만, 항상 여러분의 마음속 깊은 곳에서 우러나오는 자비의 축복을 베푼다는 마음으로 죽이세요.

에이미는 군인들의 눈이 자신에게 쏠려 있는 것을 느꼈다. 그건 곧 소총 조준경의 십자선과 가늠쇠가 자신을 향하고 있다는 것을 의미하는 거였다. 거대한 먼지구름이 가라앉고 있었다. 그녀의 입 안이 모래를 씹은 듯 까끌거렸다.

몸을 똑바로 세우고 당당하게 서요. 용기를 가져요. 그에게 당신이 어떤 존재인지 똑똑히 보여주라고요.

그들은 대열의 맨 앞으로 말을 몰고 와 멈춰 섰다. 에이미가 허리에서 권총을 꺼내 알리시아에게 건네주고, 대신 그녀의 등에서 검을 뽑아 들었다. 검의 손잡이는 손안에서 편안하게 느껴질 만큼 적당한 두께를 지녔고, 에이미는 손목을 흔들어 공중에서 칼날을 돌려가며 확인했다.

"이거 좋은 무기예요, 자매님."

"나도 그걸 만들면서 그럴 거라고 짐작했어."

그녀의 마음은 차분했고, 모든 게 정리되어 잡념 없이 침착했다. 두렵기는 하나 안도감을 느꼈으며, 그보다도 앞으로 무슨 일이 벌어질지에 대한 궁금증이 일었다.

"나는 전투라는 것을 해본 적이 없어요." 에이미가 말했다. "어떤 거죠?"

"전투는 매우…… 숨 가쁘게 분주한 일이라고 할 수 있지."

에이미가 알리시아의 말을 듣고 생각에 잠겼다.

"모든 일들이 빠르게 일어나. 아마 전투가 끝나고 나서야 알게 될 거야. 대부분의 일들이 다른 이들에게 일어난 것처럼 보이기도 할 거고."

"그 말에 많은 의미가 담겨 있는 것 같다는 생각이 드네요." 그러더니 "알리시아, 만약 내가 살아남지 못한다면……."

"한 가지 더."

"뭔데요?"

알리시아가 에이미의 눈을 바라보았다. "너는 그런 말을 해서는 안 돼."

장벽 위는 혼란에 빠져 있었다. 주자들이 다급하게 쏜살같이 뛰어다니고, 방아쇠 위의 손가락들은 움찔움찔 파르르 떨리고, 아무도 무엇을 어떻게 해야 할지 몰랐다. 총을 쏘면 안 되는 거야? 저것들은 바이럴들이라고! 그런데 저것들이 왜 엉뚱한 방향을 보고 서 있는 거지?

"모두 내 말 들어." 피터가 무전기에 대고 소리를 질렀다. "모든 경계 초소들은 당장 병력을 사선에서 물리고 대기시켜!" 그가 무전기를 아프가에게 넘기고 가장 가까이에 있는 주자를 향해 몸을 돌렸다. "이등병, 가서 레펠용 안전벨트를 가져오게."

"피터, 자네 저 바깥으로 나가면 안 돼." 아프가가 말했다.

"에이미는 저를 지켜줄 수 있어요. 직접 두 눈으로 보고 아시잖아요. 저들은 우리를 지키러 온 거예요."

"나는 저들이 막힌 하수구를 뚫으러 여기 왔다고 해도 상관없어 — 자네는 빌어먹을, 이성을 잃은 거라고. 내가 자네를 때려눕히게 만들지 말란 말이야. 나는 정말 그렇게 해서라도 자네를 막을 거니까."

이등병의 눈이 피터와 아프가를 번갈아 보며 바쁘게 움직였다. "제가 안전벨트를 가져와야 합니까, 아닙니까?"

"이등병, 한 발짝만 움직이면 장벽 밖으로 집어 던질 거니까 가만히 있어." 아프가가 말했다.

경계병 한 명이 소리를 질렀다. "움직임 포착! 말을 탄 사람들이 떠나고 있음!"

피터가 고개를 들었다. "떠난다니 무슨 말이야?"

난간 위로 얼굴 하나가 보였다. 그가 뒤에 있는 남자와 짧은 대화를 나누더니, 손으로 북쪽을 가리켰다. "대통령님, 들판을 가로질러 가고 있습니다!"

피터가 장벽 가장자리 쪽으로 물러나 쌍안경을 들어 올렸다.

"군나르, 장군님도 저거 보이세요?"

"뭘 어떻게 하고 있는데?" 아프가 말했다. "뭐, 항복이라도 하려는 거야?"

풀썩 먼지를 일으키며, 에이미와 알리시아가 몰던 말들을 멈춰 세웠다. 에이미가 칼을 뽑아 높이 치켜들었다. 이런 에이미의 행동은 항복이 아닌 저항과 도전의 몸짓이었다.

에이미와 알리시아 두 사람은 자신들을 미끼로 사용하고 있는 거였다.

"패닝, 내 목소리가 들려?!"

에이미의 말소리가 어둠 속으로 사라졌다.

"나를 원하면 와서 잡아보라고!"

"우리가 좀 더 앞으로 나가야 할까?" 알리시아가 물었다.

"그러면, 우리가 돌아가지 못할 수도 있어요." 그러고는 목소리를 한층 더 높여 말했다. "듣고 있어? 내가 바로 여기 있다고, 이 나쁜 자식아!"

알리시아가 기다리며 지켜봤지만, 여전히 아무 일도 일어나지 않았다. 그런데, 그다음.

알리시아, 일을 잘 처리했어.

알리시아는 무의미하지만 반사적으로 양손을 두 귀에 대고 눌러 막았다. 패닝은 목소리는 그녀의 안에서 들렸다.

너는 내가 기대해볼 만했던 모든 일들을 다 완수해냈어. 에이미의 군대는 아무것도 아니야, 나는 저들을 한순간에 훅 쓸어버릴 수도 있으니까. 너는 나에게 그것뿐만이 아니라, 더 많은 일을 해주었어.

"닥쳐! 나를 가만 내버려 두라고!"

에이미가 알리시아를 뚫어지게 쳐다보았다. "리시, 무슨 일이에요? 패닝인가요?"

느낄 수 있어, 알리시아? 패닝의 목소리는 부드러웠지만 조롱하고 비웃는 게 분명했다. 그의 목소리는 끈적한 기름진 액체가 그녀의 뇌 속에 퍼져 나가는 것 같은 느낌을 주었다. 물론 너도 느낄 거야. 너는 항상 느낄 수 있으니까. 거리를 돌아다니고, 머릿수를 세고. 내가 너의 일부인 것처럼, 그들도 너의 일부야.

그리고 알리시아는 그 소리를 들었다. 아니, 귀로 들은 소리가 아니라 느껴진 거였다. 일종의…… 뭔가를 긁어대는 소리. 이 소리가 어디에서 나는 거지?

그녀는 너덜너덜 만신창이가 되어서 내게로 와야 해. 이게 가장 정확한 신뢰의 시험대가 될 거야. 내가 느끼는 걸 느껴봐. 우리가 느끼고 있는 걸 느껴보라고, 나의 알리시아. 절망이 무엇인지 느껴보란 말이야. 모든 것을 잃은, 목적도 존재하지 않는, 희망이 없는 세상을.

"알리시아, 무슨 일이 일어나고 있는지 내게 말해줘요."

나는 네가 꾸는 꿈을 알고 있어, 알리시아. 거대한 성벽으로 둘러싸인 도시와 그 안에서 들려오는 생명의 소리들. 음악과 아이들의 행복한 비명. 그들과 함께하고 싶어 하는 너의 소망. 하지만 너는 들어갈 수 없는 문들. 알리시아, 그때 알았던 거야? 무슨 일이 일어나려고 하는지 알기는 했어?

패닝의 목소리가 더욱 강렬해졌고, 그녀의 목에서 피가 꿀렁꿀렁 고동쳤다. 알리시아는 자기 몸이 아픈 것일지도 모른다는 생각이 들었다.

나의 알리시아, 모든 건 이미 다 이루어졌어. 못 느끼겠어? 그들을…… 느낄 수 있어?

그녀의 마음이 갑자기 쾅 내던져지듯 의식을 되찾아 현실로 돌아왔다. 알리시아가 말의 안장에 앉은 채 몸을 돌려 뒤를 봤다. 에이미의 군대가 버티고 서 있는 저지선 너머로 커빌의 불빛들이 보였다.

밖이야, 그녀는 생각했다. 꿈과 똑같이 나는 바깥쪽에 있어.

"오, 이런 맙소사, 안 돼."

사라는 숨을 쉬려고 애를 썼다.

지하에는 120명의 사람들이 빽빽하게 자리를 차지했고, 양초와 등잔이 지하 공간 곳곳에서 기묘하고 살아 움직이는 그림자들을 만들어냈다. 사라는 무릎 위에 올려놓은 권총을 느슨하게 쥔 상태였는데, 그래도 언제라도 사용할 준비는 되어 있었다.

제니와 한나는 아이들의 주의를 딴 데로 돌리기 위해 오리-오리-거위 게임*을 준비해두었고, 이 게임을 하지 않는 아이들은 몰래 갖고 들어온 장난감들을 가지고 놀았다. 몇몇 아이들은 울고 있었는데, 그 아이들은 자신들이 우는 이유를 아마도 몰랐겠지만, 그들은 어른들의 불안을 대신하여 전달하던 거였다.

사라는 문에 등을 기대고 바닥에 앉아 있었다. 문의 차가운 금속판의 냉기가 피부에 고스란히 느껴졌다. 이게 버텨낼 수 있을까? 문을 두드리고, 금속판이 우그러지면서 불거져 솟아오르고, 안에 있던 사람들이 모두 비명을 지르며 뒤로 쏠려 물러나고, 마침내 문이 깨지며 부서져 쓰러지고, 죽음이 물밀듯 들어와 사람들

---

* 거위로 지목당한 참가자가 술래를 쫓아가 잡아야 하는 게임으로, 수건돌리기와 비슷하다.

을 다 삼켜버리는 다양한 장면들이 그녀의 머릿속에서 펼쳐졌다.

그녀는 제니와 한나를 지켜보았다. 제니는 겁에 질렸지만—그녀는 감정이 겉에 입은 코트처럼 고스란히 드러나 보였다—한나는 동요 없이 차분하고 심지가 굳어 보이는 구석이 있었다. 그 게임을 시작한 것도 한나였다. 사라는 한나와 같은 사람들이 있다는 걸 알았다. 화내지 않거나 혹은 화난 것을 드러내지 않는 사람들 말이다. 그들은 자신 안에 거대한 평온함의 저수지를 가진 사람들이다. 한나는 꿍꿍이가 있는 듯 씩 웃으며, 조그만 소년에게 쫓기면서 긴 다리로 아이들이 앉아 있는 원 주위를 뛰어다녔다. 물론 한나는 그 소년이 자신을 잡을 수 있게 만들어줄 것이다. 한나는 일부러 소년에게 항복하는 연극을 하며, 소년이 행복에 겨워 낄낄거리는 웃음을 터뜨릴 수 있게 해주었고, 그 모습을 보며 사라도 잠시 안심되며 기분이 좀 나아졌다. 사라도 그런 게임들을 기억했다. 얼마나 즐거웠던지, 그들의 관심사는 정말 단순하고 순수했다. 그녀도 소녀일 때 오리-오리-거위 게임을 했고, 그 후에는 케이트와 케이트의 친구들과 함께 그 게임을 했다. 하지만 다음 순간, 그녀의 이런 생각은 다른 생각으로 바뀌었다. 케이트, 그녀는 케이트를 생각했다. 케이트, 너 어디에 있는 거니? 어디로 가버린 거니? 네 육신은 집에서 멀리 떨어진 침대 위에 누워 있고, 네 영혼은 어디론가 날아가버렸어. 네가 없는 나는 뭘 어떻게 해야 할지 모르겠어. 길을 잃었어.

"윌슨 박사님, 괜찮으세요?"

그레이스가 카를로스를 안고 사라 앞에 서 있었다. 사라가 자신의 눈물을 손으로 훔쳐 닦아냈다.

"아기는 어때요?"

"카를로스는 갓난쟁이일 뿐인데요 ─ 아기는 아무것도 모르죠."

사라가 몸을 움직여 그레이스가 앉을 자리를 만들어주었다.

"우리 여기에 있으면 안전하겠죠?" 그레이스가 물었다.

"그럼요."

둘 다 말이 없었다. 그러더니 어깨를 움츠리며 말했다. "선생님도 거짓말할 줄 아시는구나. 하지만 그래도 괜찮아요. 저는 그냥 선생님이 그렇게 말씀해주시는 걸 듣고 싶었을 뿐이니까요." 그레이스가 얼굴을 돌려 사라를 보았다. "선생님이 저희 부모님에게 출산권을 양도해주신 분이시죠, 그렇죠?"

"부모님이 당신에게 말씀하셨나 보네요."

"아뇨, 양도한 사람이 의사라는 말만 하셨어요. 그런데 이곳에 여의사라고는 선생님밖에 안 보이더라고요. 그래서 선생님이 틀림없이 그 의사일 거라고 생각했죠. 왜 그러셨어요?"

아마도 당시에는 이 물음에 대한 답이 있었겠지만, 사라는 그게 무엇이었는지 생각나지 않았다. "그냥 그때는 그렇게 해야만 할 것 같았어요."

"부모님들은 제게 잘해주셨어요. 세상일이 마음대로 되지는 않으셨지만, 그래도 두 분은 다른 사람들 못지않게 누구보다 저를 사랑해주셨죠. 우리 가족은 저녁 식사 때마다 항상 선생님을 위해서 기도를 드리는 걸 잊지 않았어요. 선생님께서 알고 계셨으면 해서요."

아기 카를로스가 하품했고, 그건 곧 아기가 잠든다는 걸 의미했다. 그리고 사라와 그레이스가 일이 분 정도 함께 아이들이 게임하는 모습을 지켜보았을까, 그레이스가 갑자기 고개를 들었다.

"이게 무슨 소리죠?"

"6번 경계 초소, 움직임 포착."

피터가 무전기를 들었다. "다시 말하라."

"확실하지 않습니다." 잠시 머뭇거리더니. "지금은 사라지고 안 보이는 것 같습니다."

6번 경계 초소는 댐의 남쪽에 위치했다.

"모두 전투 태세 유지해!" 아프가 고함을 질렀다. "각자의 위치를 고수해!"

피터가 마이크에 대고 소리를 질렀다. "뭐가 보이는가?"

잡음이 나더니, 목소리가 들렸다. "아무것도 아닙니다, 잘못 봤습니다."

피터가 체이스를 봤다. "6번 경계 초소 밑에 뭐가 있죠?"

"관목들뿐이죠."

"적들이 몸을 은폐하기에 충분한가요?"

"어느 정도는 가능합니다."

피터가 다시 무전기를 집어 들었다. "6번 경계 초소, 보고하라. 뭐가 보였었나?"

"보고합니다. 아무것도 아니었습니다." 무전기의 목소리가 반복됐다. "싱크홀이 또 하나 생긴 것 같습니다."

고아원의 지붕 위 자신의 위치에 있던 케일럽에게는 몸으로 느껴지는 것만큼 소리가 잘 들리지는 않았다. 보이지 않는 벌 떼가 하늘을 가득 메우고 있는 것처럼, 그 근원을 눈으로 확인할 수 없는 소란함이 느껴졌다. 그는 쌍안경을 들어 도시를 살펴보았다. 모든 것이 달라진 것 없이 평범해 보였지만, 마음이 평정을 되찾

자 여러 방향에서 다른 소리가 들려온다는 걸 알아차렸다. 금이
간 나무들이 쪼개지는 소리, 유리가 깨지면서 쨍그랑거리고 박살
나는 소리, 5초쯤 계속되는 알 수 없는 종류의 우르릉거리는 소리.
그의 주위와 아래쪽 땅 위에서 부하들 몇 명도 똑같이 이러한 소
리를 느끼기 시작했다. 그들은 나누던 대화를 멈추고 서로 이렇게
말하기 시작했다. 저 소리 들려? 저게 무슨 소리지? 케일럽이 부족한
잠 때문에 화끈거리며 따가운 눈을 부릅뜨고 어둠 속을 뚫어지게
쳐다봤다. 지붕 위에서 의사당 건물과 중앙 광장의 모습이 또렷이
보였고, 병원은 동쪽으로 네 블록 떨어져 있었다.

그가 벨트에서 무전기를 꺼내 들었다. "장인어른, 들리세요?"
홀리스는 병원으로 들어가는 입구를 지키는 중이었다.

"그래, 잘 들려."

또다시 굉음이 들렸다. 그 소리는 도심의 거리 아래 깊은 곳에
서 들려왔다. "이 소리 들리세요?"

잠깐의 시차가 생기고, 홀리스가 말했다. "알았네."

"뭐가 보이세요? 어떤 움직임이 있어요?"

"아무것도 없네."

케일럽이 쌍안경을 들어 의사당 건물에 고정했다. 징병이 끝나
고 놔둔 두 대의 트럭과 긴 테이블이 그대로 광장에 남아 있었다.
그는 다시 무전기를 들었다. "수녀님, 제 목소리 들리세요?"

페그 수녀는 해치 옆에서 자리를 지키는 중이었다. "네, 중위님."

"확실하지는 않지만, 무슨 일이 일어나고 있는 것 같아요."

잠시 소리가 끊기더니 수녀의 대답이 들렸다. "알려줘서 고마
워요, 잭슨 중위."

그는 무전기를 다시 벨트에 채워 넣었고, 반사적으로 소총을 쥔

손에 힘이 들어갔다. 약실에 총알 한 발이 이미 장전되어 있다는 걸 알기는 했지만, 장전 손잡이를 조심스럽게 뒤로 당겨 다시 한 번 확인했다. 약실의 작은 구멍을 통해 놋쇠로 된 탄약통이 반짝이는 것이 보였다.

무전기에서 지지직거리는 소리가 들렸다. 홀리스였다. "케일럽, 대답해."

"뭐가 보이시나요?"

"저쪽에 뭐가 있어."

케일럽의 심장이 마구 뛰기 시작했다. "어디요?"

"광장 쪽으로, 북서쪽 모퉁이."

케일럽이 다시 쌍안경을 눈에 갖다 댔다. 짜증 날 정도로 느린 속도로, 광장에 쌍안경의 초점이 맞추어졌다. "저는 아무것도 안 보이는데요."

"바로 전까지 거기에 있었어."

계속 쌍안경으로 광장 쪽을 훑으며 지휘소와 교신하기 위해 케일럽이 무전기를 입에 갖다 댔다.

"1번 경계 초소, 여기는 9번 경계 초소……."

하지만 그는 중간에 말을 멈추고 말았다. 그의 눈이 뭔가를 스치고 지나갔다. 그는 재빨리 쌍안경을 다시 되돌려 눈이 지나온 자리를 확인했다.

광장에 있는 긴 테이블이 뒤집혔고, 그 뒤로 트럭 중 한 대의 앞부분이 45도 각도로 하늘을 향해 들렸으며 뒤쪽의 바퀴들은 흙 속에 깊이 박혀 있었다.

싱크홀. 그것도 큰 것이 땅에 입을 벌리고 나타났다.

피터는 전장이 되리라고 예상한 장벽 밖을 향해 있던 몸을 돌려 뒤를 봤다. 달빛을 받은 건물들의 모서리들이 어둠 속에서 도시의 윤곽을 드러내 보였다.

그의 옆에 있던 체이스가 물었다. "왜 그래요?"

그의 피부에 정전기가 일어나는 것처럼 따끔거렸고, 그는 도심 쪽을 뚫어지게 쳐다보았다. "우리가 놓친 게 있어요." 그러더니 피터가 가만히 한쪽 손을 들어 올렸다. "가만히 있어봐요. 이 소리 들었어요?"

"무슨 소리를 말하는 거야?" 아프가가 눈을 가늘게 뜨며 고개를 갸우뚱 숙이고 집중했다. "잠깐만, 그래."

"벽 사이에 쥐들이…… 있는 것 같은."

"나도 들려요." 체이스가 말했다.

피터가 무전기 마이크를 낚아채 들었다. "6번 경계 초소, 뭐가 보이나?"

아무 응답이 없었다.

"6번 경계 초소, 보고하라."

페그 수녀가 부엌의 식품 저장 창고 안으로 들어갔다. 그녀의 소총은 기름천에 둘러싸여 맨 꼭대기 선반 위에 숨겨 있었다. 그 소총은 원래 그녀의 오빠의 것으로, 오빠의 넋이 깃들어 있는 것이다. 그녀의 오빠는 여러 해 전에 원정대에서 복무했다. 페그 수녀는 한 군인이 오빠의 사망 소식을 갖고 고아원을 찾아왔던 날을 기억하고 있었다. 그 군인이 그날 오빠의 사물함을 가져왔는데, 아무도 사물함의 내용물을 확인하지 않았던 모양이었다. 그렇지 않았다면, 그 소총은 다시 군수 창고로 되돌아갔어야 했던 물건이

다. 아니면 페그 수녀가 그렇게 해야 했는지도 모를 일이지만. 오빠의 사물함에 있던 유품의 대부분에는 오빠의 흔적이 남아 있는 것이 없었고, 그래서 보관할 가치가 없어 보였다. 하지만 그의 소총은 그렇지 않았다. 그녀의 오빠가 관리하고, 사용하고, 가지고 싸우던 물건으로, 오빠가 누구였는지를 상징하는 것이었다. 그건 추억 이상의 물건이었고, 언젠가 페그 수녀가 필요할 때 사용할 수 있도록 그가 남겨놓은 선물이었다.

그녀는 사다리를 옮겨놓고, 조심스럽게 발을 옮겨 총을 꺼내 들고 내려와, 수녀들이 빵을 만들기 위해 밀가루를 치대며 반죽하는 테이블 위에 올려놓았다. 페그 수녀가 총을 꼼꼼하게 관리해왔기에, 총을 다루는 동작이 정확하고 매끄러웠다. 그녀는 단호한 방아쇠와 깨끗하고 멋진 당김으로 총알이 발사되는 총의 작동 방식이 마음에 들었다. 1년에 한 번 오빠의 기일이 있는 5월이면, 페그 수녀는 수녀복을 벗어 던지고 평범한 노동자의 옷으로 갈아입은 후 버스를 타고 오렌지 존으로 갔다. 그녀의 옆자리에는 더플백 속에 감춘 소총이 있었다. 방풍림 너머로 간 그녀는 깡통들을 세워놓고 표적으로 사용했으며, 때로는 사과나 멜론 등을 이용하기도 했고, 아니면 과녁이 그려진 종이를 나무에 못으로 고정해 사격 연습을 하고는 했다.

이제 페그 수녀는 장전이 된 총을 들고 식당으로 들어섰다. 보호 받침대에 연결된 용수철이 있는 충격 완충 튜브에 의해 무뎌진 총의 리코일 작동과 함께, 시간이 지날수록 그녀의 팔로 지탱하기에 소총이 점점 무겁게 느껴지기는 했지만, 그래도 여전히 총을 다루는 데 문제가 없었다. 리코일 작동은 후속 발사를 위해 매우 중요한 부분이었다. 그녀는 복도와 방 양쪽의 창문이 막힘없이 훤히 잘 보이는 해치 옆에 자리를 잡았다.

그녀는 기도 시간을 가져야만 한다고 생각했지만, 장전된 소총을 들고 있었기에 전통적인 방식의 기도를 한다는 건 완전히 부적절한 행동인 것 같았다. 페그 수녀는 신이 그녀를 도와주기를 원했지만, 사실 그녀는 신이 사람들 스스로 지켜내는 방식을 훨씬 선호한다는 믿음을 갖고 있었다. 삶이란 실패와 성공이 인간 자신에게 달린 시험이었다. 페그 수녀가 총을 들어 올려 쇄골에 갖다 대고 한쪽 눈을 긴 총신을 따라 각도를 잡아 조준하였다.

"내 아이들은 안 돼." 그녀가 그렇게 말하고는 장전 손잡이를 당겨 첫 번째 총알을 약실로 밀어 넣었다. "오늘 밤은 아니야."

"말 탄 사람이 접근 중!"

팽팽한 새로운 긴장감이 성벽을 따라 요동쳤다. 뭔가 상황이 변하고 있었다. 바이럴들의 대열이 지난밤과 마찬가지로 하나의 긴 통로를 만들어내며 갈라졌다. 그 길을 따라 말을 탄 한 사람이 그들을 향해 질주해 왔다. 보행통로를 지키고 서 있는 모든 눈이 총의 가늠자와 가늠쇠에 쏠리며, 어깨로부터 팔뚝을 따라 방아쇠 위에 올려진 폭신한 검지 끝까지 힘이 들어갔다. 사격을 중지하라는 명령은 명확하게 전달되었는데도 방아쇠를 당기고 싶은 충동은 여전히 강렬하기만 했다. 말을 탄 사람은 계속 다가왔다. 말안장에서 일어난 이 사람은 ─ 성별조차도 아직은 알아볼 수가 없었다 ─ 알아들을 수 없는 말로 소리를 질렀다. 한 손으로는 고삐를 꽉 쥔 채, 다른 한 손은 자기 머리 위로 공중에 흔들어댔는데 그 동작의 의미가 무엇인지 애매해 알 수가 없었다. 협박하는 건가? 기다리라는 부탁인 건가?

지휘소에 있던 피터는 무슨 일이 일어날지 직감했다. 징집병들은 경험이 없었다. 그들의 정신적 근육에는 각인된 군사 훈련의 기억이 없었고, 그들은 명령 체계 안에서 오로지 가장 일반적인 것들만 따를 뿐이었다. 알리시아가 조명등 불빛으로 밝혀진 방어선에 다다른 순간, 그가 상황을 통제할 수 없게 될 것 같았다. "총 쏘지 마!" 피터가 고함을 질렀다. "총 쏘지 마!" 하지만 피터의 말이 힘을 발휘하는 건 거기까지였다.

알리시아가 전속력으로 말을 달려 불로 밝혀진 방어선 안으로 들어왔다. "함정이야!"

그러나 그녀의 이 말은 그에게 아무런 의미가 없었다.

그녀가 고삐를 당겼고, 말이 미끄러지듯 멈춰 섰다. "함정이라고! 패닝의 바이럴들이 안으로 들어갔어!"

피터의 왼쪽에서 총성이 울렸다. "저거 어젯밤의 그 여자야!"

"저 여자 바이럴이야!"

"쏴 죽여!"

첫 번째 총알이 그녀의 허벅지를 뚫고 들어가 대퇴골을 산산조각 내버렸고, 두 번째 총알이 그녀의 왼쪽 폐를 뚫고 들어가 박혔다. 타고 있던 말의 앞다리가 접히며 말의 목 위로 그녀의 몸이 내던져졌다. 첫 번째 총성들이 울리고 발사된 총알들이 일제히 알리시아를 향해 쏟아졌다. 쓰러진 말 뒤로 기어가는 그녀의 주위로 총알 세례가 쏟아지며 먼지들이 일어났다. 말은 몸에 총알구멍이 숭숭 뚫린 채 죽었다. 총성은 계속 이어졌고, 총알은 그들의 표적을 놓치지 않았다. 알리시아는 자신이 총알에 주먹다짐을 당하고 있는 것만 같았다. 그녀의 왼쪽 손바닥이 사과처럼 갈기갈기 찢겨 나갔고, 그녀의 오른쪽 골반 장골은 수류탄이 폭발하며 파편들이 터져 나간 것처럼 다 부서져 버렸다. 가슴에 두 발을 더 맞았는데, 두 번째 총알은 그녀의 네 번째 갈비뼈에 맞고 튕겨 흉강을 대각선으로 비스듬히 뚫고 내려가 요추를 깨뜨렸다. 알리시아는 자기 몸을 쓰러진 말의 몸뚱이 밑으로 쑤셔 넣기 위해 최선을 다했다. 총알들이 뚫고 들어올 때마다 말의 몸에서 피가 튀어 올랐다.

졌다, 어둠의 장막이 내려앉으며 그녀가 생각했다. 모든 걸 다 잃고 말았어.

장벽 안으로 침투한 바이럴들의 대부분은 도시의 네 곳에서 모습을 드러냈다. 중앙 광장과 인공 호수의 남쪽, H타운의 대형 싱크홀, 그리고 정문 안쪽의 대기 구역 그렇게 네 곳이었다. 나머지 바이럴들은 땅속에 숨겨진 통로를 따라 이동하며 소규모로 무리를 지어 도시 곳곳에서 나타났다. 주택의 바닥들, 한때는 아이들이 뛰어놀던 잡초가 무성하고 관리가 안 된 채 버려진 땅들, 사람들이 밀집되어 살던 거리들. 바이럴들은 영악하게도 가장 약한 곳들을 찾아냈다. 몇 달 동안 바이럴들은 들끓는 개미 떼처럼 커빌의 땅 아래에서 지질학적 공간과 인간이 만든 인공물의 틈새들을 찾아 이동했었다.

이제 가라. 그들의 주인이 명령했다. 너희의 목적을 이뤄. 내가 명령한 것들을 실행하란 말이다.

장벽의 보행통로에 있던 피터에게는 알리시아의 경고를 고민해볼 시간조차도 없었다. 격렬한 총성의 굉음이 포효하는 가운데 — 군중의 광기에 휩싸인 많은 군인이 도피들에게도 사정없이 총을 쏘아대고 있었다 — 피터 발밑의 구조물이 갑자기 요동치기 시작했다. 그의 발아래 금속 격자판이 마치 카페트의 한쪽 끝이

들어 올려져 흔들리는 것처럼 느껴졌다. 그 느낌은 뱃멀미가 나듯 메스꺼움이 소용돌이같이 일어나 그의 복부를 강타했다. 피터는 좌우를 번갈아 돌아보며 이러한 움직임의 원인을 찾는 중에, 사방에서 비명이 들려온다는 걸 깨달았다. 보행통로가 두 번째로 요동치는가 싶더니, 보행통로 구조물이 충격에 휘청거리며 무너져 내렸다. 피터는 몸의 균형이 무너지며 뒤로 넘어가 보행통로 바닥에 쓰러졌다. 어지럽게 총이 난사되는 소리와 사람들의 고함이 들려왔다. 그의 얼굴 위로 총알들이 쌩 소리를 내며 날아다녔다. 출입구, 누군가가 울부짖었다. 저것들이 출입구를 열고 있어! 저것들을 쏘라고! 저 바이럴들을 쏴 죽이라고! 금속이 으르렁거리며 구부러지는 소리가 들리고, 보행통로가 장벽의 벽면에서 떨어져 나와 기울어지기 시작했다.

피터의 몸이 보행통로의 가장자리를 향해 굴렀다.

그는 구르고 있는 자기 몸을 멈춰 세울 수가 없었고, 손에는 붙잡을 만한 것이 아무것도 없었다. 사람들의 몸이 그를 지나쳐 굴러떨어지며 어둠 속으로 튕겨 날아올랐다. 피터의 몸도 구조물의 난간 끝으로 굴러떨어지려는 순간 그의 한 손이 매끄러운 금속 버팀대를 움켜잡았다. 버팀대를 잡고 멈춰선 몸이 시계추처럼 빙글빙글 돌았다. 그가 버팀대를 붙잡고 계속 버틸 수는 없었다. 그는 잠깐 멈춘 것뿐이었다. 그의 아래로 비명과 총격 속에 밝게 빛나는 도시가 빙글빙글 돌고 있었다.

"내 손을 잡아요!"

쟈크였다. 그는 난간 아래쪽에 자리를 잡고서, 보행통로의 가장자리 너머로 한쪽 팔을 늘어뜨렸다. 보행통로는 땅을 향해 45도로 기울어진 채 멈춰 있었다.

"잡아요!"

펑 하고 무언가 튕겨 나가는 소리가 연속적으로 들렸다. 벽에 고정되어 있던 마지막 볼트들이 빠져 나가는 소리였다. 피터의 손끝에서 불과 몇 인치 떨어진 쟈크의 손가락 끝이 마치 1킬로미터는 떨어져 있는 것처럼 느껴졌다. 두 개의 시간이 흘렀다. 소란과 다급함과 폭력적 행동으로 이루어진 하나의 시간과, 우연히도 이시간과 일치하지만 피터와 주변의 모든 것들이 느림보 조류에 갇힌 듯 천천히 흐르는 또 하나의 시간이 있는 것 같았다. 버팀대를 잡은 피터의 손에서 힘이 빠져나갔고, 다른 손은 쟈크의 손을 잡으려고 했지만 마음대로 되지 않았다.

"몸을 당겨 올려봐요!"

피터의 손에서 힘이 빠지며 버팀대를 놓쳤다.

"잡았어, 됐어!"

쟈크가 피터의 손목을 붙잡았다. 난간 아래쪽에서 두 번째 얼굴이 나타났다. 아프가였다. 그가 아래로 손을 뻗자 쟈크가 피터를 끌어올렸고, 아프가가 피터의 벨트를 잡았다. 아프가와 쟈크 둘이 피터를 마저 위로 끌어올렸다.

보행통로가 무너지기 시작했다.

살육이 시작되었다.

숨어 있다가 모습을 드러낸 바이럴들이 도시를 뒤덮었다. 그들은 떼 지어 성벽 위를 날아다니며 사람들을 공중으로 내던졌고, 바이럴들이 땅과 지붕 위로 뛰어오르는 모습은 흡사 불꽃놀이를 재연하는 것처럼 보이기도 했다. 하드박스들의 바닥을 뚫고 나와 안에 있던 사람들을 도살하고, 건물들의 바닥을 부수고 나타나

옷장 안과 침대 밑에 숨은 사람들을 찾아내 잡아 끌어냈다. 바이럴들은 장벽의 출입구도 휩쓸고 갔는데, 출입구는 적들이 뚫고 들어오기에는 아주 어려웠어도 내부에서의 공격에는 속수무책일 수밖에 없었다. 도시 안으로 쳐들어오기 위해 필요한 것이라고는 버팀대에서 빗장을 뜯어내고, 제동 장치를 푼 다음 문만 밀면 끝이었다.

인공 호수 부근에 나타난 바이럴 무리도 마찬가지로 특정한 임무를 띠고 있는 것 같았다. 온종일, 바이럴들의 섬세한 감각 기관은 많은 사람의 발걸음 소리를 감지하고, 모두 그 발소리가 향하는 쪽으로 움직였다. 차량들의 우르릉거리는 소음과 확성기의 소리를 감지했고, 그중에 '댐'과 '대피소' 같은 말들도 탐지해냈으며, '배수관'이라는 단어도 확인했다. 댐으로 직접 들어가는 길을 찾던 바이럴들은 난관에 봉착했다. 체이스가 예상한 대로 들어갈 방법이 없었다. 다른 바이럴들은 정예 돌격대처럼 근처의 작은 건물을 직접 공략했다. 그 건물은 작은 규모의 파견대 군인들이 지켰는데, 군인들은 모두 눈 깜짝할 사이에 끔찍하게 희생되었다. 바이럴들은 턱을 탁탁 부딪치고 손가락들을 떨고 쉴 새 없이 눈을 굴리며 건물의 내부 구조를 확인했다. 건물 안 공간은 파이프들로 가득 차 있었고, 파이프들은 물을 의미했으며, 물은 곧 댐을 의미했다. 그리고 층층다리가 아래로 이어졌다.

바이럴들은 물에 젖은 돌벽들이 이어지는 통로에 도착했고, 사다리 하나가 그들을 더 깊은 땅속으로 그리고 두 번째 사다리가 계속 더 깊은 곳으로 이끌어갔다. 빽빽하게 모인 인간의 무리가 근처에 존재했고, 바이럴들은 가까워지고 있었다. 바이럴들은 인간의 무리를 향해 곧장 나아갔다.

바이럴들은 육중한 둥근 손잡이가 있는 금속 문에 이르렀고, 알파인 첫 번째 바이럴이 문을 열고 안으로 들어가자 다른 바이럴들도 그 뒤를 따라 안으로 들어갔다.

문 안쪽은 인간의 냄새로 가득 차 있었다. 늘어선 사물함과 벤치와 급하게 먹다 남긴 음식물이 남겨진 테이블. 패널이 파이프와 각종 장치가 복잡하게 조립된 것에 연결되었고, 패널에도 맨홀 뚜껑만 한 크기의 둥근 손잡이 여섯 개가 달렸다.

그래, 제로가 말했다. 그거야.

알파인 바이럴이 첫 번째 손잡이를 잡았다. 손잡이에는 1번 주입구라고 쓰여 있었다.

돌려.

여섯 개의 손잡이. 여섯 개의 배수관.

800개의 죽음의 비명.

사라는 권총을 든 손을 앞으로 뻗은 채 창고로 다가가 발로 조심스럽게 창고 문을 밀어 열었다.

"그냥 쥐일지도 몰라요." 제니가 작게 속삭였다.

다시 뭔가를 긁어대는 소리가 들렸고, 그 소리는 쌓여 있는 상자들의 뒤쪽에서 났다. 사라는 등잔불을 바닥에 내려놓고, 두 손으로 꽉 잡은 권총을 앞으로 내밀었다. 나무 상자는 네 개가 쌓여 있었는데, 가장 아래에 있는 상자가 움직이며, 그 위의 다른 상자들까지 떠밀어 올리기 시작했다.

"사라……."

상자들이 굴러떨어지기 시작했고, 바닥을 뚫고 바이럴이 뛰어오르자 사라는 뒤로 넘겨졌다. 바이럴은 공중에서 몸을 틀며 바퀴 벌레처럼 천장에 가 달라붙었다. 제대로 조준도 하지 않은 채 사라는 권총을 발사했다. 바이럴은 총 따위에는 전혀 신경을 쓰지 않는 것처럼 보였고, 아니면 사라가 너무 놀란 나머지 제대로 겨냥하지 못할 것이라는 걸 알았던 것처럼 보였다. 권총의 총열이 완전히 뒤로 밀리며 잠겼고, 그건 총알이 다 떨어졌다는 걸 의미했다. 사라가 뒤돌아 제니를 문밖으로 밀어내고 뛰기 시작했다.

장벽 아래에는, 온몸이 부서져 움직일 수 없게 된 알리시아가 혼자 누워 있었다. 폐에 작은 구멍들이 난 그녀는 힘들게 숨을 쉬었으며, 그녀가 내쉬는 날숨은 수분을 많이 품어 축축했고, 아주 세밀하고 고통스러운 호흡 장애를 겪었다. 그녀의 입에는 피가 고였다. 시야마저 일그러졌고, 사물의 모습들도 제대로 보이지 않았다. 시간에 대한 감각마저 전혀 없었다. 알리시아는 30초 전쯤에 총에 맞은 것 같다는 생각이 들었다. 아냐, 그건 한 시간 전이었을 수도 있어.

그녀의 머리 위로 검은 형체가 나타났다. 솔저였는데, 말이 그의 머리를 숙여 그녀의 머리에 갖다 댔다. 이런, 네가 자신에게 무슨 짓을 했는지 좀 보라고. 솔저가 말했다. 잠깐 너를 혼자 두고 어떻게 되는지 봐야겠어.

솔저의 따뜻한 숨결이 얼굴을 훑고 지나갔고, 말은 고개를 더 숙여 그녀의 코에 얼굴을 비비며 부드럽게 콧김을 내쉬었다.

착한 녀석. 그녀는 피 묻은 손을 들어 올려 솔저의 **뺨**을 만졌다. 나의 위대한, 나의 **훌륭한** 솔저, 미안해.

"자매님, 저들이 도대체 당신에게 무슨 짓을 한 거죠?"

에이미가 그녀의 옆에 무릎을 꿇고 앉았다. 에이미는 어깨를 들썩이며 흐느꼈고, 자신의 두 손에 얼굴을 파묻고 있었다. "이런, 안 돼." 에이미가 고통 속에서 신음했다. "이건 아니야."

조명등 불빛이 모두 꺼졌다. 알리시아는 총소리와 비명을 들었지만, 멀리서 들려오던 그 소리들도 희미해지며 사라졌다. 은혜로운 어둠이 그녀를 둘러쌌고, 에이미가 그녀의 손을 붙잡았다. 지나간 모든 일들이 하나의 여정이었으며, 그 여정의 길이 그녀를 여기로 데려와 비로소 끝난 것 같았다. 밤이 정적 속으로 숨어들었다. 그녀는 갑자기 한기를 느꼈고, 그녀의 영혼이 떠내려갔다.

잠깐만 기다려.

그녀의 눈이 번쩍 뜨였다. 모래가 자욱한 바람이 그녀의 몸 위로 지나가고, 바람과 함께 천둥소리 같은 우르릉 쾅쾅거리는 소리가 멈추지 않고 들렸다. 소리가 계속 구르고 구르며, 그 크기가 점점 커지고 공기가 소용돌이치며 바람에 물건들이 날리는 것이 보였다. 그들 아래의 땅이 흔들리기 시작했다. 울음소리와 함께 솔저가 뒷발로 몸을 일으켜 세우고는 앞발로 허공을 때리기 시작했다.

그녀의 군대는 아무것도 아니야. 난 그녀의 군대를 한 방에 날려버릴 수 있다고.

알리시아가 때맞춰 고개를 들고 그들이 다가오는 걸 보았다.

피터와 아프가, 쟈크는 무너져 내리는 보행통로 구조물을 뛰어 내려갔다. 마치 한 줄로 쓰러지는 도미노처럼, 보행통로의 각 구간이 연쇄적으로 무너져 내렸다. 도시는 공황 상태에 빠졌고, 도시의 최후 방어선인 고아원으로 후퇴하라는 피터의 명령은 제대로 실행에 옮겨지지 못했다. 문제는 군인들을 30미터 아래로 떨어져 죽게 만드는 보행통로 구조물의 연쇄 붕괴만이 아니었다. 바이럴들이 전 구간에 걸쳐 맹공을 퍼붓고 있었다. 어떤 군인들은 내던져지고, 어떤 군인들은 살 속 깊이 파고드는 바이럴의 턱에 고통을 참지 못해 비명을 지르고 경련을 일으키며 몸부림치다 게걸스럽게 잡아먹히고 말았다. 그러나 또 다른 세 번째 그룹으로 분류될 수 있는 군인들은 바이럴들에게 물린 뒤, 아무 관심도 없다는 듯 내버려졌다. 정착촌에서 이미 보았듯이, 패닝의 바이러스는 전례 없이 빠르게 반응을 나타냈으며, 점점 많은 커빌의 수호자들이 전우들에게 등을 돌리며 적으로 변해갔다.

흔적도 없이 사라진 지휘소로부터 90미터 떨어진 곳, 피터와 아프가, 쟈크는 자신들이 앞뒤로 포위당했다는 것을 깨달았다. 그들 뒤로는 보행통로 구조물의 붕괴가 경간(俓間)마다 계속되었고, 앞에서는 바이럴들이 그들을 향해 왔다. 그들이 몸을 피할 수 있는 거리 안에는 도망칠 만한 계단조차 보이지 않았다.

"환장하겠군," 아프가 말했다. "나는 항상 이런 일이 벌어지는 게 싫었다고."

셋은 난간 밖으로 밧줄을 던졌다. 지붕 위에서 작업하다가 경험한 사고가 평생 상처로 남았기에, 쟈크 역시 높은 곳을 싫어하는 사람 중 하나였지만 지난 24시간 동안 그에게 변화가 일어났던 것 또한 사실이었다. 그는 항상 자신이 세상의 흐름에 방해되는 무르고 약한 사람이라고 생각해왔다. 하지만 태어난 아들로 인해 그의 안에서 사랑이 폭발하듯 넘쳐나게 된 후, 그는 한 번도 자신 안에 존재한다고 생각해본 적 없는 강인함을 발견하게 되었다. 그리고 그건 삶의 중요성과 거미줄처럼 얽혀 있는 삶에서 자신의 위치에 대한 이해를 확장해주는 계기가 되었다. 쟈크는 자신보다도 다른 사람들을 먼저 생각하고 그들을 지키기 위해 죽었다는 말을 들을 수 있는 사람이 되고 싶었다. 그래서 새로이 징집되고, 개인적인 변화를 경험한 이등병 쟈크 알바도는 두려움을 옆으로 밀어놓고 난간 위에 발을 올려놓은 후 자신의 아래에 펼쳐진 허공에 등을 돌리고 섰고, 아프가와 피터도 그렇게 했다.

그들이 뛰어내렸다.

오직 손과 발의 마찰만을 이용해 속도를 줄여가며 30미터를 내려가, 단단한 흙 위에 세게 내려앉았다. 피터와 아프가는 재빨리 일어났지만, 쟈크는 그러지 못했다. 그는 발목을 삔 것 같았는데, 어쩌면 부러진 것일지도 몰랐다. 피터가 그를 일으켜 세우고 팔을 자기 어깨에 걸쳐 올렸다.

"맙소사, 너 왜 이렇게 무거워."

셋이 뛰기 시작했다.

지하실은 죽음의 덫이나 마찬가지였다. 사라가 문을 향해 달려가는 동안 그녀의 뒤에서 금속 물체가 잘려 나가는 것 같은 날카로운 비명이 울려 퍼지고 순식간에 지하실 안 여기저기서 울부짖는 소리가 터져 나오며 아수라장이 되었다. 사라는 아무 생각 없이 들어 올린 어린 여자아이 하나를 안고 있었는데, 할 수만 있다면 더 많은 아이를 안고 뛰었을 것이다. 아마도 아이들 모두를 자신의 품에 안고 뛰었겠지.

제니가 먼저 문에 도착했고, 그녀 뒤로 사람들이 밀려들었다. 제니는 갑자기 몸을 움직일 수 없었는데, 공포에 질린 사람들의 무게가 그녀를 금속 문에 밀어붙여 움직일 수 없게 가둬놓았기 때문이다. 그녀가 사람들에게 뒤로 물러나라고 소리를 질렀지만 그녀의 목소리는 거의 들리지 않았다. 음계의 가장 높은 음처럼 불가능할 정도로 날카로운 아이들의 비명도 들렸다.

문이 순간적으로 활짝 열렸고, 100명의 사람들이 동시에 서로를 밀치고 나가려고 힘을 썼다. 어떠한 대가를 치르더라고 도망쳐 살아남으려는 맹목적인 본능이 모두를 지배했다. 사람들이 넘어지고, 아이들은 사람들의 발밑에 짓밟혀 나뒹굴었다. 바이럴들이 벽에서 벽으로 빨리 움직여 먹잇감들 사이로 튀어 오르며 지하실을 휘젓고 다녔다. 바이럴들이 느끼는 희열은 저속하기 짝이 없어 보였는데, 바이럴들 중 하나는 헝겊 인형을 물고 있는 개처럼 어린아이 하나를 입에 물고 다니며 마구 흔들어댔다.

사라가 사람들을 비집고 문을 빠져나가려는 순간, 모르는 얼굴의 여자가 사라가 안은 여자아이를 그녀의 팔에서 떼어내고 앞으로 밀고 나가는 바람에 사라가 계단 밑바닥에 내동댕이쳐지고 말았다. 사람들이 우레와 같은 소리를 내며 그녀를 지나쳐 가는 혼란 속에서 친숙한 얼굴 하나가 보였다. 자신의 아기를 안은 그레이스였다. 그레이스는 계단 벽에 기대 몸을 잔뜩 움츠리고 있었다. 계단 위층에서 총성이 들려왔다. 사라가 그레이스의 옷소매를 움켜쥐고는 자기 얼굴을 볼 수 있도록 돌려세웠다. 내 손 꽉 붙잡고, 내 옆에 있어.

제니와 한나가 계단 꼭대기에서 사라를 향해 마구 손을 흔들었다. 사라는 그레이스를 반은 끌어당기고 반은 질질 끌며 로비까지 데리고 나왔다. 병원의 출입구 바깥쪽에서는 격렬한 전투가 벌어지고 있었다. 아이들은 겁에 질려 비명을 질렀고, 엄마들은 자신의 아이들과 함께 옹기종기 모여 있었으며 그들 모두 이제 어디로 가야 할지 모르는 채 얼어붙은 상태였다. 몇몇은 무작정 병원 문

밖으로 뛰어나가 전투가 벌어지고 있는 한가운데로 뛰어들었다. 그들 뒤에서는 바이럴들이 계단을 올라오는 중이었다.

병원 건물의 전면이 안쪽으로 폭발해 밀려 들어오는 엄청난 충격이 느껴지며, 벽돌과 유리 조각과 쪼개진 합판 등이 날아다녔다. 그리고 갑자기 5톤 군용 트럭이 나타나 병원 로비에 멈춰 섰다. 운전석에 홀리스가 있는 게 보였다.

"모두 올라타요!"

에이미가 자기 몸으로 알리시아를 덮어 가렸다. 에이미의 군대가 죽어가는 중이었고, 그녀는 자신의 병력이 떠나가는 것을, 그들의 영혼이 하늘로 빨려 올라가는 것을 느꼈다. 여러분은 나를 실망시키지 않았어요. 에이미가 생각했다. 실수한 건 나예요. 마음 편히 떠나요 — 마침내 여러분은 자유로워진 거예요.

패닝의 바이럴들이 돌파해 들어왔고, 에이미는 알리시아의 몸을 꽉 끌어안으며 얼굴을 알리시아의 목에 파묻었다. 모든 것이 빛보다도 빠르게 끝날 것이다. 에이미는 피터를 떠올렸고, 그리고 아무 생각도 나지 않았다.

백만 개의 날갯짓으로 주위의 공기의 흐름을 소용돌이치게 만드는 새 떼 한가운데로 들어온 것 같았다.

케일럽은 고아원의 지붕 위에서 커빌이 죽어가는 모습을 지켜보았다.

그는 장벽의 보행통로 구조물이 무너지는 소리를 들었다. 어마어마한 굉음과 충격이었다. 그의 눈앞에 벌어진 광경은 묘한 단절감을 느끼게 하였고, 마치 자신이 현실과는 완전히 동떨어진 곳에서 벌어지는, 자기와 전혀 관련이 없는 사건들을 보는 것 같은 느낌이 들었다. 총성이 울리기 시작했을 때조차도, 그는 자신에게는 다르게 느껴질 거라는 걸 알았다. 스물다섯 명의 군인, 우리는 얼마나 버틸 수 있을까?

총성도, 발사된 총알이 내뿜는 섬광도, 고통에 괴로워하는 가련한 비명도 잦아들었다. 도시가 유령들의 안식처가 되어버린 것처럼 쥐 죽은 듯 조용해졌다. 경악할 정도로 고요한 시간이 지나고, 새로운 소리가 점점 가까이 다가왔다. 케일럽은 눈에 쌍안경을 갖다 댔다. 두꺼운 캔버스 천을 뒤집어씌운 군용 5톤 트럭 한 대가 광장으로부터 자신이 있는 고아원을 향해 요란한 소리를 내며 달려왔다. 트럭의 옆에는 험비 두 대가 나란히 달렸다. 포탑 위의 군인들이 마구 총을 쏘아댔으며, 다른 군인들은 운전석 유리 밖으로 총을 쏘고 있었다. 그와 동시에 케일럽은 자신의 오른쪽에서 이보다는 훨씬 작은 규모의 움직임을 감지하고, 쌍안경을 눈에 댄 채 몸을 돌려 확인했다. 사물을 확인할 수 없을 정도의 어둠 속에서 두 사람의 모습이 보였고, 그들이 부축하고 있는 세 번째 인물의 모습도 눈에 들어왔다.

아프가.

그리고 자신의 아버지.

그들은 건물 앞 부근에서 트럭과 만나게 될 것이 거의 틀림없어 보였다. 지붕에서 사다리를 타고 내려오는 케일럽의 발이 거의 보이지 않을 정도로 빠르게 움직였다. 험비 중 한 대에 바이럴들이 다닥다닥 들러붙었고, 험비가 다른 차량으로부터 방향을 틀어 멀어지기 시작했다. 그러고는 옆으로 쓰러지며 몸에 붙은 말벌 떼를 털어버리려는 짐승처럼 떼굴떼굴 굴렀다. 5톤 트럭은 무섭도록 빨리 달렸고, 그대로라면 고아원 건물과 충돌할 것 같았다. 마지막 순간에 트럭 운전자가 방향을 왼쪽으로 급하게 꺾어 미끄러지며 멈춰 섰다.

운전석에서 홀리스가 뛰어내렸고, 사라도 짐칸에서 내려왔다. 모두 아이들의 손을 잡아 차 문밖으로 던지다시피 내리고 있었다. 케일럽은 쌓아놓은 모래주머니 위를 껑충 뛰어넘어 아버지와 그의 장군에게로 뛰어갔다.

"이 사람 좀 부축해." 그의 아버지 피터가 말했다.

케일럽은 부상당한 남자의 등 뒤를 받치며 부축했고, 머릿속에서는 모든 상황이 그려지며 이해되었다. 고아원이 그들의 마지막 거점이 된 거였다. 식당에서는 페그 수녀가 손에 총을 들고, 열려 있는 해치 옆에서 기다리는 중이었다. 그녀가 총을 들고 있는 모습은 케일럽이 받아들이기에 너무 이상해 보이기만 했다. "서둘러요!" 페그 수녀가 소리를 질렀다. 케일럽의 아버지 피터와 아프가는 남자들이 창가에 자리를 잡고 위치를 확보하도록 지휘했다. 바닥에 열려 있는 입구에서 아이들을 잡아줄 손들이 위로 올라와 있는 것이 보였고, 아이들은 현재 일어나는 다른 모든 일들과는 전혀 어울리지 않는, 고통스러울 정도로 짜증 나게 더딘 속도로 해치 안으로 들어갔다. 사람들은 서로 밀쳐댔고, 여자들은 비명을 질렀으며 아이들은 울고 있었다.

케일럽이 석유 냄새를 맡았는데, 마룻바닥에 빈 연료 캔이 옆으로 쓰러진 상태였고, 또 다른 연료 캔 하나가 식품 저장 창고의 문 옆에 있었다. 식당 안에 연료 캔이 있다는 건 말이 되지 않는 것으로, 페그 수녀가 소총을 들고 있는 것과 같이 설명할 수 없는 기묘한, 그러나 사소한 사건들 가운데 하나였다. 남자들이 식탁 의자를 창문 밖으로 던졌고, 또 다른 이들은 바리케이드를 만들기 위해 식탁을 뒤집어놓았다. 세상의 모든 것들이 충돌하고 있었다. 케일럽은 가장 가까이 있는 창가로 가 자리를 잡고서, 어둠 속을 향해 총부리를 겨눈 다음 총을 쏘기 시작했다.

텍사스 공화국의 마지막 대통령 피터 잭슨. 그날 밤의 마지막 시간은 그가 기대했던 게 전혀 아니었다. 일단 장벽의 보행통로 구조물이 붕괴되고 상황의 본질이 분명해지자 그는 죽을 생각밖에 없었다. 그것만이 그가 생각할 수 있는 명예로운 선택이었다. 에이미도 사라졌고, 그의 친구들도 보이지 않았으며, 도시는 바이럴들에게 점령당했다. 탓할 수 있는 건 바로 자신 하나뿐이었다. 그에게는 파괴되고 있는 커빌에서 살아남는다는 건 생각해볼 수도 없는 불명예였다.

해치를 통해 마지막 민간인이 내려가기는 했지만, 과연 해치가 버텨줄 수 있을까? 지난 10분간 일어난 일들을 돌이켜 생각해보면, 피터는 다른 모든 계획과 마찬가지로 여기 고아원도 실패하게 될 것으로 생각할 수밖에 없었다. 패닝이 어떻게 모든 걸 성공시켰는지는 모르지만, 그는 모든 걸 다 알고 있었다.

그래도 시도는 해봐야만 했다. 아프가의 말처럼 상징성이라는 건 중요했으니까 말이다. 밖에서는 바이럴들이 집결 중이었고, 아마도 떼를 이루어 건물을 습격할 것처럼 보였다. 여전히 창가에서 총을 쏘면서, 피터는 남자들에게 대피소로 후퇴하라고 명령했다. 그들이 지켜야 할 건 이제 그들 자신밖에 없었으며, 많은 이들은 탄약이 떨어진 상태였다. 피터의 소총에서 마지막 총알이 발사되고, 장전 손잡이가 후퇴하며 잠겼다. 피터가 소총을 옆으로 치우고 권총을 빼 들었다.

"대통령님, 이제 가야 합니다."

아프가 피터 뒤에 서 있었다.

"이제는 저를 피터라고 부르실 줄 알았는데요."

"정말입니다. 지금 당장 해치 아래로 내려가셔야 합니다."

피터가 총 한 발을 발사했다. 그는 아마 아프가의 말을 이해했을 것이다. 아닐 수도 있지만 말이다. "저는 아무 데도 안 갑니다."

피터는 아프가가 무엇으로 그를 때려눕혔는지 절대 알 수가 없을 것이다. 권총 손잡이의 밑동이었을까? 부러진 의자 다리였을까? 두개골 뒤쪽에서 쿵 소리가 나더니 다리의 힘이 풀리고 몸의 다른 부분들도 힘이 빠지며, 피터가 바닥에 쓰러졌다.

"케일럽," 피터에게 아프가가 말하는 소리가 들렸다. "자네 아버지를 여기서 데리고 나가게 도와줘."

자기 몸을 뜻대로 움직일 수 없었다. 생각들도 미끄러운 얼음 같아서 집중해 붙잡고 있을 수가 없었다. 자기를 질질 끌고 가더니, 들어 올리고는 다시 한번 내려놓는 것 같았다. 이상하게도 피터는 자신이 어린아이가 된 것 같았는데, 그 느낌은 그를 작은 남자아이였던 사실상 기억이 불가능한 시간의 추억 속으로 이끌어갔다. 단순히 남자아이였다고 말하는 것이 어울리지 않는, 이 사람 손에서 저 사람 손으로 옮겨지던 갓난아기 때의 기억으로 그를 데려갔다. 그의 머리 위로 여러 사람의 얼굴이 보였는데, 거대해 보이는 얼굴이 둥둥 떠다니며, 얼굴의 이목구비는 부은 것처럼 부풀어 올라 희미하기만 했다. 그의 몸이 나무로 만든 단 위에 눕혀지고 나서, 한 얼굴이 눈에 들어왔다. 그의 아들 케일럽의 얼굴이었다. 하지만 케일럽은 더 이상 어린 소년이 아니라 다 큰 성인 남성이었으며, 상황이 뒤바뀌었다. 케일럽이 아버지였으며, 자신이 아들이 되었다. 아니 그런 것처럼 보였다. 그런 상황은 피터에게 유쾌한 반전으로 다가왔으며, 그 과정에서 피할 길이 없겠지만 자신이 그런 상황을 경험할 만큼 오래 살았다는 사실에 행복하다는 생각이 들었다.

"아버지, 괜찮아요." 케일럽이 말했다. "이제 안전해요."

그러고 나서 눈앞에서 불이 꺼지고 깜깜해졌다.

아프가 쿵 소리를 내며 해치를 닫자, 안쪽에서 빗장들이 걸리며 잠기는 소리가 들렸다.

"장군님도 대피소로 피하실 수 있었어요." 페그 수녀가 말했다.

"수녀님도 그러셨죠." 아프가 일어나 그녀를 쳐다봤다. 갑자기 모든 것이 조용하게 느껴졌다. "저 기름 연료 말입니다, 좋은 생각이었어요."

"저 역시도 그렇게 생각해요."

"준비되셨어요?"

머리 위에서 바이럴들이 지붕을 찢고 들어오는 소리가 들렸다. 아프가는 바닥에서 소총을 집어 들어 탄창을 확인하고 탄창 삽입구에 끼워 넣었다. 페그 수녀도 입고 있던 수녀복의 주머니에서 성냥갑을 꺼내 들었다. 그녀는 성냥개비 하나를 꺼내 긁고서 바닥에 던졌다. 푸른 불길이 뱀처럼 바닥을 휘저으며 번지더니, 몇 갈래로 갈라지며 저마다의 길을 찾아 퍼져 나갔다.

"자, 그럼 우리도 움직일까요?" 아프가가 말했다.

둘이 빠른 걸음으로 식당을 지나가는데, 짙은 연기가 피어올랐다. 문 앞에 이르자 둘이 발걸음을 멈췄다.

"장군님, 있잖아요," 페그 수녀가 말했다. "저는 결국 어쨌든 남아야 할 것 같아요."

아프가가 그녀의 얼굴을 찬찬히 살폈다.

"제 생각에는 그게 최선인 것 같네요." 그녀가 설명했다. "그들과…… 함께 있는 거 말이에요."

물론 그게 페그 수녀가 원하는 것일 터이다. 그는 자신이 이해했다는 걸 확인시켜주기 위해, 그녀의 턱을 두 손으로 감싸고 얼굴을 앞으로 숙여 입술에 가볍게 키스했다.

"음," 페그 수녀가 간신히 입을 열어 말했고, 그녀의 목에서 울음이 북받쳐 오르고 있었다. 그녀는 이전에는 다 큰 성인 남자와 입을 맞춘 적이 없었다. "이걸 기대하지는 않았어요."

"기분 상하지 않으셨으면 좋겠습니다."

"장군님은 언제나 사랑스러운 소년이었어요."

"그렇게 얘기해주시다니 감사합니다."

페그 수녀가 그의 두 손을 꼭 쥐었다. "하느님이 당신을 축복하시고 지켜주시기를 빌어요, 군나르."

"수녀님께도 그렇게 하시기를 빕니다."

그러고 나서 아프가가 돌아서서 떠났다.

페그 수녀는 다시 식당으로 돌아왔다. 식당 안에서는 불길이 벽을 타고 오르며 번졌고 자욱한 연기가 소용돌이쳤다. 페그 수녀가 기침하기 시작했다. 그녀는 해치 위에 쓰러져 누웠고, 물리적 세계에서의 그녀의 시간은 끝나가는 중이었다. 그녀는 앞으로 일어날 일에 대한 두려움도 없었는데, 자신의 영혼을 반겨줄 사랑의 손길이 기다렸기 때문이다. 불길이 마침내 건물을 집어삼켰다. 불길이 하늘로 치솟으며 모든 걸 태워 없애고 있었다. 독한 연기가 그녀의 몸속으로 뱀처럼 꿈틀거리며 침범해 들어오자, 그녀의 머릿속이 사람들의 얼굴로 가득 채워졌다. 수백 수천 명의 얼굴이었다. 바로 그녀가 돌보았던 아이들의 얼굴이었다. 페그 수녀는 다시 그들과 함께 있게 될 것이다.

바이럴들이 고아원 건물을 둘러싸고, 불길이 건물을 집어삼키는 것을 지켜보았다. 그들은 움직이지 않고 가만히 서 있었으며, 활활 타오르는 불길이 살갗이 녹아내린 그들의 얼굴을 환하게 비췄다. 불은 바이럴들이 극복할 수 없는 장애물이었기에 발이 묶여버렸다. 그럼에도 불구하고 바이럴들은 희망을 품고 기다렸다. 몇 시간이 흐르고, 건물은 타고 또 타고 그리고 좀 더 불길에 탔다. 새벽이 되었을 때도 여전히 불씨가 붉은빛을 내며 탔고, 예리한 칼날 같은 햇살이 정적에 휩싸인 도시를 훑어 내렸다.

10부

—

탈출

전쟁과 무기를 찾아 나는 달려간다.
- 리처드 러블레이스, 「루카스타에게, 싸움에 임하여」

73장

"그리어!"

그는 이 세상을 잊고 깊은 잠에 빠져 다른 세상에 있었다. 그리고 그가 잠에 빠진 탓에 잊어버린 세상에서 그를 부르는 목소리가 들렸다.

"루시어스, 일어나요."

그리어가 갑자기 눈을 뜨고 깨어났다. 그는 유조차의 운전석에 앉은 채 잠을 자던 중이었고, 패치는 열려 있는 운전석 문 아래의 발판 위에 서 있었다. 앞 유리창으로 안개 자욱한 새벽이 밝아온 것이 보였다.

"지금 몇 시지?" 그리어의 입 안이 잔뜩 말라 있었다.

"06시 30분요."

"진작 나를 깨웠어야지."

"제가 방금 소령님을 깨운 건 뭔데요?"

그리어가 운전석에서 내려왔다. 물은 잔잔했고, 새들은 유리 거울처럼 잔물결 하나 일지 않는 수면 위를 낮게 날았다. "내가 잠든 사이에 별일 없었어?"

패치가 특유의 말랐지만 강단져 보이는 몸짓으로 어깨를 으쓱해 보였다. "별일은 없었는데, 해가 뜨기 직전에 작은 규모의 바이럴 무리가 해안을 따라 내려가는 걸 보기는 했어요."

"어디쯤에서?"

"수로 다리의 아래쪽에서요."

그리어가 인상을 썼다. "그런데도 그게 큰일이라는 생각이 안 들었어?"

"바이럴들이 그렇게 가까이 접근해 오지는 않았어요. 그래서 소령님을 깨워야 할 만큼 심각한 일 같아 보이지 않았거든요."

그리어가 자신의 트럭에 올라타 지협을 따라 트럭을 몰고 갔다. 로어가 두 손을 엉덩이 위에 얹고서 독에 서서 선체를 찬찬히 살펴보고 있었다. 선체의 수리 작업이 거의 다 끝나갔다.

"얼마나 남은 거야?" 그가 로어에게 물었다.

"서너 시간쯤요." 그녀가 목소리를 높였다. "랜드! 그 쇠사슬 조심해!"

"어디에 있어?" 그리어가 물었다.

"아마 퀀셋 막사에 있을 거예요."

마이클이 단파 무전기 앞에 앉아 있는 모습이 보였다.

"커빌, 제발 응답하라고. 여기는 지협 통신소." 잠시 무전을 멈추었다가 마이클이 다시 교신을 반복해 시도했다.

"아무 반응도 없는 거야?"

마이클이 고개를 저었다. 걱정으로 인해 마음이 딴 데 가 있는 그의 표정은 넋이 나가서 멍해 보였다.

"내가 전할 다른 소식도 있는데, 바이럴 무리가 좀 전에 다리 근처에서 목격됐어."

마이클이 급하게 몸을 돌리고 그리어를 봤다. "가까이 접근했나요?"

"패치 말로는 아니야."

마이클이 뒤로 기대앉아 투박한 손으로 얼굴을 문질렀다. "그러니까, 바이럴들이 우리가 여기에 있다는 걸 안다는 거군요."

"그런 것 같아."

아직 손을 대기에는 볼트들이 너무 뜨거웠다. 피터는 해치 바로 아래 층계참에 서 있었다. 정신이 말짱히 돌아오기는 했지만 머리 뒤에 얼음 깨는 송곳이 박힌 것 같은 두통은 아직 사라지지 않았다.

"불이 꺼져야만 해." 사라가 말했다. "어떻게 해야 하지?"

케일럽과 홀리스도 그들과 함께 있었다. 피터가 그들의 얼굴을 살폈는데, 둘 다 피로감과 패배감에 찌든 표정을 하고 있었다. 그들에게 지금 무언가를 결정하는 일은 무리였다. 누구 하나 잠깐이라도 눈을 붙인 사람이 없었다.

"잠깐 기다려봐."

그러고 한 시간 정도가 흘렀다. 층계참에서 깜박 잠이 들었던 피터는 누군가가 해치를 두드리는 소리를 듣고 해치에 손을 갖다 대보았다. 쇳덩어리가 좀 식었다. 피터가 웃옷을 벗어서 양손에 둘둘 감았고, 옆에 있던 케일럽도 이를 보고 똑같이 했다. 둘이 각자 레버를 하나씩 잡고 돌렸다. 들린 해치의 가장자리로 밝은 낮 햇살과 함께 독한 연기 냄새가 흘러 들어왔다. 물이 뚝뚝 떨어졌다. 둘은 해치를 마저 들어 올려 열었다.

체이스가 물 양동이를 들고 그들 눈앞에 서 있었는데, 그의 얼굴이 검댕으로 시커멓게 그을렸다. 피터가 사다리를 타고 올라왔고, 다른 이들도 그의 뒤를 따라 올라왔다. 그들이 올라온 자리에서 보이는 건 불타버린 고아원 건물의 잔해뿐으로, 연기가 피어오르는 잿더미와 무너져 내린 기둥들만이 보였다. 불이 꺼졌어도 남은 열기가 아직 대단했다. 피터의 비서실장인 체이스 뒤에 일곱 명의 사람들이 서 있는 게 보였는데, 각기 다른 계급의 군인 세 명에, 십 대 소녀 한 명과 적어도 일흔 살은 되어 보이는 남자 한 명을 포함해 민간인이 네 명이었다. 그들 역시도 저마다 양동이를 들고 있었는데, 흠뻑 젖은 옷에 얼굴과 팔 모두 석탄을 뒤집어쓴 것처럼 까맸다. 그들이 잿더미에 물을 뿌려가며 길을 낼 자리를 만들고, 폐허 더미에 길을 열어놓은 것이다. 불이 옆의 몇 개 건물로 옮겨붙었던 모양이었다. 인접한 건물들이 아직도 불타고 있었는데, 화재의 정도는 각기 달라 보였다.

"이렇게 보게 되니 반갑네요, 대통령님."

그날 밤 생존한 모든 사람이 그렇듯, 체이스가 살아남을 수 있었던 것도 때맞춰 운이 따라줬기 때문이다. 장벽의 보행통로 구조물이 무너지기 시작한 건 그가 다 떨어진 탄약을 보충하기 위해 지휘소에서 막 자리를 떴을 때였다. 그는 출입구 서쪽에 있는 계단 근처까지 갔고, 그가 아래까지 다 내려올 때쯤에 보행통로 구조물 전체가 땅으로 무너져 내리는 것이 보였다. 두 명의 군인이 그를 알아봤고, 체이스를 대통령의 하드박스로 데려가기 위해 트럭에 밀어 넣었지만 얼마 가지 못해 바이럴들에게 공격당하고 말았다. 운전하던 군인이 앞 유리창을 통해 바이럴들에게 끌려 가고 말았다. 차량이 구르기 시작했고, 체이스도 밖으로 튕겨 나갔다. 그의 총에 탄약은 떨어졌고 하드박스는 멀었기에, 세무국이 창고로 쓰던 작은 목조 건물을 향해 뛰었다. 그러고 나서 아무 쓸모 없는 서류들을 담아둔 박스들 사이에서, 두 시간 이상에 걸쳐 지금 그와 함께 서 있는 일곱 명의 생존자들을 만났다. 그들은 남은 밤 동안 바이럴들의 관심을 끌지 않기 위해 애쓰며, 그 목조 건물 안에서 절대 오지 않을 것 같은 끝을 기다렸다.

날이 밝자 더 많은 생존자가 모습을 드러냈지만, 그 수는 그렇게 많지 않았다. 그렇게 많은 시체가 쌓여 있는 광경은 충격적이었고, 역겨움을 참기가 어려웠다. 독수리 떼가 시체들 위에 내려앉아 고기를 쪼아 먹기 시작했다. 절대 아이들이 보아서는 안 될 광경이었다. 사라는 밤새 사람들의 머릿수를 세었다. 대피소에는 654명의 사람이 있었고, 대부분이 여자와 아이였다. 그녀는 대피소에서 사람들을 빼내고 있는 제니를 돕기 위해 사다리를 타고 아래로 내려갔다.

"다른 하드박스들의 상황은 어떻습니까?" 피터가 물었다.

체이스의 얼굴이 어두워졌다. "바이럴들에게 바닥을 뚫려 공격당했습니다."

"올리비아는?"

체이스가 고개를 저었다.

"뭐라고 해야 할지…… 유감입니다, 포드."

체이스가 보일 듯 말 듯 고개를 저었는데, 그는 자신의 감정을 다 드러내지 않으려고 억제하는 중이었다.

"배수관은 어떻게 되었나요?"

"물에 잠겨버렸습니다. 바이럴들이 어떻게 그렇게 할 수 있었는지 이해가 안 되지만, 그것들이 그걸 해냈어요."

피터의 속이 철렁 내려앉으며 현기증이 일어나 몸을 가누기 어려웠다.

"피터?" 체이스가 그의 팔을 잡아 몸을 받쳤다. 갑자기 체이스가 강한 사람이라는 게 실감되었다.

"생존자가 아무도 없는 겁니까?" 피터가 물었다.

체이스가 고개를 저었다. "그리고 보셔야 할 게 좀 있습니다."

아프가였다. 숨만 붙어 있는 상태였지만, 그가 살아 있었다. 아프가가 뒤집힌 험비 옆 땅바닥에 누워 있었다. 그의 다리가 차체 밑에 깔려 으스러졌지만, 그것마저도 그에게 최악의 상태라고는 할 수 없었다. 문제는 그의 왼손이었다. 그의 왼손이 가슴 위에 비스듬히 걸쳐진 상태였는데, 바이럴의 이빨에 물린 반원형의 자국이 남아 있었다. 아직은 그의 몸이 그늘 아래에 놓여 있지만, 곧 햇빛이 덮칠 거 같았다.

피터가 그의 옆에 무릎을 꿇고 앉았다. "군나르, 제 목소리 들리세요?"

아프가의 의식이 둘로 나뉜 것처럼 보였다. 그의 눈이 힘없이 움직이더니, 피터의 얼굴에 맞춰졌다.

"피터, 안녕." 그의 목소리는 온화했지만 건조했고, 아마도 약간 놀란 듯한 기색을 제외하고는 아무런 감정이 느껴지지 않았다.

"그냥 가만히 누워 계세요."

"아, 나는 어디를 갈 수도 없어." 그의 다리는 흐물흐물해질 정도로 부서졌지만, 그럼에도 불구하고 그는 어떤 고통도 느끼지 못하는 것처럼 보였다. 아프가가 힘없이 바이럴에게 물린 상처가 있는 팔을 들어 올렸다. "이 말도 안 되는 엿 같은 일을 당한 걸 믿을 수 있어?"

"누구 물 가진 사람 없어요?"

케일럽이 삼사 센티미터 정도밖에 안 남은 물이 바닥에 찰랑거리는 수통을 내밀었다. 피터가 아프가의 목을 받쳐 들고 수통의 주둥이를 그의 입에 댔다. 피터는 왜 아직 아프가가 변하지 않는 건지 궁금했다. 물론 변화에 걸리는 시간의 범위라는 게 있고, 사람에 따라 그 시간에는 차이가 있었다. 힘없이 물을 몇 모금 마시자 그의 입가를 타고 물이 주르륵 흘렀고, 아프가는 다시 땅에 등을 대고 누웠다.

"사람들 말이 정말이었어. 내 안에서 뭔가 일이 벌어지는 게 느껴져." 그가 몸을 떨며 길게 숨을 쉬었다. "생존자는 얼마나 돼?"

피터가 고개를 저었다. "많지 않아요."

"자책하지 마."

"군나르……."

"이건 나의 마지막 공식적인 조언이라고 생각하고 들어줘. 자네는 최선을 다했어. 이제 이 사람들을 데리고 여기를 떠날 때가 됐어." 아프가가 입술을 핥더니 피투성이인 손을 다시 들어 올렸다. "그리고 너무 오래 이러고 있지 말자고. 내가 이런 꼴로 있는 모습을 사람들에게 보여주고 싶지 않아."

피터가 고개를 돌려 사람들의 얼굴을 훑었고, 체이스와 홀리스 그리고 케일럽과 군인 몇 명이 눈에 들어왔다. 모두 아프가와 자신을 뚫어져라 쳐다보았다. 정신이 멍해졌다. 이 모든 일이 다 현실이 아닌 것 같기만 했다.

"누가 나에게 그것 좀 주겠어."

홀리스가 그에게 칼을 건네주었고, 피터는 그 싸늘한 무게를 손에 받아 쥐었다. 잠시 피터는 자신이 지금 해야만 하는 일을 감당해낼 힘을 과연 끌어낼 수 있을지 의심스러웠다. 피터는 다시 아프가의 곁에 웅크리고 앉아, 칼이 아프가의 시야에 보이지 않도록 하려고 칼날을 등 뒤로 살짝 숨겨 쥐었다.

"함께할 수 있어서 영광이었습니다, 대통령님."

목에서 곧 터질 것 같은 울음이 북받쳐 오르는 가운데, 피터가 목소리를 높여 지난 20년 동안 그 누구도 뱉어본 적이 없었던 말을 외치기 시작했다. "이 남자는 원정대의 군인이다! 이제 그가 여행을 떠날 시간이 되었다! 군나르 아프가 장군 만세! 힙힙……."

"후레이!"

"힙힙……."

"후레이!"

"힙힙……."

"후레이!"

아프가가 길게 숨을 들이마시고는 천천히 내뱉었다. 그의 얼굴이 평온해 보였다.

"피터, 고맙네. 나는 이제 준비됐어."

피터가 칼을 잡은 손에 힘을 꽉 주었다.

두 가지가 더 남았다.

피터가 아프가의 시신을 내려다보았다. 그는 거의 소리도 내지 않고 짧은 시간에 숨을 거두었다. 몸에 칼이 파고 들어가자, 열병에 시달리는 것처럼 끙끙거리는 신음과 함께 눈이 크게 떠지며, 그의 죽음이 그들에게 가까이 다가왔다.

"누가 담요를 좀 갖고 와줘."

아무도 대답이 없었다.

"이런 빌어먹을, 도대체 다들 왜 그래? 거기 자네……." 피터가 군인 중 한 명을 손가락으로 가리켰다. "이등병, 자네 이름이 뭔가?"

이등병은 충격을 받아 넋이 나간 것처럼 보였다. "네?"

"뭐야, 자네는 본인의 이름도 모르는 건가? 자네 그렇게 멍청한 거야?"

이등병이 불안한 표정으로 입 안의 침을 삼켰다. "베론입니다, 대통령님."

"장례식을 위한 의장대를 준비하도록 하게. 30분 후에 모두 연병장에 모이도록 하고. 완벽한 최고의 군 장례식이 될 수 있게, 내 말 알아들었나?"

이등병이 곁눈질로 힐끔힐끔 다른 사람들을 쳐다봤다.

"이등병, 무슨 문제라도 있나?"

"아버지……." 케일럽이 피터의 팔을 잡고서 자기를 돌아보게 했다. "많이 고통스럽고 힘드실 거라는 걸 압니다. 우리 모두 아버지가 장군님을 어떻게 생각하셨는지 잘 이해하고 있습니다. 제가 담요를 가져올게요, 괜찮겠죠?"

피터의 얼굴에 눈물이 흐르기 시작했고, 억누르고 있던 분노로 턱이 덜덜 떨렸다. "장군의 시신을 새들의 먹이나 되라고 여기에 그냥 내버려 둘 수는 없다고, 이런 염병할."

"여기 정말 어떻게 손도 쓸 수 없을 정도로 많은 시체가 쌓여 있어요. 우리는 정말 시간이 없고요."

피터가 케일럽의 팔을 뿌리쳤다. "여기 이 사람, 장군은 영웅이었어. 우리가 아직 살아 있는 것도 장군 덕분이란 말이다."

케일럽이 차분한 목소리로 신중하게 말했다. "저 알아요, 아버지. 모두가 다 알고 있어요. 하지만 장군님이 옳았습니다. 우리는 진짜로 다음에 무슨 일이 닥칠지 생각해봐야만 합니다."

"대통령님……."

피터가 돌아봤다. 쟈크였다. 누군가가 그의 발목에 붕대를 감아놓았고, 목발도 줘 발을 딛고 서 있었다. 쟈크는 땀에 젖은 채 좀 가쁜 숨을 몰아쉬었다.

"이번에는 또 뭐지?"

쟈크가 조금 불안해 보였다.

"맙소사, 그냥 말을 해."

"저기, 저기요…… 밖에 살아 있는 사람이 있는 것 같아요."

장벽의 출입구도 사라져 보이지 않았다. 출입문 중 하나가 부서진 채 경첩 하나에 매달려 비스듬히 쓰러져 있는 게 보였고, 다른 문 한쪽은 장벽 안으로 100미터쯤 날아 들어와 땅바닥에 누워 있었다. 그들이 문이 부서져 사라진 출입구를 통과해 밖으로 나가는 동안, 피터에게 든 첫 번째 생각은 불가능한 일이었지만 밤새 눈이 내린 것 같다는 거였다. 아주 미세한 하얀 가루가 대지를 뒤덮었다. 피터가 그 이유를 이해하게 될 때까지는 약간의 시간이 필요했다. 카터의 군대, 곧 그의 무리가 전멸해 누워 있었다. 이제 그들의 남은 뼈들이 햇빛에 녹아내리는 중이었다.

에이미가 양팔로 두 무릎을 감싸고 멀리 벌판을 바라보며 장벽 아래 근처에 앉아 있었다. 하얀 재를 뒤집어쓴 그녀의 모습이 아이들의 이야기책에 나오는 유령 같아 보였다. 그녀가 앉은 자리로부터 몇 발자국 너머, 솔저의 사체 옆에 알리시아가 누워 있었다. 다른 것보다도, 솔저는 목덜미가 뜯겨 나가 속이 다 들여다보였다. 그리고 훤히 속이 드러난 상처 속을 들락날락거리며, 말의 사체 주위로 파리 떼가 시끄러운 소리를 내며 들끓었다.

피터가 점점 속도를 높이며 성큼성큼 빠른 걸음으로 에이미를 향해 갔고, 에이미가 고개를 돌려 그를 봤다.

"그가 우리를 죽이지 않았어요." 에이미가 정신이 나간 것처럼 멍한 표정으로 말했다. "왜 그가 우리를 죽이지 않았을까요?"

그러나 정작 에이미의 모습은 피터의 눈에 들어오지도 않았다. 피터가 향한 곳은 알리시아였다. "너는 알고 있었어!" 피터가 에이미를 쏜살같이 지나쳐 알리시아의 팔을 잡고 그녀의 얼굴이 위로 오도록 돌려 뉘었다. "빌어먹을, 너는 처음부터 다 알았어!"

에이미가 소리를 질렀다. "피터, 그러지 말아요!"

그가 무릎을 굽히며 알리시아의 허리 위에 올라앉았다. 그리고 손으로 알리시아의 목을 짓눌렀다. 그의 눈과 마음에 그녀의 역겨운 모습이 가득 들어찼다. "그는 나의 친구였어!"

에이미의 목소리뿐만이 아니라, 그에게 소리를 지르는 더 많은 목소리가 들려왔지만 그런 건 중요하지 않았다. 사람들은 달에서 그에게 소리를 지르고 있는 거나 마찬가지였다. 알리시아의 목에서 꾸르륵꾸르륵 소리가 났고, 그녀의 입술이 푸르스름하게 창백해졌다. 알리시아가 눈을 가늘게 뜨고 아침 햇살을 바라보았다. 그리고 그 짧은 순간에 두 사람의 눈이 마주쳤다. 피터는 알리시아의 눈에서 두려움이 아니라 자신의 운명을 받아들이고 있음을 보았다. 계속해, 그녀의 눈이 그렇게 말했다. 우리는 다른 모든 것들도 함께해왔어, 이거라고 왜 안 되겠어? 피터는 자신의 말랑한 엄지손가락 끝에서 그녀의 기도 주변 힘줄이 끈적거리는 것을 느꼈다. 그는 엄지손가락을 아래로 움직여 그녀의 목 아래쪽에 숟가락처럼 움푹 파인 곳에 갖다 댔다. 사람들의 손이 그를 붙잡으며 멈추게 하려 했다. 어떤 이들은 그의 어깨를 잡아당겼고, 다른 이들은 알리시아의 목에서 그의 손가락들을 떼어놓으려 했다. "그는 나의 친구였는데, 네가 그를 죽였어! 네가 그들을 모두 죽였어!" 있는 힘껏 한 번 후두를 밀어 부수기만 하면, 알리시아는 그걸로 끝이었다. "말해, 이 배신자야! 너는 알고 있었다고 말하라고!"

누군가 어마어마한 힘으로 피터를 떼어냈고, 그의 등이 흙바닥에 떨어지며 넘어졌다. 홀리스였다.

"숨을 쉬어, 피터."

홀리스가 피터와 알리시아 사이를 가로막았고, 알리시아가 기침하기 시작했다. 에이미가 알리시아의 옆에 무릎을 꿇고 앉아 그녀의 머리를 감싸 받쳐주었다.

"우리 모두 함께 알리시아가 하는 말을 들었어." 홀리스가 말했다. "알리시아는 우리에게 경고해주려고 노력했다고."

피터의 얼굴이 분노로 시뻘겋게 불타올랐고, 꽉 쥔 두 주먹도 폭발하는 아드레날린으로 덜덜 떨렸다.

"네가 화난 건 알겠어. 우리도 다 그러니까. 하지만 알리시아는 몰랐다고."

피터의 정신이 돌아왔다. 다른 사람들 모두가 이해가 안 된다는 표정으로 입을 다물고 그를 지켜보았다. 케일럽, 체이스, 목발을 짚고 서 있는 쟈크, 그리고 무슨 이유에서인지 아직 양동이를 들고 있는 그 노인까지, 모두.

"이제 알리시아를 내버려 두기로 하는 거에 너도 동의하는 거지 — 맞아, 아니야?" 홀리스가 말했다.

피터가 침을 삼켰다. 분노의 안개가 걷히기 시작했다. 그리고 잠시 후 피터가 고개를 끄덕였다.

"그럼 됐어." 홀리스가 말했다.

그가 한 손을 뻗어 피터를 일으켜 세웠다. 알리시아의 기침이 조금 줄어들었다. 에이미가 고개를 들어 케일럽을 봤다. "케일럽, 빨리 가서 사라를 데려와."

에이미는 사라가 올 때까지 알리시아의 옆에 함께 있었다. 알리시아를 보자, 사라가 깜짝 놀랐다.

"나에게 지금 농담하는 거지." 사라의 목소리에서 동정심이라고는 느껴지지 않았으며, 차갑고 냉정하기만 했다.

"사라, 제발요." 에이미가 말했다. 에이미의 눈에는 눈물이 가득했다.

"내가 저 여자를 도와줄 거라고 생각하는 거야?" 사라가 다른 사람들의 얼굴을 쭉 훑어보았다. "저 여자에게 지옥에나 가라고 해."

홀리스가 사라의 어깨를 잡았고, 사라는 그를 돌아봤다. "알리시아는 적이 아니야, 사라. 제발 내 말을 믿어줘. 그리고 우리는 알리시아가 필요해."

"왜?"

"우리가 여기서 빠져나갈 수 있게 도움을 받아야 해. 당신과 나만이 아니야. 핌과 아기 테오와 케이트의 딸들을 말하는 거야."

잠시 시간이 흐르고, 사라가 한숨을 쉬더니 발걸음을 뗐다. 그러고는 알리시아의 옆에 가 앉아 무표정한 얼굴로 재빨리 상태를 확인하고서, 고개를 들고 말했다. "이렇게 사람들이 가까이 모인 상태에서는 알리시아를 치료할 수가 없어. 에이미는 남아줘. 다른 사람들은 모두 자리를 좀 비켜줬으면 좋겠어."

사람들이 모두 뒤로 물러났고, 케일럽이 피터 역시도 뒤로 물러나게 했다.

"아버지? 괜찮으세요?"

피터는 뭐라고 말해야 할지 몰랐다. 그의 분노는 가라앉았지만, 알리시아에 대한 그의 의심까지 사라진 것은 아니기 때문이다. 그가 아들 케일럽의 어깨 너머를 훔쳐봤다. 사라가 알리시아의 가슴과 배 위를 눌러가며 손을 놀렸다.

"그래."

"다들 아버지를 이해해요."

케일럽이 다른 말은 더 이상 하지 않았고, 다른 이들도 마찬가지였다. 몇 분이 더 지나고, 사라가 일어나 피터와 케일럽에게 갔다.

"알리시아의 몸이 여기저기 심하게 부러졌어." 그녀의 목소리는 여전히 냉랭했다. 사라는 자기 일을 했을 뿐이고, 그게 다였다. "내가 모든 걸 알 수는 없어. 알리시아의 경우에는, 경과가 아마도 우리와는 다르게 나타날 거야. 몇몇 총상은 벌써 아물었지만, 몸 안의 상태는 어떤지 모르겠어. 허리가 부러졌고, 몸의 다른 곳들도 여섯 군데가 부러졌어."

"알리시아가 살 수 있을까요?" 에이미가 물었다.

"알리시아가 우리와 같은 평범한 사람이었다면, 이미 죽었을 거야. 상처들을 꿰매고 다리를 고정해놨어. 알리시아가 몸을 움직이지 못하게 해야 해. 나머지는……." 사라가 덤덤하게 어깨를 으쓱해 보였다. "나와 네 생각이 같을 거야."

케일럽과 체이스가 들것을 구해 와서 알리시아를 실어 안으로 옮겼다. 모든 생존자가 대피소에서 나와 대기 구역에 모였다. 제니와 한나가 물이 든 양동이와 국자를 들고 사람들 사이를 돌아다니는 모습이 보였다. 여기저기서 한 사람씩 울고 있었고, 다른 사람들은 조용히 이야기를 나누거나 멍하니 허공을 바라보았다.

"이제 어떻게 하죠?" 체이스가 물었다.

피터는 자신이 사람들과 동떨어져 둥둥 떠다니는 것 같은 기분이 들었다. 쓴맛이 나는 재가 공중에서 내려왔다. 불길이 건물에서 건물로 옮겨붙으며 강가까지 휩쓸었고, 번져가는 불길 앞에 있던 모든 것들을 다 태워 없앴다. 도시의 다른 곳들은 불길을 피했고, 아마도 몇 년 혹은 몇십 년을 더 버티고 있을 것 같았다. 비와 바람 그리고 모든 것을 가리지 않고 먹어 치우는 시간, 그 모든 것들이 그들의 역할을 다해낼 것이다. 피터는 알 수 있었다. 이제 커빌도 그들의 세상에 또 다른 폐허가 되어 남게 될 것이라는 걸. 그리고 그는 모든 사실의 단순함에 갑자기 압도당하고 말았다. 도시가 파괴되어 사라졌다. 피터에게 패배의 쓰라린 아픔이 뼈저리게 느껴졌다.

"케일럽?"

"네, 아버지."

피터가 돌아섰다. 그의 아들이 그를 기다리고 있었다. 그리고 다른 사람들도 그를 기다렸다. "우리는 차량이 필요해. 버스, 트럭, 찾을 수 있는 건 뭐든지. 연료도 필요하고. 홀리스, 케일럽과 함께 찾아봐 줘. 포드, 우리에게 전기를 만들 수 있는 게 뭐가 남았죠?"

"모두 고장 났어요."

"군 막사에 예비 발전기가 있어요. 우리가 그걸 쓸 수 있는지 알아보도록 하죠. 그리고 마이클과 연락해야만 합니다. 그 친구에게 우리가 간다고 전하세요. 사라, 여기 일을 맡아서 처리해줘. 사람들에게 하루를 버틸 음식과 물이 필요해. 하지만 모두 여기서 꼼짝 말고 기다려야 해. 자리를 떠나 돌아다녀도 안 되고, 가족들을 찾아다녀도 안 되고, 개인 물건을 찾으러 자리를 떠나도 안 돼."

"생존자들을 찾는 일은 어떻게 하고요?" 에이미가 물었다. "아직 살아 있는 사람들이 있을지도 몰라요."

"남자 둘과 차량 한 대로 찾아봐. 강의 반대편으로 가서 돌아오는 길에 찾아보도록 해. 그늘져 햇빛이 들지 않는 곳과 건물들 안으로는 들어가지 마."

"그 일은 제가 하고 싶습니다." 쟈크가 말했다.

"좋아, 최선을 다해봐. 하지만 서둘러야 해. 자네는 한 시간 안에 일을 끝내야 해. 사람이 다쳐서 꼭 필요한 경우가 아니면, 차량에 사람을 태우거나 실어 나르지 마. 걸을 수 있는 사람이라면 여기까지 충분히 걸어올 수 있으니까."

"만약에 바이러스에 감염되었지만, 아직 바이럴로 변하지 않은 사람을 찾게 되면 어떻게 하죠?" 케일럽이 물었다.

"그건 그들에게 달린 문제야. 제안하도록 해. 하지만 제안을 받아들이지 않으면, 있던 자리에 그대로 내버려 둬. 아무 차이가 없는 일이니까." 피터가 잠깐 말을 멈췄다. "모두 알아들었죠?"

사람들 사이에 끄덕임과 중얼거리는 목소리가 퍼져 나갔다.

"그럼 됐어요." 피터가 말했다. "여기에서의 일은 이렇게 마무리 짓는 겁니다. 여러분, 60분밖에 시간이 없습니다. 그 후에는 출발하는 겁니다.

74장

살아남은 생존자는 764명이었다.

그들은 더러웠고, 지쳤으며, 공포에 떨고 혼란에 빠져 있었다. 그들은 한 좌석에 세 명씩 앉아 여섯 대의 버스에 탔고, 또 5톤 트럭 네 대에 사람들을 꽉꽉 실었다. 그보다 작은 민수용과 군용 트럭 여덟 대에는 짐칸 가득 물과 음식 그리고 연료 같은 필요한 보급품들을 챙겨 넣었다. 하지만 무기라고는 변변한 것이 없었으며, 그마저도 탄약은 거의 다 떨어진 상태였다. 남은 생존자 중 열세 살 이하의 아이들이 532명이며, 그들 중 여섯 살 이하의 아동은 309명이었다. 갓난아기를 돌보는 열아홉 명의 엄마를 포함해, 세 살 혹은 그보다 어린 자녀가 있는 엄마들의 숫자도 122명에 이르렀다. 이들 외에는 다양한 연령과 배경을 가진 68명의 남자와 42명의 여자가 있었는데, 32명은 군인이거나 과거에 군인으로 복무한 경험이 있었다. 마지막으로 아홉 명은 예순 살 이상의 고령자들로, 최고령자는 여든두 살의 미망인이었다. 그녀는 밤새도록 집 안에 앉아서 바깥에서 벌어지는 모든 소란은 몽땅 빌어먹을 장난질이라고 혼잣말하고 있었다. 생존자 중에는 여러 명의 기계공, 전기공, 간호사, 직조공, 상인, 밀주 제조자, 농부, 편자공과 한 명의 총포 제작자 그리고 한 명의 구두 수선공이 포함되었다.

차에 탄 승객 중에는 술에 절어 있는 고주망태 의사 브라이언 엘라쿠아도 있었다. 너무 술에 취했던 나머지 댐으로 대피하라는 지시조차 이해하고 따르지 못했던 그는 밤이 되고 나서야 사람들이 모두 어디로 사라졌는지도 모른 채 어리둥절해하고 있었다. 그는 커빌로 돌아온 후 24시간 내내, 한때 자기 집이었던 버려진 집에서 필름이 끊길 때까지 술을 마신 후 — 이건 정말 그가 어렵사리 찾아낸 기적이나 마찬가지였다 — 자신을 성가시게 만드는 정적과 어둠 때문에 깨어났다. 더 마실 술을 찾아 집을 나선 그는 장벽을 따라 총성이 터지던 때 중앙 광장에 이르렀다. 그는 그때까지도 꽤 취해 있었으며, 극도로 혼란스러운 상태였다. 어렴풋이 그는 궁금해졌다. 사람들이 왜 총을 쏘고 있는 거지? 그는 병원으로 가보기로 했다. 병원은 그에게 익숙한 곳이기도 했으며, 그에게는 모든 것의 기준이 되는 장소였기 때문이다. 또 어쩌면 누군가가 도대체 무슨 일이 벌어지고 있는지 말해줄지도 모른다는 생각도 들었다.

병원으로 가는 동안 그의 불안감은 점점 높아져 갔다. 총소리가 끊기지 않고 계속 이어졌으며, 이제는 그의 귀에 차들이 마구 질주하는 소리와 고통에 울부짖는 소리까지도 너무나 또렷이 들렸기 때문이다. 그는 땅에 엎드렸다. 엘라쿠아는 그 상황이 자신과는 아무 상관이 없어 보였기에, 뭐를 어떻게 해야 할지 전혀 알 수가 없었다. 동시에 그는 갑자기 걱정스러운 일 하나가 생각나며 궁금해졌다. 아내는 어떻게 된 거지? 그의 아내가 그를 경멸했던 것은 사실이지만, 그럼에도 그는 아내의 존재에 익숙해졌던 거였다. 왜 아내는 여기에 없는 거지?

그런 생각도 잠시였다. 엄청난 충격과 소리에 그런 생각들이 옆으로 밀려나 버리며, 엘라쿠아는 얼굴을 땅에서 떼고 주위를 살폈다. 트럭 한 대가 건물을 정면으로 들이박은 것이 보였다. 그냥 들이박은 정도가 아니라, 벽을 뚫고 들어가 있었다. 아마도 누군가가 다쳤을 것으로 생각하며, 그는 일어나서 비틀비틀 그쪽으로 걸어갔다. 도움이 필요할 거라는 생각과 함께. 그런데 운전석에서 한 남자가 고함을 질러댔다. "차에 타요! 모두 트럭에 올라타라고요!" 그는 비틀거리며 계단들을 올라갔고, 술에 절어 있는 그의 뇌로는 도저히 이해할 수 없는 무질서한 장면을 목격하게 되었다. 건물 안은 비명을 지르는 여자들과 아이들로 꽉 찼고, 군인들은 그들을 트럭의 짐칸으로 밀고 던져 넣는 동시에 머리 위 계단통을 향해 총을 쏘고 있었다. 그런 혼돈 속에서도 낯익은 얼굴 하나가 눈에 들어왔다. 저거 사라 윌슨인가? 정확히 기억할 수는 없지만, 그는 비교적 최근에 그녀를 본 적이 있는 것 같은 느낌이었다. 어찌 되었건, 트럭에 올라타는 것이 좋을 것 같다는 생각이 들었다. 그가 아수라장 사이에서 길을 헤치고 나아갔다. 그의 주위와 발밑 여기저기에서는 아이들이 뒤뚱거리며 허둥지둥 뛰고 있었다. 트럭의 운전사는 계속 액셀러레이터를 밟아 공회전시키며 엔진의 힘을 높이는 중이었고, 그때 엘라쿠아가 트럭의 짐칸 문에 도착했다. 트럭의 짐칸은 사람들로 꽉 차 들어갈 틈이 보이지 않았다. 그뿐만 아니라 트럭의 범퍼를 딛고 자기 몸을 끌어올려 짐칸 안으로 들어가는 데도 문제가 생겼다. 그가 해내기에는 불가능해 보이는 육체적 동작들의 조율이 필요했던 거였다.

"도와줘." 그가 신음하며 애원했다.

하늘에서 내려온 동아줄일까, 손 하나가 내려와 그를 잡았다. 끌려 올라간 그의 몸은 트럭이 순간적으로 엄청난 속도를 내 앞으로 출발하자 짐칸 안으로 빨려 들어가며 사람들 위로 나뒹굴었다. 트럭이 건물 밖으로 튀어 나가 계단 아래를 달리는 동안 센박을 길게 늘려 놓은 당김음*처럼 으스러질 정도로 뼈를 때리는 쿵쿵 소리와 충격이 계속 이어졌다. 공포와 혼란의 안개 속을 뚫고 나오며, 브라이언 엘라쿠아는 묵시를 경험했다. 그의 삶은 가치 없는 쓰레기 같은 인생이었다. 그의 삶의 시작은 그렇지 않았을지도 모르지만 ─ 그는 점잖고 좋은 사람이 되려고 했었다 ─ 시간이 흐르면서 그는 그런 생각에서 멀어져 버렸다. 만약 내가 여기서 벗어나게 된다면, 두 번 다시는 술을 마시지 않겠어. 그는 그렇게 생각했다.

그리고 그렇게, 열여섯 시간이 지나고 나자, 브라이언 엘라쿠아는 극도의 알코올 금단 증상으로 인한 깊은 육체적 그리고 실존적 슬픔에 빠져 87명의 여자와 아이들과 함께 버스에 타고 있는 자기 모습을 보았다. 아직 이른 아침이었으며, 금빛 햇살은 따사로웠다. 그는 다른 많은 사람과 함께 커빌의 모습이 희미해져 가다가 시야에서 완전히 사라지는 것을 지켜보았다. 그는 그들 모두가 어디로 가고 있는 건지 확실히 알지 못했다. 사실인지 아닌지를 가리기는 힘들었지만, 그들을 안전한 곳으로 데리고 갈 배가 있다

---

* 연주의 한 마디 안에서 센박과 여린박의 규칙성이 뒤바뀌는 현상으로 여린박에 강세를 놓거나 센박을 연장하거나 붙임줄로 다음 머리에 연결하여 만듦.

는 이야기가 돌기는 했다. 왜 모든 사람 중에, 인생을 허비해버린 쓸모없는 주정뱅이 중에서도 가장 쓸모없는 내가 살아남게 된 걸까? 그의 옆 좌석에는 약간 딸기색의 붉은빛이 도는 금발 머리를 등 뒤로 넘겨 리본으로 묶은 어린 여자아이가 앉아 있었다. 아이는 네다섯 살쯤 되어 보였고, 굵게 엮은 천으로 된 헐렁한 드레스를 입었다. 아이의 발은 맨발이었고 더러웠으며, 수없이 많은 긁힌 상처와 피딱지가 앉아 있었다. 아이는 허리에 곰이나 어쩌면 개처럼 보이는 더러운 봉제 인형을 꽉 붙들어 안았다. 여자아이는 어떻게든 그의 시선을 피하고자 했으며, 눈은 똑바로 앞만 응시했다. "꼬마야, 부모님은 어디에 계셔?" 엘라쿠아가 아이에게 물었다. "넌 왜 혼자야?" "왜냐면 부모님이 죽었으니까요." 그 작은 여자아이가 그렇게 대답했다. 그리고 아이는 말하면서도 한 번도 엘라쿠아를 쳐다보지 않았다. "부모님이 모두 죽었어요."

아이의 그 말과 함께 브라이언 엘라쿠아는 얼굴을 두 손에 파묻고 울었다. 그의 몸이 들썩이며 떨렸다.

첫 번째 버스의 운전석에 앉은 케일럽은 시계를 보고 있었다. 정오가 다 되어가는 중이었고, 그들이 커빌을 떠나 차를 달린 지 네 시간이 넘어갔다. 핌과 아기 테오는 케이트의 딸들과 뒤쪽에 앉아 있었다. 그가 운전하는 버스의 연료도 반으로 줄었고, 그들은 지협에서 보충할 연료를 싣고 오는 유조차를 만나기로 한 로젠버그에서 일단 멈춰 설 예정이었다. 버스 안은 조용했다. 이야기하는 사람이 아무도 없었다. 흔들리는 차 안에서 노곤해진 아이들은 대부분 잠들었다.

그들이 마지막 외곽 정착촌을 빠져나가자마자 무전기에서 지지직거리는 소리가 들려왔다. "모두 멈춰. 우리가 차 한 대를 잃은 것 같다."

케일럽이 버스를 세우고 내렸고, 그의 아버지 피터와 체이스 그리고 에이미도 차량 대열을 앞에서 이끌고 가던 험비에서 내려 밖으로 나왔다. 대열의 네 번째에서 달리던 버스 한 대가 후드를 열고서 멈춰 섰고, 차량의 라디에이터에서 증기와 액체가 뿜어져 나오는 중이었다.

홀리스가 천으로 엔진을 탁탁 때리며 멈춰 선 버스의 범퍼 위에 서 있었다. "워터 펌프가 잘못된 거 같아."

"손볼 수 있겠어?" 케일럽의 아버지가 물었다. "빨리 고쳐야 할 텐데."

홀리스가 범퍼에서 뛰어내렸다. "어림도 없어. 이 낡은 버스들은 이런 일을 대비해 만들어진 것들이 아니야. 나는 오히려 이렇게 멈춰 서버리는 데 그토록 오랜 시간이 걸렸다는 게 놀라울 따름이야."

"우리가 멈춰 서 있는 동안," 사라가 제안했다. "아마도 아이들은 가게 해줘야 할 것 같은데."

"어디를 가게 해?"

"피터, 화장실 말이야."

케일럽의 아버지가 짜증 난 듯 한숨을 내쉬었다. 조금이라도 지체하게 되면 저쪽에 도착할 때쯤에는 지체한 시간만큼 어둠 속에서 차를 몰아야 한다는 것을 의미하기 때문이다. "일단 뱀들을 조심하도록 해. 지금 필요한 건 그거니까."

아이들이 줄지어 잡초들이 우거진 곳으로 갔고, 여자아이들은 버스들이 늘어선 한쪽에, 남자아이들은 다른 쪽에 나뉘어 자리를

잡았다. 차량 행렬이 다시 움직일 준비가 되었을 때쯤에는 이미
20여 분 정도가 지체된 후였다. 텍사스의 뜨거운 바람이 불어왔
고, 1시 30분이 되었다. 태양이 하늘의 망치 머리가 된 것처럼 그
들 머리 위에 자리를 잡았다.

덧대고 보강하는 작업이 끝나고, 독도 물이 채워질 준비가 되었
다. 마이클과 로어 그리고 랜드는 둑을 따라 서 있는 여섯 개의 펌
프장 중 한 곳에서 바다와 연결된 관들을 열 준비를 했다. 그리어
는 패치와 함께 마지막 유조차를 타고 로젠버그를 향해 가는 중이
었다.
"아무리 그래도 우리 뭔가 기념할 만한 말을 해야 하는 거 아니
야?" 로어가 마이클에게 물었다.
"'제발 열려라, 이 망할 자식아.'는 어때?"
관의 개폐 장치는 지난 17년간 아무도 손대지 않은 채 그대로
잠겨 있었다.
"그렇게 해야 할 것 같네." 로어가 말했다.
로어가 나무망치를 들고 있었고, 마이클이 바큇살에 지렛대를
끼워 넣은 후 랜드와 함께 지렛대를 쥐고 몸무게를 실어 기댔다.
"이제 때려."
로어는 그들 옆에 자리를 잡고 나무망치를 휘둘렀다. 하지만 가
장자리를 스치고 빗나가 버렸다.
"제기랄," 마이클은 턱을 꽉 다물었는데, 힘을 쓰느라 그의 얼굴
이 시뻘게졌다. "이 망할 것을 있는 힘껏 후려쳐."
한 번, 두 번 계속 내리쳤지만 바퀴처럼 생긴 개폐 장치는 꿈쩍
도 하지 않았다.

"이거 안 되네." 랜드가 말했다.

"내가 해볼게." 로어가 말했다.

"그게 되겠어?" 그러자 로어가 랜드를 뚫어지게 노려봤고, 그가 옆으로 자리를 비켰다. "하고 싶은 대로 해봐."

로어가 지렛대는 그냥 놔둔 채 개폐 장치를 움켜잡았다.

"지렛대를 안 쓰면," 랜드가 말했다. "안 될 텐데."

로어가 그의 말을 무시하고, 발을 벌리고 섰다. 그녀의 팔 근육이 팽팽하게 조여지며, 뼈 위로 뻗은 두꺼운 힘줄이 드러났다.

"소용없는 짓이야." 마이클이 말했다. "우리 다른 방법을 찾아봐야 해."

그런데, 기적같이 개폐 장치가 돌아가기 시작했다. 1인치 그리고 2인치, 세 사람의 귀에 소리가 들려왔다. 물이 관들을 타고 흘렀고, 힘찬 물보라가 독의 바닥 위로 뿜어져 나왔다. 그리고 순간적으로 덜커덕하는 소리와 함께 개폐 장치가 다 풀려 돌아갔다. 그들의 발아래에서 바닷물이 쏟아져 들어오기 시작했다. 로어가 힘을 주었던 손가락들의 긴장을 풀어주며 뒤로 물러났다.

"나와 마이클이 거의 다 풀어놓았던 게 틀림없어." 랜드가 시큰 둥하게 말했다.

로어가 둘에게 익살스러운 미소를 지어 보였다.

시간은 빠르게 다가오고 있었다.

그의 무리가 사라졌다. 그는 자신의 도피들이 떠나가는 것을 느꼈다. 겁에 질린 비명과 폭발하는 고통이 느껴지더니 모두 사라졌다. 죽은 그의 무리의 영혼이 바람처럼 그를 관통해 흐르며, 기억의 소용돌이가 일어났다가 잦아들며 사라졌다.

카터는 엄숙한 마음으로 마지막 일들을 마쳤다. 잔디 깎는 기계를 창고로 끌고 가 넣고 문을 잠근 후, 자신이 솜씨를 발휘한 수고의 결과를 살펴보러 몸을 돌려 서자 하늘에는 낮은 구름 떼가 움직이는 것이 보였다. 모든 잔디 잎들이 시원하게 깎여 있었고, 잔디밭도 시원해 보였다. 정원의 작은 길을 따라 다듬어진 가장자리에는 길을 알아볼 수 있도록 소엽맥문동이 심겨 있었다. 나무들은 모두 가지치기가 되었고, 울타리 아래 화단의 꽃들은 화사한 색깔의 양탄자처럼 보였다. 그날 아침에는 뾰족한 잎을 가진 왜소한 일본단풍나무가 배달되었다. 우드 부인이 언제나 정원에 두고 싶어 했던 나무였다. 카터는 단풍나무를 플라스틱 화분에 담아 정원의 모퉁이로 가져가 흙에 심어놓았다. 가늘고 긴 단풍나무 잎은 아름다운 여자의 손처럼 우아한 느낌을 주었다. 단풍나무를 정원에 심고 나자 비로소 완성했다는 느낌이 들었다. 그가 그토록 오랫동안 돌보아온 정원에 마지막 선물을 선사한 것이다.

그가 이마를 닦았다. 스프링클러들이 작동하며 미세한 물안개가 잔디밭 위에 뿌려졌다. 집 안에서는 우드 부인의 딸들이 웃고 있었다. 카터는 그 아이들의 얼굴을 보며 이야기할 수 있기를 기대했다. 자신이 파티오에 앉아 두 여자아이가 정원에서 공을 주고받거나 서로를 쫓아다니며 노는 모습을 지켜보는 장면을 상상했다. 아이들에게는 햇살을 받으며 보내는 시간이 필요했다.

그는 자신에게서 악취가 나지 않았으면 했다. 겨드랑이에 코를 대고 킁킁거리며 냄새를 맡아보았고, 이 정도면 괜찮다고 생각했다. 부엌 창문에 비친 그의 모습을 살펴보았다. 카터가 창에 비친 자기 모습을 들여다보기까지는 오랜 시간이 걸렸다. 그는 자기 얼굴이 정말로 이렇게 저렇게 달라 보이는 것이 아니라, 대개의 사람과 마찬가지로 언제나 그 모습 그대로라고 생각했다.

그는 100년 이상의 시간이 지나고 난 후에야 처음으로 문을 열고 밖으로 나왔다.

밖의 공기도 크게 다르지 않았다. 나는 왜 밖의 공기는 매우 다를 것으로 생각했던 걸까. 배경으로 보이는 번화한 도시에서 휙휙 뭔가 빠르게 지나가는 소리가 들려왔으나 거리는 조용했고, 그의 뒤에 늘어선 큰 집들은 마치 별 관심 없이 그를 지켜보는 것 같았다. 그는 모자로 부채질하며 자신이 기다려야 할 길 끝까지 걸어갔다.

모든 것이 변하는 시간이었다. 새들과 곤충들과 풀숲의 벌레들까지도 모두 알았다. 나무에서 매미들이 윙윙거리며 울고 있었다.

75장

17:00. 그리어와 패치는 유조차 안에서 이미 2시간 동안이나 기다리는 중이었다. 패치는 잡지를 읽고 있었는데, 읽는 것처럼 보이지만 그냥 눈으로 대충 훑는 건지도 몰랐다. 잡지는 『내셔널 지오그래픽 키즈』였는데, 잡지의 페이지들은 곧 부서져 없어질 것 같았고, 페이지를 넘길 때마다 삐죽삐죽 튀어나오고는 했다. 패치가 어깨로 그리어를 쿡쿡 찌르더니, 사진 하나를 보라고 잡지를 내밀었다.

"거기요, 그곳 모습이 이럴까요?"

정글 사진이었다. 넓적하고 두툼한 잎들, 밝고 선명한 색의 새들, 모든 것들이 덩굴에 휘감겨 있었다. 하지만 그리어는 다른 데 정신이 팔려서 패치가 내민 그림을 자세히 보지 못했다.

"모르겠어, 어쩌면 그럴지도 모르지."

패치가 내밀었던 잡지의 사진을 거둬들였다. "그곳에 사람이 살지 궁금해요."

그리어는 쌍안경으로 북쪽 지평선을 지켜보고 있었다. "나도 그게 의심스럽기는 해."

"사람들이 산다면, 우호적인 사람들이었으면 좋겠어요. 그렇지 않으면 많은 일을 겪어야 할 거 같거든요."

다시 15분이 더 흘렀다.

"차라리 우리가 차량을 찾아 나서는 게 나을 거 같은데요." 패치가 그리어의 생각을 떠봤다.

"잠깐 기다려봐. 내 생각에는 저기 오는 것 같으니까."

멀리서 먼지구름이 일어나고 있었고, 그리어는 쌍안경으로 커빌에서 출발한 차량의 행렬이 모습을 드러내는 걸 지켜봤다. 첫번째 차가 앞에 와 멈춰서자 그리어와 패치는 유조차에서 내렸다.

"왜 이렇게 오래 걸린 거야?" 그리어가 피터에게 물었다.

"오는 길에 버스 두 대가 퍼졌어요. 하나는 라디에이터가 나가고, 또 하나는 차축이 부러지고요."

예비 연료를 싣고 떠난 작은 픽업트럭들을 제외한 모든 차가 디젤 연료를 사용했다. 그리어가 통에 디젤 연료를 담을 팀 하나를 만들었고, 휴대용 연료 통에 디젤 연료를 채운 그들은 버스마다 기름을 채우기 위해 줄지어 움직였다. 아이들은 버스에서 내려도 좋다는 허락을 받았지만, 돌아다니는 것은 금지됐다.

"연료를 다시 채우는 데 시간이 얼마나 걸릴까요?" 체이스가 그리어에게 물었다.

거의 한 시간이 걸렸다. 그림자가 길어지기 시작했다. 아직 80킬로미터는 더 가야만 했고, 가장 힘든 구간이 될 것이 분명했다. 그런데 문제는 이렇게 험한 지형에서는 어떤 버스도 시속 30킬로미터 이상의 속도를 낼 수 없다는 거였다.

차량 행렬이 다시 움직이기 시작했다.

독은 일곱 시간째 물이 채워지는 중이었다. 모든 준비가 끝났다 ― 배터리도 충전이 끝났고, 빌지 펌프*도 작동했으며, 엔진들도 시동만 걸면 되는 상태였다. 베르겐스피요르드호에는 배를 고정해놓기 위해 쇠사슬들이 연결되어 있었다. 마이클은 로어와 함께 조타실에 머물렀다. 바다의 수위가 배의 홀수선 위로 90센티미터 정도 높이까지 올라가 있었다 ― 납득할 수 있는 수준의 오차 범위 내이기는 했지만 신경이 쓰이는 문제였다.

"더는 못 참겠어." 로어가 말했다.

그녀는 갑자기 자신의 에너지를 쏟아부을 곳을 찾지 못하고서, 조타실의 작은 공간 안을 서성거렸다. 마이클이 조타실 패널에 있는 마이크를 집어 들었다. "랜드, 거기 아래에서 뭐 눈에 띄는 게 있어?"

랜드는 갑판 아래의 통로들을 돌아다니며 접합 부분들의 상태를 점검하는 중이었다. "지금까지는 다 좋아. 물이 새는 곳도 없고, 배가 튼튼한 것 같아."

수위가 점점 더 오르며, 차가운 물이 선체를 둘러 감싸고 있었다. 여전히 배는 꼼짝도 하지 않았다.

"제기랄, 돌아가시겠네." 로어가 으르렁거렸다.

"그런 말을 쓰는 건 들어본 적이 없는 것 같은데." 마이클이 말했다.

"글쎄, 이제 그 의미를 안다고나 할까."

---

* 배 밑에 괸 물을 퍼 올리는 펌프.

마이클이 한 손을 들어 올렸다. 그에게 뭔가 느껴지자, 자신의 모든 감각에 집중했다. 다시 그 느낌이 전해졌다. 아주 미세한 떨림이 선체 전체에 퍼지고 있었다. 마이클의 눈이 로어와 마주쳤다. 그녀 역시 느낀 것이다. 이 위대한 생명체가 마침내 깨어나는 중이었다. 발아래 갑판이 낮은 저음의 소리를 내며 흔들렸다.

"됐어, 성공했어!" 로어가 소리를 질렀다.

마침내 베르겐스피요르드호가 버팀대에서 들어 올려져 물에 뜨기 시작했다.

블록의 끝에서 아주 정성을 들여 모퉁이를 돌며 디날리가 나타났다. 카터는 도로로 한 발자국 내려가 길 위에 자리를 잡고 섰다. 그는 손을 든다거나 혹은 그 어떤 방식으로도 디날리가 멈춰 서기를 바라는 몸짓을 하지 않았다. 그래도 차는 그의 앞에 와 멈췄고, 그는 옆으로 비켜섰다. 조용한 기계적 작동음과 함께 운전석 쪽의 창문이 내려갔다. 상쾌한 공기와 가죽 냄새가 창문을 통해 그의 얼굴로 밀려들었다.

"카터 씨?"

"얼굴을 보게 되니 반가워요, 우드 부인."

그녀는 테니스복을 입고 있었다. 뒷좌석에는 은색 포장지에 싸인 꾸러미들과 플러시* 천으로 만든 장난감들이 달린 모빌을 매달아 놓은 아기 카시트가 보였고, 그녀의 선글라스는 머리 위에 올려져 있었다. 모든 것이 둘이 만났던 날 아침과 똑같은 모습이었다.

"좋아 보이시네요." 그가 말했다.

---

* 벨벳보다 좀 더 길고 두툼하게 짠 비단, 면, 털 등을 가리킴.

그녀가 마치 작은 글씨라도 읽으려는 것처럼 눈을 가늘게 뜨고 그의 얼굴을 쳐다보았다. "당신이 나를 불러 세웠어요."

"네 맞아요, 부인."

"이해가 안 되네요. 왜 그런 거예요?"

"저쪽 진입로로 차를 옮겨 세우시는 게 어떠세요? 그러면 얘기할 수 있을 거예요."

그녀가 혼란스러운 듯 주위를 둘러보았다.

"이제 차를 옮기세요." 그가 그녀를 안심시켰다.

다소 주저하는 듯했지만, 그녀는 방향을 틀어 디날리를 진입로 쪽으로 옮기고 엔진을 껐다. 카터가 다시 운전석 쪽 창문으로 갔다. 꺼진 엔진에서 크지 않은 딱딱거리는 소리가 났다. 손은 운전대를 꼭 잡은 채, 레이철이 카터의 얼굴을 보기가 두려운지 앞 유리창을 똑바로 바라보고 있었다.

"내 생각에 나는 이런 짓을 하면 안 될 거 같은데요." 그녀가 말했다.

"괜찮아요." 카터가 말했다.

겁에 질린 그녀의 목소리가 날카로워졌다. "하지만 이건 옳은 일이 아니에요. 절대 괜찮지 않은 일이라고요."

카터가 운전석의 문을 열었다. "들어가서 정원을 보는 게 어떠세요, 우드 부인? 당신을 위해서 정원 관리를 잘해두었어요."

"나는 차를 운전하기로 되어 있어요. 그게 내가 하는 거예요. 그게 내 일이라고요."

"오늘 아침에 방금 당신이 좋아하는 뾰족한 잎의 일본단풍나무 한 그루를 심어놨어요. 얼마나 예쁜지 당신이 봤으면 좋겠어요."

잠시 그녀가 말이 없었다. 그러더니, "뾰족한 잎의 일본단풍나무라고 했어요?"

"네, 부인."

그녀가 깊은 생각에 잠긴 듯 고개를 끄덕였다. "난 언제나 정원 저쪽 모퉁이에 그 나무를 심어놓으면 아주 제격일 것으로 생각했어요. 내가 말하는 자리가 어디인지 알죠?"

"물론, 정확히 알고 있죠."

그녀가 고개를 돌려 그를 봤다. 잠시 그녀가 그의 얼굴을 살펴보더니, 눈을 조금 가늘게 떴다. "카터 씨, 당신은 항상 나를 생각하는 거죠, 그렇죠? 당신은 항상 무슨 말을 해야 할지 알고 있어요. 나에게 당신 같은 친구는 없었던 것 같아요." "이런, 왜 없겠어요, 있을 거예요."

"왜 이래요 진짜. 물론, 내 주변에 많은 사람이 있죠. 레이철 우드의 삶에는 아주 많은 사람이 있었어요. 하지만 당신처럼 나를 이해하는 사람은 한 명도 없었다고요." 그녀가 그를 다정하게 바라봤다. "하지만, 당신과 나 말이에요. 우리는 꽤 잘 어울리는 한 쌍이에요, 안 그래요?"

"그렇습니다, 우드 부인."

"자, 내가 한 번 입 밖으로 꺼내 말했다면, 그건 이미 천 번은 말한 거나 마찬가지예요. 그게 레이철이니까요."

그가 고개를 끄덕였다. "그럼 이제 앤서니라고 불러요."

그녀가 뭔가를 발견한 것처럼 얼굴이 환하게 펴졌다. "레이철과 앤서니! 우리 마치 영화 속의 두 주인공 같아요."

그가 그녀에게 손을 내밀었다. "레이철, 이제 정원에 가보는 게 어때요? 정말 괜찮을 거예요. 보면 알아요."

몸의 균형을 잡기 위해 그의 손을 잡고 그녀가 차에서 내렸다.

그러고는 열려 있는 문 옆에 아주 조심스러운 모습으로 서서, 폐에 공기를 잔뜩 채워 넣었다.

"와, 이거 아주 좋은 냄새네요." 그녀가 말했다. "이거 무슨 냄새예요?"

"방금 잔디를 깎았어요. 그 냄새인 거 같아요."

"그런 거 같네요. 이제 나도 기억이 나요." 그녀가 만족스러운 미소를 지었다. "내가 갓 깎은 잔디 냄새를 맡아본 지 도대체 얼마나 오래된 거죠? 사실 무슨 냄새를 맡아본 지도 얼마나 되었는지 모르겠어요."

"정원이 레이철이 와서 봐주기를 기다리고 있어요. 정말 좋은 냄새들이 많이 날 거예요."

그가 팔로 크게 원을 그려 보였고, 레이철은 그가 앞장서서 가게 했다. 땅 위에 그림자가 길게 늘어졌고, 해도 곧 지려는 중이었다. 그가 그녀를 문으로 이끌었고, 그녀는 문 앞에서 멈추어 섰다.

"앤서니, 당신이 나를 어떤 기분이 들게 만드는지 알아요? 이걸 어떻게 설명해야 하나 계속 고민했어요."

"그래서 어떻다는 거예요?"

"당신에게는 내가 정말 보이는구나, 내 모습이 보이는구나, 그렇게 생각하게 만들어요. 당신이 오기 전까지 누구도 나를 보지 못하는 것 같았어요. 미친 소리 같죠? 아마 그럴 거예요."

"나에게는 그렇게 들리지 않아요." 카터가 말했다.

"나는 그날 고가도로 아래에서 바로 알아챘던 것 같아요, 기억해요?" 그녀의 눈에서 거리감이 느껴졌다. "모든 게 너무 속상했어요. 모두가 경적을 울리고, 고함을 질러대고, 그리고 당신이 '배가 고파요. 아무리 작은 것이라도 괜찮습니다. 신의 축복이 있기를'이라고 써진 판지를 들고 있었죠. 난 저 남자가 뭔가 의미하는 바가 있다고 생각했죠. 저 남자가 우연히 저기에 있게 된 게 아니야. 뭔가 목적을 갖고 내 삶에 들어온 거야, 하고 말이에요."

카터가 빗장을 풀었고, 둘은 문을 통과해 안으로 들어섰다. 그녀는 아직도 그의 팔을 꼭 붙잡고 있었고, 둘은 연인처럼 길을 걸어갔다. 한 걸음 한 걸음 옮기는 그녀의 발걸음들은 자로 잰 듯 엄숙했고, 그 모습은 마치 그녀가 떼는 걸음들이 별도의 독립된 의지의 행동처럼 보였다.

"이걸 좀 봐요. 정말 아름다워요."

둘은 수영장 옆에 섰다. 수영장 안의 물은 완벽하게 잔잔했고 아주 푸르렀다. 그들 주위로 색채와 생기가 넘쳐났다.

"솔직히 말해서, 나는 내 눈을 믿을 수 없어요. 그 많은 시간이 흐르는 동안 당신은 정말 열심히 정원을 가꾸었나 봐요."

"어려운 건 없었어요. 저도 도움을 좀 받았거든요."

레이철이 그를 쳐다봤다. "정말요? 그게 누구였는데요?"

"내가 아는 여자요. 이름은 에이미라고 해요."

레이철이 에이미라는 이름을 듣고 곰곰이 생각에 잠겼다. "아," 그녀가 손가락 하나를 입술에 갖다 대며 말했다. "나도 얼마 전에 에이미를 만났던 거 같아요. 내가 그녀를 태워다줬을 거예요. 키가 이 정도 되고 검은 머리고요, 맞죠?"

카터가 고개를 끄덕였다.

"아주 다정한 소녀였어요. 그리고 피부가, 완전히 눈부시게 아름다웠고요." 그녀가 갑자기 미소를 지었다. "저기에는 뭐가 있는 거죠?"

그녀의 시선이 코스모스꽃을 향했다. 그녀는 그에게서 떨어져 잔디밭을 지나 화단을 향해 걸어갔고, 카터는 그 뒤를 따라갔다.

"앤서니, 정말 아름다워요."

그녀가 화단 앞에 무릎을 꿇고 앉았다. 카터는 두 가지 색조의 분홍색을 심어뒀다. 하나는 짙은 단색이고, 다른 하나는 길고 뾰족한 줄기에 녹색의 나팔 모양이 있는 좀 더 부드러운 색이었다.

"내가 꽃을 따도 괜찮겠어요, 앤서니?"

"가서 하고 싶은 대로 하세요, 당신을 위해 심은 거니까요."

그녀는 좀 짙은 분홍색 중에 하나를 골라 줄기를 떼어냈다. 그러더니 엄지와 검지로 잡고는 코에 대고 부드럽게 숨을 쉬며 천천히 돌렸다.

"얘 이름의 뜻이 뭔지 알아요?" 그녀가 물었다.

"안다는 말을 못 하겠네요."

"그리스어에서 온 말이에요. '균형 잡힌 우주'라는 뜻이에요." 그녀가 뒤꿈치에 힘을 주고 몸을 뒤로 젖혔다. "재밌는 일이에요. 나는 내가 이걸 어떻게 아는지 모르겠어요. 아마도 학교에서 배운 거겠죠."

잠시 둘 사이에 말없이 시간이 흘렀다.

"헤일리가 이 꽃을 좋아해요." 레이철이 그 꽃이 마치 부적이나 자신이 열 수 없는 문의 열쇠라도 되는 것처럼 응시했다.

"그래요, 헤일리가 좋아하는 꽃이죠." 카터가 맞장구쳤다.

"언제나 머리에 이 꽃을 꽂고 있었어요. 헤일리의 동생도 그렇고요."

"라일리, 작은 벌레처럼 귀여운 아이죠."

나뭇가지들 사이로 어슴푸레하게 저녁이 다가왔고, 레이철이 고개를 돌려 하늘을 봤다.

"나는 정말 많은 것들을 기억하고 있어요, 앤서니. 때로는 정말 정리하기 힘들 지경이에요."

"모두 잘될 거예요." 그가 그녀를 안심시켰다.

"나는 수영장에서의 일도 기억해요."

그 일이 일어나고 있었다. 카터는 그녀의 옆에 웅크리고 앉았다.

"그날 아침, 모든 게 너무나 끔찍했어요. 상황이 안 좋았어요." 그녀는 슬픔에 잠긴 듯 숨을 길게 들이마셨다. "너무 슬펐어요. 도저히 믿기지 않을 정도로 슬펐어요. 거대한 검은 바다 같았고 당신은 그 안에 떠서 표류하고, 그 어디에도 땅은 안 보이고, 기대할 것도 희망도 뭐 하나 없었어요. 오로지 당신과 물과 어둠뿐이고, 언제나 변함없이 영원히 그럴 거라는 걸 당신도 알았어요."

그녀가 이 오래된 골치 아픈 생각에 잠겨 침묵에 빠졌다. 공기가 서늘해졌고, 도시의 불빛이 하나씩 켜지며 구름 마루에 반사되어 하얀빛을 발했다. 그리고.

"내가 당신을 본 게 그때였어요. 당신은 헤일리와 함께 정원에 있었죠. 그냥……." 그녀가 어깨를 으쓱했다. "아이에게 뭐를 보여주는 것 같았어요. 아마 두꺼비, 꽃. 당신은 항상 그랬으니까요. 아이를 기쁘게 해주려고 작은 무언가를 보여주고는 했어요." 그녀가 고개를 천천히 저었다. "하지만 그게 문제였어요. 나는 그게 당신인 걸 알았어요. 그게 당신이라고 믿었어요. 하지만 내가 본 사람은 그게 아니었어요."

그녀는 감정이 메마른 눈으로 땅을 쳐다보고 있었다. 모든 것이 쏟아져 나올 것 같았다. 그날의 모든 기억과 고통과 공포가 몽땅 말이다.

"그건 죽음이었어요, 앤서니."

카터는 기다렸다.

"이상한 생각이라는 건 알아요. 미친 생각이죠. 당신은 나와 우리 모두에게 다정했으니까요. 하지만 나는 당신이 헤일리와 함께 서 있는 걸 보면서 생각했어요. 죽음이 찾아왔다. 그가 여기에 왔어. 그것도 지금 내 어린 딸 옆에. 모두 실수야, 끔찍한 실수. 죽음이 원하는 건 나야. 죽어야 하는 건 나라고."

날이 저물고 어두워지며 하늘은 마지막 햇살을 뿜어냈다. 그녀가 얼굴을 들어 올렸고, 눈물이 고인 눈을 크게 뜨고 애원하고 있었다.

"그게 내가 그날 저지른 일의 이유예요, 앤서니. 불공평했죠. 옳지 않은 일이었고요. 나도 그걸 알아요. 절대 용서받을 수 없는 일이었어요. 하지만, 그게 이유예요."

레이철이 울기 시작했다. 카터가 그녀의 몸에 팔을 둘러 감싸 안자, 그녀가 그의 품 안으로 쓰러져 안겼다. 그녀의 피부는 따뜻하고 달콤한 냄새가 났으며, 아직 향수 냄새가 남아 맴돌고 있었다. 그가 전혀 큰 몸집의 남자가 아니었는데도 그녀가 얼마나 작고 아담하게 느껴지던지. 그의 품 안에서 그녀는 손아귀에 쥐어진 조그만 물건 같은, 작은 새 한 마리에 지나지 않을지도 몰랐다.

레이철의 딸들이 집 안에서 웃고 있었다.

"오 맙소사, 내가 아이들을 버렸어요." 그녀가 셔츠를 주먹으로 꽉 쥐고서 흐느꼈다. "내가 어떻게 아이들을 버릴 수 있었던 거지? 나의 아가들을. 내 어여쁜 여자아이들을."

"자, 이제 조용히 해봐요." 그가 말했다. "해묵은 것들을 흘려보내야 할 시간이에요."

그렇게 그들은 서로 껴안은 채 잠시 가만히 있었다. 날은 이미

완전히 어두워졌고, 공기는 잠잠했으며 이슬로 습기가 가득했다. 레이철의 딸들이 노래를 불렀다. 가사가 없는 아이들의 노래는 새들의 지저귐처럼 달콤했다.

"아이들이 당신을 기다리고 있어요." 카터가 말했다.

그녀가 그의 가슴에 얼굴을 파묻고 머리를 거칠게 흔들어댔다. "나는 아이들을 볼 수 없어요. 못 봐요."

"강해져야 해요, 레이철. 당신의 아이들을 위해 강해져야 해요."

그녀는 양손으로 카터의 팔꿈치 바로 위를 꽉 잡고서, 그가 자신을 천천히 잡아당겨 일으켜 세우도록 내버려 뒀다. 카터는 빠르지 않은 걸음으로 천천히 그녀를 이끌어 수영장을 돌아 뒷문 쪽으로 갔다. 집 안은 어두웠다. 카터는 그럴 거라고 예상했지만, 왜 그래야만 하는지는 말할 수 없었다. 그건 단순히 여기 사물들이 존재하는 또 다른 방식이었다.

둘은 문 앞에서 걸음을 멈췄다. 집 안 깊숙한 곳에서 더 많은 웃음소리와 침대 스프링이 삐거덕거리는 소리가 들려왔다. 레이철의 딸들이 침대 위에서 뛰어놀고 있었다.

"문을 안 열 거예요?" 레이철이 물었다.

카터는 대답하지 않았다. 레이철이 그의 얼굴을 유심히 들여다보았고, 이내 그녀의 표정에 변화가 생겼다. 그녀는 그가 자신과 함께 들어가지 않으리라는 걸 알았다.

"이렇게 해야만 해요." 그가 설명했다. "이제 들어가요. 아이들에게 나의 안부도 전해주고요, 그럴 거죠? 아이들에게 내가 매일같이 너희들 생각하며 지냈다고 말해줘요."

그녀는 극도로 망설이는 눈길로 문의 손잡이를 바라봤다. 안에서는 아이들이 기쁨을 주체하지 못해 웃고 있었다.

"카터 씨……."

"앤서니요."

그녀가 한 손을 그의 뺨 위에 올려놓았다. 그녀는 다시 울었고, 정신을 차려보니 카터 자신도 조금씩 울고 있었다. 그녀가 그에게 키스하자, 그녀의 부드러운 입과 함께 따뜻한 숨결이 함께 전해져 왔고, 동시에 누구의 눈물인지 알 수 없게 섞여버린 눈물의 짠맛도 느껴졌다. 그리고 그 짠맛은 엄밀히 말해 슬픔의 맛이라고 할 수는 없지만, 그 안에 슬픔이 깃들어 있다는 것만큼은 분명했다.

"앤서니, 신이 당신도 축복해주기를 빌어요."

그리고 그가 미처 깨닫기도 전에 ― 키스가 남긴 여운이 입술에서 사라지기도 전에 ― 문이 열리고 그녀는 안으로 사라졌다.

76장

20:30. 햇빛이 이제 거의 보이지 않았고 차량 행렬은 기어가듯 천천히 움직였다.

그들은 해안가의 고지대에 있었는데, 길은 곰보 자국이 난 것처럼 군데군데 움푹 파였고 다른 곳들도 빨래판처럼 물결 자국이 나 있었다. 체이스가 운전했는데, 운전대를 잡은 그는 눈을 부릅뜨고 집중했고 에이미가 그 뒤에 앉아 있었다.

피터가 무전기로 차량 행렬의 끝에서 유조차를 운전하고 있는 그리어를 호출했다. "얼마나 더 가야 하죠?"

"10킬로미터 남았어."

시속 30킬로미터의 속도로 10킬로미터. 그들 뒤로는 모든 그림자를 지워버리며 태양이 지평선 아래로 가라앉고 있었다.

"이제 곧 수로의 다리를 보게 될 거야." 그리어가 말을 덧붙였다. "지협은 거기에서 바로 남쪽에 있어."

"모두 들어, 우리 서둘러야만 해." 피터가 말했다.

험비가 속도를 시속 56킬로미터로 높였다. 피터가 자리에서 몸을 돌려 뒤를 보고는, 모든 차량이 속도를 맞춰 따라오는지 확인했다. 거리가 벌어지더니 곧 좁혀졌다. 첫 번째 버스가 전조등을 켜자 험비의 운전석이 환해졌다.

"얼마나 더 빨리 가야 하는 거죠?" 체이스가 물었다.

"지금은 이 속도면 될 것 같아요."

험비가 깊게 파인 구덩이 위를 넘어가자 차가 크게 흔들리며 쾅 하는 소리가 들렸다.

"저 버스들 박살 날지도 모르겠군." 체이스가 말했다.

눈앞에 빛의 장막이 펼쳐지는 것 같았다. 달이었다. 통통한 불덩어리 같은 것이 동쪽 지평선에서 빠르게 솟아올랐다. 동시에 수로의 다리도 멀리서 그 윤곽을 그들 앞에 드러내 보였다 — 높은 버팀 다리에 긴 강철 줄 덩어리가 매달려 있는, 뭔가 유기적이고 웅장해 보이는 모습이었다. 피터가 다시 무전기를 잡았다.

"운전자들 들어라. 주위에 무언가 보이는 것을 확인한 사람이 있나?"

보이는 것이 없다. 없다, 안 보인다.

마이클과 로어는 조타실의 전면 유리 앞에 서서 방조제의 수문들을 지켜보았다. 좌현 쪽 문은 아무런 문제 없이 열려 있지만, 우현 쪽은 그렇지 못했다. 독과 150도의 각도를 이룬 채 수문이 꼼짝도 하지 않고 멈춰 서버렸고, 작업자들이 거의 두 시간 가까이 수문을 마저 열려고 애쓰는 중이었다.

"이걸 더는 어떻게 해야 할지 방법이 생각나지 않아." 부두에 있는 랜드가 무전기에 대고 말했다. "내 생각에는 이게 우리가 열 수 있는 최대치인 거 같아."

"그냥 날려버릴까?" 로어가 물었다. 무게가 40톤이나 나가는 수문이었다.

마이클 역시 방법이 없었다. "랜드, 기관실로 내려와. 네가 필요해."

"마이클, 미안해."

"너는 최선을 다했어. 어떻게든 해결해야지." 그가 마이크를 다시 패널 위에 내려놓았다. "이런 젠장."

패널의 모든 불이 꺼져 있었다.

서쪽으로 45킬로미터 떨어진 쉐브론 마리너호 위에도 똑같은 달이 떠 있었다. 갑판 위에는 불타는 듯한 오렌지빛이 쏟아졌고, 기름이 둥둥 떠다니는 석호의 수면 위는 불길이 번져나가는 것처럼 반짝였다.

작은 폭발음 같은 쿵 소리와 함께 해치가 하늘 위로 튕겨 나갔다. 제멋대로 밤하늘로 솟구쳐 오르는 모습은 날아간다기보다는 도약해 뛰어오르는 모습처럼 보였다. 해치는 붕 소리를 내며 수평을 유지한 채로 위로, 위로 올라가 버렸다. 그러고는 꼬리에 꼬리를 무는 생각에 빠진 사람처럼 날아가던 중간에 멈추어 선 것처럼 보였다. 그 찰나의 순간에, 해치는 더 높이 올라가지도 떨어지지도 않았다. 해치가 중력을 거스를 수 있는 마법의 힘으로 채워졌다고 생각한 사람이 있더라도 쉽게 용서받을지도 몰랐다. 하지만 그렇지 않았다. 해치는 곤두박질쳐, 더러운 물속에 빠졌다.

그리고, 카터.

그는 쨍그랑 소리와 함께 충격을 다리로 흡수하는 동시에 몸을 웅크리며 앞 갑판에 쪼그려 앉았다. 엉덩이를 넓게 벌리고 머리는 꼿꼿이 세운 채, 균형을 잡기 위해 한 손을 갑판 위에 댄 모습은 스냅snap*에 대비하는 미식축구의 공격적인 태클 자세처럼 보였다. 자유의 신선함으로 가득 채워진 공기를 들이켜고 있는 그의 콧구멍이 벌름거렸다. 미풍이 그의 몸을 간지럽게 핥고 지나갔다. 눈에 보이는 광경과 귀에 들리는 소리가 사방에서 그의 감각을 폭발시켰다. 그가 달을 쳐다봤다. 그의 시력은 균열과 틈과 분화구와 협곡 같은 달 표면의 가장 작은 특징들을 무시무시할 정도의 정확성을 갖고 3차원적으로 감지할 수 있을 만큼 정교했다. 그는 달을 자기 팔로 들고 있는 것처럼, 그 둥글고 거대한 암석의 무게를 고스란히 느꼈다.

그의 길을 떠날 시간이었다.

그는 원 알렌 센터의 꼭대기를 향해 올라갔다. 물에 잠겨버린 도시의 꼭대기에서, 카터는 건물들을 가늠해봤다. 건물들의 높이와 손으로 잡을 수 있을 만한 곳들, 그리고 피요르드 같은 그들 사이의 거리와 낙차 같은 것들 말이다. 그의 머릿속에 경로 하나가 구체화되어 떠올랐다. 그것에는 힘, 예감의 명확함 혹은 확실히 알 수 있는 무언가가 있었다. 첫 번째 건물의 꼭대기까지 90미터, 아마도 두 번째 건물의 위까지 또다시 45미터, 그리고 세 번째 건물까지는 좀 멀게 180미터, 하지만 15미터 정도를 낙하하면 그의 활동 반경이 넓어질……

그는 가장자리의 뒤쪽 끝까지 물러섰다. 중요한 건 첫째, 속도를 끌어올리는 거였고, 그다음은 적절한 때 정확하게 날아오르는

---

* 미식축구에서 센터가 공을 재빨리 뒤로 던지는 것.

거였다. 그는 달리기 선수처럼 몸을 낮추어 자세를 잡았다.

길고 빠르게 열 발자국을 달려 나간 뒤, 그가 뛰어올랐다. 그는 고삐가 풀린 별, 하나의 혜성처럼 달빛이 비치는 하늘로 솟아올라 날아갔다. 공간적 여유가 있는 첫 번째 건물의 꼭대기에 도착했다. 착지하며 몸을 낮춰 구부리고 바닥을 구른 후, 몸을 일으켜 달려가 다시 허공으로 뛰어올랐다.

그는 힘을 아끼고 있었다.

*　　*　　*

이동 행렬의 세 번째 차량의 짐칸에는, 다른 부상자들과 함께 알리시아가 몸이 묶인 채 누워 있었다. 두꺼운 고무줄이 그녀의 어깨와 허리 그리고 무릎을 움직이지 못하도록 들것에 고정해놓았고, 네 번째의 또 다른 고무줄이 이마를 압박해 누르고 있었다. 오른쪽 다리에는 발목부터 엉덩이까지 부목을 대놓았고, 오른쪽 팔이 가슴을 가로질러 고정된 상태였다. 그녀의 몸 여러 곳이 붕대에 감겨 있고, 꿰매어지고 묶여 있었다.

그녀의 몸 안에서는 세포의 복구가 빠르게 일어나는 중이었다. 하지만 그녀가 입은 복합적이고 광범위한 부상 때문에 그 과정은 불완전하며 복잡하게 꼬였다. 그리고 이런 증상은 완전히 박살 나 부서진 날개 모양이 된 오른쪽 엉덩이의 가장자리에서 뚜렷하게 나타났다. 그녀의 몸의 바이럴적 특성이 많은 문제를 해결할 수 있음에도 불구하고, 이렇게 복잡한 조각 그림을 다시 맞춰 나가는 작업은 완벽하게 해낼 수 없었다. 알리시아 도나디오를 살아 있게 만드는 유일한 이유는 그녀의 버릇일 수도 있었다 ─ 언제나 그래왔던 것처럼 모든 것을 꿰뚫어 보는 그녀의 성향 말이다. 하지만 그녀는 더 이상 그런 것을 무엇 하나 시도해볼 마음이 없었다. 뼈마디마디가 부러지는 것 같은 고통스러운 시간이 흐르면서, 죽지 못하고 살아 있는 것이 점점 더 형벌인 것처럼 느껴졌고, 그건 피터의 말을 증명하기에 충분한 것 같았다.

너는 배신자야. 너는 다 알고 있었어. 네가 그들을 죽인 거야. 그들 모두를 죽였다고.

그녀의 머리 위로 사라가 좌석에 앉아 있는 것이 보였다. 알리시아는 사라가 자신을 증오한다는 걸 알았다. 사라가 상처들을 살피며 치료하고, 붕대들을 확인하고, 체온과 맥박을 재고, 고통을 느끼지 못하도록 의식을 혼미하게 만드는 끔찍한 맛의 약을 입 속으로 흘려보내면서 자신을 바라보는 눈을 통해 그걸 느낄 수 있었다. 알리시아는 자신을 증오하는 게 당연한 사라에게 하고 싶은 말이 있었다. 케이트의 일은 뭐라고 해야 할지 모르겠어, 미안하다는 말밖에 생각이 안 나. 혹은 괜찮아, 나도 지금 내가 너무 싫어. 하지만 이런 말들조차도 상황을 악화시킬 게 뻔했다. 알리시아가 자신의 처지를 받아들이고 아무 말도 하지 않는 것이 최선이었다.

게다가 지금 이런 건 전혀 중요하지 않았다. 알리시아는 잠이 들어 꿈을 꾸었다. 꿈에서 그녀는 배에 타고 있었고 사방이 물이었다. 바다는 고요했고, 안개에 뒤덮여 수평선이 보이지 않았다. 알리시아는 노를 저었고, 노걸이에서 들려오는 삐거덕거리는 소리와 노의 날이 물살을 가르는 소리만이 유일하게 들을 수 있는 소리였다. 물에서 약간의 끈적거리는 질감이 느껴졌고, 노를 젓기에 무겁게 느껴졌다. 내가 어디로 가고 있는 거지? 왜 더는 물이 무섭지 않은 거지? 그건, 무섭지 않았기 때문이라는 말 말고는 다른 말로 설명할 수 없는 거였다. 알리시아는 집에 있는 것처럼 완벽한 편안함을 느꼈다. 그녀의 등과 팔은 튼튼했고, 노질은 간결하고 정확해서 낭비되는 동작이 없었다. 노 젓는 일을 그녀가 해본 기억이 없지만, 언젠가 써먹기 위해 그 방법을 근육에 새겨놓았던 것처럼 아주 자연스럽게만 느껴졌다.

그녀가 노를 저을 때마다, 노의 날은 칠흑 같은 어둠을 아주 우아하고 멋지게 가르고 나아갔다. 그리고 그녀는 물속에서 무언가가 움직이고 있는 것을 알아차렸다. 어슴푸레 커다란 몸집의 물체가 수면 바로 아래에서 미끄러지듯 움직이고 있었다. 물체는 조심스럽게 거리를 두고 그녀를 따라오는 것이 분명했다. 하지만 그것을 위협적인 존재로 인식하지 않았고, 오히려 그녀가 미리 한 번이라도 생각해보았다면 예상할 수 있는 자연스러운 환경적인 특성으로 느껴졌다.

"보트가 너무 작아요." 에이미가 말했다.

에이미는 선미에 앉아 있었고, 그녀의 얼굴과 머리카락에서 물이 흘러내렸다.

"당신도 우리가 갈 수 없다는 걸 알아요." 에이미가 말했다.

영문을 알 수 없는 말이었다. 알리시아가 계속 노를 저으며 물었다. "어디를 간다는 거야?"

"우리 몸 안에 바이러스가 있어요." 어떤 어조도 느껴지지 않는 에이미의 목소리는 냉정하기만 했다. "우리는 떠날 수 없어요."

"나는 네가 무슨 말을 하는 건지 이해가 안 돼."

그 물체가 그들 주위를 맴돌았고, 거대한 물살이 보트를 좌우로 흔들기 시작했다.

"이런, 나는 당신이 무슨 말인지 알고 있다고 생각해요. 우리는 자매잖아요, 안 그래요? 피의 자매요.”

흔들리는 배의 움직임이 격렬해졌다. 알리시아는 노를 배 안으로 끌어들여 놓고, 몸의 균형을 잡기 위해 뱃전을 꽉 붙잡았다. 그녀의 심장이 납덩이처럼 무거워지며, 목구멍으로 울화가 치밀어 올랐다. 내가 왜 이런 위험을 예상하지 못했던 거지? 어마어마한 물이 그들을 둘러싸고 있었고, 그녀의 하찮아 보일 정도로 작은 배는 아무것도 아니었다. 배가 위로 떠오르기 시작하며, 갑자기 그들은 물로부터 떨어지게 되었다. 그들 아래에서 거대한 파란 물체가 나타났고, 딱딱한 것으로 둘러싸인 그것의 옆구리에서 물이 흘러내렸다.

“당신은 저게 뭔지 알고 있어요.” 에이미가 무표정하게 말했다.

고래였다. 그들은 고래의 거대하고 무시무시한 머리의 꼭대기에서 한 알의 완두콩처럼 균형을 잡고 있었다. 고래는 점점 더 높이 그들을 공중으로 들어 올렸다. 괴물 같은 꼬리를 한 번만 휘두르면, 고래는 그들을 저 하늘 높이 날려 보낼 수 있을 것이다. 그들을 내리쳐 보트를 조각조각 부숴버릴 수도 있었다. 절망적인 공포, 운명에 대한 두려움이 그녀를 사로잡았다. 선미에서 에이미가 지루하다는 듯 한숨을 내쉬었다.

“나는 그가…… 너무 지겨워요.” 그녀가 말했다.

알리시아는 비명을 지르려고 했지만, 나오던 소리가 목에서 막혀버렸다. 둘은 점점 더 위로 솟아오르고 물은 멀어졌으며, 고래가 무시무시할 정도로 큰 모습을 드러내 보이고…….

그녀가 쾅 하는 소리를 내며 깨어났다. 눈을 깜박이며 시선의 초점을 맞추려고 애썼다. 밤이었고, 그녀는 심하게 출렁이는 트럭의 뒤 짐칸에 있었다. 공중에 떠돌고 있는 것 같은 사라의 얼굴이 눈에 들어왔다.

"리시? 무슨 일이야?"

그녀가 입술을 천천히 움직이며, 말을 더듬었다. "그들이……
오고 있어."

차량 행렬의 후미에서 총성이 들려왔다.

제기랄, 제기랄, 제기랄.

마이클이 한 번에 계단을 세 개씩 뛰어넘으며 조타실에서 내려
와, 발이 보이지 않을 정도로 갑판을 가로지르며 내달려서 해치
아래로 내려갔다. 그가 무전기에 대고 소리를 질렀다. "랜드, 지금
당장 여기로 내려와!"

그는 기관실의 작업 통로를 전력 질주해서, 사다리의 양쪽 기둥
을 잡고 그대로 아래로 미끄러져 내려갔다. 엔진들은 조용했고,
모든 것이 작동하지 않았다. 마이클의 머리 위로 랜드의 모습이
나타났다.

"어떻게 된 거야?"

"뭔가 주 엔진을 멈춰 세웠어!"

무전기에서 로어의 목소리가 들려왔다. "마이클, 여기 총성이
들려."

"뭐라고?"

"총성이 들린다고, 마이클. 지금 지협 쪽을 내려다보고 있는데, 내
륙 쪽에서 오는 불빛들이 보여."

"차량의 불빛이야 아니면 바이럴들이야?"

"잘 모르겠어."

문제를 찾아내기 위한 전류가 필요했다. 그는 전기 패널에서 진

단 회로들을 보조 발전기로 전환해 연결했다. 회로의 바늘들이 살아났다.

"랜드!" 마이클이 고함을 질렀다. "뭐가 보여?"

랜드는 기관실 저쪽 반대편에 있는 엔진 제어 장치 앞에서 다이얼들을 점검하고 있었다. "냉각 펌프에 문제가 있는 것처럼 보이는데."

"그 정도로는 주 엔진이 멈춰 서지 않아! 제어 장치 좀 더 위쪽을 봐!"

잠시 아무 응답이 없더니 랜드가 말했다. "찾았어." 그가 다이얼 하나를 두드렸다. "우현 충전기의 전압이 모두 죽었어. 이것 때문에 시스템이 죽었을 거야."

다시 로어의 목소리가 들렸다. "마이클, 거기는 어떻게 돼가?"

그는 자신의 공구 벨트를 매고 있었다. "여기," 그렇게 말하고는 랜드에게 무전기를 넘겼다. "네가 말해줘."

랜드가 어리둥절해했다. "내가 뭐라고 말해줘야 하는 거야?"

"조타실에서 곧바로 프로펠러들을 작동시킬 수 있게 준비를 하라고 해."

"로어가 조타실에서 시스템이 다시 가압될 때까지 기다려야 하는 거 아니야? 압력 조절 장치를 날려버릴 수도 있어."

"그냥 전기 패널에 가서 기다려. 내가 말하면, 시스템을 다시 모선母線으로 전환해."

"마이클, 대답해." 로어의 목소리가 들렸다. "이쪽 상황이 정말 엿같이 심각하단 말이야."

"가." 마이클이 랜드에게 말했다.

마이클은 후미로 달려가 랜턴에 전원을 연결하고, 등을 대고 바닥에 누운 다음 충전기 밑으로 몸을 밀어 넣었다.

이 망할 놈의 누출, 아주 나를 생고생하게 만드는구나.

시속 100킬로미터의 속도로 달리며, 차량 행렬이 지협에 도착했다. 요란하게 흔들리며 내달리는 버스들이 마치 하늘로 날아오를 것처럼 보였다. 대열의 맨 뒤에 있던 유조차는 차량 행렬을 따라잡아 함께 오는 데 실패했다. 바이럴들이 떼 지어 뒤에 바짝 붙어 있었다. 차량의 불빛에 날카로운 철사로 만들어놓은 장애물이 보였다.

피터가 무전기에 입을 대고 마구 소리를 질러댔다. "모두 계속 달려! 멈추지 마!"

그들은 곧장 달려 장애물을 뚫고 나갔다. 체이스가 브레이크를 밟고 차를 옆으로 비켜 세우자, 나머지 차량이 불과 몇 센티미터 사이를 두고 굉음과 함께 그들을 지나쳐 갔다. 차들 사이에 생긴 바람벽이 휘몰아치는 강풍처럼 그들이 탄 험비를 강하게 두들겨댔다. 피터와 체이스 그리고 에이미가 운전석에서 뛰어내렸다.

유조차는 어디에 있는 거지?

멀리 둑길 기슭에서 달려오는 유조차의 모습이 희미하게 시야에 들어왔다. 전조등은 활활 타오르는 불길처럼 번쩍이고, 엔진은 요란한 굉음을 내며 땅을 흔드는 유조차는 마치 불이 제대로 붙은 로켓이 천천히 움직이는 것 같은 모습으로 그들을 향해 다가오는 중이었다. 코너를 지나자 유조차가 속도를 높이기 시작했다. 바이럴 둘이 유조차 운전석 지붕 위에 웅크리고 앉아 있었다. 체이스가 소총을 들어 올리고, 가늘게 뜬 눈으로 조준경을 노려보았다.

"포드, 그만두세요." 피터가 말렸다. "기름 탱크에 맞으면 폭발할 수 있어요."

"가만있어요. 내가 할 수 있으니까."

총알 하나가 공기를 가르며 시원하게 날아갔다. 바이럴 하나가 굴러떨어졌다. 포드가 두 번째 바이럴을 겨냥했을 때, 두 번째 바이럴이 차의 후드 쪽으로 떨어졌다. 그는 총을 쏘지 않았다.

"제기랄!"

운전석에서 두 발의 산탄총 총성이 빠르게 울렸다. 박살 난 앞유리창 조각들이 달빛이 쏟아지는 바깥쪽으로 흩어져 날렸다. 날카로운 마찰음을 내는 브레이크 소리가 고막을 꿰뚫는 것 같았다. 바이럴은 몸이 뒤로 젖혀진 채 유조차 전조등이 만들어내는 원뿔형 빛 속으로 떨어지더니, 축축한 액체로 가득 찬 게 터져 나가는 소리와 함께 모습이 앞바퀴 밑으로 곧 사라졌다.

갑자기 유조차의 운전석과 둑길이 직각을 이루었다. 유조차의 기름 탱크 연결부가 급격하게 꺾이며 흔들렸다. 유조차 전체가 좌우로 휘청댔다. 유조차의 뒷바퀴가 물에 닿자, 트럭 뒤쪽의 속도가 갑자기 느려지며 운전석이 실에 매달린 추처럼 반대 방향으로 흔들렸다. 이제 유조차는 90미터도 안 되는 거리에 있었고, 피터의 눈에 운전대를 붙잡고 씨름하는 그리어의 모습이 보였다. 하지만 그의 그런 수고는 아무 의미가 없었다. 유조차의 각운동량角運動量*이 유조차의 모든 움직임을 장악해버렸다.

유조차가 옆으로 쓰러졌다. 운전석이 기름 탱크와 분리되고, 기름 탱크가 다시 뒤에서 운전석을 들이박으면서 유리와 금속이 으드득 바스러지는 소리가 들렸다. 쇠가 갈리는 날카로운 소리를 내

---

* 회전하는 물체의 회전 운동의 세기.

며 한참을 미끄러진 후, 모든 것이 멈추어 섰다. 운전자 쪽이 도로 와 45도 각도를 이루며 위를 본 채로 누워 있었다.

피터가 쓰러진 유조차를 향해 급히 달려갔고, 체이스와 에이미 도 그 뒤에 바짝 붙어 뛰어갔다. 실려 있던 기름이 도로 여기저기 로 뿜어져 나오고 있었다. 차대에서는 검은 연기가 피어올랐다. 지협으로 밀려 들어오는 바이럴들도 몇 초 안 있으면 도착할 거였 다. 머리 뒤쪽이 박살 난 패치는 죽었고, 그의 신체의 남은 부분들 은 대시 보드 위에 대자로 펼쳐진 모습이었다. 그리어는 피투성이 가 되어 그의 시신 위에 널브러져 있었다. 그 피는 패치의 것일까 아니면 그리어의 것일까? 그의 시선은 위쪽을 향하고 있었다.

"루시어스, 눈을 가려요."

피터와 체이스가 앞 유리창을 발로 차기 시작했다. 세 번 강하 게 걷어차자 부서진 유리 조각들이 운전석 안쪽으로 떨어져 쏟아 졌다. 에이미가 쓰러진 차체 안으로 들어가 그리어의 어깨를 잡았 고 피터는 두 다리를 잡았다. "나는 괜찮아." 그리어가 사과라도 하는 듯한 목소리로 중얼거렸다. 그들이 그리어를 운전석 밖으로 끌어내자 첫 번째 불길이 솟아올랐다.

체이스와 피터가 그리어를 한쪽씩 부축했다. 그리고 달렸다.

차량에서 내린 사람들이 좁은 트랩을 서로 밀치고 통과하려고 하는 바람에 엉망진창이 되었고, 공포에 질린 비명이 하늘을 난도 질하듯 정신없이 솟구쳐 퍼져 나갔다. 남자들이 배를 제자리에 고 정해놓은 쇠사슬들을 풀기 위해 갑판을 급하게 뛰어다녔다. 빗속 의 양 떼처럼 부두에서 떠밀려 다니는 많은 아이가 넋이 나간 채 멍해 보이거나 불안해 보였다.

핌과 케이트의 두 딸은 이미 배에 올랐다. 트랩 위에서 사라가 가장 어린 아이들을 받아 올려 배에 태우는 중이었고, 다른 아이들은 그들을 재촉하기 위해 손을 당겨 올렸다. 홀리스와 케일럽은 뒤에서 아이들을 안내하고 있었다. 남자 하나가 거의 홀리스를 밀어 쓰러뜨리며 돌진해 들어오자, 케일럽이 그를 잡아 길 위에 내동댕이치고는 그의 얼굴에 손가락 하나를 힘주어 들이밀었다.

"너 이 자식, 네 차례를 기다리란 말이야!"

케일럽은 그들이 성공하지 못할 것으로 생각했다. 배와 연결된 쇠사슬을 이용하려는 사람들도 생겨났다. 그들은 쇠사슬을 붙잡고 한 손씩 옮겨가며 자신들의 몸을 배까지 끌고 가려고 시도했다. 그중 한 여자의 손이 미끄러졌고, 비명과 함께 물속으로 떨어졌다. 그녀의 몸이 떠올랐지만, 그녀의 얼굴은 아주 잠깐 보였을 뿐 머리 위로 팔을 휘저었다. 수영할 줄 몰랐던 거다. 그녀는 다시 물속으로 가라앉았다.

아버지와 다른 사람들은 어디에 있는 거지? 왜 안 오는 거야?

둑길에서 폭발음이 들리자 모두 고개를 돌려 그쪽을 봤다. 불덩어리가 하늘로 치솟아 올랐다.

충전기 밑에 몸을 쑤셔 박은 채, 마이클은 가스가 새는 희미한 소리의 출처를 찾으려고 애썼다. 진정해, 그는 자신에게 속삭였다. 순서대로 기계적으로, 연결부를 따라 확인해.

"뭐라도 찾았어?" 랜드가 충전기 밑 쪽에 서 있었다.

"너 도움이 안 되고 있어."

소용없었다. 누출이 너무 미세했다. 그렇게 몇 시간째 가스가 샌 게 틀림없었다.

"비눗물 좀 갖다줘." 마이클이 부탁했다. "페인트 붓도 필요해."

"그걸 지금 나보고 대체 어디서 찾아오라는 거야?"

"나도 몰라! 알아서 찾아봐!"

랜드가 급히 자리를 떴다.

폭발이 그들을 후려갈기듯 강타했다. 그들 모두 발이 땅에서 떨어진 채 앞으로 내던져졌다. 파편들이 윙윙거리며 날아가는 소리가 들렸고, 타이어들과 엔진 부품들과 칼처럼 날카로운 금속 조각들이 마구 날아다녔다. 열기의 벽이 피터의 머리 위로 일어나 오를 때, 그에게 비명과 함께 금속이 바스러지고 유리가 깨지는 소리가 들렸다.

그는 앞으로 넘어져 진흙 속에 얼굴을 처박고 있었다. 정신은 갈피를 잡을 수 없을 정도로 혼란스러웠고, 다른 사람들과도 아무런 관계없이 동떨어져 있는 것 같았다. 그의 왼쪽에 누더기 꾸러미 같은 게 보였다. 체이스였다. 옷과 머리에서 연기가 났다. 그에게 기어갔다. 그의 눈이 멍한 눈빛으로 공허하게 뭔가를 응시하고 있었다. 그의 머리를 받쳐 들자, 피터의 손에 뭔가 부드럽고 축축한 것이 느껴졌다. 그가 체이스를 옆으로 돌려 뉘었다.

체이스의 머리 뒷부분이 통째로 없어졌다.

험비는 만신창이가 된 채 불탔다. 기름기 가득한 연기가 공기와 엉겨 붙고 있었다. 피터의 입과 코 안이 기분 나쁜 악취와 뒷맛으로 뒤덮였고, 숨을 쉴 때마다 폐 속으로 더 깊이 파고 들어갔다.

"에이미, 어디 있어?" 그가 비틀거리며 험비 쪽으로 걸어갔다. "에이미, 대답해!"

"여기 있어요!"

그녀는 그리어를 물 밖으로 끌어내고 있었다. 둘 다 끈적한 진흙을 뒤집어쓴 채 물 밖으로 나와서 땅바닥에 쓰러졌다.

"체이스는 어디에 있어요?" 에이미의 얼굴과 손에 분홍빛 화상이 생긴 것이 보였다.

"죽었어." 그는 웅크리고 앉아 그리어에게 물었다. "걸을 수 있어요?"

그리어는 두 손으로 머리를 움켜쥐고 있었다. 그러더니, 눈을 올려 떴다. "패치는 어디 있어?"

불타는 유조차가 한동안은 바이럴들을 막아주겠지만, 일단 불길이 사라지고 나면 떼를 이루어 물밀듯 지협으로 밀고 들어올 것이 분명했다. 세 사람은 아직 에이미의 등에 걸린 칼집 속의 칼 한 자루를 빼고는 바이럴들과 맞서 싸울 무기가 없었다.

거친 하얀 불빛이 할퀴듯 그들의 얼굴을 강하게 비추었다. 픽업트럭 한 대가 그들을 향해 도로를 달려왔다. 피터가 눈부신 불빛을 피해 눈을 가렸다. 운전자가 옆으로 미끄러지며 차를 세웠다.

"어서 타세요." 케일럽이 말했다.

알리시아의 눈에는 하늘만 보였다. 하늘과 어느 남자의 뒤통수. 그녀에게 많은 사람, 군중의 존재가 느껴졌다. 그녀를 실은 들것이 사람들에게 밀려 거칠게 뒤뚱거렸고, 사람들의 비명 지르는 소리가 들리고, 그녀 주변의 모든 것이 다급하게 움직이고 있었다.

나를 데려가지 마. 그녀의 몸은 말 그대로 산산이 부서진 채, 인형처럼 늘어졌다. 나는 그들 중 하나야. 나는 여기에 속해 있지 않아.

발소리가 쩽그랑거리며 울렸다. 그들은 트랩을 지나는 중이었다. "여자를 거기에 내려놔." 누군가가 말했다. 들것을 들고 온 사람들이 그녀를 갑판에 내려놓고 급히 사라졌다. 그녀의 옆에 한 여자가 담요로 감싼 꾸러미를 몸으로 끌어안고 앉아서, 꾸러미에다 대고 뭐라고 중얼거렸다. 그 말들에서 기도하는 것 같은 리듬이 느껴지기는 했지만, 알리시아가 알아들을 수 없는 구절을 계속 반복했다.

"저기," 알리시아가 말했다.

한마디뿐이었으나, 그마저도 피아노를 들어 올리는 것처럼 힘들었다. 하지만 여자는 알리시아가 부르는 소리를 듣지 못했다.

"저기요," 알리시아가 다시 불렀다.

여자가 고개를 들어 그녀를 봤다. 꾸러미는 아기였다. 마치 누가 한순간에 아기를 낚아챌 것처럼 겁먹은 여자는 아기를 사정없이 꽉 쥐고 있었다.

"당신이 나를 도와줬으면…… 좋겠어요."

여자의 얼굴이 일그러졌다. "왜 배가 움직이지 않는 거죠?" 여자는 다시 고개를 숙여, 아기가 들어 있는 담요 꾸러미에 얼굴을 파묻었다. "아, 젠장, 우리가 왜 아직 여기에 있는 거야?"

"제발…… 들어봐요."

"왜 자꾸 나에게 말을 거는 거예요? 나는 당신을 알지도 못한다고요. 나는 당신이 누구인지 알지도 못해요."

"나는…… 알리시아예요."

"당신 내 남편이 어디에 있는지 알아요? 바로 조금 전까지도 여기에 있었어요. 누구 내 남편 본 사람 있어요?"

알리시아는 그녀의 이목을 잃고 있었다. 조금만 더 있으면, 그녀가 일어나 자리를 뜰 것 같았다. "내게 그녀의…… 이름을 말해 줘요."

"뭐라고요?"

"당신의 아기, 딸의…… 이름요."

누구도 아기의 엄마인 그 여자에게 그런 걸 물어본 적이 없는 것 같았다.

"말해봐요." 알리시아가 말했다. "…… 딸아이의 이름을."

그녀가 울면서 고개를 흔들었다. "내 아이는 아들이에요." 여자가 고통으로 신음하며 말했다. "아이의 이름은 카를로스예요."

잠시 후 여자는 눈물을 흘리며 울었고, 알리시아는 기다렸다. 주위는 온통 혼돈 그 자체였으며 알리시아와, 그녀가 알지 못하는 다른 누구라도 상관없을 이 여자, 그렇게 단둘만이 남겨진 것 같았다. 로즈, 나의 아기 로즈, 알리시아는 생각했다. 어떻게 내가 너를 잃게 되었던 걸까. 나는 너에게 생명을 줄 수 없었어.

"나를 좀…… 도와줄래요?"

여자가 손등으로 그녀의 코를 훔쳤다. "내가 뭘 도와드릴 수 있을 것 같으세요?" 그녀의 목소리는 완전히 절망적이었다. "나는 아무것도 할 수 없어요."

알리시아가 입술에 침을 발랐다. 그녀의 혀는 둔하고 말라 있었다. 말한다는 게 고통스러울 거였다. 그것도 아주 많이. 그녀는 남은 모든 힘을 쥐어 짜내야만 했다.

"나를 묶고…… 있는 이…… 끈들…… 풀어줬…… 으면…… 좋겠어요."

뛰어오르고 다시 날아오르고, 카터는 지협을 향해 수로를 따라 내려갔다. 화학 물질들을 저장하고 있는 버섯 모양의 탱크들, 건물의 옥상들, 산업 국가 미국의 잊힌 잔해들이 널린 거대한 벌판들. 날쌔게 움직이는 그의 힘은 지칠 줄 모르는 엔진이 쉬지 않고 돌아가는 것처럼 보였다.

그의 앞에 역광을 받고 있는 거대한 물체의 모습이 나타났다. 수로의 다리였다. 그는 몸을 하늘로 던져 날아올랐다. 그가 산산 조각 난 다리 표면 바로 아래에 있는 틈을 잡고 몸을 하늘로 던져 올린 거였다. 순식간에 자세를 바로잡고는, 다시 몸을 더 위로 던져 한 손으로는 강철 버팀 와이어를 잡고 공중제비를 돌아 다리 위에 내려앉았다.

다리 아래로, 그의 앞에는 전쟁터 같은 난장판이 마치 하나의 모형처럼 펼쳐져 보였다. 배와 배로 몰려드는 개미 떼 같은 사람들의 무리, 둑길을 질주해 내려오는 트럭, 불길에 휩싸여 훨훨 타고 있는 장애물과 그 뒤에 떼 지어 모여 있는 바이럴들. 그는 몸을 던져 날아갈 궤적을 계산하기 위해 목을 뽑아 꼿꼿이 세웠다. 그에게는 더 높은 곳이 필요했다.

강철 지지 와이어 중 하나를 이용해, 카터가 탑의 꼭대기로 올라갔다. 발아래로 보이는 유리처럼 매끄럽게 잔잔한 물은 달을 가둬놓은 거대하게 반짝이는 거울 같았다. 그는 약간의 불안감을 느꼈다. 어쩌면 조금 두려운 거였는지도 몰랐다. 하지만, 그게 뭐가 되었건 마음 한구석으로 제쳐 놓았다. 겨자씨만 한 일말의 의심만으로도 실패할 수 있었다. 심연 속으로 곤두박질칠 수도 있다는 말이다. 그만한 거리를 극복하기 위해서는 — 그 엄청난 넓이를 제압하려면 — 무념무상의 추상적인 경지에 이르러야만 했다. 뛰어내릴 용기가 있는 자가 아니라 뛰어넘은 자가 되기 위해서는, 공간 속에 존재하는 물체가 아니라 공간 자체가 되어야만 했다.

그가 몸을 쥐어짜듯 잔뜩 웅크리고 앉았다. 그의 몸 중심에서 에너지가 뿜어져 나가 팔과 다리로 쏟아져 들어갔다.

에이미, 내가 갑니다.

조타실에서는 로어가 쌍안경을 들고 바이럴 떼를 예의주시하고 있었다. 불에 타고 있는 잔해에 가려진 바이럴 떼는 고동치는 불빛들의 대열이 멀리 내륙과 그 너머로 길게 늘어서 있는 것처럼 보였고, 점점 그 대열을 좌우로 넓혀 나가며 사실상 먼 해안가 전체를 장악하는 중이었다.

로어가 마이크를 손에 들었다. "마이클, 내가 너를 재촉하려는 건 아닌데, 뭐가 잘못되었든 간에 지금 당장 고쳐야만 한다고."

"나도 여기서 놀고 있는 게 아니야!"

바이럴 떼에 뭔가 일이 벌어지고 있었는데, 그들 사이에서 일종의······ 잔물결 같은 것이 일어나는 듯했다. 잔물결이 일어나는 모습일 뿐만 아니라, 용수철이 눌리는 것처럼 땅이 다져지듯 단단히 뭉쳐지는 중이었다. 그리고 후미에서부터 시작된 움직임이 매끄럽게 앞으로 밀려 나오는 것 같더니, 불길을 향해 둑길을 따라 내려오면서 속도가 점점 더 무섭게 올라가기 시작했다. 불에 타고 있는 트럭은 도로를 길게 가로질러 누운 상태였다. 내가 뭘 보고 있는 거지?

대열의 앞부분이 공성 망치battering ram*처럼 불타는 유조차를 향해 돌진했다. 검은 연기와 불덩어리가 하늘로 치솟아 날아갔다. 유조차가 도로를 요란하게 긁어대며 기어가듯 앞으로 움직이기

---

* 과거 성벽이나 성문 혹은 적의 배를 부수는 데 쓰던 커다란 나무 기둥이나 금속 봉 같이 생긴 무기.

시작했다. 유조차를 파괴하기 위해 뒤에서 더 많은 바이럴들이 인정사정없이 밀고 들어오자, 몸에 불이 붙은 바이럴들은 떠밀려 물속으로 떨어졌다.

로어가 배의 난간에서 아래를 내려다봤다. 선체를 부두에 고정해놓았던 쇠사슬들은 이미 풀려버렸고 수십 명의 사람이 물속에서 필사적으로 허우적거렸다. 아직도 부두에는 아이들을 포함해 최소 백여 명의 사람들이 남아 있었다. 공포에 질린 비명이 하늘을 찔렀다. "내 앞에서 비켜!" "내 딸을 받아줘요!" "제발요, 내가 이렇게 애원할게요!"

"홀리스!" 그녀가 그의 이름을 힘껏 불렀다.

그가 고개를 들어 위를 보자, 로어가 손으로 지협 쪽을 가리켰다. 그리고 그녀는 자신의 실수를 알아차렸다. 부두에 있던 다른 사람들도 그녀를 쳐다보고 말았다. 사람들이 순식간에 앞으로 쇄도했다. 모두가 동시에 틈을 찾아 트랩으로 몸을 쑤셔 넣으려고 발버둥을 쳤다. 주먹들이 날아다니고, 몸이 나뒹굴고, 좁은 곳에 잔뜩 몰려든 군중 속에서 사람들이 발에 짓밟혔다. 그 아수라장의 한가운데서 총성이 터져 나왔다. 홀리스가 급히 앞으로 달려 나가며, 수영 선수처럼 팔을 휘둘러 혼란 속에서 길을 뚫고 있었다. 더 많은 총성이 들렸다. 사람들이 사방으로 흩어지자 권총을 든 한 남자와 땅에 쓰러진 시체 두 구가 보였다. 권총을 든 남자가 돌아서서 트랩을 달려가기 전에 잠깐 그 자리에 가만히 서 있었는데, 자신이 저지른 짓에 스스로 놀란 것 같았다. 하지만 그는 너무 느렸다. 홀리스가 그의 목덜미를 잡아 뒤로 낚아채 당긴 후, 남자의 엉덩이 사이로 한쪽 팔을 집어넣어 머리 위로 들어 올렸다. 남자가 돌아선 자리에서 움직인 건 고작 다섯 발자국이 전부였고, 남자는 뒤집힌 거북이처럼 팔다리를 막 흔들어댔다. 홀리스는 그를 트랩의 난간 밖으로 집어 던졌다.

로어가 급히 무전기를 입에 갖다 댔다. "마이클, 여기 상황이 점점 험악해지기 시작했어!"

털실 방울 같은 거품이 나타났다. 랜드가 마이클에게 90센티미터짜리 파이프와 끈적끈적한 그리스가 들어 있는 통을 건네주었다. 마이클이 오래된 파이프를 풀어내고, 교체할 나사산에 그리스를 바른 다음 제 위치에 끼워 넣었다. 랜드는 패널이 있는 곳으로 돌아갔다.

"스위치를 전환해!" 마이클이 소리를 질렀다.

불빛들이 깜박거렸고, 교반기mixer*가 돌아가기 시작했다. 압력이 라인을 따라 흘러 들어갔다.

"이제 됐어!" 랜드가 울부짖었다.

마이클이 몸을 이리저리 틀며 충전기 밑에서 빠져나왔다. 랜드가 그에게 무전기를 건네줬다.

"로어……."

모든 것이 다시 꺼졌다.

그녀는 이미 실패했다. 그녀의 군대는 먼지가 되어 흩어지고 사라졌다. 에이미는 진심으로 그 배에 오르고 싶었고, 이곳을 떠나 절대 다시 돌아오고 싶지 않았다. 하지만 그녀는 결코 떠날 수 없

---

* 물리·화학적 성질이 다른 둘 이상의 물질을 외부의 기계 에너지를 이용해 균일한 혼합 상태로 만들거나, 열이 고루 잘 퍼져 나가게 하는 기계.

었다. 이 배가 아니더라도 다른 어떤 배도 탈 수가 없었다. 그녀는 배가 출항해 떠나는 동안 부두에 서 있으려고 했다.

피터, 내가 얼마나 당신과 함께 꿈속의 그 삶을 살고 싶어 했는데요. 그녀는 생각했다. 미안해요, 미안해요, 내가 미안해요.

케일럽이 운전대를 잡았고, 트럭은 동쪽으로 달렸다. 피터와 에이미와 그리어는 짐칸에 탔다. 앞에 부두의 불빛이 어렴풋이 보였다. 점점 멀어지는 그들 뒤로, 불타는 유조차가 빙글빙글 도는 것이 보였다. 그리고 첫 번째 바이럴들이 갈라진 틈을 비집고 모습을 드러냈다. 바이럴들의 몸이 불타고 있었고, 비틀거리며 앞으로 걸어 나왔다. 마치 사람만 한 크기의 양초 심지가 타는 것 같았다. 틈이 점점 더 넓어지더니, 문이 열리는 것처럼 활짝 벌어졌다.

에이미가 운전석과 연결된 창문 쪽으로 몸을 돌렸다. "케일럽……."

케일럽이 운전석 룸미러를 통해 뒤를 보았다. "바이럴들이 보여요!"

케일럽이 액셀러레이터를 바닥까지 눌러 밟았고, 트럭이 총알처럼 튕겨 나갔다. 그 때문에 에이미가 짐칸 바닥에 나동그라져 굴렀다. 그녀의 머리가 짐칸의 금속 바닥에 부딪히며 쨍 소리를 냈고, 방향 감각을 잃은 채 머리가 깨질 듯 아팠다. 그녀는 짐칸 바닥에 등을 대고 누웠고, 얼굴은 하늘을 향했다. 그녀의 눈에 별들이 들어왔다. 수백 개의 별, 아니 수천 개의 별 중 하나가 떨어지고 있었다. 그리고 그 별의 모습이 가까워지며 커졌고, 에이미는 그 별의 정체가 무엇인지 알아봤다.

"앤서니."

카터의 목표는 정확했다. 트럭이 쌩하고 지나가는 순간, 그는 트럭 뒤 둑길 위에 착지해 구른 후 두 발로 일어섰다. 바이럴들이 그를 향해 돌진해왔다. 그가 꼿꼿이 몸을 일으켜 세웠다.

나의 형제들과 누이들,

그는 그들이 혼란스러워하고 있다는 걸 느꼈다. 하늘에서 내려와 우리의 길을 막아선, 이 낯설고 이상한 녀석은 뭐지?

나는 카터, 트웰브 중의 트웰브. 할 수 있다면 나를 죽여봐.

"이런 망할, 도대체 어떻게 된 거야?"

"나도 모르겠어!"

무전기에서 잡음이 들렸다. 로어였다. "마이클, 우리 지금 당장 떠나야만 해."

랜드가 미친 듯이 게이지를 확인하고 있었다. "충전기의 문제가 아니야—틀림없이 전기에 문제가 있어."

마이클이 완전히 황폐해진 모습으로 패널 앞에 섰다. 절망적이었다. 그가 패배한 거였다. 그의 배, 그의 베르겐스피요르드호가 그를 거부했다. 그의 정지된 뇌는 노여움을 느꼈고, 그의 노여움은 분노로 치달았다. 그가 주먹으로 철판을 때렸다. "너, 이 나쁜 년!" 그가 뒤로 물러나 한 번 더 철판을 주먹으로 때렸다. "이 매몰찬 년! 네가 나에게 이럴 수 있어?" 그의 얼굴에는 분노의 눈물이 흘러내렸고, 바닥에서 렌치를 집어 든 후 철판을 때리고 또 때리고 계속 때렸다. "나는…… 너에게…… 모든 걸…… 바쳤다고!"

우리에 갇힌 거대한 짐승의 울음소리처럼, 갑자기 우르릉거리는 소리가 들려왔다. 패널에 불들이 켜지며, 모든 게이지가 껑충 뛰어올랐다.

"마이클," 랜드가 말했다. "너 뭐를 어떻게 한 거야, 도대체?"

"됐어!" 로어가 고함을 질렀다.

배의 철판들을 타고 울리는 소리가 점점 더 격렬해졌다. 랜드가 이 소리보다 더 큰 소리로 고함을 질렀다. "압력이 안정됐어! 8,000rpm! 12! 20! 35!"

마이클이 바닥에 있던 무전기를 급히 낚아챘다. "스크루 돌려!"

짐승이 끙끙거리는 것 같은 소리가 들리며, 뼛속 깊이 진동이 느껴졌다.

베르겐스피요르드호가 움직이기 시작했다.

그들이 탄 트럭이 화물 적하장으로 미끄러져 들어갔다. 에이미가 트럭이 완전히 멈춰 서기도 전에 트럭에서 뛰어내렸다.

"에이미, 멈춰!"

하지만 에이미는 이미 둑길을 마구 달려갔고, 보이지 않았다. "케일럽, 루시어스를 데리고 배에 타."

트럭 짐칸 옆에 서 있는 그의 아들은 망연자실한 모습이었다.

"가!" 피터가 다그쳤다. "기다리지 마!"

그가 그녀를 뒤쫓았다. 발을 내디딜 때마다 더 빨리 가려고 마음이 조급해졌다. 숨을 쉴 때마다 가슴이 요동쳤고, 발아래 땅은 날아가듯 스쳐 지나가고 있었다. 둘 사이의 거리가 좁혀지기 시작했다. 8미터, 5, 3. 마지막 속도를 높이며, 그는 그녀의 허리를 감싸 안았고 둘은 넘어져 흙 위를 뒹굴었다.

"놔줘요!" 에이미가 무릎에 힘을 주어 몸을 일으키고는, 그를 뿌리치려고 힘을 썼다.

"우리 지금 당장 떠나야 해."

그녀의 목소리는 울고 있었다. "그들이 그를 죽일 거예요!"

카터가 몸을 웅크렸다. 잔뜩 웅크린 손가락에 발톱들이 반짝이며 빛나고 있었다. 인대의 힘줄들이 팽팽해지는 것을 느끼며 발가락들도 잔뜩 웅크렸다. 푸른 달빛이 축복하듯 그에게 쏟아졌다.

에이미가 한 손을 앞으로 내뻗으며, 고통스럽게 울부짖었다. "앤서니!"

그가 앞으로 돌진했다.

그들은 250미터를 따라잡아야만 했다.

배의 후미에서는 하얀 거품이 벽처럼 일어났고, 부두에서는 사람들의 고함이 터져 나왔다. "배가 우리를 버리고 출발하고 있어!" 마지막 승객들이 앞으로 밀려들어, 베르겐스피요르드호의 출발과 함께 부두를 스칠 듯 지나가기 시작한 램프로 몰려들었다.

핌은 배의 난간에 서서 그 광경을 침묵하며 지켜보았다. 트랩의 아랫부분이 조금씩 가장자리를 향해 움직였고, 곧 아래로 떨어져 나갈 것 같았다. 케일럽은 어디에 있는 거지? 그 순간 그녀의 눈에 그가 보였다. 루시어스를 부축하고, 그가 빠른 걸음으로 부두를 따라 내려오고 있었다. 그녀는 모든 사람이 볼 수 있게 힘을 주어 수화를 하기 시작했다. 저기 내 남편이 있어요! 그리고, 배를 멈춰요! 하지만 당연히 누구도 그녀의 수화를 이해하지 못했다.

트랩은 사람들로 꽉 찼다. 가드레일 사이에 끼인 채 사람들이 서로를 비집고 앞으로 움직여, 꿈틀거리는 인파의 틈바구니를 한 번에 한두 명씩 빠져나와 배의 갑판을 향해 왔다. 핌이 신음하기 시작했다. 그러나 정작 자신은 그러고 있다는 걸 알지도 못했다. 그 소리는 억제할 수 없는 격렬한 감정의 표현으로 자신의 자유

의지를 드러낸 거였다. 마치 21년 전 사라의 품 안에서 죽어가는 동물로 오해받을 만큼 끔찍하게 울부짖었던 것처럼 말이다. 소리의 크기가 커지며, 그 소리는 핌 잭슨의 삶에 있어 뚜렷하게 새로운 형태를 갖추기 시작했다. 그녀의 말문이 터지기 직전이었다.

"케이이이이…… 럽! 뛰이어어어어어!"

트랩의 가장자리가 멈춰 섰다. 트랩의 가장자리가 부두의 턱에 걸렸다. 배의 가속력으로 트랩이 뒤틀리기 시작했다. 리벳들이 튕겨 나오고, 철판이 찌그러졌다. 케일럽과 루시어스는 불과 몇 발자국 밖에 있었다. 핌이 손을 흔들며, 들을 수는 없지만 그녀 몸 구석구석의 모든 원자 하나하나까지 느껴지던 말들을 소리쳤다.

트랩이 분리되어 떨어지기 시작했다.

하지만 아직 배에서 끊어지지 않은 채, 선체의 옆면에 매달려 있었다. 사람들이 물로 떨어지기 시작했다. 어떤 이들은 말없이 운명을 받아들였고, 다른 이들은 비참한 비명을 질렀다. 램프의 아래쪽에서 케일럽이 난간 사이로 팔꿈치를 거는 동시에 그리어를 붙잡았고, 그리어는 제일 아래쪽 가로대에 발을 올려 균형을 잡았다. 베르겐스피요르드호가 요동치는 소용돌이를 일으키며 속도를 높이고 있었다. 선미가 움직여 나아가자, 물속에 있던 사람들이 프로펠러의 물거품 속으로 빨려 들어가기 시작했다. 한 번의 비명 그리고 소용없는 손짓과 함께 그들은 물속으로 사라졌다.

베르겐스피요르드호의 선내에서는 마이클이 뛰어다녔다. 층마다 뛰어 올라가는 그의 다리는 하늘을 날아다니는 것 같았고, 팔을 이리저리 휘저어댔으며, 입에서는 심장 뛰는 소리가 들리는 것 같았다. 그는 한 번 힘을 주어 힘찬 도약과 함께 공중으로 몸을 던졌다. 뱃머리의 앞부분이 방조제 문의 끝을 지나는 중이었다.

그들은 방조제 문을 통과하지 못할 것 같았다. 빌어먹을 방법이 없었다.

그는 한 번에 세 계단씩 뛰어 조타실로 올라가, 문을 밀어젖히고 안으로 들어갔다. "로어……."

그녀도 앞 유리창 밖을 바라보고 있었다. "나도 알아!"

"방향타를 더 틀어!"

"내가 이미 안 그랬을 것 같아?"

방조제 문과 배의 우현 사이가 좁아졌다. 20미터, 10, 5.

"오, 이런 쌍." 로어가 탄식을 내뱉었다.

피터와 에이미가 부두를 따라 달렸다.

배는 수면을 미끄러지며 멀어지고 있었다. 부채꼴 모양으로 총알이 쏟아지며 그들 머리 위로 쌩쌩 날아갔다. 바이럴들이 뚫고 들어온 거였다.

쿵, 충돌.

선체의 옆이 방조제 문의 끝과 충돌했다. 멈출 수 없는 배의 운동량이 움직일 수 없는 무게의 방조제 문과 닿는 순간, 철판이 긁히는 소리가 길게 들렸다. 심지어 배는 앞으로 뚫고 나가려는 속도조차 줄이지 못하고 심하게 흔들리기까지 했다.

거대한 강철의 벽이 인정사정없이 미끄러져 나갔다. 몇 초만 더 지나면, 베르겐스피요르드호는 침몰해 사라질 것만 같았다. 피터의 눈에 배의 옆에 뭔가가 매달려 있는 것이 보였다. 부서진 트랩의 윗부분이 아직 배에 붙어 있었고, 두 사람이 매달려 있었다.

케일럽과 그리어.

팔 한쪽을 트랩에 끼워 넣은 채, 케일럽이 손으로 부두의 끝 쪽을 가리키며 그들에게 소리를 질렀다. 이제 방조제 문과 배 사이에 틈이 생겼고, 방조제 문은 배와 90도 이하로 비틀어진 상태였다. 트랩이 방조제 문의 끝을 지나가는 순간, 배와 방조제 문 사이의 거리가 뛰어넘을 수 있을 만한 거리로 좁혀졌다.

하지만 에이미는 다시 그의 곁에 있지 않았고, 피터는 혼자였다. 그가 돌아서 그녀를 봤다. 에이미는 그의 뒤로 30미터 떨어진 곳에서 그의 시선을 외면한 채 서 있었다.

"에이미, 어서 이리 와!"

"뛸 준비를 하세요!" 케일럽이 소리를 질렀다.

바이럴들이 부두의 저 먼 끝 쪽에 이르렀다. 에이미가 칼을 꺼내 들고, 어깨 너머로 피터에게 소리를 질렀다. "가서 배에 타요!"

"무슨 짓을 하는 거야? 우리 둘 다 배를 타고 빠져나갈 수 있어!"

"설명할 시간이 없어요. 가요!"

그 순간 그는 이해했다. 에이미는 떠날 생각이 없다는 것을. 아마도 그녀는 처음부터 그럴 생각이 없었을 거였다.

그리고 그는 또 다른 한 여자아이를 봤다.

그가 닿을 수 없는 거리에, 아이가 거대한 강철 케이블 묶음 뒤에 몸을 웅크리고 앉아 있었다. 리본으로 묶은 딸기처럼 빨간 머리, 얼굴에는 긁힌 상처가 보였고, 속을 채워 넣은 동물 인형을 나무 잔가지처럼 가느다란 팔로 가슴에 꼭 끌어안고 있었다.

에이미도 그녀를 보았다.

그녀가 칼을 칼집에 집어넣은 후 앞으로 내달렸다. 바이럴들이 독을 따라 쇄도해왔다. 여자아이는 공포에 질려 얼어붙었다. 에이미가 아이를 자기 엉덩이 위에 들쳐 안고서 뛰기 시작했다. 그리고 자유로운 한 손을 피터를 향해 앞으로 내저었다. "기다리지 말고 뛰어요! 당신이 우리를 붙잡아줘야겠어요!"

그가 방조제 문을 따라 뛰었다. 트랩의 아랫부분까지 9미터쯤 떨어졌고, 빠르게 다가오고 있었다. 케일럽이 소리쳤다. "지금 뛰어요!"

피터가 뛰어올랐다.

뛰어오른 바로 그때, 그가 너무 빨리 뛰어오른 것처럼 보였다. 요동치는 물속으로 떨어질 것만 같았다. 하지만 그 순간 두 손으로 트랩의 난간을 붙들었고, 몸을 당겨 올라가 발을 디딜 곳을 찾은 후 돌아섰다. 에이미는 여전히 아이를 안은 채 벽 위를 따라 뛰고 있었다. 트랩은 에이미와 아이에게서 멀어지고 있었다. 그녀는 성공하지 못할 것 같았다. 에이미의 뜀박질 폭이 점점 넓어지며 다섯 걸음을 내달은 후 심연 위로 몸을 내던졌고, 피터가 그녀를 잡으려 팔을 뻗었다.

피터는 그녀의 손을 잡은 순간이 기억나지 않았다. 단지 그녀를 놓치지 않았다는 것만 기억했다.

그들은 독을 벗어났다. 마이클이 조타실을 뛰쳐나와 배의 난간으로 갔다. 홀수선의 위쪽이기는 했지만, 최소 15미터 정도 길이의 움푹 파인 자리가 보였다. 그가 해안 쪽을 쳐다봤다. 90미터 떨어진 독의 끝에 거대한 바이럴의 무리가 떠나가는 배를 조문객처럼 지켜보고 있었다.

"도와줘요!"

선미에서 소리가 들렸다.

"사람이 떨어졌어요!"

그가 뒤쪽으로 달렸다. 갓난아기를 안고 있는 여자가 난간 너머를 가리켰다.

"나는 그녀가 뛰어내릴 거라고는 생각도 못 했다고요!"

"누구? 그게 누구였는데?"

"들것에 있던 여자요. 그녀는 제대로 걷지도 못했다고요. 이름
이 알리시아라고 했어요."

*　*　*

갑판에 둘둘 말아 정리해놓은 밧줄이 있었다. 마이클이 무전기
의 버튼을 눌렀다. "로어, 프로펠러의 회전을 멈춰!"

"뭐?"

"그냥 해! 모두 정지시켜!"

그는 벌써 허리에 밧줄을 감고 있었고, 어리둥절해 쳐다보는 여
자의 손에 무전기를 덥석 쥐여주었다.

"어디를 가려는 거예요?" 여자가 물었다.

그가 난간 위에 올라섰다. 발밑에는 물이 엄청난 소용돌이를 일
으키며 휘돌고 있었다. 저것들을 멈춰, 그가 생각했다. 맙소사, 로어,
당장 저 스크루들을 멈추라고.

그가 뛰어내렸다.

발가락들을 곧게 뻗고, 팔을 앞으로 쭉 뻗은 그는 대못처럼 수
면을 뚫고 들어갔다. 입수하자마자 물살이 그의 몸을 낚아채 아래
로 밀어 넣었다. 진흙 바닥에 쿵 세게 부딪친 후 그의 몸은 계속 바
닥을 따라 구르기 시작했다. 짠 바닷물에 눈은 따갑고 쓰렸으며,
자신의 두 손을 포함해 아무것도 볼 수가 없었다.

그는 그녀를 향해 곧장 떨어졌다.

팔다리가 어지럽게 뒤엉켰다. 둘 다 몸이 바닥을 따라 구르며 회전하고 있었다. 그가 그녀의 벨트를 잡아 자기 쪽으로 잡아당기고는 두 팔로 그녀의 허리를 감싸 안았다.

둘의 몸이 빈틈없이 밀착되었다.

밧줄이 거세게 당겨지고, 마이클은 몸이 둘로 잘려 나가는 것 같은 느낌을 받았다. 아직 알리시아를 꽉 끌어안은 채, 그의 몸이 45도 각도로 솟구쳐 올랐다. 마이클은 이미 30초간 물속에 있었고, 그의 뇌는 산소를 달라고 아우성쳤다. 스크루들은 모두 멈췄지만, 이제 그건 더는 중요한 일이 아니었다. 그들은 배의 탄력에 의해 계속 끌려가고 있었다. 곧바로 수면을 뚫고 물 위로 나가지 못한다면 둘은 익사할 게 분명했다.

갑자기 위잉 하는 소리가 들렸다. 스크루가 다시 돌기 시작한 거였다. 안 돼! 그러나 마이클은 곧 무슨 일이 일어난 건지 이해되었다. 로어가 엔진들을 역회전시킨 거였다. 팽팽했던 밧줄의 긴장이 느슨하게 풀리며 사라졌다. 그러나 다시 새로운 힘이 그들을 잡아챘다. 그들이 회전하는 프로펠러를 향해 앞으로 빨려 들어가고 있었다.

이제 그들은 몸이 조각조각 잘려 나갈 위기에 처했다.

마이클이 고개를 들어 위를 봤다. 저 높이 꼭대기에, 반짝이는 수면이 보였다. 나에게 유혹하듯 손짓하는 것처럼 보이는 이 불가사의한 빛의 정체는 뭐지? 스크루 돌아가는 소리가 갑자기 멈췄고, 이제 그는 로어의 의도가 이해되었다. 로어는 둘이 위로 올라오는 데 충분한 밧줄의 여유를 만들어내고 있는 거였다. 마이클이 발로 물을 밀어차기 시작했다. 알리시아, 포기하지 마. 내가 너를 데리고 물 밖으로 나가게 도와줘. 그렇지 않으면, 우리는 둘 다 죽어. 하지만 소용없었다. 둘의 몸이 돌덩어리처럼 가라앉고 있었다. 매정하게도 수면의 불빛이 멀어지기만 했다.

밧줄이 다시 팽팽해졌다. 위에서 그들을 끌어당겼다.

둘이 수면을 뚫고 밖으로 나오자, 마이클이 입을 크게 벌리고 엄청난 양의 공기를 마구 들이마셨다. 둘은 선미 아래에 있었고, 머리 위로는 강철로 만들어진 산이 우뚝 솟아 있었다. 마이클이 물 아래에서 본 불빛은 달빛이었다. 둘을 비추던 풍성한 윤기가 가득한 달빛이 수면 위를 가로지르며 흘러넘쳤다.

"이제 됐어, 괜찮아. 내가 너를 구했어." 마이클이 말했다. 알리시아는 그의 팔에 안긴 채 기침하며 식식거렸다. 위에서 구명정이 흔들거리며 내려왔다. "내가 너를 구했어, 내가 너를 구했다고, 내가 너를 구했어."

77장

카터의 눈에 별들이 가득 비쳤다.

그는 온몸이 부러지고 피투성이가 되어 둑길에 누워 있었다. 몸의 어떤 부분은 찢겨 나가 더 이상 존재하지 않는 것 같기도 했다. 고통은 느껴지지 않았고, 그것은 오히려 몸을 마음대로 움직일 수 없다는 것 이상의 멀리 동떨어진 느낌에 가까웠다.

나의 형제들과 누이들.

바이럴들이 그를 빙 둘러쌌고, 그들을 향해 카터가 느끼는 감정은 사랑 하나뿐이었다. 떠난 배는 유유히 멀어져 갔다. 그는 모든 것을 향한 엄청난 사랑을 느꼈고, 할 수만 있다면 세상을 가슴에 안을 수도 있을 것 같았다. 둑길의 가장자리로, 달빛이 물 위를 스쳐 지나가며 그가 떠나가야 할 반짝이는 길을 만들어놓았다.

내가 이걸 할 수 있게 해줘. 그것이 나를 깨고 나오는 것을 느낄 수 있게 해줘. 내가 죽기 전에 다시 사람의 모습을 되찾게 해줘.

카터가 기어가기 시작했고, 바이럴들이 뒤로 물러나 그가 지나갈 수 있게 해주었다. 바이럴들의 그런 행동에는, 마치 그들이 그의 제자가 되거나 혹은 적의 칼을 받아드는 군인이 된 것 같은 존경심이 담겨 있었다. 길을 가로질러, 그는 자신의 길의 끝까지 갔다. 그는 왼쪽 손을 뻗었고, 그게 그가 처음으로 바다를 만져본 거였다. 소금과 흙이 가득 뒤섞인, 차가운 바닷물이 그를 반겼다. 10억 개의 생물들이 그 속을 누비며 사는 바다. 이제 그도 그들 중의 하나가 될 것이다.

나의 형제들과 누이들, 고마워.

그가 바다의 수면 아래로 미끄러져 들어갔다.

11부

거울의 도시

내가 입고 있는 건,
생전에 내가 벼려서 만들어놓은 쇠사슬이야. ……
고리 하나하나, 야드 야드마다 내가 스스로 만들어놓은 것이지.
이걸 내 몸에 걸친 건 순전히 내 뜻이었다네,
그리고 내 자유 의지로 이걸 몸에 둘러 입었어.

- 찰스 디킨스, 『크리스마스 캐럴』

78장

바다에 새벽이 밝았다.

베르겐스피요르드호는 닻을 내렸고, 거대한 엔진들도 꺼진 채 숨을 돌리고 있었다. 하늘이 낮아 보였고, 물은 돌덩어리처럼 정체되어 있었다. 멀리서, 만에 비가 쏟아지는 모습이 마치 장막을 두른 것 같았다. 승객들 대다수는 갑판에서 잠을 잤는데, 그들의 누운 모습이 모두가 일시에 그 자리에 쓰러진 듯 보였다. 그들은 이제 육지에서 수백 킬로미터 떨어진 곳에 떠 있었다.

에이미는 뱃머리에 서 있었고, 그 옆에서 피터가 곁을 지켰다. 그녀의 마음은 한 가지 말고는 생각하기조차 거부한 채, 갈피를 못 잡고 표류했다. 앤서니가 죽었다. 그녀의 생각 속에 남아 있는 건 그게 전부였다.

그 어린 여자아이의 이름은 레베카인데, 엄마는 바이럴들의 공격 당시에 그리고 아빠는 몇 해 전에 죽었다고 했다. 그 아이에 대한 에이미의 느낌은 ― 아이의 몸무게와 온기 그리고 트랩을 향해 벽을 달려 허공을 날아오를 때 자신에게 필사적으로 매달리던 아이의 힘 — 여전히 손에 만져지는 것처럼 또렷했다. 에이미는 그 느낌이 뼈에 실로 꿰매놓은 듯 영원히 사라지지 않을 것 같았다. 그 느낌이 바로 그녀를 위해 선택하던 그 순간을 정의했기 때문이다. 에이미가 부두에서 발견한 건 레베카 하나만이 아니라, 세상이라는 요동치는 거대한 엔진에 의해 버림받고 구원의 손길이 필요했던, 결국 홀로 남겨진 어린 소녀인 자기 자신의 모습이기도 했던 거였다.

한동안, 아마 10분 정도, 그녀도 피터도 말하지 않고 가만히 서 있었다. 피터도 그녀처럼 반쯤 정신이 나간 채 눈앞의 텅 빈 곳을, 창백하게 밝아오는 새벽하늘과 끝없이 고요하기만 한 바다를 응시하고 있었다.

침묵을 깬 건 에이미였다. "당신은 가서 그녀와 얘기하는 게 좋겠어요."

새벽이 오기 전 얼마 안 되는 한밤중의 몇 시간 사이에 결론이 내려졌다. 에이미도 그리고 알리시아도 배를 타고 사람들과 함께 갈 수 없었다. 살아남은 사람들이 새로운 삶의 터전을 일구려 한다면, 오래된 모든 공포의 흔적은 뒤에 버려두어야만 했다. 지금 중요한 건 다른 사람들이 그걸 받아들여야 한다는 거였다.

"그녀가 일을 이렇게 만든 게 아니에요, 피터."

그가 힐끗 쳐다보았지만 아무 말도 하지 않았다.

"당신이 그런 것도 아니고요." 에이미가 한마디를 덧붙였다.

또다시 침묵이 흘렀다. 그녀는 진심으로 피터가 자기 말을 믿기를 원했지만, 그럼에도 불구하고 그가 생각을 바꾸기는 불가능할 거라는 걸 알았다.

"피터, 당신은 그녀와 화해해야 해요. 두 사람 모두를 위해서요."

구름 뒤에서 조용히 태양이 떠올랐고, 하늘은 어떤 색의 변화도 없이 그 가장자리만이 눈에 분간되지 않을 정도로 수평선과 색이 섞였다. 비는 아직 멀리서 내렸다. 마이클은 날씨는 문제가 안 될 거라고 그들을 안심시켰고, 사실 그는 날씨의 변화를 읽는 법을 알고 있기도 했다.

"그래," 피터가 한숨을 내쉬고 말했다. "내 생각에는 이렇게 하는 게 좋을 것 같군."

그는 그녀를 두고 선원들의 숙소가 있는 곳으로 내려갔다. 갑판 아래 배 안의 공기는 더 차가웠고 물에 젖은 금속과 녹 냄새가 났다. 마이클의 작업자 대부분은 앞으로 다가올 일들에 대비하기 위해 짬을 내 침상에서 코를 골며 자고 있었다.

알리시아는 복도의 가장 끝의 아래쪽 침상에 누워 있었고, 피터는 의자 하나를 끌어다 앉은 다음 목을 고른 후 말을 꺼냈다. "그러니까,"

그녀는 시선은 위로 둔 채, 그를 쳐다보지 않았다. "말하고 싶은 거 있으면 말해."

피터는 그게 뭔지 자신도 정확히 알지 못했다. 내가 네 목을 조르려고 해서 미안해? 아니면, 무슨 생각을 하고 있었던 거야? 어쩌면 그가 하려던 말은 '지옥에나 가'였을지도 몰랐다.

"너에게 휴전을 제안하려고 왔어."

"휴전," 알리시아가 그의 말을 되뇌었다. "에이미의 생각인 것 같은데."

"리시, 너는 자살하려고 했어."

"그리고 마이클이 영웅 놀이를 하려고만 안 했다면, 성공했을 거야. 내가 마이클과 따져봐야 할 문제가 하나 생긴 거지."

"물이 너를 되돌려놓을 수 있을 것으로 생각했던 거야?"

"내가 그렇게 생각했던 거라면 네 기분이 좀 좋아질까?" 그녀가 숨을 내쉬었다. "그건 내가 할 수 있는 선택이 아니지. 패닝은 그 점에 대해서 상당히 분명하게 얘기해줬지. 아니야, 내 목적은 물에 빠져 익사하는 거였다고 말을 해줘야겠구나."

"믿을 수가 없어."

"피터, 원하는 게 뭐야? 나를 동정하려고 온 거면, 관심 없어."

"그건 나도 알아."

"네가 하고 싶은 말은 내가 필요하다는 거잖아."

그가 고개를 끄덕였다. "그 말이 적당할 것 같군."

"또, 이런 상황에서는 우리가 화해할 수 있다면 그게 최선이다. 동지들, 전우 여러분, 계급 내에 분열은 없다."

"그래, 그런 거야."

기다리기 힘들 정도로 천천히 그녀가 그에게 고개를 돌렸다. "내가 무슨 생각을 하고 있었던 건지 궁금하다고 했지? 네가 두 손으로 내 목을 조르고 있는 동안 말이야."

"말하고 싶다면, 말해."

"그래, 나는 누군가 내 목을 졸라 죽일 거라면, 그게 나의 오랜 친구 피터라서 다행이라고 생각했어."

그녀는 이 말을 아무런 감정 없이 말했다. 단지 사실만을 말하고 있는 거였다.

"내가 틀렸어." 그가 말했다. "너에게 그렇게 하면 안 되는 거였어. 나는 너와 패닝 사이가 어떤지 몰랐어. 솔직히 말하면, 앞으로도 내가 과연 그걸 이해할 수 있을지 의심스러워. 하지만 내가 너를 과소평가했어."

그녀가 그의 말의 무게를 저울질해보더니, 어깨를 으쓱해 보였다. "그래, 네가 바보짓을 한 거야. 솔직한 사과라고 하기에는 부족하지만, 사과를 받아줘야만 할 것 같구나."

"나도 네가 그러리라고 생각해."

그녀가 경고하는 듯한 눈길로 그를 쳐다봤다. "내가 너를 거기에 데려다줄 수 있다고 말했고, 정말 그렇게 할 수 있어. 하지만 너는 개죽음을 자초하는 거야."

"나는 그 반대라고 생각하는데."

알리시아가 웃기 시작했는데 그게 기침이 되더니, 가슴속 깊은 곳에서 나오는 마른기침으로 변했다. 고통 때문에 그녀가 눈을 꼭 감았고, 피터는 그녀의 기침과 고통이 가라앉기를 기다렸다.

"리시, 괜찮아?"

그녀의 볼은 빨갛게 달아올랐고, 입에는 침이 하얗게 묻어 있었다. "내가 괜찮아 보여?"

"그냥 봐서는 대체로 좀 나아 보여."

희망이 안 보이는 아이에게 엄마가 고개를 젓는 것처럼, 그녀가 너그러운 표정으로 고개를 저어 보였다.

"피터, 너는 절대 안 변하는구나. 50년 동안 알고 지냈는데, 너는 여전히 똑같은 녀석이야. 아마도 그게 내가 너에게 계속 화낼 수 없는 이유일 거야."

"그건 그런 걸로 알게." 그가 일어났다. "우리가 출발하기 전에 필요한 건 없어?"

"새 몸이 있었으면 좋겠어. 이 몸은 이제 제 수명을 다한 것처럼 보이거든."

"그것만 빼고."

알리시아가 잠깐 생각하더니 웃었다. "나는 잘 모르겠지만— 토끼 한 마리 더는 어때?"

피터는 자기 아들이 나무로 만든 화물 상자에 앉아, 부채꼴의 고물 위에서 준비 작업 중인 마이클을 지켜보는 모습을 발견했다.

"얘기 좀 할까?" 그가 물었다.

케일럽이 옆으로 자리를 좀 비키며 앉을 자리를 내주었다.

"핌은 어디에 있니?"

"자고 있어요." 아들이 고개를 돌려, 그를 뚫어지게 쳐다봤다. "제가 이 상황을 이해할 수 있게 설명해주실래요."

"나도 내가 할 수 있을지 모르겠어."

"그런데 왜요? 이제 이렇게 한다고 해서 달라지는 게 뭐죠?"

"언젠가 사람들은 돌아오게 될 거야. 그때도 패닝이 살아 있다면, 모든 게 처음부터 다시 되풀이되는 거지."

"아버지는 그녀 때문에 가려는 거잖아요."

피터는 할 말이 없었다.

"오, 이런, 그렇게 놀란 얼굴을 하지 마세요." 케일럽이 계속 말을 이어갔다. "저도 오랫동안 알고 있었다고요."

피터는 어떻게 대답해야 할지 몰랐다. 결국, 그는 사실을 인정할 수밖에 없었다.

"그게, 그래, 네 말이 맞다."

"당연히 내 말이 맞죠."

"내가 말을 끝내게 해다오. 에이미가 이 일과 관계가 있는 건 사실이지만, 그녀가 유일한 이유는 아니야." 그는 자기 생각에 집중했다. "이렇게 설명하는 게 최선일 거 같구나. 이건 너의 친아버지에 관한 이야기야. 콜로니에는 우리만의 전통이 있었어. 우리는 그걸 '자비를 행한다.'라고 했지. 누군가 바이럴들에게 납치되면, 혈육 중 한 명이 도시의 장벽 위에서 매일 밤 그가 돌아오기를 기다리지. 덫으로 쓸 쇠창살로 만든 우리 안에는 미끼로 어린 양을 준비해놓고서 말이야. 일곱 밤 동안 기다리다가, 그가 돌아왔을 때 죽이는 게 바로 그 혈육의 일이었어. 그건 보통 가장 가까운 남자 혈육이 감당해야 할 의무야. 네 친아버지가 사라졌을 때, 나도 그 의무를 감당하기 위해 기다려야만 했지."

케일럽이 그의 얼굴을 유심히 들여다보고 있었다. "그때 몇 살이셨어요?"

"스무 살, 아니면 스물한 살 정도였나? 그냥 애송이였을 때지."

"하지만, 친아버지는 돌아오지 않았죠. 친아버지는 헤이븐으로 끌려간 거고요."

"그래. 하지만 나는 그걸 몰랐어. 일곱 날 밤이야, 케일럽. 누군가를 죽이는 것에 대해 생각해보기에 아주 많은 시간이었어. 특히 나의 친형제를 죽이는 것에 대해서는. 처음에는 내가 정말 그 일을 해낼 수 있을지 의심스러웠지. 부모님은 이미 모두 돌아가셨고, 테오는 이 세상에서 내게 남겨진 유일한 사람이었으니까. 하지만 밤이 지나고 시간이 가면서 내가 이해하게 된 게 있었어. 내가 형제를 죽이는 것보다 더 나쁜 건 내가 아닌 다른 사람이 그를 죽이도록 놔두는 거라는 사실을 깨달은 거지. 만약 반대의 상황이 되어서 내가 납치된 경우였다면, 나도 내 혈육이 아닌 다른 사람이 나를 죽이는 것을 원하지 않을 것 같았지. 나는 그 일을 하고 싶지 않았어, 정말이야. 하지만 나는 그만큼 형에게 빚지는 게 되었어. 그 의무에 대한 책임은 다른 사람이 아닌 나에게 있었으니까."
그가 잠시 말을 아끼려는 듯 이야기를 멈췄다. "그때와 지금의 상황이 같은 거란다, 아들. 그게 왜 나여야만 하는지는 나도 모르겠어. 내가 대답해줄 수 있는 문제가 아니야. 하지만 그건 중요한 게 아니야. 핌과 아이들 ― 너는 그들을 책임져야 해. 너는 숨을 거둘 때까지 그들을 보호하기 위해 세상에 태어난 거야. 그게 네가 할 일인 거지. 이건 나의 일이고. 너는 내가 이 일을 할 수 있게 해줘야 해."

노틸러스에 탄 채로, 마이클은 배의 진수를 도와줄 그의 선원들에게 지시를 내리고 있었다. 노틸러스의 선체는 굵은 밧줄로 칭칭 싸여 있었고, 강철 기중기와 여러 개의 도르래를 사용해 배를 받침대에서 들어 올려 옆으로 내려놓을 계획이었다. 일단 물에 내리면, 그들이 줄을 잘라 배를 자유롭게 풀고 돛대를 올려 뉴욕으로 출발하기로 했다.

"그가 아버지를 죽일 거예요." 케일럽이 말했다.

피터는 아무 말도 하지 않았다.

"그리고, 아버지가 성공하면요? 에이미는 같이 떠날 수 없어요. 아버지 스스로 한 말씀이에요."

"그래, 그녀는 같이 떠날 수 없어."

"그럼 그다음은요?"

"그 후에는, 나는 내 삶을 사는 거지. 네가 네 삶을 살게 되는 것처럼 말이야."

피터는 그의 아들이 뭔가 이야기를 더 이어 나가기를 기다렸다. 하지만 케일럽이 더 이상 얘기하지 않자, 아들의 어깨에 손을 올렸다.

"아들, 받아들여야만 한다."

"쉬운 일이 아니잖아요."

"쉽지 않다는 건 나도 알고 있단다."

케일럽이 고개를 위로 젖혔다. 그가 감정을 억누르는 듯 침을 힘껏 삼키고 말했다. "제가 어렸을 때, 아이들은 언제나 아버지에 대해 얘기했어요. 아이들이 말하는 것 중에 어떤 건 사실이었지 만, 많은 이야기는 완전히 헛소리였죠. 웃긴 건, 저는 아버지가 불 쌍했다는 거예요. 그런 관심이 싫었다는 건 아니지만, 저는 아버 지가 사람들이 자신을 그런 식으로 바라보는 걸 좋아하지 않는다 는 것도 알았으니까요. 저에게는 좀 당황스러운 일이었죠. 대단한 거물이나 영웅 같은 인물이 되고 싶지 않은 사람이 어디 있겠어 요? 그리고 어느 날 깨달았죠. 아버지가 저 때문에 그런 생각을 했 었다는 걸요. 아버지가 선택한 건 저였고, 다른 어떤 것도 아버지 에게 중요하지 않았던 거죠. 세상이 아버지를 잊었다면, 아버지는 더할 나위 없이 행복하셨을 거예요."

"사실 그랬지. 나는 그렇게 생각했으니까."

"저는 정말 말도 안 되게 운이 좋다고 생각했어요. 아버지가 산체 스를 위해 일하기 시작했을 때, 저는 모든 게 달라질지도 모른다 고 생각했지만, 그렇게 되지 않았죠." 그는 다시 피터를 쳐다봤다. "그리고 이제 아버지는 저에게 그냥 아버지를 보내줄 수 있는지 묻고 계신 거고요. 글쎄요, 저는 그렇게는 못 하겠어요. 그럴 마음 이 없어요. 하지만 아버지를 이해할 수는 있어요."

둘은 한동안 말없이 앉아 있었다. 그들 주위로 배가 소란스러 워지기 시작했다. 배에 탄 사람들이 잠에서 깨고 일어나서 뻐근 한 팔다리를 풀었다. 어젯밤 일이 정말 있었던 일일까? 사람들은 모든 게 안 믿기는 듯 그런 생각을 하며, 익숙하지 않은 바다의 아침 햇살에 눈을 깜박거렸다. 내가 정말 배에 타고 있는 거야? 저게 태양, 그리고 바다인 건가? 피터는 사람들이 주위의 무한한 평온함에 틀림없이 크게 충격받았을 것으로 생각했다. 사람들의 목소리도 더 많이 들리기 시작했다 ― 대개 아이들의 목소리였는데, 공포에 질렸던 지난 하룻밤이 갑자기 그리고 여태껏 한 번도 경험해보지 못한 방식으로 완전히 새로운 생활과 세상으로 가는 문을 열어준 거였다. 그들은 지난 세상에서 잠들어, 전혀 다르게 보이는 이 세상에서 깨어났다. 그들에게는 아마도 완전히 다른 버전의 현실로 여겨질 것이다. 시간이 좀 더 지나자 사람들이 자석에 끌리듯 배의 난간 쪽으로 몰려가더니, 손가락으로 뭔가를 가리키고 속삭이며 얘기를 나누기 시작했다. 귀를 기울이자 그가 볼 수 없었던 모든 일들에 대한 느낌뿐만 아니라 기억들이 귀로 쏟아져 들어왔다.

마이클이 둘이 있는 쪽으로 걸어왔다. 그의 눈이 순간적으로 케일럽의 얼굴을 살피며, 빠르게 상황을 파악한 후, 피터를 향했다. 그가 주머니에 손을 넣은 채 거의 사과하는 모습으로 조심스럽게 말했다. "보급품은 모두 배에 실어놨어. 우리 이제 준비가 다 된 것 같은데."

피터가 고개를 끄덕였다. "알았어." 하지만 그는 대답하고도 움직일 생각을 하지 않았다.

"그럼…… 내가 다른 사람들에게도 준비됐다고 얘기할까?"

"그래, 그러는 게 좋겠어."

마이클이 돌아서서 자리를 떠났다. 피터가 고개를 돌려 아들을 봤다. "케일럽……."

"저는 괜찮아요." 케일럽이 꼭 상처라도 입은 것처럼 뻣뻣하게 두 팔로 자기 몸을 감싸고 화물 상자에서 일어섰다. "가서 핌과 아이들을 데리고 올게요."

　모두 노틸러스호 주변으로 모여들었다. 로어와 랜드가 여전히 들것에 묶여 있는 알리시아를 조종석으로 옮기는 윈치를 조정했고, 마이클과 피터가 그녀를 보트의 작은 선실로 옮기고는 사다리를 타고 내려와 다른 사람들이 있는 곳으로 갔다. 케일럽과 그의 가족들, 사라와 홀리스 차량 전복 사고 후 몸을 충분히 잘 회복한 그리어도 아직 머리에 붕대를 감고 서 있는 모습이 불안정하기는 했지만, 그들과 함께 있기 위해 갑판으로 올라와 한 손을 노틸러스호의 선체에 기대놓은 채 그 자리에 있었다. 배의 여기저기에서 사람들이 지켜보았다. 이미 소문이 퍼졌기 때문이고, 시간은 08시 30분이었다.
　마지막 작별 인사를 해야 했지만, 아무도 어떻게 시작해야 할지를 몰랐다. 에이미가 먼저 그런 막막함을 깨고 나섰다. 그녀가 루시어스를 끌어안았고, 둘은 다른 사람들이 도저히 엿들을 수 없을 정도로 조용히 둘만의 대화를 나누었다. 그러고 나서 사라. 그다음 홀리스는 그 모든 무게로 인해 다리가 풀리기라도 한 것처럼 에이미를 자기 가슴에 누구보다도 더, 심지어 사라보다도 더 꼭 끌어안았다.
　물론 사라는 마음을 단단히 먹고 자신을 다잡았다. 그녀의 침착함은 일종의 계책 같은 거였다. 마이클에게는 작별 인사를 하러 가지 않을 생각이었는데, 그건 오로지 그녀가 그 상황을 견뎌낼 수 없었기 때문이다. 그들 사이에서 다양한 작별 인사가 이루어지는 동안, 마침내 마이클이 사라에게 다가왔다.

"오, 이런 망할, 마이클," 그녀가 비통한 목소리로 말했다. "너는 대체 왜 항상 나에게 이러는 거니?"

"내 생각에는 그것도 내 재주인 것 같아."

그녀가 그를 끌어안았다. 그녀의 눈가에 맺힌 눈물이 흘러내렸다. "내가 너에게 거짓말을 했어, 마이클. 나는 절대 너를 포기하지 않았어. 단 하루도 그러지 않았다고."

끌어안았던 둘이 떨어지자, 마이클이 로어 쪽으로 돌아섰다. "내 생각에는, 이러면 다 끝난 것 같은데."

"넌, 네가 가지 않으리라는 걸 알았어, 그렇지?"

마이클은 대답하지 않았다.

"아, 이런 염병할," 로어가 말했다. "나는, 나도 어느 정도 안다고 생각했는데."

"내 배를 잘 돌봐줘." 마이클이 말했다. "나는 너를 믿고 있어."

로어가 두 손으로 그의 볼을 잡고 마이클에게 오랫동안 부드럽게 키스했다. "조심해, 마이클."

마이클이 노틸러스호에 승선했다. 사다리 아래에서 피터가 그리어와 홀리스랑 악수하고, 사라와 오랫동안 꽉 끌어안고 포옹했다. 핌과 아이들에게는 이미 작별 인사를 했다. 그리고 아들과의 작별 인사를 마지막으로 남겨놓았다. 케일럽은 그의 옆에 서 있었다. 그는 울지 않으려고 눈물을 참으며, 눈에 있는 힘을 다 주었다. 피터는 갑자기 자신이 죽음을 향해 성큼성큼 행진해 가는 것 같은 느낌이 들었다. 또 전례 없이 자부심에 사로잡히기도 했다. 앞에 있는 이 강인한 남자, 그의 아들 케일럽. 피터는 그를 품으로 당겨 힘껏 안았다. 긴 포옹은 하지 않을 생각이었다. 만약 그러면 끝까지 놓지 못할지도 몰랐으니까. 그는 생각했다. 우리에게 삶을 살아갈 생명을 허락해주는 건 아이들인 거구나. 아이들이 없다면 우리는 여기 머물다가 먼지처럼 사라질 뿐인 거야. 몇 초 동안 그는 자신이 할 수 있는 말을 다 하고서 뒤로 물러났다.

"아들아, 사랑한다. 너는 나를 정말 자랑스럽게 만들어줬어."

그는 사다리를 타고 올라가 다른 사람들이 기다리는 갑판으로 갔다. 랜드와 로어가 윈치를 돌리기 시작했다. 노틸러스호가 받침대에서 들려, 옆으로 획 돌아갔다. 그리고 가벼운 물보라와 함께, 물 위에 내려졌다.

"됐어, 우리를 그대로 유지해줘!" 마이클이 위를 향해 소리를 질렀다.

그들은 그물처럼 배를 감싸고 있던 밧줄들을 잘라냈다. 밧줄들은 반쯤 뜬 상태로 선미 아래를 지나간 다음, 무게로 인해 수면 아래로 끌려 들어갔다. 마이클이 돛대를 똑바로 당겨 세워줄 줄들을 준비하는 동안, 피터와 에이미는 당김줄들을 연결해놓았다. 그들이 베르겐스피요르드호로부터 멀어지기 시작했다. 모든 것이 준비되자, 마이클이 윈치를 돌리기 시작했고 돛대가 일어나며 자리를 잡았다. 그는 돛대를 고정한 후 활대에서 돛을 풀어 펼쳤다. 베르겐스피요르드호까지의 거리가 50미터로 벌어졌다. 부드러운 바람이 불어와 공기가 따뜻했고, 거대한 배의 엔진 소리가 들려왔다. 그리고 새로운 소리가 들렸는데, 쇠사슬 소리였다. 베르겐스피요르드호의 선수 아래에서 닻이 나타났고, 올라가는 닻을 따라 물이 쏟아져 내렸다. 배의 난간을 따라 사람들의 얼굴이 보였다. 사람들이 헤어지는 그들을 지켜보는 중이었고, 어떤 이들은 손을 흔들었다.

"좋아, 우리 준비됐어." 마이클이 말했다.

그들이 주 돛을 끌어 올렸다. 주 돛이 힘없이 펄럭였고, 마이클이 배의 키 손잡이를 한쪽으로 당기자, 뱃머리가 바람을 타고 방향을 틀었다. 그리고 펑 하는 소리와 함께 돛들이 부풀어 올랐다.

"때가 되면, 지브*도 펼쳐 올릴 거야." 마이클이 말했다.

피터에게 그들이 탄 배의 속도는 꽤 놀라운 것이었다. 조금 흔들리기는 했지만, 뱃머리 끝이 물을 깔끔하게 가르고 나가는 노틸러스호는 안정적인 느낌을 주었다. 베르겐스피요르드호는 그들 뒤로 점점 더 멀어졌고, 하늘은 한없이 넓어 보였다.

서서히 멀어지는 듯했는데, 어느 순간 갑자기 그들만 남겨졌다.

---

* 뱃머리의 큰 돛 앞에 다는 삼각형의 작은 돛.

79장

항해 일지, 노틸러스호

출항 4일째: 27°95'N, 83°99'W. 풍향 SSE 10~15, 돌풍 20. 하늘 맑음, 파고 1~1.2미터

3일 동안 실바람이 분 후, 우리는 마침내 6~8노트의 괜찮은 속도로 항해 중이다. 내 생각으로는 해가 질 때쯤, 탬파의 바로 북쪽 플로리다의 서쪽 해안에 도착하게 될 것 같다. 그리고 피터가 마침내 바다 멀미에 적응한 것 같다. 그는 3일 동안 뱃전에서 토하고 난 후에야, 오늘 비로소 배가 고프다고 말했다. 알리시아는 별다른 일이 없다. 대부분의 시간을 자며, 거의 말을 안 한다. 모두가 그녀를 걱정하고 있다.

출항 6일째: 26°15'N, 79°43'W. 풍향 SSE 5~10, 계속 변하고 있음. 하늘 일부 흐림, 파고 0.3~0.6미터

우리는 플로리다반도를 돌아, 북쪽으로 방향을 틀어서 가고 있

다. 여기부터 우리는 해안을 뒤로하고 노스캐롤라이나의 아우터 뱅크스*를 향해 직진해 나갈 것이다. 밤새 짙은 구름이 잔뜩 끼었지만, 비는 오지 않았다. 리시는 여전히 몸이 허약한 상태다. 결국 에이미가 그녀에게 필요한 양분을 섭취하라고 권했고, 나와 피터가 제비뽑기를 했다. 내 생각에는 상황을 어떻게 보느냐에 따라 판단이 다를 수 있겠지만, 피터가 이겼다. 사라가 방법을 알려줬음에도 나는 자신이 없는 데다가 주삿바늘을 잘 다룰 줄도 몰랐기에, 에이미가 나를 대신하기로 했다. 0.5리터 채혈. 과연 도움이 될지 두고 볼 것이다.

출항 9일째: 31°87'N, 75°25'W. 풍향 SSE 15~20, 돌풍 30. 하늘 맑음, 파고 1.5~2미터

끔찍한 밤이었다. 해가 지기 직전 폭풍우가 몰려왔다 — 거대한 파도와 강한 바람도. 모두가 물을 퍼내며 밤을 꼬박 새웠다. 경로를 이탈했고, 자체 조향 기어는 못 쓰게 되었다. 선내에 물이 차 있지만, 선체는 문제없이 튼튼해 보인다. 심한 바람으로 축범**한 상태로 항해 중이다. 지브도 쓰지 않는다.

출항 12일째: 36°75'N, 74°33'W. 풍향 NNE 5~10. 군데군데 구름 낌, 파고 0.6~1미터

우리는 해안을 향해 서쪽으로 방향을 틀기로 했다. 모두 지쳐 휴식이 필요하다. 긍정적인 면을 본다면, 리시가 고비를 넘긴 듯

---

* 미국 노스캐롤라이나주 동쪽에 늘어서 있는 평행 사도.
** 바람이 강할 때 돛을 감거나 말아 크기를 줄이는 것.

보인다. 그래도 여전히 리시의 등은 문제다. 아직도 심한 고통을 느끼며 거의 굽히지 못한다. 내게 바늘을 꽂을 차례가 되었다. 그리고 리시는 이 일을 조금 재밌어하는 것처럼 보인다. "오, 힘을 내 봐, 서킷." 그녀가 한 말이다. "여자도 먹어야 산다고. 어쩌면 네 피를 마시고 내가 좀 더 똑똑해질지도 모르잖아."

출항 13일째: 36°56'N, 76°27'W. 풍향 NNE 3~5. 파고 0.3~0.6미터
제임스강의 어귀에 닻을 내리고 정박했다. 사방에 멋진 잔해들이 보인다 — 거대한 해군 함선들과 유조선들 그리고 심지어 잠수함들도 보인다. 리시의 기분이 많이 좋아졌다. 해 질 녘에, 나에게 갑판으로 데려가 달라고 부탁했다.
별이 빛나는 아름다운 밤이다.

출항 15일째: 38°03'N, 74°50'W. 약한 바람이 불며 수시로 변함. 파고 0.6~1미터
순풍을 타고 다시 항해 중이다. 6노트의 속도로 항해 중. 우리 모두 점점 가까워지고 있다는 걸 느낀다.

출항 17일째: 39°63'N, 75°52'W. 풍향 SSE 5~10. 파고 1~1.5미터
우리는 내일 뉴욕에 도착한다.

80장

점점 땅거미가 짙어지는 가운데 그들 네 명은 조종석에 앉아 있었다. 그들은 닻을 내리고 정박 중이었고, 좌현 뱃머리 전방에 긴 모래사장이 보였다. 한때는 사람들로 발 디딜 틈 없던 스태튼섬의 남쪽 가장자리가 이제는 깨끗이 쓸려 나간 채 고스란히 드러나 보이는 황무지가 되었다.

"그래서, 우리 모두 동의하는 거지?" 일행들의 얼굴을 살피며, 피터가 물었다. "마이클?"

배의 키 옆에 앉아 있는 마이클은 칼날을 꺼냈다 넣었다 하며 주머니칼을 만지작거리고 있었다. 소금기와 바람에 그의 얼굴은 바삭해 보일 정도로 익었고, 모래 빛깔의 수염 사이로 보이는 그의 치아는 눈처럼 하얗게 보였다. "전에 말했잖아. 네가 계획이라고 말하면 그게 우리의 계획인 거라고."

피터가 알리시아를 향해 고개를 돌렸다. "네 의견을 내놓을 마지막 기회야."

"내가 반대해도 너는 내 말 안 들을 거잖아."

"미안해, 그 정도로는 안 돼."

그녀가 신중한 얼굴로 그를 바라봤다. "그는 순순히 항복하지 않을 거야, 알잖아. '미안해, 생각해보니 어쨌든 내가 틀린 거 같군.' 이런 건 절대 그의 스타일이 아니야."

"그래서 네가 마이클과 함께 터널에 있어주길 바라는 거야."

"나는 너와 함께 역에 갈 거야."

피터가 그녀를 빤히 쳐다봤다. "너는 그를 죽이지 못하잖아 ― 네 입으로 직접 말한 거야. 게다가 너는 제대로 걷지도 못해. 네가 화났다는 건 알아. 그리고 이런 말을 듣기 싫어한다는 것도 알지. 하지만 네가 감정을 다스려서 내려놓고, 그 일은 나와 에이미가 하도록 해줘야 해. 네가 우리의 발목을 잡을 수도 있어. 또 네가 마이클을 지켜줘야 하기도 하고. 패닝의 바이럴들은 너를 공격하지는 않을 거야. 네가 마이클의 방패막이 될 수 있다는 말이야."

피터는 자기 말이 리시에게 상처를 줬다는 걸 알았다. 알리시아가 시선을 돌렸다가, 경고하듯 눈을 가늘게 뜨고 다시 그를 봤다. "너, 우리가 오는 걸 그가 알았다는 걸 깨닫게 될 거야. 나는 우리의 이런 행동 중 뭐 하나라도 그의 관심을 따돌린 게 있을지 진지하게 걱정돼. 대놓고 역 안으로 당당하게 걸어 들어가는 건 스스로 그의 손에 붙잡히는 거라고."

"그게 바로 우리 계획의 핵심이야."

"그런데 그게 뜻대로 되지 않는다면?"

"그럼 우리 모두 죽고 패닝이 이기는 거지. 더 좋은 생각과 계획이 있다면, 나는 얼마든지 귀를 기울일 수 있어. 너는 그를 잘 알아. 내가 틀린 게 있으면 말해줘. 내가 들을게."

"그건 불공평해."

"나도 불공평하다는 거 알아."

잠시 침묵이 흘렀고, 알리시아가 고집을 꺾은 듯 한숨을 내쉬었다. "좋아, 내가 할 수 없는 일이야. 네가 이겼어."

피터가 에이미 쪽을 봤다. 항해하는 2주 동안 꽤 자란 그녀의 머리카락은 이목구비를 더 분명하고 단호하며 뚜렷하게 보이게 하면서도, 인상이 부드러워 보이도록 만들었다. "내 생각에 모든 건 패닝이 원하는 게 무엇인지에 달려 있어요." 그녀가 말했다.

"당신 말은, 당신에게서 원하는 게 뭐냐는 거지."

"아마도 그는 단지 나를 죽이고 싶은 건지도 몰라요. 만약 그렇다면 그를 멈추게 할 방법은 많지 않아요. 그런데 그게 원하는 것의 전부라면, 나를 여기까지 데려오기 위해 그는 너무 많은 수고를 했어요."

"당신은 그자가 원하는 게 뭐라고 생각해?"

햇빛이 거의 다 사라졌고, 해안가에서는 쉭쉭 긴 파도 소리가 들려왔다.

"나도 모르겠어요." 그녀가 말했다. "나도 리시의 말에 동의하기는 하지만, 그는 뭔가 증명하려는 거예요. 그 이상은……." 그녀가 뜸을 들이더니 말을 계속 이어갔다. "중요한 건 그가 역에 있는지 확인하는 거예요. 그를 그곳으로 유인해서, 거기에 발을 묶어놔야 해요. 우리는 마이클을 기다리고 있으면 안 돼요. 물이 들어올 때 우리는 거기에 있어야만 해요. 그때가 우리의 기회예요."

"그럼 당신은 계획에 동의하는 거군."

그녀가 고개를 끄덕였다. "네, 내 생각에도 그게 가장 가능성이 큰 것 같아요."

"그럼 저 지도를 같이 보도록 하지."

알리시아가 거리와 건물들 그리고 지하의 구조물들과 그곳의 접근 가능 지점들을 기록해놓은 간단한 지도가 있었다. 여기에 알리시아가 구두로 설명을 덧붙였다. 지도에 그려져 있는 것들이 어떻게 생겼고 어떤 느낌을 주는지, 특별한 랜드마크들과 숲이 형성되거나 구조물의 붕괴로 통행이 어려운 곳들, 조수 간만의 차로 바닷물이 섬의 남쪽 지대를 덮치는 지점에 관한 것들이었다.

"역 주변의 거리에 대해 얘기해줘." 피터가 말했다. "바이럴들이 이동할 수 있는 그늘이 어느 정도나 되지?"

알리시아가 잠시 생각했다. "글쎄, 아주 많아. 정오에는 햇빛이 더 많이 비추기는 하지만, 건물들이 워낙 크고 높아. 60~70층 정도 되는 건물들을 말하는 거야. 네가 살면서 한 번도 본 적이 없는 것들일 거야, 게다가 지상의 거리는 하루 중 언제라도 꽤 어두워질 수 있어." 그녀가 일행들의 주의를 다시 지도에 집중시켰다. "내 생각에 가장 유리한 지점은 여기 역의 서쪽 출구 쪽이야."

"왜 거기야?"

"서쪽으로 두 블록을 가면 공사장이 있어. 52층 높이의 건물인데, 주변의 다른 건물들과 비교하면 그렇게 큰 것도 아니지. 하지만 위쪽 30층은 철골만 세워진 상태야. 그리고 하루 중 늦게까지도 건물의 아랫부분까지 햇빛이 잘 들어오는 곳이고. 역에서도 건물이 보일 거야 — 건물의 측면으로는 외부 엘리베이터와 크레인이 올라가 있어. 그 건물 위에서 많은 시간을 보내고는 했지."

"네 말은 크레인 위에서 그랬다는 거야?"

알리시아가 어깨를 으쓱했다. "어, 그래. 그게 내게는 일 같은 거였든."

그녀가 더 이상 설명하지 않았고, 피터도 더는 묻지 않기로 했다. 그가 지도의 역에서 동쪽으로 한 블록 떨어진 또 다른 곳을 가리켰다. "이거는 뭐야?"

"크라이슬러 빌딩. 그 지역에서는 가장 높은 건물이야. 거의 80층 정도 돼. 꼭대기의 왕관 모양은 반들거리는 금속류로 만들어졌어. 굉장히 빛을 잘 반사하지, 태양의 위치에 따라서 많은 양의 햇빛을 반사해 보낼 수도 있어."

그날 하루가 다 갔다. 기온은 이미 떨어졌고, 공기는 이슬을 머금기 시작했다. 모두가 침묵을 지키자, 피터는 그들의 대화도 마무리되었다는 걸 깨달았다. 여덟 시간이 채 안 되는 시간이 지나면 그들은 돛을 올리고 노틸러스호는 맨해튼을 향해 마지막 항해를 시작할 것이고, 그곳에서 일어날 일이 무엇이건 간에 일어나게 될 것이다. 그들 모두가 살아남을 가능성은 없어 보였으며, 그들 중 누구라도 살아남을지도 알 수 없었다.

"내가 망을 보도록 할게." 마이클이 말했다.

피터가 그를 쳐다봤다. "여기 바다 위에서는 우리 모두 안전한 것 같은데, 그럴 필요가 있을까?"

"물 아래 바닥에 모래가 많아. 바로 지금 우리에게 가장 도움이 안 되는 건 배를 질질 끌고 다니는 닻이지."

"나도 함께 망을 보도록 할게." 리시가 말했다.

마이클이 미소를 지었다. "같이 있어주겠다는 사람을 싫다는 말은 못 하겠는걸." 그러고는 피터에게 말했다. "괜찮아, 100만 번도 더 해본 일이야. 가서 자. 두 사람에게 지금 꼭 필요한 일은 잠을 자는 거야."

밤이 두 손을 펼쳐 바다를 덮었다.

모든 게 쥐 죽은 듯 고요했고, 깊고 잔잔한 그리고 선체를 철썩 때리고 물러나는 바다의 파도 소리만 들렸다. 피터와 에이미는 선실의 유일한 침대 위에서, 에이미가 머리를 그의 가슴에 얹은 자세로 서로 몸을 포개 웅크린 채 누워 있었다. 밤 기온은 따뜻했지만, 갑판 아래는 선체의 벽을 타고 지나가는 바닷물에 공기가 식어 추울 정도로 서늘하게 느껴졌다.

"농장에 대해서 얘기해줘요." 에이미가 말했다.

피터가 자신의 대답을 정리하는 데 시간이 좀 걸렸다. 선체의 흔들림과 육체적 친밀감에 몸이 나른해진 그는 사실 잠들기 직전의 비몽사몽한 상태였기 때문이다.

"어떻게 설명해야 할지 잘 모르겠어. 일상적인 꿈들과는 달랐거든─평범한 꿈의 수준을 벗어나 아주 현실처럼 느껴지는 꿈들이었어. 매일 밤 내가 다른 세상, 다른 삶을 살고 돌아온 것 같았으니까."

"다른 세상…… 같은. 현실 같지만 똑같지는 않은 거였네요."

그가 고개를 끄덕이고 말했다. "내가 항상 꿈들을 아주 자세한 것까지 기억했던 건 아니야. 계속 기억에 남는 건 대부분 느낌이나 기분 같은 거였어. 하지만 어떤 것들은 남았지. 집과 강, 평범한 하루하루, 당신이 연주한 곡들, 너무 아름다운 노래들. 나는 정말 영원히 들을 수도 있었어. 생기가 넘쳐흐르는 곡들이었거든." 그가 말을 멈추더니 그녀에게 물었다. "당신도 똑같은 꿈을 꾸었던 거야?"

"그랬던 거 같아요."

"확실하지는 않은 거군."

그녀가 머뭇거렸다. "단 한 번뿐이었거든요. 내가 물속에 있을 때요. 당신을 위해 연주하고 있었어요. 곡은 아주 쉽게 떠올랐어요. 마치 내 안에 들어 있던 노래를 마침내 꺼내 밖으로 내보이는 것 같았어요."

"그다음에는 어떻게 됐어?" 피터가 물었다.

"기억이 안 나요. 내가 아는 그다음 일은 내가 갑판에서 깨어났고, 거기에 당신이 있었다는 거예요."

"당신은 그게 무슨 뜻일 것으로 생각해?"

그녀가 대답하기 전에 시간을 끌었다. "모르겠어요. 내가 아는 건 살면서 그렇게 진심으로 행복했던 게 처음이라는 거예요."

한동안 둘은 배가 조용히 삐거덕거리는 소리를 들었다.

"사랑해." 피터가 말했다. "항상 그래왔던 것 같아."

"나도 사랑해요."

그녀가 몸을 더 밀착시켰고, 피터도 같이 몸을 당겨 가까이 갔다. 그가 그녀의 왼손을 가져다가 자기 손가락들을 벌려 깍지를 끼고는, 자기 가슴에 갖다 대고 올려놓았다.

"마이클 말이 맞아요." 그녀가 말했다. "우리 잠을 자둬야 해요."

"그래."

이내 그녀는 그의 숨소리가 느려지는 걸 느꼈다. 그리고 그 소리는 해변의 파도 소리처럼 깊고 긴 리듬으로 바뀌었다. 에이미도 별 소용이 없을 거라는 걸 알면서도 눈을 감았다. 그녀는 그렇게 몇 시간 동안 잠들지 않고 누워 있었다.

노틸러스호의 갑판 위에서 마이클이 별들을 보았다.

왜냐하면 사람은 결코 별들에게 싫증을 낼 수 없기 때문이다.

그가 그렇게 많은 날을 바다에서 보내는 내내, 별들은 그에게 가장 믿음직한 친구가 되어주었다. 그는 언제나 자기를 봐달라고 떼를 쓰는 너무 솔직해 보이는 달보다 별이 더 좋았다. 별들은 자신들의 신비로운 자아가 숨을 쉴 수 있도록 조심스럽게 어느 정도의 비밀스러운 거리를 유지하기 때문이다. 마이클은 별들의 실체에 대해서도 알았다. 별들이 밤하늘에 펼쳐진 순서와 많은 이름뿐만 아니라, 그것들이 바다에서 작은 보트에 홀로 있는 남자에게 유용한 정보가 되어주는, 폭발하는 수소와 헬륨 덩어리라는 걸 말이다. 하지만 그는 또한 이러한 것들이 별들 스스로는 알지 못하지만, 그것들에게 부여된 의무라는 것도 이해했다.

광활하게 펼쳐진 그것들의 모습에 그는 마땅히 자신이 왜소하고 외롭다고 느꼈어야 했지만, 실제로 그와는 정반대로 느꼈다. 그가 극심한 외로움을 느끼도록 하는 건 오히려 낮의 밝은 햇살이었다. 자신이 이 세상의 사람들로부터 너무 멀어져서 절대 돌아갈 수 없을 거라는 생각 때문에 영혼이 고통받던 날들이 있었다. 그러나, 그러다 보면 밤이 찾아오고는 했고, 밤하늘에 숨겨진 보물들을 드러내 보여주었다 — 어쨌든 별들은 낮에도 사라진 게 아니라 단지 가려졌을 뿐이니까.

그의 외로움은, 헤아리기 어려울 정도로 광대한 우주가 어떤 것들은 살아 숨 쉬나 어떤 것들은 죽은 가혹하고 냉담한 곳이 아니며, 그를 포함한 모든 것들이 냉정한 물리적 법칙에 지배되는 보이지 않는 실로 짠 거미줄로 연결되었다는 관념으로 바뀌어 사라지고는 했다. 그리고 이 실들을 따라 고통과 후회뿐만이 아니라 행복과 기쁨 같은 삶에 관한 질문과 대답들이 뒤바꾸며 흐르는 조류처럼 요동쳤다. 그 조류들의 근원이 무엇인지는 알 수 없고 끝까지 알 수 없을지도 모르지만, 사람에게 적절한 시간의 기회가 허락된다면 감을 잡을 수도 있는 일이었다. 그리고 마이클 피셔는 ― 조명 및 전력 부문의 수석 엔지니어, 암시장의 두목이며 베르겐스피요르드호를 재건한 사람, 서킷이라 불렸던 마이클 ― 별을 보고 있을 때 그걸 가장 잘 느꼈다.

그는 많은 것들을 생각해봤다. 성소에서 지냈던 날들. 시각 장애인인 엘턴의 경직된 얼굴과 온갖 잡동사니가 꽉 들어차 비좁고 뜨거웠던 배터리 저장소. 소년 시절을 뒤로하고 자기 인생의 길을 찾았던 기름 냄새 가득한 악취가 나던 정유 단지. 자신이 사랑하는 사라와 역시 사랑하는 로어 그리고 케이트. 마지막으로 케이트를 보았던 날 밤에 고래 이야기를 들려주었다. 케이트는 그 작은 몸에 단단한 젊음이 넘쳐흐르는 에너지가 꽉 차 있었고, 그에게 관대한 애정을 보여주었다. 모두 아주 오래전의 일들이었으며, 과거는 끝없이 뒤로 흘러가며 그의 안에 셀 수 없이 많은 날을 쌓아 올렸다. 어쩌면 이 세상에서의 그의 시간이 끝에 다다르고 있는지도 모르는 일이었다. 아마도 인간으로서의 육체적 존재를 뛰어넘는 무언가가 뒤따라올지도 몰랐다. 그리고 이 문제에 대해 천계의 태도는 모호했다. 그리어는 분명 그렇게 생각했다.

마이클은 자기 친구가 죽어가고 있다는 걸 알았다. 그리어는 그 사실을 숨기려 애써왔고 거의 완벽히 숨겼지만, 마이클은 그 사실을 눈치채고 있었다. 특별히 어떤 확실한 사실 때문에 눈치챈 것이 아니라, 단순히 그리어에 대한 그의 육감을 통해 알게 된 것이다. 조만간 모두에게 닥칠 일이었지만, 시간이 그를 앞지르고 있었다.

그리고 물론 그는 자신의 배 베르겐스피요르드호에 대한 생각도

했다. 배는 이미 아주 멀리 가 있을 것이다. 아마도 지금쯤이면 브라질의 해안에서 멀리 떨어진 어딘가에 이르렀을 것이고, 지금 그가 바라보는 것과 똑같은 별들 아래에서 남쪽을 향해 하얀 거품을 일으키며 바닷물을 가르며 나아갈 것 같았다.

"여기 밖은 아름답구나." 알리시아가 말했다.

그녀는 담요로 다리를 덮고 벤치에 길게 기댄 채 그의 맞은편에 앉아 있었다. 그녀도 그처럼 고개를 뒤로 젖히고 위를 바라봤으며, 그녀의 눈이 별빛을 받아 빛났다.

"별을 처음 본 날을 기억하고 있어." 그녀가 말을 이어갔다. "그날은 대령이 나를 장벽 밖에 홀로 남겨둔 날 밤이었어. 별들 때문에 완전히 겁먹었지." 그녀가 남쪽 수평선을 가리켰다. "저 별은 왜 저렇게 밝은 거야?"

그가 그녀의 손가락이 가리키고 있는 곳을 보았다. "아, 저거는 사실 별이 아니야. 저거는 화성이라는 행성이야."

"너는 그런 걸 어떻게 알아?"

"여름 내내 볼 수 있어. 자세히 보면, 약간 붉은색이 도는 걸 알 수 있을 거야. 그건 근본적으로는 녹이 슨 커다란 암석이야."

"그러면 저건?" 이번에는 머리 바로 위를 가리켰다.

"아르크투루스*."

마이클은 알리시아가 흥미를 갖고 얼굴을 찡그리고 있을 거라고 상상하기는 했지만, 어둠 속에서 그녀의 표정은 보이지 않았다. "얼마나 멀리 있는 건데?"

"별들이 보통 그렇듯이 그렇게 멀지는 않아. 대략 37광년. 빛이

---

* 대각성, 목동자리의 가장 큰 별.

여기까지 오는 데 걸리는 시간이 그 정도야. 네가 지금 보고 있는 빛이 아르크투루스를 떠났을 때, 우리는 둘 다 어린애들이었지. 그러니까 네가 하늘을 볼 때, 사실은 이미 지나간 과거를 보는 게 되는 거야. 게다가 단 하나의 과거를 보고 있는 것도 아니야. 모든 별이 다르니까."

그녀가 가볍게 웃었다. "네가 그런 식으로 설명하면 내 머릿속이 엉망이 된다고. 나는 우리가 어렸을 때 네가 이 이야기를 해줬던 걸 기억해. 아니, 해주려고 애쓰던 거였나 보다."

"나는 굉장히 불쾌했다고. 아마도 내가 너에게 강한 인상을 주려고 노력했던 걸 거야."

"더 얘기해줘." 그녀가 말했다.

그가 하늘의 별들을 따라가며 그렇게 했다. 북극성과 북두칠성, 밝은 안타레스*와 베가** 그리고 돌고래 델피니우스라고 알려진 그 주변의 작은 별들의 무리. 수평선에서 수평선까지, 북에서 남으로 뻗어 있는 은하계의 광활한 은하수는 빛의 구름처럼 동쪽 하늘을 둘로 나눴다. 그는 생각나는 모든 걸 그녀에게 말해주었고, 그녀도 흥미를 잃지 않았다. 그리고 그의 이야기가 끝나자 그녀가 말했다. "나 추워."

알리시아가 배의 선미판에서 몸을 움직여 앞쪽으로 나오자, 마이클이 그녀의 뒤쪽으로 가 자리를 잡고 두 다리를 그녀의 허리 양쪽에 갖다 놓았다. 그가 담요를 끌어당겨 두 사람의 몸을 감싸고, 그녀의 몸을 따뜻하게 했다.

---

* 전갈자리의 주성, 붉은 일등성.
** 거문고자리의 일등성, 직녀성.

"우리 배에서 무슨 일이 일어났던 건지 아직 얘기를 안 했어."
알리시아가 말했다.

"네가 원하지 않으면 안 해도 돼."

"너에게 설명해야 할 것 같은데."

"아냐."

"마이클, 왜 나를 쫓아 뛰어든 거야?"

"그거에 대해서는 별로 생각을 많이 안 해봤는데. 순간적으로
일어난 일이었어."

"그건 대답이 아니야."

그가 어깨를 으쓱해 보이고 말했다. "내 생각에, 나는 아끼는 사
람들이 목숨을 끊으려는 걸 별로 좋아하지 않는 것 같아. 이미 전
에도 그런 일을 겪은 적이 있고. 나는 그런 일을 개인적인 일이라
고 생각해."

그의 말들에 그녀는 그만 김이 빠지고 말았다. "미안해, 내 생각
이 짧았어……."

"그리고 네가 그럴 이유는 전혀 없었어. 다시는 절대 그러지 마,
알았지? 나는 그렇게 수영을 잘하지 못한다고."

침묵이 흘렀다. 불편하지 않았고, 오히려 그 반대였다. 그건 말
하지 않아도 대화가 가능한 두 사람, 과거를 공유하는 사람들의
침묵이기 때문이었다. 그 밤은 작은 소리로 꽉 차 있었고, 역설적
으로 그 소리로 인해 정적의 무게가 더욱 증폭되는 것처럼 느껴졌
다. 선체를 스치고 지나가는 물결 하나하나, 원재*에 선들이 부딪
히며 내는 쟁그랑거리는 소리, 밧줄 걸이에 걸린 닻줄이 삐거덕거

---

* 돛대를 만드는 데 쓰이는 튼튼한 둥근 재목.

리는 소리.

"이 배의 이름은 왜 노틸러스라고 한 거야?" 알리시아가 물었다. 그녀가 머리를 그의 가슴에 편히 대고 있었다.

"내가 어릴 때 읽었던 어떤 책에서 가져온 거야. 딱 어울리는 이름인 것 같아서."

"그래, 그러네. 좋은 이름인 것 같아." 그러고 나서, 조용히 물었다. "너, 감옥에서 뭐라고 했더라?"

"너를 사랑한다고 했어." 그는 어색하거나 쑥스러워하지도 않고, 오직 진실의 평온함만을 느꼈다. "나는 네가 알아야 한다고 생각했을 뿐이야. 그렇지 않으면, 정말 쓸모없는 큰 쓰레기밖에 안 될 것 같아서. 나는 그 말을 계속 비밀로 숨겨왔거든. 너는 그거에 대해서 아무 말도 하지 않아도 돼 — 괜찮아."

"하지만 난 하고 싶은데."

"글쎄, 그럼 뭐 '고마워' 정도면 괜찮겠네."

"그렇게 간단한 게 아니야."

"사실은, 정확히 그렇게 간단한 거야."

그녀가 한 손의 손가락들을 그의 손가락에 갖다 깍지를 끼우며, 손바닥을 맞대었다. "고마워, 마이클."

"진심으로 괜찮습니다."

공기가 축축하고 안개가 내려앉으며, 모든 표면에 물방울들이 맺혔다. 얼마나 떨어졌는지 알 수 없는 거리에서, 바닷물이 모래 사장을 쉭쉭 쓸어내리는 소리가 들려왔다.

"맙소사, 우리 둘 말이야." 그녀가 말했다. "평생 싸우기만 했어."

"그랬지."

"나도 정말…… 너와 싸우는 일이 지겨워." 그녀가 자기 허리에 그의 팔을 더 가까이 끌어당겼다. "있잖아, 내가 뉴욕에 있을 때 네 생각을 했어."

"지금 그렇다는 말이야?"

"오늘 마이클은 뭘 하고 있을까? 세상을 구하기 위해 무슨 짓을 하고 있을까? 생각했었다고."

그가 가볍게 웃었다. "영광인데."

"당연히 그래야지." 말이 잠시 끊겼다가, 그녀가 다시 말했다. "너 그분들 생각해본 적 있어? 너희 부모님."

예상하지 못한 질문이었지만 이상하게 들리지 않았다. "가끔, 그것도 아주 오래전이지만."

"나는 정말 부모님 기억이 잘 안 나. 내가 아주 어렸을 때 돌아가셨잖아. 내 생각에는, 사소한 것들이지만, 엄마는 맘에 드는 은색 빗을 하나 갖고 있었어. 아주 오래된 물건이었는데, 내 기억으로는 할머니의 물건이었던 것 같아. 엄마는 그 빗을 갖고 성소에 나를 보러 와서, 그걸로 내 머리를 빗겨주셨어."

마이클이 그 말을 듣고 곰곰이 생각에 잠겼다. "지금 생각해보니, 네 말이 맞는 것 같아. 그런 일이 있었던 게 기억이 나."

"그래?"

"너의 어머니가 너를 기숙사의 커다란 창문 옆 의자에 앉혀놓으셨어. 그리고, 내 기억에 네 어머니는 콧노래를 흥얼거리셨는데 — 딱히 어떤 노래라기보다는 그냥 음조만을 흥얼거리셨던 것 같아."

"이런," 알리시아가 잠깐 틈을 두고 말을 이어갔다. "나는 다른 사람이 관심을 두고 지켜보던 것도 몰랐네."

둘은 한동안 말이 없었다. 그녀가 말하지 않아도, 마이클은 어떤 쉽지 않은 이야기들이 나오게 될 거라는 걸 느꼈다. 그는 그녀가 막 꺼내려는 말이 무엇인지는 몰랐지만, 그래도 그녀가 자신에게 뭔가 말하려 한다는 것만은 알 수 있었다.

"아이오와에서…… 나에게 일이 좀 있었어. 그곳에서 한 남자가 나를 강간했어. 경비원 중의 한 명이. 그리고 나는 그 남자의 애를 가졌고."

마이클은 아무 말 않고 이야기를 기다렸다.

"여자 아기였지. 그런데, 그게 나 때문이었는지 아니면 다른 이유 때문이었는지는 모르겠지만, 아이는 살아남지 못했어."

알리시아가 더는 얘기하지 않고 조용해지자, 마이클이 물었다. "딸 얘기를 해줘."

"아기의 이름은 로즈였어. 내가 지어준 이름이야. 로즈는 아름다운 빨간 머리를 갖고 있었어. 아이를 땅에 묻고 나서, 나는 한참을 그 자리를 지켰지, 2년 동안. 그렇게 하면 모든 일들에 대해서 홀가분해지는 데 도움이 될 것 같아서 그랬던 거야. 하지만 전혀 그렇지 않더라."

그는 갑자기 인생에서 누구보다도 알리시아가 가깝게 느껴졌다. 그 이야기가 고통스러운 만큼, 그녀가 자기 심경과 자신을 짓누르던 돌덩어리가 무엇이었는지 그리고 그녀의 인생에서 어떻게 사랑이 생겨났는지를 이야기하는 건 선물과도 같은 일이었다.

"내가 이런 이야기를 너에게 하는 게 괜찮았으면 좋겠어."

"내게 얘기해줘서 기뻐."

다시 침묵이 흘렀다. 그리고, "너 정말로 닻을 걱정하는 건 아니지, 안 그래?"

"응, 전혀 아니야."

"잘했네, 두 사람을 위해서 잘한 거야." 알리시아가 고개를 들어 하늘을 봤다. "정말 아름다운 밤이다."

"응, 맞아."

"아름다운 거 이상이야." 그녀가 그렇게 말하며 그의 손을 꼭 쥐고 품에 폭 안겼다. "완벽해."

81장

─────

그래서, 마지막으로 이야기 하나.

세상에 아이 하나가 태어났다. 그녀는 때에 따라 친구를 얻고 배신도 당했고, 버려져 혼자였다. 그리고 그녀는 자신만이 감당할 수 있는 단 하나의 소명, 특별한 임무를 짊어지고 있는 사람이었다. 그녀는 슬픔과 고통스러운 꿈의 폐허, 황무지를 방황했다. 그녀에게 과거라는 건 존재하지 않았고, 오로지 멀고 공허한 미래만 있을 뿐이었다. 그녀의 처지는 마치 끝없이 갇혀 있어야 할 감방에 가보지도 않은, 형량조차 알지 못하는 죄수와 같았다. 다른 사람이라면 이러한 운명에 좌절해 쓰러졌겠지만, 이 아이는 버티고 견뎌냈다. 그녀는 감히 자신이 혼자가 아니기를 꿈꿔보기도 했다. 그것이 그녀의 사명이었으며, 하늘의 잔인한 오디션을 통해 그녀에게 부여된 역할이기도 했다. 그녀가 세상에 남겨진 마지막 희망의 도구였던 거다.

그리고 기적이 일어났다. 그녀 앞에 밝은 장벽이 둘러쳐진 언덕

위의 도시가 나타난 것이다. 그녀의 기도가 응답받았도다! 봉홧 불같이 빛나고 있는 모습, 예언이 실현되는 것 같았다. 자물통 안에서 열쇠가 돌아가고, 문이 활짝 열렸다. 도시의 벽 안에 편안히 자리를 잡은 그녀는 자신처럼 버티고 견디어온 경이로운 남녀의 무리를 만나게 되었다. 어느 정도 시간이 지나고 나자, 그들은 그녀의 사람들이 되었다. 이 말 없는 아이의 눈에, 그들 중 가장 예지력이 뛰어난 자가 그들의 가장 오래된 질문에 대한 답을 이해하고 있는 것이 보였다. 그들이 그녀의 외로움을 덜어주자, 그녀도 그들의 외로움을 가볍게 해주었다.

여정이 시작되고, 세상의 사악한 계획이 드러났다. 아이는 성장했고, 그녀는 자기 일행들을 영광스러운 승리로 이끌었다. 그녀에 의해 희망의 씨앗이 세상에 뿌려지고, 밝은 미래에 대한 가능성이 모든 샘과 물줄기를 따라 쏟아져 나왔다. 하지만 그녀는 이러한 부흥이 사태의 일시적인 중단에 따르는 착각일 뿐이라는 걸 알았다. 보장된 안전이라는 것은 없었으며, 그녀의 승리도 겉으로 보기에만 그렇게 보였을 뿐이다. 악의 근원은 숨죽이며 숨어 있었고, 모든 것은 쇠로 만든 거대한 공 위에 놓인 것처럼 위태로웠다. 놀라울 정도로 악이 자신의 존재를 감쪽같이 감추어 숨었고, 시간보다도 노련하고 침착하게 움직였다. 그건 형체가 없던 우주가 자신의 존재마저 자각하지 못하고 혼돈의 미창조 상태로 존재하던 시기, 모든 존재보다 앞서 존재하던 음흉함의 흔적이었다.

그녀가 자신감을 잃고 흔들렸다. 그녀가 의심하는 마음을 품었다. 우유부단해지고, 심지어 두려움에 떨었다. 그녀의 실수 중 가장 큰 실수는, 삶에 대한 애착을 갖게 되었다는 거다. 미련하게도 그녀가 감히 사랑이라는 걸 했다. 그녀의 마음속에서 운명에 대한 의문을 제기하는 자의 맹렬한 싸움이 일어났다. 그녀는 단지 정신 질환자의 꼭두각시에 지나지 않는 것일까? 그녀는 운명의 노예인 걸까 아니면 그 창조자인 걸까? 그녀는 자신이 사랑하게 된 모든 것들과 사람들에게 등을 돌려야만 하는가? 이 사랑은 어떤 거대한 계획, 즉 질서 정연하고 신성한 창조적인 안목을 반영하고 있는 걸까? 낭만적인 사랑, 형제애, 아이에 대한 부모의 사랑 그리고 동일하게 보답받은 사랑 ― 그들은 신의 얼굴을 비추는 거울인 걸까 아니면 아무 의미도 없는 소리와 분노의 우주에서 가장 견디기 힘든 고통과 원한인 걸까?

나의 경우에, 내 삶에서 모든 의심을 옆으로 미뤄두고 하늘의 정수를 숟가락으로 떠먹던 시절이 있었다. 정말 입에 단 과즙이 여기 있도다! 영혼의 거룩한 고통, 모든 고난에 얼마나 커다란 위안이 되는가! 나의 사랑하는 리즈가 죽어간다는 사실조차도 나의 기쁨을 방해하지 못했다. 그건 그녀가 모든 것이 드러나게 되는 때 내가 이 세상에 온 목적을 알려줄 메신저처럼 내게로 왔기 때문이다. 내가 살아 있는 동안, 나는 인생의 가장 작은 일들을 놓치지 않고 꼼꼼히 살펴보았다. 그러나 나의 진짜 동기를 미처 헤아리지도 못한 채, 이 작업을 무미건조하게 진행해왔다. 신의 지문을 좇으며, 자연의 가장 작은 형태와 과정들을 지켜보았다. 그리고 나는 그 흔적을 현미경 끝이 아닌 카페 테이블의 맞은편에 앉은, 죽어가는 가녀린 여자의 손길에서 찾게 되었다. 나의 길고 긴 외로움의 시간은 ― 에이미, 너의 시간도 그랬겠지 ― 유배나 억압이 아니라 내가 통과한 시험인 것 같았다. 내가 사랑받았도다! 나, 오하이오주 머시의 티모시 패닝! 어머니에게 사랑받았고, 나의 시련들을 재단하고 나의 가치를 인정한 아버지와 같은 위대한 신에게 사랑받았도다. 나는 헛되이 값없이 만들어진 것이 아니었도다! 게다가, 단지 사랑받기만 한 것이 아니라 하늘의 수호자로서의 임무를 부여받았도다. 고대의 신들과 영웅들이 살았다는 푸른 에게해, 한 사람이 하얀 회반죽으로 칠해놓은 집으로 가는 계단을 올라갔다. 초라한 침대와 소박한 가구들, 촌락의 평범한 일상의 소리가 들리고 올리브 숲과 그 너머의 거친 바다가 보이는 테라스, 영원한 아침의 부드러운 하얀 햇살이 점점 밝아지고 더 밝아지고 계속 밝아지고 있었다. 내 마음의 눈으로 그것을, 그 모두를 보았다. 마침내 사랑이 나와 우리 둘에게 찾아오고 나서야, 내 품에서 그녀가 이 세상을 떠나, 결국은 존재하는 것이 분명했던 다음 세상으로 떠나가게 될 것이다.

내가 이 세상으로부터 그녀의 뒤를 따라가기 전, 한 시간도 채 지나기 전에 그녀의 몸이 내 품 안에서 싸늘해져 갈 것이다. 그것 역시도 내 계획의 일부였다. 내가 나를 위해 모아둔 이 마지막 알약들을 넘기고 고요 속에 호흡을 멈추고 나면, 그 누구도 깨뜨릴 수 없는 우주에서 우리는 서로가 하나로 묶여 있을 것이다. 내 결심은 돌이킬 수 없는 것이었으며, 내 생각들은 얼음처럼 차갑고 맑았다. 나는 조금의 의심도 하지 않았다. 그러기에 나는 우리가 만나기로 한 성스러운 시간에, 나의 천사가 나타나기를 기다리며 안내소 앞에 자리를 잡았다. 나의 가방 안에는 인간이 진 필멸의 운명을 구원할 도구들이 돌덩어리들처럼 잠들어 있었다. 그러나 나는 이것이 더 교활하고 광범위한 파멸의 전조라는 것을 몰랐고 ─ 내 주위를 빠르게 지나가는 여행객들은 그들 가운데 죽음의 왕자가 서 있다는 걸 조금도 눈치채지 못했다.

나는 세 번 아버지로서 자식을 보았으며, 세 번 배신당했다. 이제 내가 만족하리라.

너, 에이미, 나와 마찬가지로 네가 감히 사랑하려 하였도다. 내가 적이 되기로 맹세하였으니, 너는 희망의 거짓된 투사일 뿐이다. 내가 진리 곧 공허한 진리의 외치는 목소리이며 행하는 손이며 무자비한 대리인이도다. 너와 나, 우리는 한 미치광이의 손에 의해 만들어졌고, 그의 계획에 따라 어두운 숲속의 길처럼 너와 나의 길이 나뉘었도다. 생명의 물질들이 자연의 오물에서 생성되고 기어 나온 이래로, 언제나 그래왔지.

너의 무리는 다가오고, 매시간 기다리는 시간은 더 달콤해지고 있어. 그가 너와 함께 있다는 걸 알고 있단다, 에이미. 너를 인간으로 만들어놓은 녀석이 어떻게 네 곁에 없을 수 있겠어?

내게 와, 에이미. 내게 와, 피터.

내게 와, 내게 와, 내게 오라고.

82장

성이나 거대한 성스러운 유물처럼 거대한 도시가 바다 위로 솟아오르며 그 모습을 드러내는 광경은 환영을 보는 듯했다. 충격적인 규모의 폐허, 심리적으로 감당해내기 불가능한 그 어마어마한 규모는 모든 감각들을 마비시켰다. 낮고 비스듬한 아침 햇살이 건물들의 꼭대기를 강렬하게 때리고, 유리에 반사된 햇빛들은 총알처럼 튕겨 나왔다.

피터는 에이미와 함께 뱃머리에 있었다. 그녀는 거의 기이할 정도로 조용했으며, 난로에서 나오는 열기 같은 심오한 강렬함이 뿜어져 나왔다. 시시각각 도시의 모습이 더 높이 솟구쳐 올랐다.

"제기랄, 어마어마하군." 피터가 말했다.

그마저도 절반의 진실이었을 뿐이지만, 그녀가 고개를 끄덕였다. 패닝의 존재감이 도시를 가득 채우고 있었다. 마치 그녀가 평생 들어왔던 것같이 거의 알아차릴 수도 없을 정도로 모든 곳에 편재해 있는, 자신의 귀 뒷전에서 윙윙거리던 소리가 점점 커져갔다. 그녀는 무기력감 같은 것을 느꼈다. 그 말만이 어울리는 유일한 말이었다. 모든 것에 지쳐버린 끔찍한 무기력감.

그들은 서쪽으로부터 진입하기로 했다. 배를 정박할 곳을 찾아 뜨뜻미지근한 공기를 타고 허드슨강을 거슬러 올라갔다. 빨리 움직이기 위해 그들에게 필요한 건 밝은 햇빛이 전부였다. 거센 물결이 보이지 않는 손처럼 그들을 강하게 밀어냈다.

"마이클……."

그는 바람을 타고 움직일 방법을 찾으며 키와 밧줄들을 움직였다. "나도 알아."

강물이 잉크처럼 시커멓고, 그 힘 또한 대단했다. 그리고 시간은 오후가 되어갔다. 때때로 그들은 움직이지 못하고 얼음처럼 차갑게 얼어붙은 것 같기도 했다.

"이렇게는 못 해, 불가능해." 마이클이 말했다.

그들이 배를 정박할 곳을 찾았을 때는 이미 4시가 되었다. 남쪽으로부터 구름이 몰려왔고, 공기는 후텁지근하며 썩은 내가 났다. 해가 비출 시간은 네다섯 시간쯤 남았다. 마이클이 선실에서 폭약이 든 배낭과 전선 꾸러미와 기폭 장치 그리고 플런저*가 달린 나무 상자 하나를 꺼내 왔다. 원시적인 것처럼 보였는데, 그의 말로는 그게 핵심이라고 했다. 간단한 것들이야말로 항상 믿을 만했고, 뭐가 잘못되더라도 바로잡을 기회는 없을 것이기 때문이었다. 조정석에서 각자 무장하고 마지막으로 계획을 점검했다.

"실수하지 마." 알리시아가 말했다. "이 섬은 전체가 죽음의 덫이야. 날이 저물면 우리는 끝이야."

---

* 피스톤 같은 것을 밀어 내리는 기기.

배에서 내렸다. 그들은 서쪽의 20번 대 거리 어딘가에 있었다. 길은 자동차들의 잔해로 가득했다. 유리 없는 창문들이 동굴의 입처럼 그들을 주시하고 있었다. 여기서 갈라져, 마이클과 리시는 남쪽으로 가 애스터 플레이스로, 피터와 에이미는 상업 지구와 주택가의 중간 지대를 가로질러 그랜드 센트럴로 가야 했다. 마이클이 알리시아를 위해 보트의 노로 대충 목발을 만들어냈다.

"60분이야." 피터가 말했다. "행운을 빌어."

그들은 작별 인사도 하지 않은 채 깨끗하게 돌아서 길을 갔다.

피터와 에이미는 5번가를 따라 북쪽으로 걸어갔다. 블록들을 지나칠 때마다, 도시의 수직 중심부가 위로 뻗어 올라가며, 건물들 사이에 좁은 피오르를 만들었다. 포장도로 곳곳이 나무뿌리들 때문에 들리고 틀어졌으며, 다른 곳들은 작게는 몇 미터에서 크게는 거리 하나 전체가 무너져 분화구 같은 큰 구멍이 생겼다. 그 바람에 둘은 어쩔 수 없이 그 가장자리를 따라 기어가듯 살금살금 움직여야만 했다. 그들이 섬의 위쪽으로 이동하는 동안, 피터는 몇몇 랜드마크들을 주목해 보았다. 현기증이 날 정도로 높은 엠파이어 스테이트 빌딩은 하늘을 찌르는 건방진 손가락처럼 보였고, 크라이슬러 빌딩은 반짝반짝 광택을 낸 금속을 구부려 만든 왕관을 쓴 것 같았으며, 덩굴로 만들어진 깃털 망토를 두른 듯한 도서관의 넓은 전면 계단 앞은 대좌 위에 올려진 한 쌍의 사자상이 지키고 있었다.

42번가와 5번가가 만나는 곳의 모퉁이에 서 있는, 알리시아가 말한 짓다가 만 건물이 눈에 들어왔다. 건물 위쪽에 드러난 철골들은 수십 년에 걸친 산화의 결과로 붉은색을 띠었다. 외부 엘리베이터 하나가 구조물의 꼭대기까지 올라가 있었고, 그 지점에서부터 크레인이 위로 10층이나 15층 정도 더 솟았으며, 크레인의 수평 붐이 5번가의 위로 높게, 건물의 서쪽 벽면과 수평을 이루고 있었다.

아직까지 그들은 패닝이나 바이럴들의 흔적을 보지 못했다 — 배설물도, 동물들의 사체도 보이지 않았고, 건물들에서도 어떤 소리나 움직임이 없었다. 비둘기들만 아니면 도시는 죽은 것처럼 보였다. 피터와 에이미 모두 반자동 소총과 권총을 지녔고, 에이미는 그 칼도 가지고 있었다. 그녀는 칼을 알리시아에게 돌려주려 했지만, 알리시아가 거절했다. "피터의 말이 맞아." 알리시아가 말했다. "내가 그걸 가지고 있어봤자 쓸 데가 없어. 절대로 내 부탁을 잊지 말고, 그 나쁜 놈의 머리를 잘라."

그들은 서쪽으로부터 접근해서 43번가를 통해 밴더빌트 거리로 갔고, 건물들 사이로 그랜드 센트럴의 모습이 나타났다. 주변의 건물들과 비교하면 도시의 중심에 심장처럼 자리 잡은 그 구조물의 크기는 소박해 보였다. 고가도로가 발코니 높이 정도로 건물의 주변을 둘러싸 그 아래로 어두운 그늘을 만들어놨기는 했지만, 주변의 거리는 해를 향해 가려진 곳 없이 노출되어 있었다.

에이미가 시계를 확인해보니 20분 정도 여유가 있었다. "우리 저 문을 살펴봐야 해요." 그녀가 말했다.

위험한 일이었지만 피터도 동의했다. 그들이 자세를 낮추고 위쪽 시야를 확보한 채 조심스럽게 움직이면, 너무 가까이 접근하지 않아도 전에 고가도로 밑쪽에 있는 바이럴들의 움직임을 포착할 수 있을 것 같았다.

피터도 나중에 깨닫게 된 사실이지만, 패닝이 정확히 그들에게 의도했던 것이 바로 위를 올려다보게 하는 것이었다. 적을 과소평가하지 말라는 알리시아의 경고 따위는 신경 쓰지 마. 의심스러울 정도로 거리가 덩굴들로 뒤덮여 있는 것도, 또 한 걸음 한 걸음 앞으로 나아갈 때마다 습도가 높아지며 공기가 답답하게 느껴지는 것도, 뚜껑이 열린 하수구에서 썩은 냄새가 올라오는 것도 신경 쓰지 말고. 사실 쥐 때문에 나는 소리는 아니지만, 희미하게 들려오는 바스락거리는 소리도 잊어버려. 필요한 건 방심하는 순간 한 번이 전부야. 그들은 고가도로 밑으로 조심스럽게 들어갔고, 그들의 모든 주의는 머리 위의 텅 빈 천장에 쏠려 있었다.

피터와 에이미는 그들이 몰려오는 것도 못 봤다.

마이클은 거리에 표시된 숫자가 줄어드는 것을 확인했다. 몇 개는 식물들과 잔해들에 가려서 보이질 않았고, 다른 것들은 시간이 지나면서 잊힌 것처럼 지워졌다. 일부 건물들 안에서는 나무들이 자랐고, 놀란 비둘기들이 날개를 마구 퍼덕이며 거대한 떼를 지어 나타나 그들의 앞을 가로막으며 하늘로 날아올랐다.

18번가와 브로드웨이 거리의 모퉁이에서, 그들은 잠시 멈춰 쉬었다. 알리시아가 힘들게 숨을 쉬는데 얼굴이 땀으로 번들거렸다. "얼마나 더 가야 해?" 마이클이 물었다.

그녀가 기침하고 목을 골랐다. "블록 열한 개."

"있잖아, 이 일은 나 혼자서도 할 수 있어."

"절대 안 돼."

임시방편으로 만든 목발이 너무 불안해 보였다. 둘은 목발을 버리고, 마이클이 한쪽에서 알리시아를 부축하며 계속 길을 갔다. 그녀의 어깨에 매달린 소총이 덜렁덜렁 흔들렸다. 그녀의 걸음걸이는 걷는다기보다 절뚝거리는 것에 가까웠으며, 많이 힘들어 보였다. 때때로 그녀가 작게 숨을 몰아 내쉬었는데, 마이클은 그녀가 힘든 걸 숨기려고 한다는 걸 알았다. 시간이 빠르게 흘렀고, 그들은 비둘기가 싸놓은 구아노에 하얗게 뒤덮인, 정교한 철제 소용돌이 장식이 있는 작은 대피소에 이르렀다. 바다의 냄새가 강하게 느껴졌다.

"여기가 거기야." 그녀가 말했다.

마이클이 배낭에서 등잔을 꺼내 심지에 불을 붙였다. 그들이 계단을 내려갔을 때, 마이클이 바닥을 따라 작은 움직임이 있는 것을 느끼고서, 잠시 멈추고는 등잔을 들어 올려 주위를 살폈다. 사방에서 쥐들이 바쁘게 뛰어다녔고, 벽의 가장자리에는 쥐들이 갈색 밧줄처럼 줄 지어 매달려 있었다.

"우웩." 그가 소리를 냈다.

그들이 바닥에 이르렀다. 아치형 벽돌 기둥들이 선로 위의 지붕을 떠받치고 있었다. 벽의 타일 위에는 금색 글씨로 애스터 플레이스라고 쓰인 표지판이 붙어 있었다.

"어느 쪽이야?" 마이클은 어둠 속에서 몸이 뒤로 돌아서는 것처럼 느껴졌다.

"이쪽이야, 남쪽."

마이클이 선로로 내려가자 알리시아가 소총을 건네주었고, 그는 알리시아가 내려오는 것을 도왔다. 그들이 터널 안으로 들어가보니 주위의 공기가 더 차가웠다. 그가 발걸음 수를 셌다. 백 번째 걸음에서 등잔의 불빛이 떨리는 듯한 움직임을 포착했다. 격벽의 모서리에서 쉭쉭 소리를 내며 물보라가 뿜어져 나왔다. 그가 앞으로 다가가 두꺼운 금속 위에 손을 갖다 댔다. 두꺼운 금속의 격벽 뒤에는, 아직 발사되지 않은 대포와 같은 실로 엄청난 바닷물의 압력과 무게가 숨어 있었다.

"시간이 얼마나 남았지?" 알리시아가 물었다. 그녀는 벽에 몸을 기대고, 소총을 든 채로 터널을 살피며 경계를 늦추지 않았다.

시간은 이미 45분이 지났다. 그가 배낭을 벗고 가져온 물건들을 꺼냈다. 알리시아는 여전히 터널 끝을 주시하고 있었다. 그는 뇌관의 전선들을 꼰 다음 꾸러미에서 전선의 끝을 잘라냈다. 가져온 것들이 물에 젖지 않고 마른 상태를 유지하도록 하는 것이 어려운 상황이었고, 퓨즈들에 물이 닿는 것을 막아야만 했다. 그는 다이너마이트를 다시 배낭 속에 집어넣고, 그것을 걸어놓을 만한 것을 찾기 위해 문을 살폈다. 문의 표면은 완벽하게 매끄러웠다.

"저기." 알리시아가 말했다.

격벽 옆에 녹슨 못 하나가 길게 튀어나와 있었다. 마이클은 배낭을 그 못에 걸고 알리시아에게 기폭 장치를 건넨 후, 전선 꾸러미에서 선을 빼내기 시작했다.

"자, 가자."

그들은 애스터 플레이스역으로 나와 급히 승강장으로 기어 올라갔다. 마이클이 뒤로 전선을 풀어내며 둘은 계단으로 갔고, 첫 번째 층계참으로 올라갔다. 거리로부터 먼지가 잔뜩 낀 햇빛이 스며들었다. 마이클이 무릎을 꿇고 플런저를 바닥에 내려놓더니, 전선을 이빨로 찢어 나눈 다음 상자 위의 홈이 있는 두 개의 나사에 전선을 하나씩 끼워 넣었다. 알리시아는 고글을 이마 위에 올려놓은 채, 마이클보다 아래쪽 계단에 앉아 계단 밑으로 보이는 어둠 속을 향해 소총을 겨누고 있었다. 입고 있는 셔츠의 목과 겨드랑이 주위가 땀에 흠뻑 젖어 둥글게 번졌지만, 이를 악물고 고통을 참았다. 그가 윙너트*를 돌릴 때, 둘의 눈이 마주쳤다.

"폭탄이 제대로 터져야 하는데." 마이클이 말했다.

앞으로 10분 남았다.

에이미가 캄캄한 곳에 있었다. 처음 느낀 것은 두개골 뒤를 날카로운 것으로 쿡쿡 쑤시는 것 같은 고통이었다. 그다음으로 느껴진 건 끌려가고 있다는 느낌. 정신이 제대로 돌아오지 않았다. 내가 어디에 있는 거지? 무슨 일이 일어난 거야? 힘으로 나를 끌고 가는 건 뭐지? 정신적인 암시였을까, 쓸쓸한 장면들이 떠올랐다. 화면에 영상은 보이지 않은 채, 정전기가 일어나는 것 같은 지지직 소리가 계속 흘러나오는 꺼지지 않는 텔레비전. 까만 하늘에서 내려오는 깃털 같은 커다란 눈송이들. 카페트를 깔아놓은 것 같은 카터의 생기 넘치는 정원. 넘실거리는 검푸른 바다.

긁혀 흠이 나고 더러운 바닥이 있었다. 입 안의 혀도 무겁고 둔하기만 했다. 소리를 내보려고 했지만, 아무 소리도 나지 않았다. 그녀의 손목을 잡아당기는 힘의 리듬을 타고 일어나는 대동맥의 반사 운동을 따라 바닥이 지나갔다. 저항해야겠다고 생각했으나 정작 팔다리를 움직이려 하자, 자신에게 그럴 만한 힘이 없다는 것을 알았다. 몸이 의지와 분리되어, 뜻대로 따라주지 않았다.

그녀가 빛을 느꼈고, 다음 순간 여과되어 들어오는 듯한 빛을 보았다. 그다음 순간 피부를 타고 흐르는 공기나, 소리가 움직이는 방식이나, 주변의 물리적인 특성들에 대한 감각들 같은 게 모두 바뀌었다. 여러 소음이 더 크게 들려왔다. 공기도 독특한 생물

---

* 돌리기 쉽게 날개 모양의 작은 손잡이가 있는 너트로, 나비 너트라고도 한다.

학적 냄새와 함께 덜 폐쇄된 것 같은 다른 냄새가 느껴졌다.

"그래, 그녀를 거기에 내려놓으면 되겠어."

어떻게 보면 지루하기까지 한 차분한 목소리가 앞쪽 어딘가로부터 들려왔다. 그녀의 손목을 잡았던 힘이 풀리자 얼굴이 쿵 하며 바닥을 찧었다. 불길에서 잉걸불이 뿜어져 나오는 것처럼, 그녀의 머릿속에서 뜨겁게 타오르는 불덩어리가 튀어 올랐다.

"맙소사, 살살해야지."

검은 물결이 해변으로 돌아와 그녀를 덮쳐 가로막는 것처럼, 의식이 서서히 희미해졌다. 그녀의 입 속에서 피 맛이 돌았는데, 혀를 깨물었던 거였다. 그녀의 뺨에 닿은 바닥은 차가웠다. 빛, 그건 뭐였지? 그리고 이 소리는? 나지막한 중얼거림, 본질적으로 목소리라고 할 수 없는, 호흡하는 육신들의 크기에 따라오는 소리였다. 그녀는 주위에 있는 얼굴들의 존재도 감지했다. 명확하지는 않았지만, 얼굴뿐만 아니라 그들의 손도 느껴졌다. 그녀의 뇌가 그녀에게 말했다. 더 집중해서 봐, 에이미. 눈의 초점을 맞추고 집중해서 보라고.

안 좋은 일이었다. 아주 안 좋은 일이었다.

그녀는 바이럴들에게 둘러싸여 있었다. 첫 번째 열의 바이럴들은 단지 일이 미터 정도 떨어진 곳에 웅크리고 앉아 있었다. 바이럴들은 턱으로 딱딱 소리를 내며, 갈고리 같은 손가락으로 마치 눈에 보이지 않는 피아노 건반들을 두드리듯, 뭔가를 당기는 듯한 작은 동작으로 공기를 만지작거리는 행동을 했다. 안 좋은 상황이었지만 그렇다고 최악은 아니었다. 그 방은 수백의 바이럴들로 메워져 술렁거렸다. 벽에도 바이럴들이 새까맣게 들러붙었고, 발코니에도 경기를 지켜보는 구경꾼들처럼 바이럴들이 자리를 잡고 아래를 내려다보았다. 구석구석이 바이럴들로 채워졌으며, 모든 선반마다 바이럴들이 올라가 앉았다. 그 공간이 뱀 구덩이처럼 꿈틀거렸다.

"모든 게 꽤 순조롭게 진행되었단 말이지." 그 목소리가 능청맞게 말을 이어갔다. "나는 사실 좀 놀랐다니까. 내 생각에는 그들이 마음만 앞설 줄 알았다고. 그들은 늘 그러니까 말이야."

에이미는 여전히 몸을 제대로 움직이기 위해 심신을 하나로 만드는 데 어려움을 겪었다. 모든 생각과 움직임 사이에 지연이 발생하며 따로 노는 것 같았다. 그 목소리는 곧 공기가 스스로 떠드는 것처럼 사방에서 들려왔고, 매끄러운 기름처럼 흘러 들어와 그녀의 목뒤에서 버터의 단맛같이 질릴 정도로 쌓였다.

"내가 너를 만나기를 얼마나 고대해왔는지 말하는 건 너무 뻔한 일이겠지? 하지만 나는 그랬다니까. 조나스가 너의 존재를 알려준 날 이후로, 나는 쭉 궁금했어. 우리가 언제 만나게 될까? 언제 나의 에이미가 나를 만나러 올까?"

"나의 에이미." 왜 저 목소리의 주인공은 나를 저렇게 부르는 거지? 그녀의 눈에 하늘이 보였다. 아니, 하늘이 아니었다. 천장이었다. 저 위에 있는 천장에는 별들의 모습이 그려져 있었고 금박을 입힌 형상들이 그 별들 사이를 떠다녔다.

"이런, 네가 그놈의 이야기를 들었어야만 했는데 말이야. 그가 얼마나 죄책감을 느꼈는지. 그가 얼마나 미안해했는지. '빌어먹을 팀, 너도 그 여자아이를 봐야만 해. 그냥 작은 어린아이라고. 그 아이는 심지어 제대로 된 성조차 갖고 있지 않단 말이야. 그냥 어딘가에서 문득 나타난 아이일 뿐이라고.'"

별들의 순서가 거꾸로 그려졌구나, 에이미가 생각했다. 마치 하늘을 바깥쪽에서 바라보거나 혹은 하늘이 거울에 비친 모습을 그린 것처럼 보였다. 그녀는 자신이 이 생각에 집착하는 걸 느꼈고, 그러는 가운데 새로운 생각들이 자리 잡기 시작했다. 마치 꿈속에서 튕겨 나온 것처럼 그녀의 생각이 주변 환경을 향해 활짝 열리며, 기억들이 떠오르기 시작했다. 그녀의 머릿속에 한 형상이 떠올랐다. 공중에 떠 있는 피터의 몸이 판유리 창문을 깨며 떨어졌다.

음흉한 웃음소리가 들렸다. "희생된 몇십억 인간의 시체들을 감안한다면, 그렇게 재미있는 일은 아니지. 하지만 말이야, 그래도 그 모든 일들은 꽤 대단한 공연이었다고 할 수 있어. 조나스는 자신의 천직을 잘못 선택한 거지. 그 녀석은 배우가 됐어야만 해."

패닝이구나, 그녀가 생각했다.

그 목소리의 주인은 패닝이었다.

그리고 모든 것이 갑자기 쾅! 주먹을 날리듯, 본래의 얘기로 돌아왔다.

"에이미, 나는 너를 정말 기다렸다고." 그가 무거운 한숨을 뱉었다. "나는 항상 사랑하는 리즈가 다음 열차를 타고 도착하기를 꿈꿨어. 그게 어떤 건지 알아? 하지만 네가 어떻게 알겠어? 아니 그 누가 알 수 있겠어?"

그녀가 두 팔과 두 다리를 움직여보려고 애썼다. 그녀는 중앙홀의 서쪽 끝에 있었고, 오른쪽으로 쇠창살로 격리된 감옥처럼 보이는 매표소 창문이 보였다. 그리고 왼쪽으로는 기차 승강장의 움푹하게 들어간 그늘진 자리가 보였다. 또 그녀의 뒤와 오른쪽 모두, 창문을 가린 장막들이 뜨거운 빛과 함께 펄럭이며 요동쳤다. 앞쪽으로 30미터 정도 떨어진 거리에는 진주빛 광택으로 빛나는 그 유명한 시계를 얹어놓은 안내소가 있었다. 바로 그곳에 검은색 정장을 입은 아주 평범한 외모의 한 남자가 서 있었다. 그는 등을 꼿꼿이 펴고 턱은 조금 위로 쳐든 채 옆으로 섰으며, 왼손은 자연스럽게 정장 코트의 주머니에 넣고, 시선은 어두운 구멍 같은 터널들을 향하고 있었다.

"그녀가 마지막에 얼마나 두렵고 외로웠을까. 그녀를 달래줄 위로의 말도 한마디 듣지 못하고, 의지해 붙잡을 손 하나 없이 말이야."

여전히 그는 에이미에게는 눈길도 주지 않았다. 그녀의 주변으로는 온통 바이럴들이 몸을 구부리고 딱딱거리며, 지저귀는 새처럼 떨리는 소리를 내고 허공에 대고 손짓하고 있었다. 에이미는 바이럴들이 눈에 보이지 않는 가장 얇은 장벽에 가로막혀 있는 것 같은 느낌이 들었다.

"'내가 밤과 아침과 오후의 일들을 익히 알고 있으며, 내 삶을 찻숟가락으로 가늠해왔노라.' 혹시 네가 궁금해할까 봐 알려주는 건데, T. S. 엘리엇의 시 구절이야. 낡고 오래된 거지만, 여전히 좋은 것 중 하나야. 실존적 탈진 상태에 관한 문제를 다루는 데 있어서는 아주 똑똑하고 영리한 친구였지."

피터는 어디에 있는 거야? 바이럴들이 이미 그를 죽인 걸까? 마이클과 알리시아는 어떻게 된 거지? 물. 시간. 그녀는 그것들에도 생각이 미쳤다. 시간이 얼마나 지난 걸까? 하지만 그녀의 머리는 텅 빈 서랍처럼 이 질문에 대한 답을 찾을 수가 없었다. 그녀는 눈을 이리저리 돌리며, 무기로 쓸 만한 물건을 찾았다. 하지만 주위에 있는 거라고는 오직 거꾸로 그려진 하늘과 목을 조르듯 뛰고 있는 그녀의 심장과 바이럴뿐이었다.

"참, 나는 내 책들이 있었고, 내 생각이라는 게 있었어. 추억들도 있었고. 하지만, 그런 것들이 결국 사람을 여기까지 오게 만들어."
패닝이 잠시 멈췄다가, 말을 돌리지 않고 직설적으로 계속 이어갔다. "에이미, 이곳을 한번 생각해봐. 이곳이 한때 어땠을지 상상해보라고. 모든 사람이 발걸음을 재촉하며 여기로 몰려오고 저기로 몰려가고 그랬던 곳이야. 이런저런 약속, 수많은 밀회, 친구들과의 저녁 식사, 얼마나 눈부시게 살아 숨 쉬던 곳이었는지. 모든 인간의 삶에서 결코 원하는 만큼 가질 수 없는 거, 그건 바로 시간이야. 일할 시간, 뭔가 먹을 시간, 잠잘 시간, 죽기 전에 사랑하고 사랑받을 시간." 그가 어깨를 으쓱했다. "그런데 내가 정작 본론에서 벗어난 이야기를 하고 있네. 너는 나를 죽이려고 여기에 왔어, 안 그래?"

그리고 그제야 그가 몸을 돌려 그녀를 봤다. 그와 동시에 그의 오른손에 그녀의 검이 들려 있는 것이 드러났다.

"오직 싸울 준비를 위해 한마디한다면 말이야, 나는 이 상황이 조금도 너에게 불리하다고 생각하지 않아. 오히려 그 반대라고, 나의 친구. Au contraire, mon amie. 그런데 이건 불어야. 리즈는 항상 불어가 진정으로 교양을 갖춘 사람의 징표라고 말했어. 나는 언어에는 별로 재능이 없었는데, 한 세기라는 시간을 보내다 보면 새로운 것들도 시도하게 되지. 특별히 좋아하는 언어라도 있을까? 이탈리아어, 러시아어, 독일어, 네덜란드어, 그리스어? 라틴어는 어때? 원하면 이 모든 대화를 노르웨이어로 할 수도 있어."

아무 말도 하지 말고 조용히 있어, 에이미의 뇌가 그녀에게 요구했다. 침묵을 이용하라고, 그게 지금 네가 가진 전부니까 말이야.

패닝이 기분 나쁜 듯 얼굴이 시큰둥해졌다. "뭐, 너의 선택인 거지. 나는 단지 소소한 사담이라도 해보려고 했을 뿐이야." 그가 싫으면 관두라는 듯 손등을 가볍게 한 번 휙 휘둘러 보였다. "그럼, 어디 네 꼬락서니를 좀 살펴볼까."

그의 말과 함께, 여러 개의 손이 그녀를 붙잡았다. 크고 부드러운 수컷의 손과, 두개골에 장식을 위한 머리띠처럼 남아 있는 성긴 하얀 머리카락 몇 가닥을 빼면 아무런 특징도 없을, 수컷보다 조금 작은 암컷의 손이 그녀를 제압했다. 두 바이럴이 그녀의 팔 위쪽을 붙들고 앞으로 휙 데려가자, 그녀의 두 발이 바닥에 질질 끌려 미끄러졌다. 그리고 바이럴들은 이내 그녀를 인정사정없이 바닥에 내던져 버렸다.

"이런 망할 것들! 내가 살살 다루라고 했잖아."

뇌운처럼 가까이 다가온 패닝이 그녀의 머리 위에 서 있었고, 기분 좋은 자신만만함이 넘쳐흐르던 그의 분위기는 이를 악문 분노로 바뀌었다.

"너," 그가 칼끝을 들어 그녀를 끌고 온 큰 수컷을 가리켰다. "이리 와."

수컷의 눈에 주저하는 눈빛이 순간 번쩍 일었다가 사라졌다 — 아니 그녀가 그렇다고 착각했던 걸까? 수컷 바이럴이 앞으로 뛰어나와, 패닝의 발 앞에 무릎을 꿇고 앉은 후 제압당한 개처럼 고분고분 그의 머리를 숙였다.

패닝이 공간 전체가 울릴 정도로 목소리를 올렸다. "모두 듣고 있나? 제기랄, 내 말을 듣고 있느냐 말이야? 이 여자는 우리의 손님이라고! 너희가 하고 싶은 대로 이리저리 던지며 가지고 놀 짐짝 덩어리가 아니야! 나는 너희가 이 여자를 존중하기를 바란단 말이다!"

그가 칼을 높이 들어 올리자, 에이미가 자기 머리를 가렸다. 뭔가 금이 가 갈라지는 소리가 들린 후, 삐거덕거리는 소리가 들리더니 무거운 물건이 쿵 하고 바닥을 때리는 소리가 들렸다. 축축하고 끈적거리는 것이 그녀의 옆얼굴에 튀고, 그와 동시에 시체로 가득 찬 방의 문이 활짝 열린 것처럼 썩은 내가 풍겨왔다.

"오 제발, 이런 맙소사."

수컷 바이럴은 여전히 무릎을 꿇고 앉은 자세였고, 머리가 잘린 몸통은 앞으로 고꾸라져 바닥에 닿은 채 접혀 있었다. 머리가 잘려 나간 목이 부들부들 경련을 일으키며 검은 핏줄기를 리드미컬하게 뿜어내, 바닥에 번들거리는 피 웅덩이를 만들어냈다. 패닝이 역겨운 표정으로 자신이 입은 바지의 앞부분을 뚫어지게 바라보았다. 에이미는 그가 입은 정장이 썩고 낡아서 올이 다 드러나 보인다는 것을 알아차렸다. 그것이 어떤 형태도 없는 누더기처럼 그의 몸에 매달려 있었다.

"이것 좀 보라고." 그가 한탄했다. "이건 절대 떨어져 나가지도 않을 거야. 저들은 애완동물같이 난장판을 만들어놓는다고. 게다가 냄새가 고약하지. 그냥 끔찍해."

이건 전부 터무니없는 일이었다. 내가 뭘 예상했던 거지? 이건 아니잖아. 이렇게 시시각각 변덕을 부리는 기분과 생각의 소용돌이에 휘말리는 건 생각해보지도 않았다고. 그녀의 앞에 있는 이 남자, 패닝에게서 뭔가 애처로움마저 느껴졌다.

"자, 이제," 그가 실없이 미소를 지으며 말했다. "그럼 어디 네가 두 발로 일어서게 해볼까, 좀 도와주는 게 어때?"

그녀의 몸이 똑바로 일으켜 세워졌고, 패닝이 그녀 앞으로 다가와서는 주머니에서 손수건을 꺼냈다. 그러더니 손수건을 인상적으로 털어서 펴고 그녀 얼굴에 묻은 피를 닦아줬다. 마치 망원경을 통해 보고 있는 것처럼 이상하게 확대되어 보이는 그의 두 눈이 가깝고도 멀리 있는 것처럼 느껴졌다. 그의 양쪽 뺨과 턱에는 먼지가 앉은 것처럼 희끄무레한 수염이 나 있었다. 그의 치아들은 죽은 것처럼 회색빛을 띠었다. 아무런 음조도 없는 콧노래를 흥얼거리며, 그가 손을 놀려 그 수고스럽고 자질구레한 일을 끝내고는 뒤로 한 걸음 물러서서, 입술은 오므리고 이맛살을 찌푸린 얼굴로 고개를 천천히 끄덕이며 막 끝낸 자신의 작품을 살펴보았다.

"훨씬 좋군." 그가 그녀를 불편할 정도로 오랫동안 바라보고 나서 말했다. "너에게 뭔가 아주 매력적인 면이 있다는 걸 인정 안 할 수가 없군. 어떤 순수함 같은 거 말이야. 눈에 보이는 것 이상의 무언가가 있다는 생각이 드는군."

"피터는 어디에 있어?"

패닝의 눈이 휘둥그레졌다. "이 여자가 말을 해! 그렇지 않아도 궁금해지기 시작했는데 말이야." 그러더니 무시하는 말투로. "네 친구는 걱정하지 마. 내 생각에는 교통 체증 때문에 좀 늦어지는 것 같아. 나는 말이야, 우리 단둘이 이야기할 수 있게 되어서 기쁜데. 이 말이 너무 스스럼없다고 생각하지 않기를 바라지만, 에이미, 나는 네게 일종의 친밀감 같은 걸 느끼고 있어. 네가 조금만 생각해보면, 너와 나의 여정이 그렇게 크게 다르지 않다는 걸 이해할 수 있을 거야. 하지만 우선 나의 친구 알리시아가 어디에 있는지 말해줄래? 이 지나치게 큰 식탁용 나이프 견본품이 그녀가 이 근처 어딘가에 있다고 말해주고 있거든."

에이미가 대답하지 않았다.

"말해줄 게 없다는 거야? 마음대로 해. 에이미, 너는 네가 뭔지는 알고 있는 거야? 나는 그 문제에 대해 오랫동안 많이 생각해왔는데."

그녀는 그가 혼자 떠들게 내버려 두기로 했다. 그녀에게 필요한 건 시간이었고, 그가 시간을 일이 분 벌어주게 놔두기로 했다.

"너는…… 대용품에 지나지 않아."

패닝도 그 이상은 말하지 않았다. 바이럴들이 그녀를 꽉 붙잡고 있었고, 그는 기차 터널 쪽으로 발걸음을 옮겨 본래 서 있던 자리로 돌아가 어둠 속을 쓸쓸히 응시했다.

"아주 오랫동안 너를 죽이고 싶었어. 글쎄, 어쩌면 '싫었다'라고 말하는 건 틀린 말일지도 모르지. 나만큼이나 너도, 너 자신으로밖에는 살아갈 수 없는 거겠지. 개인적으로 안 좋은 감정을 가졌던 건 아니야. 너는 단지 내가 가장 혐오하는 것을 대표하는 상징에 지나지 않을 뿐이니까." 그가 손에 쥔 칼을 돌려가며 칼날을 살펴보았다.

"에이미, 상상해봐. 그 녀석의 어리석음을 한번 떠올려보라고. 그는 실제로 자신이 모든 걸 바로 잡을 수 있을 거라고 믿었고, 그로써 자신이 저지른 죄에 대해 속죄할 수 있다고 생각했지. 그러나 그는 그렇게 하지 못했고, 죄를 지었어. 리즈에게 한 짓과는 다르지만, 나와 너에게도." 그가 고개를 들어 위를 봤다. "그 여자는 나에게 아무것도 아니었어. 리즈가 아닌 다른 여자 말이야. 하룻밤 재미를 보려고, 보잘것없는 외로운 인생의 시시한 친구를 찾아 그냥 술집에 있던 흔해 빠진 어떤 여자. 나는 그날 일을 몹시 후회하고 있어."

에이미는 여전히 말없이 듣고만 있었다.

"나는 그 일을 잊을 수 있을 줄 알았지. 그런데 그날 밤이었어. 내 눈에는 지금도 보여. 세상의 진실이 내 앞에 숨김없이 펼쳐진 게 그날 밤이었다고. 그렇게 만든 게 그 여자는 아니야. 맞아, 그건 그 아이였어. 아기 침대에 있던 그 작은 여자아이. 너, 내 코에서 아직도 그 아이의 냄새가 난다는 거 알아, 에이미? 모든 아기에게 서 나는 달콤하고 부드러운 그 냄새. 그거야말로 현실적으로 가장 성스러운 거라고 할 수 있지. 그 아이의 작은 손가락과 발가락 그 리고 부드러운 피부. 그녀의 인생 전체가 그 여자아이의 눈 속에 담겨 있었다고. 사실 우리 모두 시작은 그렇게 해. 너도, 나도, 모 두가. 사랑으로 충만하고 희망으로 가득 차서. 내 눈에 보이더라 고, 그 작은 여자아이가 나를 믿고 있다는 게. 엄마는 죽어서 부엌 바닥에 누워 있는데, 여기 있는 이 남자가 나의 울음소리를 듣고 와줬다는 그런 신뢰감. 내가 그 아이의 입에 젖병이라도 물려줬 어야 했을까? 기저귀를 갈아주는 건 어때? 어쩌면 그 아이를 들어 올려 내 무릎에 앉혀놓고서 동화책이라도 읽어줘야 했던 건 아닌 지 모르겠어. 그 아이는 내가 무슨 짓을 했는지도 몰랐다고, 내가 뭔지도 몰랐으니까. 그 아이가 불쌍하다고 생각했어. 하지만 그게 이유는 아니야. 나는 애당초 그 아이가 태어나야만 했다는 것 때 문에 불쌍하다는 생각을 한 거야. 그 자리에서 바로 그 아이를 죽 였어야만 했어. 그랬으면 그 아이에게 자비를 베푼 게 되었을 테 니까 말이야."

그가 말을 멈췄고 정적이 흘렀다. 그러더니.

"네 표정을 보니, 내가 소름 끼치게 한다는 걸 알겠군. 정말인 데, 가끔 나도 자신에게 소름이 끼쳐. 그래도 진실은 진실이야. 우 리를 지켜보는 존재 같은 건 없어. 그게 바로 냉정한 진실의 핵심 이야. 아주 거대하고 엄청난 망상이지. 설사 그런 게 있다 해도, 그 건 우리로 하여금 그가 우리를 걱정한다고 믿게 만든 녀석 중에서도 가장 잔인한 놈일 뿐이라고. 그런 놈에게 비하면 나는 아무것도 아니야. 도대체 어떤 신이 여자아이의 엄마가 그렇게 죽게 놔두겠어? 어떻게 돼먹은 신이기에 리즈가 세상을 떠날 수 있도록 도와줄 친절한 위로의 말 한마디, 아니 그녀의 손을 잡아줄 손길 하나 없이 외롭게 죽도록 내버려 둘 수 있는 거지? 에이미, 내가 그게 어떤 존재인지 가르쳐주지. 나를 만든 바로 그 신이야."

그가 다시 그녀를 향해 돌아섰다. "너도 알잖아, 배를 타고 떠난 너의 친구들이 결국은 돌아오게 될 거라는 걸. 놀랄 필요는 없어 ─ 나는 다 알고 있으니까. 실제로 나는 그들이 배를 타고 부두를 떠나는 걸 봤어. 아 이런, 그래 아마도 그렇게 빨리 돌아오지 않을지도 모르지. 그러나 결국은 돌아와. 자신들의 호기심을 이겨내지 못할걸. 그건 매우 단순한 인간의 본성이야. 그때쯤에는 이 모든 게 먼지 부스러기가 되어버리겠지만, 그때도 나는 역시 여기에서 그들을 기다리고 있을 거야."

알리시아, 지금이야. 에이미가 생각했다. 마이클, 지금 하라고. 당장 기폭 장치를 누르라고.

"에이미, 내가 원하는 게 뭘까? 답은 아주 간단해. 나는 너를 구해주고 싶어. 음, 사실 그 이상이야. 너에게 가르쳐주고 싶어. 네가 진실을 볼 수 있도록 말이야." 그의 표정이 어두워졌다. "자, 부디저 여자를 꽉 붙잡아줬으면 좋겠어."

시간이 다 되었다. 마이클이 알리시아의 얼굴을 쳐다봤다. "준비됐어?"

그녀가 고개를 끄덕였다.

"너, 귀를 막는 게 좋을지도 몰라."

그가 플런저를 아래로 쑥 밀어 넣었다.

"이런 제길, 어떻게 된 거야, 서킷?"

그가 플런저를 당겨 올리고 다시 밀어 넣었다. 아무 일도 일어나지 않았다. 마이클이 양극의 전선을 당겨서 접촉부에 살짝 갖다대고, 세 번째로 플런저를 눌렀다. 불꽃이 튀었다.

전기는 흘렀다. 문제는 다른 쪽이었다.

"여기서 기다려."

그가 두 번째 전선을 풀어내고, 기폭 장치와 등잔을 들고서 계단 아래로 쏜살같이 내려갔다.

짧고 빠른 주먹의 강한 일격과 함께 그녀를 붙잡고 있는 바이럴들의 손아귀 힘이 더욱 강해졌다. 고통 때문에 눈물이 스며 나오고, 눈앞에는 색종이 조각을 뿌려놓은 것처럼 빛이 조각조각 춤추며 날아다녔다.

"자, 이제 그 녀석을 데려와."

피터를 말하는 거였다.

바이럴 둘이 터널 쪽에서 그를 질질 끌고 나왔다. 그의 몸이 고꾸라진 채 늘어진 모습으로 매달려 있었고, 그가 신은 부츠의 끝이 바닥을 긁었다.

"에이미, 이 방법밖에 없었어. 다른 방법이 있기를 바랐는데, 이렇게 할 수밖에 없더라고."

에이미는 뭔가를 생각할 수 있는 상태가 아니었다. 몸을 아주 살짝만 움직여도 극단적인 고통에 비명이 나왔기 때문이다. 그녀의 위쪽 팔뼈들이, 팔을 쥔 바이럴들의 손아귀 힘에 산산조각이 나서 부스러지고 먼지가 될 것만 같았다.

"아하, 이렇게 우리가 함께 모이게 됐군."

바이럴들이 여전히 피터의 어깨를 붙잡은 채 멈춰 섰다. 그의 머리카락에서 뚝뚝 떨어지는 피가, 얼굴 주름을 타고 흘러내렸다. 패닝이 그의 앞으로 다가가 칼을 뻗어 내밀었고, 에이미는 목구멍의 숨이 막혀버렸다. 패닝은 피터의 턱 아래에 칼날을 편평하게 갖다 댄 후, 잔인함이 잔뜩 묻어나는 느린 동작으로 피터의 얼굴을 천천히 위로 들어 올렸다.

"너는 이 녀석이 걱정되지, 안 그래?"

피터의 눈이 에이미를 향했지만, 제대로 초점을 맞추지는 못하는 것 같았다. 그의 입이 한숨이나 신음을 내는 것처럼 움직이기는 했으나 아무 소리도 들리지 않았다.

"질문에 대답해."

"그래." 그녀가 말했다.

"사실 이 녀석을 위해서라면 무슨 짓이라도 할 수 있을 정도일 테지."

그녀의 시야가 눈물에 가려졌다. 이렇게 쉽게 실패하다니, 세상에서 가장 끔찍한 일이었다.

"대답해, 에이미. 내가 네 말을 들을 수 있게 하란 말이야."

울먹이는 목소리로 그녀가 대답했다. "그래, 나는 그를 구하기 위해서라면 뭐든 할 수 있어." 패배감에 그녀의 머리가 앞으로 숙어졌다. 그녀에게는 남은 것이 아무것도 없었다. "제발, 그를 그냥 보내줘."

패닝이 크게 힘들이지 않고 손목을 한 번만 움직이면, 피터의 목이 종이처럼 찢어져 열릴 것이다. 피터는 죽음을 준비하며 두 눈을 감았다. 아니면 그는 다시 자비로운 무의식 속에 빠져들게 될 것이다.

"내가 뭐를 좀 보여줄까 하는데," 패닝이 말했다. "이건 내가 찾아낸 작은 재능인데, 조나스도 아주 좋아했을 거야."

그가 난데없이 옷을 벗기 시작했다. 처음에는 정장 코트를 벗어서 반으로 접어 칼과 함께 바닥에 가지런히 내려놓더니, 입고 있던 셔츠의 단추를 풀러 부채꼴 모양의 보송보송한 하얀 가슴 털과 군살 없이 탄탄한 근육질의 몸통을 드러내 보였다.

"마침내 이 옷가지들을 벗어 던질 수 있게 되다니, 기분이 좋다는 말을 안 할 수가 없군." 그러고서 무릎을 꿇고 신고 있는 신발의 끈을 풀었다. "이 장식용 마구 같은 것들도 치워버려야지."

신발, 양말과 바지. 그를 둘러싸고 있는 공기가 바뀌기 시작했다. 마치 사막의 길 위에서 일어나는 열기처럼 공기가 펄럭이며 물결치고 있었다. 그가 천장을 향해 머리를 뒤로 젖혔고, 피부는 기름기 섞인 땀이 솟아나 반들반들 윤기가 흘렀다. 혀로 입술을 천천히 핥으며, 목과 어깨를 돌리기 시작했고, 눈은 흥분 상태에 빠진 것처럼 반쯤 감겼다.

"이런 쌍, 너무 좋잖아." 그가 말했다.

뼈에서 나는 펑 하는 경쾌한 소리와 함께, 그의 등이 활처럼 휘며 쾌감으로 탄성을 내뱉었다. 딱딱하게 굳은 것처럼 보이는 머리카락들이 빳빳하게 솟아올랐고, 푸른빛의 거미줄 문신을 그려놓은 것처럼 얼굴과 가슴의 피부 아래로 굵은 핏줄들이 불끈불끈 고동쳤다. 그가 송곳니를 드러내 보이며 턱을 좌우로 굴렸고, 노란 손톱이 길게 튀어나온 손가락들도 계속 구부러졌다.

"어때…… 멋지지 않아?"

마이클이 터널에 도착했고, 알리시아는 뒤에서 그의 이름을 고함쳐 불렀다. 갑자기 사방에서 쥐 떼가 나타나더니, 오르락내리락 물결을 이루며 격벽을 향해 몰려들었다.

못이 느슨하게 헐거워졌고, 배낭이 물속에 떨어져 있는 것이 보였다. 퓨즈들이 물에 흠뻑 젖어 쓸모가 없게 되었다. "제기랄!"

그의 눈이 격벽의 바로 오른쪽 옆, 눈높이에 있는 작은 전기 패널에 가 꽂혔다. 바닥은 쥐 떼로 들끓었고, 발목 주위로 몰려든 쥐 떼가 다리에 부드럽고도 역겨운 몸을 비벼댔다. 그가 드라이버의 끝으로 패널의 문을 열고 등잔으로 안쪽을 비추며 살펴보았다.

"뒤로 물러나!"

알리시아가 그의 뒤로 불과 몇 미터 떨어진 곳에 서 있었다. 9미터쯤 떨어진 곳에 바이럴 한 마리가 바닥에 웅크리고 앉아 있었고, 또 다른 한 마리가 천장에 들러붙은 채 거꾸로 늘어진 머리를 좌우로 흔들어댔다. 바이럴의 입에는 털 없는 쥐의 꼬리가 이리저리 휘둘리고 있는 것이 보였다.

"어서 꺼져!" 바이럴들은 가만히 그녀를 쳐다보았다. "여기서 꺼지라고!"

패널 안은 차단기에 연결된 전선이 뒤죽박죽인 상태였다. 나에게 한 시간만 있다면, 마이클이 생각했다. 내가 이걸로 뭔가를 할 수 있다고, 전혀 문제없다고.

"얘네들 굶주린 것 같아, 서킷. 제발 어떻게 해야 할지 알아냈다고 말해주라."

맙소사, 그는 그 이름이 정말 마음에 안 들었다. 그는 전선들을 다 뽑아 풀어놓으며, 전선들이 어디에서 뻗어 나온 건지 알아내기 위해 일종의 규칙을 따라 일관되게 분리하는 중이었다.

"더 많이 오고 있어!"

그가 어깨 너머로 뒤를 봤다. 터널의 벽들이 초록색으로 빛나기 시작했다. 마른 나뭇잎이 포장도로 위를 굴러가는 것처럼 스르륵 삭삭거리는 소리가 들렸다. "나는 애네들이 전부 네 친구인 줄 알 았어!"

알리시아가 천장에 붙어 있는 바이럴에게 총을 쐈지만, 조준이 불안정했고 불꽃만 튀어 오르고 끝났다. 바이럴도 뒤로 미끄러져 떨어졌지만, 다시 네 발로 기어 올라왔다. "내 생각에 애들이 관심 있는 건 내가 아닌 것 같은데!"

그는 전선을 길게 잘라내 양쪽 끝을 벗겨내고 플런저에 나사로 고정했다. 전선을 손에 든 채, 그가 마지막으로 패널을 들여다봤 다. 그는 어림짐작해야만 했다. 이거? 아니, 저거야.

그의 등 뒤에서 총성이 연달아 터져 나왔다. "마이클, 농담 아니 야. 우리 이제 10초 정도밖에 시간이 없어!"

빠르게 전선의 끝을 네 번 돌려 둘의 끝을 하나로 접합해 묶었 다. 알리시아는 그가 있는 쪽으로 뒷걸음질을 치며, 단발로 짧게 짧게 총을 쏘고 있었다. 총성이 터널 벽을 타고 울리면서 그의 고 막을 두드려댔다. 맙소사, 이제는 정말 이런 일들이 지긋지긋하다 고. 어둠 속에서 추측으로 작업하는 것에 짜증이 나고, 밸브들의 누수와 불량 회로들과 고장 난 계전기들에 신물이 나고, 제대로 작동하지 않는 물건들과 그의 뜻대로 움직이지 않는 것들 모든 것 에 화가 났다.

"여기 네 도움이 필요해!" 알리시아가 고함쳤다.

총에 탄약이 다 떨어지자, 그녀가 총을 옆으로 치워버린 후 벨 트에서 한 쌍의 단검을 뽑아서 양손에 하나씩 쥐었다. 마이클이 그녀의 허리를 감싸 안더니, 자신의 품 안으로 끌어당겼다.

터널은 소용돌이치는 아수라장이 되었다.

첫 번째 바이럴이 그들을 향해 돌진하자, 둘은 뒤로 몸을 넘기며 쓰러졌고, 마이클이 권총을 뽑아 두 발을 쐈다. 한 발은 바이럴의 어깨에 맞아 불꽃을 튀기며 튕겨 나갔고, 한 발은 녀석의 왼쪽 눈에 박혔다. 피가 튀어 오르며, 기괴한 비명과 함께 녀석이 바닥에 미끄러져 나자빠졌다. 바이럴들이 격벽 쪽으로 빠르게 뒷걸음치며 물러났다. 마이클이 양쪽 발뒤꿈치로 콘크리트 바닥을 밀고 한 손으로는 악취가 진동하는 물속에서 알리시아의 허리를 안아 자기 쪽으로 끌어당기며, 권총을 쏘아댔다. 권총에는 열다섯 발의 총알이 있었고, 주머니에 넣어둔 탄창이 두 개 더 남았지만, 손이 닿지 않아 소용없었다.

총열이 뒤로 밀려나며 잠겨버렸다.

"젠장, 마이클."

그래 이제 끝이야. 여기, 끝에 다다르기까지 얼마나 오랜 시간이 흘렀던 거지? 그런데 이렇게 갑자기 찾아오다니. 우리는 정말 끝이 다가오고 있다는 생각은 하지 않았는데. 그리고 우리가 깨닫기도 전에 여기에 왔네. 그가 생각했다. 우리가 살면서 못 했던 일들뿐만 아니라, 했던 모든 일들이 한순간에 사라지는 거야. 그가 권총을 내던지고 알리시아를 품에 꼭 끌어안았고, 그의 손은 플런저 위에 얹었다.

"눈 감아." 그가 말했다.

패닝의 변화가 끝났다.

그의 얼굴은 아직 위를 향했고, 입술은 벌어졌으며 눈은 감고 있었다. 그의 가슴속 깊은 곳에서부터 만족스러운 한숨이 흘러나왔다. 그녀의 앞에 있는 존재는 한 번도 본 적이 없는, 상상조차 못해본 모습이었다. 여전히 그가 패닝이라는 것은 알아볼 수 있었지만, 완전히 사람의 모습도 아니고 완전히 바이럴의 모습도 아닌, 다른 형태의 존재가 되었다. 이것과 저것이 반반씩 섞인 혼합체, 새로운 종이 이 세상에 태어난 것 같았다. 완전히 벌어진 콧구멍이 그대로 드러나 보이는 코가 주둥이처럼 앞으로 튀어나왔고, 두 개골의 곡선 뒤로 밀려난 귀는 꼭대기가 뾰족한 삼각형 모양으로 변해 설치류처럼 보였다. 그의 머리카락들은 모두 빠지고 분홍빛의 설치류들이 갖고 태어나는 것 같은 짧은 털들로 바뀌었다. 치아는 그대로였지만, 입꼬리가 바람에 날리듯 올라가며 입이 더 커져, 입꼬리 아래로 뻗어 나온 송곳니가 숨김없이 다 드러나 보였다. 그의 팔다리도 기이하지만 섬세한 느낌을 주며 가늘게 변했고, 양손의 검지도 끝이 구부러지며 길게 늘어났다.

에이미가 보기에 그는 날개가 없는 커다란 박쥐와도 같았다.

그가 그녀를 향해 앞으로 걸어왔고, 그의 눈은 그녀의 눈을 뚫어지게 노려보았다. 그녀는 시선을 돌리고 싶었지만, 절박한 마음과는 상관없이 감히 눈을 돌릴 수가 없었다. 공포가 그녀의 팔다리를 마비시켰다. 팔다리가 멀리 있는 것처럼 아무 쓸모도 없게 느껴졌으며, 힘이 풀려 액체처럼 흐물거렸다. 패닝이 가까이 오면서 그의 오른팔을 들어 올렸다. 손가락 사이사이가 물갈퀴처럼 반투명의 막으로 채워져 있었다. 가운데 부분이 연결된 단검 같은 검지가 그녀를 향해 펼쳐졌다. 본능적으로 그녀가 눈을 꽉 감았다. 그녀의 뺨을 찌르는 손가락의 힘이 피부를 뚫고 들어갈 만큼 세지는 않았지만, 그녀의 모든 세포는 치를 떨며 부들부들 떨었다. 그의 손톱이 음탕하게 느껴질 정도의 느긋함으로 그녀의 얼굴 곡선을 따라 아래로 내려갔다. 마치 그가 손가락 끝을 통해 그녀의 살을 맛보는 것만 같았다.

"이렇게 진실을 드러낼 수 있다니 얼마나 좋아."

그의 목소리도 바뀌었는데, 높고 찍찍거리는 소리가 목소리 속에 숨겨진 것처럼 느껴졌다. 그의 주변 공기에서는 동물의 냄새가 나기도 했다. 세상에서 굴을 파고 살아가는 작은 것들의 냄새가.

"눈을 떠, 에이미."

패닝은 피터의 옆에 서 있었고, 바이럴들이 피터가 똑바로 서도록 붙잡았다.

"리즈가 나에게 저주가 되었듯이, 너에게는 이 녀석이 저주가 됐어. 에이미, 사랑은 우리를 노예로 만들지. 인간으로서의 우리 삶의 비극적인 드라마가 펼쳐지는 무대인 연극 속에 들어 있는 또 하나의 연극인 셈이지. 이게 내가 너에게 가르쳐주고 싶은 교훈이야."

그리고 이 말을 마친 패닝은 마치 엄마가 아이에게 하듯 물갈퀴가 있는 긴 손가락 끝으로 피터의 얼굴을 부드럽게 위로 들어 올리고, 턱을 벌려 그의 목을 꽉 물었다.

플런저로부터 삐거덕거리며 흐르는 전류는 격벽을 모두 날려버리기에는 부족했지만, 기대했던 일들이 벌어지기에는 충분했다. 격벽의 평형추가 덜컥 아래로 떨어지자 터널의 바닥과 격벽 사이에 틈이 벌어졌고, 그 사이로 쏟아져 들어오는 격류에 마이클과 알리시아가 휩쓸렸다. 잠깐 사이에 터널 안은 포효하는 물살이 흐르는 강이 되어버렸다. 마이클이 몸을 일으키려고 했지만, 물살의 힘이 너무 세 몸을 멈춰 세울 만한 기회를 찾을 수가 없었고, 둘은 소용돌이치는 물속에서 구르며 휩쓸려갔다.

그들은 총알처럼 역까지 밀려 나갔다. 그들에게 도움될 만한 충분한 빛은 보이지 않았고, 그들이 지나가는 짧은 순간 동안 계단을 따라 흘러 들어온 희미한 햇빛만이 스치고 지나갔을 뿐이다. 더럽고 역겨운 맛이 나는 물이 그의 코와 입으로 쏟아져 들어와 — 그는 그게 틀림없이 쥐들에게서 나는 맛일 거라고 상상했다 — 질식해 죽을 것만 같았다. 그들은 물살을 타고 승강장 바로 아래쪽을 따라 흘러갔다. 알리시아의 허리를 감싼 채, 마이클은 자유로운 나머지 한 손을 뻗어 승강장 가장자리를 붙잡으려 했지만, 물살에 떠밀려 떨어져 나갈 뿐이었다.

그들은 역을 벗어나 버렸다. 물의 수위는 계속 빠르게 높아졌고, 곧 둘의 머리도 잠길 것 같았다. 다음 역은 14번가에 있었는데, 거리가 매우 멀었다. 앞쪽에 희미한 빛이 나타났다. 그들이 가까이 가자, 빛이 별도의 수직 통로 즉 터널 지붕의 열려 있는 구멍에서 들어오는 것이 보였다.

"저기 사다리가 있어!" 알리시아가 소리를 질렀으나, 그녀의 머리가 물밑으로 잠겨버렸다.

"뭐라고?"

그녀의 얼굴이 다시 물밑에서 올라와, 허겁지겁 숨을 쉬려고 애썼다. 그녀가 손으로 가리키며 말했다. "벽에 사다리가 있어!"

둘은 사다리를 향해 곧장 헤엄쳤다. 알리시아가 먼저 사다리를 잡았고, 마이클이 그녀의 몸 주위를 빙글 돌더니 왼손을 뻗어 가로대를 잡고 팔꿈치를 그 안으로 밀어 넣어 팔을 걸었다. 사다리 꼭대기에는 금속 격자판이 있는 것이 보였고, 그 너머에서 햇빛이 들어왔다.

"할 수 있겠어?" 마이클이 물었다.

거센 물살이 계속 그들을 때렸다. 리시가 고개를 저었다.

"빌어먹을, 해보라고!"

알리시아는 탈진했고, 남은 힘이라고는 아무것도 없었다. "나는 못 해."

그가 그녀를 끌어올려야만 했다. 마이클이 그녀의 머리 위쪽으로 몸을 옮기며 물속에서 빠져나왔다. 위에 있는 금속 격자도 또 다른 문젯거리가 되었다. 격자를 열 방법을 찾지 못하면, 어찌 되었건 둘은 익사할 수밖에 없었다. 사다리 꼭대기에서 한 손을 올려 격자를 밀었다. 꿈쩍도 하지 않았다. 몸을 뒤로 젖힌 후 박판을 덧댄 금속에 손바닥을 대고 밀었다. 격자를 한번 두번 계속 때렸다. 네 번째, 격자가 활짝 열렸다.

그가 격자를 옆으로 밀고 올라와, 몸을 도로 바닥에 대고 엎드렸다. 수위가 올라가며 물이 알리시아의 몸을 사다리 중간 부분까지 올려놓았다. 햇빛이 그녀의 얼굴 주위로 후광을 만들어놓은 것 같았다.

그가 아래로 손을 뻗었다. "내 손을 잡아……."

하지만 그게 그가 말한 전부였다. 그의 말은 간헐 온천처럼 금속 격자가 있던 구멍을 통해 터져 나와 그녀와 그를 덮친 물기둥에 막혀 끊어지고, 그의 몸은 거리를 반쯤 날아가 떨어졌다.

욕심 많은 대서양 바닷물로부터 맨해튼의 지하철 노선들을 보호하는 여덟 개의 둑 가운데 하나인, 애스터 플레이스역의 바로 남쪽에 있던 격벽의 붕괴는 마이클을 포함해 누구도 예상하지 못했던 일련의 사건들의 첫 시작이었다. 격벽에 막혀 있던 물이 해방의 기쁨을 맛보자, 100여 대의 기관차가 폭주하는 것과 같은 힘으로 터널을 헤집으며 쏟아져 들어왔다. 모든 걸 잡아 뜯고 찢어 놓았고, 조각조각 부숴버렸다. 밀밭을 가르는 커다란 낫처럼 맨해튼 남부의 구조적 기초들을 갈아엎으며, 폭파하고 부수고 파괴했다. 애스터 플레이스 북쪽으로 여덟 블록 떨어진 14번가에서는 물이 경로를 이탈했다. 물의 본류는 렉싱턴가 아래로 그랜드 센트럴을 향해 곧장 북쪽으로 쇄도했지만, 나머지는 브로드웨이 노선을 따라 서쪽으로 방향을 틀어 타임스 스퀘어에 있는 격벽을 향해 들이닥쳤고, 브로드웨이와 8번가 사이에 있는 42번가 남쪽 도로 아래에 있는 모든 것들을 쓸어버리며 웨스트 사이드 지역 전체를 무방비 상태로 바닷물에 노출했다.

그런데 그마저도 단지 시작에 불과한 것이었다.

천둥 번개가 치는 소리와 함께, 물이 파괴의 흔적을 남겨놓았다. 맨홀 뚜껑들이 하늘로 높이 치솟아 오르고, 하수구가 폭발하고, 거리가 뒤틀리며 무너져 내렸다. 땅 밑에서는 연쇄 반응이 일어나기 시작했다. 원래 속해 있던 바다처럼, 거센 물은 영역을 확장해 나가는 길만을 찾아 쫓기 시작했고, 그 보상은 한 세기 동안 철저하게 방치되어 속까지 썩어 있던 섬 자체였다.

10번가와 14번가의 모퉁이에서 마이클은 정신이 돌아왔지만, 뒤바뀐 세상과 중력에 대한 감각이 완전하게 회복되지 않은 불안정한 상태였다. 마치 모든 물체가 서로를 밀어내며 멀어지는 것이 일반적이고 정상적인 상태인 것처럼 보였다. 그가 눈을 깜박이며 이런 느낌이 멈추기를 기다렸지만, 그런 상태는 계속되었다. 엄청난 양의 물기둥이 금속 격자가 있던 구멍에서 뿜어져 나와, 하늘로 높이 솟구쳤고, 그 물기둥 끝에서 부서지며 반짝이는 작은 물방울이 된 후에는 범람한 거리 위에 무지개를 그려놓았다. 마이클은 정신이 멍한 상태에서 놀라움을 금치 못하며 그 장면을 바라보았고, 막연하게 다른 일들이 일어나고 있다는 걸 알면서도 그 광경을 다른 상황과 연결하지 못했다. 요란한 일들, 세상을 뒤흔들 일들, 그가 집중할 수만 있다면 더 생각하고 고민해야만 할 일들 말이다. 거리가 가라앉는 것처럼 보였다 ― 그게 아니라면 다른 것들이 점점 키가 자라나는 것처럼 보였다 ― 그리고 건물들의 벽면으로부터 조각들이 떨어져 나오고 있었다.

잠깐만.

그가 바라보고 있는 구조물이 ― 별 특징이 없는 중간 높이의 검게 착색된 유리로 이루어진 건물이 ― 이상하게 움직였다. 그 모습은 마치 건물이…… 숨을 쉬고 있는 것 같았다. 세상에 태어나서 첫 호흡을 하는 아기처럼, 건물이 깊은 호흡을 하는 것 같은 굴곡을 만들어냈다. 이 섬에 있는 수천 개의 건물 가운데 하나인 이 이름 없는 구조물이 수십 년간 버려진 채 잠들어 있다가 깨어나는 것 같았다. 반짝이는 건물의 벽면에 거미줄 같은 균열들이 생겨났다. 마이클은 손바닥으로 균형을 잡으며 몸을 똑바로 세워 앉았다. 무릎 아래 포장도로가 불안하게 출렁이기 시작했다.

건물 벽면의 유리창들이 폭발했다.

마이클이 몸을 굴려 바닥에 납작 엎드려, 수백만 개의 유리 조각이 떨어지는 가운데 머리를 감쌌다. 유리창이 모두 폭발해 도로 위로 떨어졌다. 그는 있는 힘껏 비명을 질렀다. 터무니없는 말들과 지독한 저주들과 공포에 대한 청각적인 토사물을 쏟아냈다. 그는 자신이 갈기갈기 찢겨 나갈 것 같았다. 땅에 묻을 살점 하나 남지 않을 것 같았고, 땅에 묻어 줄 사람조차 없을 것 같았다. 몇 초가 지나고, 유리 조각들이 주위로 흘러넘쳤고, 그는 그날 두 번째로 자기가 죽을 시간을 기다렸다.

그는 죽지 않았다.

그가 바닥에서 얼굴을 떼고, 고개를 들어 올렸다. 해가 지고, 공기도 어둑해졌다. 작고 반짝이는 조각들이 팔과 손과 머리카락과 옷에 들러붙어 뒤덮였다. 거친 바람이 공기를 휘저었다. 하늘은 눈을 뿌리기 시작한 것 같았다. 아니, 눈이 아니라 종이였다. 종이 한 장이 그의 양손 위에 천천히 내려앉았다. "메모"라고 제일 윗부분에 쓰여 있고, 아래에는 "발신인: 인사 관리부. 수신인: 모든 피고용인. 전달/회신 사항: 직원 혜택 등록 기간." 마이클은 이 단어들이 주는 이상한 느낌에 순간적으로 마음이 꽂혔다. 그 말들이 암호인 것 같았다. 그 불가사의한 문구들 속에는 모든 현실, 시간 속에 잊힌 세상이 담겨 있었다.

갑자기 그 종이가 없어졌다. 돌풍이 손에서 종이를 빼앗아갔다. 거리가 어두워지고, 왼편에서 울부짖는 소리가 들려왔다. 1초 2초가 지나며 그 소리가 점점 커지며, 바람도 더 거세게 불어왔다. 그가 고개를 돌려, 소리가 들려오는 시 외곽 쪽을 쳐다봤다.

거대한 회색의 괴물이 그를 향해 울부짖으며 달려왔다.

그는 허둥지둥 일어났다. 빙빙 도는 머리는 어지러웠고, 다리는 물을 잔뜩 머금은 모래같이 느껴졌다.

그래도 그는 죽을 것처럼 미친 듯 뛰었다.

첫 번째 무너져 내린 건물은, 마이클이 보았던 그 건물이 아니었다. 그때는 이미 맨해튼 미드타운이 붕괴한 지 몇 분이 지난 후였다. 센트럴 파크의 남쪽 가장자리부터 워싱턴 스퀘어에 이르기까지 크고 작은 건물들이 급격한 구조적 액상화 과정에 있었고, 섬의 중앙 핵심부가 되어 모든 걸 게걸스럽게 빨아들이는 싱크홀 속으로 녹아내리고 쓰러졌다. 일부 건물들은 총살형을 집행하는 소총수들의 탄환에 쓰러진 죄수들처럼 하나씩 그들의 토대 속으로 무너져 내렸지만, 다른 건물들은 옆의 건물들이 불안정하게 기울어지며 덮쳐 쓰러뜨리는 과정을 따라 함께 무너졌다. 55번가와 브로드웨이의 사다리꼴 블록 동쪽에 있는 거대한 유리 탑 같은 몇몇 빌딩들은 그러한 징후만으로도 완전히 굴복해 무너지는 것처럼 보였다. 내 친구들도 유령에게 항복하고 있는데 — 나도 그러면 안 될까? 그 과정은 빠르게 진행되는 암의 전이에 비유할 만했다. 장기에서 장기로 전이가 일어나는 것처럼 대로들을 가로질러 뛰어가듯 일어났고, 피의 거리를 휘저으며, 치명적인 손가락으로 강철 뼈대들을 감싸 쥐었다. 먼지구름이 발암성 역류를 일으키며 굉음과 함께 하늘을 까맣게 가렸다.

밤이 아닌 밤이 맨해튼에 찾아왔다.

그랜드 센트럴역 아래도 두 방향으로부터 물이 들이닥쳤다. 애스터 플레이스로부터 렉싱턴 애비뉴 노선을 따라 한 줄기가 들이닥쳤고, 그러고 나서 몇 초 후 타임스 스퀘어로부터 42번가 왕복 노선을 따라 다른 한 줄기가 밀고 들어왔다. 쓰나미가 해변으로 다가오며 물 위에 물이 눌리고 눌려 몸집을 키우듯, 모든 물이 모여들어 계단 위로 솟구쳐 오르며 힘이 천 배씩 늘어났다.

"너, 이 배은망덕한 년!" 패닝이 고함을 질렀다. "무슨 짓을 한 거야?"

그의 말도 거기까지였다. 그곳에도 물이 거침없이 들이닥쳐 거대한 벽을 이루며 그들의 몸을 내동댕이쳤다. 에이미가 쓰러졌다. 몸이 이리저리 구르고 내던져지고, 방향 감각을 완전히 잃었다. 물의 높이는 1.8미터에 이르고도 계속 높아졌다. 유리들이 산산조각이 나고, 물건들이 떨어져 나가고 모든 것이 혼란에 빠졌다. 그녀가 물 위로 얼굴을 내밀고 올라오자마자 중앙홀의 높은 유리창이 안쪽으로 깨지며 물이 밀려 들어오는 것이 보였다. 물살이 그녀를 잡아채 다시 아래로 처박았고, 그녀는 잡을 것을 찾기 위해 필사적으로 몸을 휘저었다. 바이럴 하나가 그녀 쪽으로 거세게 떠밀려 오는 것이 보였다. 머리카락이 남아 있던 바로 그 암컷 바이럴이었다. 으르렁거리는 어두운 물속에서, 에이미가 스쳐 지나가는 그 바이럴의 눈을 힐끗 쳐다보았다. 암컷 바이럴은 이해가 안 되는 상황 때문에 겁에 질려 있었다. 바이럴의 몸은 계속 가라앉았고, 마침내 사라졌다.

에이미의 몸이 발코니 계단 쪽으로 휩쓸려 갔다. 그녀의 몸이 강하게 부딪혔다 ─ 여러 번 더 부딪히며, 더 많은 통증이 느껴졌고 ─ 그래도 가까스로 계단의 난간을 오른손으로 붙잡았다. 공기가 모자란 그녀의 폐가 꺼이꺼이 소리를 내며 심하게 요동쳤고, 입에서는 하얀 거품이 올라왔다. 숨을 쉬어야 한다는 충동을 더는 참을 수가 없었다. 할 수 있는 유일한 일은 안전한 곳에 가 닿기를 바라며, 물살에 몸을 맡기는 것뿐이었다.

계단의 난간을 붙잡았던 손을 놓았다.

그녀의 몸이 다시 계단으로 밀려가 부딪혔지만, 이번에는 적어도 잘못된 방향으로 가지는 않았다. 만약 터널 속으로 떠밀려 갔다면, 아마 익사했을 것이다. 거센 물살이 다시 그녀를 덮치자 몸이 위쪽으로 밀려 올라갔다.

마침내 물에서 완전히 벗어나 발코니로 올라갔다. 양팔과 두 무릎으로 몸을 지탱하고 엎드린 채 기침하고 헛구역질했다. 더러운 악취가 나는 물이 그녀의 입에서 쏟아져 나왔다.

피터.

같은 물살의 힘에 떠밀려 올라온 그가 불과 몇 발자국 뒤에 누워 있었다. 패닝은 어디 있지? 그도 다른 바이럴들처럼 아래로 처박혀, 몸무게 때문에 바닥으로 휩쓸려 들어간 걸까? 그녀가 이런 생각을 하고 있는데, 갑자기 바닥이 들썩거리고, 공기가 갈라지는 것 같은 날카로운 소리가 들렸다. 그녀가 고개를 번쩍 들어 위를 보자, 천장이 부서지며 커다란 덩어리가 떨어져 나와 물속으로 곤두박질치는 것이 보였다.

건물이 무너져 내렸다.

피터의 가슴이 빠르게 뛰었다. 그러나 아직 모습이 변하기 시작하지는 않았다. 에이미가 어깨를 흔들며 이름을 부르자, 그가 껌뻑이며 눈을 뜨고는 곁눈으로 그녀를 빤히 보았다. 그러나 그녀는 자신을 제대로 알아보지 못하는 그의 눈에서 오로지 막연한 당혹감이 느껴질 뿐, 의식이 돌아왔다는 흔적을 찾아볼 수 없었다.

"내가 당신을 여기서 데리고 나갈 거예요."

그녀가 팔을 부축해 피터를 일으켜 세우고는, 그의 몸을 자신의 오른쪽 어깨 위에 짊어졌다. 그녀의 몸이 균형을 잃고 휘청거리기는 했지만, 그래도 에이미가 가까스로 몸의 중심을 유지할 수는 있었다. 바닥이 배의 갑판처럼 미끄럽고 출렁거렸다. 건물의 기초가 무너지자, 천장이 계속 부서지며 커다란 잔해들이 떨어지기 시작했다.

그녀가 주위를 둘러보니 오른쪽으로 문이 보였다.

뛰자, 그녀가 생각했다. 뛰어, 그냥 계속 뛰어.

그리고 둘이 정말 밖으로 나온 건지 확신할 수 없지만, 어쨌든 밖으로 나왔다. 하늘은 밤처럼 어두웠고, 태양은 먼지에 가렸으며, 거대한 도시의 모습은 어디서도 알아볼 수가 없었다. 도시가 거대한 제물이 된 것 같았고, 모든 게 빠르게 파괴되고 있었다. 사방에서 들려오는 찢어지는 듯한 무시무시한 굉음이 그녀의 귀를 사정없이 때렸다. 그녀는 역 서쪽의 고가도로 위에 있는데, 고가도로는 불안정하게 기울어진 채 균열이 퍼지며 도로 전체가 무너져 내리는 중이었다. 에이미가 방향을 하나 선택해 뛰었지만, 피터를 짊어진 그녀로서는 조깅을 하는 것 이상의 속도를 낼 수 없었다. 그녀가 믿고 의지할 건 본능 하나뿐이었다. 뛰어. 살아야 해. 피터를 데리고 벗어나.

도로는 거리 쪽으로 경사가 졌다. 다리 힘이 풀린 에이미는 더는 갈 수 없었다. 램프의 아래에서 피터를 바닥에 내려놓았다. 그가 몸을 부들부들 떨었는데, 오한으로 떠는 것처럼 심하지는 않았고 빠르게 경련을 일으켰다. 하지만 점점 강도가 세지면서 경련이 뚜렷해졌다. 에이미는 그가 원하는 게 무엇인지 알았다. 그는 자신이 인간의 모습으로 남아 있을 때 죽고 싶어 할 것이 분명했다. 치명적인 도구들은 잔해들 가운데 여기저기 널려 있었다. 칼처럼 날카로운 콘크리트 보강용 철근, 뒤틀린 금속 덩어리, 날카로운 유리 조각. 그리고 그녀는 갑자기 깨달았다. 그것이 패닝이 처음부터 의도했던 거라는 걸. 피터를 죽이는 사람이 자신이어야만 했다는 걸. 에이미, 사랑은 우리를 노예로 만들지. 그녀는 패배했고, 결국 모든 것이 수포로 돌아갔다. 그녀는 다시 혼자 남게 되었다.

그녀는 그의 옆에 무릎을 꿇고 앉아 오열하며 고개를 마구 저었고, 한 세기 동안 참고 미루어놨던 고통이 폭발했다. 그녀에게 주어진 삶의 모습들, 얼마나 덧없는 것들이었는지. 아마도 없었다면 더 좋았을 것이다. 피터가 신음하기 시작했다. 바이러스가 그의 안을 휘저었고, 점점 그를 소멸시키고 있었다.

그녀가 삼각형 모양으로 끝이 뾰족한 90센티미터 정도 되어 보이는 강철을 집어 들었다. 이건 뭐에 쓰던 거지? 표지판의 일부였을까? 한때 바쁜 세상을 내다보던 창틀의 일부는 아니었을까? 하늘을 찌를 것 같은 거대한 건물들의 기초 중 일부였을까? 그녀가 다시 피터의 옆에 무릎을 꿇고 앉았다. 피터 안에 있는 그가 사라지고 있었다. 그녀가 몸을 숙이고 그의 뺨을 어루만졌다. 그의 피부는 축축했고 열기가 느껴졌다. 깜빡거리기 시작했다. 깜박. 깜박. 깜박.

뒤에서 목소리가 들렸다. "이런 빌어먹을!"

그녀의 몸이 허공을 날았다.

마이클이 4번가를 미친 듯이 뛰어가고, 그의 뒤로 잔해와 부스러기들이 소나기처럼 쏟아지며 굉음을 내고 있었다. 그것을 앞서 갈 방법이 없을 것 같았다. 8번가에서 그가 오른쪽으로 방향을 틀었다. 블록의 끝에서 앞뒤로 토네이도가 윙윙거리는 듯한 어마어마한 소리를 내며 잔해와 부스러기로 이루어진 구름이 지나가는 것 같더니, 마치 뒤늦게 그가 있다는 사실을 깨닫기라도 한 것처럼 — 아차, 이런 마이클 미안해, 너를 깜박했잖아 — 모퉁이를 돌아 양쪽에서 그를 향해 돌진해 왔다. 그는 가장 가까이에 있는 문을 열고 뛰어 들어가, 급히 문을 쾅 소리가 나도록 닫았다. 옷 가게였는데 코트와 드레스와 셔츠들이 진열대에 걸려 있고, 높은 단 위에 올려진 마네킹이 보이는 커다란 창문이 거리를 향해 나 있었다.

구름 같은 잔해와 부스러기가 도착했다.

창문이 안쪽으로 터지며 깨졌고, 마이클은 눈을 보호하기 위해 두 손을 재빠르게 올렸다. 먼지가 가게 안을 집어삼키며 그를 뒤로 내동댕이쳤다. 그의 팔과 손, 목의 아랫부분 그리고 얼굴 일부가 창문의 폭발에 그대로 노출되었고, 마치 벌 떼에게 공격당한 것처럼 몸 전체에서 송곳으로 찌르는 듯한 통증이 느껴졌다. 일어나 보려는 순간 자신의 오른쪽 허벅지에 긴 유리 조각이 박혀 있는 것을 발견했다. 많이 아프지 않은 것이 이상했는데 — 정말 지옥 불에 덴 것처럼 아팠어야 했는데 — 곧바로 통증이 느껴지며 다른 생각들을 모두 지워버렸다. 마이클이 기침하고 숨을 제대로 쉬지 못한 채로 먼지 더미 속에서 뒹굴었다. 그가 허둥지둥 창문으로부터 뒷걸음질을 쳐 물러나다가 진열대에 부딪혔고, 옷걸이에서 셔츠 하나를 힘껏 잡아당겨 벗겨냈다. 셔츠는 거즈처럼 얇고 비치는 소재로 만들어졌는데, 마이클은 그걸 주먹으로 둘둘 말아서 입과 코를 틀어막았다. 가쁜 호흡으로 숨을 들이쉬자 폐로 다시 산소가 흘러 들어갔다.

그가 셔츠로 얼굴 아래쪽 반을 가리고, 따끔거리는 눈으로 어두운 거리를 내다봤다. 그는 잔해와 부스러기의 구름 안에 있었다. 잔해와 부스러기들이 도로와 버려진 차량 위에 떨어지는 희미한 소리를 빼고는 모든 것이 조용했다. 손과 팔은 피에 젖어 미끈거렸고, 긴 유리 조각이 박힌 다리는 조금만 움직여도 비명이 나올 만큼 아팠다. 그는 칼을 뽑아 유리 조각이 박혀 있는 바지의 다리 부분을 자르고 찢어냈다. 가장자리가 불규칙한 모양으로 약간 휘어진 길고 좁은 유리 조각이 무릎과 사타구니 사이의 안쪽 다리 옆에 비스듬히 박혀 있었다. 맙소사, 그가 생각했다. 몇 센티미터만 더 높았으면, 내 고환이 싹 다 잘려 나갔겠는데.

그가 머리 위로 손을 올려 셔츠를 하나 더 끌어내린 후, 그것으로 드러나 있는 유리 조각의 끝을 칭칭 감았다. 유리 조각을 잡아 빼내면 상처가 더 크게 벌어질 것으로 짐작하기는 했지만, 그 고통은 정말 참기가 힘든 것이었다. 하지만 그 조각을 빼내지 않으면, 그가 어디로도 몸을 움직여 갈 수가 없는 것도 사실이었다. 최선의 방법은 빨리 끝내는 것뿐이었다.

셔츠로 칭칭 감아놓은 유리 조각의 끝을 주먹으로 꽉 쥐고서, 셋을 세고는 힘껏 당겼다.

블록 위아래로 먼지 속에서 움직이던 사람 크기의 형체들이 마이클의 비명을 듣고서 가던 길을 멈추고 그가 있는 쪽을 향해 고개를 돌렸다.

"여기는 신전이었단 말이다!"

패닝의 손이 에이미의 뺨을 스치고 지나갔다. 그 바람에 그녀가 뒷걸음질을 치며 뒤로 물러났다.

"네가 나에게 이런 짓을 한 거야? 나의 도시에다가?"

그녀가 얼굴을 보호하기 위해 손을 들어 올렸다. 패닝이 그녀의 멱살을 잡은 뒤 발이 땅에서 떨어질 때까지 들어 올린 후 냅다 던져버렸다.

"이제부터 너는 나와 함께 지내야 할 거야. 그리고 내가 너를 죽여주기를 바라겠지. 죽여달라고 애원하게 될걸."

그는 그녀에게 계속 몇 번이고 달려들었다. 던지고, 때리고, 걸어차고. 그녀는 자신이 얼굴을 바닥에 대고 엎어져 있다는 걸 깨달았다. 세상과 동떨어진 느낌이 들었다. 머리가 빠릿빠릿 돌지 않으며 붕 뜬 것처럼 불안정하게 느껴졌다. 한 대만 더 맞으면 정신이 끈 떨어진 풍선이 하늘로 빨려 올라가듯 몸을 떠나 위로 올라갈, 영구적이고 최종적인 위기의 순간에 놓일 것 같았다.

그러나, 그녀의 마음이 포기하고 죽음을 받아들이는 것을 막아섰다. 모든 감각과 반대로, 마음이 그녀에게 버티라고 시켰다. 패닝은 그녀의 뒤쪽 어딘가에 있었는데, 에이미는 그를 물리적인 존재로서 인식하기보다는, 자신이 계속 빨려 들어가는 어두운 구멍의 중력과도 같은 추상적인 힘의 존재로 인식하는 것에 가까웠다. 그녀가 기어가기 시작했다. 패닝은 왜 그녀를 그냥 죽이지 않는 거야? 그러나 그렇게 말하고 있는 건 패닝 자신이었고, 그는 그녀가 그걸 느끼기를 원했다. 그는 그녀 스스로 생명이 한 방울 한 방울 빠져나가는 것을 느끼길 원했다.

"나를 봐!"

그녀의 몸통, 횡격막에 금이 가는 소리와 함께 몸이 바닥에서 떠올랐다. 패닝이 발로 걷어찬 거였다. 그녀의 가슴에서 강한 바람이 터져 나왔다.

"나를 보라고 말했잖아!"

그가 다시 걷어찼고, 그의 발이 그녀의 흉골 밑에 가 박히며 몸이 뒤집혀 바닥에 등을 대고 누운 자세가 되었다.

그가 자기 머리 위로 칼을 높이 쳐들고 있었다.

"우리는 저 안내소 앞에서 만나기로 했단 말이야!"

우리라고?

"너도 거기에 있겠다고 했잖아! 네 입으로 우리가 함께하게 될 거라고 했잖아!"

그의 눈에 뭐가 보이는 거지? 내가 그에게 누구로 보이는 거지? 몸의 변화가 그의 정신에 문제를 일으킨 거였다.

"나는 너를 사랑하지 말았어야 했다고!"

그가 칼을 내리치는 순간 에이미가 몸을 굴려 피했다. 칼이 쨍그렁 소리를 크게 울리며 도로에 부딪쳤고, 그가 다친 짐승처럼 울부짖었다.

"나는 너와 함께 죽고 싶었단 말이야!"

그녀는 다시 바닥에 등을 대고 누웠고, 패닝도 다시 칼을 머리 위로 들어 올리며 휘두르려고 했다. 그녀가 두려움을 참으며 두 팔을 들어 올렸다. 단 한 번의 기회밖에 없었다.

"팀, 그러지 마."

패닝이 얼어붙었다.

"나도 거기에 가고 싶었어. 당신과 함께 있으려고 했어. 그게 내가 원하는 전부였다고."

칼을 든 그의 팔에 더 힘이 들어갔다. 어느 순간에라도, 칼날이 그녀를 향해 떨어질 수 있었다. "나는 밤새도록 너를 기다렸다고! 어떻게 나에게 그럴 수 있었지? 왜 오지 않았어? 왜?"

"내가…… 죽었기 때문이야, 팀."

잠시 아무 일도 일어나지 않았다. 모든 게 정지되었다. 제발, 에이미가 마음속으로 빌었다.

"네가…… 죽었다고."

"그래, 미안해. 그럴 생각이 아니었어."

그의 목소리가 힘을 잃었다. "기차에서."

에이미가 목소리를 침착하게 유지하며, 조심스럽게 말했다. "그래, 나는 당신을 보러 오는 중이었어. 사람들이 나를 데리고 갔고, 나는 어떻게 할 방법이 없었어."

패닝의 시선이 그녀의 얼굴을 떠나 멀리 떠돌았다. 그가 주위를 불안하게 둘러보았다.

"하지만, 내가 지금 여기에 있잖아. 그게 중요한 거야. 시간이 너무 오래 걸려서 미안해."

그녀가 얼마나 더 오래 거짓말을 할 수 있을까? 패닝이 들고 있는 칼이 가장 중요했다. 칼을 그녀에게 건네주도록 패닝을 설득할 수만 있다면…….

"우리는 아직도 그렇게 할 수 있어." 그녀가 말했다. "우리가 계획했던 것처럼 영원히 함께할 방법이 있어."

그가 다시 그녀를 쳐다봤다.

"나와 함께 가, 팀. 우리 둘이 갈 수 있는 곳이 있어. 내가 봐두었어."

패닝이 아무 말도 하지 않았고, 에이미는 자기 말에 그의 마음이 끌리고 있는 것을 느꼈다.

"그게 어딘데?" 그가 물었다.

"우리가 다시 시작할 수 있는 곳이야. 이번에는 제대로 할 수 있다고. 당신은 그 칼을 내게 주기만 하면 돼." 그녀가 팔을 뻗었다. "나와 같이 가, 팀."

패닝의 시선이 그녀의 두 눈에 고정되었다. 그 남자가 살아온 과거 전체가, 모든 것이 그 안에 담겨 있었다. 고통, 외로움, 끝나지 않는 그가 살아 있는 시간, 그리고.

"너."

그의 의식이 그녀를 떠나 되돌아가고 있었다. "나에게 그 칼을 줘, 팀. 그렇게만 하면 돼."

"너는 그녀가 아니야."

그녀는 모든 게 헛수고가 되어버린 걸 알아차렸다. "팀, 나야. 리즈라고."

"너는…… 에이미야."

45미터 떨어진 곳에 피터가 얼굴을 위로 하고 바닥에 누운 채, 그에게서 피터 잭슨이라는 남자가 지워지기 시작했다.

그의 정신이 두 개의 세계 사이에 걸쳐 있었다. 첫 번째는, 패닝이 에이미를 공중으로 던지고 있는 어둠과 소동의 세계였다. 피터도 그 상황을 어렴풋이 느끼기는 했지만, 왜 그런 일이 일어나야만 했는지는 기억할 수 없었다. 한쪽에 버려진 채, 그는 그 상황에 끼어들 수도 없었고, 행동을 취할 힘도 없었으며, 아예 몸을 움직일 힘 자체가 없었다.

다른 하나는 창문이었다.

창문에 드리워진 그늘이 여름의 햇빛에 반짝이고 있었다. 데자뷰처럼, 그 모습이 익숙하게 느껴졌다. 창문, 그가 생각했다. 내가 죽어가는 게 틀림없나 보군. 현실 속으로 돌아가기 위해 눈의 초점을 맞추려고 애쓰자, 그 빛이 달라지기 시작했다. 그의 마음속에 보이던 창이 아니라 구체적 형태가 있는 다른 무언가로 변하고 있었다. 먼지로 가득 찬 어둠 속에 저 위의 세상으로 이어지는 통로처럼 구멍이 생기고, 그 구멍을 통해 빛나는 형체 하나가 나타났다. 그리고 그 형체는 그의 기억을 자극했다. 그가 그 모습을 기억해낼 수만 있다면, 그게 무엇인지 알아봤을 것이다. 그 모습이 또렷해졌다. 여러 층으로 이루어진 왕관과 비슷한 모양이며, 각층은 뾰족한 끝을 향해 아치를 그리며 좁아졌다. 그것의 거울 같은 얼굴에 반사된 햇빛이 먼지구름 속에 생긴 구멍 같은 통로를 타고, 그의 눈에 밝은 햇살을 곧바로 내리쐈다.

크라이슬러 빌딩이었다.

통로가 무너져 내리고, 다시 어둠이 그를 덮었다. 하지만 이제 그는 자신이 머물던 어둠이 가짜라는 걸 알았다. 아직 태양은 저 위에 떠 있었고, 먼지구름 위에서 대낮의 환한 햇살을 비췄다. 내가 태양에 가까이 갈 수만 있다면, 내가 패닝을 햇빛 속으로 끌어들일 수만 있다면…….

그러나 엄청난 힘이 소용돌이처럼 그를 압도하자 이런 생각은 곧 사라지고 말았다. 실로 무시무시한 힘이었다. 그는 자신이 아래로 끌려 들어가는 것처럼 느껴졌다. 아래로, 아래로, 끝없이 아래로……. 그 바닥의 끝에 무엇이 기다릴지는 알 수 없었지만, 그가 바닥에 이르자마자, 그는 영원히 지워져 없어지게 될 것이다. 먼 곳 어디에선가, 그의 몸이 변하고 있었다. 경련을 일으키며 그의 몸이 무너진 도시의 아스팔트 도로를 두들겨댔다. 뼈가 길어지고, 잇몸에서 이들이 빠져 쏟아지고. 피터가 자신의 흔적이라고는 아무것도 찾을 수 없을 영원한 어둠의 바다로 가라앉고 있었다. 안돼! 아직은 안 돼! 그는 붙잡을 만한 뭔가를, 무엇이라도 찾아보려고 애썼다. 그의 마음속에 에이미의 얼굴이 떠올랐다. 그녀의 그 모습은 상상 속에서 떠올린 것이 아닌, 현실 속에서 뇌리에 남겨진 것이었다. 둘은 침대에 앉아 있었다. 둘의 얼굴은 바로 닿을 만큼 가까웠고, 손은 서로 깍지를 끼었다. 눈물이 그녀의 속눈썹에 빛나는 구슬처럼 매달려 있었다. 그녀가 그에게 말했다. 한 가지만 기억해요, 내가 원한 건 당신이었다는 것을.

나도 당신이었어, 피터가 생각했다.

당신.

그가 떨어졌다.

마이클의 다리 통증이 참을 수 없을 지경에 이르렀다. 유리 조각을 제거하면서 피부가 오렌지 껍질처럼 함께 벗겨져, 피부 아래의 섬유층과 미세하게 박동하고 있는 근육까지 드러나 버린 것이다. 머리 뒤로 다시 한번 손을 뻗어 긴 실크 스카프를 잡아끌었다. 그는 스카프를 빙빙 돌려 두꺼운 끈을 만들고, 상처 주위에 단단히 둘러맸다. 스카프가 바로 피로 물들었다. 내가 제대로 하는 거야? 그는 사라가 이곳에 같이 있었으면 좋겠다고 생각했다. 사라는 뭐를 어떻게 해야 할지 알고 있을 테니 말이다. 이런 상황이 오면 그의 마음에 떠오르는 생각들이 있다. 뇌는 참 공평하지도 않고, 친절이라는 건 모르는 것 같아. 이럴 때는 꼭 나에게 없거나 나는 할 수 없는 일들에 관한 생각으로 나를 비웃는다니까.

붕괴가 북쪽으로 진행하면서 바깥의 소음은 조용하게 잦아들었다. 공기에서는 쓰고 탄내 같은 부자연스러운 화학적인 냄새가 풍겼다. 그가 거리에서 정신을 차린 후 처음으로 알리시아 생각이 났다. 물살이 그녀를 덮치고 휩쓸어가던 순간의 표정. 그녀가 사라졌다. 알리시아가 사라졌다.

거리에서 유리가 발에 밟혀 깨지는 소리가 들렸다.

마이클이 얼어붙었고, 소리는 다시 들렸다.

발걸음 소리가.

발꿈치로 바닥을 밀며, 에이미가 허둥지둥 뒤로 물러났다. "팀, 그러지 마! 나야!"

"나를 그렇게 부르지 말라고!"

의식이 되돌아온 그가 마법에서 풀려났다. 그의 눈이 다시 새하얗게 타오르는 분노로 가득 차 있었다. 패닝이 갑자기 머리를 들어 올렸고, 그의 표정으로 보아 새로운 감정 즉 또 다른 쾌락이 몰려드는 것 같았다.

"그런데 여기 우리에게 뭐가 있는 거지?"

피터를 가리키는 말이다. 육체적 변화가 모두 끝나, 날렵하고 강력한 힘을 가진 모습으로 바뀐 육신은 특색 없는 그의 무리 가운데 하나가 되었다.

"여기 마음에 드는 친구가 있는걸." 패닝이 미소를 짓자 그의 입술들이 까뒤집어지며 송곳니들이 드러나 보였다. "이쪽으로 와서 우리와 함께하는 게 어때?"

다리는 구부정하고 두 팔은 몸에서 멀리 늘어뜨린 모습으로, 피터가 잔해 사이를 헤치고 그들을 향해 왔다. 그의 발걸음은 불안정해 보였고, 등과 어깨는 긴 밤의 잠에서 깨어나 기지개를 켜거나 새 양복을 입고서 몸에 옷을 맞추는 남자의 몸짓처럼, 물결이 펄럭이듯 흔들리고 있었다.

"에이미, 내가 요점을 정리해 말해줘도 되겠지."

패닝이 손목을 휙 돌리더니 피터가 손잡이를 잡을 수 있게 칼을 던졌고, 피터는 로봇처럼 날아오는 칼을 공중에서 낚아채 잡았다.

"저 몸 안에 누가 들어 있는지 좀 볼까?" 패닝이 피터에게로 성큼성큼 걸어가, 등을 곧게 세우고 자기 가슴 가운데를 툭툭 두드렸다. "내 생각에는 바로 여기쯤인데 말이야."

피터는 그 쓸모가 궁금하다는 듯 칼을 뚫어지게 쳐다보았다. 내 손에 있는 이 낯선 물건은 뭐지?

"자, 이제 움직여 보라고. 나는 꼼짝도 안 하고 가만히 있을게."

피터가 앞으로 한 발 움직였다. 그의 움직임은 몸의 사지가 완전한 조화를 이루기 힘든 것처럼 덜컥거리며 바보처럼 어색했다. 칼을 들어 올리려고 하자, 팔과 어깨의 근육들이 긴장하는 것이 눈에 보였다.

"나도 알아, 점점 무겁게 느껴지지."

다시 한 걸음을 움직이고 피터가 멈춰 섰다. 이제 칼을 휘둘러 누군가를 죽이거나 상하게 할 수 있는 거리에 이르렀지만, 패닝은 방어할 기미도 보이지 않았다. 오히려 박쥐 같은 그의 얼굴은 즐거움에 가까운 자신감으로 가득 차 있었다. 바닥을 향해 45도 각도로 겨누어진 칼은 더 들어 올리기도 힘든 것처럼 보였다.

"그래, 내가 도와줘야겠군."

패닝이 긴 손톱이 있는 검지 끝으로 칼날을 수평으로 끌어올려 놓았다. 그러고는 칼날의 끝이 자신의 흉골 조금 아래 가슴에 닿을 수 있게, 약간 앞으로 걸음을 움직였다.

"제대로 한 번만 찌르면 끝날 거야."

피터가 애를 쓰는 듯 목 깊은 곳에서 으르렁거리는 소리가 났다. 시간이 몇 초쯤 더 지나고, 몸 여기저기가 팽팽하게 당겨지는 모습이 보였다. 그의 폐에서 펑 하고 공기가 터지는 것 같은 소리가 들리더니, 무릎을 꿇고 주저앉았다. 칼도 쨍그랑 소리를 내며 바닥에 떨어졌다.

"봤어, 에이미? 이건 근본적으로 불가능한 일이야. 이 친구는 이제 나의 것이 되었기 때문이지."

중앙 홀에 있던 바이럴들처럼, 피터도 항복을 인정하는 비참한 모습으로 그에게 고개를 숙였다. 패닝이 그의 어깨에 손을 올렸고, 그 모습은 특별히 말을 잘 듣는 개를 토닥여주는 모습 같았다.
"내가 부탁할 게 있는데, 들어줄 거지?" 패닝이 그에게 물었다.

피터가 고개를 들어 그를 봤다.

"저 여자를 좀 죽여줄래?"

마이클이 손을 바닥에 대고 뒤쪽으로 몸을 밀어 창문에서 물러
났고, 바닥에는 피가 넓게 흔적을 남겼다. 저 밖에는 한 마리 이상
의 바이럴이 있고, 그도 그걸 느꼈다. 먼지 속에서 미끄러지듯 움
직이는 그들은 존재하면서도 존재하지 않는 유령 같았다.

수색하고, 사냥하고 있었다.

일단 그들이 그를 발견하고 나면, 두 걸음도 도망가기 힘들 것
이다. 그는 급히 가게의 뒤로 몸을 움직였고, 거기에는 긴 계산대
와 그 뒤로 커튼으로 반쯤 가려진 복도가 있었다. 그가 계산대 뒤
로 미끄러지듯 숨어 들어가자, 바닥이 다시 흔들리기 시작했다.
그 느낌은 회전하는 엔진처럼 강해졌고, 옷들이 진열대에서 쏟아
져 내렸으며, 거울들이 깨져 파편이 튕겨 나왔다. 천장에서 분리
된 회반죽 덩어리들이 바닥에 떨어져 깨졌다. 그는 공처럼 몸을
둥글게 말고서 머리를 감쌌다. 마이클이 생각했다. 신이라고 불리는
네가 누구이건 간에, 나는 네 헛소리와 거짓말에 넌덜머리가 나 신물이 넘
어온다고. 나는 네 장난감이 아니야. 나를 죽이려는 거면, 까불며 장난치지
말고 그냥 빨리 끝내라고.

흔들림이 잠잠해졌다. 거리의 위아래 모든 곳에서 유리들이 깨
지며 창틀에서 튕겨 나와 도로 위로 떨어지는 소리가 들렸다. 바
이럴들이 아직 저 밖에 숨어 있지만, 이 소동이 아마도 그들을 마
이클의 흔적으로부터 멀리 떼놓았을지도 모르는 일이었다. 어쩌

면 그들은 어두운 구석에 숨어 몸을 움츠리고 있을지도 몰랐다. 아니면 죽었거나.

그가 계산대 주변을 살피며 둘러보았다. 가게는 크레인에 달린 철거용 쇠공에 맞은 것 같은 모습이었고, 재난 현장의 잔해를 들여다보는 당황한 생존자처럼 이례적으로 가게의 오른편에 서 있는 독립형 전신 거울을 빼고는 제대로 남아난 물건이 아무것도 없었다. 그리고 가게의 전면을 향해 약간 틀어진 거울을 통해 거리의 모습을 일부 볼 수 있었다.

어두컴컴한 가운데 셋으로 이루어진 무리가 나타났다. 그들은 목적 없이 떠도는 것처럼 보였고, 길을 잃은 것처럼 주위를 둘러보았다. 그들이 그의 소리를 듣지 못하면, 그냥 지나쳐 갈 것이다. 몇 초 동안 혼란에 빠져 계속 주위를 배회하다가, 그들 중 하나가 갑자기 멈춰 섰다. 옆으로 서서, 그 바이럴은 소리의 근원을 삼각측량으로 찾기라도 하듯 얼굴을 좌우로 돌렸다. 마이클이 숨을 참았다. 그 바이럴이 잠시 동작을 멈추고 턱을 위로 쳐들고서 몇 초간 가만 있더니, 가게를 향해 몸을 돌렸다. 그러고는 쥐처럼 코를 씰룩거렸다.

피터가 에이미에게 다가갔다. 도망간다는 건 의미 없었다. 어떻게 해도 결과는 같을 것이기 때문이다. 시간이 고수해오던 관례를 깨고 다르게 흐르기 시작했다. 모든 일이 아주 다급하면서도 이상하리만큼 느릿느릿 일어나는 것처럼 보였다. 그녀의 시야가 좁아지고, 주변의 도시는 그림자들 속으로 사라져갔다.

그녀 자신을 위한 눈물은 아니었지만, 그녀는 울고 있었다. 자신이 무엇 때문에 우는지 말할 수가 없었다. 그녀의 눈물 속에는 다른 것도 있지만 특히 추상적인 슬픔이 담겼다. 그녀의 모든 시련이 끝났다. 그런 의미에서 기뻤다. 너무 오랫동안 짊어지고 와야만 했던 무거운 짐 같은 삶을 내려놓다니, 얼마나 이상한 일인가. 그 농장에 가고 싶다는 생각이 들었다. 그곳에서 자신이 얼마나 행복했던가. 그녀는 그 피아노를, 흘러나오던 곡을, 자기 어깨 위에 올린 피터의 손을, 그의 손길에서 느꼈던 기쁨까지 다 기억하고 있었다. 둘이 함께 얼마나 행복했었는데.

"괜찮아요." 그녀가 중얼거렸다. 그녀의 목소리는 자신의 것이 아닌 것처럼 멀게 느껴졌다. 얕고 가쁜 호흡을 타고 그녀의 입술에서 흘러나온 목소리. "괜찮아요, 정말 다 괜찮아요."

피터가 칼의 위치를 잡았고, 칼끝이 그녀의 목 아랫부분을 겨눴다. 칼과 그녀의 목 사이의 거리가 좁혀지다가, 칼날이 멈춰 섰다. 그녀의 목의 피부는 칼날에서 불과 몇 센티미터밖에 떨어지지 않았다. 그의 머리가 옆으로 기울어졌고, 다음 순간 그는 칼을 휘두를 것이다.

"자, 그럼 이제?" 패닝이 말했다.

그들의 눈이 마주친 채 정지했다. 사랑하는 마음을 알기 위해서 그리고 알려주려고, 그게 마지막 바람이었다. 그것이 그녀가 그에게 줄 수 있는 단 한 가지였다. 그녀 안에서 거대한 힘이 터져 나왔다. 그건 마치 빛과 같았다. 할 수만 있다면, 그녀는 그 빛을 그의 가슴에 바로 비춰주었을 것이다.

"당신은 피터예요." 에이미가 속삭였다. 계속 속삭였다. 그가 이 말을 들을 수 있도록. "당신은 피터예요, 당신은 피터예요, 당신은 피터예요……."

마이클이 생각했다. 피다.

저것들이 내 피 냄새를 맡을 수 있는 거야.

그는 자신이 달리는 것은 고사하고, 일어설 수나 있을지 확신이 서지 않았다. 바닥에는 바이럴들이 바로 찾아올 수 있을 정도로 빨갛게 길이 그려져 있었다. 그는 등을 계산대에 대고 무릎을 가슴으로 끌어당겼다. 바이럴들이 가게 안으로 들어왔다. 그의 귀에 진흙 속을 뒤지는 돼지의 축축한 콧소리 같은 쿵쿵거리는 소리가 들렸다. 바이럴들이 바닥에서 쿵쿵거리며 피를 빨아들였다. 마이클은 이상하게 방어 본능이 솟구치는 것을 느꼈다. 야, 이 자식들아, 내 피를 내버려 둬! 바이럴들은 계속해서 할짝거리는 음탕한 소리를 내며 피를 핥아 먹었다. 바이럴들이 너무 집중한 사이, 마이클은 커튼이 쳐진 문에 대해 생각하기 시작했다. 저 문 뒤에는 뭐가 있는 거지? 막다른 곳일까, 건물의 더 깊은 곳으로 이어지는 길일까, 아니 어쩌면 거리로 이어지는 길일까? 문까지 가는 길은 계산대에 의해 일부 가려졌다. 그가 얼마나 빨리 움직이느냐에 따라서, 잠깐만 노출될 수도 있었다.

그가 가게 안을 살피기 위해 틀어진 거울을 이용해 모퉁이 주변을 살폈다. 바이럴들이 손과 무릎을 바닥에 대고, 혓바닥으로 바쁘게 바닥을 핥고 있었다. 그들의 혀가 대걸레의 머리처럼 어지럽게 움직였다. 마이클은 계산대를 따라 기어가 최대한 문에 가까이 다가갔고, 문은 오른쪽 뒤로 3미터 정도 거리였다. 바이럴들을 반대쪽 모퉁이로 가도록 하면, 계산대가 그의 움직임을 완벽하게 가려줄 수 있었다.

마이클은 다리의 상처에 감았던 스카프를 풀었다. 스카프는 피에 젖어 빨갛게 부풀었다. 그가 스카프를 공처럼 둘둘 말고는 모양이 유지되도록 끝을 묶고, 머리는 계산대의 턱 바로 아래 오도록 유지한 채 무릎에 힘을 주어 몸을 일으켜 세웠다. 그리고 팔을 뒤로 당겨 숫자를 셋까지 센 다음 스카프를 가게 안 반대편으로 있는 힘껏 던졌다.

날아간 스카프가 반대편 벽에 철퍼덕 소리를 내며 부딪쳤고, 마이클은 몸을 엎드리고 기기 시작했다. 뒤에서 바이럴들이 재빠르게 움직이는 소리가 들리더니, 턱을 딱딱거리는 소리와 이빨을 드러내고 으르렁거리는 소리가 연달아 들렸다. 바이럴들이 그가 던진 스카프를 두고 서로 싸웠고, 그건 원했던 것 이상의 결과였다. 그는 커튼 아래로 미끄러져 들어가 계속 앞으로 나아갔다. 그런데 젠장, 앞에 아무것도 보이지 않았다. 그는 문에서 멀어질 때까지 몇 걸음을 더 기어가서, 일어나려고 힘을 써봤다. 다친 다리의 발이 바닥을 딛자마자, 그 순간을 절대 잊지 못할 거라는 생각이 들었다. 정말 어마어마한 통증이었다. 그가 어둠 속에서 꼼지락거리며 셔츠 주머니에서 성냥 한 갑을 꺼내, 성냥을 쏟지 않도록 조심스럽게 성냥 한 개비를 골라내 그었다.

마이클은 건물 아래로 더 깊이 이어지는 벽돌벽으로 이루어진 높고 좁은 복도 안으로 들어왔다. 벽에는 빈 옷걸이들이 늘어선 금속 선반들이 있었고, 안의 공기는 상대적으로 먼지가 덜 차 숨쉬기에 좀 깨끗하고 편안하게 느껴졌다. 그가 얼굴을 가린 네커치프*를 잡아 내렸다. 왼쪽으로는 커튼이 쳐진 칸막이 공간들이 있는 작은 방으로 들어가는 출입구가 보였다. 아래를 내려다보니, 핏자국이 과자 부스러기를 흘려놓은 것처럼 그가 있는 곳까지 이

---

* 목이나 얼굴에 두르는 스카프.

어졌다. 그리고 더 많은 피가 신고 있는 부츠로 흘러내렸다. 성냥
이 다 타버리자, 꺼진 성냥을 휙 던져버렸다. 성냥 한 개비를 더 켰
고, 계속 앞으로 나아갔다.

성냥 여덟 개비를 쓰고 나서야, 그는 밖으로 나갈 길이 없다는
것을 확인했다. 갈라져 나가는 복도들은 언제나 그를 다시 중앙
복도로 이끌어놓았기 때문이다. 도대체 누가 건물을 이따위로 설
계한 거지? 바이럴들이 피에 잔뜩 젖어 있는 스카프에 관심을 잃
고 내 피의 흔적을 쫓은 지는 얼마나 되었을까?

그는 마지막 방으로 발걸음을 옮겼고, 네 개의 벽면 중 두 개에
가스레인지와 싱크대 그리고 서랍장이 있는 걸 보아 그곳은 부엌
인 것 같았다. 중앙에는 작은 사각형의 테이블이 놓였는데 그 위
에는 뚜껑이 열린 양초들과 플라스틱 병들이 그대로 남아 있었다.
구멍이 숭숭 뚫린 매트리스 위에는 서로가 몸을 안고 웅크린 갈색
의 뼈만 남은 시신 두 구가 누워 있었다. 그리고 이들은 뉴욕 전체
를 통틀어 마이클이 처음으로 마주한 첫 번째 인간의 유해였다.
마이클이 그 유해들 옆에 웅크리고 앉았다. 유해 중 하나는, 뒤엉
킨 긴 머리가 바짝 마른 성인 여자였던 것으로 보이는 다른 유해
에 비해 아주 작았다. 엄마와 아이인 건가? 아마도 둘은 그 혼돈의
시간 동안 함께 숨어 있었던 건지도 몰랐다. 그리고 둘이 여기에
누운 한 세기 동안, 사랑하고 아끼던 둘의 마지막 순간도 영원히
남긴 거였다. 그 때문에 마이클은 자신이 무덤의 신성함을 무너뜨
린 침입자가 된 기분이 들었다.

창문.

창문은 철사들이 십자형으로 그물처럼 짜인 덧문에 달린 쇠창
살로 덮인 채, 벽에 나사를 박아 넣은 금속 막대들로 제자리에 고

정된 상태였다. 그리고 둘로 나뉜 창문이 서로 자물쇠로 연결되어 있었다. 손끝을 뜨겁게 그슬리며 성냥불이 꺼졌고, 그는 성냥을 던져버렸다. 눈이 방 안의 어둠에 적응하자, 창을 통해 희미하지만 지나가는 모습을 알아보기에 충분한 불빛이 다가오는 것이 보였다. 그는 지렛대로 사용할 만한 것을 찾으려 방 안을 둘러보았다. 생각해, 마이클. 테이블 위에 버터나이프가 있었다. 쾅 하는 충격이 수평으로 전해지면서 바닥이 요동치며 회반죽 먼지가 쏟아져 내렸다. 그가 자물쇠의 동그란 고리 부분에 버터나이프를 쑤셔넣었다. 두 손은 차갑고 감각이 둔해져서 손을 제대로 놀리는 것이 힘겨운 지경에 이르렀는데, 부상의 출혈로 인한 후유증이 일어났기 때문이다. 그가 팔과 어깨에 있는 힘껏 힘을 주고 버터나이프의 칼날을 세게 돌렸다.

버터나이프가 그만 두 동강이 나버렸다.

됐어, 이미 할 만큼 충분히 했어. 마이클의 힘이 다했다. 그는 바이럴들이 오는 것을 지켜보기 위해 바닥에 주저앉아 벽에 등을 기댔다.

피터는 무릎 높이까지 오는 풀밭에 서 있었다. 모든 것들이 풍경 속의 가장 작은 움직임들까지도 도드라지게 하는, 부자연스럽고 생기라고는 느껴지지 않는 이상한 색깔을 띠었다. 기분 좋은 바람이 불었고 땅은 완전히 편평했지만, 멀리서 산들이 지평선을 따라 흔들렸다. 그리고 시간은 낮도 아니고 밤도 아닌 중간쯤 되었으며, 빛은 부드럽고 그림자가 보이지 않았다. 이 이상한 곳은 어디지? 내가 여기 어떻게 오게 된 거야? 그는 기억을 더듬어봤고, 그때서야 사실 자신이 누구인지 모른다는 걸 깨달았다. 알 수 없는 불안감을 느꼈다. 살아 있고 존재했지만, 그는 기억해낼 수 있는 자신의 이야기가 아무것도 없는 것처럼 보였기 때문이다.

물이 흐르는 소리가 들렸고, 그는 그 소리를 따라갔다. 보이지 않는 존재가 몸을 이끄는 것처럼 자연스럽게 일어난 행동이었다. 시간이 좀 지나자 강가에 이르렀다. 물은 흩어져 있는 바위들 주변을 따라 졸졸 소리를 내며 천천히 흘렀고, 나뭇잎들은 뒤집힌 손바닥처럼 물살에 휩쓸려 소용돌이쳤다.

그는 강을 따라 하류 쪽으로 내려가 물이 고여 웅덩이를 이룬, 물길이 굽은 곳에 도착했다. 물의 수면은 굳은 것처럼 보일 정도로 잔잔하기만 했다. 그는 자신의 안에서 기이한 동요가 일어나는 것을 느꼈다. 문제가 무엇인지 이해는 안 되었으나, 그래도 그 답이 저 물 아래 깊은 곳에 있을 것 같다는 생각이 들었다. 문제가 무엇인지 혀끝에 올려진 것처럼 말할 수 있을 것 같았지만, 그가 집중해 생각하려고 하자 새처럼 머릿속에서 쌩하고 튀어나와 사라져버렸다. 물웅덩이의 가장자리에 무릎을 꿇고 앉아 속을 들여다보았다. 그러나 웅덩이를 들여다보는 일이 쉽지 않았다. 자기 얼굴인데도, 낯선 이의 얼굴 같기도 했다. 그가 손을 뻗어 검지로 수면을 건드려 흔들어놓았다. 손가락 끝이 닿은 부분을 중심으로 동그랗게 물결이 일어 퍼져 나갔고, 잠깐 뒤 수면에는 언제 그랬냐는 듯 얼굴 모습이 다시 떠올랐다. 그리고 이와 동시에, 처음에는 불분명했던 인식의 감각이 점점 또렷이 살아나며 되돌아왔다. 힘들더라도 기억해낼 수만 있다면, 자신이 누구였는지 알 수 있을 것이다. 너는……. 그 과정은 마치 그의 마음속에 있는 커다란 바위를 들어 올리려는 것과 같았다. 너는…… 너는…….

피터야.

그의 몸이 뒤로 휘청했고, 마음속에서는 댐이 무너져 흘렀다. 여러 장면과 얼굴들, 많은 날의 기억과 이름들이 격렬하게 터져 나왔고, 그에게 그건 고통같이 힘겹게 느껴졌다. 주변 풍경들이 ― 들판과 강 그리고 단조로운 하늘의 빛깔 ― 물에 씻겨 나가듯 사라지며 바뀌었고, 그 뒤에는 여러 물건과 사람들, 사건들과 질서 정연하게 흘러온 시간으로 이루어진 전혀 다른 현실이 남았다. 나는 피터 잭슨이야. 이 말이 머릿속에 떠오르자, 그가 말했다.

"나는 피터 잭슨이야."

그가 뒤로 비틀거렸고, 손에 있던 칼을 떨어뜨렸다.

"너 뭐 하는 거야?" 패닝이 버럭 소리를 질렀다. "저 여자를 죽이라고 했잖아."

피터가 고개를 돌리고 패닝의 얼굴을 뚫어지게 응시했다. 그 일이 일어나고 있구나, 에이미가 생각했다. 그는 기억을 되살려내고 있었다. 그가 다리에 힘을 주며 꾹 눌러 몸을 낮췄다.

그가 몸을 날렸다.

피터가 쏜살같이 패닝을 들이박았다. 깜짝 놀란 패닝의 몸이 퉁겨 날아갔다. 뒤로 날아가 떨어진 그는 바닥을 빙글빙글 굴러 콘크리트 기둥에 가 부딪친 후에야 멈춰 섰다. 그가 두 팔과 두 다리로 엉금엉금 기어 몸을 일으켜 세웠지만, 움직임은 느릿느릿 둔했다. 말처럼 머리를 마구 흔들고는 땅바닥에 침을 뱉었다.

"이런, 이건 예상 못 한 일인데."

그리고 피터가 에이미를 두 팔로 들어 올려 품에 안았다. 둘은 다리가 안 보일 정도로 빠르게 43번가를 따라 뛰었다. 그가 그녀를 어디로 데려가는 걸까? 그때 에이미는 그가 자신을 짓다 만 그

업무용 빌딩으로 데려가는 중이라는 걸 알아차렸다. 그녀가 고개를 돌려 하늘을 보았지만, 먼지구름이 너무 두꺼워 건물의 위층이 구름 위쪽으로 솟아 있는지는 보이지 않았다. 그는 엘리베이터의 수직 이동 통로 아래에 이르자 멈춰 서서, 에이미를 획 돌려 등에 업고 엘리베이터 이동 통로의 바깥 구조물을 3미터 정도 기어 올라갔다. 그리고 다시 그녀를 자기 허리 쪽으로 내린 후 철제 막대 사이를 통과해 엘리베이터 지붕 위에 내려놓고, 자신도 그녀를 따라 지붕으로 내려갔다. 에이미는 그의 의도가 무엇인지 알 수 없었다. 그는 또다시 그녀를 등에 업고서, 팔꿈치를 사용해 그녀의 다리를 자기 허리에 딱 붙게 한 후, 그녀에게 가능한 한 자신을 꽉 붙들라고 말했다. 이 모든 게 단 몇 초 만에 일어난 일들이었다. 엘리베이터의 케이블 중 3개가 엘리베이터 지붕의 가로대에 고정한 강철판과 연결되어 있었다. 피터가 그 케이블들을 주먹으로 꽉 움켜쥔 다음 발을 넓게 벌렸다. 팔을 그의 어깨 주위에 두르고 다리로 허리를 꽉 조이고 있던 에이미는 그의 몸에 점점 힘이 더 들어가는 것을 느꼈다. 그가 이를 악물고 으르렁거리기 시작했고, 그제야 그녀도 그의 의도가 무엇인지 이해했다. 에이미가 두 눈을 질끈 감았다.

강철판이 뜯겨 나갔고, 에이미와 피터의 몸이 하늘을 향해 총알이 발사되는 것처럼 날아올랐다. 피터가 케이블을 움켜쥐고 있었고, 에이미가 거북이의 등껍질 같은 그의 등에 올라탄 상태였다. 다섯 개 층, 10, 15. 슉, 엘리베이터의 균형추가 눈앞을 순식간에 지나갔다. 우리가 저 꼭대기에 도착하면 무슨 일이 일어날까? 지붕을 뚫고 우주로 날아가게 될까?

갑자기 엘리베이터의 수직 이동 통로 전체가 떨렸다. 균형추가 바닥에 떨어진 것이다. 그리고 케이블에서 느껴지던 팽팽한 느낌도 함께 사라졌다. 위로 던져지듯 올라온 채, 에이미는 자신이 수직 이동 통로의 바닥을 내려다보고 있다는 걸 깨달았다. 그녀는 그 무엇에도 몸을 의지하지 못한 채 공중에 혼자 매달려 있었다. 몸이 꼭대기에 가까워지며 올라가는 속도가 느려졌고, 잠깐 공중에서 맴도는 것처럼 보였다. 그녀는 생각했다. 나는 떨어질 거야. 땅이 저 아래 까마득히 먼 곳에 있었다. 그녀는 시속 160킬로미터의 속도로 떨어져 땅바닥에 충돌할 것 같다는 생각이 들었다. 어쩌면 그보다도 더 빨리 떨어질지도 모른다. 나 떨어질 것 같아.

충격이 느껴졌다. 여전히 케이블을 손에 쥔 피터가 그녀의 손목을 붙잡았다. 그가 다리를 흔들며, 에이미가 점점 크게 앞뒤로 호를 그리며 움직일 수 있도록 자신의 무게 중심을 이동했다. 에이미의 눈에 그가 목표로 겨냥하는 곳이 보였는데, 그들의 발아래로 그리 멀지 않은 곳에 있는 이동 통로의 벽에 뚫린 구멍이었다.

그가 그녀를 던졌다.

바닥에 던져진 그녀는 몸이 구른 후 멈춰 섰다. 그들은 여전히 먼지구름 속이었고, 몸이 높이 올라오며 늘어난 아드레날린으로 그녀의 생각은 더욱 날카로워졌다. 모든 것에 거의 알갱이처럼 미세하게 신경이 곤두서 집중했다. 그녀가 서둘러 바닥의 끝으로 가 아찔한 건물 아래를 내려다보았다.

패닝이 건물의 벽면을 타고 올라오고 있었다.

거대한 굉음과 함께 공기가 진동했고, 43번가 반대편에 있는 건물이 무릎을 꿇으며 주저앉는 사람처럼 서 있던 자리에서 그대로 무너져 내리기 시작했다. 에이미 발밑의 바닥도 흔들리기 시작했고, 그 흔들림은 점점 강해졌다. 금속이 찌그러지는 소리가 건물의 구조 전체에 물결처럼 번져 나가며, 바닥이 갑자기 길 쪽으로 기울었다. 고정되지 않은 물건들이 — 녹슨 도구들과 톱질 모탕* 그리고 습기를 잔뜩 머금고 부풀어 오른 석고판과 못이 담긴 양동이 같은 것들 — 그녀를 지나쳐 길거리 쪽을 향한 심연으로 미끄러져 떨어졌다. 그녀는 배를 깔고 엎드린 채 몸무게로 바닥을 누르고 있었다. 바닥의 기울어진 각도가 점점 커지면서 그녀도 미끄러졌고, 손발은 마찰력을 잃어버린 채 중력이 점점 우세를 점해갔다……

"피터, 도와줘요!"

그의 손이 그녀의 팔을 조심스럽게 누르며 그녀가 미끄러지는 것을 멈춰 세웠다. 그도 역시 배를 바닥에 깔고 엎드렸으며, 둘의 정수리가 맞닿았다. 바닥이 다시 한번 기울어졌지만, 그의 발가락이 콘크리트 속으로 파고들며 몸을 지탱했다. 그가 힘을 끌어모으며 그녀를 건물 벽 끝에서 안쪽으로 끌어당겼다.

"아하," 패닝의 목소리가 들리더니, 그의 얼굴이 바닥의 가장자리 위로 나타났다. "너희들 여기 있었구나."

마이클의 귀에 복도 쪽에서 희미하게 금속이 울리는 소리가 들렸는데, 진열대의 옷걸이들이 흔들리며 부딪치는 소리였다. 짧은 침묵이 흐르고, 마이클이 여러 개의 복도를 반복적으로 오가며 남긴 핏자국들을 따라 바이럴들 역시 복도를 거듭 오가게 되자 순간적으로 당황했다. 그러나 그렇게 지체되는 시간마저도 그에게는 몹시 고통스럽기만 했다. 그냥 내가 기절해 쓰러질 수만 있으면

---

* 나무를 자를 때 괴는, 다리가 X자형인 나무.

좋겠는데. 그러나 오히려 그의 모든 감각이 어느 때보다도 또렷하게 살아나며 경계를 늦추지 않았다.

어쩌면 그가 작은 소음이라도 만드는 것이 좋을지도 몰랐다. 바이럴들에게 소리를 지르고, 그냥 모든 걸 끝내버려. 야, 이 바보들아, 나 여기 있다! 쌍, 와서 나를 잡아먹으라고!

그렇게 멍청하게 죽기에 어울리는 자의적인 장소. 그는 자신이 침대에 누워 죽을 거라는 생각을 해본 적이 한 번도 없었다. 그렇게 편하게 죽을 수 있는 세상이 아니었고, 자신 역시도 그런 성향의 인간은 아니었으니까. 하지만 이런 빌어먹을 부엌에 갇혀서 죽는다고?

부엌이라니.

일어선다는 건 불가능한 일이지만, 그래도 팔을 뻗으면 가스레인지 위까지는 닿을 수 있는 거리였다. 그가 무릎을 꿇고 앉자 현기증이 머리를 흔들어놓았고, 안간힘을 써 팔을 앞으로 뻗어 프라이팬의 손잡이를 잡았다. 그는 밑바닥에 침을 뱉고 소매 끝으로 금속 바닥을 닦아냈다. 바닥에 비친 그의 모습은 뚜렷하지 않았으며, 어느 특정 인물의 모습이라고 할 수 없는 일반적인 인간의 형체에 가까운 모습만이 보일 뿐이었다. 하지만 그렇다고 해도 지금 그에게 있는 것은 그게 전부였다.

바이럴들의 소리가 더 가까이 들려왔다.

그들은 계단을 마구 뛰어 올라갔고, 두 개 층을 올라가자 옥상이 나왔다. 먼지구름은 여전히 짙었지만, 조금은 옅은 서쪽 지역의 하늘에서는 약하나마 태양의 위치를 알아볼 정도의 햇빛이 비쳤다.

그들은 더 높이, 먼지구름 위로 올라가야만 했다.

에이미가 위를 올려다봤다. 크레인의 붐이 먹이를 쪼아대는 새의 목처럼 흔들렸고, 갈고리가 달린 긴 케이블 역시 그 끝에서 흔들리고 있었다. 크레인 기둥 안쪽의 계단이 꼭대기까지 이어졌다.

그들이 계단을 오르기 시작했다. 패닝은 어디에 있는 거지? 분명히 그들을 지켜보면서 즐거워하다가 자신이 원하는 때를 고르려고 하겠지.

둘은 땡그랑 소리를 내며 꼭대기까지 남은 계단을 올라갔다. 흔들림이 더욱 심해졌다. 언제라도 크레인이 건물 벽면에서 떨어져 나갈 것처럼, 크레인 전체가 불안정하게 느껴졌다. 그들은 여전히 먼지구름 안에 있었는데 맨해튼 미드타운 하늘에는 잔해의 먼지가 자욱했다. 붕괴는 그 진원지로부터 바깥쪽으로 계속 확대되어갔다. 우르릉 쾅쾅거리는 소리가 들리더니, 먼지구름이 일어나고, 또 다른 건물 하나가 무너졌다. 한때 모든 건물이 서 있던 곳에는 넓은 구멍이 만들어졌다.

"거기 위층 친구들!"

패닝이 기둥까지 반쯤 와서 몸을 길게 내민 채, 자신감에 찬 즐거운 모습으로 한 손에 막대기를 들고 그들을 향해 휘둘러댔다. "걱정하지 마, 나도 곧 도착할 거야!"

좁은 난간의 통로가 붐의 끝까지 이어졌다. 에이미는 그 통로를 기어가고 피터가 그 뒤를 따랐다. 붐이 위아래로 방아를 찧었다. 에이미는 텅 빈 아래를 내려다볼 생각은 감히 엄두도 못 낸 채 앞만 바라보았다. 잠깐 쳐다보기만 해도 몸이 마비될 것 같았다.

그들이 끝에 이르렀고, 그건 더 이상 그들이 갈 곳이 없다는 말이었다.

"제기랄, 나는 멋진 경치가 좋다니까."

패닝도 기둥의 꼭대기까지 올라와 이제는 그들 뒤로 15미터 떨어진 곳에 섰다. 등을 둥글게 말고 가슴은 공기로 빵빵하게 채워 부풀린 채, 폐허가 된 도시를 둘러보았다.

"너희들 정말로 엄청난 난장판을 만들어놨어, 안 그래? 뉴요커로서 한마디하자면, 그래 한마디 안 할 수가 없지, 지금 이 상황이 아주 기분 나쁜 기억을 떠올리게 하는군."

에이미는 뺨에 갑자기 온기가 느껴지자 자신의 왼쪽 건너편에 있는 5번가 너머를 돌아다보았다. 저 멀리 떨어진 건물의 유리 벽면이 옅은 오렌지색 빛을 비췄고, 그 순간 그게 말이 안 된다는 생각이 들었다. 건물은 동쪽을 향해 있었기에, 그때는 태양과 반대 방향이었기 때문이다. 그리고 그녀는 그 빛이 반사된 것이라는 사실을 깨달았다.

패닝이 한숨을 내쉬었다. "그래, 내가 보기에는 이제 우리가 올 데까지 다 온 것 같은데 말이야. 피터, 내가 너에게 옆으로 좀 비켜달라고 부탁하고 싶기는 한데, 너도 그렇게 말 잘 듣는 고분고분한 녀석은 아니잖아."

크레인의 격렬한 흔들림이 더 거세졌다. 까마득한 아래에는 갈고리가 달린 굵은 쇠사슬이 시계추처럼 흔들리고, 유리에 반사된 빛도 점점 밝아졌다. 도대체 이 빛이 어디에서 오는 거지?

"어때? 어쩌면 너희 둘이 손을 꽉 잡고 뛰어내릴 수도 있을 것 같은데. 그 정도는 기다려줄 수 있지."

섬광처럼 번쩍이는 빛이 보였다. 크라이슬러 빌딩의 강철 왕관에 꺾여 나오는 강렬한 햇빛 한 줄기가 어두컴컴한 먼지를 뚫고 나타났다.

그리고 그 빛은 정확히 패닝의 얼굴을 곧바로 비추었다.

갑자기 크레인이 건물의 벽면으로부터 떨어져 나오며 기울기 시작했고, 건물 구조물의 바깥 철제 빔에 기둥을 고정했던 볼트들이 부러졌다. 신음하는 것 같은 소리와 함께, 크레인의 붐이 5번가 위로 원을 그리며 돌아가기 시작했고, 처음에는 천천히 움직이던 것이 점점 그 속도가 높아졌다. 기둥이 아래를 향해 기울어지면서 그들은 멀리 아래로 떨어지기 시작했다. 크레인의 붐이 거리 건너편의 유리 건물을 향해 망치로 때리는 것처럼 넘어갔고, 곧 총알처럼 45도 각도로 그 건물을 꿰뚫을 것 같았다.

오 제발, 에이미가 생각했다. 그녀는 난간 통로의 끝을 끌어안고 있었다. 제발 멈춰줘. 그들 주위로 유리들이 폭탄처럼 깨지며 이리저리 파편이 튀었다.

바이럴들이 한꺼번에 들이닥치듯 부엌으로 들어오지는 않았다. 알파인 첫 번째 녀석이 테이블 위를 곧장 뛰어올라 마이클의 앞에 착지했고, 마이클은 프라이팬을 그 녀석의 얼굴에 곧바로 밀어 넣었다.

녀석이 얼어붙었다.

다른 두 녀석은 혼란스러워서, 자신들이 어떻게 해야 할지 결정하지 못했다. 그것이 바로 마이클의 계획이었으며, 바이럴들의 명령 체계가 무너지기를 원했던 것이다. 그가 프라이팬을 아주 조금 옆으로 움직이자, 바이럴의 시선도 눈을 떼지 않고 프라이팬을 따라 움직였다. 만약 그가 그렇게 겁먹지 않은 상태였다면, 이러한 사실의 발견에 꽤 흥미를 느꼈을 것이다. 숨쉬기조차 힘들었던 마이클이 천천히 프라이팬을 자기 쪽으로 당겼고, 바이럴은 고분고분 따라왔다. 녀석이 완전히 넋이 나간 것 같았다. 조금씩 둘 사이의 거리가 좁혀졌다. 마이클이 프라이팬을 왼쪽으로 움직이자, 바이럴도 따라 얼굴을 움직였다.

부러진 버터나이프, 마이클이 생각했다. 바로 끝내는 게 좋겠지.

그가 버터나이프를 찔러 넣었다.

크레인 붐의 끝이 43번가와 5번가 북서쪽 코너에 있는 유리 건물의 32층을 꿰뚫고 들어갔고, 그 엄청난 힘으로 인해 아래층을 두 개 층이나 더 부수고 내려갔다. 그와 동시에 크레인 붐이 유리 건물의 구조 안에 더 깊이 파묻힌 것은 물론이었다. 기둥과 붐이 거리 위 30미터 상공에 매달린 이등변 삼각형의 위쪽 두 변을 만들어내면서 붐이 불안정한 모습으로 멈춰 섰다.

에이미는 이러한 일련의 상황에 대해 부분적인 기억만을 가진 채 정신이 들었다. 사건의 구성 요소들을 분류해낼 수 없을 정도로 완전한 혼란의 정점으로 치닫는 가운데, 대충 나쁘지 않은 정도의 기억이 남아 있는 느낌이었다. 그녀는 몸이 뒤틀린 채 두 무릎은 위로 세워지고 왼쪽 팔은 머리 위쪽으로 뻗은 모습으로 바닥에 누워 있었다. 그녀의 조금 앞에서 빛과 바람 그리고 먼지가 소용돌이쳤는데, 잠시 뒤 건물의 옆면에 큰 구멍이 난 것을 보았다. 그녀의 왼쪽으로는 붐의 끝이 아래를 향해 기울어진 채 바닥으로 들어갔고, 삐걱거리는 소리를 내며 좌우로 흔들렸다. 그 외에는 공기가 이상할 정도로 고요하기만 했다. 그녀는 자기 몸 아래에 뭔가 거칠고 부피가 좀 있는 것이 깔린 걸 느꼈는데, 그건 다름 아닌 여전히 붐 끝에 매달린 쇠사슬이었다. 그녀는 자신이 살아 있다는 아주 단순한 사실에 대해 깊은 곤혹감을 느꼈다. 그것이 그녀가 느끼는 유일한 감정이었다. 몸을 돌려 엎드리자, 공간을 한참 떨어져 내려온 충격으로 왜곡되어버린 그녀의 무게 중심이 몸 안에서 흔들리며 구역질이 올라왔다. 그럼에도 불구하고 손과 무릎을 사용해 붐의 끝을 향해 간신히 기어갔다.

피터가 난간 통로에 얼굴을 아래로 처박은 채 엎드려 있었다. 처음 언뜻 보기에는 살아 있는 것처럼 보이지 않았다. 여기저기에 피가 보였고, 목도 부자연스러운 각도로 꺾인 채 돌아갔기 때문이다. 난간 바깥쪽으로 삐져나온 팔이 대롱대롱 흔들렸다. 하지만 에이미가 그의 이름을 부르며 가까이 다가가자, 드러나 있는 손이 파르르 떨리는 것이 보이고 희미한 숨소리가 들렸다. "여기 내가 가요." 그녀가 소리를 질렀다. "내가 가서 도와줄게요. 조금만 참고 기다려요."

그녀에게는 시간이 많지 않았다. 힘겹게 균형을 잡고 있는 크레인이 계속 버티지는 못할 것이기 때문이다. 언제라도 크레인 전체가 확 비틀어지며 저 아래 거리로 떨어질 수 있었다. 난간 통로를 기어가서, 에이미는 피터의 어깨 아래에 손을 집어넣었다. 그녀는 숨을 헐떡였고, 땀이 그녀의 입과 눈 속으로 떨어졌다. 몇 번을 연달아 힘을 써서 그의 몸을 끌어당기고, 붐의 끝으로 끌고 가 바닥에 미끄러지듯 내려놓았다.

피터의 몸을 뒤집어 등을 대고 눕혔다. 그의 몸은 완전히 무기력하게 늘어졌지만, 눈을 뜨고 있었다. 에이미는 그의 얼굴을 두 손으로 감싸 자신을 쳐다보게 했다. 그의 혀가 치아 뒤에서 꿀꺽꿀꺽 소리를 내며 움직였고, 뭔가 말하려고 애썼다.

"당신 다쳤어요." 에이미가 말했다. "말하려고 하지 말아요."

그의 얼굴 근육이 굳으며, 두 눈을 아주 크고 동그랗게 떴다. 그녀는 그가 자신을 보는 게 아니라, 자신의 뒤쪽을 보고 있다는 걸 눈치챘다.

단 한마디, 그의 인생의 마지막 말이 피터의 입술에서 터져 나왔다. "패닝."

부러진 버터나이프의 끝이 그 생명체의 눈 속으로 파고들었고, 맑은 액체가 뿜어져 나왔다. 마이클은 끝까지 붙잡으려고 했지만, 그 생명체가 귀를 찢는 높은 비명을 지르며 뒤로 비틀비틀 물러나는 바람에 버터나이프가 손에서 미끄러지며 빠져나갔다. 버터나이프는 여전히 녀석의 눈에 박혀 있었다. 이제 들고 싸울 것이라고는 프라이팬밖에 남지 않았다. 다른 두 놈 중 하나가 앞으로 뛰어 들어오자, 할 수 있는 한 세게 프라이팬을 휘둘러 녀석의 두개골 옆을 가격했다. 놈은 옆으로 넘어져, 아직은 벽에 몸을 기댄 채 쓰러졌다. 그는 녀석의 면전에서 프라이팬을 들어 올렸다.

바이럴이 프라이팬을 쳐 날려버렸다.

마이클은 엎드려 두 팔로 머리를 감싸 안았다.

분노에 가득 차 울부짖으며, 패닝이 그녀에게 달려들었다. 그녀는 잠시 정신을 잃고 등을 바닥에 댄 채 누웠으며, 그는 그녀의 허리 위에 올라타 목을 긴 손톱으로 휘감았다. 그의 얼굴 피부는 검게 탔고, 피부는 아래 근육들이 드러난 길고 주름진 틈의 형태로 분리된 모습이었다. 입술은 사라져 보이지 않았고, 입도 치아가 그대로 드러나 마치 해골이 웃고 있는 것 같은 모습으로 바뀌었다. 눈 역시, 축축하고 끈적거려 보이는 물질의 조각들이 눈구멍에 매달려 있었고, 안쪽 안구들도 터진 상태였다. 그녀는 숨을 쉬려고 했지만, 목을 죈 패닝의 손아귀 힘 때문에 공기를 들이마실 수 없었다. 그의 입에서 튀는 침들이 그녀의 눈으로 쏟아져 들어왔다. 그녀가 손으로 그의 팔과 얼굴을 밀어내려고 했지만, 아무 소용이 없었다. 바닥이 흔들리기 시작했고, 크레인도 고정되지 못한 채 불안하게 흔들렸다. 그녀의 시야가 좁은 터널처럼 좁아졌고, 패닝의 팔을 떼놓으려는 것도 포기하고 바닥을 손으로 쓸어내렸다. 그는 눈이 멀었어. 그녀가 자신에게 속삭였다. 그는 네가 무슨 일을 하는지 볼 수 없어. 건물의 흔들림이 더욱 심해졌고, 금속이 뒤틀리는 소리와 함께 붐이 위로 휙 튕겨 올라갔다.

그래, 내 손에는 그게 있어. 쇠사슬.

그녀가 패닝의 목에 쇠사슬을 둘러 감자, 그의 얼굴과 몸이 소스라치며 놀랐다. 그리고 그녀는 기도를 누르던 힘이 순간적으로 약해진 것을 느꼈다. 크레인의 붐이 건물의 옆면으로 빠져나가기 시작했다. 그녀가 서둘러 두 번째 고리를 만들어 그의 머리 위로 던졌다.

패닝이 그녀의 목에서 손을 풀고, 몸을 일으켜 앉아 손을 들어 자기 목 주위를 더듬거리며 확인했다. 꾸물거릴 틈이 없었다.

"그녀를 찾아가." 에이미가 말했다.

그는 비명도 지르지 못한 채, 눈 깜빡할 사이에 세상을 떠났다. 아주 짧은 순간 그곳에 있던 그가, 다음 순간 소용돌이치는 먼지 구름 속으로 빨려 들어갔고, 사라진 도시의 잿더미와 하나가 되었다.

그리고 그렇게 끝났다.

마이클은 한참을 그대로 가만히 있었다. 주위의 적막함이 속임수인 것만 같았다. 하지만 시간이 흘러도 아무 일이 일어나지 않자, 뭔가 변화가 생겼다는 걸 깨달았다. 마치 방 안에 자기 혼자만 있는 것처럼, 주위가 온통 고요하기만 했다.

그가 눈을 뜨고 방 안을 둘러보았다.

바이럴들이 죽었다. 프라이팬에 맞아 나가떨어진 녀석이 태아와 같은 자세로 몸을 둥글게 만 채 발밑에 누워 있었다. 다른 두 녀석도 방의 저 끝 쪽에 같은 자세로 죽었는데, 심지어 한 녀석은 눈에 버터나이프가 꽂힌 모습 그대로 아직도 피에 물든 유체가 흘러내리고 있었다. 바이럴들의 자세에서 뭔가 연약함이 느껴졌다. 마치 갑자기 지쳐버린 바이럴들이 바닥에 드러누워 잠이 든 것처럼 보였다.

그는 가스레인지를 잡고 몸을 당겨 일어서서, 자신의 핏자국을 따라 절뚝거리며 복도로 걸어 나왔다. 진열대에 있는 스카프 하나를 집어 들어 다리 상처에 다시 감아 매고서 밖으로 나왔다. 먼지 구름을 뚫고 햇빛을 쏟아내는 저녁 해가 낮게 떠 있고, 구름은 붉게 타올랐다. 그는 동쪽 라파예트 거리로 가서 북쪽으로 방향을 틀었다. 그리고 한 블록을 더 가서야, 무슨 일이 있었던 건지 확실히 알게 되었다.

곳곳에 바이럴들의 사체가 널려 있었다. 인도 위에도, 차도에도, 고물이 되어버린 차들의 지붕 위에도. 모두 한결같이 태아처럼 웅크린 모습이었다. 너무 길었던 하루에 지쳐버린 아이들이 몸을 웅크리고 침대에 누운 것과 똑같은 모습이었다. 그리고 그 모습은 죽음이라기보다는 대규모로 집단적인 휴식을 하는 모습에 가까워 보였다. 그들의 사체는 그들이 오랫동안 머물러왔던 도시처럼 먼지로 부서지고 있었다. 위대하고, 슬프면서도 기쁘지만,

한 인간의 마음에 담기에는 버거운 놀라운 광경이었다. 그가 비틀거리며 앞으로 나아갔다. 도심의 외곽 지역에서는 우르릉 쾅쾅거리는 붕괴의 소리가 계속해 들려왔다. 수개월, 수년, 심지어 수 세기 동안, 마침내 이 거대한 대도시가 바다로 변하며 이 제물의 희생 의식은 계속될 것이다. 하지만 마이클이 바이럴들의 사체 사이를 걸어가는 지금은 무한한 정적만이 도시를 지배했고, 세상은 그에 대한 예를 갖추어 멈춰 섰으며, 역사는 시간이 둥글게 말아 쥔 손안에 갇혀 있었다.

그리고 마이클 피셔는 그가 할 수 있는 유일한 일을 했다. 그가 무릎을 꿇고 주저앉아 울었다.

피터가 죽어가고 있었다.

에이미는 그의 정신이 희미해지는 것을 느꼈고, 패닝도 그를 떠나가고 있었다. 그는 눈은 떴지만, 눈빛은 흐려져 갔다. 곧 사라지게 될 것이다.

나를 떠나지 말아요. 그녀가 그의 손을 들어 올려 자기 뺨에 갖다 댔다. 그의 살이 온기를 잃어가는 중이었다. 죽음을 앞둔 그의 얼굴 근육들이 편안하게 풀어졌다. 제발, 그녀가 그렇게 말하고는 흐느껴 울며 몸서리를 쳤다. 나를 혼자 두지 말아요.

안녕이라는 말로 그를 보내야 할 시간이 되었지만, 그런 생각은 견딜 수 없었다. 받아들일 수가 없었다. 어쩌면 방법이 있을 것도 같았다. 가장 심각한 행위 ─ 심지어 그건 배신 행위일지도 몰랐다. 그녀는 바닥에서 유리 파편을 집어 들어 손바닥 가장자리를 베면서, 순간적으로 자신이 몸 밖에서 자기 모습을 지켜보는 것과 같은 느낌을 받았다. 상처에서 피가 스며 나왔고, 빠르게 짙은 진홍색의 웅덩이를 이루었다. 그녀는 피터의 손을 잡고 그의 손에도 똑같이 했다. 짧은 의심의 순간이 지나고, 그녀는 그의 손바닥을 자기 손바닥 위에 올려놓고서 손가락을 맞물려 깍지를 꼈다. 손바닥에 압력이 증가하면서 그녀는 약한 경련이 일어나는 것을 느꼈고, 피터가 자기 손가락들을 그녀의 손등에 포개놓았다.

그녀가 눈을 감았다.

—

12부

저 너대 오지

나의 영혼이 어둠 속에 저물지라도,
완전한 빛 속에서 일어서리라.
나, 별을 너무나 사랑해왔기에
밤이 두렵지 아니하구나.

- 사라 윌리엄스, 『노년의 천문학자가 그의 제자들에게』

83장

에이미와 마이클은 붕괴의 현장으로부터 멀리 떨어진 센트럴 파크의 꼭대기에 캠프를 쳤다. 산처럼 쌓인 잔해들이 섬의 중앙을 뚫고 지나갈 수가 없게 가로막아서, 둘은 서로를 찾는 데만 일주일이라는 시간이 걸렸다. 에이미가 그의 목소리를 들은 게 붕괴 후 6일이 지난 아침이었다. 마이클이 재와 먼지를 뒤집어쓴 유령 같은 모습으로 잔해 더미에서 나타났을 때, 에이미는 알리시아가 실종되었다는 것을 알았다. 알리시아의 존재와 영혼 그런 것들이 세상 어디에도 있지 않았다. 마이클이 그녀에게 무슨 일이 일어났었는지 설명하자, 에이미는 자신이 맞닥뜨린 현실에 좌절하고 말았다. 그녀가 땅바닥에 주저앉아 울었다.

그런데 피터는? 마이클이 망설이며 물었다.

그의 얼굴은 쳐다보지도 않은 채 그녀가 고개를 저었다. 살아남지 못했어요.

둘은 그곳에 3주 동안 머물며 필요한 물건들을 찾아 모으고 휴식을 취했고, 마이클도 천천히 기력을 회복했다. 둘은 간단한 훈제실을 짓고서, 작은 사냥감들을 잡기 위해 덫을 놓았다. 공원의 다른 곳에서는 다양한 종류의 식용 식물들과 심지어 과육이 알차게 살이 올라 윤기가 흐르는 사과나무들을 찾기까지 했다. 마이클은 저수지의 물이 바닷물에 오염되지 않았을까 걱정했지만, 그렇지는 않았다. 둘은 노틸러스호에서 가져온 여과기를 사용해 물에 섞여 있는 잔해와 먼지들을 제거하고 깨끗한 물을 얻었다. 이따금 그들은 남아 있던 다른 건물들이 무너져 내리는 요란한 소리를 들었는데, 결국 그 뒤에 이어지는 고요는 오히려 깊고 쓸쓸하게 느껴지기만 했다. 처음에는 그 소리 때문에 불안하고 신경이 거슬렸지만, 마침내 그런 소음은 신경 쓸 가치조차 없는 흔한 일상이 되고 말았다.

하루하루가 길고, 태양은 뜨거웠다. 어느 날 이른 아침 둘은 천둥소리에 잠이 깼고, 연이은 폭풍우가 엄청난 소리와 함께 도시를 강렬하게 휩쓸고 지나갔다. 그리고 마침내 다시 해가 떠오르자, 공기가 달라졌다. 공원에는 반짝이는 물방울 같은 상쾌함이 가득했고, 나뭇잎에 뽀얗게 앉아 있던 먼지들도 말끔히 씻겨 나갔다.

마이클이 위스키 한 병을 내놓은 건 그들이 함께 있는 마지막 밤이었다. 그건 그가 옷가지와 도구들을 찾기 위해 들어갔던 아파트 건물에서 찾아낸 것이다. 마개는 완전하게 밀봉된 상태였고, 유리병에 흙을 한 층 둘러놓은 것처럼 먼지가 두껍게 앉아 있었다. 모닥불 옆에 앉아, 마이클이 먼저 시음해보았다. "살아오지 못한 친구들을 위하여." 마이클이 그렇게 말하고는 위스키 병을 들어 올려 술을 길게 들이켰다. 그의 목이 울컥거리며 기침하기 시작했지만, 한편으로 그의 얼굴에서는 왠지 일종의 승리에 취한 의

기양양한 표정도 읽을 수 있었다.

"와우, 에이미도 좋아할 거야." 그가 숨을 쉬느라 헐떡이며 병을 그녀에게 넘겼다.

에이미가 맛과 느낌을 알기 위해 위스키를 아주 조금만 마셔보더니, 이내 마이클이 한 것처럼 고개를 뒤로 젖히고 입에 한가득 부어 넣었다. 그녀의 혀에서 풍부하고 짙은 스모키한 맛이 피어나며, 콧속에 톡 쏘는 따스한 온기를 채워 넣었다. 마이클이 눈썹을 치켜세우고 호기심 어린 눈빛으로 그녀를 쳐다봤다. 그리고 그녀에게 경고했다. "조금씩 천천히 마시는 게 나을 텐데. 에이미가 마시고 있는 건 120년 된 스카치위스키라고."

그녀가 다시 술을 들이켜고는 향을 더 깊이 음미했다.

"이건…… 지난 과거의 맛이 나네요." 그녀가 말했다.

아침이 되자 그들은 캠프를 정리하고, 공원을 지나 8번가를 따라 남쪽으로 향했다. 물가에 이르러, 그들은 마이클의 노틸러스호에 마지막 보급 물자들을 다 옮겨 실었다. 그는 먼저 플로리다를 향하게 될 것이고, 그곳에서 물자를 재보급한 다음 브라질 해안을 향해 긴 뱃길을 떠나, 마젤란 해협에 이를 때까지 육지를 끼고서 계속 항해할 예정이었다. 일단 출발하고 나면, 휴식과 재보급을 위해 마지막으로 한 번만 배를 멈춘 후 남태평양을 향해 쉼 없이 항해하게 되는 거였다.

"확실히 그들을 찾을 수 있어요?" 에이미가 물었다.

둘 다 그가 떠나려는 항해의 위험을 알지만, 그가 크게 상관없다는 듯 어깨를 으쓱해 보였다. "이 모든 일들을 다 겪고 났는데, 힘들면 얼마나 힘들겠어?" 그가 말을 멈추고 그녀를 바라봤다. 그리고 조심스럽게 말했다. "에이미가 나와 함께 갈 수는 없다고 생각하는 건 알아……."

"나는 같이 갈 수 없어요, 마이클."

마이클이 할 말을 생각하며 말을 더듬거렸다. "이건 말이야 그 냥…… 도대체 여기서 어떻게 지내려고 그래? 그것도 혈혈단신으로."

에이미도 뭐라고 대답할 말이 없었고, 무엇보다도 그에게 그럴 듯하게 들릴 만한 대답을 생각해내지 못했다. "어떻게든 해낼 거예요." 그녀가 슬퍼 보이는 그의 얼굴을 쳐다봤다. "나는 괜찮을 거예요, 마이클."

둘은 미련 없이 깨끗하게 작별하고 돌아서는 것이 가장 좋은 방법이라는 생각에 동의했다. 그런데도 헤어져야 할 시간이 다가오자, 그런 생각은 바보 같은 정도가 아니라 아예 불가능한 것처럼 보였다. 둘은 서로를 껴안고 아주 오랫동안 포옹했다.

"그녀는 당신을 사랑했어요, 알죠?" 에이미가 말했다.

그가 좀 울컥하는 듯 보였다. 사실 둘 다 마찬가지였으니까. 그가 고개를 저었다. "그녀가 그랬을까, 나는 잘 모르겠어."

"아마도 당신이 원했던 그런 방식은 아니었을 거예요. 하지만 그게 그녀가 알고 있던 방식이었어요." 에이미가 뒤로 한 발 물러나 그의 뺨에 한 손을 갖다 댔다. "그건 믿어야 해요, 마이클."

둘이 작별했다. 마이클은 조종석으로 걸어 내려갔고, 에이미가 줄들을 풀어 던졌다. 돛 하나가 툭툭 소리를 내며 펴지고, 배가 미끄러지듯 흘러갔다. 마이클이 노틸러스호의 선미판 위로 손을 흔들었고, 에이미도 손을 흔들어 배웅했다. 신이 당신을 축복하고 지킬 거예요, 마이클 피셔. 그녀는 그의 모습이 광활한 바다 한가운데로 사라질 때까지 지켜보았다.

그녀도 자기 배낭을 챙겨서 북쪽으로 길을 떠났다. 그녀가 다리에 이르렀을 때는 이미 오후가 되었다. 강한 여름의 햇빛이 물속 저 아래까지 비췄으며, 수면은 햇살에 반짝반짝 빛났다. 그녀는 다리를 건너 반대편으로 가서 잠시 걸음을 멈추고 물을 마시며 쉬었다가, 다시 배낭을 메고서 여정을 이어갔다.

유타는 그곳에서 4개월 거리만큼 떨어져 있다.

*   *   *

엠파이어 스테이트 빌딩의 전망대에서는 ─ 엠파이어 스테이트 빌딩은 그랜드 센트럴과 바다 사이에서 온전한 상태로 남아 있는 구조물 가운데 하나였다 ─ 알리시아가 마이클의 노틸러스호가 허드슨강을 따라 내려가는 모습을 지켜보았다.

그녀가 그곳까지 올라오는 데만 이틀이 걸렸다. 204개 층계참들은 대부분 빛이 안 들어오는 완전한 어둠 속에 갇혔고, 임시 목발을 짚고 그 계단을 오르는 일은 엄청나게 고통스러웠으며, 통증이 너무 심해지면 손과 무릎으로 기며 올라와야 했다. 그녀는 여러 번 층계참에서 수 시간 동안 땀을 흘리며 힘겹게 숨을 쉬어야만 했고, 과연 계속 갈 수 있을지 의심스러웠다. 그녀의 몸은 완전히 망가져, 수명이 다한 거나 마찬가지였다. 고통이 느껴지지 않는 곳들에서도, 서서히 진행되고 있는 마비 증상만이 느껴질 뿐이었다. 그녀 안에서 하나둘씩 생명의 불빛이 꺼져가고 있었다.

하지만 그래도 그녀의 정신과 생각들은 자신의 것이었다. 패닝도, 에이미도 아닌 그녀 자신의 것. 그녀는 어떻게 지하철 터널을 빠져나왔는지 기억이 전혀 없었지만, 어찌 되었건 그녀가 마른 땅으로 튕겨 나온 것만은 확실했다. 나머지의 기억은 드문드문 깜빡이는 불빛처럼 희미하게 떠오를 뿐이었다. 그녀는 햇빛의 역광을 받은 마이클의 얼굴과 그가 뻗어 내렸던 손, 행성만큼 큰 상상할 수 없는 힘으로 자신을 덮쳐오던 물, 모든 자유의지를 빼앗긴 채 거꾸러져 처박히고 뒹굴던 자신의 몸, 자기도 모르게 처음 들이마셨던 물과 막혀온 숨, 본능적으로 다시 숨을 쉬기 위해 개방했던 그녀의 기도를 타고 폐 속 더 깊이 빨려 들어온 물, 쥐어짜는 고통이 찾아온 후 다행스럽게도 줄어들기 시작한 고통, 수신 가능 지역을 벗어나 희미해지는 무전기 신호처럼 또렷함을 잃어가는 그녀의 몸과 생각이 흩어지는 느낌, 그리고 그다음은 아무 기억이 없었다.

깨어난 그녀가 확인한 것은, 이제껏 살면서 가장 당혹스러운 곳에 있는 자기 모습이었다. 그녀는 어느 한 벤치에 앉아 있었던 것이다. 주위로 너무 크게 자라버린 나무들과, 깃털 같고 키가 큰 풀밭 깊숙이 놀이터가 보이는 작은 공원이 있었다. 천천히 의식이 돌아왔다. 주위는 거대한 잔해 덩어리들이 둘러쌌지만, 공원 자체는 기적적으로 어느 곳 하나 피해를 본 곳이 보이지 않았다. 태양이 떠 있었고, 새들이 나무에서 듣기 좋은 편안한 소리로 지저귀었다. 옷은 물에 흠뻑 젖었고, 입안에서는 소금의 짠맛이 느껴졌다. 그녀가 기억하고 있는 사건들과, 그녀가 아무것도 몰랐던 것처럼 완전히 시대착오적인 평온 속에 있는 지금의 상황 사이에는 상당한 시간 차가 존재한다는 것을 알았다. 다소 멍한 상태에서 자신이 죽은 것은 아닌지 궁금해졌고, 만약 그렇다면 사실 그녀는 유령인 셈이었다. 하지만 그녀가 일어서려는 순간 통증이 온몸으로 확 퍼져 나가자, 자신이 죽은 것은 아니라는 걸 알았다. 죽음은 확실히 육체의 감각들을 소멸시켰을 테니까 말이다.

그리고 그 순간 자기 몸에서 바이러스가 사라졌다는 사실을 깨달았다.

다른 특징들은 그대로 남은 상태로 인간의 형체만 회복한 패닝이나 에이미처럼 다른 단계로 변화한 것이 아니다. 그녀의 몸속 어디에도 바이러스가 없었다. 어떻게 된 일인지 알 수 없지만, 물이 바이러스들을 죽이고, 그녀를 되살려놓았다.

이게 어떻게 가능하지? 패닝이 나에게 거짓말한 건가? 하지만 자신의 기억을 들추어 본 그녀는 패닝이 그녀에게 한 그 많은 말 중에도 물이 그녀를 죽일 거라는 말은 한 적이 없다는 걸 깨달았다. 그녀는 완전한 바이럴도 완전한 인간도 아닌 중간자적인 존재였기 때문이다. 아마도 그는 그 사실을 감지했거나, 어쩌면 단지 몰랐던 것일 수도 있었다. 이 얼마나 얄궂은 일이야! 나는 죽을 생각으로 베르겐스피요르드호의 부채꼴 선미에서 몸을 던졌는데, 결국 나를 구원하게 된 게 물이라니 말이야.

하지만 살아 있다는 것. 적절한 비율로 냄새를 맡고 소리를 듣고 맛을 본다는 것. 마침내 누군가의 마음속에 혼자 남게 된다는 것. 그녀는 그 모든 감정들을 가장 깨끗한 공기를 호흡하는 것처럼 깊이 들이마셨다. 얼마나 멋지고 놀라우며 예상을 벗어난 기적 같은 일인가. 다시 오직 단순하게 인간이 되었다는 게.

패닝이 죽었다. 무엇보다 도시의 잔해들이 그녀에게 그렇게 말하고 있었고, 몸을 웅크린 채 잿가루로 바스러지는 바이럴들의 사체가 그것을 증명했다. 그녀는 폐허가 된 식품 잡화점을 은신처로 삼았다. 아마도 친구들이 나를 찾고 있을 거야. 어쩌면 내가 죽었다고 생각하고 찾지 않을지도 모르지. 이틀째 되던 날 아침, 그녀는 누군가 소리를 지르고 있는 걸 들었다. 마이클이었다. "야!" 그의 목소리가 조용한 거리에 울려 퍼졌다. "이거 봐! 누구 없어?" 마이클! 그녀가 대답했다. 나를 찾으러 와! 나 여기에 있어! 하지만 곧 그녀는 사실 자신이 이 말들을 크게 소리 내어 외치지 않았다는 걸 깨달았다.

매우 당황스러웠다. 왜 나는 그를 부르지 않은 걸까? 소리 내어 부르지 않고 가만히 있고 싶었던 이 충동은 무엇 때문일까? 왜 나는 마이클에게 내가 어디에 있는지 말할 수 없는 걸까? 그의 목소리가 멀어지더니, 이내 들리지 않게 되었다.

그녀는 자신의 이런 질문들에 대한 답이 명확해질 때까지 기다렸다. 그러면 계획이 생길지도 모르니까. 며칠이 지나갔다. 비가 오자, 그녀는 빗물을 받기 위해 병들을 가게 밖에 내놓았고 그렇게 갈증을 해소했다. 그녀에게는 가진 음식도 없었고 먹을거리를 찾을 방법도 없었지만, 이상하게도 그런 사실이 중요해 보이지 않았다. 전혀 배가 고프지 않았기 때문이다. 그녀는 잠을 엄청나게 많이 잤다. 여러 날을 밤새도록 잤다. 매혹적인 감정들과 감각적인 생생함으로 가득한 깊은 무의식 상태의 긴 잠을 잤다. 때때로 꿈속에서 콜로니의 장벽 밖에 앉아 있는 어린 소녀의 모습이기도 했고, 다른 때는 석궁과 단검들로 무장하고 감시탑에 서 있는 젊은 여자이기도 했다. 피터 꿈을 꾸고, 에이미 꿈을 꾸고, 마이클 꿈을 꾸고, 사라와 홀리스 그리고 그리어 꿈을 꿨다. 그리고 꽤 자주 자신의 멋진 말 솔저 꿈을 꾸었다. 몇 날 며칠, 온종일 그녀 삶의 모든 이야기가 눈앞에 나타났다.

하지만 그 꿈들 가운데 가장 놀라웠던 건 자기 딸 로즈에 관한 꿈이었다.

그 꿈은 아이들의 동화에 나오는 것 같은 안개 자욱하고 어두운 숲속에서 시작되었다. 그녀는 사냥하고 있었다. 활을 쏠 준비를 하고, 발이 거의 바닥에 닿지도 않을 정도로 조심스럽게 나무들의 울창한 나뭇잎 그늘 아래로 접근하고 있었다. 풀 사이에 숨은 사냥감들이 만들어내는 작은 소리와 움직임이 사방에서 들려왔지만, 정작 사냥감들의 모습은 드러나지 않았다. 그녀가 나뭇가지 부러지는 소리나 마른 나뭇잎이 바스락거리는 소리 같은 특정한 소리의 위치를 파악하자마자, 숲속에 사는 사냥감들은 마치 그녀를 놀리는 것처럼 그녀의 뒤에서 휙 움직이거나 옆으로 자리를 옮길 것이다.

그녀가 땅이 완만하게 오르락내리락하며 탁 트인 풀밭을 이루고 있는 초원으로 나왔다. 해는 졌지만 아직은 어두워지지 않았다. 그녀가 걸어가며 발걸음을 옮기는 중에도 풀들이 점점 높이 자라나더니, 허리에 닿을 정도까지 되었고, 금방 가슴 높이까지 쑥 자라났다. 한결같이 부드럽고 희미하게 비치는 빛은 어디에서 오는 건지 알 수가 없었다. 앞쪽 어디에선가 새로운 소리가 들려왔다. 웃음소리, 그것도 밝고 활기찬 어린 여자아이의 웃음소리였다. 본능적으로 그 웃음소리의 주인이 자기 딸이라는 걸 알아챈 그녀가 소리를 질렀다. 로즈! 로즈, 너 어디 있어! 그녀가 앞으로 마구 뛰어나갔다. 풀들이 그녀의 얼굴과 눈을 때려댔다. 절박함이 그녀의 가슴을 움켜쥔 것 같았다. 로즈! 네가 안 보여! 내가 너를 찾을 수 있게 도와줘!

— 나 여기 있어요, 엄마!

— 어디?

알리시아는 오른쪽 앞에서 반짝하고 눈에 들어오는 움직임을 발견했다. 빛에 일렁이며 반짝이는 빨간 머리.

―이쪽으로 와요! 아이가 그녀를 놀렸다. 여자아이는 장난치며 웃고 있었다. 내가 안 보여요? 나 여기 있다고요!

알리시아가 아이를 향해 달려들었다. 하지만 숲속의 동물들처럼 그녀의 딸은 사방 모든 곳에 있으면서도 그 어느 곳에도 없었다. 딸의 목소리가 사방에서 들려왔을 뿐이다.

―내가 여기 있다고요! 로즈가 노래 부르듯 말했다. 나를 찾아보세요!

―엄마를 기다려줘!

―와서 나를 찾으라고요, 엄마!

갑자기 풀밭이 사라졌고, 그녀는 자신이 작은 언덕의 꼭대기를 향해 비탈진 먼지투성이 경사로 위에 혼자 서 있는 걸 발견했다.

―로즈!

아이가 답이 없었다.

―로즈!

길이 그녀를 앞으로 이끌었다. 걸어가는 동안 주위의 환경을 인식하기 시작했는데, 적어도 그곳이 어떤 곳인지는 알게 되었다. 그녀가 아는 세상의 일부이기도 한 동시에 그 너머의 세상으로, 절대 이 세상에 완전히 속하지 않은 곁눈으로라야 훔쳐볼 수 있을 것 같은 숨겨진 현실이었다. 한 걸음 나아갈 때마다 불안이 조금씩 누그러졌다. 마치 보이지 않는 온전히 자비로운 힘이 그녀를 이끄는 것 같았다. 언덕을 오르는 동안 귀에 다시 한번 멀리서 들려오는 딸의 밝은 노래 같은 웃음소리가 들렸다.

―나한테 와요, 엄마. 아이가 노래를 불렀다. 나에게 와요.

그녀가 언덕의 꼭대기에 올랐다.

그리고 거기서 알리시아가 잠에서 깼다. 그 언덕 꼭대기 너머에 있는 것이 무엇인지 아직은 눈으로 볼 수 없었지만, 그것이 무엇인지 짐작은 되었다. 그녀는 피터와 에이미와 마이클 그리고 그녀가 사랑했고 그녀를 사랑했던 모든 사람에 대한 다른 꿈들이 무엇을 의미하는지 알았기 때문이다.

그녀는 작별 인사를 하는 거였다.

알리시아가 더 이상 꿈을 꾸지 않는 밤이 찾아왔다. 그녀는 완벽함을 느끼며 잠에서 깼다. 그녀가 바라던 모든 일들이 이루어지고, 삶의 여정이 완성된 거였다.

그녀는 부서진 나무들로 만든 목발을 짚고 잔해들 사이를 헤치며 북쪽으로 세 블록 그리고 다시 서쪽으로 한 블록을 나아갔다. 이 짧은 거리를 걷는 것마저도 숨이 멎을 것 같은 고통을 가져다주었다. 계단을 오르기 시작한 건 오전 중반쯤 되었을 때였으며, 해가 질 때가 되어서는 57층에 도착했다. 물은 다 떨어진 상태였고, 그녀는 해가 뜨면 햇빛에 잠이 깨어 새벽에 다시 계단을 오를 수 있을 거라는 생각으로 창문이 있는 사무실의 바닥에서 잠을 청했다.

바로 그날 아침 마이클이 배를 타고 떠난 게 우연이었을까? 알리시아는 그렇지 않기를 바랐다. 노틸러스호가 바람을 타고 떠나가는 모습이 그녀에게는 일종의 신호였고, 의미가 있는 일이었다. 마이클이 그녀의 존재를 느낄 수 있었을까? 떠나는 자기 모습을 그녀가 지켜보고 있다는 사실을 어떤 식으로든 감지했을까? 불가능한 일이었지만 그래도 알리시아는 그렇게 생각하는 것이 기분이 좋았다. 어느 순간 그가 마치 갑자기 불어온 바람에 놀라듯 고개를 들어 쳐다볼지도 모르는 일이었으니까 말이다. 노틸러스호가 내항을 떠나 넓은 바다로 향했다. 햇살이 수면 위에서 눈부시게 반짝였다. 알리시아는 난간을 붙잡고 서서 그 작은 모습이 점점 더 작아지며 사라지는 모습을 지켜보았다. 그 많은 사람 중에 마이클이었어, 그녀가 생각했다. 그럼에도 불구하고 그였다. 그녀를 구원한 사람은 바로 그였다.

난간 상단에 깊숙이 고정된, 꼭대기가 안쪽으로 휘어진 높은 울타리는 한때 전망대 주위를 둘러싼 바리케이드 역할을 했다. 많은 부분이 그대로 남았지만 전부가 그대로 남아 있는 것은 아니다. 알리시아가 아껴놓았던 약간의 물을 남김없이 마셔버렸다. 얼마나 달콤한지 몰랐다. 뒤져서 찾아낸 빗물이었다. 그녀는 세상의 모든 것들 사이의 상호 연결성과 생명의 영원한 흥망성쇠에 대한 심오한 감각들을 경험했다. 즉, 바다에서 시작된 물이 어떻게 상승해서 구름으로 모이고, 비가 되어 하늘에서 내리고 그녀가 놓아둔 병들 속에 모이게 되는지 말이다. 그리고 이제 그 빗물이 그녀의 일부가 되었다.

알리시아가 난간에 걸터앉았다. 난간 바깥쪽 아래로 자그마한 턱이 나와 있었다. 손을 사용해 움직이기 힘든 다리를 난간 위로 올려놓고 몸을 돌려 앉았다. 건물 반대편으로 얼굴을 돌린 채, 발이 그 턱에 닿을 때까지 콘크리트 난간 위에서 앞으로 몸을 움직여 나아갔다. 그 누군가는 어떻게 했을까? 그는 세상과 어떻게 작별 인사를 했을까? 그녀는 길게 공기를 들이마시고는 천천히 숨을 내뱉었다. 그리고 자신이 울고 있다는 걸 깨달았다. 슬픔 때문이 아니었다 ─ 그녀의 눈물이 슬픔과 관련된 것처럼 보였을지라도, 절대 그 때문이 아니었다. 모든 것을 이루고 끝낸 후의 슬픔과 기쁨이 한데 뒤섞인 눈물이었다.

나의 사랑, 나의 로즈.

손바닥에 힘을 줘 밀며, 그녀가 몸을 일으켜 세웠다. 발아래 난간과의 공간이 휙 벌어지며, 하늘을 응시했다.

로즈, 엄마가 가. 곧 너와 함께 있게 될 거야.

어떤 이들은 그녀가 추락했다고 말할 것이고, 다른 이들은 그녀가 하늘을 날았다고 말할지도 모른다. 둘 다 사실이다. 칼날의 알리시아, 새로운 존재, 감시탑의 대장이었으며 원정대의 군인이었던 알리시아 도나디오는 그녀가 살아온 방식대로 생을 마감했다.

언제나 하늘로 날아올랐던 것처럼.

*　　*　　*

밤이 찾아왔다.

에이미는 뉴저지주 어딘가에 있었고, 주요 도로들을 뒤로한 채 거친 오지들을 따라 이동했다. 두 팔과 다리가 무겁기는 했지만, 그래도 그건 흡사 기분 좋은 진한 고단함에 절었기 때문이다. 날이 어두워지자, 그녀는 반딧불들이 반짝이는 벌판에 캠프를 치고, 간단한 저녁 식사를 하고 별을 보고 누웠다.

내게로 와요, 그녀가 생각했다.

그녀의 주위로 사방에서 그리고 위에서 하늘의 작은 불빛들이 춤추었다. 통통하게 살이 꽉 찬 보름달이 나무 위로 떠오르자 밤의 그림자들이 더욱 선명하게 보였다.

당신을 기다리고 있어요. 나는 언제나 기다릴 거예요. 내게 와요.

모든 것이 완벽하게 고요했다. 심지어 바람마저도 멈추었고, 시간이 느릿느릿 천천히 흘렀다. 그리고 그녀 안에서 깃털이 살랑거리는 것처럼 소리가 들렸다.

에이미.

들판의 저 끝, 나무의 큰 가지들 사이에서 무언가 바스락거리는 소리가 들리고, 피터가 땅으로 내려오는 것이 보였다. 그는 방금 다람쥐 아니면 쥐 혹은 작은 새들을 먹어 치운 후였고, 그녀는 그가 그런 행동의 결과로 얻은 풍성한 충족, 즉 만족감이 그녀의 혈관을 타고 흐르는 따뜻한 물결처럼 전해지는 것을 느꼈다. 그가 반딧불 사이를 걸어 그녀에게 다가오는 것을 보면서 그녀도 자리에서 일어났다. 피터처럼, 피터와 에이미처럼, 별들의 바다에서 함께 춤추는 아주 많은 반딧불이 있었다. 에이미. 그의 목소리는 그녀의 이름을 속삭이는 그리움의 바람처럼 부드러웠다. 에이미, 에이미, 에이미.

그녀가 한 손을 올리자, 피터도 똑같이 한 손을 올리고 둘 사이의 거리가 좁혀졌다. 둘의 손가락이 맞물리면서 깍지를 꼈고, 피터의 손바닥이 가볍게 그녀의 손바닥에 맞닿았다.

내가……?

그녀가 고개를 끄덕였다. ― 네, 맞아요.

그럼…… 당신의 건가? 내가 당신에게 속한 거야?

그녀는 그가 혼란스러워하는 것을 눈치챘다. 정신적인 충격이 아직도 생생하게 남았고, 상황 역시도 혼란스러웠던 거였다. 그녀가 손가락들에 힘주고 그의 손바닥에 자기 손바닥을 더욱 바짝 갖다 대며, 그의 눈을 똑바로 들여다보았다.

― 당신은 내 것이고, 나는 당신 거예요. 우리는 서로에게 속해 있는 거예요, 당신도 나도.

잠시 대화가 끊어지고 나서. 우리는 서로에게 속해 있어. 당신은 나의 것 그리고 나는 당신의 것.

맞아요, 피터.

피터. 그가 잠시 생각했다. 나는 피터야.

그녀가 손으로 그의 볼을 받쳐 들었다.

— 그래요.

나는 피터 잭슨이야.

그녀의 눈에 눈물이 고였다. 달빛으로 환한 밤은 터무니없이 고요했고, 모든 것이 멈추었으며, 두 사람은 한 줄기 스포트라이트를 받으며 검은 배경의 무대 위에 서 있는 배우가 된 것 같았다.

그래요, 그게 당신이에요. 그리고 당신은 나의 피터예요.

그리고 당신은 나의 에이미.

그녀가 서쪽으로 가는 동안 그리고 그 후로도 오랫동안, 그는 매일 밤 그렇게 그녀를 찾아왔다. 그리고 이 대화는 찬송가나 기도문처럼 셀 수도 없이 많이 반복되었다. 그는 매일 밤 처음 찾아오는 것 같았고, 만남이 시작될 때면 매일 밤 새롭게 태어난 이 세상의 완전히 새로운 창조물인 것처럼, 지나간 밤과 일들에 대한 어떤 것도 기억하지 못했다. 하지만 일 년 이 년이 지나 수십 년이 되면서, 서서히 그의 안에 있던 본질적인 영혼인 그 자신이 회복되었고, 피터는 말을 할 수는 없었지만, 별들 가운데 단둘만 남은 그와 에이미는 서로 맞닿은 손을 통해 끊임없이 대화할 수 있게 되었다.

그리고 나중에 그 일이 있었다. 여름 달빛 아래에서 반딧불들로 가득 찬 들판에 서 있던 때, 그가 그녀에게 물었다.

우리는 어디로 가게 되는 거야?

그녀가 눈물을 흘리며 미소를 지어 보였다.

집으로요, 에이미가 말했다. 나의 피터, 나의 사랑. 우리는 집으로 가는 거예요.

마이클이 항구를 완전히 벗어났고, 배의 선미판 너머로 도시의 모습이 희미해졌다. 그가 결정을 내려야 할 순간이 되었다. 에이미에게 말한 대로 남쪽으로 가야 할까 아니면 완전히 다른 방향으로 갈까?

그건 사실 문젯거리도 안 되었다.

방향을 북동쪽으로 틀며 노틸러스호의 방향을 돌렸다. 바람도 좋았고, 바다는 밝고 은은한 초록색을 띠었다. 다음 날 오후, 그는 롱아일랜드섬의 끝을 돌아 넓은 바다로 나아갔고, 뉴욕을 떠난 지 3일이 되던 날 난터킷섬의 땅을 밟았다. 길고 하얀 모래사장에 파도가 하얗게 부서지는 그 섬은 놀라울 정도로 아름다웠다. 그가 미처 보지 못한 것일 수도 있었으나, 그곳에는 건물이라고는 보이지 않았는데, 모든 문명의 흔적은 바다의 손길에 무너지고 쓸려나갔기 때문이다. 비바람과 큰 파도로부터 안전한 작은 만에 배를 정박한 그는 마지막 계산을 끝내고 새벽에 다시 항해를 떠났다.

그가 떠나자마자 곧 바다의 상황이 바뀌었다. 하늘이 근엄한 그림자를 드리우며 점점 어두워졌고, 어디에서도 육지라고는 보이지 않는, 땅에서 멀리 떨어진 황야와 같은 바다 한가운데로 들어갔다. 그는 그런 안 좋은 날씨 아래에서도 두려움보다는 자신의 짜릿한 결정으로부터 오는 흥분과 긴장감을 느꼈다. 그의 배 노틸러스호는 건재했고, 길잡이가 되어줄 별들과 바람과 바다가 있었다. 실제로 그러기가 쉽지 않을 거라는 건 알았지만, 23일 후에는 영국의 해안가에 도착할 수 있기를 바랐다. 많은 변수가 있었기에, 아마도 한 달 혹은 그 이상이 걸릴지도 모르고, 어쩌면 그가 프랑스나 심지어는 스페인을 향해 떠밀려 갈 가능성도 존재했다. 하지만 그런 건 중요하지 않았다.

마이클 피셔는 저 너머 세상에 무엇이 있는지 알게 될 테니까.

84장

패닝이 천천히 그리고 띄엄띄엄 자신의 주위 환경을 인식하기
시작했다. 가장 먼저 느낀 건 발에 붙은 차가운 모래 알갱이들의
감촉이었고, 뒤이어 조용한 해변 위를 쓸고 올라오는 파도 소리
가 귀에 들렸다. 얼마나 되었는지 알 수 없는 시간이 흐르고, 다른
것들도 느껴지기 시작했다. 밤이었다. 까만 융단 같은 밤하늘에
밀가루를 뿌려놓은 것처럼 가늠할 수 없을 정도로 많은 별이 빼
곡하게 떠 있었다. 온종일 비가 내리기라도 한 것처럼 공기는 조
용하고 서늘한 기운이 감돌았다. 그의 머리 위와 뒤로는 거머리말
과 비치 플럼*이 있는 가파른 절벽 위에 집들이 보였고, 하얀 집들
의 벽은 바다의 수면에 반사되어 비추는 달빛을 받아 희미하게 빛
났다.

---

* 북미 동부 해안이 원산지인 벗나무속의 관목으로 열매는 식용이며 잼을 만들어 먹
기도 한다.

그가 걷기 시작했다. 바지 밑단이 축축했는데, 신발을 잃어버렸거나 아니면 이곳에 올 때 신발을 신지 않은 채 온 것 같았다. 어디로 가야 할지 특별히 염두에 두고 걷는 것은 아니고, 단지 지금의 상황에서는 걷는 게 좋을 것 같다는 느낌을 따라 움직일 뿐이었다. 그렇다고 해서 그가 처한 예상치 못한 상황의 가변적인 현실감이 불안하게 만드는 것은 아니었다. 사실은 불안한 것과는 꽤거리가 멀다고 할 수 있었다. 모든 것은 피할 수 없는 일인 것 같았고, 그래서 오히려 마음이 편안해졌다.

그가 여기에 오기 전에 일어났을지도 모르는 일들에 대한 기억을 되살려 보려고 했지만, 아무것도 기억나지 않았다. 자신이 누구인지 알았지만, 자기 삶에 대한 서사적 일관성은 존재하지 않는 것처럼 보였다. 자신이 어린아이였던, 그가 알던 시간에 대한 기억이 존재했다. 하지만 다른 사람들과 마찬가지로 그의 인생에 있어서 그 시기에 대한 기억은 은유적 성격이 강한 감성적이고 감각적인 인상들이 한데 뭉그러져 있는 덩어리 같은 것에 지나지 않을 뿐이었다. 예를 들어 그의 어머니와 아버지는 그의 기억 속에서 개별적인 존재로 살아 있는 것이 아니라, 욕조에 몸을 담근 것 같은 따뜻함과 안전함의 느낌으로 남아 있었다. 이름도 기억나지 않는, 그가 자라난 마을은 건물들과 거리들로 기억되는 개별적인 도시의 구성 단위의 모습이 아니라, 비가 여름 이파리들을 투둑투둑 두들겨대는 모습이 창문을 통해 보이는 그림으로 기록되었다. 그리고 불안하다기보다는 예상하지 못한 일이었지만, 특히 그의 성인으로서의 삶이 전혀 기억나지 않는다는 점이 매우 이상한 일이었다. 긴 시간 동안 아주 외로웠기에, 그는 자신이 살면서 행복하기도 했고 또 슬프기도 했다는 건 알았다. 그러나 그가 그런 상황들을 떠올려보려 할 때면, 그가 기억할 수 있는 어떤 시계 하나가 전부였다.

이 예기치 못한 기억의 부재가 가져다준 나름의 즐거운 상태를 아주 오랫동안 즐기던 그가 넓은 대로처럼 펼쳐진 모래사장을 따라 물가로 걸음을 옮겼다. 수평선 위로 완전히 떠오른 달이 하늘 위로 높게 그려 나가던 둥근 궤적을 그리다 말고 멈춰 서 있었다. 광대하게 펼쳐진 하늘 아래, 허세 가득한 파도가 높게 일었다. 그리고 그는 멀리 있는 한 형체를 알아보았다. 한동안 가까워질 생각이 없는 듯 그 형체와의 거리는 좁혀지지 않고 멀기만 했는데, 어느 순간 마치 망원경으로 끌어당기는 것처럼 둘 사이의 거리가 빠르게 가까워지기 시작했다.

리즈가 정강이를 팔로 감싸고 모래사장에 앉아 바다 저 너머를 응시했다. 그녀는 속이 비치는 아주 얇은 소재로 된 가볍고 긴 잠옷처럼 생긴 하얀 드레스를 입었고, 그녀의 발도 그처럼 맨발이었다. 그는 어렴풋이 그녀에게 무슨 일이 일어났다는 걸 기억해냈지만, 매우 애석하게도 그게 무슨 일이었는지까지는 알 수 없었다. 그녀가 어디론가 떠나 한동안 볼 수 없었다는 것까지가 그가 기억하는 전부였다. 그리고 이제 그녀가 눈앞에 돌아왔다. 그녀는 아직 그가 가까이에 있다는 걸 알지 못하는 것 같았지만, 그래도 그는 기뻤다. 그녀를 볼 수 있게 되어 매우 행복했고, 마치 그녀가 자신을 기다리고 있다는 느낌까지 들었다.

"리즈, 안녕."

그녀가 고개를 들어 그를 보았고, 그녀의 두 눈이 별빛을 받아 반짝였다. "그러게, 너도 왔구나." 그녀가 웃으며 말했다. "너는 언제쯤 여기에 오게 될지 궁금했어. 나에게 줄 건 없어?"

사실은 리즈에게 줄 것이 있었다. 그가 그녀의 안경을 갖고 있었는데, 정말 기이한 일이었다.

"그럼, 나에게 줄래?"

그녀가 안경을 받아 들고서, 다시 한 번 바다를 향해 얼굴을 돌린 다음 안경을 썼다. "그래, 이거지." 그녀가 만족해 고개를 끄덕이며 말했다. "훨씬 좋은걸. 난 얘네가 없으면 저 환장할 것들이 잘 보이지도 않는다고. 네가 알고 싶어 할지는 모르겠지만, 이 모든 아름다움이 내게 아무 소용없는 것들이었다니까. 하지만 이제 모든 게 또렷하게 잘 보여."

"그런데 대체 우리는 어디에 있는 거야?"

"먼저 좀 앉는 게 어때?"

그가 그녀와 나란히 모래 위에 앉았다.

"그건 아주 좋은 질문이었어." 리즈가 말했다. "해변이라고 하면 답이 될 거 같은데. 여기는 바닷가 해변이야."

"여기에 얼마나 있었던 거야?" 그녀가 한 손가락을 자기 입술에 갖다 댔다. "이런, 이건 재미없는데. 바로 좀 전까지만 해도, 나는 꽤 오랫동안 말할 수 있을 것으로 생각했거든. 그런데 지금 여기에 네가 있는데도 전혀 그럴 것 같지 않잖아."

"우리 둘뿐인 거야?"

"우리뿐이냐고? 물론이지, 나는 그렇다고 생각해." 그녀가 말을 멈췄고, 그녀의 얼굴에 장난기 어린 표정이 떠올랐다. "너 여기를 전혀 알아보지 못하는구나, 안 그래? 뭐 괜찮아, 적응하는 데 시간이 좀 걸리는 거니까. 진짜야, 나도 여기에 처음 왔을 때는 무슨 일인지 알 수 없었어."

그가 주위를 둘러보니, 그녀의 말이 사실이었다. 그는 이곳에 와본 적이 있었다.

"나는 항상 궁금했어." 리즈가 계속 말을 이어갔다. "네가 만약 그날 밤 나에게 키스했다면, 어떻게 됐을까? 우리의 인생이 어떻게 달라졌을까? 물론, 내가 그렇게까지 취하지 않았더라면, 너는 나에게 키스했을 거야. 나는 정말 자기 연민에 빠진 바보였어. 모든 것이 처음부터 다 내 잘못이었던 거야."

그 순간 번뜩 모든 것이 기억났다. 그가 있는 해변은 케이프 코드의 리즈 부모님 집 아래 바닷가, 그날 밤 바로 둘이 있던 그곳이었다. 아주 오래전 가슴으로는 알았던 일을 차마 말하지 못하고, 삶이 그냥 흘러가도록 방관하고 내버려 두었던 바로 그곳이었다.

"어떻게 우리가…… 여기에 와 있는 거지?"

"이런, 그건 질문거리도 아니라고 생각하는데."

"그럼 뭐를 물어봐야 하는 거지?"

"팀, 중요한 건 우리가 왜 여기에 와야 하는가에 대한 이유야."

그녀가 그를 빤히 쳐다보았다. 그녀의 눈길은 마치 그가 환자라도 되는 듯 위로하고 달래려는 눈빛을 띠었다. 그의 두 손을 그녀의 두 손으로 쥐고 있었는데도, 그는 미처 그것도 모르고 있었다. 그녀의 손이 한 잔의 차처럼 따뜻하게 느껴졌다.

"괜찮아," 그녀가 다정하게 말했다. "이제 다 털어놔도 돼."

갑자기 그의 정신이 곤두박질치는 것 같았다. 모든 것이 기억났다. 그의 안에서 과거가 완전하게 되살아났다. 얼굴들이 보이고, 여러 날을 살았다. 태어난 그 시각부터 그 뒤의 모든 시간을 살아냈다. 그 모든 것이 보였다. 그는 숨이 막히는 것 같았고, 폐는 숨을 쉴 공기가 부족했다.

"너는 그냥 다 털어놓기만 하면 돼."

그는 평생 한 번도 울어본 적이 없는 것처럼 몸을 떨며 울었고, 그녀는 팔을 벌려 그를 끌어안았다. 그의 모든 슬픔, 그의 모든 고통, 그가 저지른 끔찍한 짓들.

"모두 용서받았어, 내가 사랑하는 사람, 나의 사랑아. 모두 용서받았어, 빠짐없이 다. 네가 사랑한 모든 것들을 되찾게 될 거야. 그게 네가 여기 온 이유야."

그가 탄식하며 몸을 떨다가, 하늘을 향해 울부짖으며 비명을 질렀다. 파도가 고대로부터 지켜온 그들의 리듬을 따라 철썩이며 밀려왔다가 쓸려 나가고, 별들이 태초부터 변함없이 세상에 나눠온 자신들의 빛을 그에게 부어주었다.

내가 여기 있어. 리즈, 그의 리즈가 말했다. 이제 다 끝났어, 모든 게 다 괜찮아질 거야. 이런, 내 사랑아, 내가 여기 있어.

시간이 필요했다. 며칠이, 몇 주가, 몇 년이 걸렸다. 하지만 그건 중요한 게 아니다. 모든 게 눈 깜박하기도 전에 지나갈 것이다. 오직 한 가지만 빼고, 모든 일들은 과거가 되어 깊은 구덩이 속으로 사라질 것이다. 마지막까지 남는 한 가지, 그건 사랑이다.

13부

산과 별들

그리고 그곳에서 우리가 나와,
다시 별들을 보러 갔노라.

- 단테 알리기에리, 『신곡-지옥편』

85장

"그만 꺼." 로어가 말했다.

랜드가 무표정한 얼굴로 그녀를 쳐다봤다. 그들은 기계실 갑판에 있었다. 기계실은 숨이 막힐 듯 뜨거웠고, 안의 공기도 규칙적인 주기를 따라 돌아가는 엔진의 시끄러운 굉음과 함께 윙윙거리며 요동쳤다. 랜드의 맨살이 드러난 넓은 가슴이 땀으로 번들거렸다.

"잘 생각해보고 결정한 거야?"

그들의 연료가 마지막 1만 파운드 선까지 내려가 있었다.

"그냥 좀," 로어가 말했다. "나에게 따져 묻지 마. 우리에게는 다른 선택이 없다고."

랜드가 무전기를 입에 갖다 댔다. "제군들, 이제 그만. 엔진들 끈다. 위어, 발전기를 보조 모선 방식*으로 전환해. 배수펌프와 조명

---

* 보조 모선은 발전기, 변압기, 선로가 서로 연결된 공통 모선 대신 사용할 수 있는 도체를 말하며, 보조 모선 방식은 이를 이용한 송전 방식을 말함.

그리고 담수화 장치만 살려놓는 거야."

지직거리는 무전기의 잡음이 들리고, 위어의 목소리가 들렸다.

"로어가 그렇게 말했어요?"

"그래, 로어가 그랬어. 지금 나와 얼굴을 마주 보고 있다고."

잠시 후, 엔진이 시끄럽게 쿵쾅거리며 돌아가는 소리가 멈추고 대신 윙윙거리는 낮은 전기 소음이 들려왔다.

그들 머리 위의 작은 철망 안에 든 전구가 깜박이다가 꺼진 후, 마치 머뭇거리는 것처럼 깜박깜박하더니 다시 불이 켜졌다.

"이제 된 거야?" 랜드가 물었다. "우리 물속에서 죽는 거야?"

로어가 그의 물음에 대답하지 않았다.

"미안해, 내가 그런 식으로 말하면 안 되는 거였는데."

그녀가 보일 듯 말 듯 가벼운 손짓을 했다. "신경 쓰지 마."

"네가 최선을 다했다는 건 나도 알아. 모두가 알지."

그녀가 아무 말도 하지 않았다. 그들은 지금 바다에서 떠도는 2만 톤짜리 강철 덩어리일 뿐이다.

"어쩌면 아직 문제를 해결할 방법이 있을 거야." 랜드가 말했다.

로어가 갑판으로 가서 조타실로 통하는 계단을 올라갔다. 바다로 나온 지 39일째 되는 날 아침이었고, 적도의 태양은 이미 용광로처럼 이글이글 타올랐다. 바람 한 점 없으며 바다도 출렁이지 않고 완전히 정체된 상태였다. 많은 사람이 배의 갑판에 진을 치고 캔버스 천으로 만든 쉼터의 그늘 아래에 모여 있었다. 해도 테이블 위에는 로어가 마지막으로 계산했던 두꺼운 섬유질의 종이들이 놓여 있었다. 케이프 혼을 지나갈 때는 해류 때문에 앞으로 나아가지 못하고 거의 얼어붙듯 그 자리에 멈춰 설 뻔하기도 했고, 거대한 파도들이 갑판을 덮치며 모두가 속수무책으로 구토하

는 가운데 전속력으로 엔진을 돌려, 간신히 그곳을 돌파해 나왔
다. 결국 뚫고 나오기는 했지만, 하루하루가 지나면서 로어의 눈
에 연료가 줄어드는 것이 확연히 보였고, 연료의 소비가 고통스러
울 정도로 늘어나는 것이 분명해졌다. 그들은 모든 것을 떼어냈
다. 칸막이벽, 문, 그리고 적하용 크레인까지 바닷물 속으로 던져
버렸다. 그들이 가진 연료로 1킬로미터라도 더 가기 위해 무게를
줄일 수 있는 건 뭐든 다. 하지만 그것마저도 충분하지 못했고, 목
적지까지 가기에는 800킬로미터를 갈 정도의 연료가 부족했다.

케일럽이 조타실로 들어왔다. 랜드와 마찬가지로 그도 셔츠를
입지 않았고, 어깨와 뺨의 피부가 햇볕에 화상을 입어 벗겨졌다.
"무슨 일이에요? 왜 멈춰 선 거예요?"

배의 키 앞에서 로어가 고개를 저었다.

"이런," 그가 잠시 멍하니 정신이 나간 것 같더니 고개를 들었
다. "그럼 얼마나?"

"담수화 장치를 한 일주일쯤 돌릴 수 있어."

"그다음에는?"

"케일럽, 나도 잘 모르겠어."

맥이 풀려버린 것 같은 그의 표정은 어디에라도 앉아야만 할 것
같이 아파 보였다. 그는 해도 테이블 옆의 벤치에 주저앉았다. "로
어, 사람들도 이 상황을 알아차리게 될 거예요. 그냥 엔진을 꺼버
리고 아무 말도 안 할 수는 없어요."

"내가 뭐라고 말하면 좋을 것 같은데?"

"내 생각에는, 우리가 거짓말을 해도 될 것 같아요."

"그래, 좋은 생각이야. 그럼 나에게 뭔가 할 말을 주는 건 어때?"

그녀의 실패감은 놀라울 정도로 컸고, 그녀의 말이 너무 퉁명스

럽게 튀어나오고 말았다. "미안해, 네가 이런 말을 들어야 할 이유가 없는데."

케일럽이 길게 숨을 쉬었다. "괜찮아요, 이해해요."

"사람들에게는 배에 작은 고장이 생겼다고 해두도록 하자. 걱정할 건 없다고." 로어가 말했다. "그러면 우리에게 하루 이틀 정도 시간의 여유가 생길 거야."

케일럽이 일어서서 그녀의 어깨에 한 손을 올렸다. "로어의 잘못이 아니에요."

"나 아니면 누가 또 있어?"

"정말이에요, 로어. 단지 운이 나쁜 것뿐이라고요." 그가 그녀의 손을 잡고서 전혀 위로가 안 될 정도로 힘을 꽉 쥐었다. "사람들에게는 그렇게 말해둘게요."

그가 나가고 나서, 그녀는 한동안 혼자 앉아 있었다. 그녀는 지쳤고, 씻지 못해 더러웠고, 실패했다. 엔진이 돌지 않는 배는 생명이 없는 돌처럼 혼이 깃들지 않은 송장이나 다를 바 없었다.

미안해, 마이클, 그녀가 생각했다. 내가 할 수 있는 건 다 했는데, 그것만으로는 충분하지 않았나 봐.

그녀가 자신의 두 손 위로 얼굴을 떨구었다.

그날 늦은 시각이 되어서야 그녀가 갑판 아래로 내려왔다. 그리고 그리어가 있는 선실로 들어가며 문을 닫으려는 사라와 만났다. "그리어는 좀 어때?"

사라가 고개를 짧게 저었다. 상태가 좋지 않다는 뜻이었다. "그리어가 이 상태로 얼마나 더 버틸 수 있을지 모르겠어." 그녀가 말을 멈추었다가 다시 말했다. "케일럽이 엔진 이야기를 해줬어."

로어가 건성으로 고개를 끄덕였다.

"그래, 내가 도울 수 있는 게 뭐라도 있으면 얘기해줘. 아마도 우리 여기서 끝날 운명은 아닐 거야."

"그렇게 말한 사람이 네가 처음은 아니야."

로어가 달리 더 말하지 않자, 사라가 한숨을 내쉬었다. "네가 그리어를 뭐라도 좀 먹일 수 있는지나 볼게. 그의 침상 옆에 식사 쟁반을 놔두었거든."

사라는 그녀가 복도를 따라 걸어가 조용히 문손잡이를 돌리고 안으로 들어서는 모습을 지켜보았다. 선실에서는 더러운 땀과 오줌 냄새 그리고 시큼한 입 냄새와 과일을 발효시키는 것 같은 다른 냄새들이 뒤섞여 났다. 그리어는 얼굴을 위로 하고 얇은 천 한 장을 턱까지 끌어올려 덮고는 양팔을 몸과 나란히 옆으로 내려놓은 채 누워 있었다. 처음 그 모습을 본 로어는 그가 깜박 잠들었나 보다고 생각했지만 — 요즘 그는 대부분의 시간을 잠자며 보냈다 — 그녀가 들어오는 소리를 듣고 그쪽으로 고개를 돌렸다.

"그렇지 않아도 너를 언제 보게 될지 궁금했어."

로어가 의자 하나를 침상 가까이 끌어다 앉았다. 남자의 얼굴에 어두운 그림자가 짙게 드리워졌고, 뼈만 남은 껍데기처럼 보였다. 병색이 짙은 노란빛이 도는 피부는 양파의 속껍질처럼 물기 많은 반투명의 느낌이 났다.

"내 생각에는 소령님도 눈치채셨을 것 같아요." 그녀가 말했다.

"모르기가 쉽지 않지."

"그러니까 저를 격려하고 위로하려고 하지 않으셨으면 좋겠어요, 아셨죠? 많은 사람이 이미 그렇게 한 지도 꽤 됐으니까요. 그보다도 지금 소령님이 식사를 전혀 안 하고 계신다면서요?"

"그렇게 성가시게 고생할 필요가 없어서 말이야."

"헛소리하지 마세요. 빨리 몸을 일으켜 세워보세요."

그는 누워 있는 매트리스에서 몸을 떼기도 어려울 정도로 기력이 약해졌다. 로어가 그를 도와 몸을 일으켜 앉히고 등과 벽 사이에 베개를 끼워 넣어 조금이라도 편안히 있게 해주었다.

"괜찮아요?"

그가 희미하지만 힘을 내듯 미소를 지어 보였다. "이보다 더 좋을 수는 없지."

쟁반에는 물 한 잔과 걸쭉한 죽 한 그릇에다가 숟가락 하나와 천 하나가 놓여 있었다. 로어가 천을 펴 그리어의 가슴 위에 올려놓고서 숟가락으로 죽을 떠서 입에 넣어주기 시작했다. 그가 떠듬떠듬 입술과 혀를 움직였는데, 이 간단한 행동들마저도 그에게는 엄청난 집중력이 필요한 일인 것처럼 보였다. 그래도 죽을 떠주는 그녀의 손길을 막기 전까지 그는 어렵사리 상당한 양의 죽을 목뒤로 넘길 수 있었다. 그녀가 천으로 그의 턱을 닦아내고는 물컵을 입에 갖다 댔고, 그가 많지 않은 물을 한 모금 마셨다. 그녀는 그가 자신의 기분을 맞춰주고 있다는 걸 알았다. 그에게 죽을 떠먹이는 동안 침대 발치에 피로 얼룩진 대야가 하나 놓여 있는 것을 보았기 때문이다.

"이제 만족해?" 그녀가 컵을 옆으로 치울 때 그가 물었다.

그녀는 하마터면 웃을 뻔했다. "정말 엄청난 질문이네요."

"마이클이 너를 선택한 데는 이유가 있어. 그리고 그건 39일 전이나 지금이나 달라질 게 없어."

갑자기 눈물이 났다. "이런 맙소사, 소령님. 내가 사람들에게 뭐라고 말해야 할까요?"

"아직은 사람들에게 어떤 말도 하지 마."

"사람들이 눈치챌 텐데요. 아마 지금도 이미 많은 사람이 눈치챘는지도 몰라요."

그리어가 손짓으로 옆에 있는 책상을 가리켰다. "서랍을 열어봐." 그가 말했다. "맨 위의 서랍."

서랍 안에서 그녀가 세 번을 접어 밀랍으로 밀봉해놓은 두꺼운 종이 한 장을 발견했다. 몇 초 동안 그녀는 어안이 벙벙해서 그 종이만 바라보았다.

"마이클이 미리 준비해놓은 거야." 그리어가 말했다.

그녀가 손으로 집어 들었는데, 무게감은 거의 느껴지지 않았지만 — 그저 종이일 뿐이니까 — 그건 종이 이상의 무엇인 것처럼 느껴졌는데, 마치 무덤에서 보낸 편지 같은 느낌이 들었다. 그녀가 손등으로 얼굴을 훔쳤다. "뭐라고 쓰여 있는 거예요?"

"그건 둘 사이의 일이지. 그가 나에게 말해준 건 그 섬에 도착하기 전까지는 네가 그걸 보면 안 된다는 거였어. 그의 명령이라고나 할까."

"그런데 이걸 왜 지금 저에게 보여주시는 건데요?"

"왜냐하면 말이야, 지금 너에게 필요할 것 같아서. 그는 너를 믿었어. 그리고 베르겐스피요르드호를 믿었고. 상황은 그대로야, 너에게 달리 해줄 말도 없어. 하지만 아직 일이 잘될 가능성이 있어."

그녀가 말하기를 주저하다가 입을 열었다. "마이클이 과거에 이 배에 탔던 사람들이 어떻게 죽었는지 말해줬어요. 그들이 어떻게 배를 밀봉하고 관을 통해 엔진의 배기가스를 배 안으로 끌어들여 자살했는지 말이에요."

"미리 앞서가지 마, 로어."

"저는 단지 우리도 그럴 가능성이 있다는 걸 그가 알았다고 얘기하는 거예요. 제가 그런 상황에 대해 준비되었기를 원했고요."

"우리는 아직 그 정도 상황까지 이르지는 않았어. 지금부터 며칠 사이에 많은 일들이 일어날 수 있어."

"저도 소령님 같은 믿음이 있으면 좋겠네요."

"원하면 언제든지 편하게 나의 믿음을 빌려다 써도 좋아. 아니면 마이클의 믿음을 갖다 써도 되고. 신은 내가 아주 여러 번 그의 믿음을 빌려다 쓴 걸 알고 있지. 우리 모두가 그래. 안 그랬다면 우리 중 누구도 여기까지 올 수 없었어."

잠시 침묵이 흘렀다.

"피곤하세요?" 로어가 물었다.

그리어의 눈꺼풀이 무거운 듯 감겼다. "어, 좀 그러네."

그녀가 그의 팔 위에 자기 손을 올려놓았다. "그럼, 그냥 편히 쉬세요. 괜찮죠? 나중에 다시 뵈러 올게요."

그녀가 일어나 문으로 갔다.

"로어?"

문가에서 그녀가 뒤를 돌아봤고, 그리어는 천장을 보고 있었다.

"천 년이야." 그가 말했다. "그렇게 긴 시간이 걸릴 거야."

그녀는 그가 뭔가 더 말하기를 기다렸지만 더는 말이 없었다. 마침내 그녀가 말했다. "무슨 말인지 모르겠어요."

그리어가 침을 삼켰다. "만약 에이미와 일행들이 실패했다면 말이야. 누군가 다시 돌아갈 수 있게 될 때까지는 그만큼의 오랜 시간이 걸릴 거야." 그가 숨을 깊게 들이마신 다음 눈을 감으며 천천히 호흡을 내뱉었다. "나는 단지 내가 나중에 이 이야기를 해줄 수 없게 될까 봐 미리 말해두는 거야."

그녀는 통로로 나와 조타실로 돌아갔고, 해도 테이블에 가 앉았다. 조타실 유리창 밖의 하늘은 저녁이 가까워지는 걸 알려주었다. 그리고 남쪽에서 실을 잣지 않은 면화 뭉치 같은 질감의 두꺼운 구름 떼가 몰려왔다. 어쩌면 운 좋게 빗물을 꽤 얻을 수도 있을 것 같았다. 그녀는 해가 마지막 햇살로 하늘을 붉게 물들이며 수평선 아래로 지는 모습을 지켜보았다. 갑작스러운 고단함이 그녀의 몸을 감싸고 돌았다. 불쌍한 루시어스, 그녀가 생각했다. 모두가 불쌍해. 잠시 자리를 비워도 세상은 문제없이 흘러갈 거였기에, 그녀는 테이블 위에 머리를 내려놓고 두 팔로 받친 다음 바로 잠에 빠져버렸다.

그녀는 여러 가지 꿈을 꿨다. 꿈속에서 그녀는 다시 어린 소녀가 되어 숲속에서 길을 잃었으며, 옷장에 갇히기도 하고, 뭔지 알 수 없는 무거운 짐을 옮기기도 했는데 도저히 내려놓을 수가 없었다. 기분 좋은 꿈들은 아니었으나 그렇다고 이 꿈들을 악몽이라고 할 수도 없었다. 각각의 꿈들은 가지고 있는 모든 힘을 다음 꿈으로 넘겨주며 매끄럽게 이어졌고 — 클라이맥스나 치명적인 공포의 순간도 없이 — 그녀는 종종 그랬듯이 자신이 꿈을 꾸고 있다는 사실과 꿈속 장면들이 전혀 해롭지 않은 상징적인 배경에 지나지 않는다는 것도 알았다.

그리고 로어가 바다에 나온 지 39일째 되던 날 밤에 꾸었던 꿈은 꿈이라고 할 수가 없는 것이었다. 그녀는 들판에 서 있었다. 위험이 가까이 다가오는 것을 느끼면서도 벌판에 서 있었고, 공기의 색깔이 처음에는 노란색 그러고는 녹색으로 변하기 시작했다. 그녀의 팔과 목뒤의 털들이 정전기가 일어난 것처럼 쭈뼛 일어서고,

주위로 거대한 소용돌이 바람이 일어났다. 고개를 들어 하늘을 봤다. 검은색과 은빛의 구름이 머리 위에서 소용돌이를 만들었고, 탁탁거리는 폭발음과 톡 쏘는 얼얼한 오존의 냄새와 함께 번쩍이는 번개가 지그재그로 그녀 앞의 땅을 내리쳐 눈을 완전히 안 보이게 만들었다.

그녀가 뛰기 시작했다. 사납게 소용돌이치는 구름이 손가락처럼 생긴 긴원뿔 모양으로 변하더니 머리 위에서 엄청난 양의 장대비를 세차게 내리기 시작했다. 천둥이 치고, 땅이 흔들리고, 나무들에 불이 붙어 타올랐다. 쫓아오는 폭풍우가 그녀를 지워버릴 것 같았다. 손가락 모양의 구름이 그녀의 뒤에 닿자, 귀청을 찢는 짐승 같은 굉음이 울리며 공기가 찢겨 나가고, 그 힘이 주먹처럼 그녀를 움켜쥐더니 땅이 사라져 보이지 않았다. 멀리서 어떤 목소리 하나가 그녀의 이름을 불러댔다. 그녀의 몸도 하늘로 들어 올려졌는데, 점점 더 높이 솟구쳐 올라가며 지구의 표면에서 멀어져갔다……

"로어, 일어나!"

그녀가 머리를 테이블에서 번쩍 들었다. 랜드가 쳐다보고 있었다. 랜드의 옷이 왜 이렇게 젖은 거지? 그리고 또 왜 모든 게 움직이고 있는 거야?

"도대체 뭐 하는 거야?" 랜드가 고함을 질렀다. 비와 파도가 조타실 앞 유리를 때려댔다. "우리 정말 심각한 상태에 빠졌다고."

그녀가 벤치에서 일어나려고 할 때, 갑판이 옆으로 흔들리고 조타실 문이 쿵 소리와 함께 활짝 열리며 비바람이 안으로 거세게 날아들었다. 선체 안쪽에서 또 다른 으르렁거리는 소리가 들리고 갑판이 반대편으로 기울었다. 그와 함께 로어의 몸이 구르기 시작했고 옆으로 미끄러져 격벽에 가 들이받혔다. 한동안 그들이 계속 그렇게 구르고 흔들릴 것 같았지만, 다음 순간 움직임이 뒤바뀌었다. 균형을 잡기 위해 그녀가 테이블의 가장자리를 움켜쥐면서 간신히 몸을 일으켜 세웠다.

"젠장, 언제부터 이 난리가 나기 시작한 거야?"

랜드는 조종석 의자의 가장자리를 움켜쥐고 있었다. "30분 전쯤에. 갑자기 어디에서 시작되었는지도 모르게 휘몰아쳤어."

그들은 풍랑을 배의 측면에 두었고, 번개가 치고 하늘이 흔들리며 거대한 파도가 배의 난간을 넘어 들어와 갑판을 때리며 부서지고 있었다.

"아래로 가서 엔진에 시동을 걸어." 그녀의 명령이었다.

"그러면 우리가 가진 남은 연료를 다 써버리게 될 텐데."

"선택의 여지가 없어." 그녀가 조종석에 앉아 벨트로 몸을 묶어 고정했다. 조타실 바닥에 물이 철벅거렸다. "배의 키를 조정하지 않으면, 산산조각이 날 거야. 우리가 이걸 이겨낼 충분한 연료가 남아 있기만 하면 좋겠어. 네가 낼 수 있는 추진력을 모두 다 내줘야 할 거야."

랜드가 나가자 폭풍우 속에서 케일럽이 나타났다. 공포 때문인지 뱃멀미 때문인지는 알 수 없지만, 유령의 얼굴처럼 새하얗게 질려 있었다.

"모두 갑판 아래로 내려가 있지?" 그녀가 물었다.

"장난하세요? 지금 저 아래는 사람들이 비명을 지르고 아우성치고 난리라고요."

그녀가 몸을 묶은 벨트를 꽉 조였다. "케일럽, 이건 굉장히 힘든 일이 될 거야. 모든 출입구를 다 잠가서 폐쇄해놔야 해. 사람들에게 무슨 방법을 쓰든 가능한 한 몸을 잘 묶어두라고 해."

그가 힘을 주어 고개를 끄덕이고는 나가려고 돌아섰다.

"그리고 그 빌어먹을 문 좀 닫아!"

반대쪽으로 방향을 틀기도 전에 배가 위험한 각도로 기우뚱하며 다음 파곡* 속으로 기울어졌다. 연료도 거의 다 쓴 상태에서, 배에는 바닥짐도 없는 상황이었고 배가 뒤집히는 데까지는 많은 시간이 걸리지 않을 것 같았다. 그녀가 자신의 시계를 확인했다. 05시 30분이었고, 곧 새벽이 밝아올 시간이었다.

"제기랄, 랜드 제발." 그녀가 중얼거렸다. "어서, 어서……."

압력 게이지들이 껑충 튀어 올랐다. 패널에 전기가 흐르고, 로어가 배의 키를 잡고는 스로틀 컨트롤(연료 조절기)을 쥐고 끝까지 돌려 활짝 열었다. 나침판이 팽이처럼 빙글빙글 돌아갔다. 배의 선수가 바람이 불어오는 쪽을 향해 고통스러울 정도로 느리게 돌아가기 시작했다.

"힘을 내, 얘야!"

선수가 다음 파곡 속으로 떨어지며, 산비탈을 미끄러져 내려가는 것처럼 수면을 물고 늘어지며 버텼다. 파도가 부서지며 억센 물보라가 갑판을 힘차게 때렸다. 잠깐 배의 앞머리가 거의 물속으로 잠겼다가 솟아올랐고, 선체도 거대한 짐승이 뛰어오르는 것처럼 위로 붕 뛰어올랐다.

"그래, 바로 그거야!" 로어가 고함을 질렀다. "엄마를 위해서 힘을 써보라고!"

그녀가 울부짖는 어둠 속으로 배를 몰아갔다.

---

* 물결이나 음파 따위에서 가장 낮은 부분.

열두 시간 내내 폭풍우가 지칠 줄 모르고 거칠게 몰아쳤다. 거대한 파도가 수없이 선수를 덮치며 부서졌고, 로어는 마지막 순간이 눈앞에 왔다고 생각했다. 앞 갑판이 바닷물 속으로 깊이 처박힐 때마다, 배의 선수는 다시 물 밖으로 솟아올랐다.

폭풍우는 약해지며 스러지는 것이 아니라 어느 순간 갑자기 멈춰버렸다. 순간 바람이 울부짖는 소리가 들리고 비가 세차게 내리더니, 다음 순간 모든 것이 갑자기 끝나버렸다. 마치 폭풍이 방 하나를 지나 다음 방으로 옮겨 간 것 같았다. 방 하나에서는 요란한 소동이 일어나는데 다른 방은 아무 일도 없이 완전히 조용한 것 같았다. 로어가 쥐가 난 손으로 몸을 묶어놓았던 벨트를 풀었다. 그녀는 갑판 아래에서 무슨 일이 일어나고 있는지 알지 못했지만, 사실 그 순간 그건 큰 걱정거리도 안 되는 일이었다. 그녀는 지쳤고, 목이 말랐으며 미치도록 소변을 보고 싶었다. 그녀는 조타실에 보관해둔 항아리에 쪼그리고 앉아 일을 보고는 밖으로 나와 뱃전 밖으로 항아리에 든 오줌을 쏟아부었다.

구름이 흩어지기 시작했다. 그녀는 한동안 저녁 하늘을 바라보며 뱃전에 서 있었다. 폭풍우가 시작되고는 나침판을 확인할 짬도 없었기에, 그녀는 자신들이 어디로 밀려왔는지 알 수 없었다. 폭풍우 속에서 살아남기는 했지만, 그 대가는? 연료가 거의 바닥 났다. 베르겐스피요르드호의 선미 아래에서는 배의 스크루가 천천히 부드럽게 돌아가며, 아무런 움직임이 없는 바다를 가르고 배를 밀어 나아갔다.

랜드가 주 출입구를 열고 밖으로 나와 그녀가 있는 곳으로 계단을 올라와서, 그녀의 옆에 자리를 잡고 섰다.

"여기 바깥은 확실히 예쁘다는 걸 인정하지 않을 수가 없어." 그가 말했다. "폭풍우가 지나간 후의 모습이 이런 거라니 재밌어."

"갑판 아래의 상황은 어때?"

그의 어깨는 축 늘어졌고, 두 눈가에도 피로로 인해 다크서클이 짙게 내려왔다. 그리고 턱수염에 뭔가 작은 조각이 붙어 있는 것도 눈에 들어왔는데, 아마도 구토 때문인 것 같았다. "배수펌프를 가동해놨어 — 곧 고인 물이 빠지고 마르게 될 거야. 너 진짜 마이클을 칭찬해줘야 해. 그는 정말로 배를 어떻게 만드는지 아는 친구였다니까."

"다친 사람들은 없어?"

랜드가 어깨를 으쓱해 보였다. "뼈가 부러진 사람들이 몇 있다고 듣기는 했어. 몇 명은 살이 찢어지거나 긁혀 상처가 나고. 사라가 치료 중이야. 식량 비축량이 얼마나 많이 줄어들었는지를 생각하면, 다행인 일도 있어. 일주일 정도는 아무도 식사하고 싶어 하지 않을 테니까. 냄새는 아주 고약해." 그가 그녀를 잠시 쳐다보고는 조심스럽게 말했다. "엔진을 다시 끌까? 네가 결정해."

그녀가 그의 말을 듣고 생각에 잠겼다. "잠깐만 시간을 줘." 그녀가 말했다

둘은 해가 지는 배의 우현 쪽을 바라보며 한동안 아무 말도 하지 않고 함께 서 있었다. 안쪽에서부터 자줏빛으로 물들어 번지는 바로 앞쪽의 구름이 분리되어 떨어져 나오고 있었다. 좌현 뱃머리 쪽 수역에서 먹이를 잡아먹는 물고기들로 인해 수면이 물이 끓는 것처럼 들끓었다. 로어가 그 모습을 지켜보는데, 날개 끝이 검고 노란 머리를 가진 큰 새가 수면으로 급강하하며 부리를 쭉 뻗어 내밀었고, 빠르고 정확하게 생선 한 마리를 낚아채 물 밖으로 끌

어 올려 식도 뒤로 꿀꺽 삼키고 다시 날아올라 멀어져 갔다.

"랜드, 저거 새잖아."

"저게 새라는 건 나도 알아. 나도 전에 새를 본 적이 있다고."

"아니지, 바다 한가운데서는 본 적이 없지."

그녀가 조타실로 뛰어 들어가서 쌍안경을 갖고 나왔다. 그녀의 맥박이 빠르게 뛰었고, 가슴이 마구 두근거렸다. 그녀가 쌍안경을 눈에 갖다 대고 수평선을 훑었다.

"뭐가 보여?"

그녀가 한 손을 들어 올렸다. "조용히 해."

그녀가 천천히 몸을 돌려가며 살피다가, 남쪽을 바라보고는 그 자리에 멈춰 섰다.

"로어, 뭐가 보이는 거야 대체?"

확실히 하기 위해, 그녀는 쌍안경으로 보이는 모습을 몇 초 동안 잠시 더 지켜보았다. 이런 젠장, 그녀가 생각했다. 로어가 망원경을 내려놨다.

"그리어 소령님을 데리고 와줘." 그녀가 말했다.

그들이 그리어를 갑판 위로 데리고 올라올 때쯤 되자, 어둠이 내렸다. 루시어스는 고통스러워하는 것 같지 않았다. 이제는 이미 그런 단계마저도 지나가 버린 거였다. 그는 눈을 감고 있었는데, 자신이 어디에 있는지 또 무슨 일이 일어나고 있는지 모르는 것 같았다. 사라가 지켜보는 가운데, 케일럽과 홀리스가 그리어를 눕힌 들것을 들고 있었고, 배 전체에 소문이 돌아 다른 사람들도 그 주위로 몰려들었다. 핌도 아기 테오와 케이트의 두 딸을 데리고 그 자리에 나와 있었다. 제니와 한나, 쟈크와 아이를 안고 있는 그레이스, 배를 고친 작업자들이자 폭풍우와의 긴 싸움을 이겨내고 밖으로 나온 남자 선원들. 그리어가 누워 있는 들것이 지나가자 모두 옆으로 비켜섰다.

케일럽과 홀리스가 들것을 뱃머리로 들고 와 내려놓았다. 로어가 그리어 옆에 웅크리고 앉아 그의 손가락들을 한 손으로 감싸 쥐었다. 피부는 차고 건조했으며, 뼈마저도 힘이 느껴지지 않았다.

"루시어스, 로어예요."

그의 목 깊은 곳에서 약한 신음이 울려 나왔다.

"보여드릴 게 있어요. 정말 대단한 거예요."

그녀가 그의 목뒤로 손바닥 하나를 밀어 넣고서, 천천히 조심스럽게 그의 얼굴을 앞의 선수 쪽을 향해 들어 올렸다.

"눈을 떠보세요." 그녀가 말했다.

그가 천천히 힘겹게 눈꺼풀을 움직이자 가늘게 눈이 떠지고, 다시 눈이 좀 더 떠졌다. 이 작은 행동을 하기 위해 자신의 마지막 남은 힘을 다 쓰고 있는 것만 같았다. 모두가 조용히 서서 기다렸다. 섬은 이제 바로 정면, 눈으로도 잘 보이는 곳에 있었다. 풍성한 녹색의 산 하나가 바다 위로 솟아 있는 것이 보이고, 그 위로는 황혼을 뚫고 나온 밝은 별 다섯 개가 십자가 모양으로 떠 있었다.

"보여요?" 그녀가 그에게 속삭였다.

그의 가슴은 호흡하지 않는 것처럼 보였고, 얼굴에는 죽음의 그림자가 드리워졌다. 그가 초점을 맞추려고 애쓰며 긴 시간이 흘렀다. 마침내 입가에 희미한 미소가 떠올랐다.

"정말…… 아름답구나." 그리어가 말했다.

86장

루시어스는 그로부터 3일을 더 살았고, 아직 이름이 밝혀지지 않은 그 섬의 첫 번째 정착민으로서의 명예를 얻고서 섬에 묻혔다. 그가 죽기 전에 더 이상 다른 말을 하지 않았기에, 의식을 완전히 되찾았다고 말하기는 어려웠다. 그럼에도 불구하고 사라나 다른 누군가가 그를 돌볼 때면, 때때로 마치 행복한 꿈에서 깨어나는 것처럼 얼굴에 미소가 번졌다고 했다.

사람들은 바다가 보이는 키 큰 야자수들이 있는 공터에 그를 묻었다. 배에서 일했던 사람들을 제외하고는, 배에 탔던 다른 이들은 그리어를 잘 알지 못하거나 그가 누구인지조차 몰랐으며, 특히 아이들은 모두 선실 안에서 죽어가는 남자에 대한 막연한 소문만 들었을 뿐이어서 장례식 내내 놀며 고함을 질러댔다. 아무도 신경을 쓰지 않았고, 그럴 만해 보이기도 했다. 로어가 첫 번째로 작별을 고했고, 뒤를 이어 랜드와 사라가 작별을 고했다. 그들은 미리 한 가지씩 이야기를 준비해 오기로 약속해두었다. 로어는 그리어

와 마이클 사이의 우정에 관한 이야기를, 랜드는 그리어가 들려주
었던 원정대에서의 삶에 관한 이야기를, 사라는 아주아주 오래전
콜로라도에서 그리어와 만났던 날과 그곳에서 일어났던 일들에
관한 이야기를 나누었다. 이야기를 나눈 후에, 그들은 한 줄로 서
서 로어가 유목 조각으로 만든 간단한 표지가 있는 그의 무덤 위
에 돌을 하나씩 올려놓았다.

루시어스 그리어
선지자이며, 군인이었으며, 친구였던 그를 기리며

다음 날 아침 소규모 인원으로 이루어진 한 그룹의 사람들이 소
형보트 두 대에 나누어 타고 1킬로미터 밖 앞바다에 닻을 내리고
정박해 있는 베르겐스피요르드호로 돌아갔다. 그 문제에 대해서는
좀 이견이 부딪쳤는데 ― 배에는 온갖 종류의 쓸모 있는 자원들이
있기에 ― 로어의 입장이 매우 단호했으며, 선장으로서 그녀에게
최종 결정권이 있었다. 우리는 이제 저 배가 쉴 수 있게 해준다, 그
것이 그녀가 사람들에게 한 말이다. 그건 또한 마이클이 원한 것
이기도 했다.

섬에 도착한 지 이틀째 되는 날에서야 편지의 내용이 궁금해진
로어는 마이클의 편지를 열어봤다. 그가 왜 굳이 편지를 남겼어야
만 했는지 알 수 없었지만, 이는 단순히 그녀가 마이클에 대해 갖
는 인상 때문일 것이다. 따라서 편지 안에 있는 세 개밖에 안 되는
간단한 문장을 읽는 것은 뜻밖의 일이었고, 그의 목소리를 듣는
것처럼 기분이 좋았을 뿐이다.

선미에 있는 16번 사물함을 확인할 것.

배를 가라앉힐 것.

다시 시작할 것.

사랑하는, M

사물함에는 폭탄이 담긴 나무 상자와 전선 꾸러미 그리고 무선
기폭 장치가 들어 있었다. 그리고 마이클이 남겨놓은 폭탄의 적절
한 설치 장소에 대한 지침도 적혀 있었다. 랜드와 로어가 선체 안
에 폭탄을 설치하는 동안, 케일럽과 홀리스는 배의 통로를 따라
전선을 연결해놨다. 이제 거의 바닥이 나 비어 있는 연료 탱크에
는 유독 디젤 유증기가 가득했다. 로어가 교반기를 켜고, 밸브들
을 연 다음 마지막 가동을 위한 설정을 해놨다.

앞으로 무슨 일이 일어나고 어떻게 될지에 대한 더 이상의 상의
는 없었다. 그건 로어의 몫이었다. 남자들은 소형 보트로 돌아왔
고, 로어는 선체를 돌아다니며 마지막으로 배를 둘러보았다. 모든
방과 통로는 조용하기만 했다. 그녀는 배 안을 돌아다니며 마이클
생각을 했는데, 베르겐스피요르드호와 마이클 그 둘은 그녀의 마음
속에서 하나였으며 동일한 존재였다. 슬펐지만 또한 그가 그녀에
게 준 모든 것에 진심으로 고마웠다.

그녀는 갑판으로 올라가서 선미로 갔다. 기폭 장치는 열쇠에 의
해 작동되는 작은 금속 상자였다. 로어가 목에 걸고 있던 쇠줄에
서 열쇠를 분리해내고, 상자의 구멍에 조심스럽게 끼워 넣었다.
랜드와 나머지 일행들이 배 아래에 있는 보트에서 기다렸다.

"잘 가, 마이클."

그녀가 끼워 넣은 열쇠를 돌리고 선미를 향해 미친 듯이 뛰었

다. 그녀의 몸 아래에서는 폭발하는 폭탄들이 신체를 찢어 갈기며 연료 탱크 쪽을 향해 계속 터져 나갔다. 전속력으로 달려 부채꼴 모양의 선미 끝에 도착한 그녀는 세 번 긴 걸음을 내디디며 배 밖으로 몸을 날렸다.

베르겐스피요르드호의 선장 로어 드비어의 몸이 공중으로 날아올랐다.

그녀는 거의 물방울 하나 튀기지 않고 완벽하게 수면에 착수해 바닷물 속으로 들어갔다. 그녀의 주위 사방으로 아름다운 파란색의 세상이 펼쳐졌다. 그녀가 몸을 돌려 누운 자세로 위를 쳐다봤다. 잠시 시간이 흐르고, 환한 불빛이 수면을 때리며, 윙윙거리며 울리는 굉음과 함께 물이 세차게 흔들렸다.

보트로부터 몇 미터 떨어진 곳에서 그녀가 수면 위로 머리를 내밀었다. 그녀의 뒤로, 불길에 휩싸인 베르겐스피요르드호와 거대한 검은 연기가 하늘 위로 피어오르는 것이 보였다. 케일럽이 그녀가 보트 위로 올라오는 것을 도왔다.

"멋진 다이빙이었어요." 그가 말했다.

그녀는 보트의 좌석에 앉았다. 베르겐스피요르드호는 선미부터 가라앉는 중이었다. 배의 선수가 들어 올려져 완전히 물 밖으로 솟아오르자, 볼록한 구상 선수 부분이 드러나고, 해변에서 고함이 터져 나왔다. 그 놀라운 광경에 흥분한 아이들이 환호성을 질렀다. 배가 45도 각도로 일어서자 침몰 속도가 엄청나게 빨라지며, 뒤로 미끄러지듯 물속으로 빨려 들어가기 시작했다. 로어는 그 마지막 장면을 보고 싶지 않아 두 눈을 감았다. 그녀가 다시 눈을 떴을 때는 베르겐스피요르드호가 이미 사라지고 보이지 않았다.

그들은 노를 저어 해변가로 왔다. 그들이 가까이 다가오자, 사라가 그들을 만나기 위해 모래사장을 뛰어 내려왔다.

"케일럽, 자네가 와보는 게 좋을 것 같아." 그녀가 말했다.

핌의 양막이 터졌다. 케일럽은 그녀가 나무 사이에 걸린 방수포 아래의 얇은 매트리스 위에 누워 있는 것을 발견했다. 매트리스는 베르겐스피요르드호에서 가져온 것이다. 열대의 열기 속에서 얼굴은 땀에 축축하게 젖었지만, 표정은 차분해 보였다. 지난 몇 주 동안 그녀의 머리는 비할 데 없이 덥수룩하게 자라났고, 그 색깔도 햇빛에 붉게 타오르는 풍성한 밤색으로 더욱 깊어졌다.

자기야, 그가 수화를 했다.

안녕 자기, 그리고 웃어 보였다. 당신, 당신의 표정을 한번 봐야겠어. 걱정하지 마, 금방 끝날 거야.

그가 사라를 봤다. "이 사람 정말 어떤 거예요?" 동시에 그는 수화를 했다. 지금은 감추는 게 있으면 안 되니까.

"내가 보기에 특별한 문제가 있는 거 같지는 않아. 출산 예정일이 얼마 남지 않은 것뿐이야. 그리고 핌은 건강도 괜찮아. 두 번째 출산의 경우는 좀 더 빨리 끝나는 경향이 있어."

아기 테오를 출산할 때는 시간이 정말 오래 걸렸는데, 첫 번째 진통에서 마지막까지 거의 20시간이나 됐다. 걱정 때문에 케일럽은 거의 쓰러져 기절할 지경이었지만, 아기 테오가 세상에 나와 울음을 터뜨린 지 1분도 안 돼서, 핌은 활짝 웃는 얼굴로 아기를 안아달라고 부탁했었다.

"그냥 주변에서 대기하고 있어." 사라가 그에게 말했다. "아기 테오와 케이트의 딸들은 홀리스가 돌볼 수 있으니까 말이야."

케일럽은 사라가 말하지 않는 것이 있다는 걸 알았다. 그가 자리를 옮겼고, 사라가 그를 쫓아왔다.

"그냥 말해주세요." 그가 말했다.

"글쎄, 그게 말이야, 심장박동 소리가 두 개가 들려."

"둘요." 그가 그녀의 말을 되풀이했다.

"쌍둥이라고, 케일럽."

그가 그녀를 멀뚱멀뚱 쳐다봤다. "그런데 지금까지 모르고 계셨다고요?"

"가끔은 그런 경우가 있어." 그녀가 손을 뻗어 그의 팔뚝 위를 잡았다. "핌은 강한 아이야 — 이미 아기 테오를 출산해봤잖아."

"둘은 아니었죠."

"그 과정이 시작부터 끝까지 그렇게 다르지 않아."

"맙소사, 제가 쌍둥이들을 어떻게 분간해야 하죠?" 어리석은 걱정거리였지만, 그래도 그런 생각이 가장 먼저 들었다.

"자연스럽게 알게 될 거야. 게다가 두 아이가 똑같이 생기지 않았을 수도 있어."

"정말이에요? 어떻게 그럴 수 있죠?"

그녀가 가볍게 웃으며 말했다. "자네 임신에 대해서 아무것도 모르는구나."

그는 걱정으로 속이 울렁거렸다. "그런 거 같아요."

"그냥 핌 곁에 있어주면 돼. 진통까지는 아직 시간이 꽤 많이 남았어. 지금은 내가 해야 할 일도 없고. 아이들은 할아버지가 잘 놀아줄 거야." 그녀가 그를 부모와 같은 눈길로 바라봤다. "알았지?"

케일럽은 고개를 끄덕이기는 했지만, 매우 당황스럽기만 했다.

"좋아." 그녀가 말했다.

그는 사라가 해변을 걸어가는 것을 보고 쉼터로 돌아왔다. 핌이 노트에 뭔가를 적고 있었는데, 그 노트는 가죽으로 멋지게 제본된 것으로 그가 본 적이 없는 거였다. 잉크 병이 그녀의 옆 모래 위에 놓여 있고, 홀리스가 숨겨놓았던 책들 한 무더기도 옆에 같이 쌓여 있었다. 핌이 고개를 들어 케일럽을 보고는, 그가 옆에 와 모래 위에 앉자 묵직한 소리를 내며 쓰고 있던 일기장을 닫았다.

엄마가 당신에게 말했구나.

응.

핌 역시 곧 소리 내어 웃음을 터뜨릴 것 같은 모습으로 활짝 웃고 있었다. 피터는 모두가 서로 다 아는 사이인데 자신만 아는 이가 아무도 없는 파티에 와서 엉뚱한 방의 문을 열고 들어간 것 같은 느낌이 들었다.

편안하게 기다려, 그녀가 수화를 했다. 큰일 아니야.

어떻게 알아?

여자들은 아는 일이기 때문이지. 그녀가 고통으로 얼굴을 찡그리며 가쁜 숨을 내쉬었다. 케일럽은 그녀의 눈에서, 아무것도 아니라던 가벼운 태도는 그런 척한 것뿐이라는 걸 알았다. 아내는 앞으로 다가올 일에 대비해 준비를 단단히 하는 중이었다. 한 시간 두 시간, 시간이 흐를수록 그녀는 그에게서 멀어지며 자신의 모든 힘이 나오는 곳으로 떠나가 있었다.

핌? 괜찮아?

짧은 시간이 지나고, 길게 호흡을 내쉬며 그녀의 표정도 편안해졌다. 그녀가 옆에 쌓여 있는 책더미 쪽을 향해 고갯짓했다. 책을 좀 읽어줄래?

케일럽은 결코 책을 많이 읽는 사람이 아니었다. 장인이 아무리 설득해보려고 애써도, 책을 읽는 일이 지루하기만 했기 때문이다.

적어도『전쟁과 평화』라는 그 책의 제목은 그에게 의미가 있어 보였다. 어쩌면 예상과는 다르게 책이 실제로 재미있을지도 모르는 일이다. 책 자체가 크고 두꺼워서, 무게가 5킬로그램은 나가는 느낌이었다. 책 표지를 펴고, 첫 페이지를 열었는데, 그가 낙담할 정도로 아주 작은 글씨로 가득 차 있어 마치 잉크로 만들어놓은 벽 같은 기분이 들었다.

책 읽어주는 거 듣고 싶은 게 확실한 거야? 그가 수화로 물었다.

픰이 초롱초롱 반짝이는 눈으로 두 손을 그녀의 배 위에 포개어 올려놓고 있었다. 응, 제발. 이거 우리 아버지가 가장 좋아하는 거야. 나도 오랫동안 그걸 읽어보려고 생각만 하고 있었어.

잔뜩 겁먹기는 했지만 그녀를 즐겁게 해줄 생각으로, 케일럽은 책을 무릎 위에 올려놓고서 수화를 하기 시작했다.

"저, 왕자님, 제노바와 루카는 이제 보나파르트 가문의 사유지에 지나지 않습니다. 아니, 내가 너에게 경고하는데, 네가 지금 우리가 전쟁 중이라는 걸 인정하지 않는다면, 그리고 네가 이 적그리스도(확실히, 나는 그가 적그리스도라고 믿고 있어)의 파렴치한 행위와 극악무도한 짓거리를 대신 나서서 변명하려 든다면, 나는 앞으로 너를 모른다고 할 것이며, 네 말대로 너는 더 이상 나의 친구도 아니고, 믿음직한 종도 아니라고 할 것이다."

그렇게 계속 책을 읽어갔다. 케일럽은 완전히 당황했다. 줄거리의 전개상 어떠한 진척도 일어나지 않는 것 같았으며, 아무런 결론도 없는 모호한 대화들만이 이어지고, 그가 일일이 따라잡을 수 없거나 혹은 기억해 따라잡는다고 해도 아주 미미한 수준에 그칠 정도로 수많은 지명과 등장인물에 대한 언급들로 가득 차 있었다. 수화로 그 책을 읽는다는 건 짜증 나는 고된 노동이었으며, 그가 알지 못하는 단어들도 많아서 철자들을 하나하나 다 써 보여줘야 하기도 했다. 하지만 핌은 즐거워 보이기만 했다. 그녀는 생각지도 못한 순간에 기쁨의 작은 한숨을 내쉬거나, 기대감에 가득 차 눈이 동그랗게 커지거나 혹은 케일럽이 그 책을 말장난에 지나지 않는다고 생각하는 것에 웃음을 지어 보이고는 했다. 수화를 하던 그의 손이 지치기까지는 많은 시간이 걸리지 않았다. 핌은 진통이 계속되었으며, 진통이 지속되는 시간이 길어지고 진통 사이의 간격도 짧아졌다. 그리고 진통이 올 때마다, 그녀의 진통이 끝나기를 기다리며 케일럽은 책을 읽어주는 걸 멈추었다. 그러면, 핌이 고개를 끄덕여 진통이 끝난 것을 알렸고, 그는 다시 책을 읽어주기 시작했다.

몇 시간이 흘러갔다. 사라가 일정한 간격으로 찾아와 핌의 맥박을 재고, 배 여기저기를 만져보고, 모든 것이 정상적으로 진행되고 있다며 다 괜찮다고 알려주었다. 그리고 케일럽이 읽어주는 책이 전쟁과 평화인 것을 보고는 눈썹을 치켜올리며 "행운을 비네."라는 말 한마디를 던지기도 했다.

다른 이들도 핌의 안부를 확인하기 위해 들렀다. 로어와 랜드, 제니와 한나 그리고 핌이 배에서 사귄 친구들 몇 명도 다녀갔다. 오후 중반쯤 되자 홀리스가 아기 테오와 케이트의 두 딸을 데려왔다. 엄마 옆에서 입에 모래를 주워 먹으려고 애쓰는 아기 테오는 관심이 없었을 수도 있지만, 케이트의 두 딸들에게 새로운 사촌의 탄생은 선물 포장을 풀어보기를 기다리는 것처럼 오랫동안 기다려온 즐거움 같은 것이었다. 배에서 보내는 몇 주 동안 엘르의 노래 실력이 몰라볼 정도로 늘기도 했는데, 아이가 흥얼거리는 문구들이 이제는 기본적인 문구들의 수준을 벗어났다. 아이는 핌의 통증을 눈치채지 못한 채 그녀와 재잘재잘 떠들어대기에 바빴고, 핌은 그런 아이의 수다를 성가셔하지 않는 것처럼 보였는데 어쩌면 그렇게 보이도록 노력하는 건지도 몰랐다.

"좋아, 됐다." 마침내 홀리스가 손뼉을 치며 말했다. "너희 이모가 이제 쉬어야 할 거 같아. 우리 조개를 찾으러 가볼까, 어때?"

아이들이 떼를 쓰며 칭얼거리기는 했지만 결국 자리를 떴고, 아기 테오는 할아버지의 엉덩이에 걸쳐진 채 안겨 있었다. 그리고 핌이 그 모습을 지켜봤다. 쟤는 정말 케이트같이 생겼어, 그녀가 수화를 했다.

누구 말하는 거야?

그녀가 잠시 뜸을 들이고 대답했다. 둘 다.

오후도 서서히 다 지나갔다. 그리고 케일럽은 여러 곳에 흩어져 있는 텐트들에서 일종의 에너지 같은 것이 자신들의 쉼터를 향해 쏟아지는 것을 느꼈다. 아기가 태어난다는 소문이 퍼진 것이다. 마침내 핌이 책을 그만 읽으라고 했다. 남은 부분은 나중에 읽어줘, 그녀가 그렇게 수화를 했고, 그 말은 한동안 아이가 태어나는 일 말고는 신경 쓸 일이 없을 거라는 뜻이었다. 진통이 심하게 일어나며 길게 이어졌다. 케일럽이 사라를 불렀고, 사라가 핌을 빠르게 살펴본 후 긴장한 듯 그를 날카롭게 쳐다봤다.

"가서 자네 손을 씻고 와. 깨끗한 수건도 몇 장 필요할 거야."

제니가 물 한 주전자를 뜨겁게 데웠고, 케일럽은 사라가 하라는 대로 손을 씻고서 텐트로 돌아왔다. 핌이 큰 소리를 질러댔는데, 그 소리가 여느 사람들의 소리와는 달랐다. 그것에는 뭔가 더 동물적인 날 것의 느낌이 있었다. 사라가 그녀의 치마를 들쳐 올리고 골반 밑에 수건 한 장을 깔았다.

힘쓸 준비 됐어?

핌이 고개를 끄덕였다.

"케일럽, 핌의 옆에 가 앉아서 내가 하는 말을 수화로 전해줘."

그리고 다음 진통이 바로 그녀를 휘어잡았다. 핌이 두 눈을 질끈 감고, 무릎을 올리고서 턱을 가슴 쪽으로 당겼다.

"그래 그거야," 사라가 말했다. "계속해."

케일럽에게 고문 같았던 몇 초가 더 흐르고, 핌이 숨을 헐떡이며 머리를 모래 위에 누이고는 몸의 긴장을 풀었다. 케일럽은 한숨을 돌릴 만한 짬이 있었으면 했지만, 거의 곧바로 진통이 다시 이어졌다. 길고 나른한 오후 시간이 전쟁터로 변해버렸다. 케일럽이 그녀의 한 손을 쥐고 손바닥에 뭔가를 쓰기 시작했다. 사랑해. 당신은 해낼 수 있어.

"자, 이제 다시 힘을 줘봐." 사라가 말했다.

핌이 몸을 둥글게 말며, 있는 힘을 다 쥐어짰다. 사라가 그녀의 골반 밑으로 손을 넣어 마치 공을 잡는 것처럼 손바닥을 펼치고 아이 받을 준비를 했다. 검은 머리카락이 있는 둥근 머리 부분이 나타났다가는 다시 안으로 미끄러져 들어가 사라지고, 다시 나타났다. 핌이 입술을 오므린 채 헐떡이며 숨을 가쁘게 내쉬었다.

"한 번 더." 사라가 말했다.

핌이 제대로 보지도 못하는 것 같았지만, 케일럽이 수화로 사라의 말을 전했다. 그런 건 중요하지 않았다. 이제 핌이 자기 몸을 완전히 제어하고 있기 때문이다. 그녀는 몸이 하라는 대로 따라가는 중이었다. 그녀가 몸의 균형을 잡기 위해 케일럽의 팔을 잡고 몸을 일으켰고, 그녀가 힘을 주는 대로 그녀의 손톱이 그의 살 속으로 파고들었다.

태아가 사라의 손바닥 위로 미끄러져 나오는 소리와 함께 아기의 머리가 다시 나타났고, 어깨도 보였다. 여자아이였다. 아기는 딸이었다. 사라는 그녀의 옆에서 무릎을 꿇고 기다리던 제니에게 아기를 넘겨주었고, 제니는 재빨리 탯줄을 자른 뒤 아기를 팔뚝에 올려놓고 균형을 잡았다. 그리고 아기의 얼굴을 손바닥으로 감싸 받치고는, 푸른빛이 도는 아기의 작은 등을 둥글게 문지르기 시작했다. 쉼터에서 거의 꽃향기와 같은 뭔가 달콤한 냄새와 함께 매캐한 연기 냄새 같은 것이 났다.

아기가 작고 물기 가득한 재채기 같은 소리를 냈다.

"어렵지 않은 일이야." 제니가 미소를 지으며 말했다.

"케일럽, 우리 아직 안 끝났어." 사라가 말했다. "다음 아기는 네가 해줘야 해."

"농담하지 마세요."

"너도 밥값은 해야지. 그냥 제니가 하라는 대로 하면 돼."

핌이 다시 앞으로 몸을 구부렸다. 마지막으로 힘쓰는 모습이 조금 전보다는 덜 힘들어 보였는데, 이미 한 아기가 먼저 나온 후였기 때문이다. 한 번 길게 힘을 주자 두 번째 아이가 나왔다.

사내아이였다.

사라가 남자 아기를 케일럽에게 주었다. 반짝이는 굵은 핏줄, 탯줄이 아직 아이와 연결되어 있었다. 케일럽의 살갗에 닿은 아기의 몸이 따뜻했고, 거의 회색에 가까운 아기의 몸은 생기가 없어 보였다. 그는 제니가 했던 것처럼 아들의 몸에 손을 얹고 문지르기 시작했다. 아기의 몸이 매우 가벼웠다. 사람을 포함해 지구상의 모든 생물이 이 작은 몸을 시작으로 자라날 수 있다는 것이 얼마나 놀라운가? 케일럽은 자신이 기적의 현장에 휩쓸려 들어가는 듯한 느낌이 들었다. 부드럽고 축축한 게 그의 손바닥을 가득 채

우는 느낌이 들었는데, 아기가 공기를 들이마시자 가슴이 부풀어 오른 것이다.

하나의 생명이 그들을 떠나고, 이제 둘이 그들의 품으로 들어왔다. 핌은 얼굴에 안도의 빛을 띠고서 벌써 그들의 딸을 안고 있었다. 사라가 사내 아기의 탯줄을 자르고 젖은 천으로 아기의 몸을 닦은 다음 다시 케일럽에게 안겨주었다. 예상치 못한 그리움이 그를 어루만지고 지나갔다. 아버지가 이 자리에 있기를 얼마나 원했던가? 몇 주 동안 그는 그 감정을 억눌러왔다. 하지만 자신의 아들을 팔에 안고 있는 지금 더는 그렇게 할 수가 없었다.

그의 눈에서 눈물이 쏟아져 내렸다.

87장

여자 아기의 이름은 케이트, 남자 아기의 이름은 피터로 했다.

두 달이 지나고, 모두가 섬을 삶의 터전으로 만들기 위한 문제에 몰두하기 시작하자 섬에 도착해 새로운 정착민이 된 기쁨은 빠르게 사라져갔다. 사냥을 담당하는 무리를 조직하고, 식량을 모으고, 그물을 치고, 덩굴 열매들을 수확하고, 거처를 마련하기 위해 나무들을 베었다. 마치 섬이 열심히 그들의 필요를 채워주고 있는 것처럼 보였다. 바나나, 코코넛 등 섬에 있는 많은 것들이 새로웠다. 거대한 송곳니가 난 멧돼지는 마주쳐 싸우기 싫은 성질이 고약한 놈이지만, 일단 잡기만 하면 많은 양의 고기를 공급해줬다. 해변에서 90미터도 안 떨어진 정글에는 눈부시게 아름다운 폭포를 타고 내려오는 계류*가 있어 사람들의 머리가 얼얼해질 만큼 차갑고 신선한 물로 바위 동굴을 가득 채웠다.

---

* 산골짜기를 타고 내려오는 시냇물.

그리고 흘리스가 그들이 세울 첫 번째 시민 공동체를 위한 건물은 학교가 되어야 한다고 제안했다. 하루를 정해진 규칙에 따라 보낼 것이 없다면 아이들은 쥐처럼 정글을 뛰어다니며 시간을 쓸 게 뻔했기에, 그런 주장은 의미가 있고 지혜로운 것으로 받아들여졌다. 그가 학교를 지을 만한 땅을 골라서, 팀을 짜고 일을 시작했다. 사실 그들이 가진 책이 몇 권 안 된다며 케일럽이 문제점을 지적하자, 덩치 큰 장인이 웃으며 말했다. "우리는 지금 한 가지 이상의 방법으로 삶을 시작하는 것처럼 보이는데. 내 생각에는 우리가 책을 직접 쓰는 수고를 좀 해야 할 것 같아."

옛 삶에 대한 기억이 지워지는 데는 오랜 시간이 걸리지 않았고, 그것이 아마도 가장 놀라운 일인 것 같았다. 그들이 먹는 음식부터 숨 쉬는 공기 그리고 갈라진 야자수 잎사귀를 흔들고 지나가는 바람 소리와 하루하루의 리듬, 그 모든 것이 새로웠다. 마치 그들의 삶 위로 날카로운 칼날이 떨어져, 삶을 섬 도착 이후와 이전으로 깔끔하게 나눠놓은 것 같았다. 그래도 그들이 잃어버린 사람들의 망령은 항상 그들과 함께했다. 그러나 해변과 정글 여기저기에는 언제나 아이들의 소리가 넘쳐났다.

리더의 역할은 자연스럽게 로어의 몫이 되었다. 처음에는 그녀가 이를 받아들이지 않았다. 내가 한 마을을 이끌어가는 일에 대해서 뭘 안다고? 그러나 이미 그녀에게는 경험이 있는 거나 마찬가지였다. 사람들의 마음속에서 그녀가 그들을 태우고 온 배의 선장이었다는 사실이 잊히지 않았고, 그녀는 자신의 지휘하에 일하던 선원들뿐만 아니라 해변까지 안전하게 데리고 온 사람들로부터도 존경받았다. 투표가 이루어졌고, 내키지 않아 하던 그녀의 반대에도 불구하고 사람들의 환호와 함께 그녀는 지도자로 선출되었다. 그리고 그녀의 직함에 대한 논의가 이루어졌는데, 그녀는 '시장'이라는 직함을 선호했다. 그렇게 로어는 일종의 내각을 구성했다. 사라가 모든 의료적 문제들에 대한 책임을 맡았고, 제니와 홀리스가 학교를 관리하게 되었으며, 랜드와 케일럽이 모든 주거 시설의 건축을 감독하기로 했다. 또한 사격에 일가견이 있는 것으로 밝혀진 쟈크가 사냥팀을 이끌게 되었다. 그리고 다른 조직들도 구성되고, 그 책임자들도 임명되었다.

그들은 아직 섬에 관해 많은 조사가 필요했는데, 섬은 처음에 눈으로 봤던 것보다 훨씬 더 큰 것으로 확인된 상태였다. 두 개의 정찰대를 구성해, 서로 반대 방향으로 섬을 돌며 탐사하기로 했다. 랜드가 한 팀, 케일럽이 다른 한 팀을 맡기로 했다. 그들은 일주일 뒤에 돌아와서, 그들이 도착한 섬은 홀로 있는 섬이 아니라 열도로 보이는 일곱 개의 섬 가운데 가장 남쪽에 있는 섬이라고 보고했다. 섬 북쪽의 높은 절벽에서는 비교적 가까운 두 개의 섬이 보였으며, 세 번째 섬은 아마도 그 뒤에 숨어 있는 것 같다고 했다. 또한 그들은 섬에 사람이 살았던 흔적을 발견하지 못했지만, 그것만으로 사람이 산 적이 전혀 없다고 단정할 수는 없었다. 어쩌면 어느 날 문득 그 섬에서도 사람이 살았다는 증거를 발견할지도 모른다. 하지만 지금 그 섬은 훼손되지 않은 야생 그대로의 모습과 은혜로운 혜택을 홀로 조용히 속삭이고 있었다.

희망으로 가득 찬 시간이었다. 걱정거리가 없는 것은 아니지만, 해야 할 일들이 많았다. 하지만 그들은 시작했다.

몇 주 동안 핌은 자신의 책을 어떻게 해야 할지 고민했다. 글은 완성되었고, 문장들도 다듬어졌다. 물론 이야기는 여기까지가 전부였고, 그 끝은 알 수 없었다. 그리고 그녀는 자신이 할 수 있는 것은 다 한 뒤였다.

책을 땅속에 묻어두기로 한 결정 혹은 책을 숨겨두기로 한 결정은 서서히 놀라움과 함께 이루어지게 된 거였다. 결국은 그 책을 다른 사람들에게도 보여주게 되리라고 오랫동안 생각해왔다. 그러나 하루하루 시간이 지나면서 그 글들이 살아 있는 사람들을 위한 게 아니라 더 큰 목적을 위한 것이라는 생각이 강해졌다. 그리고 이러한 직감을, 애초에 그녀로 하여금 그 글들을 쓰기 시작하도록 하고 여태까지 쓰게 만들었던, 무엇인지 알 수는 없지만 같은 힘의 영향이라고 생각했다. 케일럽이 섬의 탐사를 마치고 돌아온 지 얼마 안 된 어느 날 이른 아침, 그녀는 아주 평온한 고요함 속에서 잠이 깨었다. 케일럽과 아이들은 아직 잠을 잤고, 핌은 조용히 일어나 일기장과 신발을 챙겨서 밖으로 나왔다.

새벽의 첫 햇살이 수평선 위로 기어 나오는 중이었다. 곧 정착민들 모두가 깨어나겠지만, 지금은 해변에 핌 혼자였다. 세상은 사람이 허락만 한다면 사람에게 말을 거는 방법을 알고, 그 비법은 그 소리를 듣는 법을 배우는 것이다. 그녀는 잠시 서서 고요함을 음미하며 아침 세상이 속삭이는 이야기들에 귀를 기울였다.

그녀가 물가에서 돌아서서 정글로 향했다.

그녀에게 특별한 목적지가 있는 것은 아니었다. 그녀는 단지 자신의 발걸음이 이끄는 대로 가고 있을 뿐이었다. 그리고 그녀는 자신이 해안에서 내륙으로 약 200미터쯤 들어와 해변과 거의 평행을 이루는 무성한 나뭇잎들 아래를 걷고 있다는 것을 알아차렸다. 물론 이 지역의 모든 곳은 이미 탐사대가 살펴본 곳이었다. 이슬방울들이 나뭇잎들을 타고 떨어지고, 떠오르는 태양이 울창한

정글의 숲을 따뜻한 녹색 빛으로 가득 물들여놨다. 땅이 울퉁불퉁
해지며 바위투성이의 능선으로 변했다. 때때로 손과 무릎을 써서
기어가야만 했다. 능선의 꼭대기에서 그녀는 발아래에 덩굴식물
들이 치렁치렁 늘어져 있는 암벽으로 삼면이 둘러싸인 채 완만하
게 움푹 파인 곳을 발견했다. 보석같이 반짝이는 물방울들이 가장
멀리 있는 암벽을 타고 흘러내려 웅덩이의 바닥에 고이고 있었다.
조심하며 그곳을 내려갔다. 그곳에는 뭔가 새로운 미지의 기운이
감돌았는데, 성스러운 땅과 같은 느낌마저 들었다. 웅덩이 옆에
웅크리고 앉아서 두 손을 동그랗게 모아 물을 떠 마셨다. 물에서
깨끗하면서도 돌의 맛이라고 할까 그런 맛이 느껴졌다.

그녀가 일어나 주위를 둘러봤다. 무언가가 여기에 있었던 것이
확실했다. 그녀는 그걸 느꼈다. 그녀가 찾아야 할 뭔가가 있었다.

돌투성이인 주위를 살피다가 식물이 울창한 곳에 자리한 그늘
진 곳이 눈에 들어왔다. 그녀가 그곳을 향해 갔다. 입구가 덩굴식
물로 가려진 동굴이었다. 덩굴들을 옆으로 헤치고 안으로 들어갔
다. 그곳은 솔직히 그녀의 일기장을 숨기기에 아주 이상적으로 보
이는 곳이었다. 그녀는 손을 뻗어 입고 있는 드레스 주머니에 집
어넣었다. 그랬다. 주머니 안에는 성냥갑 하나, 그것도 마지막 남
은 성냥갑 하나가 들어 있었다. 그녀가 성냥 하나를 적린 마찰면
에 긋고 동굴 입구를 향해 내밀었다. 그렇게 크지 않은 동굴 안은
여느 집의 방 같은 느낌이 들었다. 들고 있던 성냥이 손가락 끝까
지 타들어왔다. 그녀는 손목을 흔들어 성냥불을 끄고는 다시 두
번째 성냥불을 밝혀, 불빛을 따라 안으로 들어갔다.

안으로 들어서자마자 핍은 자신이 단순한 형태의 동굴 안으로
들어온 것이 아니라 누군가의 집 안으로 발을 들여놨다는 사실

을 알았다. 안에는 테이블과 큰 침대와 의자 두 개가 있었는데, 모두 대충 잘라낸 통나무들을 덩굴로 묶어 만들어놓은 것들이었다. 제작 방식이 마찬가지로 원시적으로 보이는 다른 물건들도 바닥에 흩어져 있었다. 돌로 만든 간단한 도구들과 마른 나뭇잎들을 엮어 만든 바구니들과 불에 굽지 않은 점토로 빚은 흙 접시와 컵 같은 것들이 있었다. 성냥을 하나 더 켠 다음 침대로 다가갔다. 그녀의 앞에 그림자가 길게 늘어지며, 부서질 듯한 담요를 뒤집어 덮고 있는 인간의 형체처럼 보이는 것이 나타났다. 그녀가 담요를 옆으로 치웠다. 나무 색깔의 마른 뼈와 가르마가 있는 머리카락으로 형체를 알아볼 수 있는 시신은 옆으로 몸을 웅크린 채 누워 있었고, 방어적인 모습으로 두 팔로 가슴을 감싼 모습이었다. 핌은 시신이 남자의 것인지 여자의 것인지 알 수 없었다. 침대 옆에는 일련의 표시들이 새겨져 있고 돌에는 잘려 나간 작은 상처들이 있었다. 핌이 그 표시들의 숫자를 세어 보았다. 서른두 개의 표시들. 날수일까? 아니면 개월 수? 그것도 아니면 햇수? 침대는 한 사람을 위한 거라기에는 불필요할 정도로 컸고, 의자도 하나가 아닌 두 개였다. 아마도 멀지 않은 어딘가에 동굴에 같이 거주했던 다른 이의 무덤이 있을 것 같았다.

핌이 밖으로 나왔고, 그녀가 이곳에 자신의 일기장을 숨겨야 한다는 것이 명백해졌다. 그 동굴은 과거의 저장고 같은 곳이었으니까. 그럼에도 불구하고 그녀는 그 동굴의 사연을 더 알고 싶었다. 그 사람들은 누구였을까? 그들은 어디에서 온 거지? 그들은 어떻게 죽은 걸까? 웅덩이의 가장자리에 서 있던 그녀에게 고요히 잠든 생명들의 존재가 느껴졌다. 그녀가 암벽들을 돌아가며 살펴보았다. 점점 그녀의 눈에서 베일이 걷히듯, 다른 물건들이 나타났다. 도자기 조각들, 나무로 만든 숟가락, 모닥불을 피웠던 것으로 보이는 둥글게 놓인 돌들. 그녀는 두껍고 반들거리는 잎들이 뒤엉켜 덤불을 이루고 있는 웅덩이의 반대편 끝 쪽까지 가보았다. 그 뒤에 뭔가가 숨겨 있었는데, 땅 위로 불룩 튀어나온 구부러진 모양이었다.

그건 보트였다. 좀 더 정확히 말하자면, 구명정이었다. 6미터 정도 되는 유리 섬유로 된 선체가 땅속에 깊이 박혀 있었는데, 덩굴들이 휘감고 있는 탓에 그냥 눈으로 봐서는 거의 안 보일 정도였다. 유기물의 두꺼운 퇴적층이 바닥에 깔려 있고, 그 위로 작은 식물들이 자라났다. 천천히 정글의 바닥 속으로 가라앉아 얼마나 오랫동안 이곳에 이렇게 놓여 있던 거지? 몇 년, 몇십 년, 그 이상일지도. 그녀가 선체 주위를 돌아보며 단서를 찾으려고 해봤다. 선미 부근에 갈 때까지 특별히 눈에 띄는 것이 없었다. 그런데 일부가 식물들로 가려진 채 빛이 바래고 썩어서 곳곳이 갈라져 있는 부서질 듯한 나무 명판 하나가 선미판에 붙어 있고, 그 위에는 유령 같은 글자가 새겨져 있었다. 그녀는 웅크리고 앉아서 덩굴들을 옆으로 밀어 치웠다.

한동안 그녀가 움직이지 않았는데, 그건 충격이 너무나 컸기 때문이었다. 어떻게 이럴 수 있지? 하지만 시간이 지나면서 그녀 안에서 새로운 감정들이 일어났다. 그녀는 울부짖는 거대한 바람과 함께 모든 것을 다 잃었다고 생각하던 순간 자신들을 이 섬의 해변으로 이끌고 왔던 그 폭풍우를 기억해냈다. 운명이라는 말이 너무나 보잘것없어 보이는 것 같았다. 모든 것들을 하나의 구조로 엮어내는 바늘같이 더 깊이 움직이는 힘이 존재했다. 시간이 더 지나자 그녀는 일어나 공터로 돌아왔다. 그녀가 의도했던 것이 아니었다. 단지 본능에 따라 행동했을 뿐이다. 웅덩이 옆에서 그녀가 다시 한번 무릎을 꿇고 앉았다. 잔잔한 수면 위에 비치는 자기 얼굴을 보았다. 그 모습도 변해갈 거라는 걸 알지만, 그녀의 얼굴은 부드럽고 주름 하나 없는 젊고 싱싱한 모습이었다. 시간은 자신의 고집을 꺾지 않고 늘 하던 대로 흘러갈 것이며, 그건 누구에게나 마찬가지일 것이다. 그녀의 아이들이 자라고, 그녀와 그녀가 사랑하는 모든 사람이 사라지며, 추억이 되고, 그 추억이 추억의 추억이 되어 결국 아무것도 남지 않을 것이다. 슬픈 생각이지만, 동시에 새롭게 느껴진다는 점에서 그녀를 행복하게 만드는 생각이기도 했다. 피난처가 되어준 이 섬, 그건 섬이 곧 그들의 것이라는 말이었다. 섬은 내내 그들을 기다려왔고, 그렇게 역사는 다시 시작될 수 있었다. 그것이 바로 가려져 있던 구명정 선미판의 명판에 있던 글귀가 그녀에게 들려준 이야기였다.

아마도 자신의 글을 다른 사람들과 나누어도 된다고 생각할 때가 올 것이다. 그러면 그날, 그녀는 사람들을 그 구명정이 있는 곳으로 데려가 자신이 발견했던 것을 보여주게 될 것이다. 하지만 아직은 아니었다. 지금은 그녀의 일기나 그들이 들려준 이야기들처럼, 그녀의 비밀 곧 과거가 전해온 메시지로 버려진 구명정의 선미에 새겨져 있을 것이다.

베르겐스피요르드
오슬로, 노르웨이

88장

카터는 할 수 있는 한 숨을 참았다. 얼굴 주위로 물방울들이 솟아오르고, 폐가 숨이 막혀 아우성쳤다. 사실 단지 몇 걸음밖에 안 떨어져 있는데도 저 위의 세상이 수 킬로미터쯤 떨어져 있는 것 같았다. 마침내 그가 더는 참지 못하고 수면을 향해 빠르게 몸을 밀어 올렸고 포탄처럼 여름 태양 아래의 물 위로 튀어 올랐다.

"또 해봐요, 앤서니!"

헤일리가 그의 등에 매달려 있었는데, 분홍색 투피스 수영복을 입고 암청색의 물안경을 쓴 아이의 모습이 거대한 벌레처럼 보이기도 했다.

"알았어." 그가 크게 웃었다. "몇 초만 시간을 줘. 그런데 말이야, 이번에는 라일리 차례라고."

헤일리의 여동생이 수영장 데크에 앉아 발을 물속에 넣고 달랑달랑 흔들었다. 라일리는 주름이 진 풍성한 스커트가 달린 초록색 원피스 수영복을 입었는데, 한쪽 어깨끈에는 플라스틱 데이지꽃

아플리케*가 달렸고, 양팔에는 오렌지색 날개꼴 부낭**을 달고 있었다. 카터는 그녀를 물속에 던져 넣으며 몇 시간이고 아이가 지루해할 틈도 없이 놀아줄 수 있었다.

"또요! 또 해줘요!" 헤일리가 난리를 쳤다.

레이철이 정원 쪽에서 그들을 향해 걸어왔다. 그녀는 반바지와 흙이 얼룩덜룩 묻은 하얀색 티셔츠를 입고 챙이 넓은 밀짚모자를 썼다. 장갑을 낀 한쪽 손에는 정원용 큰 가위를, 그리고 다른 손에는 방금 잘라낸 다양한 색깔과 종류의 신선한 꽃들이 담긴 바구니를 들고 있었다.

"딸들, 앤서니가 숨 돌릴 틈을 줘야지."

"나는 아무렇지 않아요." 수영장 데크를 붙잡고 있는 카터가 말했다. "괜찮아요."

"봤죠?" 헤일리가 말했다. "앤서니는 괜찮대요."

"그건 아저씨가 예의 바른 사람이기 때문이야." 레이철이 손에 낀 장갑을 벗어서 바구니에 던져 넣었다. 땀에 젖은 그녀의 얼굴이 햇빛에 반짝였다. "점심 식사를 하는 게 어때요?"

"점심으로 뭐가 있어요?" 헤일리가 물었다.

"어디 보자." 그녀의 엄마가 연극배우처럼 얼굴을 찡그려 보였다. "핫도그?"

"앗싸! 핫도그!"

레이철이 환하게 미소를 지었다. "그럼 그렇게 결정된 것 같네. 점심은 핫도그야. 앤서니, 당신도 드실래요?"

---

* 천 조각 등을 꿰매거나 덧댄 장식.
** 어린아이들이 수영을 배울 때 몸이 물에 뜨도록 양팔에 끼우는 것.

그가 고개를 끄덕였다. "핫도그라면 언제든지 먹을 수 있죠."

그녀는 집으로 들어갔고, 카터는 수영장 밖으로 나와 아이들과 자신이 쓸 수건을 가지고 왔다.

"우리 수영 더 할 수 있는 거예요?" 헤일리가 머리를 말리며 물었다. 아이의 머리는 드문드문 구릿빛 머리카락이 섞인 금발이었다. 그리고 라일리는 여러 색이 섞여 있는 부드러운 갈색의 꽤 긴 머리였다. 또 수영할 때는 머리를 양 갈래로 따는 것을 좋아했다.

"엄마가 뭐라고 말씀하시는지에 따라 다르지. 아마도 점심 식사 후에는 될걸."

아이의 눈이 동그랗게 커졌다. 헤일리는 자신이 원하는 것을 얻기 위해 항상 쇼를 할 줄 아는 여자아이였다. "아저씨가 좋다고 하면, 엄마도 좋다고 할 거예요."

"그런 식으로 뭔가를 이루려고 하면 안 돼, 너도 알잖아. 우리는 엄마가 뭐라고 하시는지 먼저 기다려봐야 해."

그가 아이의 머리에 남은 물기를 쥐어짜 말리고 나서 둘이 놀으라고 보낸 후, 연철 테이블에 앉아 숨을 돌리며 아이들을 지켜봤다. 정원에는 장난감들이 여기저기 널려 있었다. 바비 인형들과 속을 채워 넣은 동물 인형들, 나이가 좀 더 많은 헤일리가 갖고 놀기에는 어울리지 않지만 그래도 여전히 좋아하는 밝은색의 플라스틱 장난감 세트. 두 아이는 그 플라스틱 장난감 세트를 가게의 진열대 위에 있는 전혀 다른 상품인 양 다루며 놀았다. 헤일리는 이쪽으로, 여동생은 반대편 저쪽으로 가 있었다.

"이거 봐!" 라일리가 소리를 질렀다. "내가 두꺼비를 찾았어!"

그녀가 정원 출입구 옆 통로에 웅크리고 앉아 있었다.

"정말이니? 두꺼비야?" 카터가 말했다. "이리로 가져와 봐. 내가 확인해볼게."

아이가 두 손바닥을 둥글게 접어 모으고 팔을 앞으로 쭉 뻗어 내민 채 파티오 쪽으로 걸어왔고, 언니가 그 뒤를 좇아왔다.

"와, 정말 잘생긴 두꺼비구나." 카터가 크게 소리 내어 말했다. 그 얼룩덜룩한 황갈색의 생물은 빠르게 숨을 쉬었고, 녀석의 느슨한 옆구리의 살이 숨 쉴 때마다 같이 펄럭였다.

"나는 애 징그러워요." 헤일리가 뚱한 표정으로 말했다.

"나 애 키워도 돼요?" 라일리가 물었다. "애 이름은 페드로라고 할 거예요."

"페드로," 카터가 아이의 말을 받아주며 고개를 천천히 끄덕였다. "좋은 이름인 것 같구나. 그래, 물론이지." 그가 계속 말을 이어갔다. "어쩌면 얘한테는 이미 이름이 있는지도 몰라. 그것도 생각해봐야 할 거야. 다른 두꺼비 친구들과 함께 지내면서 쓰던 이름 말이야."

어린 여자아이의 얼굴이 찌푸려졌다. "하지만 두꺼비는 이름이 없어요."

"그래? 어떻게 알아? 두꺼비랑 얘기해봤어?"

"그런 말도 안 되는 말이 어디 있어요." 큰아이가 입고 있는 수영복 밑단을 잡아당기며 말했다. "라일리, 아저씨 말 듣지 마."

카터가 의자에서 몸을 앞으로 숙이며 손가락 하나를 들어 올려, 아이들의 이목을 자기 얼굴에 집중시켰다. "이제 너희 두 녀석 모두에게 진실을 말해줄게." 그가 말했다. "그리고 그 진실은 말이야, 바로 이거야. 모든 것에는 이름이 있어. 그리고 그것을 알아낼 방법이 있어. 인생에 있어서 중요한 교훈이지."

작은 아이가 그를 뚫어지게 쳐다보고 있었다. "나무들도요?"

"물론이지." 그가 대답했다.

"꽃들은요?"

"나무들, 꽃들, 동물들, 살아 있는 모든 것에는 이름이 있어."

헤일리가 고개를 비스듬히 하고 그를 쳐다봤다. "아저씨, 지금 이야기를 꾸며내고 계신 거죠."

카터가 미소를 지었다. "전혀 아니야. 어른들은 다 알고 있어. 너도 알게 될 거야."

"그래도 나는 두꺼비를 갖고 싶어요." 라일리가 고집을 피웠다.

"그래, 너는 아마 그럴 거야. 그리고 나도 두꺼비 아저씨가 너와 있는 걸 좋아할 것으로 생각해. 하지만 두꺼비는 자기를 아는 다른 두꺼비 친구들과 함께 풀밭에 있어야 해. 그리고 말이야, 내가 그 두꺼비를 키우도록 허락한 걸 엄마가 알면 깜짝 놀라서 뒤로 넘어가실걸."

"거봐, 내가 그럴 거라고 말했잖아." 헤일리가 푸념했다.

카터가 다시 몸을 뒤로 기대앉았다. "둘은 이제 가서 놀아. 너희들이 원하면 두꺼비와 놀아도 돼. 하지만 놀고 나서는 꼭 두꺼비를 보내줘야 한다."

두 아이가 쪼르르 달려갔다. 카터가 일어나 셔츠를 입고서 뒤로 기대앉았다. 생참나무 그늘 아래에 있는 그의 얼굴에 온화한 햇살이 비추었다. 멀리서 도로를 조용히 스치고 지나가는 차량의 바퀴 소리가 들려왔다. 몇 분이 지나자 레이철이 약속한 핫도그들을 쟁반에 들고 뒷문으로 나왔다. 라일리의 핫도그에는 케첩과 치즈가, 헤일리는 머스터드, 카터의 핫도그에는 세 가지가 모두 곁들여 있었고, 레이철은 자신이 먹을 샐러드를 만들어 왔다. 레이철은 다시 부엌으로 돌아가 종이 접시 몇 개와 감자칩 한 봉지를 갖고 나왔고, 다시 한번 부엌으로 가서 딸들이 마실 우유와 어른들을 위한 차 한 주전자를 갖고 돌아왔다.

"라일리가 두꺼비를 찾아냈어요." 카터가 말을 꺼냈다. "그리고 그 두꺼비를 애완동물로 키우고 싶어 했어요."

레이철이 핫도그를 접시에 담아 올리고 냅킨 몇 장을 펼쳐놓았다. "물론 그랬겠죠. 나는 당신이 안 된다고 했을 것으로 생각해요." 그녀가 고개를 들고 목소리를 높여 말했다. "얘들아, 와서 점심 먹어!"

그들은 핫도그를 먹고, 감자칩을 먹고 차와 우유를 마시고, 그 후에는 디저트로 체리 맛 아이스캔디를 먹었다. 그들이 식사를 마칠 때쯤 되자, 아이들이 사라지기 시작했다. 보통 라일리는 점심 식사 후에 낮잠을 잤고, 헤일리가 공연한 법석을 떨고는 했지만 그럴 만한 나이기도 했다. 특히 아침 내내 뜨거운 태양 아래 수영장에서 몇 시간씩 놀고 난 후라면 말이다. 나중에 수영을 더 하자고 약속하고서 두 여자아이를 집 안으로 들여보냈는데, 카터가 이미 반쯤 잠에 곯아떨어진 라일리를 안고 들어갔다. 아이들의 방에 들어서자 라일리를 레이철에게 넘겨주었고, 그녀는 라일리의 축축하게 젖은 수영복을 벗기고는 티셔츠와 속바지로 갈아입힌 후 침대 이불 속으로 밀어 넣었다. 헤일리는 이미 침대에 들어가 이불을 덮고 누워 있었다.

"자 이제, 너희 둘은 잠을 자야 해." 레이철이 문가에 서서 말했다. "장난치고 돌아다니면서 안 자면 안 돼." 그녀가 딸깍 소리와 함께 조용히 문을 닫았다. "생각해보니까," 그녀가 말했다. "나도 낮잠을 좀 자야 할 것 같아요."

카터가 고개를 끄덕였다. "나도 같은 생각을 하고 있었어요. 아이들과 놀아주느라고 지쳤거든요."

침실에 들어선 그는 수영복 대신 세탁을 해놔서 뽀송뽀송하게 마른, 그가 좋아하는 오래된 반바지로 갈아입고 침대의 이불 위에 드러누웠다. 레이철이 그의 옆으로 와 누웠다. 그가 팔을 그녀의 몸에 두르고 가까이 끌어당겼다. 그녀의 머리에서 그가 좋아하는 깨끗하고 달콤한 냄새가 났다. 그리고 그 냄새는 그곳 침실에서 가장 멋진 것이었다.

"있잖아요," 그녀가 부드러운 목소리로 말했다. "계속 생각했는데요."

"그래서 그게 뭔데요?"

그의 가슴에 안긴 채 그녀가 어깨를 으쓱해 보였다. "오늘 아침이 얼마나 멋졌는지 말이에요. 정원이 정말 너무 아름다웠어요."

카터가 자신도 그렇게 생각했다고 말하듯, 그녀를 좀 더 품 안에 꼭 끌어안았다.

"나는 영원히 이렇게 있을 수 있어요." 그녀가 말했다.

영원, 그것이 그들에게 남아 있는 거였다. 곧 그녀의 숨소리가 평온한 해변을 오르내리는 파도처럼 낮고 길어지며 안정되었다. 그리고 그런 숨소리의 리듬이 부드러운 물결처럼 그를 물들이며, 둘을 함께 꿈속으로 데리고 갔다.

얼마나 행복한지 모르겠어, 카터는 그런 생각을 하며 두 눈을 감았다. 마침내 정말 행복해졌어.

14부

해변의 정원

A. V. 343년

이 사랑의 꽃봉오리가, 무르익어 가는 여름 바람결에,
우리 다시 만나는 날에는 아름다운 꽃으로 피어나기를.
- 셰익스피어, 『로미오와 줄리엣』

89장

    그녀는 강이 보이는 곳을 선택했다. 그곳의 땅이 좀 더 보드라웠지만, 그것 때문만은 아니다. 산등성이 위로 새벽이 밝아오자, 에이미가 땅을 파기 시작했다. 여름에 늘 그렇듯 강물은 수위가 낮았고, 물 위로는 안개가 연기처럼 떠다니고 있었다. 그녀는 새들의 울음소리를 들으며 땅을 파기 시작했고, 그러다 기온이 올라가면서 대지 위로 퍼지는 고요함 속에서 땅을 팠다.

    이따금 쉬어가면서 땅을 파던 그녀가 정오가 되자 일을 끝냈다. 강가에서 얼굴에 물을 뿌려 열기를 식히고, 손바닥으로 물을 떠 마셨다. 더위 속에 땀을 비 오듯 흘렸다. 기력을 추스르기 위해 한동안 바위 위에 앉아 있었고, 삽은 강둑 흙 위에 놔두었다. 얕은 물가 바위 뒤에 몸을 밀어 넣고 숨은 송어들의 모습이 보였다. 물살의 흐름으로부터 몸을 숨기고, 작은 꼬리지느러미를 살살 움직여 자세를 고정한 후, 물에 쓸려오는 벌레들을 기다리며 입을 벌린 채 강바닥에 엎드려 있었다.

시신은 시트에 싸여 있었다. 에이미가 나무 관대*를 빗줄을 이용해 튼튼한 나뭇가지에 고정한 채 시신을 아래로 내렸다. 그녀의 생각들은 차분하게 정리되었는데, 이 순간을 대비해 몇 년 동안 준비해온 까닭이었다. 하지만 시신을 싼 시트 위로 첫 흙을 붓자, 이름을 알 수 없는 감정이 폭발하며 솟구쳐 오르는 것을 경험하게 되었다. 수많은 일이 한꺼번에 일어나는 것 같았는데, 그녀의 마음속이 아닌 육체의 더 깊은 곳에서 일어나는 듯했다. 눈물이 얼굴에 흐르는 땀과 섞였다. 한 번에 한 삽씩 흙을 뿌릴 때마다, 시신의 형체가 사라지며 땅과 하나가 되어갔다.

그녀가 흙을 다지고는 무덤 옆에 무릎을 꿇고 앉았다. 그녀는 아무런 표지도 해놓지 않을 생각이었다. 때가 되면 적당한 기념비를 세울 계획이었다. 아마도 한 시간 정도가 지난 것 같았는데, 그녀는 시간 감각도 없었고 그런 거에 신경 쓸 필요도 없었다. 마음은 무거웠고 여러 감정으로 꽉 차 있었다. 태양이 산등성이와 맞닿아 저물어가려 하자, 좀 전에 다져놓은 흙 위에 한쪽 손바닥을 갖다 댔다.

"잘 가요, 내 사랑." 그녀가 말했다.

오래전부터 스스로 생각해왔듯이, 피터는 어느 여름날 오후에 죽었다. 나흘 전 밤에 그가 집으로 돌아오지 못했다. 전에도 그런 일이 있었는데, 동트기 전에 돌아오지 못할 정도로 멀리 나갔던 거였다. 하지만 다음 날 밤에도 그가 보이지 않자, 에이미가 찾으러 나섰다. 메사 동쪽의 암벽 돌출부 아래에서 찾았는데, 그는 바

---

* 관을 안치하거나 옮길 때 쓰는 틀.

위 사이에 몸을 단단히 틀어박고 있었다. 의식이 일부만 있는 것 같았고, 호흡도 빠르고 약했으며, 피부 역시 창백했고, 건조하게 마른 손도 차가웠다. 담요로 그의 몸을 감싸고 그녀가 안아 올렸는데, 얼마나 가벼웠는지 깜짝 놀라고 말았다. 그를 집으로 옮겨와 이층 침실로 갔다. 창가의 덧문들은 이미 그녀가 닫아놓았다. 그를 침대에 누이고 그녀도 옆에 누워서, 그가 자는 동안 안고 있었다. 그리고 다음 날 아침, 그녀는 뭔가의 존재를 느꼈다. 죽음이 집 안에 들어와 있었다. 그는 어떤 고통도 느끼지 않는 것처럼 보였고, 그저 희미해져 가는 것만 같았다. 그는 의식을 회복하지 못했거나, 그런 것처럼 보였다. 몇 시간이 지났지만, 그녀는 잠깐이라도 그의 곁을 떠날 수 없었다. 정오가 되자, 호흡이 거의 느껴지지 않을 만큼 느려졌다. 에이미는 기다렸다. 그리고 그가 슬그머니 세상에서 사라졌다는 걸 깨닫는 순간이 찾아왔다.

이제 그녀가 해야만 했던 일들이 다 마무리되었다. 집으로 돌아와 간단히 저녁 식사를 하고, 부엌을 깔끔히 정리한 후 식사를 마친 접시들도 마저 치워놓았다. 억겁의 무한한 고요가 집안에 내려앉았다. 어둠이 찾아오고, 별들이 조용한 대지 위를 쳇바퀴 돌듯 돌아가고 있었다. 준비해둬야 할 것들이 있지만, 아침까지 미뤄도 될 만한 일들이었다. 그리고 이층으로는 올라가고 싶지 않았다. 이층으로 올라가야 할 이유가 있던 날들도 이제는 끝나버렸으니까. 그녀는 담요 밑에 몸을 웅크려 말고서 소파 위에 누웠고, 이내 곧 깊은 잠에 빠졌다.

창문을 뚫고 들어온 새벽의 부드러운 햇살에 그녀가 깨어 일어났다. 현관 앞에 서서 하루의 일과를 정리해보고, 필요한 물건들을 챙기기 위해 다시 집 안으로 들어갔다. 그녀는 등에 짊어지고 다닐 나무로 만든 간단한 지게 배낭도 만들어 준비해뒀다. 그리고 그 안에 자신에게 필요한 담요와 간단한 도구들, 여분의 옷가지와 며칠 분의 음식, 접시와 컵, 방수포, 밧줄 꾸러미와 날카로운 칼 그리고 물 몇 병을 넣어두었다. 부족하거나 미리 준비하지 못한 게 있더라도, 여행하는 동안 찾아 해결할 수도 있는 일이었다. 이층으로 올라가 씻고 옷을 챙겨 입었다. 스탠드 위에 놓아둔 거울에 비친 자기 얼굴을 찬찬히 들여다보았다. 그녀도 역시 나이가 들었고, 이제는 대략 마흔 살이나 마흔다섯 살쯤 되어 보이는 얼굴이었다. 긴 머리카락 사이로 거의 하얗게 보이는 회색의 머리카락들도 여럿 보였다. 눈꼬리에도 잔주름이 부채꼴 모양으로 자리 잡았고, 입술도 거의 붉은 기운이 사라져 창백해 보이며 얇아졌다. 나의 얼굴, 나의 이 얼굴을 다른 누군가 살아 있는 인간이 다시 보게 될 때까지 얼마나 많은 시간이 흐를까? 아니 그런 일이 일어나기는 할까? 어쩌면 다시는 사람이라고는 누구 하나 만나보지 못한 채 죽게 되지 않을까?

거실에서 그녀가 피아노 앞에 앉았다. 사실 어떻게 피아노가 있었는지는 설명할 수 있는 일이 아니었다. 그녀와 피터가 농장에 도착했을 때, 아주 오래전부터 있던 피아노가 그 자리에서 기다렸을 뿐이다. 매일 밤 에이미는 피아노를 쳤고, 그 피아노 소리가 바로 피터를 집 안으로 불러들이는 힘이었다. 피아노 건반들 위에 손을 올려놓고, 이제 무언가가 그녀를 찾아와 주기를 기다렸다. 조용한 화음으로 연주를 시작한 그녀는 손이 흘러가는 대로 연주를 맡겨놓았다. 집 안이 밝은 음으로 가득 채워졌고, 연주의 악구樂句마다 그녀가 느끼는 모든 것이 담겨 있었다. 연주의 선율이 물결치며 그녀의 몸을 타고 흘렀고, 순수한 감정의 언어로 오르내리며 빙글빙글 멀어져 갔다가 제자리로 돌아왔다. 나는 당신의 연주가 결코 질리는 법이 없어. 피터는 항상 그렇게 말했다. 그러고는 그녀처럼 음악을 안으로부터 넘쳐흐르는 힘으로 느끼기 위해, 가장 부드러운 손길로 그녀의 어깨 위에 두 손을 올린 채 뒤에 서 있고는 했다. 당신의 연주라면 나는 영원히 들을 수도 있어, 에이미.

그녀는 자신의 모든 연주가 사랑의 연가라고 생각했다. 모두 그를 위한 사랑의 연가였다.

그녀의 연주는 끝났지만, 손은 아직 건반 위에 올려져 있었고 마지막 화음이 울리며 맴돌다 사라졌다. 그리고 그렇게 길을 떠날 시간이 되었다. 목이 메어왔고, 그녀는 마지막으로 거실을 둘러보았다. 그냥 평범한 공간이었지만 ― 간단한 가구들과 오래 써서 검게 그을린 난로와 테이블 위에 놓인 초들과 책들이 있는 다른 여느 방과 다를 것이 없는 공간 ― 훨씬 더 많은 것을 의미하는 곳이었다. 그곳은 그녀의 모든 것을 의미하는 장소였다. 여기에서 그들이 함께했기에.

그녀가 일어나 지게 배낭을 메고, 문밖으로 나가 뒤도 돌아보지 않고 길을 떠났다.

가을쯤에 그녀는 캘리포니아에 도착했다. 처음에는 태양 아래 이글이글 타오르는 사막이, 그다음에는 피어오르는 아지랑이 속에 산들이 나타나고, 건조한 계곡 위로 거대한 푸른 배경이 솟아올랐다. 그 모습을 보며 이틀을 더 걸은 후, 그녀가 산을 오르기 시작했다. 기온이 내려가며, 꼭대기에는 시원한 초록의 숲이 기다리는 것이 보였다. 그녀의 발아래로 아지랑이 속에서 고지인 모하비의 계곡들과 산들이 춤추듯 아른거리는 모습이 보였다. 그녀의 얼굴에 마른 바람이 세차게 불어 닥쳤다.

마침내 콜로니의 장벽이 나타났다. 어떤 곳들은 폐허처럼 무너져 내리고 초목이 잔해들 사이를 뚫고 자라나 또 하나의 벽을 이루었지만, 장벽은 여전히 제자리에 우뚝 서 있었다. 에이미가 그 폐허를 손으로 짚고 올라가, 마을의 중심으로 향했다. 전에는 아무것도 없던 자리에 거대한 나무들이 자라났고, 건물들은 대부분 기초만 남고 무너져 보이지 않았다. 그런데도 몇몇 커다란 건물들은 남아 있었다.

그녀는 예전에 성소라고 불리던 건물로 갔다. 지붕은 무너져 내렸고, 건물은 껍데기만 남아 있었다. 그리고 놀랍게도 아직 깨지지 않고 그대로 있는 유리창으로 안을 들여다보기 위해 계단을 올라갔다. 창에는 때가 잔뜩 껴서 젖은 천으로 유리창 위에 작은 동그라미를 만들고 나서, 두 눈을 창에 갖다 대고 눈 주위를 두 손으로 둥글게 가렸다. 하늘을 향해 뻥 뚫린 내부는 숲처럼 온갖 초목이 빼곡히 자라났다.

그녀가 방향을 제대로 잡는 데 시간이 좀 걸렸지만, 결국은 그 돌의 위치를 찾아냈다. 돌은 어느 정도 땅에 제대로 자리 잡고 있었지만, 그 위에 새겨진 이름들은 거의 알아보지 못할 정도로 마모되어 움푹 파인 자국만 보였다. 그래도 여전히 그 위에 새겨진 몇몇 성들은 알아볼 수 있었다. 피셔, 월슨, 도나디오, 잭슨.

저녁이 되어갔고, 그녀는 지게 배낭을 벗은 후 연장들을 꺼냈다. 다양한 크기의 정과 둥근 끌, 곡괭이, 그리고 큰 망치 하나와 작은 망치 하나가 있었다. 잠시 땅바닥에 앉아 돌을 살펴보았다. 어디를 파내야 할지를 고민하며 차가운 돌의 표면을 쭉 훑어보았다. 아침까지 기다려도 될 일이지만, 미루지 않고 지금 당장 하는 것이 맞는 것 같았다. 그녀가 돌 표면의 한 곳을 고르고, 정과 망치를 들고서 두드리기 시작했다.

사흘째 되는 날 아침에 작업을 끝냈고, 손은 피부가 벗겨지고 피투성이가 되었다. 그녀가 뒤로 물러서서 자기 작품을 살펴볼 때는 이미 해가 하늘 높이 떠 있었다. 글자를 새겨 넣은 솜씨가 미숙하기는 했지만, 그래도 전체적으로는 생각했던 것보다 괜찮아 보였다. 에이미는 그날 나머지 시간과 다음 날 밤까지 자고, 아침에 기운을 차려 일어나서, 야영지를 정리하고 산을 내려왔다.

처음에는 해를 등지고 가다가 다시 해를 마주 보며 서쪽으로 향했다. 대지는 유례없이 텅 비어 생명의 자취라고는 보이지 않았다. 바람이 오가는 소리만 들리는 정적 속에서 며칠이 지난 날 아침, 그녀는 바다의 파도 소리를 들었다. 공기에서는 꽃향기가 났다. 나지막이 우르릉거리는 파도 소리가 커지고, 갑자기 태평양이 눈앞에 나타났다. 푸른 바다는 끝없는 것 같았고, 행성 전체를 바라보고 있는 것같이 느껴졌다. 하얗게 일어서는 파도가 몰려와 해변에서 부서졌다. 그녀는 거머리말과 야생 장미들이 있는 비탈들을 가로질러 가, 바다와 맞닿은 넓은 해변으로 갔다. 그리고 불안함을 느끼면서도 갑작스러운 충동에 휩싸여버렸다. 지게 배낭을 벗어놓은 다음, 옷과 신발도 벗어버렸다. 첫 파도가 그녀의 몸을 덮치며 휘감고 지나가자, 그 힘에 그만 발이 균형을 잃고 넘어질 뻔했다. 이어서 두 번째 파도가 다시 덮치자, 그녀는 저항하고 버티기보다는 물보라를 일으키며 솟구치는 파도 속으로 뛰어들었다. 이제는 더 이상 발이 바닥에 닿지 않았다. 빠르게 일어난 일이었다. 그녀는 두려움이 아닌 오직 거친 야생의 놀라운 기쁨을 경험했다. 자신이 창조의 힘들과 연결되는 완전히 자연적인 상태를 재발견한 것 같았다. 바닷물은 놀라울 정도로 차갑고 짰다. 가장 단순한 팔다리의 움직임만으로도 물에 뜰 수 있었다. 그녀는 바다의 큰 파도들 속에서 몸을 자유롭게 움직이다가 다시 물속으로 잠수해 들어갔다. 수면 아래에서 눈을 떴지만 뿌연 형체들 말고는 아무것도 보이지 않았다. 몸을 돌려 위를 봤다. 환한 햇살이 수면에 반사되며 일종의 광륜 같은 모양을 만들어냈다. 그 평화로운 빛을 바라보면서, 그녀는 파도 아래 감춰진 보이지 않는 세상에 숨어서 가능한 한 오랫동안 숨을 참았다.

그녀는 잠시 그곳에 머물기로 했고, 매일 아침 수영을 했다. 그리고 매일 조금씩 더 바다 멀리 헤엄쳐 나갔다. 그녀가 자신의 의지를 시험하고 있던 것은 아니다. 오히려 새로운 자극이 나타나기를 기다리고 있었다. 그녀는 몸이 한결 정화되고 강해진 것 같은 느낌을 받았으며, 마음에서 모든 걱정거리도 털어버렸다. 그녀가 삶의 새로운 국면을 맞이하고 있던 거였다. 가만히 앉아서 몰려오는 파도를 보고, 모래사장을 오르락내리락 긴 산책을 하며 하루를 보냈다. 일상의 필요도 복잡하지 않고 간단했으며, 몇 가지 되지도 않았다. 그녀가 오렌지 나무숲을 발견했는데, 그 근처에는 블랙베리들이 무성하게 자라난 커다란 비탈도 있었기에, 먹는 문제는 그것들로 해결했다. 피터가 그립기도 했지만, 그건 그녀가 잃어버린 무언가를 아쉬워하는 것과는 다른 것이었다. 그는 죽었지만 언제나 그녀의 일부로 남아 있기 때문이다.

만족하며 지내기는 했지만, 수개월이 지나는 동안 에이미는 아직 자신의 여행이 끝나지 않았다는 것을 깨달았다. 해변은 마지막 종착지를 준비하는 경유지일 뿐이었다. 봄이 찾아오자, 캠프를 정리하고 북쪽으로 향했다. 마음에 둔 목적지는 없었고, 땅이 인도하는 대로 가기로 했다. 지형이 점점 더 험준해졌다. 암벽, 심장을 멎게 하는 아름다운 캘리포니아 해변, 소금기를 잔뜩 품은 바닷바람을 그대로 맞아 바다 위로 한쪽 팔을 쭉 내밀고 매달린 듯한 모습으로 자라난 나무들. 태양이 그녀의 어깨를 짓누르고, 옆으로 보이는 바다가 이리저리 파도치는 가운데, 매일매일 걸으며 보냈다. 밤이면 별들 아래에 잠자리를 펴고 누웠고, 비가 오면 나뭇가지들 사이에 끈으로 방수포를 매달아뒀다. 다람쥐와 토끼 그리고 마못과 같은 작은 동물들뿐 아니라, 가지뿔영양과 스라소니와 심지어 풀숲에서 어물거리는 시커먼 형체의 곰까지 여러 종류의 동물들도 보았다. 사람이 정복했다가 사라진 대륙에 그녀 혼자였다. 곧 인간이 오랫동안 살았던 흔적이 아무것도 남지 않고 나면, 대륙은 다시 새로운 땅이 될 것이다.

봄이 여름이 되고, 여름이 가을이 되었다. 낮 동안에는 상쾌하고 시원했으며, 밤에는 온기를 유지하기 위해 불을 피웠다. 그녀는 샌프란시스코의 북쪽에 있었지만, 어디쯤인지는 잘 몰랐다. 어느 날 아침 방수포 아래에서 잠이 깼고, 일어나자마자 뭔가 달라졌다는 걸 알았다. 그녀는 부드러운 하얀빛과 고요의 세상 속으로 걸어 나왔다. 밤새 눈이 내린 것이다. 제법 큰 눈송이가 하늘에서 소리도 없이 내려와 떠다녔다. 그녀가 고개를 들어 하늘을 보며 눈송이를 맞이했다. 눈송이가 속눈썹과 머리카락에 들러붙었고, 입을 벌려 혀끝에 닿는 눈송이의 맛을 보았다. 수많은 추억이 그녀를 집어삼켰다. 자신이 다시 어린 소녀가 된 것 같았다. 땅에 등을 대고 누워 양팔과 두 다리를 뻗었다. 그리고 팔다리를 왔다 갔다 움직이며 눈 위에 하나의 모양을 만들어냈다. 눈 천사였다.

그리고 그녀는 자신을 북쪽으로 이끄는 힘이 무엇인지 이해했다. 봄이 되어서야 도착한 그녀는 깜짝 놀라고 말았다. 이른 아침이었고, 숲의 공기는 안개와 뒤섞여 무겁게 가라앉았다. 저 멀리 아래, 높은 절벽의 밑은 바다색이 짙고 어두워 보였다. 울창한 숲의 그늘 아래에서 꼭대기를 향해 오르고 있을 때 갑자기 완전함이라는 느낌이 그녀를 압도해버렸고, 가던 길에 그대로 얼어붙었다. 그녀는 다시 남은 길을 마저 올라가, 탁 트인 바다가 보이는 공터로 들어갔고, 그곳에서 심장이 멈춰버리는 것 같았다.

들판에는 여태껏 그녀가 보아온 꽃 가운데 가장 윤이 나고 반짝이는 야생화들이 쇼를 펼치듯 지천으로 흐드러지게 피었다. 수백, 수천, 수백만 송이의 꽃들이 자라고 있었다. 보라색의 붓꽃. 하얀 백합, 분홍 데이지, 노란 미나리아재비와 빨간 매발톱꽃 그리고 그녀가 이름도 알지 못하는 많은 꽃이 피어 있었다. 산들바람이 불어왔고, 태양이 구름 사이로 얼굴을 내밀었다. 그녀는 지게 배낭을 풀어 벗어놓고 천천히 앞으로 걸어갔다. 마치 자신이 오염되지 않은 순수한 색의 바다로 들어가는 것 같았다. 걸어가는 동안 손가락 끝이 꽃잎을 쓸며 지나갔다. 꽃들이 고개를 숙여 인사하고 그녀를 품에 안고 환영하는 것 같았다. 에이미가 꽃들의 아름다움에 빠져 무아지경인 상태로 꽃들 사이를 움직여 나아갔다. 황금빛 햇살이 들판 위로 쏟아져 내렸고, 바다 건너 멀리에서는 새로운 시대가 시작되었다.

여기에 나는 정원을 가꿀 것이다. 나의 정원을 만들고 기다릴 것이다.

밀레니얼리스트

인도-오스트레일리아 공화국
인구 1억 8천6백만
A. V. 1003년

과거는 결코 죽지 않는다.
심지어 지나가 자리를 비켜주지도 않는다.
- 밀턴, 『어느 수녀를 위한 진혼곡』

90장

─────

북아메리카 격리 기간에 관한 3차 국제회의 발표문

인도-오스트레일리아 공화국 뉴사우스웨일스대학교 인류 문화

및 갈등 연구소 A. V. 1003년 4월 16~21일

녹취록 : 본회의 1

환영사, 로건 마일스 박사

뉴사우스웨일스대학교 밀레니얼학 교수 겸임 학과장, 총장 산하 북미대륙

연구 및 개척 특별 전문위원회 위원장

좋은 아침입니다, 그리고 여러분 모두를 환영합니다. 오늘 이 자리에 많은 존경하는 동료 여러분과 소중한 친구들이 함께해주신 것을 기쁘게 생각합니다. 준비된 일정이 바쁘고, 여러분 모두가 발표가 빨리 시작되기를 고대하는 것을 알기에 개회 인사는 이렇게 간단히 끝맺도록 하겠습니다.

벌써 세 번째인 이 회의에는, 모든 정착 지역들에서 온 거의 모든 연구 분야의 전문가들이 모였습니다. 우리의 참석자 중에는 인간 인류학, 시스템 이론, 생물 통계학, 환경 공학, 의·생태학, 수학, 경제학, 민속학, 종교학, 철학 그리고 여러 학문 분야의 학자들이 함께하고 있습니다. 우리는 광범위한 방법론과 관심사를 가진 다양한 집단입니다. 하지만 우리는 어느 한 학문 분야의 목적보다도 더 심오한 공통의 목적 아래 단결되었습니다. 이 회의가 혁신적인 학술 공동 작업을 위한 발판의 역할을 감당해낼 뿐만 아니라, 북아메리카의 격리와 그 역사의 중심에 놓인 보다 광범위한 인본주의적 질문들을 우리 모두가 개별적으로 그리고 집단적으로 고민해볼 성찰의 기회가 되기를 희망해봅니다. 이 점은 특히 우리가 지난 천 년의 종착점을 지나 새로운 천 년을 맞이하고, 환태평양 위원회의 승인과 브리즈번 협정의 효력 아래 북미 대륙 개척 프로젝트 2단계에 접어드는 지금 더욱 절실하게 요구되는 바기도 합니다.

1,000년 전, 인간의 역사는 거의 마침표를 찍고 끝날 뻔했습니다. 종말적 대재앙으로 알려진 바이러스의 창궐은 70억 명 이상의 인간을 죽이며, 인류를 멸종의 위기로 몰아갔습니다. 우리 중 일부는 이것을 두고, 자연이 판을 뒤섞어놓는 방식에 의해 일어난 임의적인 사건이었다고 주장할 것입니다. 모든 종은 그들이 얼마나 성공적으로 생존했든지 간에 결국은 그 자신보다 훨씬 더 거대한 힘과 맞닥뜨리게 되어 있으며, 그것이 단순히 우리 인류의 차례였을 뿐이었다는 것입니다. 다른 이들은 그 쓰라린 고통이 인류의 존재를 유지해온 생물학적 시스템들에 대한 인간의 탐욕스러운 도전의 결과가 가져온 자해의 참상이라고 주장해왔습니다. 인

간이 지구를 공격했고, 지구가 반격했던 것입니다.

그럼에도 불구하고 종말적 대재앙의 역사를 연구하며 단순히 고통과 상실 그리고 오만과 죽음의 이야기만이 아닌 희망과 회복의 이야기에도 관심을 갖는 사람들이 아직 많습니다. 저도 그런 사람 중 한 명입니다. 그 바이러스가 어디에서 어떻게 발생하게 되었는지의 문제는 여전히 과학이 그 비밀을 풀고 들여다봐야만 하는 과제로 남아 있습니다. 어디서 온 것일까? 왜 지구 상에서 사라지게 된 걸까? 아니면 아직도 이 세상 어딘가에 숨어서 또 다른 기회를 기다리고 있는 것일까? 우리가 그 답을 끝까지 알아내지 못할지도 모르며, 궁극적으로 저는 인류가 절대 그 답을 알아내지 못하기를 바랍니다. 알려진 사실은, 인류가 종말적 대재앙을 이겨 냈다는 것입니다. 남태평양의 고립된 한 섬에서, 얼마 안 되는 한 무리의 사람들이 살아남아 마침내 지구의 남반구 전역에 걸쳐 다시 태어난 문명의 씨앗을 퍼뜨리고 마침내 인류 문명 제2의 시대를 열었습니다. 그 과정은 곳곳에 위험이 도사린 오랜 투쟁의 과정이었으며, 여전히 갈 길이 멀다고 할 수 있습니다. 역사는 우리에게 보장된 것은 아무것도 없다는 사실을 가르쳐줬는데, 우리는 위험을 무릅쓰고 종말적 대재앙의 교훈을 무시하고 있습니다. 그러나 우리 선조들의 사례는 틀림없이 유익하고 교훈적인 가치가 있는 것이 사실입니다. 우리의 생존 본능은 그 무엇에도 굴하지 않습니다. 인류는 정복되지 않는 의지와 희망이라는 능력을 지닌 종입니다. 그리고 자연이 우리를 대적하여 일어나는 날이 다시 온다면, 인류는 가만히 두고 보지 않을 것입니다.

아주 최근까지도 우리 조상들의 실체에 대해 알려진 것은 거의 없었습니다. 경전은 우리에게 조상들이 북아메리카로부터 남태평양으로 건너왔고, 그들의 경고도 함께 가져왔다고 말하고 있습니다. 조상들이 경고하기를, 북미 대륙은 괴물들의 땅이며, 그곳으로 돌아가는 것은 다시 한번 세상에 죽음과 파멸을 불러오게 될 것이라고 합니다. "1,000년이 지나기 전에는 남자나 여자나 누구도 그곳에 발을 들여놓아서는 안 된다." 이러한 명령과도 같은 경고는 공화국의 수립 이후 사실상 모든 시민과 종교 기관들에 의해 법으로 명문화되어, 우리 문명의 핵심적 지침이 되었습니다. 하지만 지금까지 이러한 주장을 뒷받침하는 어떤 과학적인 증거도 없으며, 심지어 그 근거도 알 수 없습니다. 말하자면, 우리는 이 문제를 믿음의 문제로 받아들여 왔던 것입니다. 하지만, 그 중심에는 우리가 누구인가에 대한 문제가 놓여 있습니다.

지난 몇 년 동안 많은 것들이 변했습니다. 우리가 "트웰브의 서"라고 알고 있는 고대 문헌의 발견으로, 우리의 과거에도 새로운 빛이 비쳤습니다. 신성한 섬의 최남단 동굴에 숨겨졌던, 저자가 알려지지 않은 이 책은 우리의 기원에 대한 수수께끼와 그에 대한 궁금증을 더욱 증폭시켰음에도, 처음으로 우리의 공통된 구전 지식에 대한 역사적 신빙성을 부여해줬습니다. A. V. 2세기부터 시작되는 "트웰브의 서"는 북미 대륙에서 일어난 소수 인간 생존자와 바이럴이라고 불리던 종족 간의 웅대한 서사적 경쟁에 관해 서술하고 있습니다. 그 투쟁의 중심에는 "문득 나타난 소녀"로 불린 에이미라는 어린 소녀가 있었습니다. 영혼과 육체의 특별한 힘을 지녔던 그녀가 동료들을 이끌었습니다 ― 나날의 사람이라고 불린 피터, 칼날의 알리시아, 현자 마이클, 치유자 사라, 신실한 자 루시어스 등의 인물이 인류를 구하기 위한 싸움에 그녀와 함께했죠. 물론 이 이야기와 등장인물들은 우리 모두에게 친숙할 것입니다. 우리 역사상 어떤 문서도 이것만큼 많은 연구와 의심의 대상이 된 적이 없었으며, 많은 경우에서 이 문서처럼 매우 노골적인 회의론의 대상이 된 적도 없습니다. 이야기의 구성 요소들이 분명히 과학이라기보다는 종교적인 영역에 있는 신빙성이 떨어지는 것들인 것은 틀림없습니다. 그럼에도 불구하고 발견된 순간부터, 거의 모든 사람이 이 문헌이 특별히 중요한 기록이라는 점에는 동의하고 있습니다. 그것이 우리 문명의 요람인 신성한 섬에서 발견되었다는 사실은, 거의 천 년 동안 우리 사회를 형성하고 이끌어 온 구전 지식과 북미 대륙 사이에 존재하는 연결 고리를 처음으로 구체적으로 확인해줬습니다.

저는 역사학자입니다. 증거로서 사실들을 확인합니다. 나의 직업적 신조는 오직 의심과 인내의 학문적 프리즘을 통해서만 과거에 대한 역사적 진실을 밝혀낼 수 있다고 엄격하게 정의하고 있습니다. 하지만, 신사 숙녀 여러분, 저의 지난 다양한 여행의 경험들이 저에게 가르쳐준 교훈 하나는 모든 전설의 배경에는 진실의 일면이 숨어 있다는 것입니다.

그럼 첫 번째 슬라이드들을 보도록 할까요?

36개월 전 우리가 북아메리카로 돌아온 후 격리 기간과 그 이전의 대륙의 상태에 대해 엄청나게 많은 것들을 알게 되었습니다. 여기 나란히 보이는 두 개의 이미지는 두 개의 매우 다른 북미 대륙의 모습을 보여주며, 이들의 차이는 이보다 더 선명할 수 없을 정도로 분명하기만 합니다. 왼쪽의 이미지에서 우리는 미국 제국 시대 말기의 모습 그대로 복원된 대륙의 모습을 보고 있습니다. 수백만 인구의 도시들이 양쪽 해안을 지배했으며, 지속 불가능한 농업 활동들이 사실상 대륙 내부의 모든 평야를 심각하게 훼손해

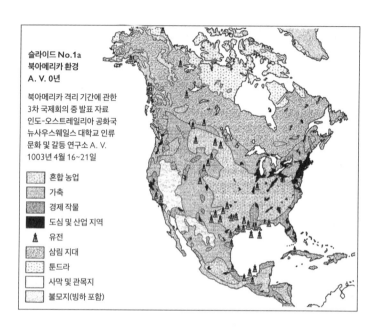

났습니다. 화석 연료를 사용하는 중공업은 땅과 물을 중금속과 화학적 부산물들로 오염시키며 광대한 땅을 사실상 사람이 살 수 없게 만들었습니다. 주로 애팔래치아 융기부와 북태평양 해안 그리고 서부 산간의 고산 지대 일부가 자연의 모습 그대로 남아 있기는 하지만, 이 이미지가 대륙과, 대륙 자체를 소모하던 문화를 상징한다는 점에 대해서는 조금도 의심의 여지가 없습니다.

오른쪽 이미지는 현재의 북아메리카 모습입니다. 320킬로미터의 검역선 너머에 위치한 부유 플랫폼에서 이루어진 비행선 답사는 유기적 다양성을 유지하고 있는 자연 그대로의 모습을 확인해 줬습니다. 한때 거대한 도시들과 유독성 산업 시설들이 있던 자리에 이제는 원시림들이 형성돼 자라나고 있습니다. 대륙 내부의 인간들에게 길들여졌던 평야들은 비교할 수 없는 생태학적 풍요로

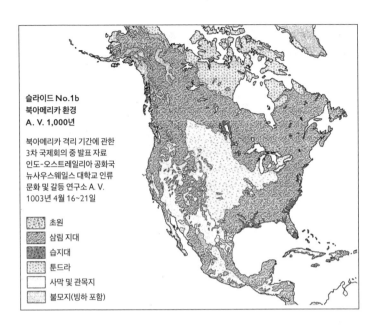

움을 지닌 초원들로 대체되었습니다. 가장 중요한 것은 뉴욕, 필
라델피아, 보스턴, 볼티모어, 워싱턴 D.C., 마이애미, 뉴올리언스
그리고 휴스턴 같은 거대 해안 도시들의 대부분이 수면 상승으로
인해 사라졌다는 것입니다. 자연은 자신이 해오던 대로 자신의 땅
을 되찾으며 한때 해안에서 번창하던 제국주의적 힘의 잔재들을
쓸어내 버렸습니다. 실로 놀라운 이미지들이죠 ─ 하지만 결코 예
상하지 못했던 모습들입니다. 그리고 우리의 가장 놀라운 발견은
지상에서 일어났습니다.

다음 슬라이드로 넘겨주겠습니까?

미라가 된 이 유해 중 하나는 남성이며 다른 하나는 여성으로,
캘리포니아 남부 샌저신토산맥 기슭의 건조한 분지에서 23개월
전에 발견되었습니다. 그들의 모습이 괴물같아 보인다는 점에 대

해서는 이견이 없습니다. 늘어난 뼈들의 길이, 특히 짐승의 갈고
리발톱처럼 보이는 손발의 모습에 주목해주시기 바랍니다. 안면
지지 구조의 연화로 인해 개인의 개별적 개성은 사라지고 거의 태
아와 같은 밋밋한 모습을 하고 있습니다. 턱도 거대해지고 치열도
극단적으로 변형되었죠. 그러나 놀랍게도 유전자 검사를 통해 그
들이 사실은 인간이라는 점이 밝혀졌습니다 — 생태계의 가장 무
시무시한 포식자의 생리학적 특성들을 부여받은 모의 돌연변이[*]
에 의한 우리 인류의 복제물이었던 것입니다. 겨우 지표 2미터 아
래에서 발굴된 이 유해들은 다른 많은 유해 가운데 있던 것으로,
일종의 대규모 개체 격감이 있었음을 암시하며, 대규모의 개체 격
감은 아마도 A. V. 1세기 말 부근에 일어났던 것으로 보입니다. 이
는 "트웰브의 서"의 집필 시기에 대한 탄소 연대 측정법의 추정 기

---

[*] 의사 돌연변이라고도 하며, 하나의 좌위에 위치한 두 개의 대립 유전자 간의 상호
작용을 통해 하나의 대립 유전자가 다른 대립 유전자를 변화시켜 유전되는 현상.

간과도 일치하는 것입니다.

우리 선조들이 우리에게 경고한 것이 바로 이 '바이럴들'을 가리켜 말했던 것일까요? 만약 그렇다면, 이러한 극적인 반전은 어떻게 일어난 것일까요? 이에 대한 해답이 있는 것 같습니다.

다음 슬라이드 보여주실까요?

왼쪽에 보이는 것은 천 년 전에 감염으로 쓰러진 소위 '프로즌 맨'의 몸에서 채취한 GC 바이러스의 EU-1 변종입니다. 우리는 이 바이러스가 18개월 이내에 전 세계 인구를 실제로 쓸어버릴 수 있는 강력하고 치명적인 미생물로서, 종말적 대재앙을 일으킨 주요한 생물학적 매개체라고 생각합니다.

자, 그럼 이제 오른쪽 바이러스를 봐주시겠습니까. 로스앤젤레스 분지에서 발견된 시신 두 구 중 하나의 흉선 조직에서 채취해 낸 것입니다. 현재 우리는 이것이 EU-1 변종의 전구체라고 믿습니다. 왼쪽의 바이러스는 상당한 양의 조류의 유전 물질들을 포함

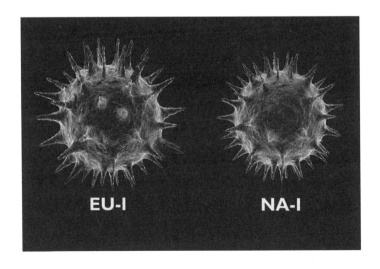

하는 반면 ― 좀 더 구체적으로는 흔히 볼 수 있는 까마귀로 알려진 코르부스 코락스 ― 오른쪽에 있는 바이러스는 그렇지 않습니다. 대신 우리는 완전히 다른 종들과 연결되는 유전적 물질을 발견했습니다. 우리 팀이 이 유기체의 유전적 창시자를 확인해야지만, 이는 큰귀관박쥐와 약간의 유사성을 갖고 있습니다. 그리고 우리는 이 바이러스를 NA-1 혹은 North America-1이라고 부릅니다.

다르게 말하면, 종말적 대재앙은 하나의 바이러스가 아닌 두 개의 바이러스에 의해 초래한 겁니다. 하나는 북아메리카에 나타났던 바이러스 그리고 또 하나는 뒤이어 전 세계 다른 지역에서 나타난 후속 변종인 것이죠. 이러한 사실에 기초하여, 연구원들이 바이러스의 창궐에 관한 연표를 작성했습니다. 결국 박쥐일 가능성이 아주 크지만, 바이러스는 알려지지 않은 매개체를 통해 인간에게 침투하며 북아메리카에서 가장 먼저 그 실체를 드러냈습니다. 그 후 어느 시점에서 NA-1 바이러스가 조류의 DNA를 획득하며 변하게 되었고, 훨씬 더 공격적이고 치명적인 두 번째 변종은 그 후 북아메리카로부터 세계의 다른 지역들로 계속 전파되었던 것입니다. EU-1 변종이 왜 NA-1과 같은 신체적 변화를 일으키지 않았는지에 대한 이유는 추측할 수밖에 없습니다. 그러나 대체로 일치되는 의견은 이 바이러스가 애초에 감염자를 너무 빨리 죽였다는 것입니다.

이것이 우리에게 의미하고 있는 바가 무엇일까요?

간단히 말해서, "트웰브의 서"에 등장하는 '바이럴들'이 허구의 존재가 아니라는 것입니다. 그들은 일부에서 주장하는 것처럼 B. V. 기간의 북아메리카 문화에 만연했던 약탈적인 탐욕에 관련된 은유를 위한 단순한 문학적 장치가 아니었던 겁니다. 그들은 실제로 존재했습니다. 그들의 존재는 사실이었습니다. "트웰브의 서"는 '바이럴들'을 전능한 신이 인간에 대해 갖는 불쾌함의 구체적 표현으로 묘사하고 있습니다. 이것은 우리가 각자의 양심에 따라 개인적으로 생각해봐야 할 문제입니다. 그리고 감염의 시초 매개체 역할을 했던 제로라고 알려진 남자와 열두 명의 범죄자 이야기도 마찬가지입니다. 제 생각을 얘기하자면, 배심원단은 아직 어떤 결정도 하지 않았다고 생각합니다. 하지만 우리는 이 바이럴들이 누구였고 어떤 자들이었는지 알고 있으며, 이들 때문에 평범하고 정상적인 남자들과 여자들이 병에 걸렸다는 것입니다.

하지만 인류는요? 에이미와 그녀의 동료들 이야기는요? 이제 생존자들에 관한 문제로 넘어가겠습니다.

다음 슬라이드를 부탁할까요?

여기 모인 모두가 분명히 알듯이, 현장 조사를 하며 흥미진진하게 보낸 한 해였으며, 솔직히 아주 신나는 한 해였습니다. 격리 기

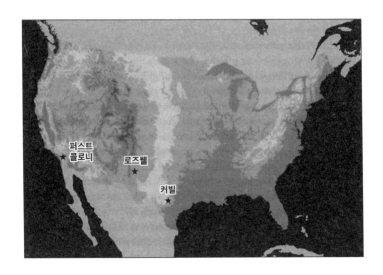

간 1세기경의 것으로 추정되는 북아메리카 서부 지역의 인간 정착지들의 새로운 발굴이 결실을 보기 시작했습니다. 이 작업은 아직 초기 단계에 머물고 있기는 합니다. 하지만 불과 지난 12개월 동안 우리가 밝혀낸 것들이 그 시기를 근본적으로 재인식하게 만드는 신호탄이 되었다고 해도 과언이 아니라고 생각합니다.

초기 격리 기간에 대한 우리의 이해는, 바이러스의 창궐 원년 이후로 오랫동안 적도 지협과 허드슨 프런티어 라인 사이의 북아메리카에는 인간 거주민이 없었다는 것을 전제로 해왔습니다. 어떤 종류의 조직적인 문화를 막론하고 북미 대륙의 생물학적, 사회적 기반 시설이 아주 완벽하게 붕괴한 탓에 대륙에서 인간의 삶과 생명을 존속하는 것은 불가능했다고 믿어왔습니다.

우리는 이제 — 다시 한번 말하지만, 작년 한 해는 정말 경이로운 한 해였습니다 — 격리 기간에 대한 이러한 견해가 불완전하다는 것을 압니다. 실제로 생존자들이 있었습니다. 생존자들이 얼마나 많았는지는 절대 알 수 없을 것입니다. 그러나 작년에 우리가 알아낸 사실들에 기초해, 서부 산간과 남부 평야 지대에 흩어져 있는 많은 공동체 집단에서 수만 명의 사람이 살았을 가능성이 매우 크다는 것 정도는 이제 짐작해볼 수 있습니다.

이 정착지들의 규모와 형태는 겨우 수백 명 정도의 산꼭대기 마을에서부터 텍사스 중부 구릉지에 있는 벽으로 둘러싸인 도시 규모의 복합 단지에 이르기까지 상당히 다양했습니다. 하지만 그 모든 것들은 북미 대륙에서 인구가 격감했다고 여겨졌던 시기 이후에도 상당히 오랫동안 인간이 생존해 거주했다는 증거입니다. 이 공동체들은 또한 상당히 많은 뚜렷한 특성들을 공유했는데, 그중 가장 중요한 것은 이들의 문화가 고전적인 생존주의 성격과 함께 역설적으로 인간으로서의 사회적인 실재에 깊은 관심을 기울이는 특성 모두를 지녔다는 것입니다.

이 방어 가능한 집단 거주지 안에서, 종말적 대재앙에서 살아남은 남자들과 여자들 그리고 그 후손들의 세대는 남자와 여자로서의 삶을 계속 영위했습니다. 그들은 결혼을 했고 아이들도 출산했습니다. 정부를 구성하고 상거래도 했습니다. 학교와 종교 시설도 지었습니다. 그들의 경험도 기록으로 남겼습니다 — 저는 물론 여기 계신 모든 분과 정착 지역의 모든 사람에게 "사라의 서"와 "앤티의 서"로 알려진 문서들에 대해 말하고 있는 겁니다 — 그리고 어쩌면 인간들이 고립된 지역의 벽 너머로 자신들과 같은 처지의 다른 이들과 접촉을 시도했을지도 모르겠습니다.

지상의 연구팀들은 "트웰브의 서"를 로드맵으로 활용하여 그 문서들에서 이름이 거론된 정착지 세 곳을 모두 확인했습니다. 이들에는 텍사스의 커빌과 '로즈웰 학살 사건'의 현장이었던 뉴멕시코의 로즈웰이 포함되었습니다. 그리고 우리가 퍼스트 콜로니라고 알고 있는 캘리포니아 남부의 샌저신토산맥에 있는 정착지도 있습니다.

다음 이미지를 볼까요?

여기 우리가 보고 있는 사진은 퍼스트 콜로니 현장의 건물 배치를 보여주는 항공 사진으로서, 오늘 우리의 목적에 비추어 본다면 격리 기간의 '전형적인' 인간 정착지의 모습이라고 할 수 있습니다. 로스앤젤레스의 해안 지대보다 2,000미터 높은 건조한 고원에 위치하며, 서쪽으로는 그보다도 1,500미터가 더 높은 화강암 능선으로 보호받는 이 정착지는 그 자체로서 장벽이 둘러쳐진 중세의 도시를 연상시킵니다. 정착지의 크기는 대략 5제곱킬로미

터로 불규칙한 모양이며, 그 외곽은 높은 장벽으로 둘러싸여 있어
그 경계가 분명합니다. 높이 20미터에 이르는 이 철근 콘크리트
장벽을 이용한 요새화는 바로 종말적 대재앙의 시기 무렵에 이루
어졌던 것으로 보입니다. 이는 퍼스트 콜로니가 동부 해안의 도시
인 필라델피아로부터 대피한 어린아이들을 수용하기 위해 지어
졌다고 주장하는 "트웰브의 서"의 내용과도 일치하는 것입니다.
이 장벽들 너머의 지역은 현재 고산 지대의 삼림과 고지대 사막의
수풀이 혼재하지만, 장벽의 안과 밖에서 채취한 토양 샘플들은 최
근 50년 전 일어난 화재로 산비탈이 심각하게 훼손된 것과 격리
기간 첫 1세기 동안에 그 지역이 거의 황폐해졌다는 것을 보여주
고 있습니다.

정착촌 전체가 층층이 쌓아 올린 고강도 방전 램프로 둘러싸여

있던 것으로 보입니다. 이 전등들은 바이러스 전파가 시작되기 이전 시대의 것으로 추정되며, 북쪽으로 42킬로미터 떨어진 샌고르고니오 패스의 풍력 터빈 발전 단지까지 지하에 매설된 케이블로 연결되었던 양성자 교환막 연료전지 집합체들에 의해 전력을 공급받았던 것으로 추측합니다. 지진 활동이 산의 북쪽 경사면을 크게 변화시켰고, 우리는 아직 퍼스트 콜로니와 주요 전력 공급원을 연결했던 전력 간선을 찾아내야 하는 문제가 있기는 합니다. 하지만 우리는 이들 장치와 시설 간의 연결에 관한 사실 관계 확인이 적절한 시기에 이루어질 것으로 기대하고 있습니다.

장벽 안에서 우리는 몇 개의 독립적으로 분리된 인간 활동의 영역들을 확인했는데, 이들은 장벽 안의 중심으로 향하는 고리와 같은 형태로 배치되었습니다. 가장 광범위한 발굴이 이루어진 바깥쪽 고리 부분은 아마도 정착촌 방어를 위한 활동 무대 역할을 한 것으로 보입니다. 이 지역 지층의 아래쪽과 위쪽에서 우리는 칼과 큰 활 그리고 석궁과 같은 바이러스 전파 이전 시대의 다양한 재래식 소형병기와 그보다 많은 사제 무기들을 포함하는 여러 유물들을 발견했습니다. 그리고 비록 원시적이기는 하지만, 이러한 무기들은 설계와 제조에 있어서 놀라울 정도로 정교했으며, 그 예로 화살촉의 폭이 겨우 50마이크론밖에 안 될 정도로 연마되었는데 이는 ― 바이러스에 감염된 인간의 결정질인 ― 규산염 흉판을 뚫는 데 충분한 정도라고 추측합니다.

좀 더 안쪽으로 이동해 들어가면, 공중 위생과 농업 및 축산 활동 그리고 상거래와 주거를 위해 분리된 지역들이 있습니다. 또 장벽 안쪽의 동쪽과 북쪽 사분면들에 있는 구조물들은 거주 시설들이었던 것으로 보이는데, 아마도 결혼한 부부나 그 가족들을 위한 시설이었던 것 같습니다. 중앙에 기초가 노출되어 보이는 곳은 바이러스 전파 이전 시대의 학교와 비슷한 종류의 건물인 것으로 보이기는 하지만, 퍼스트 콜로니의 주민들에 의해 다양한 시민 활동을 수행할 목적으로 개조되었던 듯합니다. 우리는 발굴 현장에서 가장 규모가 큰 이 건물이 퍼스트 콜로니의 바깥쪽 방어선이 무너지는 경우 최후의 대피소 역할을 했을 수도 있을 것으로 추측합니다. 하지만 평상시에는, 이곳이 일종의 공동 보육 시설이나 병원의 역할을 했을 것으로 보입니다.

이러한 발견들은 그 자체만으로도 대단히 놀랍다고 할 수 있습니다. 하지만 더 많은 것들이 있습니다. "트웰브의 서"는 에이미와 그녀의 친구들이 이곳 퍼스트 콜로니를 떠나 동쪽으로 길을 떠났으며, 마침내 원정대라고 알려진 텍사스의 군대를 포함해 다른 생존자들을 만나게 되었다고 말하고 있습니다. 이런 주장을 뒷받침할 고고학적인 증거가 있을까요?

이제 중앙의 탁 트인 공터, 특히 북서쪽 모퉁이에 있는 물체에 주목해주시기 바랍니다.

자, 다음 이미지를 볼까요?

이 물체는 우리가 퍼스트 콜로니 스톤이라고 부르는 것으로 정착지 중앙의 공용 공간에 인접해 있습니다. 이 돌 자체는 샌저신 토산맥에서 발견되는 일반적인 화강암 바위로서 그 높이는 3미터이며 기저부 반지름은 약 4미터입니다. 우리는 그 표면에 글로 새겨진 세 개의 집단들을 확인했습니다. A. V. 77년이라는 날짜로 시작하는 가장 큰 집단인 첫 번째 집단은 네 개의 열에 206개의 이름으로 보이는 목록이 새겨져 있습니다. 우리가 보듯이, 그 이름들은 가족 단위로 나뉘어 기록되었으며, 총 열일곱 개의 각기 다

른 성씨의 가족들로 이루어진 것을 확인했습니다. 이에 대해서는 약간의 논쟁이 있기는 하지만, 이런 식의 이름의 배열은 이 사람들이 하나의 같은 사건으로 인해 죽음을 맞이했을 수도 있으며, 아마도 그 당시 캘리포니아를 강타했던 대규모 지진과 관련된 사고로 인해 사망했을 가능성을 보여줍니다.

그 아래에는 세 명의 이름이 기록된 두 번째 집단이 있으며, 그들의 이름은 모두 읽을 수 있을 정도로 분명하게 보였습니다. 아이다 잭슨, 엘튼 웨스트 그리고 확실히 어느 정도의 위상을 가진 군사 지도자였을 '대령'이라고 불렸던 사람, 그렇게 셋이 기록되어 있습니다. 이들의 이름 아래에 "기억되다Remembered"라는 한 단어가 있는 것이 보입니다. 우리가 할 수 있는 최선의 추측은 이들이 콜로니 자체의 운명이 결정되었던 어떤 전투에서 사망했을 가능성입니다.

이제 세 번째 집단으로, 우리를 가장 약 올리는 집단이라고 할 수 있죠. 보다시피, 새겨 넣은 글자가 정교하지 못하며, 비바람에 노출되어 육안으로는 이름들을 알아보기 어렵습니다. 중요한 것은, 마모 패턴 분석에 따르면 이 글자들이 새겨진 시기가 정착촌이 버려지고도 한참이 지난 A. V. 350년까지 거슬러 올라간다는 것입니다. 다시 말하지만, 이에 대한 약간의 의견 차이가 있습니다만, 지배적인 의견은 이 이름들이 다른 이름들과 마찬가지로 일종의 추도를 위한 기념물이라는 것입니다. 디지털 향상 기법 적용을 통해, 우리에게 잘 알려진 이름들이 확인되었습니다.

마지막 슬라이드를 볼까요?

문득 나타난 소녀, 에이미에 대해서는 언급이 없습니다. 아마도 우리는 그녀가 진짜 누구였는지, 아니 존재하기나 했는지조차 절대 알 수 없을지도 모릅니다.

우리가 이해하지 못하고 있는 것들이 많습니다. 우리는 이 사람들이 누구였는지, 어떤 사람들이었는지 모릅니다. 이들이 바이럴이라고 불렸던 모의 돌연변이 종족의 멸종에 있어서 어떤 역할을 했는지, 아니 역할이 있기는 했는지도 모릅니다. 그리고 그들이 어떻게 되고, 어떻게 죽었는지도 알지 못합니다.

저는 오늘 모임이 이러한 의문점들에 대한 해답을 찾아낼 길을 여는 기회가 되기를 바랍니다. 또한 이보다 더 나아가 모두가 우리 자신을 정의하는 가장 근본적인 질문들에 대해 더 깊이 이해할 수 있게 되기를 희망합니다. 역사는 데이터들의 집합체 이상의 것이며, 객관적 사실들 이상의 무엇이며, 과학과 학문 너머의 영역

THESE TWELVE

Brad Wolgast
Lacey Antoinette Kudoto
Anthony Carter
Alicia Donadio
Lucius Greer
Michael Fisher
Sara Wilson
Hollis Wilson
Hightop Jones
Theo Jaxon
Mausami Patal

Peter Jaxon, Beloved Husband

And he shall be called the Man of Days
for all the days he gave to humankind.

이들이 트웰브일지니,

브래드 울가스트
레이시 앙투아네트 쿠도토
앤서니 카터
알리시아 도나디오
루시어스 그리어
마이클 피셔
사라 윌슨
홀리스 윌슨
하이톱 존스
테오 잭슨
모사미 파탈

사랑하는 남편, 피터 잭슨
그리고 그는 나날의 사람이라 불릴지니,
이는 그가 살아 있던 모든 날 동안 인류에게 헌신했기 때문일지다.

에 있는 것입니다. 데이터, 객관적 사실, 그리고 과학과 학문 이런 것들은 단지 더 큰 목적을 위해 존재하는 수단과 도구에 지나지 않습니다. 역사는 이야기라고 할 수 있습니다 ― 바로 우리 자신에 관한 이야기 말입니다. 우리가 어디에서 왔는가? 우리가 어떻게 생존해왔는가? 우리가 어떻게 과거의 실수를 되풀이하지 않고 피할 수 있는가? 과연 우리가 중요한 존재인가, 그렇다면 지구라는 세계에서 우리에게 합당한 위치는 무엇인가?

이제 제가 이 질문들을 바꾸어 다시 물어보려고 합니다. 우리는 과연 누구인가?

매우 실제적이며 절박하다는 의미에서, 북아메리카 격리 기간에 관한 연구는 과거에 대한 학술적 조사 이상의 의미를 지니고 있습니다. 저는 여기 모인 여러분 모두 이러한 생각에 공감하리라고 생각합니다만, 이 연구는 인간이라는 우리 종의 장기적인 안녕과 생존을 도모하기 위한 중요한 일 보 전진인 셈입니다. 모두가 두려움의 눈으로 바라보던 텅 빈 대륙으로의 귀환을 고민하는 지금, 이보다 더 절실한 것은 없을 것입니다.

91장

로건 마일스, 나이 쉰여섯 살, 뉴사우스웨일스대학교 밀레니얼학 교수 겸임 학과장, 총장 산하 북미대륙 연구 및 개척 특별 전문위원회 위원장. 그에게는 좋은 아침이었다. 솔직히 매우 훌륭한 아침이었다.

회의가 성대하게 시작되었다. 수백 명의 학자가 참석했고, 언론의 관심도 뜨거웠다. 그가 연회장 문 앞에 도착하기도 전에 기자들이 그를 벽처럼 둘러쌌다. 바위에 새겨진 그 이름들이 도대체 무엇을 의미하는 겁니까? 에이미의 12사도는 실존 인물들이었습니까? 북아메리카 개척에는 어떤 영향이 있을까요? 첫 번째 정착지 건설은 지연될까요?

"여러분, 모두 인내심을 갖고 기다려주십시오." 로건이 말했다. 그의 얼굴을 향해 카메라 플래시 불빛들이 쏟아졌다. "여러분은 이미 내가 하는 일에 대해 알고 있습니다, 그 이상도 그 이하도 아닙니다."

사람들에게서 벗어난 그는 주방의 뒷문을 통해 건물을 나왔다. 화창하고 푸른 하늘과 항구로부터 동풍이 불어오는 기분 좋은 가을 아침이었다. 하늘 위에는 한 쌍의 비행선이 거대한 프로펠러가 윙윙거리며 떨리는 소리와 함께 평화롭게 떠다녔다. 그 광경은 언제나 그의 아들을 떠올리게 했다. 항공사의 조종사인 레이스가 자신의 비행선을 배정받으며 기장으로 승진하였고, 그건 그처럼 매우 젊은 남자에게는 특히 대단한 성공이었다. 캠퍼스 중앙에 있는 중정으로 가던 길에 로건이 건물의 모퉁이를 돌아가기 전 잠시 멈춰 서서 공기를 들이마셨다. 40명에서 50명 정도의 매일 보이는 시위자들이 "북아메리카=죽음"이라든가 "경전은 법이다" 아니면 "격리는 계속되어야 한다"와 같은 시위 푯말을 들고 계단 옆에서 서성이고 있었다. 대부분 나이가 많은 사람들로 과거의 방식을 고집하는 시골 사람들이다. 그들 중에는 평범한 회색 가운을 입고 허리에 간단한 끈을 묶고 머리는 구세주처럼 깎은 흩어진 사도들뿐만 아니라, 아마도 십여 명의 암말라이트 성직자들도 있을 것이다. 그들이 이곳에 오기 시작한 지 이미 수개월이 되었고, 마치 직장에 나가 출근 시간을 기록하는 것처럼 정확히 아침 8시가 되면 나타났다. 처음에는 로건도 그들에게 짜증이 나고 심지어 좀 불안한 마음에 걱정도 되었지만, 시간이 지나면서 그들의 존재는 운이 다한 무기력함 이상의 의미를 지니지 못한 채 쉽게 무시되었다.

그의 연구실까지 가는 데는 걸어서 10분 정도가 소요되었으며, 그는 그 건물이 사실상 비었다는 사실에 기분이 좋으면서도 놀라기도 했다. 심지어 학과 총무도 어디론가 도망쳤는지 보이지 않았다. 그는 2층에 있는 자신의 연구실로 갔다. 지난 3년 동안, 그는 캠퍼스를 아주 드문드문 방문하는 손님 같은 존재가 되어버렸다.

그의 연구는 대부분 의사당 건물에서 이루어졌고, 수개월이 걸리는 북아메리카 방문을 빼고도 몇 주 동안 연속으로 학교를 나오지 않는 경우가 종종 생겼다. 벽을 가득 채운 책장들과 15년 전 학과장이 된 것을 기념하기 위한 과시욕으로 들여놓은 거대한 티크재 책상 그리고 교수다운 여유로움이 묻어나는 전체적인 분위기. 연구실 안의 그 모든 것들이 그에게 자신이 얼마나 멀리 왔는지와 자신에게 맡겨졌던 예상 밖의 역할들을 다시금 상기시켰다. 그는 소위 정점에 이르렀지만, 때때로 조용하고 평범한 옛 삶을 그리워한다는 것 역시 사실이었다.

그는 재직 위원회 보고서와 그의 사인이 필요한 졸업장 양식들 그리고 케이터링 업체의 계산서 같은 서류들을 정리하고 있었는데, 노크 소리를 듣고 고개를 들어보니 한 여자가 문 앞에 서 있는 것이 보였다. 붉은 머리에 지적인 얼굴 그리고 활기 넘쳐 보이는 적갈색의 눈을 가진 여자는 서른 아니면 서른다섯 살쯤 되어 보였다. 그녀는 짙은 남색의 맞춤 정장을 입고, 굽이 높고 뾰족한 구두를 신었으며, 흔히 볼 수 있는 가죽 가방을 어깨에 메고 있었다. 로건은 전에 그녀를 본 적이 있다는 느낌이 들었다.

"마일스 교수님?" 그녀는 들어와도 된다는 그의 허락도 기다리지 않고 슬그머니 연구실 안으로 들어섰다.

"미안한데, 성함이……."

"테리토리얼 뉴스 앤 레코드의 네사 트립입니다." 그녀가 그의 책상 앞으로 오며 손을 내밀었다. "잠깐 시간을 내주실 수 있을까요?"

그래, 물론 기자겠지. 로건은 기자 회견장에서 그녀를 봤던 게 기억났다. 악수하는 그녀의 손에 힘이 들어가 있었다. 남성적이라기보다는 직업적인 진지함을 전달하기 위한 악수였다. 로건은 그녀에게서 은은한 꽃향기의 비싼 향수 냄새가 나는 것을 느꼈다.

"실망하게 해드릴 것 같다는 생각이 드는군요. 오늘은 제게 상당히 바쁜 하루였습니다. 오늘 아침에 해야 할 말은 정말 다했습니다. 저의 비서에게 전화해서 약속을 잡는 게 나을 것 같군요."

그가 자신을 피하고 있다는 것과 누구도 약속 같은 걸 잡아주지 않을 거라는 사실을 잘 아는 그녀는 그의 말을 무시했다. 그녀가 매력적으로 보이기 위해 오히려 요염한 미소를 지어 보였다. "많은 시간이 걸리지 않을 거라고 약속드릴게요. 저는 단지 몇 가지 질문을 하고 싶은 것뿐입니다."

로건은 그녀의 질문을 받아주고 싶지 않았다. 그는 심지어 모든 대화의 각본이 짜인 상황에서도 언론을 대면하는 걸 싫어했다. 이미 조간신문에서 여러 번 자신이 잘못 인용되거나 혹은 그의 말이 전후 사정과 문맥에서 완전히 벗어나 잘못 이해된 경우를 많이 경험했기 때문이다. 그러나 그도 이 여자가 그렇게 쉽게 물러나지 않을 거라는 것 정도는 알았다. 비판이나 벌은 지금 당장 받아 끝내고, 하던 일을 계속하는 게 현명한 거야.

"글쎄요, 내 생각에는……."

그녀의 얼굴에서 빛이 났다. "잘됐어요."

그녀가 맞은편 의자에 앉아, 가방을 뒤져 노트 하나와 녹음기를 꺼내 책상 위에 올려놓았다. "먼저 시작하기 전에, 교수님에 대한 개인적인 정보들을 조금 말씀해주실 수 있을까요. 배경을 이해하기 위해서예요. 교수님에 대해 찾을 수 있는 정보가 정말 없어요. 대학교 홍보실도 별로 도움이 안 되더라고요."

"그럴 만한 이유가 있죠. 저는 혼자 매우 조용히 지내는 사람이니까요."

"그 점은 존중해드릴 수 있어요. 하지만 사람들은 이번 발견의 뒤에 있는 사람에 관해 알고 싶어 해요. 그럴 것으로 생각하지 않으세요? 전 세계가 지켜보고 있어요, 교수님."

"저는 정말 별로 관심이 없습니다, 트립 양. 제가 좀 지루하고 재미없는 사람이라는 걸 알게 되리라는 생각이 드는군요."

"그 말씀은 믿기지 않네요. 교수님은 단지 겸손하신 것뿐이에요." 그녀가 빠르게 자신의 노트를 뒤적거리며 넘겼다. "그럼, 제가 알아 온 바로는, 교수님은…… 헤들리에서 태어나셨죠?"

본격적인 질문을 하기 전에 하는 가볍고 편한 질문이었다. "네, 부모님이 말을 키우셨죠."

"그리고 외동아들이셨고요."

"네, 맞습니다."

"외동이었다는 게 별로 마음에 안 드셨던 것처럼 들리네요."

명백히 그의 어투가 자신에 대한 정보를 흘린 게 맞았다. "남들과 다를 게 없는 어린 시절이었습니다. 어떤 것들은 좋았고 어떤 것들은 마음에 들지 않고 그랬을 뿐인 거죠."

"많이 외로우셨나요?"

그가 어깨를 으쓱했다. "제 나이쯤 되면, 그런 감정은 많이 누그러지게 되죠. 그 당시에는 그렇게 생각했을지 몰라도요. 결국 그건 저를 위한 삶이 아니었던 거죠─정말 말할 수 있는 건 이 말밖에는 없군요."

"그래도 헤들리는 매우 전통적인 곳이죠. 어떤 이들은 이와는 반대로 말할지도 모르지만요."

"그곳 사람들은 그렇게 생각하지 않을 것 같은데요."

그녀가 짧게 웃어 보였다. "아마 제가 잘못 말했나 봐요. 제 말뜻은, 헤들리의 말 농장에서 재정착을 위한 총장의 특별 전문위원회를 이끄는 위치까지 오는 과정은 먼 길이라는 말이었어요. 이렇게 말하면 맞을까요?"

"그런 것 같군요. 하지만 저는 대학에 진학하게 되리라는 걸 의심해본 적이 없습니다. 제 부모님이 시골 분들이시기는 했지만, 제 진로는 스스로 결정하도록 하셨죠."

그녀가 따뜻한 눈빛으로 쳐다봤다. "그러면 책을 좋아하는 소년이었겠어요."

"그렇게 말하고 싶다면, 그래도 될 것 같습니다."

그 대화 후에 그녀는 다시 한번 자신의 노트를 빠르게 훑어보았다. "그리고," 그녀가 말했다. "결혼하셨다고 되어 있네요."

"갖고 계신 정보가 좀 오래된 것 같군요. 이혼했습니다."

"아, 그게 언제쯤이셨나요?"

그 질문은 그를 불편하게 만들었지만, 그건 여전히 공공 기록상의 문제일 뿐이었다. 그가 대답하지 않을 이유는 없었다. "6년 전이었죠. 모든 과정은 원만하게 이루어졌고, 우리는 아직도 좋은 친구로 지내고 있습니다."

"전 부인께서는 판사시죠, 맞죠?"

"그랬죠, 제6 가정 법원의 판사였습니다. 하지만 지금은 그곳을 그만두었습니다."

"레이스라는 아들도 있고요. 아드님은 무슨 일을 하시나요?"

"항공사의 조종사입니다."

그녀의 얼굴이 환해졌다. "놀랍네요."

로건이 고개를 끄덕였다. 그녀는 분명히 이 모든 걸 알고 있었다.

"아드님은 교수님의 발견들에 대해 뭐라고 하나요?"

"최근에는 그것에 대해 얘기한 적이 별로 없습니다."

"하지만 아드님은 아버지를 분명히 자랑스러워할 거예요." 그녀가 말했다. "자신의 아버지가 하나의 대륙 전체를 책임지고 있으니까요."

"그 표현은 좀 과한 것 같군요, 안 그런가요?"

"바꿔 말할게요. 북아메리카에 대한 문제로 돌아가서 ― 상당한 논란의 여지가 있다는 점은 인정하실 거예요."

아하, 로건이 생각했다. 이제 진짜 시작이군. "사람들은 대개 그렇게 생각하지 않죠. 여론 조사에 따른 결과도 그렇지 않고요."

"하지만 분명히 어떤 사람들에게는 그래요. 예를 들면, 교회요. 그런 반대 의견에 대해 어떻게 생각하세요, 교수님?"

"나는 어떤 것도 판단하지 않습니다."

"그러나 그 문제에 관해 생각은 해보셨을 거예요."

"나는 다른 어떤 의견들보다 어느 한 생각을 우선하여 주장할 수 있는 위치에 있지 않습니다. 북아메리카는 ― 단지 하나의 장소인 것이 아니라 장소에 대한 개념으로서 ― 천 년 동안 인간의 자아의식의 한가운데 자리해왔습니다. 에이미의 이야기는 그것이 사실이건 아니건 간에 정치인들이나 성직자들만의 것이 아닌 모든 사람의 것이며, 나의 역할은 단지 그들을 그 이야기로 안내한 것일 뿐입니다."

"그러면 교수님은 진실이 무엇이라고 생각하세요?"

"내 생각은 중요하지 않습니다. 사람들 스스로 그 증거들을 보고 판단해야 합니다."

"지금 그 말씀은 매우…… 냉정하게 들린다고 할까요. 심지어, 관심 없이 멀리 거리를 두고 계신 것 같은 느낌마저 듭니다."

"나라면 그렇게 말하지 않을 겁니다. 트립 양, 저는 지대한 관심을 두고 지켜보고 있습니다. 하지만 성급하게 결론을 내리고 싶지 않은 겁니다. 바위에 새겨진 이름들을 생각해보세요. 그들이 누구죠? 제가 트립 양에게 할 수 있는 말은, 그들은 인간이었고, 오래전에 살다가 죽었으며, 누군가는 그들을 기념할 만큼 좋게 생각했다는 것입니다. 그게 증거가 말하고 있는 사실인 거죠. 어쩌면 우리가 더 많은 걸 알아낼지도 모르고, 그러지 못할지도 모릅니다. 사람들이 원하는 대로 빈 여백들을 채워 넣을 수는 있지만, 그건 믿음인 거지 과학은 아닙니다."

잠시 그녀가 당황해 어찌할 바를 모르는 것 같았다. 그는 전혀 협조적인 상대가 아니었다. 그러더니 그녀가 다시 노트를 보고 말했다. "잠시 다시 교수님의 어린 시절에 관한 얘기를 하고 싶습니다. 교수님은 종교적인 분위기의 가정에서 자라났다고 생각하세요?"

"별로 그렇게 생각하지 않습니다."

"하지만 어느 정도는." 그녀의 말투가 나머지 말을 충분히 다하고 있었다.

"네, 교회에 갔습니다." 로건이 교회에 다닌 사실을 마지못해 인정했다. "그걸 묻는 게 맞는다면 말입니다. 그리고 그건 그 지역에서는 흔한 일이었습니다. 제 어머니는 암말라이트 신자였고, 아버지는 종교가 없었죠."

"그러니까 에이미의 추종자이셨군요." 네사가 고개를 끄덕이며 말했다. "교수님의 어머님요."

"외조부모님께서 어머니를 그렇게 키우셨으니까요. 세상에는 여러 가지의 믿음과 다양한 관습들이 있죠. 제 어머니의 경우에는 거의 관습에 가까운 행위였다고 생각합니다."

"교수님은 어떠세요? 본인이 종교인이라고 생각하시나요?"

그래, 이게 문제의 핵심이었군. 그의 경계심이 한층 더 커졌다. "나는 역사학자입니다. 그것만으로도 혼자 감당하기에 벅차고 쉽지 않은 것 같네요."

"그러나 역사도 일종의 믿음이라고 말할 수 있는 것 아닌가요. 결국 과거라는 것도 교수님이 정말로 안다고 말할 수 없는 그 무엇이잖아요."

"나라면 그렇게 말하지 않을 겁니다."

"아니라고요?"

그가 생각을 정리하기 위해 몸을 편히 기대앉았다. 그러고는, "이번에는 내가 물어보도록 하죠. 트립 양, 오늘 아침으로 무엇을 드셨죠?"

"네? 뭐라고요?"

"이건 굉장히 단도직입적이고 명확한 질문인데요. 달걀? 토스트? 어쩌면, 요구르트인가요?"

그녀가 장단을 맞추며 어깨를 으쓱해 보였다. "대답을 꼭 원하신다면, 오트밀을 먹었어요."

"그러면 자신이 오트밀을 먹었다는 사실을 확신하나요? 마음에 일말의 의심도 없이요."

"네, 전혀 의심 같은 건 없죠."

"지난 화요일은 어땠어요? 그날도 오트밀이었나요, 아니면 다른 것으로 식사했나요?"

"왜 이렇게 저의 아침 식사에 대해 궁금해하시는 거죠?"

"내가 하자는 대로 해봐요. 지난 화요일은 그렇게 오래전도 아니에요. 그리고 당신은 뭔가를 먹었고요."

"전혀 모르겠어요."

"어째서요?"

"중요한 게 아니니까요."

"바꿔 말하면, 기억할 가치가 없다는 거군요."

그녀가 다시 어깨를 으쓱했다. "네, 그럴 만한 가치가 없는 것 같아요."

"그럼, 당신 손에 있는 상처는 어때요?" 그는 메모하려고 펜을 들고 있는 그녀의 손을 손짓으로 가리켰다. 옅은 색의 반원형으로 오목하게 파인 상처의 흔적이 그녀의 검지 아래쪽부터 손목의 윗부분까지 길게 이어져 있었다. "어쩌다 생긴 상처예요? 꽤 오래돼 보이는데요."

"관찰력이 매우 좋으시네요."

"무례하게 굴려는 의도는 아닙니다. 단지 핵심을 증명해 보이려는 거죠."

그녀가 의자에서 몸을 불편하게 움직이며 자세를 바꿨다. "꼭 아셔야겠다면, 개한테 물렸어요, 8살 때였죠."

"그러니까 그 일을 기억하는 거네요. 지난주에 무엇을 먹었는지는 모르지만, 오래전에 일어났던 일은요."

"그럼요, 당연하죠. 그때는 정말 놀라 죽는 줄 알았으니까요."

"나도 물론 그랬을 것으로 생각합니다. 그 개가 당신이 키우던 개였나요? 아니면 이웃 주민의 개? 혹시, 길 잃은 떠돌이 개는 아니었나요?"

그녀의 표정에 점점 짜증이 올라오기 시작했다. 그의 말에 화난 게 아니라, 그 일로 인한 짜증이 다시금 올라와 드러난 것이다. 그가 지켜보는 가운데, 그녀가 다른 손을 상처 쪽으로 가져가 손바닥으로 덮어 가렸다. 그 동작은 무의식적인 거였으며, 그녀는 자신이 그러고 있다는 것을 모르거나, 어느 정도만 느낄 뿐이었다.

"교수님, 이 대화의 요점이 뭔지를 모르겠어요."

"그러니까, 그 개는 당신의 개였군요."

그녀가 화들짝 놀랐다.

"이해해주시면 좋겠군요, 트립 양. 하지만 당신의 개가 아니었다면, 당신이 그렇게까지 방어적인 태도를 보이지 않았을 겁니다. 당신이 방금 손을 가린 그 동작요? 그게 내게 다른 이야기를 들려주더군요."

그녀가 의도적으로 상처를 가렸던 손을 치웠다. "그게 뭐죠?"

"두 가지입니다. 하나는, 그 일이 당신의 실수였다고 믿는다는 거죠. 아마도 당신이 매우 거칠게 놀았을 거예요. 어쩌면 그럴 의도는 아니었더라도 당신의 개를 놀리며 못살게 굴었을 거예요. 조금은 그럴 의도가 있었는지도 모를 일이죠. 어쨌거나, 당신은 그날 그 일의 일부였고 그만큼의 책임도 있었죠. 당신이 뭔가 일을 저질렀고, 개는 당신을 무는 것으로 그에 반응했어요."

그녀가 아무런 반응도 보이지 않았다. "그리고 또 다른 하나는 뭐죠?" "당신은 그 사실을 누구에게도 절대 말하지 않았어요."

그녀의 표정만으로도 로건의 말이 사실임이 틀림없었다. 물론 그가 아직 말하지 않은 세 번째 이야기가 있었다. 그 개는 아마도 부당하게 죽임을 당했을 거라는 사실 말이다. 그럼에도 잠깐 시간이 지나고, 그녀가 빙그레 웃기 시작했다. 당하고만 있지는 않겠어, 그런 의미였다.

"대단한 속임수였어요, 교수님. 학생들이 좋아하겠는데요."

이제 웃고 즐길 수 있는 건 그였다. "정곡을 찔렀네요. 하지만 속임수가 아니었습니다, 트립 양. 속임수와는 전혀 거리가 멀죠. 핵심은 한마디로 의미 있는 사건이라는 말로 요약할 수 있죠. 당신이 아침 식사로 무엇을 먹었는가 하는 일은 역사가 아니죠. 그건 그냥 바람과 함께 사라지는 아무 의미 없는 데이터에 불과합니다. 역사라는 건 당신의 손에 남은 상처와 같은 거죠. 흔적을 남기는 이야기, 즉 과거로 남아 있기를 거부하는 과거라고 할 수 있죠."

그녀가 주저하며 말했다. "에이미…… 같은 걸 말씀하시는 건가요?"

"정확히 그렇습니다. 에이미 같은 것."

둘의 눈이 마주쳤다. 인터뷰하는 과정에서 미묘한 변화가 일어났다. 예상치 못하게 장벽이 허물어졌다, 아니 그렇게 느껴졌다. 그리고 로건은 다시 한번 그녀가 얼마나 매력적인지 느꼈다 — 좀 구닥다리 같은 느낌이 들기는 했지만, 그의 머리에 떠오른 단어는 '사랑스럽다'라는 말이었다 — 그리고 그녀가 결혼반지를 끼고 있지 않다는 걸 알아차렸다. 오랜만의 느낌이었다. 이혼한 후, 아주 이따금 로건도 데이트를 하기는 했지만 관계가 오래 지속된 적이 한 번도 없었다. 그가 여전히 전처를 사랑하는 건 아니었기에, 그게 문제였던 건 아니다. 그가 마침내 결혼이 실제로는 일종의 복잡한 우정이라는 것을 이해하게 된 탓이다. 그리고 그는 자신이 일과 의무를 위해 태어난 피조물일 뿐 다른 삶의 목적은 없는, 단순히 혼자 살아야 할 운명을 지니고 태어난 사람 가운데 하나인지 의심하기 시작했다. 하지만, 정확히 무엇이 문제인지 확신하지는 못했다.

그의 대화 상대가 보이는 추파를 던지는 듯한 태도는 단순한 작전일까 아니면 그 안에 더 많은 의미가 있는 걸까? 그는 자신이 나이에 비해 그런대로 매력적이라는 것을 알았다. 아침마다 수영장을 50바퀴씩 돌고, 여전히 풍성한 머릿결을 유지했으며, 잘 만들어진 값비싼 맞춤 정장을 입으며 사람들 눈에 튀어 보이는 넥타이를 매고 다녔다. 그는 여자를 잘 아는 남자이기도 했다 ─ 여자가 지나갈 수 있도록 문을 잡아주고, 우산을 받쳐주기도 하며, 식사 자리에 함께한 여자가 테이블에서 일어날 때면 함께 일어나주는 등 좀 구식일지는 모르지만 어떤 왕실의 예법을 따르는 듯한 매너를 보이기도 했다. 하지만 나이는 나이이다. 네사가 그를 '교수님'이라고 불렀다. 적절한 호칭이지만, 그 말은 동시에 그가 적어도 그녀보다 스무 살 정도는 나이가 더 많다는 사실을 상기시켜줬다. 엄밀히 따져 말하자면 그는 아빠뻘이 되고도 남을 만큼 충분히 나이를 먹었다.

"그럼," 그가 의자에서 일어나며 말했다. "미스 트립, 실례가 안 된다면 인터뷰는 여기서 그만해야 할 것 같군요. 점심 약속에 늦을 것 같습니다."

그녀가 이 말에 허를 찔리고 다소 당황한 것 같았다 ─ 하루의 흔하고도 사소한 일을 상기시키는 그 말 한마디에 복잡한 정신적 긴장 상태에서 깨어난 거였다. "그럼요, 물론이죠. 교수님 시간을 이렇게 오래 뺏으면 안 되는 거였어요."

"가는 길을 배웅해드려도 될까요?"

둘은 조용한 건물을 같이 걸어 나왔다. "기회가 되면 이야기를 더 나누고 싶어요." 그들이 건물 입구 계단에서 잠깐 서 있는 동안 그녀가 말했다. "아마도 회의가 끝나고 나서 어떠세요?"

그녀가 가방에서 명함 한 장을 꺼내 건넸다. 로건은 명함을 재

빠르게 훑어보고서 — "네사 트립, 특집 기자, 테리토리얼 뉴스 앤 레코드" 집과 사무실 전화번호가 모두 있었다 — 정장 코트 안쪽 주머니에 집어넣었다. 다시 둘 사이에 침묵이 흐르고, 그가 악수를 청했다. 학생들이 혼자 아니면 친구들끼리 무리를 이루어 지나가고, 자전거를 탄 학생들이 부둣가의 파도처럼 사람들 사이를 흘러 지나갔다. 주변 공기가 젊은 학생들 목소리의 웅성거림으로 활기를 띠었다. 로건이 그렇게 한 것일 수도 있지만, 네사는 그가 그녀의 손을 쥐고 몇 초간 그대로 더 있도록 내버려 두었다.

"그럼, 시간을 내주셔서 감사했습니다, 교수님."

그녀가 계단을 딛는 자신의 발걸음을 지켜보며 조심스럽게 내려갔다. 그리고 땅을 밟자 뒤를 돌아보았다.

"그리고 한 가지만요. 참고로, 그 개는 제 개가 아니었어요."

"아니었어요?"

"제 오빠의 개였어요. 이름이 번개였죠."

"그랬군요." 그녀가 다른 말을 더 하지 않자, 그가 물었다. "괜찮다면, 그 개가 어떻게 됐는지 물어봐도 될까요?"

"이런, 아시잖아요." 그녀의 목소리는 아무렇지 않은 듯 편안했고 그래서 조금은 잔인하게 들렸다. 그녀가 검지 두 개를 들어 올려 공중에서 양쪽으로 따옴표 모양을 만들었다. "아빠가 개를 '어떤 농장'으로 데리고 갔죠."

"유감이네요."

그녀가 웃었다. "농담하세요? 더 나쁜 개에게도 일어나면 안 되는 일이었죠. 개가 제 손을 물어뜯어 버리지 않아서, 제가 운이 좋았던 거였어요."

그녀가 어깨 위로 가방을 끌어 올렸다. "시간 괜찮을 때 전화 주세요, 아셨죠?"

이 말을 하면서, 그녀가 미소를 지어 보였다.

그는 노면 경전차를 타고 항구로 갔다. 레스토랑에 도착했을 때
는 거의 1시가 다 되었고, 여주인이 그를 아들이 기다리고 있는 테
이블로 안내했다. 옅은 금발에 키가 크고 팔다리가 긴 모습이 영
락없이 엄마를 닮았다. 검은 바지에, 어깨에 견장이 달린 풀을 빳
빳하게 먹인 셔츠 그리고 셔츠 앞에 맨 폭이 좁은 넥타이. 그는 조
종사 유니폼을 입고 있었다. 그의 발치에는 그가 비행을 떠날 때
언제나 갖고 다니는, 항공사의 휘장이 새겨진 뚱뚱한 서류 가방이
있었다. 아들은 로건이 다가오는 것을 보자 메뉴판을 내려놓고서
따뜻하게 웃으며 자리에서 일어났다.

"늦어서 미안하다." 로건이 말했다.

둘은 남자들이 하는 투박하고 짧은 포옹을 하고 자리에 앉았다.
두 사람이 몇 년 동안 쭉 방문해온 식당이고, 그들이 앉은 자리에
서는 분주한 부둣가의 모습이 보였다. 유람선들과 그보다는 큰 상
선들이 밝은 가을 햇살에 반짝이는 물 위를 가르고, 해안과 떨어
진 곳에서는 대열을 이루어 줄지어 선 풍력 발전기의 프로펠러가
바닷바람에 빙글빙글 돌아가고 있었다.

레이스는 치킨 샌드위치와 차를 주문했고, 로건은 샐러드와 탄
산수를 주문했다. 그는 약속 시간에 늦은 것과, 함께할 수 있는 시
간이 짧아진 것에 대해 다시 한번 사과했다. 그들은 몇 달 만에 처
음 만나는 것이다. 아들의 쌍둥이 아이들과 비행에 관한 이야기들
그리고 고역스러운 회의와 늦겨울로 일정이 잡힌 로건의 북아메
리카 방문 등, 이야기는 가볍고 어렵지 않은 주제들로 이어졌다.

모두 익숙하고 편안한 이야기들이었으며, 로건도 대화하며 긴장이 풀어졌다. 그가 너무 오랫동안 떠나 있었던 탓에, 아들과 함께하는 시간의 즐거움마저 누리지 못했다. 레이스의 어린 시절을 생각하면 미안하고 후회되는 일들이 많았다. 로건이 일에 정신이 팔려 아빠의 자리를 비워두는 일이 너무 많았고, 그 대부분의 역할을 레이스의 엄마에게 미뤄놨기 때문이다. 유니폼을 입은 능력 있고 잘생긴 남자가 내 아들이라니, 내가 이런 상을 받을 만한 일을 한 게 뭐가 있었을까?

웨이트리스가 빈 접시를 가져가자, 레이스가 목을 고르고 말했다. "저, 아버지에게 말씀드리고 싶은 게 있습니다."

로건은 아들의 목소리에 불안한 기색이 깃들어 있는 것을 감지했다. 자신의 경험상 아들의 결혼 생활에 문제가 있는 것 같았다. "그래, 물론 뭐든 괜찮아. 무슨 생각을 하는지 말해봐."

아들이 손을 포개 테이블 위에 올려놓았다. 이제 로건은 무언가 잘못되었다는 것을 확신했다.

"그게, 아버지, 저 항공사를 그만두기로 했습니다." 로건이 말로 표현할 수 없을 정도로 깜짝 놀랐다.

"놀라셨군요." 아들이 다정하게 말했다.

로건이 정신없이 할 말을 찾았다. "하지만, 그 일을 좋아했잖아. 어려서부터 하늘을 날고 싶어 했고 말이다."

"아직도 그래요."

"그런데 왜?"

"그동안 케이와 얘기해봤어요. 비행 때문에 집을 떠나 있는 게 우리 둘 모두에게 힘든 일이고, 아이들에게도 마찬가지고요. 저는 항상 집을 떠날 수밖에 없으니까요. 놓치고 잃어버리는 게 너무 많아요."

"하지만 너 이제 막 승진하지 않았니. 비행선 기장이 됐어. 그게 의미하는 것들을 생각해봐."

"저도 생각해봤어요. 쉬운 결정이 아니었어요, 정말이에요."

"케이의 생각이니?"

로건은 자기 말이 다소 비난조로 들릴 수 있다는 걸 알았다. 그는 초등학교 미술 선생인 며느리를 좋아하기는 했지만, 며느리가 항상 너무 비현실적이라는 걸 알았다. 그리고 그는 그것이 며느리가 너무 많은 시간을 아이들에게 둘러싸여 보내기 때문이라고 생각했다.

"처음에는 그랬어요." 레이스가 대답했다. "하지만 둘이 상의하면 할수록 이해되는 이야기였어요. 우리 삶이 혼란스러울 정도로 너무 복잡해요. 삶이 좀 더 단순해져야 할 필요가 있어요."

"상황들은 나아지게 될 거야, 레이스. 어린 자녀들이 있으면 삶은 언제나 쉽지 않아. 너는 그냥 좀 지친 것뿐이야, 그게 전부야."

"제 결심은 굳었어요, 아버지. 아버지가 말씀하신다고 바뀔 게 없어요."

"그러면 너는 조종사 대신 무슨 일을 할 거니?"

레이스가 말하기를 주저했고, 로건은 아들이 이제 진짜 중요한 말을 하려고 한다는 걸 직감했다. "목장 일을 생각하고 있어요. 그리고 저와 케이는 아버지의 목장을 사고 싶어요."

그는 로건 부모님의 말 목장을 말하는 거였다. 로건의 아버지 즉 레이스의 할아버지가 죽은 후, 로건은 상속세를 내기 위해 목장의 4분의 1을 매각하고 나서, 정확히 말로 설명할 수 없는 이유로 남은 목장을 그대로 갖고 있었다. 몇 년째 목장을 방문하지도 않으면서 말이다. 그가 마지막으로 목상에 가보았을 때도 집과 목장의 부속 건물들이 황폐해져 무너져 내리는 상태였고 쥐들로 가득했다. 지붕의 물받이용 홈통에서는 잡초들이 자랐다.

"그동안 모아둔 돈이 있어요." 레이스가 말했다. "가격은 제대로 쳐드릴 거예요."

"내 입장에서는 말이다, 너에게 그 목장을 단돈 1달러에도 줄 수 있어. 내 생각에는 그게 문제가 아니야." 로건이 전혀 당황한 기색 없이 아들을 잠시 쳐다봤다. 그의 부탁이 로건에게는 전혀 이해되지 않았다. "진심이니? 이게 너희 둘이 원하는 게 맞는 거니?"

"단지 저와 케이 둘만이 아니에요. 아이들이 좋아하고 있어요."

"레이스, 아이들은 겨우 네 살밖에 안 됐어."

"제 말은 그게 아니에요. 아이들이 하루의 반을 어린이집에서 보내요. 저는 운이 좋아야 한 달의 4주 가운데 2주 정도 아이들 얼굴을 볼 수 있고요. 그 또래의 아이들은 신선한 공기와 이리저리 돌아다닐 공간이 필요해요."

"아들아, 내 말을 믿어. 시골 생활은 머릿속에서 그려볼 때 더 매력적으로 보이는 법이야."

"그래도 아버지는 잘만 크셨죠. 칭찬이라고 생각하세요."

그는 속에서 화가 끓어오르기 시작하는 걸 느꼈다. "그러면 너는 그곳에서 무슨 일을 할 거니? 너는 말에 관해서 아무것도 모르잖아. 나보다도 모르잖냐."

"우리도 그 문제에 대해서 생각해봤어요. 그래서 저희는 포도밭을 만들 계획이에요."

이미 전에도 비슷한 이야기를 들어봤던 그에게, 그 이야기는 그림의 떡 같은 허무맹랑한 소리에 지나지 않았다. 공상에 빠진 케이가 여기저기 그림을 그리고 덧칠해놓은 낌새가 느껴졌다.

"우리는 이미 가서 목장의 땅도 확인해봤어요." 레이스가 계속 말을 이어갔다. "토양은 여름에는 뽀송뽀송하게 말라 있고 겨울에는 습기를 충분히 머금어서 포도 재배에 맞는 이상적인 땅에 가까워요. 투자하겠다는 사람들도 있고요. 물론 하루아침에 될 일은 아니에요. 하지만 그동안은 케이가 마을 학교에서 아이들을 가르칠 수도 있어요. 이미 일자리도 제안받은 상태고요. 우리가 돈을 주의해서 아껴 쓰면, 포도밭이 자리 잡고 잘될 때까지 이겨내며 지낼 수 있을 거예요."

물론, 겉으로 드러나지 않은 근본적인 비판은 말을 꺼내지 않고 덮어두었다. 레이스는 아이들과 함께 있기를 원하던 거였다. 그것이야말로 아들 부부의 삶에 있어서 진심 어린 부분이라고 할 수 있고, 로건이 레이스에게 해주지 못했던 일이었다.

"너 정말 이 일에 대해 확신하는 거야?"

"네, 저희 부부는 확신해요. 아버지."

로건이 외동아들이 이 터무니없는 계획을 포기하게 할 구실을 찾는 동안, 둘 사이에 잠시 침묵이 흘렀다. 하지만 레이스는 이제 다 큰 성인인데다가 땅은 버려진 채 놓고 있었으며, 아들은 가족을 위해 자신에게 중요한 것을 희생하겠다는 의지를 숨기지 않았다. 로건이 아들 뜻에 따라주는 것 말고 뭘 더 할 수 있을까?

"일을 시작할 수 있도록 변호사에게 전화해야 할 것 같구나." 그가 허락했다. 아니 양보해줬다.

아들의 표정이 놀란 것 같았다. 레이스는 아버지가 거절할지도 모른다고 생각한 일을 처음으로 허락받은 거였다. "정말요?"

"너는 네 주장을 펼쳤고, 너의 인생이야. 내가 논쟁할 거리가 아니지."

아들이 그를 진지한 표정으로 바라봤다. "제가 한 말은 다 진심이에요. 아버지께 값을 제대로 지불하고 싶어요."

로건은 궁금해졌다. 어느 정도의 가치가 있는 것일까? 전부이거나 아닐 것이다.

"돈에 대해서는 걱정하지 마." 그가 잘라 말했다. "때가 되면 알게 되겠지."

웨이트리스가 계산서를 가져왔고, 레이스가 유쾌하게 자신이 돈을 내겠다고 고집을 피웠다. 밖에는 차 한 대가 레이스를 공항으로 태우고 가기 위해 기다리는 중이었다. 아들은 아버지에게 다시 한번 고맙다고 말하고는, 확인하듯 얘기를 꺼냈다. "그러면 일요일에 엄마 집에서 보는 거죠?"

로건이 잠시 아들이 하는 말이 무슨 말인지 몰라 어리둥절했다. 레이스도 아버지가 자기 말을 못 알아들은 걸 눈치챘다.

"파티요, 아버지 손자들."

그제야 로건이 기억했다. 아들은 이제 다섯 살이 되는 쌍둥이 손자들을 위한 생일 파티를 말한 것이다. "물론이지." 잠깐의 실수에 당황한 그가 대답했다.

레이스가 별거 아니라는 듯 웃으며 넘겼다. "괜찮아요, 아버지. 걱정하지 마세요."

운전기사가 차 문 옆에 서 있었다. "마일스 기장님, 이제는 정말 출발하실 시간이 됐습니다."

로건과 아들이 악수했다. "늦지만 마세요, 아셨죠?" 레이스가 부탁했다. "아이들이 할아버지 보기를 손꼽아 기다려요."

다음 날 아침 수영을 하고 돌아온 로건이 신문에서 네사가 쓴 기사를 보았다. 기사는 신문 1면 반으로 접히는 부분 바로 아래에 있었고, 중립적이었다. 회의와 그의 개회 환영사, 시위대에 대한 언급과 '계속되는 논쟁'은 사무실에서 그녀와 나눈 대화의 일부였다. 이상하게도 그는 실망스러운 기분이 들었다. 그가 한 말들이 융통성 없이 경직되고 마치 연기하는 것처럼 보였기 때문이다. 기사는 형식적인 엄격함을 담고 있었는데, 네사는 그를 '교수다운'이라든가 '조심스러운'이라는 등의 말로 묘사해놨다. 둘 다 맞는 말이기는 했음에도 왠지 못마땅하게 느껴졌다. 이게 다라고? 내가 그렇다고?

이틀 동안 그는 정신없이 회의에만 매달렸다. 공개 토론회와 여러 미팅, 점심 식사와 술과 저녁 식사를 위한 모임들. 자신이 승리의 순간의 정점에 와 있는 것을 느끼면서도 한편으로는 점점 우울해지는 것 또한 느꼈다. 이는 한편으로는 레이스의 돌발 선언 때문이기도 했다. 그는 아들이 허허벌판 오지나 다름없는 곳에서 삶을 이어가겠다고 그동안의 성공을 포기하는 것이 마음에 들지 않았다. 헤들리는 제대로 된 마을이라고 할 수도 없는 곳이다. 마을에는 가게가 한 곳, 우체국, 호텔 하나 그리고 농장용 물품을 파는 가게가 한 곳 있었다. 콘크리트로 만들어진 보기 흉한 건물 한 채뿐인 학교에는 모든 학년이 다 다녔고, 실질적으로 아이들이 뛰어놀 만한 운동장도 도서관도 없었다. 그는 며느리와 손자들이 헤아리지 못할 정도로 지루해하며 집에서 안절부절못할 거라고 생각했다. 그와 더불어 레이스가 챙이 넓은 모자를 쓰고, 땀에 젖은 손수건을 목에 두르고, 얼굴 주위로 벌레들이 윙윙 소리를 내며 날아다니는 가운데 잘 파지지도 않는 땅에 삽을 쑤셔 박는 모습도 떠올려 보았다. 그것이 시골 생활의 진짜 모습이었다. 로건은 이미 오래전에 목장을 팔아버렸어야만 했고, 그러지 못한 게 이제는 바로잡을 길이 없는 끔찍한 실수가 되어버렸다.

목요일 밤, 회의 일정을 마치고 그는 이혼한 후부터 살던 중정이 있는 자기 아파트로 돌아갔다. 인생의 많은 일들처럼 처음에는 당분간 쓸 거처로 생각했지만, 6년이 지난 지금까지 살게 된 곳이다. 작고 깔끔하게 정리된 별 특징이 없는 곳으로, 가구들은 이혼 초기 정신없던 시기에 급하게 사놓은 것들이 대부분이었다. 그는 파스타와 야채로 간단한 저녁거리를 만들어 TV 앞에 앉았고, 화면으로 가장 먼저 본 건 바로 자기 얼굴이었다. 회의의 폐회식 직후에 찍힌 영상이었다. 그의 머리 위로 마이크들이 맴돌았고, 얼굴은 텔레비전 방송국 제작진의 거친 불빛 세례에 시체같이 하얗게 탈색된 것처럼 보였다. "놀라운 사실들의 공개" 화면 아래의 자막에는 그렇게 쓰여 있었다. 그가 텔레비전을 껐다.

그는 이혼한 전처인 올라에게 전화를 걸어보기로 했다. 어쩌면 그녀가 그들의 아들인 레이스의 당황스러운 계획을 막을 방법을 제시해줄지도 모르니까. 올라는 도시 외곽에 있는 말 그대로 오두막인 작은 집에서 파트너인 원예가 베티나와 함께 살았다. 올라는 베티나와의 관계가 그와의 결혼생활 기간과는 겹치지 않고 나중에 시작되었다고 했지만, 로건은 그렇지 않다고 생각해왔다. 그러나 그렇다고 해도 상관없었으며, 한편으로는 기쁘기도 했다. 올라가 여자와 같이 살아야 한다는 사실이 — 그는 올라가 양성애자라는 사실을 알고 지내왔다 — 이혼이라는 일을 쉽게 받아들이게 만든 점이 없지는 않았다. 만약 올라가 다른 남자와 결혼하는 상황이었다면, 만약 다른 남자가 그녀의 침대 위에 같이 누워 있는 상황이었다면, 그가 더 힘들었을 테니까 말이다.

전화를 받은 건 베티나였다. 베티나와의 관계는 조심스럽기는 했지만 화기애애했고, 그녀는 올라에게 전화를 넘겨주었다. 수화기 너머로 베티나가 수집해 새장에 기르고 있는 새들의 지저귀는 소리가 들려왔다. 부리가 짧고 작은 되새류들과 앵무새들과 잉꼬들, 정말 많은 새를 키웠다.

"우리 방금 TV에 당신 얼굴 나온 거 봤어." 올라가 먼저 말했다.

"그래? 어때 보였어?"

"사실 꽤 멋지던데, 자신감 넘치고. 최고의 자리에 오른 남자의 모습이었어. 베티, 당신도 그렇게 생각하지 않아? 베티도 그렇다고 고개를 끄덕이네."

"그렇게 말해주니 고맙군."

이런 가볍고 정감 어린 농담들이라니. 어떤 면에서는 변한 것이 아무것도 없었다. 둘은 여전히 언제라도 이야기를 나눌 수 있는 친구였다.

"기분이 어때?" 올라가 물었다.

"무슨 기분이 어떠냐는 거야?"

"로건, 겸손하지 않아도 돼. 당신은 상당히 큰 성공을 거뒀어. 유명해졌다고."

그가 이야기의 주제를 바꿨다. "그런데 말이야, 최근에 레이스와 얘기해봤어?"

"아, 그거," 올라가 한숨을 쉬었다. "나는 그렇게 많이 놀라지는 않았어. 사실, 걔가 한동안 그럴 뜻을 내비쳐 오기는 했으니까. 나는 오히려 당신이 그걸 알아차리지 못했다는 게 놀라워."

그가 중요한 거 하나를 또 놓쳤던 거였다. "당신은 걔의 계획을 어떻게 생각해?" 그가 그렇게 말하고는 성급하게 한마디를 더 보탰다. "나는 레이스가 큰 실수를 하고 있다고 생각해."

"그럴지도 모르지. 하지만 우리 아들은 자기 생각이 어떤 건지 알아 ─ 케이도 마찬가지고. 그 아이들이 원하는 일이야. 애들에게 목장을 팔 거야?"

"나에게는 정말 선택의 여지가 없잖아."

"언제나 선택할 수 있어, 로건. 하지만 내 의견을 묻는 거라면, 당신은 옳은 일을 한 거야. 목장은 너무 오랫동안 버려져 있었어. 나는 항상 왜 그 땅을 팔아버리지 않는지 궁금했다니까. 어쩌면 그게 이유 중 하나가 되었는지도 모르지."

"그래서 내 아들이 자기 경력을 그렇게 던져버린다고?"

"지금 당신 냉소적이었어. 당신이 하기로 한 거, 좋은 일이야. 기왕 그렇게 하기로 한 거 그냥 지켜보면 안 돼?"

올라의 목소리는 차분하고 또 조심스러웠다. 그녀의 말들은 콕 집어서 미리 연습했다고 할 수는 없지만, 미리 생각해둔 것 같았다. 그러나 로건은 다시 한번 자신이 다른 사람들보다 한발 뒤에 있기에, 어떻게 해야 할지 자신보다 잘 아는 사람들이 수습해줘야 할 정도의 불안감을 느꼈다.

"당신 마음이 복잡하겠지, 나도 알아." 올라가 계속 말을 이어갔다. "하지만 시간이 많이 흘렀어. 어떤 면에서는 새로운 시작을 하는 건 레이스가 아닌 당신인 거야."

"나는 내가 새로운 시작이 필요한 줄도 몰랐는데."

말이 잠시 끊어졌다가 수화기 반대편에서 올라가 다시 말했다. "미안해, 말이 잘못 나왔어. 내가 말하려던 건 당신이 걱정된다는 거야."

"당신이 왜 나를 걱정해야 하는 거지?"

"나는 당신을 알아, 로건. 당신은 손에 쥔 걸 놓아주는 걸 못 해."

"나는 단지 우리 아들이 인생 최악의 실수를 할까 봐 걱정되는 거야. 그건 다 낭만적인 한때의 변덕이라고."

다시 침묵이 이어지고, 로건은 수화기를 귀에 대고 부엌에 서 있는 올라의 모습을 떠올렸다. 천장이 낮은 그녀의 부엌은 구리 냄비들과 다발로 꼬아 묶은 허브들이 대들보에 주렁주렁 매달린 아늑한 공간이었다. 그녀는 분명히 검지에 수화기 선을 빙빙 돌려 감고 있을 거다. 그녀의 오래된 습관이다. 다른 모습들, 그러니까 떠오르는 다른 추억들은 그녀가 작은 글자들을 읽을 때는 안경을 이마로 밀어 올리는 버릇이 있다는 것과 화가 날 때면 이마가 붉게 물든다는 것과 간을 보지도 않고 소금을 뿌리는 습관 같은 것들이다. 이혼했지만 여전히 공유하고 있는 역사에서 기억할 가치가 있는 것들이고, 각자의 삶의 기억에 살아 숨 쉬는 것들이었다.

"내가 뭐 하나 물어볼게." 올라가 말했다.

"좋아."

"뉴스에 온통 당신 얘기야. 당신이 평생을 바쳐 일해온 게 바로 이런 것 때문이었지. 그리고 내가 보기에 당신은 원했던 것보다 더 많은 것을 이뤄내고 있어. 그런데 당신이 그것들을 충분히 즐기는 것 맞아? 당신이 그렇지 않은 것 같아서 물어보는 거야."

이상한 질문이다. 즐기고 있냐고? 내가 그렇게 했어야 하는 건가? "그런 식으로 생각해본 적이 없어."

"그럼, 이제 당신이 그렇게 생각해봐야 할 때가 된 거야. 잠시 골치 아픈 일들은 미뤄두고서 그냥 당신의 인생을 살아봐." "나는 내가 그렇게 사는 줄 아는데."

"모두 다 그래. 보고 싶어, 로건. 그리고 당신과의 결혼 생활은 좋았어. 당신이 믿지 않을 거라는 건 알지만, 정말이야. 우리는 멋진 가족이기도 했고, 당신이 이루어낸 모든 것들이 자랑스러워. 하지만 베티나는 나를 행복하게 해줘. 베티나와 함께하는 이 생활이 나를 행복하게 만든다고. 결국 매우 간단한 문제야. 당신도 그랬으면 좋겠어."

그는 할 말이 없었다. 올라의 말이 맞았다. 내 기분이 상한 걸까? 내가 왜 그래야만 하지? 그녀는 사실을 말하고 있는 것뿐이었다. 정확히 레이스가 그에게 부탁하고 있는 것이 바로 그것이라는 생각이 갑자기 들었다. 그의 아들은 행복하고 싶은 거였다.

"우리 일요일에 볼 수 있는 거지?" 올라가 대화의 방향을 좀 더 편하고 현실적인 문제로 틀며 물었다. "네 시야. 늦지 마."

"레이스도 똑같은 말을 하더군."

"걔도 나처럼 당신을 잘 아니까 그렇지. 기분 상하지 마. 이제 우리 모두 익숙해졌잖아." 그녀가 말을 잠시 끊었다. "그러고 보니까, 누구를 데리고 오는 건 어때?"

그는 이 별난 제안을 어떻게 받아들여야 할지 알 수 없었다. "그건 보통 전처들이 할 말이 아닌 것 같은데."

"진지하게 말하는 거야, 로건. 당신도 어디에서부턴 시작해야 한다고. 당신은 유명 인사야. 분명히 당신이 초대할 수 있는 사람이 있을 거야."

"없어. 정말이야."

"그 여자 이름이 뭐였더라, 그 생화학자는 어때?"

"올라, 그것도 벌써 2년 전 이야기야."

올라가 한숨을 쉬었다. 그것도 결혼 생활의 냄새가 물씬 풍겨나는 아내 같은 소리로. "나는 도와주려고 하는 거야. 당신이 그러고 있는 거 보기 싫어. 당신에게 중요한 순간이잖아. 혼자 그러고 있으면 안 된다고. 일단 생각이나 해봐, 알았지?"

통화가 끝나고 로건이 생각에 잠겼다. 해가 저물고 방은 어두워지고 있었다. "이러고 있다고?" 내가 뭐 어떤데? 그리고 "유명 인사"라니, 낯선 말이었다. 그는 유명 인사가 아니었다. 그는 혼자 사는 직업을 가진 남자로 호텔의 스위트룸처럼 보이는 아파트가 집이라고 돌아온다.

그가 와인 한 잔을 따라 침실로 걸어 들어갔다. 옷장 안에서 정장 코트를 찾아 바깥 주머니에 있던 네사의 명함을 찾아 꺼냈다. 벨이 세 번 울리고 그녀가 전화를 받고서, 조금 숨이 가쁜 목소리로 대답했다.

"트립 양, 로건 마일스입니다. 혹시 방해되었나요?"

그녀는 그의 전화에 놀라지 않은 것 같았다. "방금 밖에서 뛰다가 들어왔거든요. 잠깐만 기다려주실래요? 물 한 잔 마셔야 할 것 같아요."

그녀가 수화기를 내려놓았다. 로건은 그녀의 발소리를 들었고, 수돗물이 흐르는 소리가 났다. 다른 무슨 소리가 들리는 건 아닐까? 다른 사람의 소리는? 그런 것 같지는 않았다. 30초 정도 후 그녀가 다시 수화기를 들었다.

"전화를 주셔서 감사해요, 교수님. 기사는 보셨나요? 분명 보셨을 거라고 생각하는데."

"내 생각에는 매우 좋은 기사였던 것 같아요."

그녀가 가볍게 소리 내 웃었다. "거짓말하시는군요. 하지만 괜찮아요. 제게 쓸 만한 기삿거리도 안 주셨으니까요. 비밀이 많으신 분이세요. 더 오래 대화할 수 있었으면 좋았을 텐데요."

"그래서, 알겠지만, 그게 전화한 이유입니다. 트립 양……."

"그냥," 그녀가 말을 끊었다. "네사라고 부르세요."

그가 갑작스러운 당혹감을 느꼈다. "네사, 네 그래요." 그가 침을 삼키고서 본론을 말하기 시작했다. "너무 코앞에 닥쳐서 얘기를 꺼내는 거라는 건 알지만, 혹시 일요일 4시 파티에 함께 갈 생각이 있는지 궁금해서요."

"왜요, 교수님," 그녀가 부끄러워하면서도 재미있어하는 느낌이 들었다. "저한테 데이트 신청을 하시는 거예요?"

로건은 스스로 바보로 만들고 있다는 걸 깨달았다. 그는 그녀가 남자 친구가 있는지 아니면 다른 약속이 있는 건 아닌지조차 몰랐다. 초대라니, 너무 터무니없는 짓이었다.

"미리 말해둬야 하겠군요." 그가 한 걸음 물러서며 말했다. "일요일 파티는 다섯 살이 되는 아이들의 생일 파티입니다. 사실 제 손자들의 생일 파티예요." 내가 할아버지라는 사실을 이렇게 매끄럽고 깔끔하게 얘기하다니, 그는 그렇게 생각했다. 말 한마디 한마디가 스스로 무덤을 파고 들어가는 것 같았다. "쌍둥이들이죠." 그가 다소 무의미해 보이는 말을 한마디 덧붙였다.

"파티에 마술사도 있나요?"

"네, 뭐라고요?"

"제가 마술사들을 굉장히 좋아하거든요."

이 여자가 지금 나를 놀리는 건가? 이 여자에게 전화를 걸다니 정말 끔찍한 짓을 저지른 거야. "물론이죠, 시간이 안 된다면 괜찮습니다. 아마도 다른 기회에……."

"파티에 가고 싶어요." 그녀가 말했다.

일요일이 되었고, 햇살이 밝은 화창한 날이었다. 로건은 아이들의 생일 선물을 사며 아침나절을 보냈다. 노아를 위해서는 호핑볼 그리고 두 녀석 중 좀 더 머리를 쓰는 편인 캠에게는 건설 장비 장난감 세트를 샀다. 그러고 나서 긴장을 풀기 위해 수영하며 시간이 되기를 기다렸다. 3시가 되자 차고에서 차에 시동을 걸어 몰고 나왔는데, 몇 주 동안 운전하지 않은 탓에 차는 놀라 자빠질 정도로 먼지를 두껍게 뒤집어쓰고 있었다. 그래도 그 차를 몰고서 네사가 준 주소로 갔다. 그는 항구에서 세 블록 떨어진 현대식 아파트 단지로 갔고, 네사가 입구에서 기다리는 것이 보였다. 그녀는 하얀색 바지에 복숭아빛 상의를 입었고, 발 앞이 트인 낮은 굽의 샌들을 신었다. 머리는 막 감고 나온 듯 머리카락들이 느슨하게 늘어졌고, 은색 종이로 감싸 포장한 커다란 꾸러미를 들고 있었다. 그녀에게 문을 열어주기 위해 로건이 차에서 내렸다.

"정말 사려 깊군요." 로건이 그녀가 들고 있는 꾸러미를 두고 한 말이다. "하지만 선물까지 준비할 필요는 없었는데."

"테더볼이에요." 그녀가 기쁜 마음으로 말했다. 그녀가 다른 물건들이 놓인 뒷좌석에 들고 있던 상자를 내려놓았다. "손자들이 이걸 가지고 놀기에 너무 어린 건 아닐까요? 제 조카들은 테더볼을 갖고 몇 시간씩 놀기는 하던데요."

그녀가 가족 이야기를 한 것은 이번이 처음이었고, 로건은 많은 것을 알게 되었다. 그녀는 북쪽의 교외에서 자랐고, 우체국장인 아버지와 그녀의 엄마는 아직도 그곳에 살았으며, 여섯 자녀 중 넷째였다. 그리고 여섯 남매 중 언니 둘과 남동생 하나가 결혼해 가정을 이뤘다. 로건은 그녀가 혼자이고, 그래서 그가 살아온 삶,

아이들과 의무와 항상 부족한 시간에 쫓기는 관례적인 삶에 내해 잘 알지 못하는 것이라는 생각이 들었다. 로건은 파티가 전처의 집에서 열릴 거라고 미리 설명해뒀지만, 네사는 그에 대해서는 달리 아무런 말도 하지 않았다. 그리고 그는 이것이 자기 생각은 잠시 미루어두고 다른 이들이 자신을 더 드러내 보이게 하는 기자의 직업적인 습관 때문인지 궁금했지만, 곧 그런 의심을 하는 자신을 책망하고 말았다. 아마도 끊임없이 상대를 바꾸는, 윤리적으로 좀 더 유연한 환경에서 자란 그녀 세대의 누군가에게는 별 차이가 없을지도 모르기 때문이다.

올라의 집까지는 차로 30분이 걸렸다. 네사와의 대화도 회의에 관한 이야기 없이 편안해졌다. 그는 네사에게 그녀의 일에 관해 물었다. 자신의 일을 좋아하는지 물었고, 예상했듯이 그녀는 그렇다고 했다. 그녀는 일로 여행하게 되는 것과 새로운 사람들을 알게 되는 것 그리고 세상에 대해 배우는 것과 그것을 구체적인 이야기들로 만들어내는 작업 모두를 좋아했다. "저는 아이일 때도 그런 것들을 좋아했어요." 그녀가 그렇게 말했다. "몇 시간이고 제 방에 앉아서 이야기를 썼어요. 대부분 요정과 성과 용에 대한 우스꽝스러운 이야기들이었지만요. 그러다 자라면서 현실적인 일들에 더 관심이 커진 거고요."

"아직도 소설을 쓰나요?"

"네, 그냥 가끔 재미로요. 제가 아는 기자들은 전부 책상 속 어딘가에 쓰다만 소설이 하나씩은 있어요. 보통은 꽤 형편없지만요. 모든 기자가 갖는 병 같은 건데, 어떻게든 눈에 보이는 수면 아래로 파고들어 더 큰 패턴을 찾아보고 싶은 소망이라고 할 수 있죠."

"그런 게 가능하다고 생각해요?"

그녀가 앞 유리창 밖을 내다보며 그의 질문에 대해 생각했다. "한 가지 가능성은 있는 것 같아요. 삶은 뭔가 중요한 의미가 있죠. 단순히 일하러 가고 저녁 식사를 만들고 차를 고치러 정비소에 가는 그런 게 아니잖아요. 동의하지 않으세요?"

그들은 마을의 바깥쪽을 지나가는 중이었다. 자그마한 집들이 길가 뒤로 늘어서 있었고, 보도의 연석 위에는 우편함들이 꼿꼿이 차렷 자세로 서 있었다. 그들이 탄 차가 지나가는 동안 마당에서는 개들이 요란하게 짖어댔다.

"나도 사람들 대부분이 그러리라고 생각해요." 로건이 대답했다. "적어도 우리는 그러기를 바라죠. 그걸 깨닫는 일이 매우 어렵기는 하지만요."

그녀가 대답에 만족한 것 같았다. "그러니까 당신은 당신만의 방식이 있고, 나는 나의 방식이 있는 거예요. 어떤 사람들은 교회에 가고요. 나는 기사를 쓰고, 당신은 역사를 연구하죠. 사람들은 실제로 그렇게 크게 다르지 않아요." 그녀가 그를 힐끗 쳐다보고는 다시 시선을 돌려 창을 지나쳐가는 세상을 바라보았다. "저에게 소설가 친구가 있어요. 그의 아버지가 좀 유명한 사람이에요 — 아마 교수님도 그 이름을 들어봤을걸요. 그 친구는 완전히 엉망진창이에요. 하루에 술을 1리터씩 마시고, 옷을 갈아입는 것도 거의 신경을 안 써요. 고통스러워하는 예술가의 완전히 상투적인 모습이죠. 한번은 제가 그에게 물어봤어요. 너도 끔찍하다고 하면서 왜 그러는 거야? 왜냐하면 심각하게, 그 친구가 그대로 살면 사십도 넘기지 못할 것 같았거든요. 그의 책들도 완전히 우울하기만 했고요."

"그 친구가 뭐라고 하던가요?"

"나는 내가 모른다는 걸 참을 수가 없기 때문이야."

드디어 도착했다. 열려 있는 문이 그들의 방문을 반겨줬고, 집 앞의 길에는 차들이 줄지어 서 있었다. 다양한 연령의 아이들과 부모들이 길을 따라 걸어오는 모습이 보였는데, 가장 어린아이들은 그들의 선물 상자가 열리고 안에 있는 멋진 물건들이 모습을 드러내는 것을 빨리 보고 싶어 선물 꾸러미를 안고 앞장서서 뛰어 갔다. 로건은 손자들의 생일 파티가 이렇게 클 거라고는 미처 생각도 못 했다. 이 사람들은 도대체 다 뭐야? 쌍둥이들이 다니는 어린이집의 친구들과 이웃들, 레이스와 케이의 동료들과 그 가족들, 올라의 자매들과 남편들, 몇몇은 몇 년 동안 얼굴을 보지 못했으나 로건도 아는 오래된 친구들이었다.

올라가 문 안으로 들어오는 그들을 반겼다. 올라는 화장도 안 한 얼굴에 신발도 안 신고서 호리호리해 보이는 드레스를 입고, 다소 투박해 보이는 큰 목걸이를 하고 있었다. 40대 초반부터 희끗희끗했던 그녀의 머리는 어깨까지 내려왔다. 반짝이는 정장에 하이힐을 신은 변호사의 모습은 온데간데없고, 좀 더 여유로운 습관과 취향을 가진 조금은 더 단순해진 여자로 바뀌었다. 올라가 로건의 양 볼에 입을 맞추고 네사를 향해 돌아서서 악수했는데, 그녀의 눈이 놀라움을 감추지 못한 채 환하게 빛나고 있었다. 그의 전처는 용기를 내보라는 그녀의 도발을 전남편이 받아들이리라고는 절대 상상도 못 했던 것 같았다. 로건과 올라가 선물을 복도 옆의 빈방으로 옮기는 동안 네사는 마실 것을 가지러 부엌으로 갔다. 방 침대 위에는 선물들이 거대한 산더미처럼 쌓여 있었다.

"로건, 누구야?" 올라가 신나서 말했다. "너무나 예쁘잖아."

"당신 말은 젊다는 뜻이겠지."

"그건 당신이 알아서 할 문제고. 어떻게 만난 거야?"

그는 네사와의 인터뷰에 관해 이야기했다. "깜깜한 어둠 속에서 총을 한 방 맞은 것 같았어." 그도 인정했다. "그녀가 나 같은 영감태기한테 '예스'라고 하는데, 나도 깜짝 놀랐다고."

올라가 미소를 지었다. "그래, 당신이 그녀에게 그렇게 물어봤다니 내 마음이 다 좋다. 그리고 저 여자도 확실히 당신을 좋아하는 것 같아."

거실에서 그는 초대받은 사람들 사이를 움직이며 알던 이들과 인사를 나누고 새로운 얼굴들에게는 자신을 소개하기도 했다. 그런데 네사가 어디에도 보이지 않았다. 로건은 파티오로 통하는 문으로 빠져나가, 베티나가 손수 솜씨를 발휘해 정성껏 가꿔놓은 넓고 경사진 잔디밭으로 갔다. 아이들이 자신들만 아는 비밀스러운 놀이 규칙을 따라 정신없이 뛰어다니고 있었다. 그는 네사가 케이와 함께 파티오 끝에 앉아 신나게 이야기하는 모습을 발견하고 그쪽으로 가려는데, 아들 레이스가 팔을 잡아 세웠다.

"아버지, 저에게 왜 말씀을 안 해주셨어요." 아들이 짓궂게 장난기 가득한 목소리로 말했다. "세상에나, 세상에나 말입니다."

"네 엄마 탓이야. 엄마의 생각이었거든. 데이트 상대를 데려오라고 한 건 네 엄마라니까."

"글쎄요, 엄마한테도 좋은 일인걸요. 아버지에게도 좋은 일이고요. 아들들," 그가 쌍둥이들을 불렀다. "와서 할아버지에게 인사해."

쌍둥이들이 같이 놀던 무리를 벗어나 쏜살같이 달려왔다. 로건이 무릎을 꿇고 두 아이의 따뜻하고 작은 몸을 품에 안았다.

"할아버지, 우리 선물 갖고 오셨어요?" 캠이 신나서 싱글벙글 웃으며 물었다.

"물론 가져왔지."

"우리랑 같이 놀아요." 노아가 할아버지의 손을 당기며 졸랐다.

레이스가 눈이 휘둥그레져서 눈알을 굴렸다. "얘들아, 할아버지 숨 좀 돌리게 해드려."

로건이 쌍둥이 손자들 너머로 네사가 이미 아이들과 함께 놀고 있는 모습을 보았다. "뭐야, 내가 그렇게 늙어 보인다는 거야?" 그가 아이들에게 웃어 보였다. 그에게는 레이스가 어렸을 때의 파티들에 대한 기억도 있었다. "그래서, 게임의 규칙이 뭐니?"

"술래가 손으로 치면 꼼짝 말고 가만히 계셔야 해요." 노아가 눈을 동그랗게 뜨고 설명했다. 아이의 그 모습이 마치 인류의 운명을 바꿀 발견을 했다고 발표하는 것처럼 비장해 보였다. "모두가 다 얼어붙어서 움직이지 못하게 되면 이기는 거예요."

"어떻게 하는 건지 보여주겠니." 그가 말했다.

파티는 꺼지지 않는 엔진같이 지치지 않는 아이들의 기운을 타고 떠들썩하게 흘러갔다. 로건은 술래가 가능한 한 빨리 자기를 잡을 수 있도록 해주었지만, 네사는 잡힐 때까지 비명을 지르며 몸을 휙 비키기도 하고 이리저리 돌리기도 하며 도망을 다녔다. 나방이 파먹은 옷처럼 털이 빠지고 등이 축 늘어져 내려앉은 조랑말 두 마리가 트레일러에 실려 도착했다. 조랑말들은 약이라도 먹여놓은 듯 지나칠 정도로 온순했고, 말을 데리고 온 남자는 다리 밑에서 잠을 자고 온 것처럼 보였다. 그냥 신경 꺼, 애들이 좋아서 날뛰잖아. 캠과 노아가 먼저 조랑말에 올라탔고, 다른 아이들은 줄을 서서 차례를 기다렸다.

"파티가 재미는 있어요?" 로건이 옆에서 네사에게 다가가 와인

한 잔을 건네주었다. 그녀의 이마가 땀으로 젖어 있었다. 아이 부모들이 자녀를 초라한 조랑말 등에 들어 올려 앉히며 찰칵찰칵 사진을 찍느라 정신이 없었다.

"아주 재밌어요." 그녀가 웃으며 말했다.

"그들에게는 재미라는 것이 아주 자연스럽게 따라오죠. 제 말은, 아이들 말이에요."

네사가 와인을 홀짝이며 마셨다. "며느리 되는 분 사랑스러운 것 같아요. 그녀가 아들 내외분의 계획에 관해 얘기해줬어요."

"당신은 찬성하는 쪽이에요?"

"찬성하냐고요? 나는 정말 멋지다고 생각해요. 교수님도 그들을 위해 기뻐해야만 하는 일이에요."

내가 이렇게 느끼는 건 단순히 늦은 오후 특유의 분위기 탓은 아닐까? 기쁘지는 않지만, 그녀의 그런 생각 덕분에 마음이 조금 더 편안해진 것은 분명했다. 그래, 왜 안 되겠어, 그도 그런 생각이 들었다. 시골의 포도밭, 탁 트인 땅, 시원하고 촉촉한 새벽, 밤하늘을 가득 수놓은 별들. 그걸 싫다고 할 사람이 누가 있겠어?

"또, 그 땅을 가족의 유산으로 지킬 수도 있잖아요." 네사가 말을 계속 이어갔다. 그녀가 잔을 들어 가볍게 건배했다. "작은 한 조각의 역사라고 할 수 있지 않나요, 아닌가요? 교수님의 취향과 딱 맞아떨어지는 것 같은데요."

드디어 거대한 행사가 치러질 시간이 찾아왔다. 선물 포장지들이 뜯겨 나갔다. 아이들은 선물 하나를 제대로 확인하기도 전에 다음 선물을 손에 쥐고 포장지를 뜯어냈다. 햄버거와 핫도그, 감자칩, 딸기와 멜론 조각들, 케이크. 머리가 꺾여 아래로 축 처지는 아이들, 사소한 말다툼에 칭얼대는 아이들, 무거운 눈꺼풀에 눈이 감기는 아이들, 그런 모습이 보이기 시작했다. 저녁이 가까워지자, 일부 어른들이 파티오에서 술을 마시며 노닥거리는 가운데 그들은 자리를 일어나 집으로 돌아갔다. 모두가 네사를 새로운 중요한 존재로 인정하는 듯 보였고, 특히 베티나는 해 질 무렵에 직접 네사를 안내하며 정원을 구경시켜줬다.

로건과 네사가 떠날 때쯤에는 집 앞에 남아 있는 차가 거의 없었다. 네사는 지치고 조금 취하기도 했는지 차가 출발하자 의자에 잔뜩 기대앉았다.

"멋진 가족들을 가지셨어요." 그녀가 졸린 목소리로 말했다.

사실이다. 로건도 그렇게 생각하고 있으니까. 심지어 그의 전처마저도 둘 사이의 어려움에도 불구하고 인생의 느지막한 시기에 전남편인 그의 행복을 지지하며 나섰으니 더 말할 필요가 없는 일이었다. 그날 하루의 영향 때문인지 그의 안에 꽉 웅어리진 무언가가 풀어지는 것 같은 느낌이 들었다. 인생은 그가 생각해왔던 것처럼 빈틈없이 완벽하게 충실해야만 하는 형편없이 나쁜 것은 아닌 거였다. 운전하며 가는 동안, 그의 마음은 고향에 있는 목장으로 여행을 떠났다. 그는 이미 자신의 변호사에게 서류 작업을 해놓으라는 말도 해두었다. 곧 아들과 그의 가족들이 그곳에 가게 될 것이며, 목장을 새로운 삶과 추억들로 채워놓을 것이다.

"내가 생각 중인 게 있는데," 로건이 말을 시작했다. "아무래도 운전하고 가서 고향과 목장을 좀 둘러봐야 할 것 같아요. 오랫동안 가보지도 못했고 말이죠."

네사가 비몽사몽간에 고개를 끄덕였다. "좋은 생각 같아요."

"같이 가겠어요? 하루 이틀이면 될 것 같은데. 다음 주말 정도에요."

네사는 눈을 감고 있었다. 그가 또 실수했다. 자기 혼자 앞서가 버렸다. 그녀는 취했고, 그는 훈훈한 인간적인 온기가 도는 그 순간을 이용하고 있었다. 하지만 그녀는 잠에 빠졌는지도 몰랐다.

"당신에게도 도움이 될 거예요." 그가 약삭빠르게 제안했다. "아마 기삿거리가 하나 더 나올지도 모르죠."

"기사 하나." 네사가 별 관심 없다는 듯이 그의 말을 받아 중얼거렸다. 시간이 흘러갔다. "그러니까 확실히 해두자면, 당신은 내가 기사를 쓸 수 있도록 도우려고 주말 동안 당신과 함께 여행을 가자고 하는 거군요."

"그런 거죠. 그게 당신이 원하는 것이라면요."

"차 세워요."

"속이 안 좋은가요?" 그에게는 최악의 상황이었다. 망해버린 밤이었다.

"그냥 세워요, 차."

그가 도로 옆으로 차를 몰고 가 세웠다. 그녀가 차 문을 열고 뛰어나갈 것으로 생각했는데, 그를 향해 몸을 돌리고 그의 얼굴을 쳐다봤다.

"네사, 괜찮아요?"

그녀의 얼굴이 꼭 웃음을 터뜨릴 것 같은 표정을 하고 있었다. 그리고 그가 뭐라고 말하기도 전에, 그녀가 그의 두 볼을 양손으로 잡더니 자기 쪽으로 끌어당기며 키스로 입을 막아버렸다.

둘은 화요일에는 점심을 같이 먹고, 다음 날 밤에는 영화를 보고, 토요일 아침 일찍 출발했다. 차를 몰고 시골 깊숙이 들어갔고, 도시는 점점 멀어져 갔다. 바다로부터 멀어지며 서쪽을 향해 가는 동안 기온이 오르기 시작했지만 날씨는 서늘했고, 하늘에는 뭉게 구름이 피어났다.

헤들리에 도착한 건 정오였다. 마을 모습이 꽤 발전했다. 아직도 먼지가 풀풀 날리는 대로변을 따라서 좀 더 많은 상업 시설들이 문을 열었고, 학교의 규모도 커졌다. 광장의 위쪽에는 새로운 시청이 들어서 있는 것도 보였다. 둘은 마을 여관에 투숙했고 — 로건은 짐짓 너무 많은 것을 기대하고 싶지 않아 각자의 방을 따로 예약해뒀다 — 소풍을 위한 점심 도시락을 준비해서 목장으로 차를 몰고 갔다.

목장의 모습은 낙담스러웠다. 오랫동안 돌보지 못한 땅은 잡초가 무성하고 황량하기만 했고, 헛간과 목장의 많은 부속 건물들도 다 허물어진 상태였다. 그나마 집만 상태가 조금 괜찮아 보였는데 그렇다고 해도 페인트가 벗겨졌고, 현관은 한쪽으로 기울어졌으며, 물받이 홈통들은 다 처마 끝에서 떨어져 나갔다. 로건이 잠시 아무 말 없이 그 모습을 바라보았다. 결코 큰 집은 아니었지만 오랜만에 다시 찾은 장소들이 다 그렇듯 기억 속에 남아 있던 모습보다 더 작아 보이기만 했다. 그 퇴락한 모습에 그의 마음이 불안해졌다. 그러면서도 그는 여러 해 동안 잊고 있었던 감정이 북받쳐 오르는 것을 느꼈다. 집에 왔다는 귀향의 감동이었다.

"로건, 괜찮아요?"

그가 네사를 돌아봤다. 그녀는 그와 조금 떨어져 서 있었다. "돌아오니 기분이 이상해." "이상해"라는 말이 그 상황을 정확히 설명하지는 못했지만, 그가 소심하게 어깨를 으쓱해 보이며 그렇게 말했다.

"그래도 말이야, 상태가 정말로 그렇게 나쁜 건 아니야. 아이들이 제대로 고쳐 쓸 수 있을 거야."

그러나 집안까지는 들어가고 싶지 않았다. 둘은 땅바닥에 담요를 펼쳐놓고 소풍을 즐길 준비를 했다. 빵과 치즈, 과일과 훈제한 고기 그리고 레모네이드를 꺼내놓았다. 그들은 바싹 말라버린 언덕들이 보이는 곳에 자리를 잡았다. 햇살은 뜨거웠지만 빠르게 지나가는 구름이 잠깐씩 짧은 간격을 두고 그늘을 만들어줬다. 둘이 식사하는 동안, 로건이 헛간들과 작은 방목장들 그리고 한때는 말들이 풀을 뜯었던 들판과 꼬마였던 자신이 상상 속 세계에 빠져 시간을 보내던 잡목 숲 같은, 목장의 이곳저곳을 가리키며 그곳에 얽힌 이야기들을 들려주었다. 그의 마음에 여유가 생기기 시작했고, 기억하는 것과 지금 눈에 보이는 것들 사이에 존재하는 부조화의 갈등도 누그러졌다. 전해지길 원하는 과거의 이야기들이 그들 앞으로 흘러나왔다. 물론 그 이야기들 속에는 더 많은 이야기가 있었지만 말이다.

그리고 집에 관한 이야기를 하지 않을 수 없는 순간이 찾아왔다. 로건이 주머니에서 집 열쇠를 꺼냈다. 여러 해 동안 손 한번 대지 않고 책상 서랍에 넣어두었던 열쇠를 문의 열쇠 구멍에 넣고 돌렸다. 거실로 바로 연결되는 문이 열렸다. 집 안 공기는 퀴퀴한 냄새가 나고 탁했다. 팔걸이의자 두어 개와 책장들 그리고 아버지가 장부 정리를 하던 책상이 그대로 남아 있었고, 그 위로는 먼지가 두껍게 앉아 있었다. 둘은 집 안쪽으로 더 깊이 들어갔다. 부엌의 찬장들은 마치 굶주린 유령들이 뒤져보고 지나간 것처럼 문이 열린 상태였다. 그를 괴롭히는 낡고 썩은 냄새들에도 불구하고 그는 과거 속으로 빠져들어 갔다.

그들은 뒤쪽으로 더 들어갔고, 로건은 자석에 이끌리듯 한 곳을 향해 갔다. 무언가가 방수포로 덮여 있었는데, 절대로 착각할 수 없는 그 모습은 피아노가 분명했다. 방수포를 걷어내고 덮개를 열자, 노인의 치아처럼 누렇게 변한 건반들이 모습을 드러냈다.

"피아노 칠 줄 알아요?" 네사가 물었다.

네사의 이 말이 그들이 집 안으로 들어오고 나서 나눈 첫 대화였다. 그가 건반 하나를 손가락으로 누르자, 건반과 맞아떨어지지 않아 귀에 거슬리는 틀린 음이 울렸다. "나? 아니." 건드린 피아노 건반 소리가 집 안을 울리며 맴돌다가 사라졌다. "내가 당신에게 완벽히 정직하지는 못했던 것 같아." 그가 고개를 들며 말했다. "당신이 내게 종교적인 가정에서 자랐냐고 물어봤잖아. 나의 어머니는 흔히 '에이미 드리머'라고 알려진 사람 가운데 하나였어. 그 말을 들어본 적이 있어?"

네사가 얼굴을 찌푸렸다. "그거 미신같이 사람들이 지어낸 얘기 아니에요?"

"당신 말은 현대 과학이 아직 그 현상을 재정의해 합당한 이름으로 분류해놓지 않았다는 뜻인가? 전통적인 어휘를 사용하자면, 당신이 내 어머니가 미쳤던 거라고 말해도 된다고 생각해. 과대망상 성향을 보이는 조현병 환자. 의사들이 대충 그렇게 우리에게 말해줬어."

"하지만 당신은 그렇게 생각하지 않는군요."

로건이 어깨를 으쓱해 보였다. "그건 정말로 맞냐 틀리냐의 문제가 아니야. 그렇게 생각할 때도 있고, 아닐 때도 있었어. 적어도 어머니는 정직하셨어. 결혼 전 어머니의 성이 잭슨이었어."

네사가 눈에 띄게 당황해하는 것이 보였다. "당신, 대통령 집안 사람이에요?"

로건이 고개를 끄덕였다. "내가 별로 하고 싶어 하지 않는 이야기지. 사람들이 여러 가지 추측을 만들어내거든."

"요즘 세상에는 누구도 그런 걸 중요하게 생각하지 않는다고 생각해요."

"오, 이런. 현실을 알면 당신도 놀라고 말걸. 이 세상에는 그런 추측들과 소문들을 믿는 사람들이 넘쳐난다고."

네사가 잠시 말을 멈추더니 다시 물었다. "아버지는 어떤 분이셨어요?"

"아버지는 단순한 분이셨어. 솔직한 분이셨다고 하면 될 것 같은데. 아버지에게 종교가 있었다고 한다면, 말이라고 할 수 있을 거야. 그리고, 나의 어머니. 아버지는 어머니를 무척이나 사랑하셨지, 심지어 상황이 안 좋아졌을 때도. 아버지 말로는 두 분이 결혼하셨을 당시에는 어머니도 여느 사람과 다를 바 없는 분이셨다고해. 아마도 어머니가 대부분의 사람들보다는 조금 더 종교적으로 독실하셨던 것 같은데, 그렇다고 그게 이 지역에서는 드문 일도 아니었을 거야. 그리고 마법에 걸리셨다고 해야 하나, 그렇게 되신 건 나중의 일이었어. 환상들과 사건들 그리고 공상들, 당신이 그런 것들을 뭐라고 부르든지 말이야."

"피아노는 어머니 거였어요?"

네사는 그렇다는 것을 직감적으로 알아보았다. "어머니는 시골 소녀였지만, 음악가 집안의 딸이었어. 아주 어릴 때부터 상당히 재능이 있으셨다고 하더군. 어떤 사람들은 어머니가 신동이라고 말하기까지 했대. 어머니는 음악으로 진짜 전문적인 경력을 쌓으실 수도 있었지만, 아버지를 만나고 거기서 끝난 거야. 두 분은 그런 면에서는 굉장히 전통적인 분들이셨거든. 내 생각에는 어머니가 음악에 대한 감정이 복잡하셨던 것 같은데, 어쨌든 어머니는 여전히 피아노를 치고는 하셨어."

그가 잠시 말을 멈추고 숨을 깊게 들이마신 후 이야기를 계속했다. "그런데 어느 날 밤 나는 자다 깨어 일어났고, 어머니가 피아노를 연주하시는 소리를 들었지. 내가 아주 어렸을 때였어, 아마 여섯 살이나 일곱 살쯤 되었을 때. 어머니의 피아노 연주가 내가 전에 들었던 것들과는 달랐어. 믿기지 않을 정도로 아름다웠고 거의 최면을 걸고 있는 것 같았지. 지금도 뭐라고 설명할 수 없을 정도였어. 어머니의 연주는 나를 완전히 뒤흔들어 놓았으니까. 잠시 후 나는 아래층으로 내려갔어. 어머니는 여전히 피아노를 치고 계셨는데 혼자가 아니더라고. 아버지도 그 자리에 계셨어. 두 손에 얼굴을 파묻으시고 의자에 앉아 계셨지. 어머니가 눈을 크게 뜨고 계셨는데, 그게 말이야, 눈이 건반도 다른 어떤 것도 바라보고 있지 않았어. 어머니의 얼굴이 영혼이 나가버린 것처럼 멍한 표정을 하고 있었어. 마치 외부의 어떤 힘이 자신의 목적을 위해 어머니의 몸을 빌려 쓰고 있는 것처럼 보였어. 지금도 내가 제대로 이야기하는 것 같지도 않고, 설명하기도 어려운 일이지만 그때 나는 본능적으로 알았어. 지금 피아노를 치고 있는 건 내 엄마가 아니라는 걸. 엄마는 다른 사람이 되어 있었어. '페니, 그만해.' 아버지가 그렇게 말하고 계셨는데 거의 애원하시는 거나 마찬가지였지. '이건 진짜가 아니야, 이건 진짜가 아니라고.'"

"정말 무서웠겠어요."

"그랬지. 거기서 나의 아버지, 그 자존심 강하고 황소처럼 강한 남자가 완전히 절망한 채 무기력하게 눈물을 흘리고 있었어. 그리고 그 장면이 나를 뼛속까지 철저하게 깨부수어 놓았던 거야. 나는 당장 그 자리를 빠져나가서 아무 일도 없는 것처럼 행동하고 싶었는데, 그때 어머니가 갑자기 피아노 연주를 멈추셨지." 로건이 자기 말을 강조하기 위해 손가락을 튕겨 딱 소리를 냈다. "마치 누군가가 스위치를 누른 것처럼 악구의 딱 중간에서, 그냥 그렇게 건반에서 손을 떼셨어. 그리고 피아노 앞에서 일어나시더니, 내가 거기에 없는 사람인 것처럼 흐트러짐 없이 단호한 발걸음으로 빠르게 지나쳐 가시더군. '무슨 일이 생긴 거예요?'라고 아버지에게 물었지. '엄마가 왜 저래요?' 하지만 아버지는 나에게 아무 대답도 안 해주셨어. 아버지와 나는 어머니를 따라 밖으로 나갔어. 한밤 중이었다는 거 말고는, 몇 시였는지도 몰랐어. 어머니는 현관 끝에 서서 멀리 들판을 내다보셨지. 잠시 아무 일도 일어나지 않았고, 여전히 공허해 보이는 표정으로 그 자리에 가만히 서 계시기만 했어. 그러더니 어머니가 어떤 말을 중얼거리기 시작하셨지. 처음에는 어머니가 중얼거리는 말을 알아듣지 못했어. 한 문장을 계속해서 또 하고 또 하고 반복하셨는데, '나에게 와요.'라고 말하고 계시더군. '나에게 와요, 나에게 와요, 나에게 오라고요.' 나는 그 말을 절대 잊지 못할 거야."

네사가 그의 얼굴을 뚫어지게 쳐다보았다. "어머니가 누구에게 말하고 있었다고 생각해요?"

로건이 어깨를 으쓱했다. "누가 알겠어? 나도 그 뒤에는 무슨 일이 일어났는지 기억을 못 해. 아마도 자러 내 방으로 돌아갔던 것 같아. 며칠 뒤에 똑같은 일이 다시 일어났지. 그리고 시간이 지나면서 그건 밤마다 거행해야 하는 의식이 되어버렸어. 맙소사, 엄마가 또 새벽 4시에 피아노를 치고 있어. 낮 동안에는 문제가 없었지만, 그것도 또 상황이 달라졌지. 어머니가 초조해하거나 강박증에 시달리고, 아니면 정신이 멍한 상태로 집 안을 돌아다녔어. 그때부터 그림이 시작됐지."

"그림?" 네사가 말을 받아 반복했다. "사진을 말하는 거예요?"

"따라와, 보여줄게."

그가 그녀를 데리고 2층으로 갔다. 지붕 밑에 작은 침실 세 개가 있고, 2층 복도의 천장에는 줄이 달린 해치가 하나 있었다. 로건이 그 줄을 당기자 다락으로 올라가는 곧 부서질 것 같은 나무 계단이 내려왔다.

둘은 천장이 낮은 비좁은 공간으로 올라갔다. 로건 어머니의 그림들이 별로 높지 않은 공간의 한쪽 벽을 거의 다 채우고 있었다. 그가 무릎을 꿇고 보호용 천을 옆으로 걷어냈다.

마치 정원으로 들어가는 문을 연 것 같았다. 다양한 크기의 그림들에는 믿을 수 없을 정도로 선명하게 불타오르는 각양각색의 야생화들이 가득 그려져 있었다. 어떤 그림들은 산을 배경으로 했고, 어떤 그림들은 바다를 배경으로 했다.

"로건, 이 그림들 너무 아름다워요."

사실이었다. 고통에 얽매여 있었는데도 불구하고 그림들은 경이로운 아름다움의 창조물들이었다. 그는 첫 번째 그림을 네사에게 주었고, 그녀는 그것을 두 손에 받아 들었다.

"이건……." 그녀가 말하려다가 그만 입을 다물었다. "뭐라고 말해야 할지를 모르겠어요."

"이 세상의 것이 아니라고 하고 싶은 거야?"

"절대 잊을 수 없을 만큼 아름답다고 말하려고 했어요." 그녀가 그림을 내려다보다가 고개를 들었다. "이 그림들 모두 다 같은 거예요?"

"다 다른 각도에서 그린 것들이고, 시간이 지나면서 어머니의 표현 양식도 개선되었지. 하지만 그림의 대상은 동일해. 들판과 꽃들이 있고 배경에는 바다가 있지."

"그림이 수백 점은 되겠어요."

"모두 372개야."

"여기가 어디라고 생각해요? 당신의 어머니가 가본 적이 있는 곳이에요?"

"그렇다고 해도, 나는 모르는 곳이야. 아버지도 모르던 곳이고. 아닐 거야, 나는 이 광경이 어머니의 머릿속 어딘가에서 떠오른 걸로 생각해. 어머니가 연주하던 곡처럼 말이야."

그녀가 그의 말을 듣고서 잠깐 생각했다. "환상이군요."

"아마도 그 말이 맞을 거야."

그녀가 다시 그림을 찬찬히 살폈고, 긴 침묵이 흘렀다.

"로건, 어머니는 어떻게 되셨어요?"

그가 자신을 진정시키기 위해 긴 숨을 들이마셨다. "결국 어머니의 증상이 너무 심해지셨어. 그 마법이라는 광기가. 나는 열여섯 살이었고, 아버지는 어머니를 시설에 위탁하셨지. 그리고 아버지는 매주 어머니를 보러 가셨어. 가끔은 더 자주 가시기도 했고. 하지만 내가 어머니를 만나는 건 막으셨지. 어머니의 상태가 안 좋은 것 같다고 짐작했을 뿐이야. 그리고 내가 대학교 3학년 때 어머니가 자살하셨어."

잠시 네사는 아무 말도 하지 않았다. 사실 그런 일에 할 말이 뭐가 있을까? 로건도 어떤 말을 해야 할지 몰랐다. 일 분 그리고 몇 분이 흘렀다. 이 모든 게 이미 오래전, 거의 40년 전의 과거였다.

"뭐라고 해야 할지 모르겠어요. 많이 힘들었을 텐데."

"어머니가 몇 자 글을 남기셨어." 그가 이야기를 이어갔다. "그렇게 긴 글도 아니었어."

"뭐라고 쓰셨는데요?" 모두가 잠자리에 든 조용한 건물 그리고 밧줄과 의자, 그의 추측은 거기까지만 가능했다. 어머니의 마지막 순간을 이해해보려고 그 이상을 상상하는 것은 그에게 견딜 수 없는 고통이었기 때문이다.

"그녀를 쉬게 해줘."

그들은 여관으로 돌아왔다. 그리고 네사의 방에서 둘이 처음으로 잠자리를 했다. 몸을 섞는 동안 대화는 없었지만, 그렇다고 조급하게 서둘러 쫓기듯 이루어진 행위도 아니다. 탄력 있고 매끄러운 그녀의 몸이 그에게는 놀라울 정도로 멋진 선물을 받은 것처럼 특별했다. 관계를 끝내고 둘은 잠이 들었다.

물이 흐르는 소리에 눈을 떴을 때는 밤이 깊어가고 있었다. 샤워 물을 잠그는 소리가 들리더니, 네사가 머리를 수건으로 칭칭 둘러 감싼 채 부드러운 목욕 가운을 입고 욕실에서 나왔다. 그녀가 침대 가장자리에 와 앉았다.

"배고프지 않아요?" 그녀가 웃으며 물었다.

"선택의 폭이 넓지 않을 텐데. 아래층의 식당에 가야 할 거야."

그녀가 그의 입술에 입을 맞추었다. 가벼운 키스였지만 한동안 그렇게 있었다. "가서 옷 입어요."

그녀가 준비를 마치기 위해 욕실로 다시 들어갔다. 인생이 이렇게 빠르게 바뀔 수 있다니, 로건에게 그런 생각이 들었다. 아무도 없었는데, 인제 누군가가 생겼다. 그는 혼자가 아니었다. 그는 자신이 처음부터 어머니 얘기를 할 의도를 가졌다는 걸 새삼 깨달았다. 그것 말고는 자신을 설명할 방법이 없다고 생각했으니까. 그는 그런 게 두 사람이 서로에게 주어야 하는 의미 있는 무엇이라고 생각했다. 그들 자신의 역사 말이다. 그렇지 않으면 어떻게 상대가 자신에 대해 알기를 바랄 수 있겠는가?

그가 외출복으로 갈아입기 위해 옆방으로 가려고 일어나 바지와 셔츠를 입고 네사의 방을 나섰지만, 복도로 나오자마자 누군가가 자신을 찾는 목소리를 들었다.

"마일스 박사님, 마일스 박사님!"

그 목소리는 짙게 그을린 피부에 새까만 머리를 가진 작은 체구의 여관 주인의 것인데, 사람을 불안하게 만들 정도로 격식을 차리는 사람이었다. 그가 계단을 껑충껑충 뛰어 올라왔다. "박사님을 찾는 전화가 와 있습니다." 그가 흥분한 목소리로 말했다. 손으로 얼굴에 부채질하며, 숨을 고르기 위해 잠시 말을 멈추었다. "박사님과 통화하려고 온종일 전화하는 사람이 있어요."

"정말로요? 누가요?" 로건이 아는 한 자신이 여기에 있다는 걸 아는 사람은 아무도 없었다.

여관 주인이 네사의 방문을 흘깃 보더니, 다시 그의 얼굴을 보고 말했다. "네, 그게 글쎄요," 그렇게 말하고는 부끄러워하며 목을 골랐다. "지금 박사님이 전화 받기를 기다리고 있어요. 그들 말로는 굉장히 급한 일이라고 하네요. 저를 따라오시면 돼요."

로건이 그를 따라 아래층으로 가서 로비를 지나 체크인 데스크 뒤의 작은 방으로 갔다. 텅 빈 책상에는 검은색 큰 전화기 하나만 올려져 있었다.

"저는 나가 보겠습니다." 여관 주인이 짧게 고개를 숙여 인사하고 자리를 비켰다.

혼자 있게 된 로건이 수화기를 들었다. "마일스 교수입니다."

여자의 목소리가 들렸는데, 처음 들어보는 목소리였다. "마일스 박사님, 잠깐만 기다려주세요. 윌콕스 박사님에게 연결해드리 겠습니다."

멜빌 윌콕스는 퍼스트 콜로니의 발굴 현장 감독관이었고, 이런 식의 전화 연결은 극히 드물었을 뿐만 아니라, 이를 위해서는 언 제나 상당한 사전 계획이 필요했다. 여러 대의 비행선들을 태평양 을 가로질러 대기해놓음으로써, 비용에 비해 보잘것없는 연결 고 리를 형성해야만 신호가 전달될 수 있기 때문이다. 윌콕스가 원하 는 것이 무엇이든지 간에, 분명히 중요한 일인 건 틀림없었다. 1분 내내 아무 소리도 들리지 않고 지지직거리는 통신상의 전기 잡음 만이 들려왔고, 연결이 끊겼다고 생각하기 시작했을 때 비로소 윌 콕스가 전화를 받았다.

"로건, 내 목소리 잘 들려?" "그래, 목소리 잘 들려." "좋아, 이거 고생하며 며칠 동안 준비한 거야. 지금 앉아 있는 거야? 얘기를 듣 다 보면 아마 앉고 싶어질지도 모르니까 말이야."

"멜, 거기 무슨 일인데 그래?"

흥분한 그의 목소리가 점점 커졌다. "6일 전이야. 태평양 북서 쪽 해안을 정찰하던 무인 정찰 비행선이 사진을 한 장 찍었는데, 아주 흥미로운 게 나왔어. 영상 출력기에 접속할 수 있어?"

로건이 방 안을 둘러보았고, 놀랍게도 영상 출력기가 하나 있는 것이 눈에 들어왔다.

"나에게 그 번호를 불러줘." 윌콕스가 말했다. "루신다에게 사 진을 그쪽으로 전송하라고 할게."

로건이 여관 주인을 불러왔고, 여관 주인은 필요한 정보를 적극적으로 제공해주고 기계까지 다뤄주기로 했다.

"됐어, 사진이 전송되고 있어." 윌콕스가 말했다.

영상 장치에서 날카로운 기계음이 들렸다. "연결된 것 같네요." 여관 주인이 말했다.

"대체 사진에 뭐가 찍혀 있는지 말이나 해주지?" 로건이 윌콕스에게 말했다.

"이런 젠장, 그냥 내 말을 믿어보라고. 두 눈으로 직접 보는 게 훨씬 좋을 거야."

탁탁거리는 긴 기계 소음이 들리고 영상 출력기가 용지함에서 종이 한 장을 끌어들였다. 프린트 헤드가 앞뒤로 시끄럽게 움직이는 동안, 로건은 방 밖에서 일정한 간격을 두고 뭔가를 두드리는 것 같은 또 다른 소리가 들려오는 것을 알아차렸다. 그리고 네사가 저녁 식사를 위해 외출복을 입고 방 안으로 들어오자, 그제야 귀에 들리는 소리가 무슨 소리인지 알게 되었다. 네사의 얼굴에 생기가 넘쳐 보였는데, 심지어 조금 놀란 것 같기도 했다.

"로건, 밖에 리프터*가 있어요. 잔디밭에 착륙하려나 봐요."

"자, 이제 나오는군요." 여관 주인이 말했다.

의기양양한 웃음을 지으며, 그가 전송되어 온 사진을 책상 위에 올려놓았다. 공중에서 내려다본 집 한 채의 모습이 찍혀 있었다. 허물어진 폐가가 아니라, 실제로 집다운 집이었다. 집 주위로는 울타리가 쳐져 있고, 그 안에 또 다른 두 번째 구조물의 모습도 보였는데 아마도 옥외 화장실인 것처럼 보였다. 가지런히 심어진 잘 정돈된 채소밭의 이랑들도 보였다.

---

* 이온 추진 항공기. 강한 전기장의 힘을 이용해 이온풍을 일으켜 비행한다.

"어때?" 윌콕스가 말했나. "받았어?"

그것들만이 아니었다. 집 가까이에 있는 들판에는 땅 위에 줄을 맞춰 자리를 잡아놓은 바위들이 글자를 만들었고, 하늘에서도 읽을 만큼 충분히 큰 크기였다.

"이게 뭐죠, 로건?" 네사가 물었다.

로건이 고개를 들었고, 네사가 그의 눈을 바라보았다. 그는 깨달았다. 세상이 완전히 변하게 될 거라는 걸. 자신만이 아니라, 모든 사람에게 세상은 완전히 다른 모습으로 변하게 될 게 분명했다. 여관의 담장 밖에서는 착륙하려는 리프터의 소음이 귀가 찢어질 정도로 시끄러웠다.

"이건 메시지야." 출력된 종이를 네사에게 보여주며 말했다.

세 단어였다. **나에게 와주기를 바라요.**

92장

———

엿새가 지났다. 로건과 네사는 서로 대화도 없이 조용히 전망대에 앉아 있었다.

비행선에서는 시간이 다르게 흘러갔다. 여행에 대한 흥분은 빠르게 사라지고, 일종의 정신적 그리고 육체적 동면 상태에 빠져들었다. 아무런 특징 없는 똑같은 하루하루가 반복되었고, 비행선 자체도 전혀 움직이지 않는 것처럼 보였다. 승객보다도 승무원이 훨씬 더 많은 비행선에서 서슴지 않고 음탕한 소동을 일으키는 볼썽사나운 유일한 승객인 로건과 네사는 잠을 자고, 책을 읽고, 카드 게임을 하며 시간을 보냈다. 저녁에는 비행선의 유일한 승객인 그들에게는 너무 큰 식당에서 둘이 식사한 후에, 비행선에 비치된 영화 가운데 보고 싶은 것을 골라 단둘이 혹은 다른 승무원들과 함께 관람했다.

하지만 이제 그들의 목적지가 눈에 들어오기 시작하자, 시간이 찰칵찰칵 소리와 함께 빠르게 제 모습을 찾기 시작했다. 비행선은 캘리포니아 북부 해안선을 따라 고도 600미터를 유지하며 북쪽으로 향했다. 아침 안개에 둘러싸인 우뚝 솟은 절벽들, 거대한 고대의 산림들, 육지와 부딪쳐 싸우면서도 굴하지 않는 바다의 위대함, 사람의 발걸음이 닿지 않은 웅장한 야생이 눈에 들어오자 언제나 그랬던 것처럼 로건의 가슴이 방망이질하기 시작했다.

"당신이 생각했던 모습 그대로야?" 그가 네사에게 물었다.

넋을 잃고 창밖을 보고 있는 그녀는 아침 식사 이후로 거의 한마디도 하지 않았다.

"나는 내가 무슨 생각을 했던 건지 잘 모르겠어요." 그녀가 얼굴을 돌려 그를 봤다. 그녀는 마치 수수께끼를 푸는 사람처럼 입술을 꼭 다물고 눈을 살짝 가늘게 뜨고 있었다. "아름다워요, 하지만 그 안에 뭔가 다른 게 더 있어요. 색다른 느낌 같은 거요."

얼마 가지 않아, 석유 굴착용 플랫폼이 나타났다. 해수면 100미터 위에 서 있는 단단한 구조물인 석유 굴착용 플랫폼은 사실은 닻을 내리고 바다 위에 떠 있는 것이었다. 비행선이 우아하게 움직이며 정해진 위치로 이동해 도킹 타워에 기수를 갖다 댔다. 밧줄과 쇠사슬들을 내리고 비행선이 천천히 갑판 위로 끌어 내려졌다. 로건과 네사가 비행선에서 내리자, 월콕스가 건들거리는 걸음으로 그들을 향해 성큼성큼 다가왔다. 몸집이 큰 월콕스는 희끗희끗한 회색 수염이 섞인 턱수염이 지저분하게 자랐고, 얼굴과 양팔은 햇빛과 바람에 구릿빛으로 그을렸다.

"돌아온 걸 환영해." 로건과 악수하며 그가 말했다. "그리고 당신은," 그가 몸을 돌리며 말했다. "네사 양이겠군요."

언론을 개입시키기에는 아직 너무 빠르다고 생각하는 월콕스가 이 상황을 완전히 편안하게 받아들이지 않는다는 걸 로건도 알았지만, 어쨌든 윌콕스는 네사의 역할에 대해서 알기는 했다. 그리고 그건 로건의 계획 일부였다. 보안은 마땅히 철통같아야 함에도 결코 그렇지 못했고, 말은 새 나가게 될 것이다. 일단 그런 상황이 벌어지면, 연구팀은 언론과 대중에 대한 통제력을 잃을 수밖에 없다. 로건은 차라리 그들이 신뢰할 수 있는 누군가에게 정보를 제공함으로써 그런 상황을 앞서 통제하고 싶은 거였다.

"자네가 뭘 좀 먹거나 씻어야 할까?" 윌콕스가 물었다. "헬리콥터는 연료를 채운 상태로 준비되어 있어. 원할 때 언제든지 쓰면 돼."

"현장까지는 시간이 얼마나 걸릴까?" 로건이 물었다.

"대략 90분 정도."

로건이 네사를 쳐다봤고, 그녀가 고개를 끄덕였다. "시간을 미룰 이유가 없을 것 같아." 그가 말했다.

프로펠러들이 위로 향해 있는 헬리콥터는 약간 높이가 높은 두 번째 갑판 위에서 대기했다. 헬리콥터를 향해 걸어가는 동안 윌콕스가 로건에게 상황을 정리해줬다. 사진에 찍힌 집에 사는 여자가 마당에 나와 일하는 모습이 여러 번 목격되기는 했지만, 로건의 지시에 따라 아무도 그 집에 접근하지 않은 상태였다. 윌콕스의 팀은 로건이 원한다면 집을 둘러싸기 위해 연구팀의 장비를 이미 야영지로 옮겨놓았다.

"그 여자가 우리가 지켜보고 있는 걸 알까?"

"틀림없이 알고 있을 거야. 우리가 가진 헬리콥터들이 모두 집 주변 상공을 오가고 있으니까 말이야. 하지만 그녀는 모르는 것처럼 행동하고 있어." 그들은 헬리콥터 좌석에 앉았다. 그리고 팔 아래의 서류 가방에서 윌콕스가 사진 한 장을 꺼내 로건에게 건넸다. 멀리서 찍은 것으로 선명하지도 않고, 이미지도 뭉개진 것처럼 보였지만, 사신은 윤이 나는 백발의 여인이 채소밭 앞에서 허리를 숙인 모습을 보여줬다. 여자는 별다른 특징 없이 두껍게 짜인 자루 같은 것을 입은 것으로 보였고, 얼굴은 아래를 향하고 있어 분명하게 보이지 않았다.

"자, 그래서 이 여자가 누구일까?" 윌콕스가 말했다.

로건은 그냥 그의 얼굴만 바라봤다.

"이거 봐 친구, 나는 자네가 무슨 생각을 하고 있는지 알아." 윌콕스가 자제하듯 한 손을 들어 올려 제스처를 취하며 말했다. "그래, 미안해. 하지만 안 물어보고 넘어갈 방법이 없다고."

"이 여자는 지난 900년간 인구가 사라진 대륙에 사는 유일한 주민이야. 나에게 다른 이론을 제시한다면, 내가 들어는 볼게."

"어쩌면 우리 모르게 사람들이 돌아온 건지도 모르지."

"가능해. 하지만 왜 이 여자 하나지? 지난 36개월 동안 우리는 왜 다른 사람은 하나도 발견하지 못한 거야?"

"아마도 발견되고 싶지 않아서 피했나 보지."

"이 여자는 그런 건 상관하지 않아. '나에게 와주기를 바라요.' 라는 말은 땅에 새겨놓은 초대장이나 마찬가지잖아."

헬리콥터 엔진의 굉음 때문에 둘의 대화가 끊겼고, 헬리콥터가 한 번 휘청하더니 수직으로 솟아 다시 하늘로 날아올랐다. 충분히 높게 상승하자, 회전 날개가 수평 위치로 이동하면서 기수가 위쪽으로 올라갔다. 헬리콥터가 수면 위를 낮게 날아 해안으로 가면서 속도를 높였다. 바다가 안 보였다. 그들 아래로는 온통 나무들이었고 녹색 카펫을 깔아놓은 것 같았다. 엄청난 소음 때문에 각자 생각에 빠진 채, 착륙할 때까지 대화는 없었다.

헬리콥터의 속도가 느려지는 동안 로건은 깨어날 듯 말 듯 잠에서 헤어나지 못했다. 그가 똑바로 자세를 고쳐 앉고 창밖을 내다 보았다.

저 색깔.

그게 그의 눈에 가장 먼저 들어왔다. 빨강, 파랑, 주황, 초록, 보라, 숲이 우거진 산기슭부터 바다까지 마치 빛 자체가 산산조각이나 깨진 것처럼, 프리즘을 통해 분광한 것 같은 풍부한 무지갯빛 색조의 배열로 꽃들이 대지를 색칠해놨다. 회전 날개들이 기울고 헬리콥터가 하강하기 시작했다. 로건이 네사의 얼굴을 보기 위해 창에서 눈을 떼어 그녀를 보았고, 그녀 역시 자신을 쳐다보고 있는 걸 발견했다. 그녀의 눈은 이루 말할 수 없는 놀라움으로 가득 찼고, 그 모습이 자기 모습이기도 하다는 걸 그는 깨달았다.

"맙소사, 말도 안 돼." 그녀가 소리도 내지 못하고 입술만 움직여 보였다.

연구팀의 야영지는 나무숲 옆의 야생화 꽃밭과 떨어진, 좁고 오목하게 꺼진 곳에 자리 잡고 있었다. 연구팀의 본부로 쓰고 있는 텐트에서 윌콕스가 자기 팀에 속한 10여 명의 연구원들을 로건과 네사에게 소개했고, 그중 몇 명은 이전의 방문들로 로건도 알던 익숙한 얼굴들이었다. 마찬가지로 그도 네사를 연구팀에 소개했는데, 그녀가 '특별 고문'으로 왔다고만 설명했다. 그리고, 발견된 집의 주인이 아침부터 정원에서 일하는 중이라는 이야기를 전해 들었다.

로건이 지시를 내렸다. 모두 제자리에서 그대로 기다리라고 말했다. 그와 네사가 돌아올 때까지는 누구도 그 집에 접근해서는 안 된다는 말이었다. 윌콕스의 텐트에서 로건과 네사는 속옷까지 다 벗고 노란색 생화학 방어복으로 갈아입었다. 화창한 햇살에 더

운 오후였고, 방어복이 찜통이 될 게 뻔했다. 윌콕스가 그들의 장갑과 방어복의 연결부를 테이프로 감아 밀봉하고 산소의 공급 상태를 점검했다.

"행운을 빌어." 그가 말했다.

둘은 숲을 지나 들판으로 나아갔다. 대략 200미터 정도 떨어진 곳에 집이 보였다.

"로건⋯⋯." 네사가 말했다.

"알아."

모든 것이 완벽했다. 모든 것이 조금의 오차도 없이 정확히 똑같았다. 꽃들과 산 그리고 바다. 바람이 부는 방향과 햇살이 떨어지는 각도. 로건은 자기 안에서 들끓어 오르는 강력한 감정들에 휩쓸려버리지 않기 위해 계속 정면만 응시했다. 엄청난 부피의 방어복을 입고 그와 네사는 천천히 들판을 가로질러 걸어갔다. 단층인 집은 편안하고 깔끔해 보였는데, 옆벽은 폭이 넓은 널빤지들이 풍화되어 회색으로 변했고, 단순하게 만들어놓은 현관이 있었으며, 잔디를 입힌 지붕에는 아지랑이처럼 초록의 잔디들이 자랐다. 약속이라도 한 것처럼, 여자는 여러 색깔의 장미 나무들이 심긴 현관 앞마당에서 일하는 중이었다. 로건과 네사가 울타리 바로 앞에서 멈춰 섰다. 흙바닥에 무릎을 꿇고서 일하고 있는 여자는 그들이 온 것을 알아차리지 못했거나 모르는 척하는 것 같았다. 여자는 나이가 매우 많아 보였다. 그녀는 쭈글쭈글 비틀어진 손으로 ― 구부러진 손가락들은 뻣뻣해 보였고, 피부는 겹겹이 주름이 졌고, 손가락 마디마디는 호두알처럼 커다랗게 변했다 ― 잡초를 뽑아 양동이에 집어넣고 있었다.

"안녕하세요." 로건이 말했다.

그녀가 대답을 안 하고 계속 일만 했다. 그녀는 매우 집중해서 인내심을 갖고 손을 움직였다. 아마도 그의 목소리를 듣지 못한 것 같았다. 어쩌면 그녀는 청각에 문제가 있거나 아예 소리를 못 듣는 것일지도 몰랐다.

로건이 다시 그녀를 불러봤다. "안녕하세요, 부인."

마치 멀리서 들려오는 소리에 놀란 사람처럼 그녀가 하던 일을 멈추고, 천천히 고개를 들었다. 눈은 눈곱이 많이 낀 것처럼 보였고, 물기가 많고 옅은 노란색을 띠고 있었다. 그녀는 그를 향해 눈을 가늘게 뜨고 초점을 맞추려고 애쓰며 10초 정도 가만히 쳐다보았다. 치아의 일부도 빠져서, 입이 오그라들어 보였다.

"그러니까, 당신이 오기로 한 거로군. 그러면," 그녀가 말했다. 거칠게 쉰 목소리였다. "언제쯤 이렇게 될지 계속 궁금해하고 있었는데."

"제 이름은 로건 마일스입니다. 이쪽은 제 친구 네사 트립이고요. 부인과 얘기하고 싶습니다. 괜찮을까요?"

그녀가 다시 잡초 뽑는 일을 계속했다. 그리고 또 들릴 듯 말 듯 혼잣말을 중얼거리기 시작했다. 로건이 네사의 얼굴을 힐끗 쳐다봤는데, 그녀도 그와 마찬가지로 플라스틱 보호막 뒤의 얼굴에서 땀이 뚝뚝 떨어졌다.

"도와드릴까요?" 네사가 여자에게 물었다.

네사의 그 말이 그녀를 어리둥절하게 만든 것 같았다. 그녀가 몸을 뒤로 젖히며 엉덩이로 앉았다. "도와준다고?"

"네, 잡초 뽑는 일요."

그녀의 입이 일그러졌다. "젊은 아가씨, 내가 자네를 알던가?"

"그렇지는 않은 것 같아요." 네사가 대답했다. "저희는 방금 도착했거는요."

"어디에서 왔는데?"

"아주 멀리서요." 네사가 말했다. "아주아주 먼 곳에서요. 우리는 부인을 보려고 정말 엄청나게 먼 길을 왔어요." 그리고 들판에 있는 바위들 쪽을 가리켰다. "우리가 부인의 메시지를 봤거든요."

노란빛이 도는 여자의 눈이 네사의 손짓을 따라갔다. "아, 저거," 잠시 뒤 그녀가 말했다. "저거 아주 옛날에 만들어놓은 거야. 저걸 왜 만들어놨는지 이유도 정말 기억이 안 나. 잡초 뽑는 걸 도와주겠다고 했지만, 괜찮아. 울타리 문을 열고 들어와."

둘은 마당 안으로 들어섰다. 네사가 앞장서서 들어가서, 장미 화단 앞에 무릎을 꿇고 앉아 두꺼운 장갑을 낀 손으로 흙을 떠 옆으로 치우며 일하기 시작했고, 로건도 똑같이 했다. 그는 이 나이든 여자에게 많은 것들을 확인하기 전에, 여자가 자신들의 존재에 익숙해지게 하는 것이 최선이라고 생각했다.

"장미가 예쁘네요." 네사가 말했다. "얘네들 무슨 종류의 장미예요?"

여자는 대답하지 않았고, 계속 쇠갈퀴로 흙을 골랐다. 뭐가 되었건 그녀는 그들에게 전혀 관심이 없는 것 같았다.

"그런데 여기 얼마나 오래 계셨던 거예요?" 로건이 물었다.

여자가 움직이던 손을 멈추더니, 잠시 한 박자 쉬고 나서 다시 일하기 시작했다. "오늘 아침 일찍부터 일을 시작했지. 정원 일은 쉴 수가 없어."

"아뇨, 제 말은 여기 이곳에 사신 지 얼마나 되셨는지 물은 거예요. 여기 사신 지 얼마나 되셨어요?"

"아 그거, 정말 오래되었지." 여자가 또 다른 잡초를 뽑아서는 뚜렷한 이유도 없이 잡초의 초록색 끝을 앞니 사이에 넣고 갉아먹었고, 그녀의 턱이 토끼의 턱처럼 움직였다. 그녀는 불만 가득한 소리를 내며 고개를 가로젓고 잡초를 양동이 안에 던져버렸다.

"자네들 입고 있는 그 옷 말이야." 그녀가 말했다. "전에도 본 적이 있는 것 같아."

로건이 놀라며 당황했다. 다른 누군가가 여기에 온 적이 있다고? "그게 언제였는데요? 생각나세요?"

"기억 안 나." 그녀가 마음에 안 드는 듯 입술을 오므렸다. "그 옷이 편할지 모르겠어. 자네들이 좋아하는 대로 입는 거지 뭐, 내 알 바가 아니야."

시간이 더 흘렀고, 양동이가 거의 다 찼다.

"그런데, 저희가 아직 부인의 이름도 모르는 거 같아요." 로건이 여자에게 말했다.

"내 이름?"

"네, 사람들이 부인을 뭐라고 불러요?"

그 질문이 여자에게는 아무런 의미가 없는 것 같았다. 여자가 고개를 들고 시선을 돌려 바다를 바라보았다. 바다에 반사되는 밝은 햇빛 때문에 눈을 가늘게 떴다. "여기에는 나를 뭐라고 불러주는 사람이 아무도 없는데."

로건이 네사를 힐끗 쳐다봤고, 그녀가 조심스럽게 고개를 끄덕였다. "하지만 분명히 부인 이름이 있을 거예요." 그가 좀 다그치듯 물어봤다.

여자는 대답하지 않았고, 중얼거리는 소리만 들렸다. 아니 중얼거리는 게 아니었다. 로건은 그녀가 콧노래를 부르고 있다는 걸 깨달았다. 불가사의한 신비로운 화음들. 음조가 거의 없는 것처럼 들리지만, 꼭 그렇지도 않았다.

"앤서니가 자네들을 보냈어?" 여자가 물어봤다.

다시 한번 로건이 네사를 쳐다봤다. 그녀의 얼굴 역시 똑같은 생각을 했다는 표정이었다. 앤서니 카터, 바위에 새겨져 있는 세 번째 이름이 튀어나온 거였다.

"저는 앤서니가 누구인지 모르는데요." 로건이 미끼를 던져 대답을 유도했다. "그 사람 여기 살아요?"

여자가 그 질문의 엉뚱함에 인상을 썼다. 아니 그렇게 보였을 뿐일 수도 있었다. "앤서니는 옛날에 집으로 돌아갔어."

"그 사람이 부인의 친구예요?"

로건은 그녀가 더 대답해주기를 기다렸지만 아무 말이 없었다. 여자는 엄지와 검지 사이에 장미 한 송이를 갖다 댔다. 색이 변하고 있는 꽃잎들은 갈색을 띠고 부스러질 것처럼 보였다. 그녀가 입은 드레스의 주머니에서 작은 칼날을 꺼내 잎의 첫 번째 단에 있는 줄기를 잘라낸 후 시든 꽃을 양동이에 넣었다.

"에이미." 로건이 그 이름을 내뱉었다.

여자가 동작을 멈췄다.

"그게 당신 이름이에요? 당신이…… 에이미예요?"

고통스러울 정도로 느리게, 거의 기계처럼 천천히 그녀가 얼굴을 돌려, 그를 한동안 쳐다봤다. 그리고 당황한 듯 인상을 찌푸렸다. "자네들 아직도 거기 있었네."

그들이 어딜 가겠는가? "네," 네사가 말했다. "우리는 부인을 보러 왔어요."

그녀가 시선을 돌려 네사를 보고, 다시 로건을 봤다. "자네들 왜 아직도 여기에 있는 거야?"

로건이 그녀의 시선에서 자신의 존재에 대한 의식이 뚜렷해지고 있는 것을 느꼈다. 그녀의 생각들이 또렷이 돌아오고 있었다.

"당신들…… 진짜예요?"

그 질문에 로건이 얼어붙었다. 하지만 그토록 오랜 시간 동안 혼자였던 그녀가 이런 질문을 한다는 것은 너무나도 당연한 것으로 받아들여졌다. 당신 진짜 사람 맞아요?

"네, 우리도 당신처럼 진짜입니다, 에이미."

"에이미." 그녀가 그 말을 받아 되풀이했다. 마치 그 말을 맛보고 느끼고 있는 것 같았다. "그래, 내 이름이 에이미인 것 같아."

시간이 더 흘렀고, 로건과 네사는 그대로 기다렸다.

"그 복장들," 그녀가 말했다. "그거 나 때문인 거죠, 안 그래요?"

그리고 그다음에 자기가 한 일에 로건 스스로 놀랐다. 그는 조금도 망설이지 않았고, 그의 행동은 마치 그렇게 하도록 정해진 것같이 느껴졌다. 그가 장갑을 벗고 자신이 쓴 헬멧을 제자리에 고정하는 잠금쇠에 손을 올렸다.

"로건……." 네사가 그의 이름을 부르며 말렸다.

그가 머리 위로 헬멧을 당겨 벗어버리고 땅 위에 내려놓았다. 신선한 공기의 달콤함이 온몸에 퍼지는 게 느껴졌다. 그가 깊게 숨을 들이마시자, 폐가 꽃향기와 바다 냄새로 풍성하게 차오르는 것 같았다.

"이게 훨씬 더 좋을 것 같아요, 그렇죠?" 그가 물었다.

여자의 양쪽 눈꼬리에 눈물이 차올랐고, 얼굴에는 놀라워하는 표정이 가득했다. "당신이 정말 여기에 찾아왔군요,"

로건이 고개를 끄덕였다.

"당신이 돌아왔어요."

로건이 에이미의 손을 잡았다. 그녀의 손에서는 거의 무게감이 느껴지지 않았고, 소스라칠 정도로 차가웠다. "미안합니다. 우리가 여기까지 오는 데 너무 많은 시간이 걸렸어요. 지금까지 여기에 당신 혼자였다니, 뭐라고 드릴 말씀이 없습니다."

에이미의 늙고 볼품없어진 볼을 타고 눈물이 흘러내렸다. "그렇게 많은 시간이 흐르고 나서야, 당신이 돌아왔네요."

그녀는 죽어가고 있었다. 자신이 그걸 어떻게 알았는지 로건도 이상하게 여겼는데, 그 답이 떠올랐다. 그건 그의 어머니가 남긴 메모였다. "그녀를 쉬게 해줘." 그는 그동안 어머니가 남긴 그 메모가 어머니 자신을 두고 한 말이라고 생각해왔지만, 이제 그 말이 오늘의 그에게 남겨진 말이라는 걸 이해하게 되었다.

"네사," 그가 에이미에게서 눈을 떼지 않고 그녀를 불렀다. "연구팀으로 돌아가서 윌콕스에게 이 말을 전해줘. 그의 연구팀 모두를 불러 모으고 헬기를 한 대 더 요청하라고 해."

"왜요?"

그가 고개를 돌려 네사를 봤다. "그들이 여기를 떠나게 해야겠어. 그들이 가지고 있는 장비도 모두 다, 무전기만 빼고. 이 말을 전해주고 당신은 다시 돌아와. 내 부탁대로 해줬으면 좋겠어, 제발."

네사가 잠깐 아무런 반응도 보이지 않다가 고개를 끄덕였다.

"고마워, 네사."

로건은 그녀가 꽃밭 사이를 지나 숲속으로 들어가는 모습을 지켜보았다. 그리고 그녀가 완전히 안 보이게 되었다. 엄청나게 다양한 색깔들이야, 그가 생각했다. 사방에 어마어마한 생명력이 넘쳐나고 있어. 놀라운 행복감에 그의 가슴이 터져버릴 것 같았다.

"있잖아요, 제 어머니가 당신 꿈을 꾸며 사셨어요."

에이미가 고개를 숙이고 있었다. 그녀의 뺨에 눈물이 반짝이는 강물처럼 흘러내렸다. 에이미가 행복한 걸까? 아니면 슬픈 걸까? 슬픔만큼 강한 행복이 있다는 걸 로건은 알았고, 행복만큼 강한 슬픔이 있다는 것 역시 사실이었다.

"많은 사람이 당신 꿈을 꾸며 살아요. 에이미, 여기, 꽃들과 바다 말이에요. 어머니가 이곳을 그림으로 그리셨어요, 그것도 수백 점을요. 제 어머니는 저에게 당신을 찾으라고 말했던 거예요." 그가 잠시 쉬었다가 다시 말했다. "당신이 바위에 그 이름들을 새겨 넣은 사람 맞죠, 안 그래요?"

과거로부터 솟구쳐 올라오는 슬픔으로 그녀가 정말 힘겹게 고개를 끄덕였다.

"브래드, 레이시, 앤서니, 알리시아, 마이클, 사라, 루시어스. 그들 모두, 당신에게는 가족이었던 거죠. 당신의 트웰브가 그들인 거예요."

그녀가 속삭이듯 대답했다. "맞아요."

"그리고, 피터. 어느 누구보다도 피터. '사랑하는 남편, 피터 잭슨.'"

"네."

로건이 턱을 받치고 에이미의 고개를 들어 올렸다. "당신이 이 세상을 우리에게 준 거였군요, 에이미. 보여요? 우리가 당신의 자녀들이에요. 당신의 아이들이 고향으로 돌아올 거예요."

고요한 침묵의 시간이 흐르는 동안, 로건은 완전히 새로운 감정을 느끼며 그 순간이 성스럽고 거룩하다는 생각이 들었다. 현실 세계가 보이지 않는 경계선을 넘어 광대한 미지의 세계로 확장되는 느낌이었다. 그와 동시에 그는 자신이 — 그리고 산 자와 죽은 자 또 앞으로 태어날 사람들 모두가 ― 시간을 초월하는 더 거대한 세상에 속해 있다고 믿게 되었다. 그게 바로 그가 여기에 온 이유였다. 이 사실을 전하는 대리인이 되기 위해서 말이다.

"저를 위해 부탁을 들어주실 수 있을까요?" 그가 물었다.

에이미가 고개를 끄덕였다. 로건은 알고 있었다. 두 사람이 함께할 수 있는 시간이 얼마 되지 않을 거라는 사실을. 하루, 하룻밤, 아마도 그 이상은 불가능할 것이다.

"내게 그 이야기를 들려주세요, 에이미."

〈끝〉

등장인물

(연대순으로)

B. V., 오하이오, 캠브리지, 뉴욕

티모시 패닝, 학생

해럴드 패닝, 로레인 패닝, 티모시 패닝의 부모

조나스 리어, 학생

프랭크 루세시, 학생

아리안나 루세시, 프랭크 루세시의 여동생

엘리자베스 매콤, 학생

올컷 스펜스, 한량

스테파니 힐리, 학생

오스카 매콤, 패티 매콤, 엘리자베스 매콤의 부모

니콜 포우드, 편집자

레이날도와 펠프스, 형사

A. V., 텍사스 공화국

알리시아 도나디오, 군인

피터 잭슨, 육체 노동자

에이미 벨라폰테 하퍼, 문득 나타난 소녀

로어 드비어, 정유 기술자

케일럽 잭슨, 피터 잭슨의 양자

사라 윌슨, 내과의

홀리스 윌슨, 사라 윌슨의 남편

케이트 윌슨, 사라와 홀리스의 딸

페그 수녀, 수녀

루시어스 그리어, 신비주의자

마이클 피셔, 탐험가

제니 아프가, 간호사

카를로스 히메네스, 샐리 히메네스, 출산 예정 부모

그레이스 히메네스, 카를로스와 샐리의 딸

앤서니 카터, 정원사

핌, 업둥이

빅토리아 산체스, 텍사스 공화국 대통령

군나르 아프가, 장군

포드 체이스, 대통령 비서실장

마에스트로, 고물 연구가

푸토, 육체 노동자

쟈크 알바도, 육체 노동자

테오 잭슨, 케일럽과 핌의 젖먹이 자녀

빌 스피어, 도박꾼

엘르 스피어, 메리 스피어(버그), 케이트 윌슨 스피어와 빌 스피어의 딸

메레디스, 빅토리아 산체스의 동거인

랜드 호건, 기계공

바이런 '패치' 스즈만스키, 기계공

위어, 기계공

파스타우, 기계공

덩크 위더스, 범죄자

필 테이텀, 도리엔 테이텀, 농부

브라이언 엘라쿠아, 내과의

조지 페티브루, 상점 주인

고든 유스터스, 보안관

프라이 로빈슨, 부보안관

루디, 아이오와 자유주 주민

포섬 맨의 아내, 아이오와 자유주 주민

레이철 우드, 자살 사망자

헤일리 우드, 라일리 우드, 레이철 우드의 딸

알렉산더 헤네만, 군 장교

한나, 제니 아프가의 십 대 딸

A. V., 인도-오스트레일리아 공화국

로건 마일스, 학자

네사 트립, 기자

레이스 마일스, 조종사, 로건 마일스와 올라 마일스의 아들

케이 마일스, 교사, 레이스 마일스의 아내

올라 마일스, 로건 마일스의 전처

베티나, 원예가, 올라 마일스의 연인

노아 마일스, 캠 마일스, 레이스와 케이의 쌍둥이 아들

멜빌 윌콕스, 고고학자

시티 오브 미러 2

1판 1쇄 인쇄 2023년 1월 17일
1판 1쇄 발행 2023년 1월 30일

지은이 저스틴 크로닌
옮긴이 박한진
펴낸이 김영곤
펴낸곳 아르테

책임편집 곤은
문학팀 김지연 임정우 원보람
출판마케팅영업본부장 민안기
마케팅2팀 나은경 정유진 박보미 백다희
출판영업팀 최명열
해외기획팀 최연순 이윤경
제작팀 이영민 권경민
표지 디자인 정인호 본문 디자인 함익례

출판등록 2000년 5월 6일 제406-2003-061호
주소 (10881) 경기도 파주시 회동길 201 (문발동)
전화 031-955-2100 팩스 031-955-2151

아르테는 (주)북이십일의 문학, 교양 브랜드입니다.

ISBN 978-89-509-7030-7 04840
       978-89-509-7032-1 04840 (세트)